Unverkäufliches und unkorrigiertes Leseexemplar zu

ISBN 978-3-10-397167-5
ca. 25,00 EUR

Voraussichtlicher Erscheinungstermin:
26. Oktober 2022

Wir bitten Sie, Rezensionen nicht
vor diesem Termin zu veröffentlichen.
Wir danken für Ihr Verständnis.

Ihre Meinung zu diesem Buch ist uns wichtig!
Wir freuen uns auf Ihre Leserstimme an:
leseeindruck@fischerverlage.de

Mit dem Versand der E-Mail
geben Sie uns Ihr Einverständnis,
Ihre Meinung zitieren zu dürfen.

Melissa Fu

DER PFIRSICH GARTEN

Roman

Aus dem Englischen von Birgit Schmitz

S. FISCHER

Aus Verantwortung für die Umwelt hat sich der S. Fischer Verlag zu einer nachhaltigen Buchproduktion verpflichtet. Der bewusste Umgang mit unseren Ressourcen, der Schutz unseres Klimas und der Natur gehören zu unseren obersten Unternehmenszielen.

Gemeinsam mit unseren Partnern und Lieferanten setzen wir uns für eine klimaneutrale Buchproduktion ein, die den Erwerb von Klimazertifikaten zur Kompensation des CO_2-Ausstoßes einschließt.

Weitere Informationen finden Sie unter: www.klimaneutralerverlag.de

Deutsche Erstausgabe

Erschienen bei S. FISCHER

Die Originalausgabe erschien 2022 unter dem Titel »Peach Blossom Spring« bei Little, Brown and Company.

Satz: Dörlemann Satz, Lemförde
Druck und Bindung: CPI books GmbH, Leck
Printed in Germany
ISBN 978-3-10-397167-5

Für meine Familie und im Gedenken an 傅惠民 *(1932–2019)*

Melissa Fu stellt die wichtigsten Charaktere vor

Meilin

Zu Beginn des Romans ist Meilin eine junge Mutter, deren Mann im Krieg ist. Ihr Leben ändert sich schlagartig, als sie gezwungen ist, mit ihrer Familie aus ihrer Stadt zu fliehen. Meilin ist unerschütterlich und schlagfertig, hartnäckig und wehrhaft, und sie würde alles tun, um ihren Sohn zu beschützen – ob er an ihrer Seite steht oder auf der anderen Seite der Welt.

Renshu/Henry Dao

Renshu begegnet uns zuerst als pummeliger, aufgeweckter Knirps, verspielt und voller Schalk. Er liebt seine Mama, vergöttert seine Cousine Liling und seinen Onkel Longwei. Als einziger Sohn eines Sohns in der Dao-Familie erfüllt er alle mit Stolz. Renshu wächst auf und emigriert in die USA, wo er sich Henry Dao nennt. Zerrissen zwischen seiner Vergangenheit in China und der Gegenwart mit seiner Familie in den USA, sucht er nach einem Weg, beide Seiten zu beschützen und zu vereinen.

Longwei

Longwei ist Meilins Schwager und Renshus Onkel. Er ist ein mächtiger Mann, gewieft und charmant – aber nicht vollkommen vertrauenswürdig. Ist er eine Hilfe, ist er ein Hindernis? Wie Meilin tappen wir im Dunkeln. Sie vertraut ihm, weil es scheint, als bliebe ihr keine Wahl, bis sie einsieht, dass sie ihn vielleicht gar nicht braucht. Longwei bleibt unergründlich bis zum Schluss.

Lily

Lily ist Meilins Enkelin. Sie ist neugierig, eifrig und unerschrocken, das Leben kostet sie aus. Lily sehnt sich danach, mehr über ihre Großmutter Meilin und die Vergangenheit ihres Vaters zu erfahren, aber Henry erzählt kein Wort. Er wünscht sich nichts sehnlicher, als seiner Tochter die Sicherheit und Stabilität geben zu können, die er als Kind nie erfahren hat. Aber Lily will etwas ganz anderes.

HERKUNFT

Erzähl's uns, sagen sie, erzähl uns, woher du kommst.

Er kommt vom Gehen, Gehen und Gehen. Er kommt von löchrigen Schuhen, rissigen Fersen und wunden Zehen, die mit unebenen Wegen ebenso vertraut sind wie mit wohltuendem Gras und mit Stroh. Er kommt von Tag für Tag wechselnden Nachtlagern, mal in der Stadt, mal auf dem Land. Von Pfaden, die sich um Berge winden und durch Täler ziehen. Von Wasserstraßen in Dunst und Nebel.

Er kommt vom Durchqueren Chinas.

Erzähl uns deine Erinnerungen, sagen sie.

Er erinnert sich an schwach brennende Petroleumlampen, an den Geruch von Holzrauch, an kalte Steinböden unter den nackten Füßen. An erregte Stimmen, klimpernde Münzen und knarzende Karren in der Nacht. Er erinnert sich an ein Vexierbild aus Sandelholz. Es zeigte hundert Affen, doch wenn man es auf den Kopf drehte, waren es neunundneunzig. Wie konnte dieser eine Affe zugleich da sein und nicht da sein? Er kommt von diesem Rätsel.

Erzähl uns mehr, sagen sie und rücken an ihn heran. Wie bist du hierhergekommen?

Er hat Flüsse überquert und Meere.

Er trug eine Armbanduhr bei sich, die er einem Seemann abgekauft hatte, einen Brief, der ihm Türen öffnen sollte. Einen Koffer, ein Päckchen hellblaue Luftpostbriefe, ein einzelnes Paar Wollsocken.

Er folgte dem Ruf eines schönen Landes, einem verlockenden

Traum, einem in der Luft liegenden Versprechen. Es zog ihn hin zum Flügelschlag von Vögeln und einem Kaleidoskop von Jahreszeiten, die er sich nie hätte vorstellen können.

Und jetzt, sagen sie mit leuchtenden Augen und schmeichelnden Stimmen, *jetzt erzähl uns eine Geschichte.*

Eine Geschichte zu kennen, heißt, über die seidene Oberfläche des Verlusts zu streichen, das Gewicht der Schönheit in den Händen zu spüren.

Eine Geschichte zu kennen, heißt, sie immer in sich zu tragen, wie eine Gravur in den Knochen, auch wenn sie für Jahrzehnte vergessen scheint.

Erzähl sie uns, drängen sie.

Eine Geschichte zu erzählen, so wird ihm klar, heißt, einen Samen auszusäen und ihn keimen zu lassen.

TEIL EINS

1938 – 1941

1

Changsha, Provinz Hunan, China, März 1938

Dao Hongtse hatte drei Frauen. Ihre Namen sind nicht wichtig.

Die erste Frau brachte den ersten Sohn zur Welt, Dao Zhiwen. Der Junge war zu wild; er griff mit einer Hand nach den Privilegien des Erstgeborenen und warf mit der anderen die Pflichten des Erstgeborenen über Bord. Er änderte seinen Namen in Longwei um, zog hinaus und stolzierte durch die Straßen. Er spielte und gewann, dann spielte er und verlor. Longwei liebt Tabak, Whiskey und Frauen.

Die erste Frau bekam noch zwei Kinder: erst ein Mädchen, das zu einer blässlichen dünnen Frau heranwuchs, die niemand wollte. Dann einen Sohn, der nach fünf Monaten starb. Nun ist die erste Frau nicht viel mehr als ein Geist; das Herz eingeschnürt von Trauer, die Füße nach altem Brauch gebunden, verliert sie sich in Schwaden von Opiumrauch und verlässt ihr Zimmer nur, um die Pfeife nachzufüllen oder den Rest des Haushalts zu verfluchen.

Hongtses zweite Frau arbeitet hart. Ihr Rücken ist breit, und ihre Hände sind rau. Sie lebt in Angst vor dem Heulen und Kreischen der ersten Frau. Hongtse liebt sie nicht, verlässt sich aber auf sie. Die zweite Frau gebar nur Töchter. Auch deren Namen sind nicht wichtig. Sie heirateten jung und brachten für andere Familien Söhne auf die Welt.

Die dritte Frau war Hongtses Favoritin. Sie liebte er sogar. Ihre Schönheit wird nie vergehen, denn sie verstarb bei der Geburt von Hongtses jüngstem Sohn, Dao Xiaowen.

Dao Hongtses Firma, *Himmlisches Licht – Petroleum und Antiquitäten*, wird seit Generationen vom Vater an den Sohn weitergegeben. Petroleum ist ein gutes Geschäft: Jeder Mensch braucht Wärme, jeder Mensch braucht Licht. Hongtses Kunden sind Nationalisten, Kommunisten, Händler, Klein- und Großbauern. Eines Tages wird Longwei die Firma und die damit verbundene Verantwortung erben.

In einem Raum über dem Laden, den man über eine schmale Treppe erreicht, handelt Dao Hongtse auch mit Goldmünzen, Jade, antiken Holzschnitzereien und Bildrollen. Leicht zu transportieren, schwer zurückzuverfolgen, immer wertvoll. Xiaowen hat er die Kunst gelehrt, zwischen bleibenden Werten und flüchtigen Freuden zu unterscheiden.

Mit seinen beiden Söhnen ist Hongtse für alles gewappnet. Longwei hat Köpfchen, Xiaowen ist gebildet. Wo Longwei herumpoltert, äußert Xiaowen sich umsichtig. Was Longwei mit Gewalt durchsetzt, das handelt Xiaowen aus. Longwei bekam im Laufe der Jahre nur Töchter, doch Xiaowen hat einen Sohn.

Xiaowens Sohn heißt Dao Renshu – *renshu* in der Bedeutung von Nächstenliebe und Güte, nicht das *renshu*, das für Sich-geschlagen-Geben steht, für das Eingeständnis einer Niederlage. Dao Hongtse sorgt dafür, dass sein Enkel den Unterschied kennt. Renshu ist unter den Enkelkindern Hongtses der einzige Sohn eines Sohns. Dieser Junge trägt den Familiennamen weiter. Er muss unter allen Umständen beschützt werden.

Es ist ein Spätnachmittag zu Beginn des Frühlings. In der Luft liegt eine kribbelnde Frische; mit ihr geht die letzte Winterkälte, und der Beginn der Blütenpracht kündigt sich an. An den Bäumen zeigen sich winzige Blätter, und jeden Tag bleibt es ein bisschen länger hell. Die Holzdielen in Dao Hongtses Petroleumgeschäft sind geschrubbt, der Tresen ist leer. Man sieht Hongtse im Gespräch mit einer jungen Frau, die eine schlichte, dunkelgrüne Bluse trägt. Ihr Haar hat sie im Nacken zu einem Knoten gebunden. Obwohl er, was Alter und Rang betrifft, klar über ihr steht, ist gegenseitiger Respekt spürbar. Ihre wie seine entspannten Körperhaltungen deuten auf Vertrautheit, ja sogar Zuneigung hin. Er überbringt ihr gerade eine Nachricht, die ihre Miene aufleuchten lässt. Auch wenn sie ihm nicht um den Hals fällt, ist sie offensichtlich in Jubelstimmung.

Dann reicht er ihr einen kleinen seidenen Beutel und sagt etwas, während sie hineinschaut. Sie hört aufmerksam zu, dann antwortet sie. Er denkt erst über ihre Äußerung nach, bevor er etwas erwidert. Sie nicken sich zum Zeichen ihrer Übereinstimmung zu, dann verneigt sie sich leicht und wendet sich zum Gehen.

In dem Raum über dem Petroleumgeschäft geht das Licht an.

Kurz darauf erscheint oben am Fenster das Profil der Frau.

Shui Meilin nimmt das neue Inventar in die Bücher auf; ihre schlanken, flinken Finger bedienen den Abakus. In letzter Zeit tauschen viele Kunden ihres Schwiegervaters Gold und Jade gegen Petroleum ein. Bargeld ist überall knapp, und die Preise steigen. Dao Hongtse hat sie angewiesen, dass diese speziellen Edelsteine als Pfand verbucht werden sollen. Der Kunde, der sie für eine Wochenration Brennstoff versetzt hat, war den Tränen nahe und hat den alten Dao angefleht, sie an niemanden zu verkaufen, weil er hofft, seine Erbstücke bald wieder auslösen zu können. Sowohl Meilin als auch Hongtse sind von diesem Handel beunruhigt, ist er doch ein weiterer Hinweis auf den drohenden Krieg mit Japan, aber Hongtse hat die Kleinode natürlich als Bezahlung akzeptiert. Schließlich ist er ein Geschäftsmann.

Meilin steht auf, um die Wertsachen zu verstauen; sie bewegt sich mit schlafwandlerischer Sicherheit durch den Raum. Nachdem sie die Glasvitrine wieder abgeschlossen hat, blickt sie aus dem Fenster. Die Sonne geht unter, die Arbeit für heute ist getan, und Meilin steckt voller Hoffnung. Dao Hongtse hat ihr eben vom Triumph der chinesischen Armee in Taierzhuang berichtet.

Beide Söhne von Dao Hongtse werden bald wieder zu Hause erwartet; sie bekommen Heimaturlaub nach einem blutigen, aber siegreichen Fronteinsatz.

Meilin hat ihren Mann, Dao Xiaowen, und seinen Bruder Longwei vor neun Monaten zuletzt gesehen. Nach dem Zwischenfall an der Marco-Polo-Brücke hatten die beiden ihr Zuhause verlassen, um sich dem Kampf anzuschließen. Meilin und ihre Schwägerin, Xue Wenling, waren stolz gewesen, dass ihre Ehemänner die Zukunft der Republik verteidigten. Die Familie wartete auf Nachrichten von der weit entfernten Front, doch es vergingen Wochen, dann Monate, und es kamen keine. Das war zwar enttäuschend, aber verständlich; die Post kam nur sporadisch, und die Truppen waren ständig in Bewegung.

Doch nach und nach erreichten Stoßwellen des Krieges die Stadt Changsha. Zuerst war es nur ein Tröpfeln: Hotels und Pensionen füllten sich mit wohlhabenderen Menschen, die sich aus dem umkämpften Ostteil des Landes zurückzogen. Wenling äußerte sich erfreut darüber, dass sie die neuesten Moden aus Schanghai nun schneller zu Gesicht bekam. Dann trafen weitere Geflüchtete ein. Die Geschäfte waren voller denn je, während die unterbrochenen Lieferketten entlang der Flüsse und Eisenbahnstrecken zugleich die Preise in die Höhe trieben. In den Straßen und auf den Märkten kam es zu lautstarken Protesten gegen die japanischen Aggressoren. Doch ungeachtet dieses beherzt vorgetragenen Patriotismus‹ rückten die Japaner immer weiter vor. Es dauerte nicht lange, bis Schanghai fiel, und im Dezember hatte die Kaiserlich Japanische Armee Nanking überrollt. Und seit Chiang Kai-sheks nationalistische Regierung ins nahegelegene Wuhan umgezogen ist, strömen Evakuierte in großer Zahl nach Changsha.

Hongtses Nachricht vom Sieg in Taierzhuang ist mehr als willkommen. Der Widerstand war stark, die Japaner wurden gedemütigt. Alle sind sich einig, dass es sich um einen Wendepunkt handelt. Und das Beste: Meilin kann die Tage, bis sie ihren geliebten Xiaowen wiederhat, an einer Hand abzählen.

Meilins Gedanken werden durch Kreischen und Kichern unterbrochen, gefolgt von Fußgetrappel, das erst im Innenhof, dann auf der Treppe und schließlich im Flur ertönt. Renshu und seine Cousine Liling platzen ins Zimmer. Atemlos lachend und ganz verstrubbelt verlangen sie nach einer Kleinigkeit zu essen. Renshu ist dreieinhalb, Liling fünf. Renshu tut sich mit seinen immer noch etwas speckigen Beinchen schwer, mit der bewunderten Cousine mitzuhalten. Liling hat eine so warme und herzliche Ausstrahlung, dass Meilin unwillkürlich lächeln muss, wenn sie sie sieht. Wenn Renshu lächelt, verformen sich seine ernsten, runden Augen zu Halbmonden, und auf seiner linken Wange erscheint ein Grübchen. Beide Kinder sind vom Herumrennen erhitzt. Sie sind durchs Haus getobt, haben an die Türen der furchterregenden Nainai, der hässlichen Nainai und der toten Nainai geklopft, und sind abgehauen, bevor sie jemand schnappen konnte. Nachdem sie die Katzen in die Ecken, die Wände hoch und auf die Straße hinaus gescheucht hatten, haben sie die Goldfische im Teich geärgert, indem sie Schatten aufs Wasser warfen und mit Stöcken auf die Oberfläche schlugen.

Jetzt durchwühlen sie Meilins Nähkorb auf der Suche nach den kandierten Lotossamen, die sie für sie in den Stofffalten versteckt. Nachdem die Naschereien verputzt sind, brüllt Liling Renshu an wie eine Löwin. Sie jagt ihn durchs Zimmer und an der Vitrine vorbei, bis er sich hinter dem Paravent aus geschnitztem Rosenholz verkriecht. Als die Cousine, eine Kitzelattacke startend, mit spitzen Fingern auf ihn zustürzt, flüchtet er ins Schlafzimmer und versteckt sich unter der Bettdecke, wobei er einen Stapel ordentlich gefalteter Wäsche zu Boden wirft.

Plötzlich hört man ein lautes, ungeduldiges Klopfen an der Tür. Liling schlüpft unters Bett, und Renshu stellt sich schlafend.

Meilin öffnet Lilings Mutter, Wenling, die Tür. Obwohl es schon spät ist und der Tag lang war, ist Wenlings Erscheinungsbild tadellos. Seit Meilin sie kennt, hat sie traditionelle Kleidung immer verschmäht und sich stattdessen an die neuesten Moden aus dem Westen gehalten. Wenling legt großen Wert darauf, dass ihr ovales Gesicht makellos aussieht; höchstens einen Schönheitsfleck erlaubt sie sich hin und wieder, wenn der Trend es vorgibt. Heute trägt sie ihr Haar in glänzenden Fingerlocken und strahlt Glamour aus mit ihren getuschten Wimpern, dem schwarzen Lidstrich und den scharlachrot geschminkten Lippen. Manchmal fühlt sich Meilin von der Aufmachung ihrer Schwägerin eingeschüchtert. Sie selbst hat sich nie um Mode geschert. Ihre Nase ist mit Sommersprossen statt Puder bedeckt, und ihr herzförmiges Gesicht hat einen strahlenden, raueren Charme. Sie ist kleiner als Wenling, trägt aber weder hohe Absätze, um größer zu wirken, noch winzige Schuhe, um femininer zu erscheinen. Xiaowen sagt immer, sie sei schön, genau so, wie sie sei, und Meilin glaubt ihm.

Wenling ist, wie immer, genervt. Ohne Meilin im Geringsten zu beachten, befiehlt sie Liling, hervorzukommen und das Spiel zu beenden; es sei Zeit zum Baden.

Liling und Renshu unterdrücken ein Kichern.

Wenling stürmt ins Schlafzimmer und hockt sich hin, um unters Bett schauen zu können, dann zerrt sie am Fußgelenk des Mädchens. Als Liling endlich vor ihr steht, klopft Wenling an ihrem staubig gewordenen Kleid herum und wirft Meilin wütende Blicke zu. Während sie ihre Tochter schimpfend ins Erdgeschoss schleift, schaut Liling sich Fratzen schneidend nach Renshu um.

Mit einem Fingerzeig fordert Meilin Renshu zum Aufräumen auf. Er gibt sein Bestes, verliert aber bald die Lust am Kampf mit der Bettwäsche und kommt ins Wohnzimmer, um sich neben seine Mutter zu setzen.

»Es wird Zeit, dass du ruhiger wirst. Du und deine Cousine seid zu ungezogen!«, schimpft sie kopfschüttelnd. Aber in ihrer Stimme liegt eine Leichtigkeit, die mehr nach Amüsiertheit klingt denn nach Vorwurf.

Nachdem Renshu zu Abend gegessen und gebadet hat, macht Meilin ihn bettfertig. Seit seiner Geburt sind Meilins Tage und ihr Herz voll. Sie liebt Renshu, und zwar nicht nur, weil seine Geburt ihre Stellung in der Familie als Mutter eines Sohns des Sohns von Hongtse verbessert, und auch nicht nur, weil seine Augen und Nase sie an Xiaowen erinnern. Sie liebt ihn, weil sein Lachen so klingt, wie das Spiel des Windes mit den Tempelglöckchen im Frühling. Sie liebt ihn, weil er sie mit einer Freude erfüllt, die für sie unvorstellbar war, bevor er sie das erste Mal anlächelte. Da sie erst spät geheiratet hat – mit einundzwanzig –, hatte sie sich schon manches Mal gefragt, ob sie überhaupt jemals Mutter werden würde. Jetzt singt sie ihm zum Einschlafen das »Lied der Fischer« vor. Seine Augen fallen zu, und der Schlaf entspannt seine Züge.

Für dieses Kind würde sie alles tun.

Meilin bleibt noch einen Augenblick in der stillen Dunkelheit des Zimmers sitzen und spürt, wie ein lange vermisstes Gefühl des Glücks in ihr aufsteigt. Bald wird Xiaowen heimkommen; sie kann ihn beinahe schon in den Schatten erahnen. Sie schließt die Augen und denkt an den Vorabend seiner Abreise zurück.

Nach der letzten Mahlzeit mit der Familie hatten sie sich in ihre Zimmer zurückgezogen, um den Abschiedsabend allein miteinander zu verbringen. Der zweijährige Renshu saß auf dem Schoß seines Vaters und brüllte wie ein Tiger, so aufgeregt war er, weil er einmal länger aufbleiben durfte. Xiaowen strahlte über das Temperament seines Sohns.

»Schau dir nur diesen Jungen an. Er ist groß und stark geworden, wie seine Ma.«

Renshu wand sich von Xiaowens Schoß herunter und brüllte erneut.

Xiaowen fing ihn wieder ein. »Pass gut auf deine Ma auf, ja?«

Renshu nickte.

»Ich muss weg, aber ich komme bald wieder. Jetzt ist es höchste Zeit für den kleinen Tiger zu schlafen.« Er drückte Renshu fest an sich, und der Junge machte ein trauriges Gesicht. Xiaowen küsste seinen Sohn auf den Kopf.

Nachdem sie Renshu ins Bett gebracht hatte, war Meilin in das Zimmer zurückgekehrt, in dem sie jetzt sitzt. Xiaowen saß am Tisch, vor sich ein längliches Holzkästchen. Meilin schlang die Arme um ihn, küsste seinen Nacken und setzte sich dazu. Er überreichte ihr das Kästchen und bedeutete ihr, sie solle es öffnen.

Darin befand sich eine Bildrolle aus Seidenbrokat: Cremefarbene Päonien rankten sich vor dunklem Hintergrund an einem grünen Gitter hinauf. An den Rändern skizzierten goldene Fäden ein verheißungsvolles Wolkenmuster. Meilin schnappte nach Luft und starrte Xiaowen ungläubig an. Eine Bildrolle. Mit einem Nicken ermunterte Xiaowen sie, die Rolle genauer in Augenschein zu nehmen. Meilin wischte sich die Hände ab, hob die Rolle aus dem Kästchen und knotete die Kordel mit der roten Quaste auf. Ganz langsam wickelte sie die Seidenbahn auf, bis die erste gemalte Szene zum Vorschein kam: uralte, stille Berge, ein rauschender blaugrüner Fluss, eine Gruppe von Reisenden.

Sie beugte sich darüber, um die zarten Striche genauer zu betrachten, völlig gebannt von den feinen Details jedes Vogels, Steins und Baums und den subtilen Unterschieden in den Gesichtern der Reisenden. Es war unglaublich – die Zeichnung war filigraner und schöner, als alles, was Meilin je gesehen hatte.

»Wo hast du das her?«

»Ich habe die Rolle vor Jahren gefunden, als ich für meinen Vater nach Antiquitäten suchte.«

»Und du hast sie ihm nicht gegeben?«

»Nein, die hier nicht«, sagte er und fuhr mit den Fingerspitzen über die wirbelnden Wolken. »Ich wollte sie behalten.«

»Sie muss ein Vermögen wert sein«, sagte sie leise.

»Ja, für unsere Zukunft, Meilin. Wenn der Krieg vorbei ist und ich zurück bin, können wir mit dem Geld unser eigenes Geschäft aufmachen.«

»Und was ist mit *Himmlisches Licht – Petroleum und Antiquitäten*?«

Er schüttelte lächelnd den Kopf. »Der alte Hongtse kommt dank Longweis Hilfe und Wenlings Einmischung schon zurecht. Lass uns von etwas anderem träumen. China verändert sich. Wir müssen uns nicht an jede alte Tradition halten. Stell dir ein Geschäft mit exquisiten Antiquitäten vor, nur für uns beide.«

Meilin schlang die Arme um ihren Gatten und staunte, dass sie einen Mann geheiratet hatte, der sich solch eine Zukunft ausmalen konnte. Etwas, das nur ihnen beiden gehören würde. Sie würden sich etwas Eigenes aufbauen.

»Meilin, du musst mir zwei Dinge versprechen: Gib gut auf dich und Renshu acht und bewahre diese Bildrolle sicher für unsere Zukunft auf.«

»Das verspreche ich.«

Seite an Seite saßen sie noch bis spät in die Nacht da und bewunderten die Poesie jeder einzelnen Szene auf der Bildrolle. Nachdem sie sie weggepackt hatten, lagen sie im Dunkeln, streichelten einander zärtlich und nutzten die Zeit bis zum Morgen, um sich alle Details des geliebten anderen Körpers noch einmal ganz genau einzuprägen.

Meilin sitzt wartend am Fenster im ersten Stock. Xiaowens Regiment wird heute zurückerwartet.

Beinahe fünf Jahre sind vergangen, seit er das Antiquitätengeschäft von Meilins Familie in der westlichen Stadt Yichang betreten hatte. Er wollte ihnen damals die wunderbare Sancai-Keramik eines Kamels aus der Tang-Zeit verkaufen. Trotz ihres Alters war die grüne, braune, und cremefarbene Glasur noch klar und unbeschädigt. Auf dem Rücken des Kamels saßen drei Musiker, ungewöhnlich fein und detailliert ausgearbeitet. Meilin wusste sofort, dass sie die Figur für ihre private Sammlung haben wollte. Während sie über einen fairen Preis verhandelten, entdeckte Meilin zu ihrer großen Freude, dass sie mit dem jungen Mann nicht nur die Liebe zu antiken Schätzen teilte, sondern auch eine Leidenschaft für die Ideale des neuen Chinas.

Meilins Eltern hatten schon frühzeitig die Bewegung des vierten Mai unterstützt, glaubten an Frauenrechte und andere Reformvorhaben der neuen Republik. Sie hatten alle ihre Kinder dazu erzogen, den Wert von Bildung, harter Arbeit und wirtschaftlicher Unabhängigkeit zu schätzen. Allerdings verzweifelten sie manchmal daran, dass Meilin, ihr jüngstes Kind, ein wenig *zu* unabhängig war; sie hatte bereits einige potenzielle Ehemänner verschreckt und mehrere andere abgelehnt.

Doch Dao Xiaowen, dieser neue Händler aus Changsha, kam immer wieder. Mal um zu kaufen, mal um zu verkaufen; aber stets suchte er Meilin auf. Was als Feilschen über wertlose Schmuckstücke begann, verwandelte sich schnell in erregte Diskussionen darüber, wie die alten Traditionen durch präzise Wissenschaft und Demokratie ersetzt werden könnten. Und auch über die Feinheiten der Drei Prinzipien des Volkes von Dr. Sun Yat-sen lieferten sie sich lange Debatten.

Niemand war überrascht, als Xiaowen und Meilin sich nach ein paar Monaten ineinander verliebten. Zur Begeisterung ihrer Eltern willigte Meilin ein, ihn zu heiraten. Er war zwei Jahre älter als sie, doch was Intellekt und Weltanschauung anging, waren sie einander ebenbürtig.

In ihrem neuen Zuhause fand sich Meilin schnell zurecht. Hongtse staunte, wie mühelos sie in seinem Antiquitätengeschäft im ersten Stock den Aufbewahrungsort und die Herkunft eines jeden Gegenstandes verinnerlichte. Und ihm fiel bald auf, dass die Summen in den Büchern, an denen es nichts zu beanstanden gab, immer in ihrer Handschrift eingetragen waren. Seither neckt Hongtse sie gutmütig mit dem Spruch, dass sie der größte Schatz sei, den Xiaowen jemals ausgegraben habe.

Sei es aus Geschäftssinn oder weil er so klug war, die starke Persönlichkeit seiner Schwiegertochter zu erkennen, hatte Hongtse eingewilligt, dass Xiaowen und Meilin in die Zimmer hinter dem Antiquitätengeschäft einzogen. So leben Meilin und Renshu, obwohl sie sich immer noch auf dem Anwesen der Familie Dao befinden, vom Rest der Familie getrennt. Und Meilin hat einen Rückzugsort in einem Haushalt mit lauter Schwiegermüttern, älteren Schwestern, Nichten und Neffen, in dem zusätzlich immer wieder Cousins und Cousinen, Onkel und Tanten sowie andere weitläufigere Verwandte auftauchen, weil sie hoffen, dass Hongtse seinen Wohlstand mit ihnen teilt.

Jetzt spitzt Meilin die Ohren, denn ein Armeejeep biegt in die Straße ein und wird langsamer, als er sich dem Anwesen nähert. Sie stößt einen aufgeregten Schrei aus und rennt nach unten, um ihn zu begrüßen. Sie ist vor allen anderen an der Straße.

Als sich die Tür des Jeeps öffnet, steigt Longwei aus. Er trägt seine olivgrüne Militäruniform mit glänzenden Messingknöpfen. Seine schwarzen Lederstiefel reichen ihm bis zu den Knien. Um die Hüfte hat er einen breiten Gürtel aus dunkelbraunem Leder geschnallt, und auf seinem Kopf sitzt eine schicke Mütze, auf der vorn das Hoheitszeichen der Republik prangt: der blaue Himmel mit der weißen Sonne. Er schnappt sich seinen Seesack und richtet sich dann mit hoch erhobenem Haupt zu seiner ganzen Größe auf. Nun salutiert er dem Fahrer, und der Jeep fährt weg.

»Aber – wo ist …?«

Longweis sonst gebieterischer Blick wirkt schwermütig.

»Xiaowen?« Meilins Stimme klingt leise und als ob sie nicht zu ihr gehörte. Es tritt eine seltsame Stille ein.

»Er war ein Held«, sagt Longwei schließlich. »Er war ein Held in Taierzhuang.«

»Wo ist er?«

Longwei wiederholt es noch mal. »Er war ein Held.«

Es muss sich um ein Missverständnis handeln. Meilin schaut sich nach einem weiteren Jeep um, doch die Straße ist leer. Wo ist Xiaowen? Es wurden beide Brüder zurückerwartet. Hongtse hatte von beiden gesprochen. Er musste bald kommen.

»Er war ein Held in Taierzhuang«, sagt Longwei noch einmal mit einer Stimme, in der Stolz, Fassungslosigkeit und am meisten Trauer mitschwingen.

»Hör auf, das zu sagen. *Held* bedeutet gar nichts.« Ihre Stimme wird zu einem Kreischen. »Ist er gestorben? Sag's mir!«

Doch Longwei senkt nur den Blick und schüttelt den Kopf.

Sie springt auf ihn zu und trommelt mit den Fäusten auf seine Brust ein. »Nein! Nein!«

Er hält ihre Arme fest. Sie schluchzt und schluchzt, dann merkt sie, wie ihr Körper nachgibt und sie gegen ihn sinkt. Das raue Gewebe seines Uniformmantels kratzt an ihrer Wange.

»Ich weiß es nicht«, sagt er leise. »Ich habe ihn nicht mehr gesehen.«

Hinter ihnen hüstelt jemand. Meilin vermag kaum den Kopf zu heben. Es ist Wenling. Sanft löst Longwei sich von Meilin und umarmt seine Frau.

Inzwischen ist auch der Rest des Haushalts erschienen, um Longwei zu begrüßen. Meilin schaut dem Wiedersehen zu, als wären die anderen Schauspieler auf einer Bühne. Sie fühlt sich wie betäubt, während die Frage *Wo ist Xiaowen?* in ihrem Kopf widerhallt. Die Antwort ist ungeheuerlich: *Niemand weiß es.* Für den ganzen restlichen Nachmittag und Abend nimmt sie alles nur gedämpft war, wie hinter einer Wand. *Wo ist Xiaowen?*

Dankbar für Longweis Rückkehr hüllt sich Hongtses Haushalt in eine Stimmung aus trister Freude. Der Sieg ist teuer bezahlt: In viele Familien kehrt kein Sohn zurück. Sie haben wenigstens noch einen.

Irgendwie schafft es Meilin durch den Tag bis zum Abendessen. Sie ist dankbar, dass die Routinen sie beschäftigt halten, und kümmert sich darum, eine Vielzahl von Speisen aufzutischen, während die Frauen und Kinder sich versammeln. Sie hört, wie Wenling ihre Töchter ruft.

Wenlings Stimme ist wie aus Porzellan. Sie streicht sanft über das Ohr und erinnert beim Zuhören an die eigene raue Oberfläche. Während Wenling sich nähert, klimpern ihre Jade-Armreifen bei jedem Schritt und kündigen ihr Kommen an. Als sie das Esszimmer betritt, nickt sie Meilin zu, ohne sie richtig anzuschauen. Mit einem prüfenden Blick auf den Tisch zählt sie die Gedecke und das Geschirr nach, und verteilt unter den Anwesenden Lächeln oder Tadel.

Durch seine Arbeit im Petroleumgeschäft seines Vaters war Longwei viele Jahre auf dem Jangtsekiang zwischen Wuhan und Schanghai gereist, hatte Lieferungen abgeholt und den Vertrieb in den kleinen und großen Städten am Ufer des Flusses überwacht. Auf einer dieser Reisen hatte er Wenling kennengelernt, die Tochter eines bekannten, reichen Geschäftsmanns aus Nanking. Ihre Eleganz und ihr familiärer Hintergrund bezauberten Longwei, und er machte ihr mit großem Ehrgeiz und Interesse den Hof. Schon bald heirateten sie in einer großen Zeremonie mit hunderten Gästen und einem aufwändigen Buffet. Seit ihre alternde Schwiegermutter sich immer mehr zurückzieht, ist Wenling die Taitai, die Chefin des Haushaltes, geworden. Selbst untätig, bestimmt sie über alle anderen, und das liegt ihr.

Mit Ausnahme von Wenlings eigenen Töchtern, Lifen und Liling, sitzen jetzt alle Frauen und Kinder am Tisch. Ungeduldig ruft sie wieder nach den Mädchen. Obwohl Wenling größten Wert auf ihre Außenwirkung legt, zeigen sich Risse in der Fassade, wenn sie mit ihren Töchtern spricht. Lifen schlüpft mit gesenktem Blick, aber nicht schuldbewusst, ins Zimmer. Das Mädchen besitzt zwar sämtliche Eigenheiten ihrer Mutter, doch nicht ihre umwerfende Schönheit. Stattdessen spiegelt das Gesicht der Siebenjährigen die Züge ihres Vaters wider; einem Mann verleihen die kräftige Nase und dicken Brauen Autorität, aber Lifen wird man eines Tages als »auffällige Erscheinung« bezeichnen. Sie hat breite Schultern und einen kurzen Rücken. Ihre Ohrläppchen sind zu lang und ihre Arme und Beine zu kurz, als dass sie sich so anmutig wie Wenling bewegen könnte. Dennoch strahlt sie, wie ihre Mutter, aus, dass sie vom Leben weit mehr erwartet, als es ihr bislang bietet. Zwei Schritte hinter ihr folgt Liling mit unordentlichen Zöpfen und Tintenflecken im Gesicht. Sie hat Wenlings eleganten Körperbau, glatte Haut und klare Augen, aber trotzdem nicht ihren Reiz. Es ist, als wäre dem Mädchen sowohl die immerwährende Enttäuschung des Vaters darüber bewusst, dass sie kein Sohn ist, als auch die Ablehnung, die die Mutter ihrem verträumten und gutherzigen Wesen entgegenbringt.

Während der gesamten Mahlzeit scharwenzelt Wenling um ihren Mann herum und berührt immer wieder die roten Abzeichen mit den drei goldenen Dreiecken an seinem Revers. Seine Töchter kleben an ihm. Dao Hongtse schenkt Longwei widerstrebend ein seltenes, anerkennendes Kopfnicken. Meilin bemüht sich, froh zu sein – und sie *ist* froh für Longwei –, aber was ist mit Xiaowen? Als Renshu nach seinem Ba fragt, drückt Meilin ihn an sich und flüstert ihm zu, dass sein Ba ein Held sei. Und dass sein Ba vielleicht mit den nächsten Soldaten nach Hause komme. Meilin blickt auf und bemerkt, dass Dao Hongtse ihr zuhört. Als sich ihre Blicke treffen, stellt sie fest, dass auch er voller Sorge und Angst um den verschollenen Sohn ist.

Meilin bringt den Abend hinter sich und bewahrt die Fassung. Doch in dieser Nacht holt sie, nachdem Renshu eingeschlafen ist, in der Stille ihres Zimmers Xiaowens Bildrolle hervor und weint bis zum Morgengrauen.

Der Sommer vergeht in einer Mischung aus Trauer und Ungläubigkeit. Auch mit dem nächsten Konvoi kommt Xiaowen nicht zurück, genauso wenig wie mit irgendeinem anderen. Die Frauen und Kinder versuchen aus Mitgefühl, Meilin zum Umzug ins große Haus zu bewegen, doch sie lehnt ab. Sie will da bleiben, wo sie und Xiaowen ihr gemeinsames Leben aufgebaut haben. Vielleicht kommt er ja doch noch nach Hause. Hongtse, den der Verlust seines jüngsten Sohnes zu einem gebrochenen Mann gemacht hat, lässt sie gewähren.

Die Blätter werden golden und rot, und Xiaowen taucht noch immer nicht auf. Ohne ihn fühlt sich Changsha nicht mehr wie zu Hause an. Meilin schreibt an ihre Familie in Yichang und bettelt darum, zusammen mit Renshu wieder dort aufgenommen zu werden. Doch trotz ihrer fortschrittlichen Einstellung zur Neuen Kultur halten sie sich an die Tradition, der zufolge Meilin nun ein Mitglied der Dao-Familie ist. Sie und ihr Sohn müssen dort bleiben. Abgesehen davon haben sie vor, ihr Geschäft zu schließen und auf das Anwesen ihrer Vorfahren in den Bergen über Yichang zu ziehen. Angesichts der Turbulenzen im Osten ist das eine notwendige Vorsichtsmaßnahme.

Yuelu-Berg, Provinz Hunan, China, Oktober 1938

Meilin zündet ein Streichholz an. Es flammt auf, zischt und geht in der vom Nieselregen feuchten Luft gleich wieder aus. Sie seufzt.

»Vielleicht sollten wir besser kein Höllengeld für Xiaowen verbrennen. Was, wenn er gar nicht tot ist? Was, wenn all das Geld im Jenseits ankommt, aber er ist überhaupt nicht da?«

»Ich glaube sowieso nicht an diesen Brauch.« Longwei mustert die Familien, die ebenfalls den Pfad auf den Yuelu-Berg hochkommen, um die Grabstätten ihrer Vorfahren zu besuchen und der Verstorbenen zu gedenken. Trotz der Unwägbarkeiten des Krieges sind die Menschen zum Doppelneunfest erschienen. Vielleicht ist es in Zeiten wie diesen sogar besonders wichtig, an Ritualen festzuhalten. Longwei scheint irgendjemanden zu suchen, und Meilin fragt sich, wer das sein könnte. Jedenfalls nicht seine Frau und Töchter, denn Wenling hat sich heute Morgen umgehend entschuldigt, als aus schweren Wolken starker Regen prasselte. In einem plötzlichen Anfall von Mütterlichkeit hat sie auf Lifens Empfindlichkeit und Lilings gerade erst abklingenden Husten verwiesen und behauptet, dass die kalte Luft ihnen nicht guttun würde. Sie werde zu Hause bleiben, um die Zubereitung des Chongyang-Kuchens für das Fest zu überwachen. Und abgesehen davon, hatte sie noch spitz hinzugefügt, sei ja nicht *ihr* Mann wahrscheinlich tot.

Ihre Mäntel flattern im Wind. Meilin versucht es noch einmal. Das Streichholz zerbricht in zwei Teile, ohne dass eine Flamme entsteht. Sie wirft es auf den durchnässten Haufen aus gelbem und braunem Laub zu ihren Füßen.

Wenige Schritte entfernt setzen Hongtse und Renshu Bambusbötchen auf einen kleinen Teich. Hongtse hat Renshu eine Goldmünze für dasjenige versprochen, das ohne zu sinken die meisten Steine tragen kann. Sie haben den Vormittag damit verbracht, Boote zu basteln und herauszufinden, welche am schnellsten und sichersten schwimmen und dabei die meiste Fracht befördern können. Kinder anderer Familien haben sich nun zu ihnen gesellt und stellen improvisierte eigene Boote aus Zweigen und trockenen Blättern her.

»Andererseits«, sinniert Meilin, »ist es ja vielleicht auch so, wie ein Sparkonto für die Zukunft anzulegen. Wenn er dann im Jenseits ankommt, stellt er fest, dass er bereits ein reicher Mann ist.«

Als Longwei nicht antwortet, schaut Meilin zu ihm hin. Er sucht die Ränder des Friedhofs ab und beobachtet, wer rein und rausgeht. Seit er aus Taierzhuang zurückgekehrt ist, hat Longwei keine Soldatenuniform mehr getragen. Er sagt, er sei befördert worden. Aber was auch immer seine neue Position ist, er ist kein Militärangehöriger im engeren Sinne mehr. An den meisten Tagen hält er sich in Hongtses Petroleumgeschäft auf. Männer kommen und gehen. Manche von ihnen tragen die enganliegenden Hosen und Uniformen der Kuomintang. Andere sind westlich gekleidet oder haben traditionelle chinesische Gelehrtenkleidung an. Sie sind nicht wie Hongtses übliche Kunden, sondern haben etwas Ungehobeltes an sich und zischen die Namen von Städten und Kreuzungen. Es scheint mehr gestritten als Kerosin verkauft zu werden. Von einem Sessel in der Ecke aus schaut Hongtse diesem Treiben finster zu und murmelt etwas von Respekt gegenüber Eltern, doch Longwei ignoriert ihn. Irgendwann verstummt er und lauscht den barschen, nachdrücklichen Worten, die Longwei mit diesen Männern wechselt. Longwei nennt sie seine Brüder, aber keiner von ihnen ist tatsächlich sein Bruder.

Jetzt studiert Meilin Longweis Profil. Er könnte ein jüngerer, skrupelloserer Hongtse sein. Beide sind über einen Meter achtzig groß, doch Longweis Schultern deuten eine Dominanz und Forschheit an, die dem alten Mann fehlt. Er ist muskulös, sein Vater dagegen schmal. An seinem linken Unterarm hat er eine lange Narbe. Stammt sie von einem Kampf? Sie bemüht sich, irgendwelche Züge von Xiaowen in ihm zu entdecken – aber nein, nichts lässt vermuten, dass die beiden denselben Vater haben.

Longwei wendet sich ihr zu, so als könnte er ihre Gedanken hören. Seine Augen glitzern. Als er eine Zigarette aus der Schachtel nimmt und sie sich in den Mund steckt, bleckt er seine von Tee und Nikotin gegilbten Zähne. Das Streichholz, das er anreißt, brennt sofort. Er zündet seine Zigarette an und schnippt das Streichholz dann aus.

»Mein Bruder war ein Dummkopf.«

Meilin ist sprachlos. Hat sie ihre Gedanken eben laut ausgesprochen?

»Xiaowen war ein guter Mann«, gibt sie zurück. »Er hat kein Mah-Jongg gespielt und ist nie Sängerinnen in Teehäusern nachgestiegen. Er würde sich nicht mit diesen Ganoven abgeben, die sich im Laden den ganzen Tag über die Klinke in die Hand geben.« Sie hält inne. Longweis Züge haben sich verhärtet. Normalerweise ist Meilin zurückhaltend, aber das Treiben im Petroleumgeschäft während der letzten Wochen sorgt dafür, dass sie sich hervorwagt. »Und er würde niemals seinen eigenen Vater um Lieferungen betrügen oder die Bücher frisieren.«

Meilin erwartet einen Rüffel, ein Abstreiten oder wenigstens irgendeine Form der Rechtfertigung.

Stattdessen wirft Longwei seine Zigarette auf den Boden und tritt sie aus. Er holt tief Luft, atmet durch die Zähne aus und starrt Meilin direkt ins Gesicht, dann kommt er einen Schritt näher. Meilin weicht nicht von der Stelle und hält seinem Blick stand.

»Ein guter Mann«, spottet er. »Gute Männer sterben oder verschwinden. Hast du das immer noch nicht gemerkt?« Er will gerade weiterreden, da rennt Renshu auf die beiden zu, in der einen Hand das Gewinnerboot, in der anderen eine neue Goldmünze. Longweis gehässige Miene hellt sich auf. Er nimmt Renshu und hebt ihn hoch. Der Junge kreischt und strampelt lachend mit den Beinen. Meilin verspürt ein Unbehagen in der Magengegend.

»Das hast du toll gemacht. Da sieht man schon, was in dir steckt,« sagt Longwei zu dem Jungen und setzt ihn wieder auf dem Boden ab. Doch Renshu hört gar nicht hin und rennt zu Hongtse zurück. Longwei wendet sich wieder Meilin zu. »Es kündigen sich Veränderungen an, Meilin. Erst vor zehn Tagen ist Guangzhou gefallen, und jetzt diese Niederlage in Wuhan. Wir hatten Glück, dass wir bisher nicht bombardiert worden sind, aber Changsha ist nicht mehr sicher.« Er packt sie bei den Schultern und sieht ihr in die Augen.

Meilin ist von seinem festen Griff verunsichert. Seine übliche Selbstgefälligkeit ist verschwunden. Warum hat er ihr nicht widersprochen, als sie ihn herausforderte?

»Du musst dich bereithalten. Sei auf alles gefasst. Hast du verstanden?« Von ihm geht eine flirrende, tabakgeschwängerte Hitze aus. Dann hebt er den Kopf und blickt an Meilin vorbei. Wonach auch immer er gesucht hat, jetzt sieht er es endlich. Er drückt noch einmal fest ihre Schultern, dann lässt er sie los und geht weg.

Meilin schluckt und massiert ihre Schulter.

Eine dreiköpfige Familie hat sich an einem nahegelegenen Grab versammelt: die Eltern und ein kleines Mädchen. Sie haben Weidenkörbe voller Blumen, Räucherstäbchen und andere Opfergaben dabei. Der Vater schirmt die Familie mit seinem Mantel vor dem Wind ab, während sich die Mutter hinkniet, um den Schrein vorzubereiten. Das Mädchen legt einen Kranz aus

Kornelkirschenzweigen auf den Boden; die roten Beeren sind leuchtende Flecken an diesem trüben Tag. Mutter und Tochter arrangieren einen Stapel Orangen und stellen ein Fläschchen Chrysanthemenschnaps daneben – eine perfekte Andachtspyramide. Mit einem feinen Pinsel und einem Topf roter Farbe frischt die Mutter die verblassenden Inschriften auf, während der Vater dem Mädchen zuzwinkert. Schließlich zündet sie die Räucherstäbchen an. Alle drei verbeugen sich. Eine dünne Rauchfahne steigt auf und wird vom Wind davongetragen.

Eine plötzliche Bö weht das nur locker festgehaltene Höllengeld aus Meilins Hand. Hastig sammelt sie die nassen Fetzen wieder ein; sie sind jetzt verknittert und schmutzig.

Changsha, Provinz Hunan, China, November 1938

Heute fühlt sich alles anders an für Renshu. Die Stimmen, die aus dem Ladenbereich im Erdgeschoss heraufdringen, sind lauter als sonst. Die Tür öffnet und schließt sich alle paar Minuten. Eine Parade schwerer Schritte bewegt sich rein und raus.

Er widmet sich einer vertrauten Beschäftigung: Während seine Ma näht, durchwühlt Renshu die drei übereinandergestapelten Fächer ihres Nähkorbs und sucht unter den Garnspulen seine Lieblingsfarben heraus. Pfauenblau, kaiserliches Purpur, Gold wie eine Tasse Oolong-Tee. Konzentriert beißt er sich auf die Lippe und ordnet die Spulen der Länge nach nebeneinander auf dem Holzboden an. Dann gibt er allen dreien mit einem langen Holzbrett gleichzeitig einen Stoß. Die farbigen Garne rollen sich wie ein leicht zittriger Regenbogen ab. An manchen Tagen gewinnt die schnellste Spule, an anderen Tagen ist es die, die am weitesten rollt. Er wickelt die Garne wieder auf und lässt dann andere Farben und Kombinationen gegeneinander antreten, damit sich ein Champion herauskristallisiert.

Als er von dem Spiel genug hat, kramt er in der geschnitzten Zinnoberdose voller Jadeamulette, goldener Glöckchen und silberner Münzen herum, die seine Mutter neben sich stehen hat. Hin und wieder nimmt sie eine Münze und näht weiter. Er hat den Eindruck, dass sie seit Wochen nichts anderes macht. Es gefällt ihm, sich die Jadeanhänger genau anzusehen: eine Pflaume, eine Schlange, ein Buddha. Er hält einen nach dem anderen gegen das Fenster und beobachtet, wie das Sonnenlicht hindurchfällt und die weißen Adern im grünen Stein enthüllt. Sein Lieblingsstück ist die dreibeinige Kröte, die eine Goldmünze im Maul trägt; und das Beste daran ist, dass man die Münze kreisen lassen kann. Renshu stößt sie mit dem Zeigefinger an und sieht ihr bei ihrem ungleichmäßigen Rattern und Schwirren zu, bis sie wieder zum Stillstand kommt. Dann lässt er sie erneut kreisen.

Als sie die Treppenstufen quietschen hören, runzelt Meilin die Stirn. Sie bringt Renshu zum Innehalten, nimmt ihm seine Schätze aus der Hand, legt sie in die Dose zurück, schließt den Deckel, und verstaut sie wieder im untersten Fach des Nähkorbs. Anschließend faltet sie ihre Näharbeit darüber. Renshu spürt, dass sie es eilig hat. Er richtet das mittlere Fach des Korbes so aus, dass es genau einrastet. Dann legt Meilin das oberste, mit Spulen, Nadeln, Knöpfe und Scheren gefüllte Fach obenauf. Als sie ihr Strickzeug zur Hand nimmt, atmet sie tief durch, und der besorgte Ausdruck auf ihrem Gesicht verblasst. Renshu greift sich eine Handvoll Knöpfe, die er dem Onkel oder dem Großvater, seinem Yeye, zeigen kann, je nachdem, wer gerade zu ihnen kommt.

Es ist der Onkel mit zwei großen Männern. Normalerweise springt Renshu seinem Onkel in die Arme, sobald er ihn erblickt, doch die Fremden schüchtern ihn ein, und er verhält sich still. Die Männer transportieren eine große Holzkiste und riechen auf eine für Renshu ungewohnte Art nach Leder und Rauch. Einer der beiden trägt dicke Stiefel, der andere hat einen langen Bart und Schnauzer. Der Onkel und seine Ma fangen an zu streiten.

Der Onkel zeigt auf einige der Antiquitäten, worauf die Männer die Kiste öffnen und anfangen, Dinge hineinzuladen: Leuchten, Gemälde, kleine Statuen. Anfangs packen sie achtlos, aber dann richtet Renshus Ma einige strenge Worte an sie und holt hinter einem Tresen einen Stapel weicher Tücher hervor. Der Onkel gibt den Männern einen barschen Befehl, und sie nehmen alle Gegenstände wieder heraus und fangen von vorn an. Diesmal verwenden sie die Tücher, um jedes Teil einzuwickeln. Der Onkel geht zu einem Bottich in der Ecke, in dem zahlreiche Bildrollen stehen. Er nimmt einige davon heraus und stellt Ma eine Frage. Sie ist nicht einverstanden. Mit einem finsteren Blick gibt sie ihm eine Dose mit Amuletten, jedoch nicht die aus dem Nähkorb. Die Männer haben die Kiste inzwischen mit Kostbarkeiten gefüllt und nageln jetzt den Deckel darauf. Nachdem sie die Kiste geschultert haben und wieder verschwunden sind, seufzt Ma tief und lässt sich mit dem Rücken an der Tür zu Boden sinken.

Nach ein paar Minuten steht Meilin auf und geht in ihr Schlafzimmer. Renshu hört, wie sie Möbel verschiebt. Dann kommt sie mit einem länglichen Holzkästchen zurück. Sie bedeutet ihm, dass er sich an einem niedrigen Tisch, auf dem bis eben noch Drachenlaternen und geschnitzte Phönix-Figuren standen, neben sie setzen soll. Dann fordert sie ihn auf, das Kästchen zu öffnen. Renshu entdeckt eine Bildrolle, nimmt sie heraus und entknotet die Kordel mit der Quaste. Meilin beugt sich vor und hilft ihm, die Rolle flach auf den Tisch zu legen und vorsichtig zu entrollen. Als die erste Szene vollständig sichtbar ist, berührt sie kurz seine Hand, um ihn zu stoppen. Ihre andere Hand schwebt über den Schriftzeichen, die sie vorliest. Dies, erklärt sie ihm, ist eine Geschichte über reisende Gelehrte. Hier gehen sie mit ausgeruhten Beinen und leuchtenden Augen los. Sie werden dem Fluss und der Sonne folgen.

Unter ihnen im Petroleumgeschäft sind laute Streitigkeiten und raues, freudloses Gelächter zu hören. Besorgte Worte dringen zu ihnen: *Die Japaner greifen von Norden und Süden an. Sie nehmen uns in die Zange.*

Renshu stupst Meilin an. Er möchte mehr sehen. Während er die nächste Szene aufrollt, wickelt Meilin den Teil wieder zusammen, den sie gerade betrachtet haben. Erneut tippt sie auf seine Hand, sobald die zweite Szene ganz zu sehen ist, und trägt den poetischen Text vor, der aus ihrem Mund wie Musik klingt. So machen sie den ganzen restlichen Nachmittag über weiter. Szene für Szene reisen sie durch die Bildrolle, entdecken Details und erfinden Geschichten. Meilin weist Renshu auf ihre Lieblingsstellen hin: Hier schläft der Tiger, so dass die Reisenden gefahrlos passieren können. Dort, mitten auf dem belebten Markt, gewinnt der schlaueste Gelehrte bei einem Spiel, das Glück und Scharfsinn erfordert. Auf schmalen Brücken über Gebirgsbächen denken die Gelehrten über die Beständigkeit ewig fließender Bewegung nach.

»Renshu«, flüstert seine Ma, »ist dir aufgefallen, dass sich keiner der Reisenden je umdreht? Sie bewegen sich durch die Landschaften und blicken nicht zurück.«

Aus dem Laden dringen Zigarettenrauch und das Klappern von Petroleumflaschen herauf. Gerede von Brücken, Eisenbahnstrecken und Flüssen kriecht die Wände hoch. *Lasst nichts zurück, was Wert hat!*

»Merke dir«, sagt sie, »diese reisenden Gelehrten tragen alles, was sie brauchen, auf dem Rücken. Alles, was sie belastet, lassen sie zurück. Denk immer daran«, sagt sie, »dass Reue eine schwere Last ist.« Und als sie den Arm um Renshu legt und auf den Reisenden zeigt, der sich am Ende seiner langen Reise unter Kirschblüten ausruht, flüstert sie: »Und präg dir ein, dass einen Obstgarten zu haben, eine Ehrung der Generationen bedeutet, die vorher kamen und die noch kommen werden.«

Er nickt. Er wird es sich merken.

Als in dieser Nacht eine Hand ihre Schulter ergreift und sie wachrüttelt, ist Meilin nicht überrascht. Longwei spricht leise, aber mit Nachdruck.

»Wir müssen fort von hier. Jetzt sofort. Nimm die Hintertür.«

Sie schlägt die Augen auf und erkennt gerade noch, wie seine Silhouette durch die Zimmertür verschwindet.

Es ist still und dunkel, aber als sie ganz genau lauscht, hört sie im Haus auf der anderen Seite des Innenhofes Geraschel.

Meilin zieht ihren Nähkorb heran, klappt die Fächer auseinander und überprüft, ob sich die Dose mit den Münzen und Amuletten noch in der untersten Ebene befindet. Unter ihrem Bett holt sie zwei Seidenjacken hervor, eine große und eine kleine, die sie seit Wochen mit Geldscheinen und Münzen gepolstert hat. Die schweren weichen Bündel in ihren Händen wirken sehr beruhigend auf sie. Sie legt sie zur Seite; sie werden die Jacken gleich anziehen. Auf dem Boden steht das Kästchen mit der Bildrolle. Sie wickelt es in Stoff ein und legt es in ihren Korb. Das Herz schlägt ihr bis zum Hals, in ihren Augen stehen Tränen. Aus dem Haus kommen noch mehr gedämpfte, hektische Geräusche. Meilin klappt ihren Nähkorb wieder zu und zieht die Griffe zusammen. Auch der Korb ist schwer, aber er enthält nichts, was sie zurücklassen will.

Draußen wird ein Karren vorbeigezogen. In den anderen Häusern und auf den Straßen funkeln noch ein paar Lichter. Sie steht da und betrachtet Renshu; seine Augen sind geschlossen, sein Atem ist ruhig und warm. Ein weiterer Karren hält vor dem Haus, und sie hört grimmiges Geflüster. Sie verharrt noch dreißig Sekunden in absoluter Reglosigkeit. Dann atmet sie tief durch und legt ihre Hand um seine kleine Schulter.

Auf dem Karren streckt Renshu die Beine aus und drückt sie gegen den Nähkorb. Kaum, dass sie ihre Straße hinter sich gelassen haben und sich dem Markt nähern, erschüttert eine Explosion die Luft. Renshu windet und reckt sich, um etwas zu sehen, doch Meilin hält ihn noch fester und schirmt seinen Blick ab. Sie gibt ihm ein Vexierbild aus Holz und trägt ihm auf, die Affen zu zählen. Diese Aufgabe erfordert seine ganze Konzentration und sorgt dafür, dass er nicht um sich blickt.

Die Nacht wird von einer sengenden Helligkeit erleuchtet. Flammen knistern, und der Wind trägt laute Schreie heran. Meilins Augen brennen von dem Rauch; ihr Herz rast. Als sie sich umdreht, schnappt sie laut nach Luft: Hongtses Geschäft brennt.

»Was ist denn, Ma?«, fragt der zappelnde Renshu.

Meilin unterdrückt ihre Angst und reißt sich zusammen. »Schhh, es ist alles gut«, beschwichtigt sie ihn.

Han, der Diener, der den Karren zieht, biegt in eine Gasse ab.

»Wo gehen wir hin? Was ist mit den anderen?«, fragt sie.

»Großes Feuer, Madame, großes Feuer! Zum Treffunkt«, sagt er und läuft weiter.

Alarmglocken erklingen. Sie kommen an immer mehr Gebäuden vorbei, die lichterloh in Flammen stehen.

Es hat nicht nur das Geschäft von Dao Hongtse getroffen.

Die ganze Stadt ist ein Flammenmeer. Die Straßen füllen sich mit Menschen, die vor dem Feuer fliehen, manche in Karren, ganze Familien in Fuhrwerken, die mit Möbeln, Töpfen und Reissäcken beladen sind. Viele Leute sind zu Fuß unterwegs und balancieren Tragstangen mit eilig gepackten, überquellenden Körben. Einige sind nur in Nachtwäsche und mit dem, was auch immer sie in der Eile noch greifen konnten aus ihren Häusern geflohen. Armeefahrzeuge wälzen sich gegen den Strom auf die brennende Stadt zu. Ein paar Wagen, die in dem Chaos feststecken, hupen und Motoren heulen auf. Die Feueralarmglocken dringen durch den Rauch und die Flammen.

Der Karren holpert über die unebene Straße und lässt Meilins Zähne klappern. Han biegt so schnell um eine Kurve, dass Renshu Meilins Armen entgleitet und an den Rand des Sitzes geschleudert wird. »Ma!«, schreit er voller Angst. Meilin zieht ihn auf ihren Schoß zurück, beugt sich vor, um ihn abzuschirmen, und hält ihm Augen und Ohren zu.

Eine weitere Explosion lässt ihre Lungen erbeben wie bei einem Donner. Kisten fallen hinten vom Karren herab, aber Han hält nicht an. Ein heißer Luftstrom rauscht, Rauch und Funken in die Nacht blasend, über sie hinweg.

Meilin blickt noch einmal über ihre Schulter. Obwohl die Flammen die Luft zum Flirren bringen, läuft es ihr kalt über die Arme. Sie wird nicht noch einmal zurückschauen.

2

Auf dem Weg ins Landesinnere, China, November 1938

Am Bahnhof sagt Han ihnen, dass sie absteigen und auf die anderen warten sollen. Erst als er ihr auf die Schulter tippt, bemerkt Meilin, dass sie sich völlig verkrampft hat, ihre Kiefer sind aufeinandergepresst, die Fäuste geballt. Trotz der Hitze, die vom Feuer ausging, bibbert sie. Han legt ihr eine Decke um.

Noch ehe Meilin ihn irgendetwas fragen kann, eilt er davon. Meilin schaut sich wie betäubt um. Der Bahnhof ist bereits voller Menschen. Sie erspäht eine freie Nische und lenkt Renshu dorthin.

»Ma, was ist los?«, fragt Renshu.

»Wir warten noch auf jemanden. Hier!«, sagt sie und hebt ihn auf eine Mauer, so dass er die Menge überschauen kann. »Siehst du irgendwo den Onkel oder den Großvater?« Sie bemüht sich um einen ruhigen, optimistischen Ton.

Er reckt den Kopf suchend in alle Richtungen. Wieder und wieder berichtet er, dass er sie noch nicht erblickt hat, und hält weiter Ausschau.

Wenn er ihr Gesicht nicht sehen kann, verschwindet Meilins Lächeln. Ihr schwirren tausend Fragen durch den Kopf. Wusste Longwei, dass es zu dem Brand kommen würde? Meinte er das, als er sie gewarnt hatte? Warum brennt es an so vielen Orten? Um sie herum werden Gerüchte ausgetauscht: *Die Japaner haben Changsha angezündet. Nein, das war die Kuomintang, sie tut alles, um den Feind am Vorrücken zu hindern. Nein, das waren*

Banditen, die das Chaos um seiner selbst willen lieben. Der Generalissimus hat es befohlen. Nein, er würde uns niemals so verraten.

Renshu schaut auf Meilin herab und schüttelt den Kopf, er ist den Tränen nahe. »Ich kann sie nicht sehen, Ma.«

»Schon gut, sie werden bald hier sein.« Sie hilft ihm von der Mauer herunter. Renshu setzt sich auf ihren Schoß und schmiegt sich an sie, sein Kopf ist direkt unter ihrem Kinn.

»Wo ist mein Yeye, Ma?«

»Keine Angst, er kommt bald.«

Ein paar Minuten später: »Ma, warum mussten wir von zu Hause weg?«

»Schhh«, macht sie.

»Ich will nach Hause.« Er klettert von ihrem Schoß herunter. »Warum sind hier so viele Leute? Mir ist kalt. Ich will zu Großvater. Ma!« Er hält sein Gesicht unmittelbar vor ihres. »Ich will nach Hause.«

»Schluss jetzt!«, fährt sie ihn an.

Vor Schreck füllen sich seine Augen mit Tränen, und er beginnt laut zu schluchzen.

Meilin verflucht sich selbst. Sie hatte ihn nicht so anherrschen wollen. Sie zieht ihn wieder auf ihren Schoß und streicht ihm über den Rücken, um ihn zu beruhigen. Renshu schluchzt tonlos weiter.

Wo bleiben die anderen? Was, wenn sie nicht kommen? Soll sie zurückgehen? Aber zurück wohin? Welches Ziel haben all die anderen Leute? Soll sie ihnen folgen? Nein, sie wartet besser. Wenn Longwei Han aufgetragen hat, sie am Bahnhof abzusetzen, dann muss er einen Plan haben. Sie betastet den Saum ihrer Jacke und spürt die eingenähten Münzen. Was sollen sie nur tun, wenn die anderen nicht kommen? Feueralarmglocken übertönen die Rufe und das allgemeine Durcheinander.

»Meilin!«, erklingt Longweis Stimme über den Lärm hinweg. Longwei, Wenling und die Mädchen sind endlich da. Wenling wirkt aufgeregt, als sie von ihrem Karren absteigt, die Mädchen schauen sich mit geweiteten Augen um und sind ungewöhnlich still. Longwei macht sich daran, das Gepäck abzuladen.

»Ihr seid in Sicherheit, ihr seid in Sicherheit!«, ruft Meilin erleichtert, schiebt Renshu von ihrem Schoß und springt auf. Der Junge ergreift ihre Hand und presst sich an sie. Meilin legt einen Arm um ihn. »Und die anderen? Wo sind die?«, fragt sie.

Longwei stockt. »Sind sie nicht hier? Han sollte sie eigentlich herbringen.«

Meilin schüttelt den Kopf. »Er ist nicht zurückgekommen.«

Longwei schaut sich um. Es wirkt, als würde er die ganzen Menschen, den Lärm und die Verzweiflung erst jetzt wahrnehmen.

»Han … er …« Er spricht seinen Satz nicht zu Ende und durchsucht die Menge weiter mit seinen Blicken. »Sie werden bald kommen.«

Longwei winkt jemandem und verschwindet in der Menge. Das muss Han sein. Doch nein, Longwei strebt auf einen Offizier zu, der neben einem Militärfahrzeug wartet. Der Offizier sagt etwas und übergibt ihm Papiere. Longwei blättert die Dokumente durch, spricht mit dem Offizier und gestikuliert dann in Richtung der Stadt. Sie diskutieren, schauen auf die Gleise und überblicken dann die Menge. Mehr als einmal nimmt Longwei Haltung an und nickt.

Schließlich kommt er, mit den Papieren wedelnd, zurück. Das Gespräch mit dem Offizier scheint seine Stimmung verändert zu haben. »Bahnfahrkarten.« Sein Tonfall ist streng. »Bald kommt ein Zug. Den müssen wir nehmen.«

»Aber was ist mit den anderen? Sollten wir nicht auf sie warten?«, fragt Meilin.

Longwei ignoriert sie. Er zeigt auf das Gepäck und befiehlt seiner Familie, umzupacken. »Jeder nur ein Koffer. Den Rest lasst ihr bei Xu«, sagt er, auf seinen Fahrer zeigend. Von der befremdlichen Situation und Longweis strengem Ton eingeschüchtert, durchwühlen Wenling und die Mädchen ihre Koffer, und überlegen verzweifelt, was sie behalten sollen. Renshu steht neben Liling und Lifen und hebt alles, was sie zurücklassen müssen – Bücher, kleine Puppen, Holzkämme, Seidenkleider – auf, nur um es gleich wieder hinzulegen.

»Hast du von dem Feuer gewusst?«, fragt Meilin Longwei in einem herausfordernden Ton.

»Ich hab dir ja gesagt, dass du auf alles gefasst sein sollst.«

»Und was ist mit dem Rest der Familie?«, bohrt Meilin.

»Xu geht sie suchen, und mein Kollege setzt sie dann in einen anderen Zug. Wir können nicht länger warten, wir müssen hier weg.«

»Wohin?«

»Die Japaner rücken von Wuhan aus vor. Manche behaupten, dass sie schon am Dongting-See sind. Und von Süden, aus Guangzhou, kommen noch mehr feindliche Truppen. Wir werden in die Zange genommen.« Er hebt die Hand und macht mit Daumen und Zeigefinger eine entsprechende Geste. »Wir haben keine Zeit zu verlieren. Wir müssen los«, erklärt er knapp.

Sie sieht ihn ungläubig an. »Aber dein Vater, du kannst ihn doch nicht …«

»Ich lasse ihn nicht zurück. Ich habe es doch gerade gesagt, Xu sucht nach ihnen.«

Man hört das Pfeifen und Quietschen eines einfahrenden Zuges. Wenling und die Mädchen stehen stumm da, jede mit einem Koffer in der Hand. Renshu kehrt an Meilins Seite zurück.

»Du lässt sie *wohl* zurück«, beharrt Meilin.

»Was soll die Diskussion?«, brüllt Longwei. Sein Blick wandert über das Menschengedränge, dann zu dem Zug. »Mein Vater«, sagt er betont langsam und sieht dabei erst Meilin, dann Renshu und dann wieder Meilin an, »mein Vater würde sicher sein wollen, dass der Name unserer Familie geschützt wird.«

Die Menschen sammeln ihre Besitztümer ein und bewegen sich in Richtung Bahnsteig.

»Wo fahren wir hin?«, fragt Meilin noch einmal.

»Nach Chongqing, in die neue Hauptstadt. Der Zug bringt uns zum Jangtsekiang, und dort nehmen wir ein Schiff nach Westen, ins Landesinnere. Die Regierung zieht um, und wir folgen ihr.«

Meilin blickt noch einmal suchend in die Menge und hofft, Hongtse oder den Rest der Familie zu entdecken.

»Worauf wartest du noch?«, fragt Longwei. »Die Stadt steht in Flammen, das Geschäft ist niedergebrannt. Das hier ist unsere Chance. *Seine* Chance.« Damit greift er Renshu mit einer Hand und seinen Koffer mit der anderen, und geht voran.

Meilin ist übel vor Fassungslosigkeit und Bestürzung; sie schnappt ihren Korb und eilt ihm nach.

In dem überfüllten Zug sitzt Renshu auf Meilins Schoß. Trotz ihrer anfänglichen Bedenken versteht Meilin jetzt, dass sie Glück hatten, überhaupt Fahrkarten bekommen zu haben. Longwei hat die richtigen Freunde, die richtige Art Einfluss.

Der Zug bewegt sich schleppend in Richtung Norden. An den Bahnhöfen steigt niemand aus; es drängen immer nur noch mehr Menschen herein, die mit ramponierten Koffern und sperrigen Bündeln bepackt sind. Zu denen, die vor dem Feuer flüchten, gesellen sich andere, die ihre Häuser und Städte den Japanern überlassen. Die Luft in dem Waggon ist dünn und abgestanden – die Ausdünstungen zu vieler Körper vermischen sich mit dem Geruch von Kampfer und Speiseöl. Renshus Gesicht ist rot und fleckig. Seine Haut muss unter den vielen Kleidungsstücken jucken und verschwitzt sein. Schließlich nickt er ein und döst unruhig vor sich hin. Als der Zug endgültig überfüllt ist, klettern Menschen aufs Dach und wappnen sich für die beißend kalten Novemberwinde.

Mitten in der Nacht, in der Stunde der tiefsten Dunkelheit, kommt der Zug abrupt zum Stehen. Es ist kein Bahnhof in der Nähe. *Was ist los? Wo sind wir?* Meilin versucht ihre Benommenheit abzuschütteln und weckt Renshu.

»Wach auf!«, flüstert sie.

Er dreht den Kopf weg und lehnt sich an Wenling, die erstarrt und sich erhebt. Renshus im Schlaf erschlaffter Körper kippt in die warme Lücke, die sie hinterlässt.

»Renshu!« Meilin rüttelt an seinem Arm und versucht ihn hochzuheben. »Renshu, wir müssen gehen!«

»Ma?« Er macht die Augen auf und wieder zu.

Als Meilin es endlich geschafft hat, Renshu zum Aufstehen zu bewegen, schnappt sie sich ihren Korb. Immer noch im Halbschlaf stolpert Renshu widerwillig durch den Gang, und Meilin hilft ihm beim Aussteigen.

Die Menschen strömen aus den Waggons, gehen in Richtung Norden weiter und lassen die riesige, verstummte Lokomotive hinter sich zurück. Renshu verliert den Anschluss, und Meilin hat Mühe, die Silhouetten von Longwei, Wenling und den Mädchen nicht aus den Augen zu verlieren.

Sie schaut sich nach dem Zug um. Die Gleise erstrecken sich bis zum fernen Horizont, parallele Linien, die im Mondlicht glänzen. Dann richtet sie den Blick nach vorn. Dort glänzt nichts. Die Gleise fehlen. In dieser verwirrenden Nacht scheint jedes Mal, wenn sie sich umdreht, wieder etwas anderes weggerissen oder verschwunden zu sein.

»Was ist mit den Gleisen passiert?«, fragt jemand, und Meilin beugt sich vor, um die Antwort nicht zu verpassen.

»Die verdammten Japsen haben sie gestohlen!«, antwortet ein Mann.

»Nein, das war unsere Armee«, widerspricht jemand anderes. »Sie haben sie demontiert, um den Vormarsch des Feindes zu verlangsamen.«

»Aber was ist mit uns?«, fragt der Mann zurück.

Die Antwort ist nicht zu verstehen.

Die ganze Nacht hindurch gehen und gehen sie. Als die Kinder zu müde sind, um weiterzulaufen, suchen sie für ein paar Stunden in einem kleinen Wäldchen Schutz. Doch Meilin kann nicht schlafen; dazu ist sie viel zu besorgt um Hongtse und den Rest der Familie und zu nervös, weil sie keine Ahnung hat, was ihnen bevorsteht. Renshu windet sich auf der Suche nach Trost unruhig in ihren Armen. Irgendwann nickt er endlich ein, und auch Meilin döst ein wenig, horcht aber weiter auf die Geräusche der übrigen Familien in der Nähe.

Bei Tagesanbruch erwacht Meilin und stellt fest, das Longwei nicht da ist. Wo ist er hin? Auf der anderen Seite eines Ackers erblickt sie ein kleines Dorf. In der Dunkelheit der letzten Nacht hat sie nicht bemerkt, wie nah es ist. Wenling und die Mädchen schlafen eng aneinander gekuschelt. Doch Renshu wacht auf, als seine Ma sich regt. Meilin reibt seine kalten Hände zwischen ihren, um sie aufzuwärmen.

»Wo ist der Onkel?«, fragt er und beobachtet die Menschengruppen, die sich die Straße entlangschieben. Manche sind zu Fuß unterwegs, andere sitzen auf Karren oder in Rikschas.

»Ich bin mir nicht sicher. Er kommt bestimmt gleich zurück«, antwortet Meilin.

Aber dann fängt Renshu wieder mit seinen Fragen an. *Wo ist Großvater? Warum haben wir ihn nicht mitgenommen? Was ist mit dem Zug passiert? Warum haben wir draußen geschlafen? Können wir wieder nach Hause gehen?*

Meilin hat keine Ahnung, wie sie Renshu das alles erklären soll. Sie weiß ja nicht einmal, wie sie es sich selbst erklären soll. Einen Moment lang ist er still. Dann kommt: »Wo ist das Bild mit den Affen?«

Endlich eine Frage, die Meilin beantworten kann. Sie holt das Vexierbild aus dem Korb und reicht es ihm.

Als Renshu bis zum siebenundsechzigsten Affen gezählt hat, sieht sie Longwei über das Feld zurückkommen. Er sitzt neben einem Bauern auf einem blauen Eselskarren. Renshu lässt das Bild fallen und rennt Longwei entgegen. »Onkel!«

Sein Schrei weckt Wenling und die Mädchen auf. Im unbarmherzigen Morgenlicht sieht Meilin verschmierte Makeup-Spuren in Wenlings Gesicht. Wenling greift nach ihrem Koffer, nimmt einen kleinen Spiegel und ihr Kosmetiktäschchen heraus und wischt sich den Schmutz des gestrigen Tages ab.

Longwei erklärt, dass der Bauer, Hu, und sein Esel ihnen helfen werden. In dem Karren sind ein paar Decken, Bambusmatten, die sie auf den Boden legen können, und ein Beutel mit Süßkartoffeln und Kohlköpfen.

Sie essen und laden anschließend ihre Koffer auf Hus Karren. Die Kinder wechseln sich mit Laufen und Mitfahren ab. Und so geht es voran. Laufen, fahren, laufen, fahren, in der endlosen, langsamen Prozession aus Karren, Lastwagen, Konvois und Menschen zu Fuß, die zum Jangtsekiang unterwegs sind. Abends suchen sie unter Bäumen Schutz und parken den Karren in ihrer Nähe. Wenn sie durch ein Dorf kommen, suchen sie den Markt auf, um Lebensmittel einzuhandeln. Mit jedem Tag, der vergeht, schmerzen die Füße mehr und sinkt die Laune weiter. Und mit jeder Nacht schwindet die Hoffnung, sich mit Hongtse oder den anderen wieder zu vereinen, mehr. Selbst wenn ihre Familie das Feuer überlebt hat, wie sollen sie die anderen jemals finden?

Es ist eine Woche her, dass sie Changsha verlassen haben. Sie sind nicht mehr weit von der Stadt Yueyang entfernt, als ein Jeep vorfährt und ein Offizier aussteigt, um mit Longwei zu sprechen. Die beiden gehen außer Hörweite, doch Meilin behält sie genau im Blick. Longwei wirkt zunächst zurückhaltend, so als versuche er den Mann und dessen Nachricht erst einzuschätzen. Dann zieht er die Brauen nach oben und reißt die Augen weit auf. Meilin hört das Wort »Generalissimus«. Longwei nickt heftig und gestikuliert in die Richtung von Meilin, Wenling und den Kindern, doch der Offizier schüttelt den Kopf, als er seinem Blick folgt. Longwei runzelt die Stirn, der Offizier salutiert, steigt in seinen Jeep und wartet.

Longwei kommt herüber und erklärt ihnen, dass er in den Süden gehen müsse; er werde bei einer wichtigen Konferenz in Hengyang gebraucht. Sie müssten ohne ihn weiterziehen.

»Du lässt uns im Stich?«, fragt Wenling ungläubig.

Er späht schnell zu dem wartenden Jeep. »Es ist zu gefährlich für euch, wenn ihr mitkommt. Du und Meilin geht am besten nach Yueyang und wartet dort. Ich schicke euch jemanden, der euch nach Yichang bringt. Und da treffen wir uns dann nach der Konferenz wieder.«

»Aber was ist, wenn die Stadt besetzt wird?«, platzt es aus Meilin heraus, die damit laut ausspricht, wovor alle Angst haben.

»Oh!«, kreischt Wenling. »Diese japanischen Banditen werden uns foltern und töten! Du bist ein egoistischer Mistkerl, wenn du deine Frau und deine Kinder im Stich lässt!« Ihre verzweifelte Stimme hebt sich. »Nimm uns mit oder bleib hier! Wir brauchen dich!«

Longwei stellt sich stramm hin. »Mein Land braucht mich«, sagt er in gemessenem Tonfall.

Wenling und Longwei starren sich an.

»Dann geh«, sagt Wenling schließlich in einem eisigen Ton. Ihr Haar ist ungekämmt und ihr Gesicht bleich. In den letzten Tagen hat sie den Versuch aufgegeben, sich morgens zu schminken. »Geh und lass dich umbringen und werde zu einem nutzlosen, toten Helden, wie dein Bruder.« Sie dreht sich um und zieht ab; Lifen folgt ihr.

»Ich hab keine Zeit für solchen Unsinn, Frau!«, schreit Longwei ihr hinterher. Er beschließt, ihren Ausbruch nicht weiter zu beachten, und nimmt seinen Koffer von dem Karren. Nachdem er seine Sachen durchwühlt hat, spricht er mit Hu.

Meilin versucht, Renshu und Liling zu beschwichtigen, die beide weinen. Sie setzt die Kinder auf eine Bambusmatte und reicht ihnen die gedämpften Teigtaschen, die sie für die heutige Tagesreise aufgehoben hat. Die schmutzigen Kindergesichter sind von Tränen verschmiert. »Esst langsam«, sagt sie. »Ich rede mit dem Onkel. Was auch immer passiert, ich sorge dafür, dass ihr in Sicherheit seid. Das verspreche ich.«

Als sie sich Longwei nähert, dreht er sich zu ihr um und sieht sie derart durchdringend an, dass sie Gänsehaut bekommt. Er hält einen dicken Umschlag voller Bargeld in der Hand.

»Meilin, wenn ich weg bin, bringt Hu euch zu einem Eselspfad, der so aussieht, als ob er nicht mehr benutzt würde. Hu wird euch einen kürzeren Weg durch die Felder zeigen und euch dann verlassen. Bei Anbruch der Dämmerung nehmt ihr die Abkürzung und geht zu diesem Haus.« Longwei legt den Umschlag auf seinem Koffer ab, skizziert auf der Rückseite einen Stadtplan und malt in eine der Seitenstraßen ein X. Er fügt einen Namen und eine Adresse hinzu. »Dort wartet ihr auf Geleitschutz.« Er reicht Meilin den Umschlag.

Meilin liest den Namen laut vor: »Liu Shufan.«

»Vertrau mir, Meilin. Shufan kümmert sich um euch.« Er spricht Shufans Namen nur leise aus.

Meilin wirft einen Blick auf Wenling, die schmollend neben einem Busch steht. »Wenling hat recht, das ist Wahnsinn. Du weißt doch, was die japanischen Soldaten in Nanking getan haben. Wie kannst du nur glauben, dass das sicher ist?«

Er schüttelt den Kopf. »Ich habe nie gesagt, dass es sicher ist. Aber es ist das Beste, was wir jetzt tun können. Wenn ich nicht nach Hengyang fahre, kann ich uns alle nicht mehr beschützen.«

»Fährst du denn auch nach Changsha zurück und suchst nach Hongtse? Und hinterlässt du eine Nachricht für Xiaowen, für den Fall, dass er nach Hause kommt und uns nicht findet?«

Longweis Miene wird milder. »Meilin«, beginnt er sanft, »mein Vater, mein Bruder …« Seine Stimme verklingt.

Meilin kann den Gedanken an das, was er nicht ausspricht, nicht ertragen. »Es ist zu gefährlich, sich zu trennen, Longwei. Was, wenn etwas schiefgeht? Wie sollen wir dich in Yichang finden?«

Er schaut sie erneut eindringlich an und steckt noch mehr Geld in den Umschlag. »Du denkst immer voraus, nicht wahr? Es wird schon alles gutgehen, wartet einfach nur in Yueyang auf den Geleitschutz. Und falls doch etwas schiefgeht, sollte das Geld ausreichen, um euch nach Yichang zu bringen. Dann können wir uns dort am Huangling-Tempel treffen.«

»Wann?«

»In zwei, drei Wochen? Wenn ich als Erster dort bin, warte ich auf euch. Wenn ihr als Erste ankommt, wartet ihr auf mich.«

Er überreicht ihr den Umschlag genau in dem Moment, als Wenling und Lifen zurückkommen. Das dicke Bündel Bargeld hat eine beruhigende Wirkung auf Meilin. Es bestätigt eine Vereinbarung zwischen ihr und Longwei, eine Abmachung. Wenling schweigt. Longwei streckt die Hand nach ihr aus, doch sie macht einen Schritt zurück und entzieht sich der Berührung. Gedankenverloren umarmt er seine Töchter und drückt Renshus Schulter.

»Bleibt zusammen! Versprecht ihr mir das?« Er wartet, bis sowohl Meilin als auch Wenling nicken. »Wir sehen uns in Yichang.«

Damit nimmt er seinen Koffer und geht zum Jeep.

Nachdem Longwei abgefahren ist, gibt Meilin seine Anweisungen an Wenling weiter. Sie hört zu, ohne sie zu unterbrechen, doch in ihrer Miene stehen Angst und Wut. Als Meilin fertig ist, presst Wenling ihre Lippen zu einer dünnen Linie zusammen.

»Also gut«, sagt sie. Sie wühlt in ihrem Koffer, zieht ein Seidenkleid und eine Hose heraus und faltet sie ordentlich wieder zusammen. Dann nimmt sie ihre Haarbürste, legt sie aber wieder weg und kramt schließlich ein Paar Handschuhe hervor, die sie überstreift.

»Ältere Schwester, es tut mir leid, dass …«

»Hör auf«, schneidet Wenling ihr das Wort ab und hält eine Hand hoch, ohne von ihrem Koffer aufzublicken. »Glaub ja nicht, dass wir Freundinnen sind. Glaub ja nicht, dass du diese schreckliche Lage irgendwie wieder hinbiegen kannst. Lass es einfach.«

Meilin fühlt sich, als hätte sie eine Ohrfeige bekommen. »Wenling.« Sie ist selbst überrascht von dem Beben in ihrer Stimme und versucht sich zusammenzunehmen. Doch dann flammt Wut in ihr auf, und sie fährt mit kräftigerer Stimme fort: »Wenling, das Wichtigste ist, dass wir es nach Yueyang schaffen. Wir brauchen einander nicht zu mögen, aber wir müssen uns gegenseitig unterstützen.«

Wenling schaut Meilin an wie eine in die Ecke gedrängte, wütende Kreatur. Meilin sagt kein Wort mehr. Wenling packt ihre Sachen ein weiteres Mal um und schließt den Koffer dann wieder.

In dieser Nacht bringt Hu sie zu einem großen Baum, unter dem sie warten. Als der Verkehr auf der großen Straße in den frühen Morgenstunden abgeebbt ist, wecken sie die Kinder auf. Meilin übergeht deren Fragen und versichert ihnen, dass alles gut werden wird. Sie spürt die Bürde des in sie gesetzten Vertrauens. Im Mondlicht gehen sie leise über die Äcker.

Als sie sich Yueyang nähern, sieht Meilin, dass an vielen Häusern und anderen Gebäuden japanische Flaggen wehen. Entmutigt winkt sie Wenling herbei und zeigt sie ihr. Die Stadt ist besetzt. Was nun?

»Wir müssen Liu Shufan finden«, flüstert Wenling.

Meilin nickt und zieht den Umschlag mit der Wegbeschreibung hervor. Sie bleiben im Schatten und finden schnell das richtige Haus.

Meilin holt tief Luft und klopft dann leise an.

Sie warten.

Die Frau drinnen macht die Tür nur einen Spalt breit auf, gerade lange genug, um »Verschwinden Sie!« zu sagen.

Meilin kämpft gegen die Angst an, die in ihr aufsteigt. Sie klopft ein weiteres Mal und erwähnt, dass Dao Longwei sie geschickt habe. Sofort geht die Tür ganz auf, und die Frau bittet sie eilig herein.

»Soso, Dao Longwei schickt Sie also?«, sagt sie dann mit einem leisen Lachen. »Das alte Schlitzohr weiß, dass ich alles für ihn tun würde. Welche von Ihnen ist denn seine Frau?«

»Das bin ich«, sagt Wenling.

Sie mustert Wenling von Kopf bis Fuß. »Na klar, er hatte schon immer eine Schwäche für hübsche Gesichter.«

Wenling blickt sie finster an.

»Und Sie?«, fragt Shufan Meilin.

»Er ist mein Schwager.«

»Ah, richtig!« Liu Shufan scheint sich an etwas zu erinnern. »Sie müssen die Frau von Xiaowen sein. Longwei hat mal von Ihnen erzählt.«

Bei der Erwähnung Xiaowens füllen sich Meilins Augen mit Tränen, und sie kann nicht sprechen.

»Was ist den Dao-Brüdern denn zugestoßen, dass sie Sie hierherschicken?«

Wenling bringt stammelnd eine Erklärung hervor, während Meilin weiter mit den Tränen kämpft.

Nachdem Shufan die Kinder gehätschelt hat, serviert sie ihnen Schalen mit Reis, die reicher gefüllt sind, als jede andere, die sie seit ihrer Flucht aus Changsha gesehen haben. Dann füllt sie einen großen Kupferbottich mit Wasser und stellt ihn auf den Herd. Sie sollen sich waschen und danach ausruhen. Während das Wasser warm wird, zeigt Shufan ihnen ein Zimmer, dessen Tür hinter einem Küchenschrank versteckt ist. Darin liegen saubere Strohmatratzen, die mit rauen, abgenutzten Betttüchern bezogen sind. Fenster gibt es keine, doch als Shufan eine kleine Petroleumlampe anzündet, fühlt sich der Raum gleich warm und sicher an. Nachdem alle gewaschen sind, zieht Wenling sich mit den Kindern in das Zimmer zurück, um sie zu Bett zu bringen.

Draußen in der Küche hilft Meilin Shufan beim Aufräumen.

»Seit wann kennen Sie Longwei schon?«, fragt Meilin.

»Ach, schon seit vielen Jahren.« Shufan sieht Meilin mit einer Miene an, die mehr sagt als jede Erklärung. »Wir sind alte Freunde«, fasst sie zusammen. Als Wenling herauskommt, setzen sich die drei Frauen zusammen hin.

Shufan gießt drei Becher Tee ein.

»Haben Sie irgendwen gesehen, als Sie heute Morgen durch die Stadt gelaufen sind?«

Meilin und Wenling schütteln den Kopf.

Shufan steht auf und tritt ans Fenster, um durch die geschlossenen Gardinen zu spähen. Die Straße ist zum Leben erwacht. Die Menschen sind aufgestanden, um ihre Tiere zu füttern, die Nachttöpfe nach draußen zu stellen und Wasser für den Tag zu holen. »Die verfluchten japanischen Militärpolizisten gehen jeden Morgen und jeden Nachmittag Streife. Gut, dass Sie keiner gesehen hat.« Sie wendet sich wieder den beiden Frauen zu und sagt entschieden: »Sobald es heute dunkel geworden ist, zeige ich Ihnen, wie Sie wieder aus Yueyang herauskommen.«

»Aber Longwei hat gesagt, dass wir hier bei Ihnen warten sollen, bis unser Geleitschutz nach Yichang eintrifft«, protestiert Wenling.

Shufan runzelt die Stirn. »Sie können sich in dem Hinterzimmer ausruhen. Vielleicht kommt Sie ja im Laufe des Tages jemand abholen.« Dann schüttelt sie den Kopf und hält die Hände hoch. »Aber hierbleiben können Sie auf keinen Fall. Sobald es dunkel ist, müssen Sie sich auf den Weg machen.«

Wenling erbleicht. Sie kann ihre Wut kaum bezähmen. Mit zitternden Händen stellt sie ihren Tee ab und geht in das Zimmer zu den Kindern.

Meilin wendet sich an Shufan. »Bitte, dürfen wir noch ein bisschen länger bleiben? Ich bin mir sicher, dass uns niemand gesehen hat, und Longwei wird ganz bestimmt jemanden schicken.«

»Ich kann nicht riskieren, das Netzwerk in Gefahr zu bringen. Das weiß Longwei genau.« Shufan klingt entschlossen.

Unter dem Tisch zupft Meilin an dem Bündchen ihrer Jacke herum. Mit schnellen Fingerbewegungen löst sie die Naht, zieht eine Goldmünze heraus und legt sie auf den Tisch. »Bitte!«

Shufan zögert, nimmt dann aber die Münze. Sie dreht sie in ihrer Handfläche um, spuckt darauf und poliert sie, bis sie glänzt. Schließlich beißt sie darauf und untersucht die winzigen Kerben, die sie hinterlassen hat. Zufrieden steckt sie die Münze ein. »Nur einen weiteren Tag. Wenn dann noch niemand gekommen ist, müssen Sie gehen. Wenn Sie länger bleiben, fällt es auf. Irgendwer merkt es immer.«

»Selbstverständlich«, stimmt Meilin zu.

Am nächsten Tag verlässt Shufan früh am Morgen das Haus. Meilin sorgt dafür, dass die Kinder im Hinterzimmer still beschäftigt sind. Sie versichert ihnen, dass entweder jemand kommen wird, oder sie sich selbst auf den Weg machen und ein Boot auftreiben werden, dass sie zu Longwei bringt. Wenling ist unruhig und hält sich am Fenster auf. Als Shufan zurückkehrt, schimpft sie darüber, weil sie fürchtet, dass sie irgendjemandem aufgefallen sein könnte. Der Tag verstreicht, ohne dass ein Geleitschutz eintrifft. Aber Shufan lässt sich nicht umstimmen; sie müssen in dieser Nacht weiterziehen. Meilin drückt ihr eine zweite Münze in die Hand. »Schwester, können Sie uns helfen, ein paar Vorräte zu beschaffen?«

Nachdem die beiden Frauen sich kurz beraten haben, verlässt Shufan noch einmal das Haus und kommt mit frischen Schlafmatten aus Bambus und gepolsterten Bettdecken für jeden von ihnen zurück. Außerdem bringt sie einen Emailletopf zum Waschen und Reiskochen mit, eine kleine Tüte Reis, ein Päckchen Salz und eine Flasche Öl. Für die Kinder hat sie überdies gebrauchte Hosen dabei – sie sind etwas zu groß, aber der überschüssige Stoff wird ihnen noch nützlich sein.

Nachdem sie sich zwei Tage ausgeruht und aufgewärmt haben und großzügig verpflegt wurden, ist es Zeit zu gehen. Meilin dankt Liu Shufan. Wenling sagt nichts. Bei Einbruch der Dunkelheit verlassen sie die Stadt und nehmen den wenig bekannten Eselspfad zu der Straße, die am Jangtsekiang entlangführt.

3

Den Jangtsekiang entlang, China, November 1938

Im Morgengrauen erreichen sie eine Stadt am Fluss, die groß genug ist, dass flussaufwärts fahrende Schiffe dort anhalten und Passagiere und Proviant aufnehmen.

»Ich kümmere mich um Fahrscheine«, sagt Wenling und geht in Richtung der Anlegestellen.

Die von dem nächtlichen Marsch ermüdeten Kinder hängen ein wenig zurück, aber als Meilin ihnen etwas zum Frühstück gibt, werden sie wieder lebhafter. Liling und Renshu fangen an zu spielen. Lifen möchte mitmachen und reagiert verärgert, als die beiden sie ignorieren. »Auf eure Baby-Spiele habe ich sowieso keine Lust«, sagt sie und setzt sich mit dem Rücken zu den beiden hin.

Meilin lässt ihren Blick über die Menge von Menschen gleiten, die sich vor den Anlegestellen niedergelassen hat. *Die werden doch wohl nicht alle auf Dampfschiffe warten, oder?*, geht ihr durch den Kopf.

Wenling kehrt mit düsterer Miene zurück. »Es kommen nicht viele Schiffe hierher, und für die, die anlegen, gibt es fast keine Fahrkarten.«

»Was kostet es denn?«

Wenling nennt eine astronomische Summe. Meilin reicht ihr Longweis Bargeld-Umschlag. Als sie die Hälfte des Geldes durchgezählt hat, hört Wenling auf. Es reicht auf keinen Fall.

»Dann müssen wir laufen«, stellt Meilin fest.

»Laufen?«, jammert Wenling. »Die ganze Strecke bis Yichang? Wie sollen die Kinder das schaffen?«

Meilin denkt über ihren Geheimvorrat an Münzen und Kostbarkeiten nach. Wenling wird auch einen haben. Würde es reichen, wenn sie alles zusammenwerfen, was sie haben? Aber wie sollen sie dann Nahrung und anderen Bedarf bezahlen? Das Risiko ist zu groß.

»Sieh dir nur all die Menschen an.« Meilin schwenkt den Arm in Richtung der Menge. »Wir wären dumm, wenn wir auf ein Schiff warten würden, auf dem am Ende nicht einmal Platz für uns ist.«

Wenlings Protesten zum Trotz setzt Meilin sich durch. Sie gehen zu Fuß. Über die nächsten Tage entwickelt sich ein frostiges Einvernehmen zwischen den beiden Frauen; sie haben keine andere Wahl, als sich aufeinander zu verlassen. Die meisten anderen Flüchtenden, an denen sie vorbeikommen, sind Familien wie sie selbst, doch Banditen und Diebe sind nie weit. Meilin schwankt zwischen Erschöpfung und Wachsamkeit hin und her, und ist dankbar für jeden Tag, der sie Yichang und, wie sie hofft, einem Wiedersehen mit Longwei näherbringt.

Die Tage verschwimmen, während sie durch Städte, Dörfer und die Natur ziehen. Meilin kann sich kaum mehr erinnern, wie lange sie schon unterwegs sind. Hier und da liegen Gestalten am Straßenrand, die nach Urin und Verwesung stinken. Auch an herrenlosen Bündeln aus schmutzigen Kleidungsstücken und fleckigen Matten kommen sie vorbei. Sie improvisieren Schlafplätze, feilschen auf den Märkten um kleine, modrige Süßkartoffeln. Obwohl die Nächte kalt sind, verzichten sie nach Einbruch der Dunkelheit auf Feuer, um keine japanischen Flugzeuge anzuziehen. Sie kochen stets in Eile und nur bei Tageslicht und bereiten immer Rationen für mehrere Tage zu.

So geht es: ein Jadearmreif für einen Beutel Reis, ein goldener Ohrring für eine warme Unterkunft, Silbermünzen für Öl. Nachdem Longweis Bargeld aufgebraucht ist, tauschen sie die Münzen, Banknoten und Amulette, die Meilin in die Jacken eingenäht und Wenling in ihrem Gepäck versteckt hat, gegen Dinge ihres täglichen Bedarfs ein.

Manchmal gibt es nichts zu kaufen, nicht einmal für Geld. Dann nehmen sie die Reste aus den vorangegangenen Tagen und strecken sie mit essbaren Wurzeln oder Blättern, die sie am Wegesrand finden. Meilin wird auf so vielfache Weise beansprucht, ohne je eine Entlastung zu verspüren, dass sie schließlich abgrundtief erschöpft ist. Renshu und Liling haben die ganze Zeit Schnupfen, und Renshu leidet außerdem an Husten und Heiserkeit. Beide Kinder haben gerötete, schrundige Finger und Gesichter vom kalten Wind. Der Dezember steht kurz bevor, und in klaren, frischen Nächten fallen die Temperaturen. Meilin hofft, dass sie es nach Yichang schaffen, bevor der Frost einsetzt.

»Was ist das?«, fragt Renshu eines Morgens in der Nähe von Jingzhou, noch immer viele Meilen von Yichang entfernt. Er zeigt auf eine Gruppe von uniformierten Jungen, welche die Straße entlangmarschieren. Die Jüngsten sind kaum älter als Renshu, die Ältesten schon beinahe erwachsen. Jeder hat einen kleinen Sack über der Schulter, und sie singen während des Marsches.

»Sie kommen bestimmt von einer Schule«, sagt Meilin.

Eilig geht sie mit Renshu und Liling näher heran, damit sie den Text verstehen können. Schon bald erkennt sie ihn: Die Jungen rezitieren Verse aus dem *San Zi Jing*. Meilin spricht die vertrauten Sätze leise mit. Die Worte mit ihrer Zunge zu formen, versetzt sie zurück in eine andere Zeit, in eine andere Welt. Sie erinnert sich daran, wie sie dieses Lehrgedicht als Kind Vers für Vers von ihrem Vater gelernt hat. Ein Teil von ihr möchte die Zeit zurückdrehen und wieder jenes Kind sein, weit weg von diesem Krieg und diesem Marsch.

»Was sagen sie, Tante?«, unterbricht Liling ihre Gedanken.

»Das ist der Drei-Zeichen-Klassiker. Mein Baba hat ihn mir beigebracht«, erwidert Meilin gedankenverloren.

»Bringst du ihn uns auch bei, Tante?«, fragt Liling.

Natürlich! Warum ist sie darauf nicht von selbst gekommen? Die beiden sind gerade genau im richtigen Alter, um das Gedicht zu lernen.

»Das Gedicht hat seinen Namen daher, dass immer jeweils drei Schriftzeichen zusammengehören. Es ist sehr alt, und es ist wichtig, es sich einzuprägen, denn das Gedicht lehrt uns Moral, Geschichte, Wissenschaft und Anstand.«

Die Kinder schauen sie verschreckt an.

»Oh, was für ernste Gesichter ihr macht! Keine Sorge, es ist nicht allzu schwer und macht Spaß. Wir lernen jeden Tag ein paar neue Zeichen dazu, und bald kennt ihr den ganzen Text auswendig.«

»So wie du?«

»So wie ich und wie diese Jungs.« Meilin deutet mit dem Kopf in Richtung der Schüler, die inzwischen nicht mehr zu hören sind. »Sprecht mir einfach nach:

»Am Anfang sind.«

»Am Anfang sind.«

»Die Menschen gut.«

»Die Menschen gut.«

»Im Wesen gleich.«

»Im Wesen gleich.«

»Durch Gewohnheit verschieden.«

»Durch Gewohnheit verschieden.«

»Und jetzt nochmal von vorn!«

Sie wiederholen und wiederholen, bis die erste Strophe sitzt. Während sie den Kindern zuhört, wird Meilin bewusst, dass sie trotz allem, was sie zurückgelassen haben, und bei all dem Ungewissen, das vor ihnen liegt, soeben eine kleine Insel inmitten des Chaos entdeckt haben. Sie kann den Kindern keine äußere Sicherheit versprechen, doch sie kann ihnen helfen, einen Schatz an Schönheit im Inneren anzulegen.

Meilin und Wenling erkennen schnell, dass die Schülergruppe ihnen Sicherheit und potenziell Gesellschaft bietet. Während der folgenden Tage und Nächte bleiben sie immer dicht bei den Lehrern und Schülern. Nachts, wenn die Gruppe in einer Scheune oder einem verfallenen Gebäude Unterschlupf findet, schlagen Meilin und Wenling ihr Lager in der Nähe auf. Lifen freundet sich sogar mit einigen von den jüngeren Schülern an. Den Lehrern scheint das nichts auszumachen; vielleicht sehen sie, in welch prekärer Lage die Frauen sind. Manchmal unterhält Wenling sich mit Frauen, die zu der Gruppe gehören. Meilin behält währenddessen Renshu und Liling im Auge und ist dankbar für den Freiraum.

Jeden Tag, an dem sie näher an Yichang heranrücken, sucht Meilin den Horizont nach vertrauten Orientierungspunkten ab. Schon seit fast einer Woche erschweren der Nebel und die tiefhängenden Wolken es ihr, Entfernungen einzuschätzen. Aber heute Nachmittag ist es einmal nicht bewölkt und die Luft klar, so dass Meilin im Westen den Berg des Gelben Ochsen erkennen kann. Sie sind nur noch einen Tagesmarsch von Yichang entfernt. Als die Schulgruppe für ein paar zusätzliche Tage bei einem Tempel Halt macht, entscheiden Meilin und Wenling, auf eigene Faust weiterzuziehen. Sie sind fast am Ziel. Ganz bestimmt ist Longwei schon dort und wartet auf sie.

Am nächsten Morgen gehen sie gemeinsam los. Nach zwei oder drei Li kündigt Renshu an, dass er austreten muss. Meilin bleibt stehen, um ihm zu helfen, doch Wenling weigert sich zu warten; sie ist genervt von dem Jungen, von Meilin, von der gesamten Situation und geht mit den Mädchen einfach weiter.

Bis Meilin auffällt, dass Wenling die Tasche mit ihren gesamten Essensvorräten bei sich hat, ist sie schon außer Sichtweite. Sie verflucht erst Wenling für ihre egoistische Ungeduld und dann sich selbst, weil sie so dumm war, alles in eine einzige Tasche zu packen. Sie hätte ahnen müssen, dass Wenling keine Rücksicht auf sie nehmen würde. Meilin unterdrückt Tränen der Wut und betrachtet die Hügel in der Ferne. Wenigstens kann sie sich jetzt orientieren. Plötzlich schießt ihr ein rebellischer Gedanke durch den Kopf: Sie und Renshu könnten statt nach Yichang einfach zum Anwesen ihrer Familie weitergehen, das nicht weit von hier liegt. Soll Wenling doch sehen, wie sie allein zurechtkommt.

»Ma?« Renshu zieht an ihrer Hand.

»Was ist?«, fährt sie ihn an, denn sie ist noch sauer auf Wenling.

»Was ist das für ein Geräusch?«, fragt er.

»Welches Geräusch?«

Man hört ein merkwürdiges Dröhnen am Himmel.

Dann erklingen Schreie. *Rennt weg! Geht in Deckung!* Menschen fliehen in alle Richtungen.

Meilin blickt hoch. Ein japanisches Flugzeug kommt im Sturzflug auf sie zu und fliegt so dicht an ihnen vorbei, dass ihr Haar und ihre Kleidung nach hinten wehen. Wenn der Maschinengewehrschütze keine Schutzbrille trüge, könnte sie sein Gesicht erkennen. Einen Augenblick lang ist Meilin wie gelähmt vor Schreck. Auf dem ganzen beschwerlichen Weg hat sie nicht ein einziges Mal darüber nachgedacht, dass die Japaner Zivilisten angreifen könnten. Kann es wirklich sein, dass sie aus diesem Flugzeug heraus beschossen wird? Und Renshu auch? Allerdings, denn das *Rattattattattattattattatt* des Maschinengewehrs zerreißt die Luft.

Überall bricht Chaos aus. Flüchtende Menschen werfen Karren um und lassen ihre Habseligkeiten zurück.

»Ma!« Renshus Stimme schreckt sie aus ihrer Trance auf.

Sie treibt ihn in die Büsche am Straßenrand, wo sie unter dem Laub Schutz suchen. Meilin ignoriert die Zweige, die ihr die Arme zerkratzen, und schiebt sich mit Renshu tiefer in das Astwerk hinein. Inmitten der Blätter hockend, mit rasendem Herzen und von jeder Bewegung alarmiert hält sie ihn fest. *Bitte, bitte, lass uns überleben.*

Das Flugzeug kommt zurück, es wird auf alle geschossen, die

sich noch auf der Straße befinden. Über ihren Köpfen setzt ein Trommelfeuer ein, Trümmer und Äste regnen laut krachend herab. Renshu schreit. Meilin wirft sich schützend über ihren Sohn, und er schluchzt zitternd unter ihr weiter.

Wieder und immer wieder donnert der Flieger mit gnadenloser Gleichgültigkeit über sie hinweg. *Hat Xiaowen in seinen letzten Momenten das Gleiche erlebt?* Dieser unvermittelt durch ihren Kopf schießende Gedanke bringt an die Oberfläche, was Meilin zwar wusste, sich aber nicht eingestehen wollte: Xiaowen ist tot. Überwältigt von einer Trauerwelle kneift sie die Augen zu. Sie drückt Renshu noch fester an sich und betet, dass die Attacke bald ein Ende hat. Doch erst als es den Anschein hat, dass ausnahmslos alle niedergemäht sind, dreht der Flieger schließlich ab.

Ein paar Sekunden lang rührt sich Meilin nicht. Dann hebt sie langsam den Kopf. Alles ist ruhig. Sie schüttelt Blätter und Zweige ab und erhebt sich. Mit pochendem Herzen, zittrigen Beinen und schwer atmend richtet sie Renshu auf. Auch er ist leichenblass und bebt vor Angst, aber er lebt.

»Alles in Ordnung? Tut dir irgendwas weh?« Hektisch tastet sie ihren Jungen nach Verletzungen ab.

Er presst sich an ihre Seite.

Sie streicht über seine Arme und Beine, überprüft seinen Rumpf und tupft das Blut von einigen kleinen Schrammen ab. Dass sich alle seine Gliedmaßen warm anfühlen, gibt ihr das beruhigende Gefühl, dass er unverletzt geblieben ist.

Sie treten aus den Büschen heraus. Die Straße ist mit Leichen übersät. Da, wo sie eben noch gestanden haben, klaffen jetzt Einschusslöcher.

Langsam führt Meilin Renshu über das Schlachtfeld. Sie findet es unerträglich, nach Wenling, Lifen und Liling Ausschau zu halten, aber sie weiß, dass sie es muss. Sie muss herausfinden, ob sie unversehrt sind. Und wenn nicht, wenn ihnen das Schlimmste zugestoßen ist, muss sie es bis Yichang schaffen, um Longwei davon zu berichten.

»Liling! Liling! Wo bist du?«, ruft Renshu immer wieder, bis seine Stimme schwach und heiser ist.

Überall um sie herum suchen Menschen verzweifelt nach ihren Familienmitgliedern, bemühen sich, das zu bergen, was von ihren Habseligkeiten übriggeblieben ist, und nach Westen weiterzuziehen. Wenn das Flugzeug ein paar Minuten früher angegriffen hätte oder sie sich in das Gebüsch auf der anderen Straßenseite geflüchtet hätten, dann wären sie wahrscheinlich getötet worden. Meilin weiß, dass sie Glück hatten, doch es fühlt sich nicht danach an.

Stattdessen überkommt sie tiefe Hoffnungslosigkeit. Bis jetzt hat sie Renshu immer irgendwie beschützen können, immer irgendetwas tun können, um die Dinge ein klein wenig besser zu machen. Sie hat stets daran geglaubt, dass irgendwann alles wieder gut werden würde. Das Feuer in Changsha? Wenigstens sind sie lebendig entkommen. Longwei, der sie zurückgelassen hat? Immerhin gab es einen Plan, wieder zusammenzukommen. All die Tage unterwegs? Waren nur eine Frage des Durchhaltens; einen Fuß vor den anderen setzen, mehr brauchten sie nicht zu tun. Solange sie sich vom Krieg weg und auf Yichang zu bewegten, würden sie irgendwann in Sicherheit sein. Aber dass sie selbst angegriffen werden könnten, hätte sie niemals für möglich gehalten. Ernüchtert muss sie nun feststellen, dass sie – ungeachtet ihrer festen Entschlossenheit – nicht versprechen kann, unter allen Umständen für Renshus Unversehrtheit zu sorgen.

Das darf nicht sein, möchte sie schreien. Sie will jemandem die Schuld geben. Longwei dafür, dass er sie im Stich gelassen hat, Wenling für ihren Egoismus, dem Krieg, den Japanern. In ihr steigt heiße Wut auf. Wie konnte …?

Renshu zieht an ihrer Hand. »Ma, was macht die Frau da?«

Meilin unterdrückt ihre Empörung, damit sie sehen kann, worauf Renshu zeigt. Eine Frau hält den leblosen Körper eines kleinen Mädchens in den Armen. Weinend und schreiend schüttelt sie das Kind.

»Wieso wacht das Mädchen nicht auf?«, fragt Renshu.

Die Miene der Frau erschlafft in Verzweiflung. Ihr Schluchzen steigert sich zu einer unbändigen Totenklage. Renshu klammert sich bestürzt an Meilins Arm.

Sanft sagt Meilin: »Das kleine Mädchen muss gestorben sein. Wahrscheinlich haben ihr die Kugeln so wehgetan, dass sie nicht mehr gesund werden kann.«

Renshu blickt zu ihr auf. »Gestorben? Aber warum wacht sie nicht auf?«

»Das kann sie nicht. Sie kann gar nichts mehr tun, sie ist tot.«

Seine Miene wird ernst. Und da keiner von beiden noch etwas zu sagen weiß, gehen sie weiter.

»Ma?«

»Ja?«

»Müssen alle Menschen sterben?«

Meilin beißt sich auf die Lippe. Diese Fragen – sie hätte ahnen können, dass sie kommen würden.

»Ja, Renshu«, antwortet sie, »jeder muss irgendwann sterben.«

»Und was ist mit uns? Werden wir auch sterben?«

»Eines Tages, ja. Das müssen wir alle.«

»Wann denn?«

Meilin braucht einen Moment, um zu begreifen, wonach er fragt. »Das weiß ich nicht. Niemand weiß, wann er stirbt. Aber ich hoffe, erst in vielen Jahren.«

»Mein Baba ist tot.«

Meilin bleibt stehen und stellt ihren Korb ab. Sie schließt die Augen und schlägt sich ihre kalte Hand vor den Mund. Es ist niederschmetternd, Renshu das so schlicht und klar sagen zu hören. Sie macht die Augen wieder auf und atmet langsam aus. Dann nimmt sie ihm die aufgerollte Schlafmatte ab und legt sie auf den Boden, damit sie ihm in die Augen schauen kann. »Ja, Renshu, das ist er. Aber du musst immer daran denken, dass dein Baba ein guter und freundlicher Mann war.« Sie ergreift seine Hände. »Kannst du dich an ihn erinnern?«

Die Augen des Jungen füllen sich mit Tränen, er schüttelt den Kopf.

Dass Renshu sich nicht mehr an Xiaowen erinnern kann, tut mehr weh als jede Kälte und jeder Schmerz, die sie je gespürt hat. Ihre letzte Reserve an innerer Stärke droht von einer schrecklichen, gnadenlosen Leere zersetzt zu werden. Sie drückt seine Hände und reibt sie dann zwischen ihren, um seine Finger aufzuwärmen.

»Was ist mit Großvater? Ist Yeye auch tot?«

Meilin denkt an die Flammen, die Nacht des Brandes. Sie nickt.

»Und was ist mit Liling? Und der Tante und Lifen? Und dem Onkel? Sind die auch alle tot?« Über seine Lippen ergießt sich eine Lawine aus Ängsten, die Meilin nicht aufhalten kann. »Alle tot? Alle tot!«, kreischt Renshu. Er will sich nicht beruhigen, kann es nicht. Meilin erträgt es kaum, ihm zuzuhören. Was, wenn er recht hat?

»Hör auf damit, hör auf!«, schreit Meilin ihn an. Und bevor ihr selbst klar wird, was sie tut, gibt sie ihm eine Ohrfeige.

Er erstarrt mitten im Satz. Dann verstreichen zwei, drei Sekunden, und er fängt wieder an zu heulen. Auch Meilin ist zum Weinen zumute.

»Es tut mir so leid!« Sie drückt ihn an sich, um ihn zu beruhigen. Selbst durch die gefütterte Jacke hindurch fühlen sich seine Arme und sein Rücken knochig an. Sein glanzloses, verfilztes Haar hängt ihm ins Gesicht, seine Wangen sind eingefallen. Was ist nur aus dem pummeligen, kichernden Rabauken geworden, der durch die Innenhöfe Changshas gerannt ist?

Da fällt ihr Blick auf die glühende Asche einer kleinen Feuerstelle, die andere Reisende zurückgelassen haben. Ihr kommt eine Idee. Auch wenn es nur eine Kleinigkeit ist, fühlt sie sich nach Tagen der Verzweiflung wie ein Quell der Hoffnung an. Sie führt Renshu zu den verglimmenden Kohlen, und sie wärmen sich die Hände. Dann rollt Meilin ihre Schlafmatte auf dem kalten, festgestampften Boden aus und setzt sich darauf. Mit einer Handbewegung fordert sie Renshu auf, sich neben sie auf das weiche Tuch zu setzen.

»All das hier«, sagt sie und zeigt auf die Landschaft ringsum, auf die abgebrannten Felder und die zerbombten Gebäude, auf den Fluss voller Boote in allen Größen, die stromaufwärts fahren, und auf die Menschen, die mit zerlumpten Sachen vorbeigehen, »all das ist nur eine Szene. Wie in unserer Bildrolle. Wir können immer nur eine Szene nach der anderen entrollen. Und wir müssen weiterziehen, um die nächste zu sehen.«

Renshu sinkt zu Boden, und seine Schluchzer verebben in Schniefen und Hicksern.

Meilin öffnet ihren Korb und greift nach der Bildrolle. Als sie das Holzkästchen öffnet und die Kordel mit der leuchtend roten Quaste sieht, die sie an ihrem letzten Abend in Changsha so sorgfältig zugebunden hat, bricht sie beinahe in Tränen aus. Früher hätte sie die Bildrolle niemals mit ungewaschenen Händen berührt, doch jetzt streicht sie zärtlich mit den Fingern darüber. Die fein gestickten Päonien auf der seidenen Hülle sind wie eine tröstende Liebkosung. Dass dieser Schatz intakt ist, unberührt von all der Zerstörung um sie herum, erscheint ihr wie eine Botschaft von Xiaowen. Obwohl er tot ist, ist er nicht fort.

Sie wickelt die Rolle so weit ab, bis ein prächtiger Bauernhof erscheint und daneben ein graubärtiger Adliger auf einem Hengst. Renshu beugt sich vor, um das Pferd zu betrachten. Sie weiß, dass das eine seiner Lieblingsszenen auf der Bildrolle ist.

»Es war einmal ein alter Mann an der Grenze, der hatte einen wunderschönen Hengst«, beginnt sie. »Der Hengst war stark und hatte dunkelbraunes glänzendes Fell, eine lange schwarze Mähne und einen wilden Ausdruck in den Augen. In sämtlichen benachbarten Dörfern und Städten war er als das edelste Pferd von allen bekannt.« Sie merkt, wie sie in den Erzählrhythmus der Geschichte gleitet und sich entspannt. Die Bilder lassen sie ihre eigene Verzweiflung vergessen, und sei es auch nur kurz.

»Jeder sagte, dass er der glücklichste Mann sein müsste, weil er solch ein edles Tier besäße, um das ihn alle beneideten. Doch eines Tages rannte der Hengst weg. Und natürlich sagten alle, dass das ein großes Unglück sei. Was für eine schlimme Tragödie!«

Renshu seufzt mitfühlend.

»Aber der alte Mann verzweifelte nicht. Stattdessen sagte er: ›Warum seid ihr so sicher, dass es nicht doch ein Segen ist?‹ Ein paar Wochen später kam der Hengst wieder nach Hause galoppiert, und eine schöne, wilde Stute folgte ihm. Bald wurde ein Fohlen geboren. Die drei großartigen Tiere brachten dem Mann Stolz und Wohlstand. Alle meinten, das sei doch ein Anlass für eine große Feier. Doch der alte Mann sagte: ›Warum seid ihr so sicher, dass es nicht doch ein Fluch ist?‹ Die Dorfbewohner konnten nicht fassen, dass er so etwas behauptete. Aber ein paar Tage später fiel der einzige Sohn des Mannes beim Reiten von dem Hengst und brach sich das Bein. Da die Ernte bevorstand, musste der alte Mann doppelt so viel auf den Feldern arbeiten. ›Ach, was für ein Pech!‹, riefen die Dorfbewohner. Doch der alte Mann sagte …«

»›Warum seid ihr so sicher, dass es nicht doch ein Segen ist?‹«, beendet Renshu den Satz.

»Ja, genau das hat er gesagt«, ergänzt Meilin lächelnd. »Nicht lange danach brach ein Kampf zwischen zwei benachbarten Kriegsherren aus, so dass alle Männer aus dem Dorf in den Kampf ziehen mussten. Alle, außer den Alten und Kranken. Wegen seines gebrochenen Beins blieb der Sohn verschont. Der Kampf war blutig und schlimm. Keiner der Männer kehrte zurück. Nur weil der Mann alt war und sein Sohn lahm, überlebten sie und konnten sich noch viele Jahre lang umeinander kümmern.« Meilin macht eine Pause. »In jedem Unglück liegt ein Segen, und in jedem Segen die Saat des Unglücks. Und so geht es weiter bis zum Ende der Zeiten.«

»Aber Ma, was ist denn der Segen in all dem hier?« Renshu starrt auf die Menschenscharen, die Fuhrwerke und die müden Esel und Ochsen, die sie ziehen.

Meilin schweigt einen Moment lang, während sie die Bildrolle aufwickelt und ihren Korb wieder zusammenbaut. Beide erheben sich. Sie rollt die Schlafmatte auf und hilft Renshu dabei, sie sich erneut auf den Rücken zu schnallen. Dann klopft sie sich den Staub von der Hose und nimmt ihren Korb.

»Das weiß ich nicht«, antwortet sie schließlich. »Ich suche noch danach.«

Vielleicht besteht der Segen darin, dass sie nahe an ihrem alten Zuhause ist. Vielleicht darin, dass sie mit Hilfe der Bildrolle eine Möglichkeit gefunden hat, Renshu und Xiaowen wieder miteinander zu verbinden. Vielleicht aber auch darin, dass die Straße bald ein paar Kurven beschreiben und Meilin eine Stadtmauer erblicken wird. Yichang.

4

Yichang, Provinz Hubei, China, Dezember 1938

In der Stadt angekommen, macht Meilin sich sofort auf den Weg zum Huangling-Tempel. Falls sie Longwei finden, muss sie ihm erklären, dass sie durch den Angriff von den anderen getrennt wurden. Aber vielleicht sind Wenling und die Mädchen auch schon da? Vielleicht sind sie in Sicherheit? Und was, wenn niemand auf sie wartet? Vielleicht ist das ein schrecklicher Segen. Vielleicht bringt Meilin Renshu dann zum Anwesen ihrer Familie in den Bergen. Sie wird zurück nach Hause gehen.

Je näher sie dem Tempel kommen, desto stärker fühlt sich Meilin von dem Antiquitätengeschäft ihrer Familie angezogen, das auf dem Weg liegt. Sie weiß, dass ihre Eltern dort nicht mehr arbeiten, aber sie möchte es sehen.

»Was machen wir hier?«, fragt Renshu, als sie vor dem Laden stehen.

Die Griffe der Holztüren sind mit einer massiven Kette verschlossen. Meilin späht durch die verstaubten Fenster. Drinnen sind nur leere Regale und nackte Wände zu sehen; auf dem Boden liegen ein paar Papierfetzen herum. In genau diesem Raum hat sie in ihrer Kindheit ganze Tage damit verbracht, den Geschichten ihrer Großmutter zu lauschen; hier hat sie gelernt, das Gute vom Mittelmäßigen zu unterscheiden; hier hat sie Xiaowen kennengelernt und sich in ihn verliebt. Obwohl sie weiß, dass ihre Familie sich schon vor Monaten in Sicherheit gebracht hat, hat sie sich nicht vorstellen können, dass der Laden ohne das geschäftige Treiben der Eltern und ohne all die Schätze darin so kalt und seelenlos aussehen würde.

»Nur mal schauen«, antwortet Meilin. Sie blickt hoch; in den Räumen über dem Laden hat sie früher mit ihrer Familie gewohnt. Doch die Fensterläden sind geschlossen, und nichts weist darauf hin, dass sich dort jemand aufhält.

»Kennen wir die Leute, die hier wohnen?«, fragt Renshu.

»Nein, nicht mehr«, murmelt sie.

Sie nimmt seine Hand, und gemeinsam gehen sie weiter in Richtung Tempel.

In der Abenddämmerung kommen sie an. Viele Menschen sitzen außen auf den Stufen und noch mehr haben im Inneren Schutz gesucht, doch von ihrer Familie ist niemand zu sehen. Nachdem sie von einem Händler ein paar Süßkartoffeln gekauft haben, essen sie und schlafen dann erschöpft auf den Tempelstufen ein.

In der Nacht wacht Meilin immer wieder auf, weil Adrenalin durch ihre Adern strömt. Renshu stößt mehrmals ängstliche Schreie aus und murmelt etwas von dem Flugzeug. Dann tröstet Meilin ihn jedes Mal, bis er wieder einschläft, und versucht wachzubleiben, doch irgendwann fallen ihr die müden Augen wieder zu.

»Renshu! Tante!«

Meilin schüttelt sich. Das muss ein Traum sein.

»Renshu! Wach auf, ich bin's!«

Er reibt sich die Augen. »Liling!«, ruft er, springt auf und umarmt sie. »Ich dachte, ihr seid tot«, sagt er.

»Tot? Nein, wir sind nicht tot. Wir sind bei Baba!«

Meilin träumt nicht. Es ist wirklich Liling. Ihre Nichte steht vor ihnen, mit ihren unordentlichen Zöpfen und allem. Und gleich hinter ihr kommt Longwei die Stufen hinauf.

Longwei schaut Meilin und Renshu an wie ein halb Verdursteter, der etwas zu trinken bekommt. Renshu rennt zu ihm, und

Longwei nimmt ihn in die Arme. Der Junge legt seinen Kopf an die Brust seines Onkels.

Longwei sieht kräftig aus in seinem eleganten Anzug, und sein Gesicht hat eine gesunde Farbe; ihm scheint es in den letzten Wochen gut gegangen zu sein. Meilin ist den Tränen nahe, ihre Wangen werden heiß. So eine emotionale Reaktion hatte sie nicht erwartet. Ihr Blick fällt auf Longweis Füße: Er trägt neue Lederstiefel.

»Meilin«, sagt er, setzt Renshu ab und reicht ihr die Hand, um ihr aufzuhelfen.

Sie erhebt sich, ohne seine Hand zu nehmen. »Älterer Bruder«, begrüßt sie ihn und senkt das Kinn, nicht jedoch den Blick. »Seit wann bist du schon hier?«

»Fast eine Woche. Jeden Tag bin ich zum Tempel gekommen, in der Hoffnung, dass ihr doch noch hier auftaucht. Ich war ganz verzweifelt, als ich erfuhr, dass ihr Yueyang ohne den Begleitschutz verlassen habt, und habe mir das Schlimmste ausgemalt. Als ich hier ankam, habe ich beschlossen, eine Woche oder vielleicht auch zwei zu warten. Gestern habe ich dann Wenling und die Mädchen gefunden, und sie erzählten, dass ihr unterwegs voneinander getrennt wurdet.«

»Wo sind Wenling und Lifen? Sind sie in Sicherheit?« Vor lauter Erleichterung und Freude, Longwei zu sehen, vergisst sie ihren Ärger.

»Sie erholen sich in einer Pension.« Seine Stimme bebt, und er hält inne. »Ich wusste, dass ihr kommen würdet. Ich wusste, dass du es schaffst, Meilin.«

Er reicht ihr wieder seine Hand.

Diesmal gibt sie nach und ergreift sie.

»Kommt«, sagt er und geht die Stufen hinunter. »Lasst uns zu den anderen gehen.«

In der Pension gibt es frischen Reis und Fisch, heißen Tee und Orangen für sie alle. Nachdem sie Renshu heiß gebadet hat, rubbelt Meilin ihn mit einem Handtuch aus grobem Stoff trocken und starrt das dunkelgraue Wasser an, das in der Metallwanne zurückgeblieben ist. Zum ersten Mal seit Wochen sind seine Haare wieder sauber und glatt und seine Wangen gerötet. Erschöpft und erleichtert verschläft er den ganzen Nachmittag und die Nacht.

Wenling gibt sich einigermaßen freundlich und sagt, sie sei froh, dass sie alle in Sicherheit seien. Nach der ersten Nacht in der Pension ist ihr Gesicht frisch gewaschen und geschminkt, doch sie kann die Schatten unter ihren Augen nicht verbergen. Sie entschuldigt sich nicht dafür, dass sie Meilin und Renshu zurückgelassen hat. Stattdessen redet sie sich damit heraus, dass sie gedacht habe, die beiden würden sich schon zurechtfinden, weil es nach Meilins Auskunft nicht mehr weit bis Yichang war. Und nach dem Fliegerangriff sei es ihr vor allem darum gegangen, die Mädchen in Sicherheit zu bringen. Meilin hört sich ihre Ausreden gar nicht bis zu Ende an. Sie hat nicht die Kraft, sauer zu sein, außerdem ist es jetzt ohnehin gleichgültig. Sie sind wieder alle zusammen.

Longwei berichtet, dass seine Konferenz in Hengyang gut verlaufen sei. Meilin fragt sich, ob das ein Segen oder ein Fluch ist. Er versichert ihnen, dass sie dank seiner Beförderung und neuen Verantwortung alle gemeinsam den Jangtsekiang hinauf bis nach Chongqing fahren können, und verspricht, dass sie dort eine Wohnung, eine Schule für die Kinder und etwas Stabilität haben werden.

Am Morgen zieht Longwei los, um die nächste Etappe ihrer Reise vorzubereiten. Als er zurückkommt, hat er Seidenstrümpfe und Kosmetik für Wenling dabei, Mondkuchen für die Kinder und dunkelblaue Seide für Meilin. Er verkündet, dass sie für den nächsten Tag Plätze auf einem Schiff haben.

In dieser Nacht schmiegt Meilin die Seide an ihre Wange; das glatte Gewebe fühlt sich weich und tröstlich an. Sie überlegt, was sie daraus schneidern könnte: ein neues Futter für ihre Jacke und warme Unterhemden für Renshu. Sie wird jeden Fetzen nutzen, um zu reparieren, was unterwegs gerissen oder kaputtgegangen ist. Plötzlich fällt ihr wieder ein, dass sie ja vorhatte, zu ihrer Familie zurückzugehen. Aber sie zögert; schließlich weiß sie nicht mit Sicherheit, ob ihre Eltern sich noch auf dem Familienanwesen aufhalten. Renshu ist erst vier, und die Flucht von Changsha bis hierher hat ihn sehr erschöpft. Würde er es überhaupt schaffen, bei dem Winterwetter in die Berge hinaufzusteigen? Und was, wenn sie dort ankommen würden und niemand wäre da? So sehr sie sich auch nach ihrer Familie sehnt, ist es jetzt doch sicherer, sich an Longwei zu halten. Sie wird später nach Yichang zurückkehren, vielleicht im Frühling, wenn der Krieg vorbei ist. Dann ist es wärmer, Renshu wird größer und kräftiger sein, und dann kann sie nach ihrer Familie suchen.

Auf dem Jangtsekiang nach Westen, Provinzen Hubei und Sichuan, China, Dezember 1938

An den Kais verladen Arbeiter Maschinen und Ausrüstungsgegenstände in ein kleines Dampfschiff. Überall liegen Habseligkeiten herum, die zurückgelassen werden mussten, um Platz für mehr Passagiere zu schaffen. Es sind aber auch Menschen zurückgeblieben, deren finanzielle Mittel erschöpft waren und die keine Beziehungen spielen lassen konnten. Aus allen vom Krieg betroffenen östlichen Provinzen sind Flüchtende nach Yichang geströmt. Viele kommen auf dem Fluss in kleinen und großen Booten an – Dampfschiffen, Dschunken und Sampanen. Andere gelangen zu Fuß über die Berge und Straßen hierher und sehen so erschöpft aus, wie Meilin sich fühlt. Einige wenige erreichen Yichang auf Lastwagen oder mit Autos. Alle haben sie nur ein Ziel: die neue Hauptstadt Chongqing. Und auf dem Weg dorthin müssen sie durch Yichang, dieses Nadelöhr der Verzweiflung.

In Yichang verändert der Jangtsekiang seinen Lauf; von einer breiten, großzügigen Wasserstraße wird er zu einem gewundenen, tückischen Fluss, der sich durch die Daba-Shan- und Wushan-Gebirge schlängelt und an dessen Ufern immer wieder Klippen und Schluchten aufragen.

Die Familie geht an Bord einer alten Dschunke. Die Matrosen hissen und streichen das ausgefranste, geflickte Segel und zerren es mal hierhin, mal dorthin, um den Wind zu nutzen, wenn er aus einer günstigen Richtung weht, und den Schwung zu behalten, wenn er es nicht tut. Neben dem Kapitän und seiner Mannschaft ist nur Platz für ein paar Dutzend Passagiere, die sich auf einer überdachten Fläche am Heck zusammendrängen. Als Wenling sich über die Größe und den Zustand der Dschunke beschwert, blafft Longwei sie nur an, dass sie Glück hätten, überhaupt an Fahrscheine gekommen zu sein. Die Alternative wäre gewesen, zu Fuß über die Berge zu gehen. Meilin fällt auf, dass die Freude über die Wiedervereinigung des Paares schnell abgekühlt ist, nachdem Wenling in ihre gewohnte Schmollhaltung zurückgefallen ist.

Die Passagiere ducken sich in den Laderaum, denn zum Stehen ist die Decke zu niedrig. Meilin fühlt sich unwohl, und auch Wenling und Lifen sind grün im Gesicht. Die kleineren Kinder stolpern und fallen jedes Mal, wenn sie aufzustehen versuchen, gleich wieder um. Anfangs ist es noch ein Spiel – wer bleibt länger stehen? –, doch schon bald wird das Boot von den Stromschnellen so stark hin- und hergeworfen, dass sie sitzen bleiben und sich aneinander festklammern. Immer, wenn sich die Dschunke neigt oder plötzlich die Richtung ändert, rutschen Gepäckstücke über den Boden, und alle versuchen, sie schnell wieder einzusammeln. Die anderen Passagiere bleiben unter sich; sie verharren in der Hocke oder sitzen auf Bambusmatten, die sie um Decken und Bettzeug gewickelt haben.

Nach ein paar Stunden steht Meilin auf und taumelt zum Ausgang. Sie braucht frische Luft, in dem Laderaum ist es zu eng. Vorsichtig darauf bedacht, das Gleichgewicht nicht zu verlieren, arbeitet sie sich zum Bug vor. Draußen kann sie wenigstens sehen, was passiert, statt sich als wehrloses Opfer des unberechenbaren Wellengangs zu fühlen.

»Willkommen am Tor zur Hölle«, sagt ein Mitglied der Besatzung, als Meilin an ihm vorbeigeht. Die Helligkeit blendet sie, und bis ihre Augen sich an das Licht gewöhnt haben, ist ihr nicht nur schwindlig, sondern sie fühlt sich auch noch blind.

»Die Xiling-Schlucht«, erklärt der Mann, als Meilin sich umblickt.

Sie schaut hoch und sieht über sich einen schmalen Streifen Himmel zwischen zwei hohen Kliffen. In der Nähe des Ufers ragen Felsen, so spitz wie Zähne, aus dem Flussbett, die den hölzernen Flanken des Bootes gefährlich nahe kommen, zudem schäumen auf beiden Seiten gefährliche Strudel. Das eiskalte Wasser wirft die Dschunke hoch und sie stürzt runter, fliegt hin und her. Obwohl es Meilin im ersten Moment draußen hell vorkam, realisiert sie allmählich, dass sie sich mitten in einer schattigen Schlucht befinden.

»Wie lange dauert es noch nach Chongqing?«, fragt sie.

Der Mann lacht laut auf. »Wie, haben Sie etwa schon genug?«

»Wie lange?«, wiederholt sie.

Er späht den Fluss hinauf und zuckt die Achseln. »Das hängt vom Wasser ab, vom Verkehr und vom Wetter – von vielen verschiedenen Faktoren. Vielleicht drei Wochen, vielleicht auch fünf.«

Fünf Wochen? Genau in diesem Moment schreit der Kapitän, und die Besatzung macht sich wieder an die Arbeit. Meilin kehrt langsam in den Laderaum zurück. Sie ist froh, dass das *San Zi Jing* noch viele Verse hat, die sie Renshu und Liling beibringen kann.

Ein paar Stunden später läuft die Dschunke im Schutz einiger Bäume auf eine Sandbank auf. Die Sonne ist untergegangen, und es ist fast dunkel. Hier werden sie die Nacht verbringen. Zu durchgeschüttelt und seekrank, um etwas essen oder schlafen zu können, und zu verängstigt, um Fragen zu stellen, harren sie in der Uferdünung aus.

Als der Morgen anbricht, wird das bisschen Schlaf, das sie vielleicht finden konnten, durch lautes Fußgetrappel vor dem Laderaum unsanft beendet. »Raus! Raus! Alle raus! Nehmt eure Sachen und steigt aus!«

In dem Laderaum breitet sich Verwirrung aus. Benommen raffen die Passagiere im Dämmerlicht ihre Sachen zusammen.

»Raus!«, wiederholt die Besatzung und schlägt gegen die Wände, um jene, die immer noch schlafen, aufzuwecken.

Draußen erklären sie, dass der Wasserstand jetzt im Winter niedrig sei und die Durchfahrt an dieser Stelle besonders eng. Treidler werden das Boot hindurchziehen. Die Passagiere jedoch müssen zu Fuß einen Pfad an den Kliffen entlanglaufen und können die Dschunke erst weiter flussaufwärts wieder besteigen. Also folgen sie der Mannschaft im frühen Morgengrauen mit klammen Fingern und schmerzenden Gliedern. Es ist ihre Entschlossenheit, die sie antreibt – vorwärts und weiter, immer weiter.

Der Pfad ist nicht sehr lang, aber da vor ihnen viele andere Boote an der Reihe sind – Kanonenboote, kleine Passagierschiffe, Sampanen und Fischerboote –, müssen sie warten. Meilin sitzt mit dem vor sich hindösenden Renshu neben sich da und sieht den Treidlern dabei zu, wie sie auf dem gefährlichen, aus den Felswänden herausgeschlagenen Treidelpfad balancieren.

Die Treidler stemmen sich gegen die Strömung und ziehen die Boote Schritt um Schritt durch die felsigen Untiefen unter ihnen. Im Laufe vieler Jahre haben die Taue tiefe Rillen in den Felsen gefräst. Die Männer neigen sich so weit nach vorn, dass ihre Oberkörper fast parallel zum Boden sind, und ziehen sich mit den Händen an den Felsen voran. Manche von ihnen tragen Turbane. Trotz der Kälte sind die meisten nackt, und Schweiß strömt von ihren geplagten Schultern. *Hey zo, hey zo,* skandieren sie, damit ihre muskelbepackten Beine im Gleichschritt arbeiten.

Irgendwann rutscht ein Treidler auf einem glitschigen Stück

aus. Er wirft sein Gurtzeug nicht schnell genug ab, so dass er die drei anderen Treidler, die am selben Tau ziehen, mit sich in die Tiefe reißt. Die vier sind verloren. Wirbelndes Wasser verschlingt sie und reißt sie mit sich. Meilin schreit auf und hält Renshu die Augen zu. Die anderen Treidler stutzen kurz, brechen ihre Arbeit aber nicht ab. Das Risiko ist zu groß, sie müssen weitermachen. Renshu schreckt hoch und will wissen, was passiert ist, aber Meilin schüttelt den Kopf und behauptet, es sei alles in Ordnung.

Als ihr Boot wieder bereit ist, besteigen sie es mit ernsten Mienen. Die Gefahr ist nicht vorüber, das ist sie nie, aber immerhin liegt die Xiling-Schlucht nun hinter ihnen.

Nach und nach wird der Fluss wieder breiter. Alle paar Tage legt das Boot bei kleinen Dörfern an, wo Bauern ihnen getrockneten Fisch und Orangen verkaufen. Eine Gebirgskette nach der anderen erscheint und verschwindet im Nebel auf beiden Seiten. Als sich der Nebel lichtet, ist hoch auf den Bergkuppen Puderschnee zu erkennen. *Ma, die Berge sehen aus wie die von unserer Bildrolle,* flüstert Renshu eines Morgens. *Ja,* murmelt sie, *das stimmt.*

Nach ein paar Wochen auf der Reise haben Renshu und seine Mutter die Angewohnheit entwickelt, an Deck an der frischen Luft zu stehen und aufs Wasser hinauszusehen.

Renshu liebt es, die steinernen Kliffe nach interessanten Formationen abzusuchen. Er entdeckt zwei Spitzen, von denen er meint, dass sie wie Wolfsohren aussehen. Seine Ma zeigt auf eine Felssäule; sie erkennt darin eine anmutige Göttin, die auf das vor ihr liegende Tal aufpasst. Renshu kneift gerade die Augen zusammen, um das Gleiche zu sehen wie sie, als Liling mit tränenverschmiertem Gesicht zu ihnen kommt. Wahrscheinlich ist ihre Ma wieder böse auf sie. Die ganze Zeit, seit sie auf dem Boot sind, schimpft die Tante mit Liling und wirft ihr vor, ungezogen oder zu wild zu sein. Und immer, wenn ihre Ma sie anschreit, flüchtet sich Liling zu Renshu und seiner Ma.

»Komm, Liling, wir sehen uns zusammen den Fluss an«, sagt Meilin.

Vor ihnen liegt auf einem Hügel eine kleine Stadt. Anders als viele Dörfer am Ufer, die sie auf ihrer Reise passiert haben, steht diese Ortschaft auf einer Halbinsel, die weit in den Fluss hineinragt. »Das ist Baidicheng, die Stadt des Weißen Kaisers«, verkündet der Kapitän. »Sie ist die Heimat von Dichtern und Helden. Vor vielen Jahrhunderten haben Li Bai und Du Fu hier gelebt und einige ihrer berühmtesten Verse geschrieben.«

»Außerdem wird dort der große Zhuge Liang verehrt«, fügt eine leise Stimme hinzu. Renshu lächelt, als sein Onkel sich zu ihnen gesellt, und schon bald erzählt Longwei ihm und Liling uralte Geschichten aus der Zeit der Drei Reiche. Als sie von Zhuges Trick hören, zwanzig Boote mit Soldatenattrappen aus Stroh zu bemannen und diese den Pfeilen des Feindes auszusetzen, um auf diese Weise günstig an hunderttausend Pfeile zu kommen, stoßen die Kinder Freudenschreie aus. Renshus Ma erklärt zwar, dass sie diese alten Geschichten von Blutsbrüdern, Verrat und klugen Listen schon zu oft gehört habe, aber daran, wie sie seinem Onkel beim Erzählen zusieht, merkt Renshu, dass sie ihr doch gefallen. Die Kinder kichern über die furchterregenden Fratzen, die er schneidet, und alle jubeln, als er laut zu singen beginnt und seine Stimme über das Wasser hallt. Am Ende betteln Renshu und Liling um mehr, doch der Onkel vertröstet sie auf später.

Als er sich schließlich zu einer Gruppe von Männern gesellt, die rauchend an der Reling stehen und sich eine Flasche Weinbrand teilen, sagt Ma zu den Kindern: »Ich kann euch eine Geschichte über Heldenmut erzählen. Echten Heldenmut.«

»Echten Heldenmut?«, wiederholt Liling.

»Die Geschichte handelt von Schlangen.« Ma klappt ihren Korb auf und holt aus dem untersten Fach das rechteckige Holzkästchen hervor, in dem die Bildrolle liegt. Renshu ergreift Lilings Hand und springt voller Vorfreude auf, dann drängen sich die beiden Kinder an Meilin, um besser sehen zu können. Während seine Ma das kostbare Seidenpapier von links abrollt und von rechts wieder aufwickelt, wirken die Figuren darauf sogar noch zauberhafter, als Renshu sie in Erinnerung hat. Er hört förmlich das Kreischen der Kormorane, die über den rudernden Fischern kreisen. Bei einer Jagdszene ist er sich sicher, dass er die donnernden Hufe eines Hengstes spürt. Liling stößt einen Freudenschrei nach dem anderen aus und zeigt begeistert auf jedes Detail, das sie entdeckt. Die Blumen! Die Vögel! Die Farben der Berge!

Schließlich stoppt seine Ma bei einer Szene, die Häuser, Gärten und Tempel in einer Vorgebirgslandschaft zeigt. »In diesem kleinen Dorf«, beginnt sie mit dem Finger auf die Rolle zeigend, »lebte einst ein Mädchen namens Li Chi.« Sie schaut Liling nachdenklich an. »Dieses Mädchen hatte fast den gleichen Namen wie du, Liling. Und vielleicht auch ein ähnliches Naturell.

Li Chi war die sechste Tochter eines armen Bauern, der in einem Dorf am Fuße der Yung-Berge wohnte. Weit oben nahe des Gipfels lebte eine furchterregende Schlange. Eines Nachts erschien sie allen Dorfbewohnern im Traum und verlangte, dass man ihr jedes Jahr am achten Tag des achten Monats ein dreizehnjähriges Mädchen darbrachte; sonst würde sie über das ganze Dorf herfallen.

Natürlich fürchteten sich alle vor der Bestie. Deshalb beschlossen die Richter des Dorfes, die Töchter von Gaunern und Dieben zu opfern. In neun Jahren gaben sie der gierigen Schlange neun junge Mädchen. Doch am Vorabend des achten Tages des achten Monats des zehnten Jahres ging Li Chi zu ihren Eltern und sagte: ›Lasst mich diejenige sein, die zu der Schlange geht. Ihr habt mehr Töchter, als ihr gebrauchen könnt, und die Richter werden euch einen kleinen Betrag für mich auszahlen, weil ihr weder Gauner noch Diebe seid.‹«

Liling, die aufmerksam lauscht, schmiegt sich etwas enger an Meilin.

»Seht ihr Li Chi?«, fragt Meilin.

Renshu zeigt auf ein Mädchen, das ein Stück von den anderen

spielenden Kindern entfernt steht. Neben ihr sitzt ein Hund. Liling zeigt auf eine vereinzelte Figur, die einen Umhang trägt und einen Bergpfad hinaufsteigt.

Renshu stupst seine Mutter an, damit sie weitererzählt.

»Naja, natürlich sagten Li Chis Eltern nein! Doch Li Chi war zwar die jüngste und kleinste, aber auch die mutigste und starrköpfigste von allen Schwestern. Deshalb ging sie trotzdem zu den Richtern. ›Da meine Eltern weder Gauner noch Diebe sind, werdet ihr ihnen einen kleinen Geldbetrag auszahlen?‹ Die Richter stimmten zu.

Am nächsten Tag stieg Li Chi mit einem scharfen Schwert, einem auf Schlangenbekämpfung trainierten Hund und einem Korb mit süßen Reisbällchen den Berg hinan. Sie hatte Angst, aber sie war auch entschlossen. Diese beiden Gefühle gehen immer Hand in Hand.

Als Li Chi den Eingang der Höhle erreichte, verteilte sie die Reisbällchen auf dem Boden und rief: ›O Schlange, willst du nicht diese köstlichen Reisbällchen probieren, bevor du mich verschlingst?‹

Die Schlange, dieses unersättliche Scheusal, erschien sofort am Höhleneingang und senkte den Kopf, um die Reisbällchen aufzufressen. In genau diesem Moment ließ Li Chi ihren zähnefletschenden Hund los, der auf die Schlange zusprang und seine Zähne in ihren Hals schlug. Als sich die von dem plötzlichen Schmerz überraschte Schlange aufrichtete, nutzte Li Chi die Gelegenheit, um ihr Schwert tief in die Brust der Schlange zu rammen. Das Tier heulte auf, wand sich und ächzte, bis sie schließlich vor Li Chis Füßen zusammenbrach.«

»Hurra!«, ruft Renshu.

Lilings Augen sind so groß wie der Vollmond. »Und dann?«

Mas Stimme senkt sich zu einem Flüstern. »Als sie sicher war, dass die Schlange nicht mehr lebte, kroch Li Chi in deren Höhle. Igitt – das stank fürchterlich! Und ganz hinten fand sie neun Schädel, die an der Wand aufgereiht waren. ›Ach, meine Lieben‹, sagte sie und nahm einen nach dem anderen in die Hand, ›weil ihr so zaghaft wart, seid ihr gefressen worden. Wie bedauernswert!‹ Dann sammelte sie ihr Schwert und den Hund ein und marschierte den Berg hinab, zurück zu ihrer Familie und den dankbaren Dorfbewohnern. Es wurde viel gefeiert, und sie wird seitdem als ewige Heldin verehrt.«

Renshu und Liling klatschen vor Begeisterung über die Geschichte in die Hände.

»Ach, meine Lieben«, sagt Meilin zu den Kindern, »was für Schlangen uns auch immer erwarten mögen, lasst uns so kühn und tapfer sein wie Li Chi.« Sie drückt beiden einen Kuss auf den Kopf, rollt die Bildrolle wieder auf und verstaut sie ganz unten in ihrem Korb.

Später, als das Boot Richtung Chongqing weiterfährt, steht Meilin im Schutz der Dunkelheit wieder an Deck und späht den Fluss hinauf. Es ist schon Tage her, seit sie zuletzt das Dröhnen eines Flugzeugs oder das Heulen des Fliegeralarms gehört hat. Die Berggipfel wirken nun etwas weniger bedrohlich, eher wie die Nackenhaare eines Kampfhundes, der sich hingelegt hat. Inzwischen sind sie so weit gereist, dass sie sicherer sein müssen. Sie kann sich nicht vorstellen, dass der Feind es bis hierhin schafft. Doch selbst wenn die Klippen und Schluchten ihre Dschunke vor den japanischen Fliegern verbergen, bleibt der Fluss selbst ein Drache, der zerstörerische Stromschnellen ausstößt. Er ist kein Feind, und trotzdem gefährlich. Ihr Plan, im Frühling zurückzufahren und nach ihren Eltern zu suchen, erscheint ihr nun naiv, wenn nicht gar dumm. Meilin fragt sich, ob ihr Zögern in Yichang richtig war oder ob sie dort die Gelegenheit hätte ergreifen sollen. Ist sie, so wie Li Chis Vorgängerinnen, zu zaghaft gewesen?

5

Chongqing, Provinz Sichuan, China, Februar 1939

Als sie in Chongqing eintreffen, ist die Stadt in kalten Nebel gehüllt. Die Gebäude klammern sich wie aufeinandergestapelt an die Seiten der hügeligen Yuzhong-Halbinsel. Wenn die Erde mit den Schultern zucken würde, dann purzelten die Häuser alle in den darunterliegenden Fluss.

Fast drei Monate nach ihrer Flucht aus Changsha verspürt Meilin keine Erleichterung, sondern fühlt sich wie betäubt, als sie von Bord der Dschunke geht und die vielen hundert Stufen erblickt, die vom Chaotianmen-Kai zu den Straßen hinaufführen. Zwischen Stapeln aus Kisten und Gepäck stehen überall Neuankömmlinge, die von der Reise genauso benommen und erschöpft sind wie sie. Sie vermischen sich mit in Lumpen gehüllten Bettlern, die auf Almosen hoffen, und Straßenhändlern, die ihre Waren in einem unvertrauten Dialekt anpreisen. Ein steter Strom aus Lastenträgern mit muskelbepackten Schultern und Waden bewegt sich die Treppen hinauf und hinab. Sie transportieren alles, was man sich nur vorstellen kann: von Sänften mit denen darin, die nicht selber gehen können oder wollen, über Körbe, die von Waren und Geräten überquellen, bis hin zu knarzenden Bambus-Tragstangen, an denen bei jedem Schritt überschwappende Wassereimer baumeln.

Ein junger Mann in Soldatenuniform und Kappe begrüßt Longwei. Nach einem kurzen Gespräch gibt er einem Gepäckträger das Zeichen, ihre Koffer die Treppe hinaufzubringen. Ihren Nähkorb behält Meilin bei sich. Der junge Mann führt sie gewundene Gässchen hinauf bis zu einer kleinen Wohnung in einem der Häuser am Hang. Die Wohnung hat drei Zimmer: eins für Longwei, Wenling und die Mädchen, ein kleineres für Meilin und Renshu und ein drittes, das als Küche, Wasch- und Gemeinschaftsraum dient. Es gibt eine mit Wasser gefüllte Wanne, einen Tisch mit zwei langen Bänken und drei kleine Petroleumlampen. Obwohl hier weniger Platz ist als in der Dienstboten-Wohnung in Changsha, ist Meilin dankbar. Es handelt sich um richtige Zimmer, nicht um eine Scheune, einen Schuppen oder einen notdürftig hergerichteten Schlafplatz unter Bäumen. Trotz der von draußen hereinziehenden Kälte, trotz des Lärms und der Essensdünste aus den umliegenden Wohnungen ist es hier unendlich viel besser als in dem muffigen, engen Laderaum der Dschunke.

In dieser Nacht versucht Meilin zu schlafen, doch wenn sie die Augen schließt, fühlt es sich gleich wieder so an, als wäre sie noch auf dem Wasser. Renshu wälzt sich unruhig herum und zuckt bei jedem Krabbeln in den Wänden oder Stampfen von oben zusammen. Als er endlich friedlich schlummert, bleibt Meilin erschöpft auf dem Rücken liegen. Durch die Wand zum Nebenzimmer dringt ein im Flüsterton geführter, aber erbitterter Streit zwischen Longwei und Wenling.

»Was nützt uns denn deine sogenannte Beförderung, wenn wir in dieser provinziellen, dreckigen Stadt in einer Bruchbude wohnen müssen? In den Wänden hausen die Ratten, und über den Boden krabbelt Ungeziefer.«

»Du hast eine Wohnung. Wir haben Wasser, Essen und eine Heizung.«

»Können wir nicht wenigstens irgendwo wohnen, wo es Strom gibt, statt in dieser armseligen Hütte?«

»Immer beschwerst du dich nur. Dabei können wir uns glücklich schätzen. Ich muss wegen meiner Stellung hier sein.«

»Wegen deiner Stellung? Was hast du denn für eine Stellung? Du sagst, dass du kein Soldat bist, aber wo immer wir auch hingehen, tauchen Militärangehörige auf. Bist du Offizier? Warum trägst du keine Uniform? Oder bist du ein Spion? Ich weiß nicht mal, wer du bist!«

»Es reicht, Frau!«, zischt er. »Du solltest dankbar sein, dass ich unseren Lebensunterhalt verdiene. Wenn du es hier so schrecklich findest, kannst du ja gehen.«

Genau in diesem Augenblick erwacht eins der Mädchen schreiend aus einem Albtraum. Meilin hört, wie Wenling das Zimmer durchquert, um das Kind zu beruhigen. Irgendwann wird es nebenan still.

Unter ihrer dünnen Decke frierend legt Meilin eine Hand auf Renshu, und irgendwann wiegt das Heben und Senken seiner Brust auch sie in den Schlaf.

Als sie sich eingerichtet haben, schreibt Meilin an ihre Eltern. Ihr Brief ist kurz: Sie teilt ihnen mit, dass sie in Chongqing sicher seien und Renshu größer werde. Dass sie sie vermisse und hoffe, sie bald zu sehen. Auch wenn es keine Garantie dafür gibt, dass der Brief irgendwen in China erreicht, versucht sie es trotzdem. Nicht zu schreiben, hieße aufzugeben.

Longwei geht nie darauf ein, worin seine Arbeit eigentlich besteht, aber es ist klar, dass er sich für die Kuomintang nützlich gemacht hat. Er kommt und geht, zwielichtig wie immer; manchmal bleibt er mehrere Tage hintereinander weg. Was für eine Rolle er auch immer spielen mag, in ihrer Wohnung werden sie in Ruhe gelassen. Jeden Morgen bringt ein Träger frisches Wasser für den Tag. Und Longwei beschafft immer, was die Familie braucht: Reis, Salz, Öl und Bargeld.

Meilins Tage werden von der Wucht ihrer Trauer überschattet. Die großartigen Visionen ihres Lebens mit Xiaowen, die sich nie erfüllt haben, ihre geplatzten Träume von einem florierenden Geschäft und einer Familie, von einem China, das sich zu einer Demokratie entwickelt, all das setzt ihr zu. Aber auch kleinere Dinge tragen zu ihrer Schwermut bei. Sie vermisst Hongtses barsche Freundlichkeit ebenso wie das Ritual, abends das Geschäft zu schließen und die Bücher auf den neuesten Stand zu bringen. Und sie weint bei der Vorstellung, dass sie nie mehr sehen wird, wie Xiaowen Renshus kleine Hand in seine nimmt. Die Verlustgefühle sind so überwältigend, dass sie fürchtet, von ihnen verschlungen zu werden, wenn sie sich ihnen stellt. Sie darf nicht zulassen, dass das geschieht, denn es gibt viel zu viel zu tun, damit alle satt, sicher und gesund sind.

Eigentlich ist sie sogar dankbar für die Ablenkung, die das Einkaufen, Kochen und Waschen ihr verschaffen. Wenling weigert sich, bei den Besorgungen zu helfen, nachdem sie nur wenige Male auf dem Markt gewesen ist. Sie behauptet, von dem Lärm und Gestank Kopfschmerzen zu bekommen. Also lässt Meilin ihre Schwägerin in der Wohnung zurück, wo sie Trübsal bläst und an ihren Töchtern herummäkelt. Anfangs fühlt sie sich von derart vielen Aufgaben überfordert, denn sie ist nicht an körperliche Arbeit gewöhnt und immer noch von der langen Reise erschöpft. Doch mit der Zeit lernt Meilin die Freiheit zu schätzen, die damit einhergeht, sich draußen durch die wuselige Stadt zu bewegen und der mäkeligen Wenling den Rücken zu kehren.

Im März rücken die japanischen Truppen bis Nanchang vor, und da nun weitere Flüchtende ins Hinterland strömen, werden die Unterkünfte in Chongqing noch knapper. Überall sprießen eilig aus Holzbrettern und Bambus errichtete Behausungen aus dem Boden, die mit Draht und Lehm zusammengehalten werden. Meilin fühlt sich immer weniger als Neuankömmling. Sie kennt sich inzwischen in den Straßen und Gassen der Yuzhong-Halbinsel aus und hat nebenbei den Sichuan-Dialekt aufgesogen. Auf dem Markt findet sie die Gesichter ihrer bevorzugten Händler wieder, und glaubt, dass auch sie von ihnen erkannt wird. Sogar Wenling hat ein paar von umgesiedelten Familien aus Schanghai betriebene Läden entdeckt, die sie mit Zeitschriften und ein wenig Luxus zufriedenstellen.

Renshu machen der Lärm und das Durcheinander in Chongqing nichts aus. Er mag die neuen Stimmen, Sprachen und Gerüche, und ihm gefallen die verwinkelten Straßen, die zu Treppen und unerwarteten Eingängen führen. An jeder Ecke wartet eine Überraschung, eine andere Familie oder eine neue Behausung.

Obwohl es noch immer nebelig und bedeckt ist, ist es an einigen Tagen schon warm genug, dass Renshu und Liling mit Meilin auf den Markt gehen können. Seine Ma arbeitet sich auf der Suche nach den besten Angeboten durch die Stände, während Renshu und Liling ihr hinterherlaufen und für sie die Weißkohlköpfe, Zwiebeln und das Obst schleppen. Einmal verlieren sie Meilin beinahe aus den Augen, weil sie einem Baby, das von seiner Mutter auf dem Rücken getragen wird, Grimassen schneiden. Immer wenn sie an Bambusfässern vorbeikommen, die so groß wie Renshu und mit gehackten Chilischoten, Knoblauch oder Sichuan-Pfeffer gefüllt sind, kitzelt ein scharfer Geruch in seiner Nase. Aber als seine Ma ihn schließlich ein winziges bisschen Chili-Paste kosten lässt, reizt das Gewürz seinen Hals und er schreit auf, denn er ist noch nicht an die feurige Küche Chongqings gewöhnt.

Bei anderen Gelegenheiten verbringen sie ganze Nachmittage mit Onkel Longwei im Park. Er kauft Zigaretten bei einem Straßenhändler und bleibt stehen, um einen Schwatz zu halten. Der Händler besitzt einen Pfau namens Man Zi. Viele andere Kinder versammeln sich um den Vogel und bestaunen ihn. Gemeinsam mit ihnen schnalzen und gurren Renshu und Liling, um Man Zi dazu zu bewegen, seine prächtigen Schwanzfedern zu spreizen. Wenn er es tut, jubeln sie, und er schlägt mit den Flügeln. Der größte Schatz, den man auf den Wegen und unter den Büschen des Parks finden kann, ist eine von Man Zis Federn.

Wenn Longwei seinen Zigarettenvorrat aufgefüllt hat, geht er zu den Mah-Jongg-Spielern hinüber, und die Männergruppen lachen laut über Witze, die Renshu nicht versteht. Über den Zigarettenrauch erhebt sich ein konstantes Stakkato aus Hust- und

Spuckgeräuschen sowie den Lauten vom Mischen und Stapeln der Spielsteine auf den Tischen. Renshu und Liling halten nach dem alten Seewolf Ausschau. Mit seiner Glatze und dem langen, silbergrauen Schnurrbart beugt er sich rülpsend über den Tisch und reibt sich den Bauch. Immer wenn er da ist, durchwühlt er die Taschen seiner zu engen Jacke und wirft den Kindern ein paar Münzen zu. Die rennen dann mit dem Geld sofort zu dem nahegelegenen Mahua-Händler und kaufen sich die langen gedrehten Teigstangen. Es vergehen Stunden, in denen der Onkel Zigaretten verschenkt und Neuigkeiten austauscht.

Renshus Lieblingstage sind jedoch die, an denen der Onkel sie zum Chaotianmen-Kai mitnimmt, wo er müde Neuankömmlinge empfängt, die auf wackeligen Beinen die langen Treppenfluchten hinaufsteigen. Dort unten gibt es immer etwas zu sehen. Dampfschiffe, Dschunken und Sampanen legen an, Passagiere gehen an Bord, Hafenarbeiter entladen Frachten, Schiffsbauer reparieren Segel und hämmern neue Verkleidungen an Holzboote. Renshu und Liling stehen nahe der Spitze der Halbinsel und beobachten, wie sich der schmutzig-braune Jangtsekiang mit dem schnell fließenden, jadegrünen Strom des Jialing vermischt.

Obwohl sie erst ein paar Monate hier sind, fühlt es sich schon wie eine Ewigkeit an. Noch weiter entfernt ist die Erinnerung an den kalten Winter der Flucht. Der Frühling kommt, die Nebel lichten sich, und Renshu hat nachts im Dunkeln keine Angst mehr.

Es ist Anfang Mai, ein sonniger Tag mit einem Hauch von Frühlingsblüten in der Luft. Meilin ist mit dem Einkaufen fertig, und weil das Wetter so herrlich ist, stimmt sie einem Abstecher in den Park zu. Renshu möchte ihr Man Zi zeigen und hofft, wie stets, dass er das Glück hat, eine Feder zu finden. Unterwegs bleiben sie vor einer neu errichteten Bank stehen und Renshu bewundert eine schwarze Rikscha mit goldenen Verzierungen. Meilin unterdrückt den schmerzvollen Gedanken, dass er selbst immer so stilvoll hätte unterwegs sein können, wenn es keinen Krieg gegeben hätte. Vielleicht wird es ja auch wieder so sein, wenn all das hier vorbei ist.

»Ma, ein roter Ball!« Renshu zeigt auf etwas neben der Bank.

Meilin folgt seinem Blick. Es ist kein Ball, sondern eine rote Laterne. An der Straßenecke wird eine weitere rote Laterne an einem Mast hochgezogen, und überall entlang der Straße erscheinen immer mehr Laternen.

Dann erspäht Meilin ein dunkles V am blauen Himmel, das aussieht wie Vögel im Formationsflug. Entsetzen macht sich in ihr breit. Die Japaner haben Chongqing erreicht.

Die Menschenmenge auf der Straße zerstreut sich. Eine Fliegeralarm-Sirene ertönt, anfangs leise und langsam, dann immer lauter und schriller, bis ihr Kreischen ohrenbetäubend ist. Schließlich verklingt sie, nur um beharrlich von Neuem einzusetzen. Das Geräusch ist zu laut. Die Hilflosigkeit und die Furcht, die Meilin bei dem Tieffliegerangriff vor Yichang verspürt hat und danach monatelang verdrängt hatte, kehren zurück und überwältigen sie. Sie kann nicht denken. Sie kann sich nicht bewegen. Menschen rennen an ihnen vorbei. *Beeilung, schnell, gehen Sie in Deckung!* Jetzt sind die Flugzeuge so nah, dass sie die leuchtend roten Kreise auf ihren Flügeln erkennen kann. Die Türen der Geschäfte schließen sich, Rollläden rasseln herab. Renshu beginnt zu wimmern. Ein Mann mit einem kleinen Kind im Arm rüttelt an Meilins Schulter und reißt sie aus ihrer Lähmung. Er zeigt auf das Ende der Straße. *Laufen Sie zum Großen Tunnel. Da vorn ist der Shibati-Eingang!* Mit dem Korb in der einen und Renshu an der anderen Hand folgt sie dem Mann, und sie steigen genau in dem Augenblick in den Untergrund hinab, als hinter ihnen auch schon die Türen zufallen.

Ein Pfeifen zerreißt die Luft, und von hinten trifft sie ein Luftstoß. Dann folgt eine ohrenbetäubende Explosion. Renshu fängt an zu schreien, und Meilin drückt ihn fester an sich. Die Erde bebt. Im Innern des Tunnels flackern nackte Glühbirnen und schwingen hin und her; ihr Licht erleuchtet Augen voller Angst. Noch mehr Pfeifen und hallende Detonationen. Wieder und wieder. Die Lichter flackern ein weiteres Mal und erlöschen dann. Überall um sie herum sind weinende und schreiende Menschen. Renshu schluchzt, und Meilin legt ihre Arme um ihn. Mit direktem Hautkontakt versucht sie ihn – und sich selbst – zu beruhigen. Sie versucht, das schreckliche Gefühl der Niederlage wegzustreicheln. Diese Stadt in den Bergen hatte ihnen doch Schutz bieten sollen. Sie waren hier doch so sicher gewesen. In der Finsternis rinnen Tränen über Meilins Gesicht. Sie warten und verlieren jedes Zeitgefühl – sind sie seit Minuten oder Stunden hier unten? An den Tunnelwänden kondensiert Feuchtigkeit; es ist, als würden auch die Mauern weinen.

Ab und zu flackert in der Dunkelheit eine Taschenlampe oder Kerze auf. Überall im Tunnel sieht man glühende Zigaretten, die zu viel Rauch verbreiten. Die Luft riecht säuerlich nach Knoblauch und Tabak. Menschen schubsen und drängeln, um sich Platz zu verschaffen. Renshu hustet, und Meilin versucht, durch den Mund zu atmen. Der Donner der Explosionen hört nicht auf.

Überall um Renshu herum tasten Finger, grapschen Hände und rammen Knie gegen Beine. Die Hüften und Bäuche fremder Menschen prallen zu dicht an seinem Hals und seinen Ohren aufeinander. Er kann kaum noch atmen. Er hat Kopfschmerzen und fühlt sich wie benommen. Er will aus diesem Tunnel raus. Als irgendjemand ruft, die Türen seien offen, drängen alle zum Ausgang. Irgendwer schubst ihn von hinten, und Renshu verliert die Hand seiner Mutter. Eine Woge aus Menschen trägt ihn von ihr weg.

»Ma! Ma!« Doch seine Rufe gehen in dem Gedränge aus Schultern und Ellenbogen unter.

Als Meilin spürt, wie ihr Renshus Hand entgleitet, beginnt sie sofort zu zittern, und Panik brandet in ihr auf. Wenn sie nicht zu ihm durchkommt, wird die Menge ihn tottrampeln. Sie stemmt sich gegen den Strom. Menschen fluchen und pressen sich an ihr vorbei, doch sie hört sie gar nicht. Sie muss Renshu wiederfinden, alles andere ist gleichgültig.

Da! Er ist gestürzt. Sie kniet sich neben ihn und packt ihn. Er ist ohnmächtig geworden.

Sie hebt ihn hoch und trägt ihn stolpernd voran, bewegt sich jetzt mit der Menge, bis sie endlich, endlich im Freien sind. Mit Renshu in den Armen sinkt sie gegen eine Wand und schnappt gierig nach Luft.

Die Abenddämmerung ist aufgezogen, aber überall lodern helle Flammen. Aus Trümmerhaufen steigen Schwefeldämpfe auf, Funken wehen vorbei. Die Menschen, die aus den Bunkern kommen, schweigen schockiert und bewegen sich wie in Zeitlupe. Nach und nach erklingen aus allen Richtungen Schreie, als immer neue Verluste entdeckt werden. Manche eilen zu Hilfe, um beim Ausgraben von Verschütteten zu helfen, während andere keuchend und hustend einfach nur ungläubig herumstolpern. Die Sirenen sind verstummt, und es fallen keine Bomben mehr pfeifend vom Himmel, doch jetzt dringt lautes Feuerprasseln durch die Luft, das nur von dem ohrenbetäubenden Krachen einstürzender Gebäude übertönt wird.

Ganze Häuserblocks sind zerstört. Wo Bomben detoniert sind, klaffen Krater, so groß wie die einstigen Bauwerke. Überall in den Trümmern liegen Möbelreste, umgekippte Tische und zusammengebrochene Bücherregale. Mit fröhlicher Reklame behängte Ladenfassaden schwanken, weil dahinter nur noch Haufen aus zerborstenen Mauern und zerbrochenem Glas liegen.

Ein paar Blocks entfernt sehen sie in der Mitte der Straße die aufwändige Rikscha wieder. Sie liegt auf der Seite, eins ihrer Räder dreht sich quietschend. Der schwarze Lack und die goldenen Verzierungen sind mit Blut, Dreck und weißen und rosafarbenen Fetzen bedeckt. Meilin muss würgen. Sie unterdrückt die Übelkeit und zerrt Renshu weiter, ehe er sehen kann, was sie gesehen hat: eine Hand an einem Arm, der mit keinem Körper mehr verbunden ist.

Der Stand des Zigarettenhändlers im Park hat sich in einen Aschehaufen verwandelt. Als Renshu die verstreuten Federn des Pfaus bemerkt, aber kein Lebenszeichen von Man Zi entdeckt, bricht er erneut in Tränen aus.

Meilin war noch nie so erleichtert, Longwei, Wenling und die Mädchen wiederzusehen, wie in dem Moment, als sie die Wohnung betritt. Irgendwie haben sie alle ebenfalls überlebt. Longwei berichtet, dass sie in einem anderen öffentlichen Tunnel Schutz gesucht haben, der näher an ihrem Haus liegt. Während Wenling sich darüber beklagt, wie unbequem, dunkel und schmutzig es dort war, wird Meilin von Verzweiflung übermannt. Wie konnten die Japaner nur bis hierhin gelangen? Im Winter und zu Beginn des Frühlings war der Nebel so dicht gewesen, dass es am Himmel ruhig geblieben war. Und so hatte sie sich Hoffnung gemacht, dass sie dem Krieg entronnen waren. Sie hatte darauf vertraut, im Landesinneren sicher zu sein. Wohin soll man jetzt noch fliehen?

Die ganze Nacht hindurch brennt die Stadt weiter, und niemand findet Schlaf.

Der nächste Morgen zieht klar und hell herauf. Es ist der Jahrestag der Bewegung des vierten Mai – ausgerechnet der Tag, an dem die Republik und der Mut des chinesischen Volkes gefeiert werden. Meilin hat sich wieder gefangen. Entschlossen, etwas zu finden, um den Tag mit der Familie zu begehen, strebt sie mit Renshu zum Markt. Sie ist froh, dass die Läden, die noch stehen, ihre Rollläden und Türen wieder öffnen. In den Straßen räumen die Menschen den Schutt weg und beweisen so ihre Widerstandskraft.

Um fünf Uhr heulen die Fliegeralarm-Sirenen erneut auf. *Schon wieder?* Meilin ist verzweifelt. Am Himmel nähert sich ein neuer Schwarm von Fliegern und zerstört den Optimismus, den sie noch Augenblicke zuvor verspürt hatte. Meilin und Renshu suchen zusammen mit der Familie in dem Tunnel Schutz, welcher der Wohnung am nächsten liegt. Sie überstehen den Angriff, indem sie die Verse des *San Zi Jing* wieder und wieder rezitieren. Sogar Wenling macht mit.

Schließlich ziehen Wolken auf, und es folgt eine Atempause von den Bombardierungen. Die Tage verbringen sie damit, nach Überlebenden zu suchen, Verwundeten zu helfen und Löschwasser zu pumpen. Zwischen den Trümmern laufen Mönche aus dem Arhat-Tempel herum und vollziehen singend Rituale für die Toten. Karren und Körbe füllen sich mit Körperteilen. Die Leichen werden in ordentlichen Reihen aufgebahrt, damit die Leute ihre Angehörigen identifizieren können. Doch nur wenige werden zu einem ordentlichen Begräbnis abgeholt. Die meisten bleiben liegen, und schon bald machen sich Maden über das verwesende Fleisch her. Tief in der Nacht, wenn die Straßen menschenleer sind, wimmelt es von Ratten und Ungeziefer.

Der klare Sommerhimmel ist wie eine Einladung an die japanischen Flieger, und Meilin verliert den Überblick darüber, wie viele Tage sie zusammengekauert im Untergrund verbringen. Als der Herbst kommt und außer Frage steht, dass der Krieg noch lange nicht vorbei ist, hat sich Chongqing in einen Hort des Widerstands verwandelt, und irgendwie geht das Leben weiter. Wenling und Longwei melden die Mädchen in einem Internat in Shapingba an, einer etwa fünfzehn Meilen entfernten Vorstadt. Wenling will unbedingt erreichen, dass sie auch nach Shapingba ziehen, doch Longwei weigert sich. Sie könnten sich glücklich schätzen, ihre Wohnung zu haben, sagt er. Außerdem erwarte sie immer zu viel und sei nie zufrieden, fügt er grummelnd hinzu. Als Longwei vorschlägt, dass auch Renshu die Schule besuchen soll, wendet Meilin ein, dass er doch erst fünf sei. Sie wird ihn selbst unterrichten. Was sie nicht sagt, ist, dass sie es nicht ausstehen kann, zunehmend tiefer in Longweis Schuld zu stehen. Sie kann nicht wissen, ob sein Wohlwollen vielleicht doch irgendwann einmal endet oder ob er irgendeine Gegenleistung für seine Großzügigkeit erwartet. Handelt er immer noch aus Respekt gegenüber seinen Eltern so wohltätig, als Ausdruck der Hochachtung gegenüber seinem verstorbenen Vater und Bruder? *Eine Familie hält zusammen,* sagt er, doch sie traut ihm nicht, denn sie weiß zu wenig darüber, wo er seine Tage verbringt.

Bald schon freundet sich Wenling mit einigen Müttern an der Schule der Mädchen an. Es sind die Frauen von Bankiers, Geschäftsleuten und hochrangigen Beamten. Ein paar Mal in der Woche lässt sie sich unter dem Vorwand, in der Nähe der Mädchen sein zu müssen, in einer Sänfte zu den Häusern dieser Frauen in Shapingba bringen, um einen Schwatz zu halten oder Mah-Jongg zu spielen. Oft bleibt sie über Nacht fort.

Auch Meilin hat unter ihren Lieblingshändlern auf dem Markt von Shibati neue Freunde gewonnen. Da sind Tante Deng und Onkel Liang, die herrliches Obst und Gemüse aus Chengdu verkaufen. Onkel Liang hat eine Schwäche für Renshu und steckt ihm immer ein paar zusätzliche Früchte zu. Beide machen sie sich gerne darüber lustig, wie Meilin den Sichuan-Dialekt mit Hochchinesisch vermischt, ermutigen sie aber auch. Seit ihrer Ankunft im vorigen Februar beherrscht Meilin den Dialekt schon sehr viel flüssiger. Sie lernt auch andere vertraute Gesichter näher kennen: Herrn Huang, der ein Restaurant betreibt und ebenfalls das Gemüse von Tante Deng bevorzugt, und Großmutter Xi, die Stoffe verkauft und Meilins Nähkunst bewundert. Mehr als einmal mussten sie alle zusammen vor einem Bombenangriff in den Großen Tunnel fliehen.

Jetzt, da die Mädchen auf dem Internat sind und Wenling oft fort ist, sind Meilin und Renshu viel allein. An ruhigeren Tagen wickeln sie die Bildrolle ab und betrachten die Szenen lange, erzählen sich gegenseitig die alten Geschichten und erfinden neue. Jedes Mal, wenn Meilin die Kordel mit den Quasten aufknotet, steigt der Duft der Sandelholzrollen wie ein Geist auf, und sie saugt ihn tief ein. Dann ist es, als wäre Xiaowen für die Dauer eines Atemzugs wieder da. Die goldenen Fäden an den Rändern glitzern zum Gruße, und Meilin findet ohne Ausnahme jedes Mal ein neues Detail, das sie in den Bildern, die sie seit so langer Zeit liebgewonnen hat, bewundern kann. Die Bildrolle – ihre wundersame Existenz, ihre unerschöpfliche Schönheit – ist ein Quell der Hoffnung.

Renshus Lieblingsschauplatz darauf ist der Marktplatz. Sie liefern sich einen Wettbewerb darin, wer die meisten Betrüger und Gauner findet. Sieh nur! Ein Junge stiehlt Fische aus einem Eimer, während der Händler mit einer alten Frau feilscht, die ein Umhängetuch trägt. Da drüben, hinter den Hühnern in Bastkäfigen, lässt ein großer Mann Eier in seinen tiefen Taschen verschwinden. Die Waagschalen des Hirse-Verkäufers neigen sich in einem unredlichen Winkel. Und schau, unter dem Tisch zieht sein Sohn – bereits ein geübter Schwindler – an einer Kordel, damit die Waage ein Gleichgewicht anzeigt, lange bevor ihre beiden Schalen im gleichem Maße beladen sind. Und überall bedienen sich Taschendiebe an den Körben naiver Landbewohner, die von weither angereist sind, um ihre Ernte zu verkaufen und ihre Einnahmen mit zu viel Pflaumenwein feiern. Selbst die Hunde sind auf diesem Markt Diebe; sie schnüffeln an den Tischen entlang, um sich hier eine gedämpfte Teigtasche und dort eine Frühlingsrolle mit Schweinefleisch zu schnappen, ehe sie jemand verjagt.

In einer Ecke gibt es eine Wahrsagerin, von der Meilin und Renshu nicht recht wissen, ob sie eine Betrügerin ist. An manchen Tagen beschließen sie, dass sie die einzige rechtschaffene und freundliche Person auf dem ganzen Markt sein muss. Ihre Prophezeiungen aus Teeblättern und dem *I-Ging* sind weithin bekannt. Die Menschen vertrauen darauf, dass sie mit ihrem Sprechgesang Krankheiten zu heilen vermag, dass sie ihnen erklärt, mit welchen Opfergaben sie den Vorfahren ihren Respekt erweisen können, und dass sie an den Sternzeichen ihrer Kinder abliest, ob ihr Start ins Leben vielversprechend ist. Doch an schlechten Tagen finden Meilin und Renshu, dass die Wahrsagerin die schlimmste Betrügerin von allen ist. Sie verkauft wertlose Versprechungen, und das ist weitaus schlimmer, als billiges Tuch unter die Leute zu bringen oder eine gezinkte Waage zu benutzen. Der Schaden, den sie anrichtet, ist unverzeihlich, denn sie verletzt ihre Kundschaft in der Seele.

Manchmal fragt sich Meilin, wie ihre Geschichte weitergehen wird. Wie lange werden sie in Chongqing bleiben? Alle wollen möglichst bald nach Hause zurück – doch Meilin ist sich nicht mehr sicher, wo ihr Zuhause ist. Die Briefe an ihre Familie bleiben unbeantwortet. Sie beschließt, Renshu im Frühling an einer örtlichen Schule anzumelden, da sie fürchtet, dass er ohne die Gesellschaft seiner Cousinen einsam werden könnte. Und während er in der Schule ist, kann sie selbst vielleicht in der Nähe eine bezahlte Arbeit finden. Sie will nicht für immer in Longweis und Wenlings Schatten stehen.

6

Chongqing, Provinz Sichuan, China, Juni 1941

Anfang Juni kehren die Mädchen für einen kurzen Aufenthalt nach Chongqing zurück. Jetzt, da sie wieder hier sind, ist auch Wenling lieber zu Hause und verhält sich selbst gegenüber Meilin zivilisiert und sogar gesprächig.

Lifen, die inzwischen elf ist, hilft Wenling bei der Teezubereitung für die Familie, gießt heißes Wasser über die Blätter. Wenling stellt fünf Teetassen und Teller mit Erdnüssen und Melonensamen auf ein emailliertes Tablett. Nachdem Tee und Naschereien verteilt sind, nickt Wenling Lifen zu, die sich wieder ihrem Buch zuwendet. Wenling liest mit großem Interesse die Zeitung.

Meilin schaut Liling und Renshu zu, die schwatzend in einer Ecke des Raums auf einer Steppdecke sitzen. Ihre Tassen und Teller haben sie auf einen Hocker gestellt, als wäre es ein kleiner Tisch, und sich dann im Schneidersitz auf den gegenüberliegenden Seiten postiert. Meilin bemerkt, dass auch Lifen die beiden über den Rand ihres Buches hinweg beobachtet.

»Lifen«, spricht Meilin sie an, »erzähl mir von eurer Schule in Shapingba.«

Das Mädchen ist erleichtert, ins Gespräch einbezogen zu werden, und setzt sich zu Meilin an den Tisch. Sie plaudern über Lehrer, Freundinnen und Lieblingsfächer. Schließlich kommen sie auf die Luftangriffe zu sprechen.

»Stell dir vor, Tante«, sagt Lifen zu Meilin, »in unserer Schule haben wir sogar im Schutzbunker Unterricht.«

»Das ist gut, Lernen ist wichtig«, sagt Meilin; sie möchte ihre Nichte loben, die zwischen Kindheit und Reife gefangen zu sein scheint.

»Ja, sie ist sehr gut, die Schule«, bemerkt Wenling, von der Zeitung aufblickend. »Die Luftschutzbunker da sind mit Stühlen und Beleuchtung zum Lernen ausgestattet. Wenn die Sirenen heulen, nehmen die Kinder einfach ihre Bücher und rennen in die Tunnel.«

»Hier in der Stadt sind die Tunnel eng, stickig und heiß«, klagt Meilin, »und jetzt, wo noch mehr Geflüchtete gekommen sind, sind sie schrecklich überfüllt. Jeder hat einen zugewiesenen Bunker, aber wenn die Sirenen losgehen, reicht die Zeit nicht immer, um dorthin zu kommen. Die Leute quetschen sich einfach in den nächstgelegenen Schutzraum.«

»Ich habe gehört, dass es besondere Bunker für Bürokraten und Beamte gibt«, kommentiert Wenling. »Mit Bars und Verköstigung. Diese Typen genießen die Luftangriffe beim Kartenspiel, mit Tänzerinnen und Getränken.«

»Tänzerinnen!«, ruft Meilin ungläubig aus.

»Es stimmt«, bekräftigt Wenling. »Eine der Mütter aus der Schule hat es mir erzählt.« Sie seufzt und blickt sich um. »Ich wünschte, mein Mann würde uns nach Shapingba umziehen lassen. Da gibt es weniger Bombenangriffe und die Schutzräume sind besser. Meine Freundinnen verstecken sich in Tunneln, die in die Berghänge getrieben worden sind. Sie lagern da Matten, damit sie nicht auf dem kalten Boden sitzen müssen.« Wenling nimmt einen Schluck Tee, schneidet eine Grimasse und spuckt den Tee in die Tasse zurück. »Der Tee ist kalt!« Sie erhebt sich. »Lifen, Liling, kommt mit. Wir müssen zum Schneider, Stoffe für eure Sommerkleider aussuchen.«

Lifen macht sich, erfreut über die Aufmerksamkeit, sofort fertig. Doch Liling ignoriert ihre Mutter und spielt weiter mit Renshu.

»Liling!«, wiederholt Wenling mit einem Händeklatschen.

»Ich will aber nicht mit«, grummelt Liling.

»Wie bitte?«, fragt Wenling in einem gefährlich leisen Ton.

Liling schaut ihre Ma an. »Ich möchte mit Renshu und der Tante hierbleiben. Mir ist egal, wie meine Kleider aussehen«, erklärt sie.

»Liling!« Wenling tritt, die Hand zur Ohrfeige erhoben, auf sie zu.

»Stopp!«, ruft Meilin instinktiv.

Wenling wendet sich Meilin zu. »Halt dich raus, das geht dich nichts an!«

»Nein, natürlich nicht, ältere Schwester«, lenkt Meilin ein. »Aber es macht mir gar nichts aus, auf sie aufzupassen, wenn du mit Lifen einkaufen gehen willst. Draußen ist es so heiß, und mit ihren kurzen Beinen und ihrer schlechten Laune hält sie euch nur auf. Warum geht ihr beide nicht einfach allein?«

Wenling schäumt kurz. »Na gut«, sagt sie schließlich. »Ohne dich ist es einfacher, Liling. Aber beklag dich später bloß nicht, wenn dir deine Kleider nicht gefallen.«

Liling hat die ganze Zeit zwischen Meilin und ihrer Ma hin und her geblickt. Als Wenling nachgibt, lächelt Liling sie ein wenig zu süßlich an und wendet sich dann wieder ihrem Spiel mit Renshu zu.

Nachdem Wenling und Lifen gegangen sind, räumt Meilin das Teegeschirr weg und nimmt dann ihren Nähkorb, um ein paar Ausbesserungen vorzunehmen.

Renshu und Liling unterhalten sich über die Schule. Liling geht gerne dorthin, während Renshu sich nicht so ganz sicher ist. Das Stillsitzen fällt ihm schwer. Und Pinselstriche hunderte Male zu wiederholen, um Schriftzeichen zu üben, ist langweilig.

»Renshu«, unterbricht Meilin seine Klagerei, »deine Lehrer und ihre Methoden kann ich nicht ändern. Aber ich kann dir eine Geschichte erzählen.«

»Eine Geschichte von der Bildrolle?«

»Ja, eine Geschichte von der Bildrolle.«

Renshus Miene hellt sich auf, und er geht zu ihrem Korb, um ihren Schatz herauszuholen. Meilin legt ihre Handarbeit beiseite, und Liling und Renshu setzen sich neben sie.

»Findest du einen Eremiten in einer strohgedeckten Berghütte, eine trubelige Stadt unten im Tal und einen Palast mit Pferden, Soldaten und im Wind wehenden Bannern?«

Sie vertiefen sich in die Bildrolle, entrollen sie Abschnitt für Abschnitt und suchen nach der Szene, die Meilin beschrieben hat. Als sie sie gefunden haben, beginnt Meilin:

»Es war einmal ein Kaiser, der liebte Hähne. Eines Tages fragte er seine Berater: ›Wer ist der beste Künstler im ganzen Land?‹

›Eure Exzellenz‹, antworteten sie, ›der bei Weitem talentierteste Künstler von allen ist Meister Wen, der hoch oben im Daba-Shan-Gebirge lebt.‹

›Bringt ihn her!‹, befahl der Kaiser.

Also begaben sich die Männer des Kaisers in die Berge und suchten auf alten Pfaden, die im Lauf der Zeit schon beinahe ausgelöscht waren. Schließlich fanden sie Meister Wen und erklärten ihm, dass er sofort beim Kaiser vorsprechen müsse.

Meister Wen legte seine Pinsel weg und zog sich Schuhe an. Dann wickelte er sich in seine Kleider und folgte den Männern des Kaisers wortlos den Berg hinab bis zum Palast. Solche Reichtümer! So viel Gold! Sie führten ihn durch einen langen Gang, der von einhundert Soldaten und einhundert glitzernden Drachenlaternen gesäumt war. An dessen Ende verbeugte sich Meister Wen vor dem Kaiser, der auf einem prachtvollen goldenen Thron saß.

›Man sagt mir, du seist der beste Künstler im ganzen Land.‹

Meister Wen richtete sich wieder auf und nickte.

›Ich will die beste Tuschezeichnung von einem Hahn, die die Welt je gesehen hat, nur für mich. Ich beauftrage dich.‹

›Selbstverständlich, Eure Exzellenz. Aber ich brauche zwei Jahre.‹

›Zwei Jahre?‹, rief der Kaiser und lief knallrot an. Der Kaiser war es nämlich nicht gewöhnt, auch nur zwei Minuten auf irgendetwas zu warten, von zwei Jahren ganz zu schweigen.

Die hundert Soldaten starrten weiter geradeaus. Niemand zwinkerte oder sprach ein Wort.

Doch Meister Wen hielt einfach zwei Finger in die Höhe.

›Also gut, du hast zwei Jahre, und dann kehrst du mit meiner Zeichnung zurück. Wenn sie so fabelhaft ist, wie ich erwarte, dann bekommst du so viel Tee, Tusche und Bildrollen, wie du haben möchtest. Du kannst den Rest deines Lebens mit dem Schreiben von Gedichten verbringen, Kalligraphie betreiben und Landschaften malen.‹

Im ganzen Saal breitete sich leises Gemurmel aus.

›Aber‹, donnerte der Kaiser und hob eine Hand, um seine Bedingungen zu unterstreichen, »wenn es dir nicht gelingt, eine Zeichnung anzufertigen, die mir gefällt, dann wird das Bild verbrannt, und du gleich mit.‹

Meister Wen nickte und kehrte in seine Hütte zurück.

Zwei Jahre gingen ins Land, und die Männer des Kaisers kamen wieder in die Berge. Der Schnurr- und der Kinnbart von Meister Wen waren länger und grauer geworden, doch seine Augen waren so klar wie eh und je. Er begrüßte sie in seiner Hütte. Dann nahm er eine Bildrolle, seinen Lieblingspinsel, einen Tuschereibstein und einen Tuschestab.

›Ich bin soweit.‹

Also zurück den Berg hinab, wieder in die Stadt und zum Palast, denselben langen Gang mit hundert Soldaten und hundert funkelnden Laternen entlang. Diesmal saß der Kaiser, der noch fetter geworden war, in roten und goldenen Kleidern auf seidenen Kissen.

Meister Wen verneigte sich.

›Wo ist meine Zeichnung?‹, dröhnte der Kaiser.

Meister Wen wickelte die Bildrolle ab, und zum Erschrecken aller Anwesenden war die Seide leer.

›Dürfte ich ein wenig Wasser haben, Eure Exzellenz?‹

Ein Diener eilte mit einem Gefäß herbei.

Meister Wen nahm das Wasser, goss es in die Vertiefung am Ende seines Reibsteins, packte seinen Tuschestab aus, schabte etwas davon auf den Reibstein und mischte Tusche an. Ein wunderbarer Duft von Kampfer, Pinie und frischen Blumen erfüllte die Luft. Als er mit der Beschaffenheit der Tusche zufrieden war, tauchte er seinen Pinsel in die schwarze Pfütze und hob ihn vorsichtig an, um keinen Tropfen zu vergießen.

Er führte den Pinsel an die Bildrolle, und setzte die ersten Tuschestriche darauf. Seine Hand bewegte sich geschickt, hielt hier inne, beschleunigte dort, setzte mal einen breiten Strich und mal einen dünnen. Der Pinsel tanzte gewandt und anmutig über die Seide. Und vor aller Augen erschien ein Hahn. Mit dem letzten Tropfen Tusche in seiner Schale fügte Meister Wen dem Hahnenkamm eine abschließende Verzierung hinzu.

Für eine Weile blieb es in dem Saal still, bis schließlich der Kaiser das Wort ergriff:

›Meister Wen, das ist wahrhaftig die eindrucksvollste Zeichnung von einem Hahn, die ich je gesehen habe. Du sollst deinen Tee und deine Tusche haben. Aber vorher sag mir eines: Die Anfertigung der Zeichnung hat dich nicht mehr als drei Minuten gekostet. Wofür hast du die zwei Jahre gebraucht?‹

Der Künstler trocknete den Reibstein mit dem Saum seines Gewandes ab, wickelte seinen Tuschestab in Seide und wischte vorsichtig den Pinsel sauber. Als er fertig war, bat er den Kaiser, näherzukommen.

›Kommt und besucht meine Werkstatt‹, flüsterte er dem Kaiser ins Ohr.

Als der Kaiser und seine Männer in Meister Wens Hütte in den Bergen eintrafen, fanden sie dort viele Stapel Papier, die mit Skizzen und Studien und unvollendeten Zeichnungen von Hähnen bedeckt waren. Hähne, Hähne, Hähne, vom Boden bis zur Decke.«

Renshu und Liling lachen auf. Darauf hat Meilin gehofft –

darauf hofft sie immer, wenn sie ihnen eine Geschichte erzählt. Wenn sie lachen, werden sie sich den Inhalt einprägen. Und wenn sie sich daran erinnern, haben sie immer ein Stück Heimat bei sich, ein Stück von ihr.

Ein paar Tage später sind Meilin, Renshu und Liling auf dem Markt und besuchen Meilins Freunde. Renshu und Liling sitzen auf einer umgedrehten Kiste und essen jeder eine Rispe Longan-Früchte von Onkel Liang. Tante Deng macht viel Aufhebens um Liling und erklärt ihr, dass sie so hübsch sei wie eine Prinzessin. Liling grinst. Meilin denkt bei sich, dass Liling eher ein Wildfang als eine Prinzessin ist, aber in den letzten zwei Jahren ist das Mädchen zu einer echten Schönheit mit verblüffender Ähnlichkeit zu Wenling herangewachsen. Meilin fragt sich, ob die beiden sich aus diesem Grund so häufig streiten.

Die zunehmend rebellische Liling hat sich die ganze Zeit während ihres Sommeraufenthaltes mit Wenling gezankt und wollte immer mehr Zeit mit Renshu und Meilin verbringen. Und natürlich hat auch der heutige Ausflug eine weitere Konfrontation provoziert. Irgendwann hat Wenling die Arme ausgebreitet und gesagt: »Geh! Dann geh doch und renn mit deinem Cousin auf diesem dreckigen Markt herum. Ich will sowieso lieber meine Ruhe haben.« Und Liling hatte zurückgeschrien: »Und ich bin sowieso viel lieber bei der Tante und Renshu. Ich wünschte, nicht du wärst meine Mutter, sondern die Tante!« Daraufhin versetzte Wenling dem Mädchen eine schallende Ohrfeige und verließ das Zimmer. Liling brauchte fast den ganzen Morgen, um sich wieder zu beruhigen. Entschlossen, Wenling und Liling so lange wie möglich voneinander fernzuhalten, hält sich Meilin schon länger als nötig auf dem Markt auf.

Doch nun geht die Sonne unter, und sie sollten sich besser auf den Heimweg machen. So sehr es Meilin auch davor graut, Wenling gegenüberzutreten, muss sie doch bald mit den Vorbereitungen fürs Abendessen beginnen. Longwei wird von einem Treffen in Guilin zurückerwartet, und die ganze Familie soll noch einmal zusammenkommen, bevor die Mädchen wieder in ihr Internat zurückkehren. Meilin richtet den Blick gen Himmel. Vielleicht können sie ja doch noch ein paar Minuten länger hierbleiben. Der letzte Luftangriff ist schon Tage her.

Am Anfang des Krieges hatte die japanische Armee geprahlt, dass sie China in wenigen Monaten überrannt haben würde. Doch inzwischen sind es schon vier Jahre, und China hält die Angreifer in Schach. Aber das ist nur ein schwacher Trost. Meilin und Renshu haben nun schon Hunderte von Bombardements überlebt. Ein klarer Himmel ist immer das Schlimmste, das Gefährlichste. Es wäre besser, wenn sie nicht länger draußen blieben.

Tante Deng erzählt gerade eine Geschichte, da setzt erneut das Heulen des Fliegeralarms ein, und sie hält mitten im Satz inne. Renshu sucht den Himmel nach der sich nähernden Formation ab, und Liling schaut Meilin mit schreckgeweiteten Augen an.

»Ich hab Angst, Tante«, flüstert sie.

»Mach dir keine Sorgen, Liling«, beschwichtigt Meilin und bemüht sich darum, ruhig zu klingen. »Wir gehen zum Großen Tunnel, der ist hier ganz in der Nähe. Bleib einfach dicht bei uns.«

»Ich will zu meiner Ma!«, stößt das Mädchen unter Tränen hervor.

»Gib mir deine Hand, Kleine«, fordert Onkel Liang Liling auf. »Bei mir bist du sicher.« Er nimmt ihre kleine Hand, und sie rennen zusammen in Richtung des Großen Tunnels.

Meilin treibt Renshu an, aber er macht keine Anstalten, sich zu bewegen.

»Beeil dich!«, drängt sie. »Es wird voll, und dann kommen wir nicht mehr hinein. Wir müssen sofort los!«

Doch Renshu bleibt stur. Nein. Er rührt sich nicht von der Stelle.

Familien hasten an ihnen vorbei. Die Sirenen heulen. »Renshu! Wir haben jetzt keine Zeit zum Streiten!«, schreit Meilin.

Die Flotte kommt näher; Meilin nimmt das Blitzen des Sonnenlichts auf den Tragflächen wahr.

Überall gehen Türen zu, die Händler verlassen ihre gerade erst wieder reparierten Stände.

Schließlich versucht Meilin, ihren Sohn hochzuheben, aber mit seinen sechs Jahren ist er zum Tragen zu schwer. Er strampelt und windet sich aus ihren Armen. »Ich hasse den Tunnel! Die Luft ist schlecht! Ich komme nicht mit!« Meilin erkennt in seinen Augen einen neuen Trotz und zugleich tiefe Furcht.

Sie stolpert. Renshu reißt sich los und rennt davon.

»Nicht! Komm zurück!«, kreischt sie, doch er ist zu schnell.

Erst nach drei Blocks holt sie ihn ein, aber in der Zwischenzeit haben sie Tante Deng, Onkel Liang und Liling aus den Augen verloren. Meilin schimpft mit Renshu und zerrt ihn mühevoll zurück. Auf halbem Weg die Treppe zum Tunneleingang hinunter stellt Meilin fest, dass die Türen schon geschlossen sind. Die Wächter weigern sich, sie einzulassen. *Überfüllt,* wiederholen sie unerbittlich. Meilin späht über deren Schultern in den Tunnel hinein. Drinnen ist es tatsächlich hoffnungsvoll überfüllt; das sind mehr Menschen, als sie je zuvor an einem Ort gesehen hat. Also ducken sich Meilin und Renshu außerhalb der Türen unter das Vordach und hoffen, dass das reicht.

Die Flieger kreisen stundenlang über ihnen. Ohne dicke Wände, die die Detonationen dämpfen, spürt Meilin jedes zerberstende Fenster und jede einstürzende Mauer. Ihr klingen die Ohren und ihr ganzer Körper vibriert von den Nachbeben. Jeder Moment könnte ihr letzter sein, denkt sie, und versucht den weinenden Renshu abzuschirmen.

Als es dunkel wird, fallen weniger Bomben, aber das Dröhnen der Flieger geht weiter. Stunden nach Einbruch der Nacht hebt Meilin endlich den Kopf. Es scheint, als ob sich der Lärm der Flugzeuge von ihnen entfernt. Vielleicht ertönt gleich das Entwarnungs-Signal und die Türen gehen wieder auf. Sie hilft Renshu auf die Beine, und sie steigen die Treppe hinauf.

Dann hört sie Schreie aus dem Tunnel hinter ihnen: *Die Laternen gehen aus!*

Drinnen ist nicht mehr genug Sauerstoff für die Flammen. Und das heißt, dass es auch nicht mehr genug Sauerstoff für die Menschen gibt. Meilin dreht sich um und blickt mit noch schlimmerer Furcht auf den Eingang als zuvor.

Obwohl die Hilferufe von drinnen immer drängender werden, weigern sich die Wächter, die Türen zu öffnen. Sie bestehen darauf, dass sie die offiziellen Anweisungen abwarten müssen.

Im Tunnel bricht die Hölle los. Menschen schreien, klagen und versuchen offenbar, ins Freie zu gelangen. *Tür auf, Tür auf!* Hatten sie vielleicht Glück, nicht mehr eingelassen worden zu sein?, fragt Meilin sich und erschrickt zugleich über ihre eigenen Gedanken. Tante Deng, Onkel Liang und Liling sitzen drinnen in der Falle. Dann öffnet sich einer der hölzernen Türflügel ein Stück, und die panische Menge drängt nach draußen. Meilin presst sich an die Seitenwand der Treppe und schützt Renshu mit ihrem Körper vor der Menschenmasse, vor den Vorbeistürzenden, die stolpern, schwanken und über die am Boden Liegenden einfach hinwegtrampeln. Tante Deng wankt nach Luft ringend und mit zerrissenen Kleidern heraus. Meilin spürt, wie die Faust, die ihr Herz zusammenpresst, sich ein wenig löst.

Meilin zieht Tante Deng zu sich hin; sie hat sich den Knöchel verknackst. Dann kämpfen die drei sich die Treppe hinauf, um dort auf Onkel Liang und Liling zu warten.

»Wo ist Liling?«, fragt Renshu.

»Sie waren gleich hinter mir«, keucht Tante Deng. »Sie müssen jeden Moment rauskommen.« Doch nach der ersten Welle kommen plötzlich keine weiteren Menschen mehr heraus, obwohl weiterhin markerschütternde Schreie zu hören sind. Einige junge Männer, die dem Tunnel entronnen sind, versuchen wieder hineinzugelangen, um den Zurückgebliebenen zu helfen. Aber ihre Bemühungen sind vergeblich. Als sie wieder herauskommen, erklären sie, dass der Tunnelausgang von den Körpern derjenigen blockiert wird, die ohnmächtig geworden oder – schlimmer noch – erstickt sind.

Meilin starrt die ganze Zeit auf die Türen. Ihre Schuldgefühle und ihr Grauen werden mit jeder verrinnenden Stunde schlimmer. Renshu klebt, vor Angst stumm geworden, an ihr. Obwohl er erschöpft ist, hält die Furcht ihn wach.

»Liang! Liang!« Tante Deng geht ruhelos hin und her, in ihrer Sorge hat sie die eigenen Verletzungen vergessen.

Die ganze Nacht bleiben die Türen geschlossen, denn es ist immer noch keine offizielle Entwarnung gegeben worden. Und ohne Anweisung von oben weigern sich die Wachen, etwas zu tun. So treffen keinerlei Hilfsteams ein, obwohl Tausende in der unerträglichen Hitze und vergifteten Luft feststecken.

Erst am nächsten Tag kommen offizielle Kräfte – aber nicht zur Rettung, sondern um die Leichen wegzuschaffen.

Unter den Toten sind Onkel Liang und Liling.

In den Wochen nach Lilings Tod versinken alle in Trauer und Verzweiflung. Longwei lenkt sich mit Arbeit von seinem Kummer ab. Durch offizielle Kanäle versucht er herauszufinden, an welcher Stelle die Befehlskette versagt hat. Er berichtet, dass der Generalissimus von der Katastrophe schockiert ist und der Kommandant der Luftverteidigung und sein Stellvertreter ihrer Ämter enthoben werden.

Wenling dagegen zieht sich in ihr Bett zurück. Ihre sind Augen verquollen, sie bleibt ungeschminkt, sie isst und sagt fast nichts und interessiert sich nicht für die Besuche ihrer Freundinnen aus Shapingba. Als Lifen sich weigert, in die Schule zurückzukehren, protestiert sie kaum. Auch Renshu bleibt jetzt zu Hause; er will nicht in die Stadt. Er versucht, mit Lifen zu spielen, aber auch wenn sie manchmal nett zu ihm ist, ist es nicht dasselbe. Niemand ist wie Liling.

Meilin klammert sich in dem verzweifelten Bemühen, den Haushalt am Laufen zu halten, an ihre üblichen Routinen, doch innerlich fühlt sie sich elend. Sie ist schuld an dieser Tragödie. Die japanische Armee ist schuld. Die Behörden sind schuld. Die Wächter, die blinden Gehorsam geleistet haben. Die Ingenieure, die die Tunnel geplant haben. Niemand ist schuld und alle.

Um diesem Strudel hilfloser Reue zu entkommen, versucht Meilin Wenling zu trösten. Und da es keine Worte gibt, die einem solchen Verlust gerecht werden, bereitet sie Wenlings Lieblingsspeisen zu.

Heute hat sie frisches Gemüse und ein wenig Schweinefleisch mitgebracht und Stunden mit Kochen verbracht. Doch als Meilin das Essen aufträgt, schiebt Wenling angewidert ihre Schale weg. »Hör auf damit, es wieder gutmachen zu wollen. Alles, was du tust, macht es nur schlimmer.«

»Wir alle trauern«, murmelt Meilin erschöpft, und bedauert ihre Worte umgehend.

Wenling hebt den Kopf; ihre Augen funkeln feindselig. »Du solltest auf meine Tochter aufpassen!«, sagt sie.

Meilin ist zum Heulen zumute. Sie kann es nicht abstreiten.

»Warum habe ich dir nur vertraut? Seit wir aus Changsha weggegangen sind, hast du sie die ganze Zeit gegen mich aufgehetzt. Ohne dich wäre uns das alles erspart geblieben.«

»Es tut mir so leid, Wenling. Ich würde alles tun, um es ungeschehen zu machen, aber …«

Wenling schneidet ihr das Wort ab. »Jahrelang haben meine Freundinnen mich gefragt, warum ich meine Familie mit der Witwe meines toten Schwagers und deren Sohn belaste. Warum ich mich nicht durchsetze und euch wegschicke, damit ihr euch ein eigenes Leben aufbaut. Aber ich habe immer gesagt: *Nein, meine Jüngste liebt sie so sehr.* Und jetzt hat meine Nachgiebigkeit dazu geführt, dass sie tot ist. Ich hätte schon vor Ewigkeiten darauf bestehen sollen, dass ihr eurer eigenen Wege geht. Ich hätte stärker sein müssen. Du hast uns nichts als Unglück gebracht. Wegen dir und deinem Sohn ist mein Kind tot.«

»Es war ein Unfall!«, braust Meilin auf, lenkt aber gleich wieder ein, als sie den tiefen Schmerz in Wenlings Gesicht sieht. Wenling hat ein Kind verloren, und Meilin kann nichts tun, um das zu ändern. »Ich will mich nicht streiten, Wenling«, sagt Meilin. »Auch ich fühle mich so, als hätte ich eine Tochter verloren.«

Wenling kreischt auf. »Nein, nein, nein! Sie war nicht deine Tochter! Wie kannst du es nur wagen! Du hast ihr das Leben genommen, und jetzt beanspruchst du sie noch im Tod?«

»Was kann ich tun?«, fragt Meilin erschöpft.

Wenling starrt an ihr vorbei auf die Wand. »Ich will, dass du mit deinem Sohn verschwindest. Ich will …« Sie starrt an die Decke, ihre Stimme schwankt. »Ich will euch nie wiedersehen.«

Meilin ist seit Langem an Wenlings Verhöhnung, Verachtung und Geringschätzung gewöhnt. Schon immer hat sie deren Spott und Ungeduld abbekommen, aber sie hat stets geglaubt, dass sich hinter all dem ein Rest von Verbundenheit, ein familiäres Zusammengehörigkeitsgefühl verbirgt, wie gering es auch immer ausgeprägt sein mag.

Doch es ist anders. In Wenlings Ton schwingt keine Spur von Wärme oder verborgener verwandtschaftlicher Nähe mit. Es liegt nur kalter, blanker Hass darin.

Renshu und Lifen haben aufgehört zu essen und schauen ihren Müttern in eisigem Schweigen zu.

»Komm«, sagt Meilin zu Renshu. Sie legt die Stäbchen ab und stellt ihre Schale auf den Tisch. Dann steht sie auf und geht in ihr Zimmer.

Obwohl in Chongqing gerade der typische schwüle Sommer herrscht, protestiert Renshu nicht, als Meilin ihm befiehlt, alle seine Sachen anzuziehen, in so vielen Schichten wie möglich. Er sagt kein Wort, als Meilin ihre liebsten Habseligkeiten in ihren Nähkorb packt, der trotz seines Alters immer noch stabil ist und alles aufnimmt, was sie brauchen. Ernst und schweigend versteht Renshu, dass es wieder einmal Zeit ist, zu gehen.

Als sie das Haus verlassen, blickt Wenling nicht einmal auf.

TEIL ZWEI

1941–1948

7

Chongqing, Provinz Sichuan, China, August 1941

»Dieser Verlust sollte deine Familie nicht auseinanderreißen, sondern näher zusammenrücken lassen«, klagt Tante Deng.

Meilin wischt sich die Tränen aus dem Gesicht. Da sie nicht wusste, wohin sie sich sonst wenden sollten, ist sie zum Markt gekommen.

»Ihr braucht also eine neue Unterkunft?«, fragt Tante Deng.

Meilin nickt.

»Ihr könnt vorübergehend bei mir wohnen. Jetzt, wo Liang nicht mehr ist, könnte ich Hilfe auf dem Markt gebrauchen. Warten wir mal ab, was passiert. Vielleicht brauchen wir alle etwas Zeit, bis die Wunden verheilen.« Tante Deng drückt Meilins Hand und schließt Renshu in ihre Arme.

»Ich will nicht mehr zurück«, flüstert Meilin zu ihrem eigenen Erstaunen.

Nur wenige Tage später kommt Longwei auf den Markt, um nach Meilin zu suchen.

Renshu erblickt seinen Onkel zuerst. Er rennt los, fliegt ihm in die Arme und erzählt ihm aufgeregt, wie es ist, bei Tante Deng zu wohnen. Meilin hat gerade beim Abladen einer neuen Gemüselieferung geholfen. Als sie hinter dem Stand hervorkommt, lässt Longwei Renshu wieder herunter.

Longweis Wangen sehen hohl aus, und er ist unrasiert. Seine Trauer ist noch frisch.

»Was ist denn passiert?«, fragt er Meilin, Renshu an sich drückend. »Wenling wollte es mir nicht erzählen. Sie hat nur gesagt, ihr wärt gegangen.«

Meilin weigert sich, ihm in die Augen zu sehen, und wendet den Blick ab.

»Hör zu, Meilin. Jetzt, wo Liling …« Er bricht ab und setzt neu an. »Meilin, meine Versetzung nach Shapingba wurde bewilligt. Wir ziehen an einen sichereren Ort. Kommt ihr mit?«

»Älterer Bruder«, sagt Meilin, »Wenling will uns dort nicht haben. Und sie hat recht. Wir haben uns schon zu lange auf deine Güte verlassen. Wir müssen selbst einen Weg finden.«

»Und wie soll das gehen?«, fragt er ungläubig.

Meilin reagiert gereizt auf seinen Tonfall. Es stimmt zwar, dass sie sich bislang auf ihn verlassen hat, aber sie kann auch allein für sich und Renshu sorgen. Sie hat es Xiaowen schließlich versprochen.

Longwei nimmt eine Orange und lässt sie zwischen seinen Händen hin und her wandern. Meilin wendet sich ab, um einen anderen Kunden zu bedienen.

»Wollen Sie mehr Orangen?« Tante Deng humpelt zu ihm hin, nimmt weitere Orangen und legt sie in seine Hände. »Sehr saftig, sehr lecker.«

Als der andere Kunde gegangen ist und Tante Deng Longwei einige Orangen und ein halbes Dutzend Dattelpflaumen verkauft hat, sagt Longwei zu Meilin: »Wir ziehen am Monatsende aus der Wohnung aus. Wenn wir weg sind, könntet ihr ja wenigstens dort unterkommen.«

Meilin sagt nichts.

Er seufzt, verabschiedet sich von Tante Deng und Renshu und bittet Meilin, es sich zu überlegen. Dann geht er.

»Meilin!«, sagt Tante Deng, sobald er außer Hörweite ist. »Du kannst jetzt zurückgehen. Siehst du, es wird alles wieder gut.«

»Ich will aber nicht. Brauchst du nicht länger unsere Hilfe, Tante?«

»Meilin«, sagt Tante Deng kopfschüttelnd. »Sei nicht dumm! Das ist doch eure Familie.«

»Nein, nicht mehr. Schau mal, du hast eine Kundin.« Meilin weist mit Blicken auf eine Frau, die die Süßkartoffeln betastet.

Doch einige Tage später sagt Tante Deng zu Meilin: »Ich gehe am Ende des Sommers zurück nach Chengdu. Du und Renshu wart mir eine große Hilfe, aber es fällt mir zu schwer, ohne Liang hier zu sein. Es kommt mir nicht richtig vor.«

Tante Deng zeigt ihre Trauer selten, aber Meilin hat sie nachts weinen gehört.

»Außerdem hat meine Tochter wieder ein Baby bekommen« fährt Tante Deng fort. »Sie braucht jetzt meine Unterstützung bei der Betreuung der anderen Kinder.« Sie hält ihre Hand hoch, bevor Meilin protestieren kann. »Wenn ich am Monatsende von hier wegziehe und du immer noch nicht mit deinem Schwager gehen willst, dann kehrt wenigstens zurück in die Wohnung. Wenn sie leersteht, wird jemand anders dort einziehen, dann hast du diese Chance verspielt. Schluck deinen Stolz und deine Wut herunter, Meilin. Es ist doch ohnehin alles schon schwer genug.«

Als die Hitze im September nachlässt, kehren Meilin und Renshu in die freigewordene Wohnung zurück. Tagsüber bleiben sie dort, damit sie bei Fliegeralarm in den kleineren Luftschutzkeller in der Nähe fliehen können. Natürlich fürchtet sich Renshu auch vor diesem Tunnel. Meilin muss ihn jedes Mal davon überzeugen, dass sie nur dort sicher sind. Shibati meiden sie ganz. Ohne Tante Deng erinnert sie der Markt nur noch an jenen schrecklichen Tag im Juni. Renshu ist nicht mehr so ausgelassen wie früher. Stattdessen glaubt er, Meilin beschützen zu müssen, und ist vorsichtiger geworden. Er vermisst seinen Onkel, seine Tante und Lifen, fragt jedoch nicht nach ihnen; er scheint zu spüren, dass Meilin sich mit ihnen überworfen hat.

Am meisten fehlt ihm Liling. Jeden Abend weint er sich in den Schlaf. Seine Ängste äußern sich in Albträumen, und da Meilin ihm stets gut zuredet, damit er wieder einschläft, sind auch ihre Nächte unterbrochen. Renshu sagt, er wünsche sich, dass Liling wieder da ist, wenn er aufwacht; er möchte, dass sie lacht und ihn fragt, ob er mit ihr spielt, ihm eine lustige Geschichte erzählt oder ihre Süßigkeiten mit ihm teilt. Aber egal, wie heftig er weint und wie sehr er sie herbeisehnt, nichts bringt sie zurück.

Mit dem Oktober kehrt auch der Nebel wieder, und die Bombenangriffe lassen endlich nach. Meilin sorgt dafür, dass Renshu wieder zur Schule geht. Die Routine hilft ihnen beiden. Doch in dieser ruhigeren Zeit im Jahr trägt Meilin schwerer an ihrer Traurigkeit und ihrer Einsamkeit. Wenn Renshu in der Schule ist, kann sie nicht aufhören zu weinen. Ein Damm ist gebrochen, und Jahre der Trauer kommen über sie wie eine Flut. Meilin hat ihren Kummer so lange in Schach gehalten. Immer gab es etwas, was noch schwerer wog als ihre Trauer: Stets galt es, Schutz zu suchen und genug zu essen, Rücksicht auf die Gefühle der Familie zu nehmen oder einfach den Tag zu überleben. Doch jetzt, ohne den Druck einer lebensbedrohlichen Notlage, ohne den alltäglichen Zwang, sich mit Longwei und Wenling zu arrangieren, verwandelt sich ihre Wachsamkeit in Schwermut. Nach so vielen Verlusten trauert sie nicht nur um das Leben, das sie sich für Renshu gewünscht hat – Stabilität und Sicherheit, eine unbeschwerte, von Xiaowen behütete Kindheit –, sondern auch wegen all dem, was er durchgemacht hat und was sie nicht ungeschehen machen kann. Selbst wenn der Krieg morgen vorbei wäre, bliebe ihm nur ein Land mit ausgebrannten Städten, heimatlosen Menschen und zerbrochenen Familien.

In ihrer Verzweiflung entdeckt Meilin noch etwas anderes: Wut. Wut auf den Schaden, der bereits angerichtet ist. Wut darüber, dass ihr Sohn so vieler Chancen beraubt wurde, seine Zukunftsaussichten so düster sind. Wut darüber, wie hilflos sie sich fühlt. Und irgendwann beginnt aus dieser Wut ein Entschluss zu erwachsen. Der Entschluss, sich durch die Umstände, die so große Teile von Renshus Kindheit und ihres eigenen Lebens zerstört haben, nicht auch noch den letzten Rest ihrer Hoffnung nehmen zu lassen. Stattdessen will sie sich eine neue Zukunft für ihn ausmalen. Eine Zukunft mit Beständigkeit, Bildung, Gesundheit und Wohlstand. Er wird zu einem starken Menschen heranwachsen und die Universität besuchen. Er wird ein Gelehrter werden und sich dem Geistesleben widmen. Er wird das, was jetzt ist, hinter sich lassen und – eines Tages – sogar in der Lage sein, all diesen Kummer zu vergessen.

Chongqing, Provinz Sichuan, China, Februar 1942

Auch wenn sie ihn nicht erwartet hat, ist Meilin nicht überrascht, als Longwei kurz nach dem Jahreswechsel kommt und Reis, Öl, Salz und Stoff für Kleider mitbringt. Sie akzeptiert die Geschenke; sie wäre dumm, wenn sie es nicht täte. Diese lebensnotwendigen Dinge sind immer noch schwer zu bekommen und kostbar.

»Meilin, du hast jetzt lange genug gewartet. Kommt mit nach Shapingba und wohnt bei uns.« Er hat einen ordentlichen Haarschnitt und ist frisch rasiert. Hoch erhobenen Hauptes steht er da und wirkt beinahe wieder so gebieterisch wie früher, doch in seiner Stimme liegt ein Hauch von Verunsicherung.

Meilin sagt nichts.

»Hör zu, Amerika ist in den Krieg eingetreten. Das ist ein Wendepunkt. Die Chinesen werden bald siegen, da bin ich sicher. Wir können unsere Nation wieder aufbauen, und auch unsere Familie. Komm zurück, Meilin.«

»Nein, Longwei. Wenlings Trauer ist zu groß. Sie gibt mir die Schuld an Lilings Tod. Unsere Anwesenheit wird Wenling nur noch mehr quälen.«

»Wenlings Groll ist nicht meiner. Wir teilen unseren Kummer, aber nicht unseren Groll. Komm zurück«, bittet er, diesmal sanfter.

»Älterer Bruder, ich schulde dir Respekt und Dankbarkeit für die große Unterstützung, die du mir und Renshu gewährt hast, aber wir werden nicht zu euch nach Shapingba ziehen. Geh nach Hause. Du hast eine Frau und eine Tochter, um die du dich kümmern musst.«

Schließlich sieht er ein, dass er sie nicht umstimmen kann. Er wendet sich zum Gehen und murmelt: »Wie bin ich nur zwischen die beiden starrköpfigsten Frauen in ganz China geraten?«

Das nächste Mal kommt Longwei mitten im Hochsommer. Diesmal hat er ein kleines Spielzeugauto für Renshu dabei. Der Achtjährige kann sein Glück kaum fassen und nimmt das Geschenk freudig entgegen. Meilin schimpft; sie findet, dass Longwei Renshu zu sehr verwöhnt, aber Longwei lässt ihren Einwand nicht gelten. Er fährt Renshu liebevoll durch die Haare, und der Junge entfernt sich, um mit seinem neuen Schatz zu spielen.

»Du brauchst nicht länger zu uns zu kommen, Longwei«, sagt Meilin. »Uns geht es gut.«

»Ich weiß.«

»Und warum kommst du dann?«

»Ich muss doch nach meinem einzigen Neffen und der Witwe meines Bruders sehen. Wir sind eine Familie. Und eine Familie hält zusammen.«

»Wie geht es Wenling und Lifen?«, fragt sie.

»Lifen geht es gut. Sie lernt fleißig für die Schule. Und Wenling, nun, sie hat viele Freundinnen, bei denen sie sich über ihren Mann beklagen kann.«

Meilin presst die Lippen aufeinander, um ihr Lächeln zu verbergen. Longwei bemerkt ihre Belustigung und bricht in lautes Gelächter aus.

Meilin weicht, erschrocken über die plötzliche Ungezwungenheit zwischen ihnen, zurück. Sie setzt eine feierliche Miene auf und spricht ihm ihren Dank aus: »Du warst überaus großzügig, älterer Bruder. Du hast sicher noch wichtige Dinge zu erledigen. Wir werden dich nicht länger aufhalten.«

Longwei scheint sich wieder seiner Rolle bewusst zu werden, sein Gesichtsausdruck wird ernst, er nickt. Kurz darauf geht er.

Die Jahre vergehen. Meilin schafft es gerade so, Renshu satt zu bekommen und für seine Kleidung und Sicherheit zu sorgen. Sie findet kleine Jobs an seiner Schule und bei verschiedenen Frauenhilfsorganisationen, sammelt Decken, Sanitätsartikel und Kleidung für Soldaten an der Front. Manchmal hilft sie auch an einer von Madame Chiang Kai-sheks Schulen für Kriegswaisen aus, näht Kleider und kümmert sich um die Kleinsten. In Gesprächen mit den anderen Frauen bildet Meilin sich ihre eigene Meinung über den Krieg. Sie hegt nun zwei Träume: Sie wünscht sich eine bessere Zukunft für Renshu und weiterhin Unabhängigkeit für sich selbst. So schlimm ihre persönlichen Verluste durch den Krieg auch sind, erachtet sie ihre neugewonnene Selbständigkeit, so bescheiden sie auch sein mag, als kostbar und wichtig.

Es bildet sich ein Muster heraus: Longwei besucht sie und Renshu zweimal im Jahr und schenkt ihnen Reis, Öl und Salz. Manchmal legt er auch Stoff für Kleider oder Wolle dazu. Für gewöhnlich kommt er um den Jahreswechsel herum und dann noch mal kurz vor einem der Feste oder Feiertage. Er bleibt nie lange. Nach und nach bewegen sich ihre Gespräche weg von ihrer geteilten Trauer und hin zum Zustand der Welt, der Hoffnung auf Frieden und den Siegen und Niederlagen der chinesischen Streitkräfte. Meilin ist überrascht, wie sehr sie die Unterhaltungen mit Longwei mit der Zeit genießt. Dadurch werden Erinnerungen an ihre jugendlichen Diskussionen mit Xiaowen geweckt. Aber Longwei ist härter, realistischer, und sie inzwischen auch.

Chongqing, Provinz Sichuan, China, Februar 1945

Als Longwei dieses Jahr kommt, bringt er zusätzlich zu seinen üblichen Geschenken auch neue Schuhe für Renshu und ein Päckchen Tee für Meilin mit. Meilin ist dankbar, denn Renshu wächst unaufhaltsam aus seinen Kleidern heraus. Er ist jetzt fast elf Jahre alt und scheint nur noch aus Beinen und Armen zu bestehen. Doch er hat während der letzten Jahre nicht nur an Körpergröße hinzugewonnen, sondern auch an Persönlichkeit. Er ist zu einem fantasiereichen Problemlöser geworden, worin sich eine Ähnlichkeit zwischen ihm und Dao Hongtse offenbart. In der Schule zeigt Renshu den anderen Kindern gern, wie man Bötchen aus Blättern und Zweigen baut. Er ist fleißig und lernt eifrig. Meilin bemerkt voller Stolz, dass Longwei ihn mit Wohlgefallen betrachtet.

»Danke«, sagt Meilin, legt die Geschenke beiseite und stellt zwei Teetassen bereit. Sie öffnet die Teepackung und gibt eine Handvoll Blätter in eine Teekanne aus Blech. Danach zündet sie den Petroleumherd an, und sie warten, bis das Wasser kocht.

Als sie ihnen beiden schließlich Tee eingießt, fragt sie seufzend: »Warum zieht sich dieser Kampf so lange hin? Es ist jetzt drei Jahre her, dass die Amerikaner in den Krieg eingetreten sind, und noch immer gibt es keinen Sieg.«

Longwei pustet auf seinen Tee und schüttelt den Kopf. Es war ein schwieriges Jahr für die Kuomintang. Die Japaner kontrollieren jetzt Provinzen zu beiden Seiten des Gelben Flusses und dringen immer weiter ins Landesinnere vor.

»Ich habe sogar gehört, zur Niederlage in Henan sei es gekommen, weil das chinesische Volk rebellierte. Die Bauern wollten sich an der Kuomintang dafür rächen, dass sie die Flussdämme einreißen ließ, was Hungersnot und Überflutungen zur Folge hatte«, bemerkt Meilin.

Longwei ist fassungslos; er macht ein finsteres Gesicht. Dann setzt er sich aufrechter hin und erwidert mit Stolz und Tadel in der Stimme: »Wir lebten und leben noch immer in einer Zeit nationaler Opfer. Wir müssen Teile dieses Landes aufgeben, um Zeit zu gewinnen. Und darum müssen wir alles zerstören, was sich der Feind zu nutze machen könnte.«

»Wie bei dem Feuer in Changsha?«, rutscht es Meilin heraus. Diese Frage treibt sie schon lange um. »Du hast es vorher gewusst, oder? Die Kuomintang hat die Stadt vorsätzlich in Brand gesteckt.« Ihr entgeht nicht, dass Longwei ihrem Blick ausweicht. »Und was noch schlimmer ist«, sagt sie, »die Japaner haben gar nicht wirklich angegriffen. Für euren Generalissimus zählen Menschenleben nicht, ihm geht es nur um sein eigenes Vermächtnis. Die Leute sind seine Achtlosigkeit allmählich leid.«

»Du begreifst nicht, welche Entscheidungen ein Anführer treffen muss«, erwidert Longwei knurrend.

»Ich begreife, dass er sein Volk bedenkenlos opfert. Ich begreife, dass Züge Lastwagen und Schiffe Regierungsakten und Ausrüstung transportieren, während sie Familien in Sicherheit bringen könnten.«

»Du solltest vorsichtiger sein mit dem, was du sagst.«

»Warum? Stimmt es denn nicht?«, erwidert sie herausfordernd.

Longwei gerät ins Stottern und schüttelt den Kopf; ihre Direktheit überrumpelt ihn. Nachdem er sich wieder gefasst hat, sagt er: »Wir werden siegen, Meilin. Bald.«

Dann bricht er abrupt auf. Seine Geschenke bleiben fast eine ganze Woche unangetastet. Doch dann entschließt Meilin sich, pragmatisch zu sein, und nutzt sie.

Im Frühjahr 1945 schwindet die Macht der Nazis in Europa. Die Alliierten wenden ihre Aufmerksamkeit Japan zu und werfen Brandbomben über Tokyo, Nagoya und Osaka ab. In China gehen die Kämpfe weiter, obwohl alle Armeen – die der Nationalisten, der Kommunisten und der Japaner – dezimiert und dem Zusammenbruch nahe sind.

Nach mehr als acht Jahren erwacht das chinesische Volk eines Augustmorgens mit der Nachricht, dass Amerika furchterregende Bomben auf zwei japanische Städte geworfen hat. Bomben, die die Namen Little Boy und Fat Man tragen. Die pilzförmigen Wolken, die sie in Hiroshima und Nagasaki gebildet haben, waren gewaltig. Ihre zerstörerische Kraft hat sich ringförmig immer weiter ausgebreitet; sie reicht viele Meilen weit und hat die Japaner in einen Schockzustand versetzt. Es kommt rasch zur Kapitulation. Die Japaner legen die Waffen nieder und sind am Boden zerstört. Der Zweite Japanisch-Chinesische Krieg ist – endlich – vorbei.

Chongqing, Provinz Sichuan, China, August 1946

Es ist das Ende des Geisterfests, und Meilin kniet am Fluss, um kleine Laternen in Papierbooten anzuzünden und sie aufs Wasser zu setzen. Bei jedem Einzelnen denkt sie an einen Vorfahren oder geliebten Menschen, den sie verloren hat, und murmelt ein kleines Gebet. Dann schaut sie zu, wie sie sich zu den Myriaden von anderen Booten gesellen, die in der Abenddämmerung auf dem überfüllten Fluss tanzen. Ein Stück weiter unten, wo sie sie zwar nicht hören, aber noch sehen kann, lassen Renshu und eine Gruppe von Jungs eigene Boote schwimmen.

Auch wenn wieder Frieden herrscht, fühlt Meilin sich weiter denn je von dem Leben entfernt, das sie sich nach der Heirat mit Xiaowen erhofft hatte. Jene früheren Träume sind die einer anderen. Sie ist nicht mehr die, die sie einmal war. Sie ist nicht mehr ohne Weiteres bereit, den alten, den neuen oder sonst welchen Anschauungen zu entsprechen, nur weil es die Anschauungen ihres Vaters, ihres Schwiegervaters oder ihres Ehemanns waren.

Stattdessen kehren ihre Gedanken immer wieder zu ihrer Familie in den Bergen über Yichang zurück. Sie fragt sich, ob das Leben in dem entlegenen Dorf im üblichen Wechsel der Jahreszeiten friedlich weitergegangen und von der Gewalt in den Städten unberührt geblieben ist. Jegliche Scham, die einst den Gedanken, die Familie ihres verstorbenen Mannes zu verlassen und in ihre eigene zurückzukehren, begleitet haben mag, erscheint ihr nun abwegig. Sie möchte mit denen zusammen sein, die sie schon immer gekannt und geliebt haben. Sie möchte, dass ihr Junge und ihre Eltern die Möglichkeit haben, sich kennen und lieben zu lernen.

»Glaubst du immer noch an Geister?«, fragt jemand spöttisch. Die Stimme ist tief und rau; obwohl sie sie länger als ein Jahr nicht gehört hat, erkennt sie sie.

Sie blickt hoch. Longwei. Wann ist er angekommen und warum ist er hier? Er schaut mit einer Mischung aus Belustigung und Geringschätzung auf sie herab.

»Ja. Vor allem an die, die nicht ordentlich bestattet werden konnten.« Sie richtet sich auf und streicht ihre Bluse und ihre Hose glatt. »Ich glaube wenigstens an etwas.«

»Ich glaube auch an etwas.«

»Und an was?« Sie erwartet, dass er an Gold oder an Macht sagen wird oder an die Leichtgläubigkeit anderer. Oder dass er an Strategie glaubt; daran, dass der Sieg nur davon abhängt, welchen Blickwinkel man einnimmt.

»An China.«

Sie betrachtet ihn, sucht nach Anzeichen von Sarkasmus in seiner Miene. Doch Longwei sieht ernst aus. Nicht die leiseste Spur von Spott umspielt seine Mundwinkel oder zeigt sich in Form von Fältchen um seine Augen.

Wie kann er das ernst meinen? Anfangs hatte Meilin Hoffnung aus dem Ende des Krieges geschöpft, doch Chinas Frieden war nur von kurzer Dauer gewesen. Nach der Kapitulation der Japaner hatte es eine kurze Phase der Kooperation zwischen der kommunistischen Partei Chinas und der Kuomintang gegeben. Mao

Zedong und Chiang Kai-shek hatten in Chongqing sogar einen Solidaritätspakt unterzeichnet. Aber das war nur Show; beide Seiten wollten Zeit gewinnen, während ihre Truppen sich neu formierten und Kraft schöpften. Nur zehn Monate später wurde der Waffenstillstand gebrochen, und im Juni waren die Kämpfe zwischen den Nationalisten und den Kommunisten neu entbrannt.

Selbst der alte Hongtse hatte an Wohlstand und Öl geglaubt, nicht an Patriotismus. Konnte sein gewinnsüchtiger Sohn sich wahrhaftig etwas so Gehaltlosem wie ein paar hingeworfenen Slogans verschreiben?

»Was ist China denn?«, erwidert sie schließlich.

»China« – er holt Luft, reckt das Kinn und strafft die Schultern, als wollte er salutieren, dann richtet er seinen Blick in die Ferne, als würde der Generalissimus höchstpersönlich herannahen – »China gehört uns. Das Land gehört weder den Japanern noch den Imperialisten oder den Ausländern, die sich in Schanghai versammeln. Das Land gehört weder Kriegsherrn, den Kaisern noch den Amerikanern. China gehört dem chinesischen Volk. Ein Volk, ein Land.«

»Longwei« unterbricht Meilin ihn, »warum bist du hier? Warum bist du nicht bei deiner Frau und deiner Tochter?«

»China ist zu einem Schachbrett geworden«, fährt Longwei, ihre Frage ignorierend, fort. »Grenzen werden wiederhergestellt, Territorien abgesteckt.«

»Von wegen! Ein Land ist kein Schachbrett!«

Seine hochgezogenen Brauen signalisieren ihr, dass sie fortfahren soll.

»Ein Land ist ein Ort, an dem man sich zu Hause fühlen und niederlassen soll, um Familien, Dörfer und Städte zu gründen«, sagt sie, »und nicht irgendeine Übung in militärischem Können.«

»Nein, Meilin. China ist ein Schachbrett, und die Spieler sind weiß und rot. Und entweder wir zeigen den Spielern, was wir wert sind, oder wir werden zu Bauern.«

Meilin weiß, dass er nicht völlig unrecht hat. Doch sie findet auch nicht, dass er komplett recht hat. »Warum bist du hier?«, fragt sie erneut. Sie ist nicht in der Stimmung für Metaphern.

»Wir müssen wegziehen. Wir gehen nach Schanghai. Und ihr kommt mit.«

»Schanghai! Da wird Wenling sich aber freuen. Und warum?«

»Ich habe eine neue Stellung. Ich bin jetzt ein Funktionär der Kuomintang.«

»Dann trägst du jetzt einen Titel? Du musst sehr wichtig sein. Dieser Krieg war gut für dich, stimmt's?«, spottet sie; sie macht sich nicht die Mühe, ihre Verachtung zu verbergen.

Er ignoriert sie. »Ihr kommt mit uns.«

Das ist keine Frage.

Meilin will nichts von all dem. Sie interessiert sich weder für Schach- noch für Glücksspiele oder wie immer Longwei es nennen will. Sie will nur Frieden und Stabilität, damit ihr Junge groß werden und begreifen kann, dass die Welt nicht immer im Krieg ist, dass Tod und Flucht nicht die wichtigsten Erfahrungen im Leben sind.

»Meilin, ich bin hier, weil eine Familie zusammenhält. Ihr werdet uns begleiten.«

»Warum glaubst du, dass wir mitkommen werden?«

»Eine Familie hält zusammen!«, sagt er wieder, als wäre die Wiederholung dasselbe wie eine Erklärung. Sie starrt ihn an, und er fängt an zu husten; es ist sein Raucherhusten. In seiner Kehle sammelt sich Schleim, er hustet erneut und spuckt aus. Danach räuspert sich Longwei, holt die nächste Zigarette heraus und bietet auch ihr eine an. Sie schüttelt angewidert den Kopf.

Die rote Spitze seiner Zigarette glüht in der zunehmenden Dämmerung. Noch immer treiben Laternen vorbei, deren orange und gelbe Flammen sich im Wasser spiegeln. Während sie schweigend dort stehen, muss sie wieder an ihre eigene Familie denken. Sie hat keine Lust, sich Longwei und Wenling anzuschließen. Doch die Möglichkeit, zu ihren Eltern zurückzugehen, die ihr zuvor wie eine bloße Fantasie vorkam, scheint auf einmal in greifbare Nähe zu rücken.

Was hat dieser Mann, worauf kann sie bei ihm vertrauen? Sie kann auf seinen Machthunger vertrauen. Sie kann auf seinen Ehrgeiz vertrauen, der es möglich macht, nach Schanghai zu gelangen und »zu zeigen, was er wert ist«, wie er sagt. Er möchte wertvoll sein, nicht als ein Opfer, sondern als Stratege. Seine Entschlossenheit wächst. Der Krieg hat ihm tatsächlich einen Nutzen gebracht.

»Ich bestehe darauf. Du und Renshu kommt mit uns«, wiederholt Longwei. Aber strategisches Denken ist auch Meilin nicht fremd. Alle Schiffe, die den Jangtsekiang hinabfahren, müssen in Yichang halten. Wie sie Longwei und Wenling kennt, werden sie in Yichang wahrscheinlich auf ein größeres und bequemeres Schiff umsteigen, das sie nach Schanghai bringt. Dieses Passagierschiff wird groß genug sein, um pünktlich ablegen zu müssen, egal ob alle Passagiere an Bord sind oder nicht.

Meilin hält ihren Blick starr nach vorn gerichtet. Sie möchte nicht, dass ihre Augen oder ihre Stimme verraten, was sie denkt. »Wann?«, fragt sie.

»Unser Schiff geht am Monatsende.«

Meilin schaut noch einmal Longwei an und nickt langsam. »In Ordnung«, sagt sie.

Longwei grinst; endlich hat er einen langersehnten Sieg errungen. Er glaubt, dass sie seinen Schutz sucht, dass sie dankbar für seine Großzügigkeit sein wird. Als Geste gegenüber Meilin und ihren Geistern nimmt er die letzte Laterne, zündet sie an und setzt sie aufs Wasser.

Doch er irrt sich. Meilin will seinen Schutz nicht. Sie will einen Platz auf dem Schiff.

8

Jangtsekiang, auf dem Weg nach Osten, China,
September 1946

Acht Jahre zuvor ist Meilin mit Renshu in einem Nebel aus Kummer und Sorge den Jangtsekiang hinaufgefahren. Nun, da sie flussabwärts reist, ist sie weniger verzweifelt denn hoffnungsvoll. Nicht mehr das Adrenalin der unmittelbaren Not treibt sie an, sondern sie wagt es erstmals wieder, nach vorn zu schauen, zu träumen. Was jedoch nicht unbedingt weniger beängstigend ist.

Auf dem Fluss wimmelt es von Booten, die nach Osten unterwegs sind, denn jetzt wollen alle wieder nach Hause. Meilin sitzt allein an Deck und denkt an das Dorf in den Bergen. Seit ihr die Idee kam, nach Yichang zurückzukehren, verliert sie sich häufig in Tagträumen. Dann sieht sie vor sich, wie Renshu mit ihrem Vater die Rettiche und Süßkartoffeln im Garten hegt, und spürt förmlich schon, wie sie ihrer Mutter den vom Waschen und Auswringen der Kleider verspannten Rücken massiert. Wenn sie sich diese Momente so lebhaft vorstellen kann, wie könnten sie dann nicht Wirklichkeit werden?

»Du kannst von Glück sagen, dass mein Mann Mitleid mit euch hat«, beendet Wenlings schrille Stimme jäh Meilins Träumerei. Wenling ist immer noch schön, doch sie strahlt auch eine gewisse Kraftlosigkeit aus. Keine noch so elegante Kleidung und kein noch so kunstvoll aufgetragenes Make-up können den unter dieser veredelten Oberfläche liegenden tiefen Gram verbergen.

Dies ist das erste Mal seit der Abreise aus Chongqing, dass

Wenling sich direkt an Meilin wendet. Bis jetzt hat sie jedes Gespräch verweigert, an Meilin und Renshu vorbeigesehen und über sie gesprochen, als wären sie nicht da. Longwei scheint es nicht zu bemerken; entweder ist er blind für Wenlings Feindseligkeit oder er tut sie als eine Laune ab. Meilin sieht hingegen sehr genau, dass die Zeit weder Wenlings Verbitterung noch ihre Trauer gemildert hat.

»Wenn es nach mir gegangen wäre, hätten wir euch zurückgelassen.«

Meilin presst die Lippen aufeinander. Statt zu antworten, betrachtet sie die Berge. Das Herbstlaub setzt rote, orange und gelbe Tupfer auf die Berge.

»Du hast uns immer nur Ärger eingebracht. Halt dich mit deinem Jungen von meiner Familie fern und behellige meinen Mann nicht weiter.«

»Ältere Schwester«, beginnt Meilin, doch Wenling hat sich abrupt von ihr abgewandt und zieht sich wieder in den Schiffsraum zurück. Meilin überlegt, ob sie ihr nachgehen und sie besänftigen soll. Früher hätte sie es vielleicht versucht, aber jetzt wäre es nur noch eine hohle Geste.

Wenige Augenblicke später taucht Renshu auf. Der Junge ist mit seinen zwölf Jahren inzwischen größer als sie. Nicht nur seine langen Glieder und die schlanke Statur lassen bereits erahnen, wie er als Erwachsener aussehen wird, auch sein einst rundes Gesicht ist noch hagerer geworden, und es zeichnen sich allmählich Xiaowens Wangenknochen und sein kräftiger Unterkiefer darin ab.

»Ma, ich vermisse Liling. Ich vermisse sie pausenlos, aber wenn ich mit dem Onkel, der Tante und Lifen zusammen bin, tut es noch mehr weh.«

Meilin drückt ihm als Zeichen des Zuspruchs die Hand. »Es ist in Ordnung, immer noch traurig zu sein«, sagt sie. »Unser Kummer erinnert uns auch an all die schönen Momente.«

Das Schiff ist langsamer geworden. Vor ihnen liegt die Wu-

Schlucht. Treidler halten Leinen bereit, mit denen sie das Boot durch die Stromschnellen ziehen werden. Auch wenn sie diesmal mit der Strömung unterwegs sind, ist die Reise noch immer gefährlich. Es kann Stunden oder – wenn viele Boote warten – sogar Tage dauern, bis sie die Schlucht passiert haben.

»Ma, weißt du noch, wie du mir und Liling erzählt hast, der Fluss wäre eine Schlange und die Berge wären Drachen?«

Meilin nickt.

»Und erinnerst du dich, dass du uns »Li Chi tötet die Schlange« erzählt hast? Hast du noch eine Geschichte für mich?«

»Bist du nicht zu alt für meine Geschichten?«

»Nein, Ma, für Geschichten ist man nie zu alt.«

Einen Moment lang sieht Meilin noch einmal den kleinen Jungen mit den Speckbeinchen und dem fröhlichen Lachen vor sich.

Sie lässt ihren Blick über den Fluss und die Kliffs schweifen, und eine kleine Spalte in der Felswand lässt sie aufmerken. Dazu kannte sie doch mal eine Geschichte. Wie ging die noch?

Meilin holt die Bildrolle heraus und wickelt sie stückweise ab und wieder auf, bis sie an einen Abschnitt kommt, an dem ein Fischer sein kleines Boot durch einen Schilfgürtel steuert. Über ihm erheben sich blaugrüne Berge, deren Gipfel hinter Wolkenschwaden verschwinden.

»Dies ist die Geschichte vom Pfirsichblütenquell«, beginnt sie. »Nicht weit von hier gab es einmal einen alten Fischer namens Zhu aus Wuling, der sich verirrte.«

»Wann?«, unterbricht Renshu sie.

»Vor langer Zeit.«

»In der Qing-Zeit?« Renshu hat einen Hang zu Genauigkeit entwickelt. Er will stets ganz präzise Angaben hören, egal ob sich etwas auf die Vergangenheit, die Gegenwart oder Zukunft bezieht.

»Lange vorher.« Meilin wedelt mit der Hand durch die Luft, als wollte sie die Jahrhunderte fortwischen. »Viele, viele Kaiserreiche davor.«

»Wie viele?«

Meilin denkt über seine Fragen nach. Nicht zum ersten Mal fürchtet sie, dass die Kriegsjahre ihn argwöhnisch gemacht haben. Ständig sammelt er Informationen, so als hätte er das Gefühl, immerzu wachsam sein zu müssen.

»Ich glaube, es war in der Jin-Zeit. Ja, damals muss die Geschichte sich zugetragen haben. Jetzt aber Schluss mit den Fragen. Hör mir einfach zu. Der alte Zhu schloss, weil er an jenem Tag kein Glück beim Fischfang gehabt hatte, seine Augen und schlief ein. Er trieb den Fluss hinab, und als er erwachte, empfing ihn ein erstaunlicher Anblick: ein Wald aus lauter Pfirsichbäumen, und alle standen in voller Blüte! Da der alte Zhu ihn sich näher anschauen wollte, zog er sein Boot ans Ufer. Die Schönheit der Pfirsichbäume trieb ihn immer weiter und immer tiefer in den Wald hinein. Sie blühten so üppig, dass der Boden unter herabgefallenen Blüten verschwand. Der Fischer hob eine Handvoll davon auf, und als er ihren Duft einsog, kitzelten ihn die seidig-weichen Blütenblätter in der Nase.«

Ein anderer Passagier an Deck lauscht ihrer Geschichte ebenfalls, wie Meilin bemerkt, denn er positioniert sich extra so, dass er sich zu ihnen hinlehnen kann. Vielleicht ist er ja auch ein Fischer. Sie hebt ihre Stimme etwas an und fährt fort.

»Als der alte Zhu das Ende des Hains erreicht hatte, erblickte er eine Öffnung in der Bergflanke. So wie diese da.« Meilin weist auf die dunkle Spalte, die sie vorhin entdeckt hat. Renshu verrenkt sich den Hals, um sie zu sehen, und wendet sich dann wieder ihr zu.

»Und was passierte dann? Ist der alte Zhu hineingegangen?«

»Natürlich tat er das! Würdest du es nicht auch tun? Zuerst war die Öffnung noch so groß, dass er sich über den Kopf greifen und die Arme zur Seite ausstrecken konnte, ohne die Wände zu berühren. Doch je weiter er hineinging, desto niedriger wurde die Höhle, aber obwohl es so schien, als würden die Wände ihn immer enger umschließen, schritt der Fischer weiter voran.

Und als die Höhle schließlich so klein geworden war, dass sie nur noch so hoch und so breit war wie ein einzelner Mensch, kam er auf der anderen Seite an und trat heraus. Aha!« Meilin breitet die Arme weit aus. »Vor ihm lag eine wunderschöne Landschaft. Als er den Blick schweifen ließ, sah er bestellte Reis- und Teefelder, arbeitende, lachende Menschen, Kinder und herumtollende Hunde. Der alte Zhu dachte, er müsse wohl träumen; so viel Ruhe und Harmonie war ihm seit Jahren nicht begegnet. Doch er setzte seinen Weg fort und ging hinunter ins Dorf. Wenn dies ein Traum war, dann hoffte er, nicht so bald zu erwachen.

Langsam näherte er sich einer Gruppe von Leuten. Sie trugen Kleider in einem Stil, den er nicht kannte, und fragten ihn, woher er komme. Und als er es ihnen erklärte, erfuhr er, dass die Menschen in diesem fruchtbaren Tal noch nie von der Han- oder der Wei-Zeit gehört hatten, geschweige denn von der Jin-Dynastie. Ihre Vorfahren waren in dem Chaos während der Qin-Zeit geflüchtet und hatten seither, abgeschnitten von der Außenwelt, immer dort gelebt.

Die Dorfbewohner trugen Wein herbei, um auf ihren Gast anzustoßen, töteten ein Huhn, um ein Festmahl zu bereiten, und luden den alten Zhu ein, zu bleiben. Sie sangen und feierten bis in die Nacht.«

Hier macht Meilin eine Pause. Renshu schaut sie erwartungsvoll an. Der andere Passagier dreht sich um; er hat einen langen Schnurrbart und fröhliche Augen, Leberflecken sprenkeln seine Wangen. Er holt eine Zigarette heraus, stützt sich auf seine Ellenbogen und hört nun ganz unverhohlen zu.

»Und was passierte dann?«, fragt Renshu.

Meilin zögert, da ihr inzwischen wieder eingefallen ist, wie die Geschichte weitergeht. Dann trifft sie eine Entscheidung und fährt fort: »Nach einigen Tagen und mehreren Festen beschloss der alte Zhu, in dem Dorf zu bleiben und dort heimisch zu werden. Er war glücklich am Pfirsichblütenquell, und warum sollte er ein Land verlassen wollen, in dem Überfluss und Frieden herrschten?«

»Wirklich? Das ist aber ein seltsames Ende«, sagt Renshu skeptisch.

»Warum? Was meinst du? Es ist doch ein schönes Ende.«

»Mir kommt es so vor, als würde etwas fehlen. Eine witzige oder tragische Pointe oder eine Moral?«, schlägt Renshu vor.

Meilin zuckt mit den Schultern. »Nein, das war's. Das ist das Ende.«

Renshu kneift die Augen zusammen. »Vielleicht werde ich ja doch zu alt für deine Geschichten«, sagt er dann, steht auf und geht auf die andere Seite des Schiffs.

»Die Geschichte geht aber schon noch weiter«, murmelt der andere Passagier, während er seine Zigarette ausdrückt.

»Ja, ich weiß«, sagt Meilin seufzend. Dann nimmt sie ihren Korb und geht weg.

Der Fluss wird breiter, er schiebt seine Ufer nach hinten und verwandelt sich in eine breite Wasserstraße, die sich über die Ebenen ausbreitet und gen Osten zieht. Meilin hat Renshu nichts von ihrem Plan erzählt. Er ist noch jung, und sie weiß, dass Geheimnisse selbst durch geschlossene Münder entweichen können. Besser er erfährt es erst, wenn es passiert.

In Yichang gehen sie von Bord. Wie damals stehen überall Gruppen von Menschen mit erschöpften, schmalen Gesichtern inmitten ihrer kümmerlichen Habseligkeiten herum. Während Longwei loszieht, um Fahrscheine für das nächste größere Passagierschiff zu organisieren, sitzen Wenling und Lifen teilnahmslos auf ihren Koffern. Also kann Meilin sich unbeobachtet vorbereiten. Vorsichtig nimmt sie die Dose mit den Jadeamuletten und den Münzen aus ihrem Korb und öffnet sie. Nur eine Handvoll Kostbarkeiten sind noch übrig, gerade so viel, dass der Boden der Dose bedeckt ist. Damit man sie nicht klimpern hört, stopft Meilin ein paar Stofffetzen hinein. Dann packt sie die Dose wieder in den Korb und lässt ihre Hand kurz auf dem Kästchen mit der Bildrolle ruhen. Nach einem Blick in den kalten, klaren Himmel zieht sie einen Pullover, ihre dicksten Socken und eine Mütze an. Die neuen Hohlräume füllt sie mit Streichhölzern, einem Säckchen Reis und einem Block Tee aus. In das mittlere Fach des Korbs legt sie eine gefaltete warme Decke. Das oberste Fach enthält, wie immer, ihre Garnrollen, Nadeln und Scheren. Nun ist sie, wieder einmal, gerüstet.

Meilin nimmt den Korb und wendet sich Renshu zu.

»Komm, lass uns auf den Markt gehen. Zieh deine Jacke an, um diese Jahreszeit wird es schnell kalt.«

»Warum nimmst du den Korb mit?«

»Wir kaufen Orangen für die Reise. Zieh deine Jacke an«, wiederholt sie.

Ihr Gespräch hat Wenlings Interesse geweckt.

»Es ist keine Zeit mehr für einen Gang über den Markt!«, murrt Longwei, der gerade mit einer Handvoll Tickets zurückgekehrt ist.

»Wir hatten schon so lange keine Orangen mehr«, versucht Wenling ihn zu beschwatzen. »Und wie jeder weiß, schmecken die Orangen aus Yichang am besten von allen.« Und da sie spürt, dass sie Longwei fast soweit hat, fügt sie noch hinzu: »Meilin kennt doch die Stadt; sie ist bestimmt schnell wieder hier.«

Meilin wartet schweigend ab, während Longwei abwägt. Sie zählt auf Wenlings Vorliebe für Obst und Longweis Neigung, seiner Frau jeden Wunsch zu erfüllen.

»Aber kommt nicht zu spät zurück.« Er macht ein finsteres Gesicht. »Das Schiff wird bald hier sein. Wenn ihr zu spät kommt, fahren wir ohne euch.«

»Ich weiß«, sagt Meilin.

Einmal in der Stadt, stellt Meilin schnell fest, dass sie die Abkürzung zum Marktplatz noch kennt. Sie bewegt sich schnell. Renshu kann nur mit Mühe Schritt halten, doch Meilin möchte jetzt nicht stehen bleiben. Wenn sie es sich gestattet, genauer hinzuschauen, welche Verwüstungen der Krieg hier hinterlassen hat und welche

Gebäude ganz zerstört sind, verlässt sie am Ende noch der Mut. An einem Obststand kauft sie einen Arm voll Orangen. »Hier«, sagt Meilin und reicht Renshu einen Blechtopf, den sie am Nachbarstand besorgt hat, »darin können wir sie transportieren.« Dann feilscht sie mit einem Mann, der Schneebirnen anbietet. Nachdem sie die letzten Hohlräume in ihrem Korb mit Birnen gefüllt hat, gleitet ihr Blick über den Berghang.

»Gehen wir jetzt zurück, Ma?«

»Gleich«, murmelt sie und geht über den Markt, weg vom Kai.

Renshu wirft einen Blick zurück zu den Schiffen und beeilt sich dann, zu ihr aufzuschließen. »Wir müssen zurück, Ma.«

»Das Schiff ist noch nicht da«, erwidert sie, ohne sich umzudrehen. »Ich will nur schnell noch was suchen.«

»Was suchst du denn?« Jetzt hat er sie eingeholt. »Ein großes Schiff ist eingefahren, Ma. Sieh doch nur!«

Meilin schaut sich um. »Ja, aber es dauert, bis es angelegt hat und entladen und neu beladen wurde. Vielleicht ist es nicht mal unser Schiff. Komm, wir vertreten uns noch ein bisschen die Beine. Wir waren so viele Tage auf dem Wasser.«

Sie geht jetzt noch schneller und biegt in einen Weg ein, der den Hang hinaufführt.

»Ma!« Renshu hält sie am Arm fest. »Wir müssen los! Wir müssen zurück zu unserer Familie!«

Meilin windet sich los. Wann ist er so stark geworden?

»Du hast hier auch Familie, Renshu. Meine Eltern. Deinen *wai gong* und deine *wai po*.«

»*Wai gong? Wai po?*«

»Du erinnerst dich nicht an sie, aber sie haben dich und deinen *baba* einmal getroffen, als du noch klein warst. Als der Krieg begann, konnten wir sie nicht mehr besuchen. Also lass uns wenigstens jetzt, wo er vorbei ist, zu ihnen gehen.«

Er starrt sie ungläubig an. Meilin redet weiter.

»Wir müssen den Onkel und die Tante allein mit Lifen nach Schanghai fahren lassen. Wir –«

Die Augen des Jungen füllen sich mit Tränen, als er begreift, was sie vorhat. Er rennt den Hügel hinab, auf die Kais zu. Weil ihm unterwegs Orangen aus dem Topf fallen, hält er den Deckel fest und läuft dann weiter, doch als ein Tuten die Abfahrt des Passagierschiffs ankündigt, sinken seine Schultern herab. Seine Schritte verlangsamen sich, und er fängt an zu schluchzen.

Meilin folgt ihm und sammelt die herabgefallenen Früchte auf. Als sie bei Renshu ankommt, lässt sie die Orangen los, zieht ihn an sich und streicht ihm übers Haar. Sie sagt nicht: *Wir werden sie wiedersehen* oder: *Es ist doch nur für kurze Zeit* oder spendet ihm irgendeinen anderen falschen Trost. Stattdessen lässt sie ihn einfach weinen, bis seine Tränen versiegen. Dann legt sie die Orangen zurück in den Topf, eine nach der anderen.

Schweigend schauen sie dem Schiff nach, das mit Longwei, Wenling und Lifen und vielen anderen an Bord, aber ohne sie beide, den Fluss hinabfährt.

Meilin hofft, dass sie die richtige Entscheidung getroffen hat.

»Komm Renshu.« Sie nimmt ihren Korb und reicht ihm den Topf. »Wir müssen weiter.«

Die unbefestigte Straße führt in die Berge hoch. Es ist ein warmer Tag, und der Weg ist steil. Meilins vorsichtiger Optimismus verwandelt sich mit jedem Schritt ein bisschen mehr in Euphorie. Endlich! Nach all den Jahren war sie endlich einmal mutig und nicht ängstlich. Sie ist auf dem Weg nach Hause. Ihr schwillt das Herz vor Freude.

Renshu trottet hinterher und zieht die Füße durch den Staub. Nach zwanzig Minuten sagt er, er sei müde und hungrig.

Meilin lässt sich auf einem Felsen nieder, von dem aus man das Tal überblickt, und klopft neben sich. Sie sind schnell aufgestiegen und schon weit gekommen, da tut es gut, ein bisschen auszuruhen. Meilin holt eine Schneebirne aus dem Korb und bietet sie ihrem Sohn an. Er nimmt sie, ohne Meilin eines Blickes zu würdigen. Die Birne ist rund und hat kleine weiße Punkte auf ihrer durchscheinenden goldenen Haut. Renshu beißt hinein. Knackig wie Wasserkastanien. Meilin nimmt sich auch eine; der süße Saft stillt ihren Durst.

»Behalte die Kerne, nicht wegwerfen«, trägt sie ihm auf.

Sie folgen einem gewundenen Pfad durch einen dichten Bambuswald, in dem die Äste wie zur Begrüßung im Wind knacken. Bald erkennt Meilin eine Gruppe von Bäumen wieder und läuft hin, um sie näher zu betrachten. Viele sind nur noch Strünke, doch dazwischen gibt es ein paar, die noch wachsen. Meilin zieht einen Zweig nach unten und reißt ein steifes, wächsernes Blatt ab. Es ist rot mit grünen und gelben Sprenkeln.

»Kampfer«, sagt Meilin. »Wir benutzen die Öle für die Herstellung von Heilmitteln. Außerdem halten sie die Motten fern.«

»Warum sind denn so viele Bäume gefällt worden?«

»Es ist Tradition, immer, wenn ein Mädchen geboren wird, einen Kampferbaum zu pflanzen. Der Baum und das Mädchen werden zusammen groß. Auf diese Weise kann die Kupplerin im Dorf auf einen Blick sehen, wie viele Töchter eine Familie hat und wann sie alt genug sind, um verheiratet zu werden. Wenn sich eine der Töchter verlobt, fällt die Familie den Baum, um eine Truhe für ihre Brautgabe daraus zu machen.«

»Hattest du auch so eine Truhe aus Kampferholz, Ma?«

»Ja, die hatte ich«, sagt Meilin leise.

Die Landschaft setzt viele Erinnerungen in Meilin frei. Sie kennt diese Anhöhen und Felswände, denn dahinter liegen die Berge ihrer Jugend. Als Kind hat sie hier viele Sommer mit ihren Großeltern verbracht, während die Eltern sich unten in der Stadt um ihren Laden kümmerten. Nun, da sie den Duft der Kiefern riecht, wird Meilin immer zuversichtlicher, dass der dichte Wald ihr Dorf vor den Bomben geschützt hat. Jeder überwucherte Weg bestätigt ihr, dass die entlegene Siedlung von marschierenden Truppen übersehen wurde. Ihr Vater wird draußen vor dem Haus stehen und in den Himmel hochschauen, nicht aus Angst vor Flugzeugen, sondern um die Wolken zu betrachten. Und ihre Mutter wird sich besorgt fragen, mit welchem Grünzeug sie ihre Ochsen füttern sollen. Sie werden Meilin zu Hause willkommen heißen.

Doch irgendetwas stimmt nicht. Sie sind auf dem ganzen Weg noch niemandem begegnet. Meilin erwartet unentwegt, dass sie auf einen Ziegenhirten und seine Herde stoßen oder Wagenräder über den Kies holpern hören. Die Höfe liegen ganz ruhig da, und die Teefelder sind in Stille gehüllt. Irgendetwas fehlt. Der Krieg hat acht Jahre gedauert, redet sie sich gut zu. Natürlich hat sich da auch einiges verändert. Sie ist optimistisch, aber nicht dumm. Und ihr ungutes Gefühl wird mit jedem Meter stärker.

Als sie an einem verwahrlosten Schweinepferch vorbeikommen, begreift Meilin: *Die Tiere!* Wo sind die schreienden Esel und die grunzenden Schweine? Kein Ziegenbockgeruch würzt die Luft. Und auf der Straße laufen keine aufgeregt gackernden Hühner herum.

Um die Stille zu füllen, erzählt sie von dem Haus ihrer Familie, von deren Vieh und von dem Bach mit dem klaren Wasser. Sie berichtet Renshu von dem dumpfen *Klopf! Klopf! Klopf!*, das sie früher morgens manchmal hörte und das daher kam, dass die Frau von Bauer Liao auf der Suche nach den Münzen, die ihm abends im Suff aus den Taschen gefallen waren, die Teppiche klopfte. Anschließend schwelgt sie in Erinnerungen daran, wie sie früher Matten aus Bambusblättern geflochten haben, um Tee darauf zu trocknen, und daran, mit welch ohrenbetäubendem Rauschen der Regen während des Monsuns in diesen Wäldern niederging.

Doch als sie um die letzte Kurve gehen, erblickt Meilin da, wo früher Holzhäuser standen, verbrannte Erde; lediglich die Hälfte der Wände ist noch da. Haufenweise Trümmer sind zu sehen, aber keine Menschenseele. Meilin schüttelt ungläubig den Kopf. Das kann nicht sein. Sie muss irgendwo falsch abgebogen sein. Das da muss irgendein anderes bedauernswertes Dorf sein.

Doch als sie ihren Blick über die Kontur der Berge am Horizont und die Biegung des Flusses weiter unten gleiten lässt, sieht Meilin die Landschaft, die sich tief in ihr Gedächtnis eingegraben hat. Ihr Fehler ist nicht, dass sie sich verlaufen hat; ihr Fehler ist, dass sie davon geträumt hat, dass dieser Ort verschont geblieben ist. Ihr rutscht der Korb aus der Hand. *Nicht hier, nicht auch noch hier!*

Sie rennt an den verlassenen Pferchen und den kaputten Steinmauern vorbei zu den Grabstätten ihrer Ahnen, doch sie kann die Schreine am Rand der Anlage nicht sehen. Eigentlich sollten dort hellrote Laternen an Pfählen hängen und Banner in den Lüftchen wehen. Selbst wenn kein frisches Obst und keine Blumen dort stehen, Banner sind immer da. Selbst wenn sie nicht mehr leuchten, sondern verblichen und fadenscheinig sind, sind sie doch da. Aber Meilin findet weder Blumen noch Früchte noch Banner am Fuß der Schreine.

Die Grabstätten und Gedenktafeln der Familie sind zertrümmert; nur noch versprengte Schutthaufen sind zu sehen. Meilin lässt sich auf die Knie fallen und durchkämmt die Trümmer mit den Händen; ein Name, ein Buchstabe, irgendwas muss doch noch da sein. Sie gräbt und gräbt. Doch nichts ist heil geblieben.

Ihre Hände sind wundgescheuert und blutig. Wut und Trauer sammeln sich in ihrer Kehle. Dann brechen die Gefühle hervor, und Meilin schreit einen Schmerz heraus, für den es keine Worte gibt. Sie vergisst ihren Jungen, vergisst, wo sie ist und wer sie ist, und bricht zusammen. Solange sie diesen Ort sicher wähnte, solange ihre Eltern lebten und die Gräber der Ahnen versorgt wurden, konnte sie alles ertragen und jede noch so weite Reise auf sich nehmen. Doch jetzt ist alles verloren.

Renshu beobachtet sie entsetzt. In dem Moment, in dem sie um die Kurve gebogen waren und seine Mutter verstummte, war ihm klargewesen, dass etwas nicht stimmte. Sein Puls raste vor Angst, als sie sich langsam im Kreis drehte. Und als sie ihren Korb fallen ließ und zu den Grabstätten rannte, ist er ihr hilflos gefolgt. Jetzt steht er wie benommen da und sieht seine Mutter heftig weinend auf der Erde liegen.

Erschrocken hebt er den Korb vom Boden auf, trägt ihn zu ihr und setzt sich neben sie. Die Dämmerung senkt sich herab, und es wird kalt. Er nimmt die wollene Decke aus dem Korb und legt sie um ihre Schultern.

So hat Renshu sie noch nie gesehen. In seiner Erinnerung summt sie stets, wenn sie näht und kocht, und erzählt ihm Geschichten, wenn sie neben ihm geht. Selbst während des Krieges wusste sie immer, was als Nächstes zu tun war. Zum ersten Mal überhaupt sieht seine Ma klein und traurig aus.

Renshu streicht ihr mit der offenen Hand über den Rücken, so wie sie es bei ihm macht, wenn er krank ist oder aufgewühlt. Als es ganz dunkel wird, lässt ihr Schluchzen nach, doch sie sagt kein Wort. Er legt seinen Arm um sie, um sie beide warmzuhalten. Es ist kalt, aber der Himmel ist klar. Über den Silhouetten der Bäume sieht er mehr funkelnde Sterne als je zuvor.

Zwei volle Tage sind vergangen. Renshu wacht so gut über seine Mutter, wie er es vermag, doch sie ist in einer Trauer erstarrt, die er nicht durchdringen kann. In der Nähe der Ruinen hat er aus herabgefallenen Zweigen einen Unterstand gebaut, einen kleinen Bereich, in dem sie sitzen und sich ausruhen können. Er holt frisches Wasser vom Bach und bringt sie dazu, aus einer zerbrochenen Teetasse zu trinken, die er in den Trümmern gefunden hat. Jeden Abend facht er ein kleines Feuer an, um Reis zu kochen und Tee aufzubrühen. Die Glut bietet wenig Wärme. Später hält er sie im Arm, um ihre unruhigen Träume zu besänftigen. Morgens bietet er ihr von den übrigen Orangen an, doch sie nimmt kaum einen Bissen.

Trotz des Sonnenscheins sinken die Temperaturen. Bald wird der erste Schnee fallen. Die wattierten Jacken und die Decken werden sie nicht vor dem Frost schützen, und ihr Proviant ist fast aufgebraucht. Sie können hier nicht bleiben. Renshu muss einen Weg finden, sie nach Yichang zu bringen. Und was dann? Auf ein Schiff, das flussabwärts fährt, nach Schanghai, um nach dem Onkel zu suchen? Oder ein Schiff zurück nach Chongqing? Er weiß es nicht. Aber sie müssen woanders hin. An einen Ort, an dem Meilin aus ihrer Trance erwacht und wieder seine Ma ist.

An diesem Morgen schläft sie friedlich nach einer weiteren ruhelosen Nacht. Er breitet seine Jacke über sie und steht auf, um sich die Beine zu vertreten. Normalerweise wagt er sich nicht weit weg, wenn sie schläft, möchte immer in Hörweite bleiben. Aber heute kehrt er nicht am Rand der Siedlung um, sondern geht weiter in den Wald hinein. Durch das Unterholz dringt Helligkeit, vor ihm muss eine Lichtung liegen. Neugierig geht er näher heran und entdeckt auf einer freien Stelle eine kleine Baumgruppe. Einige der Bäume sind entstellt und vom Alter gekrümmt, ihre Zweige verwildert und ungepflegt. Im Näherkommen stellt er fest, dass es Birnbäume sind. Einige tragen sogar noch Früchte. Als Renshu ein paar Birnen ausmacht, die nicht herabgefallen sind, pflückt er sie, um sie Meilin mitzubringen.

Dann tastet er nach den kleinen braunen Birnenkernen in seiner Tasche, die er beim Aufstieg auf Geheiß seiner Mutter aufgehoben hat. Er holt sie heraus und betrachtet sie. Sie sehen aus wie rostfarbene Regentropfen. Oder wie Tränen. Spontan greift er nach einem Stock, gräbt ein kleines Loch und legt die Kerne hinein. Nachdem er sie eingepflanzt hat, kniet er sich an den Bach, schöpft mit den Händen Wasser heraus und gießt die Samen damit. Renshu schaut hoch in die Sonne. Schließlich sammelt er die frisch geernteten Birnen auf und geht zurück.

Meilin schläft noch immer. Renshu öffnet ihren Korb und findet darin Kleidung, die Bildrolle und die Dose mit ihren Schätzen. Die Dose hat er viel schwerer in Erinnerung. Als er den Deckel abnimmt, enthält sie nur noch eine Handvoll Münzen und Amulette. Meilin rührt sich. Schnell steckt er zwei Goldmünzen und ein Jadeamulett in seine Tasche und verschließt die Dose wieder. Das wird reichen, denkt er.

Als Meilin die Augen aufschlägt, gießt er ihr mit der Tasse Wasser über ihre Hände, um die Erde und das getrocknete Blut davon abzuspülen. Anschließend befeuchtet er den Stoff seines Hemds und wischt ihr tränenverschmiertes Gesicht sauber.

»Trink.« Er schiebt ihr die Tasse in die Hände. »Iss.« Er gibt ihr kleine Stücke Birne.

Schließlich setzt sie sich auf und starrt kopfschüttelnd auf die Überreste ihres Zuhauses.

»Komm, Ma«, drängt er. »Wir müssen irgendwo hingehen, wo es wärmer und sicherer ist.«

Er hilft ihr aufzustehen und nimmt den Korb und die Decke, während sie sich schweigend auf ihn stützt. Dann führt er sie langsam davon.

Meilin folgt Renshu den ganzen Weg den Berg hinunter. Er kennt den Weg nach Yichang zwar nicht, doch solange sie bergab gehen, müssen sie ja irgendwann auf den Fluss stoßen. Wenn sie dort sind, wird er Fahrscheine für ein Schiff nach Schanghai kaufen, wo sie den Onkel suchen werden. Er wird ihm sagen, dass sie sich auf dem Markt verlaufen haben und dass es ihnen leid tut. Dann wird alles gut. Sie werden wieder in Sicherheit sein.

Am Nachmittag erreichen sie die Stadt. Als Erstes tauscht er das Jadeamulett gegen Proviant für die Reise ein. Am Kai geht er dann zu einem Mann, der Fahrscheine verkauft und sagt ihm, dass sie nach Schanghai wollen.

»Die Fahrt ist sehr teuer«, sagt der Mann und wendet sich gleich den nächsten Kunden zu.

Doch Renshu bleibt stehen.

Als der Kartenverkäufer bemerkt, dass er noch da ist, sagt er: »Du bist immer noch hier? Wie viel hast du?«

Renshu zeigt ihm die zwei Goldmünzen aus seiner Tasche.

Der Mann kneift die Augen zusammen. »Ja, ja, dieses Schiff

da bringt euch nach Schanghai«, sagt der Mann, schnappt sich die Münzen und drückt Renshu zwei Fahrscheine in die Hand. Als sie an Bord gehen, versucht Renshu das ungute Gefühl zu verdrängen, dass er betrogen wurde. Ist egal, denkt er, sie sind ja auf dem Weg zum Onkel.

Meilin ist mit allem einverstanden, was Renshu ihr vorschlägt. Manchmal fängt sie ohne Vorwarnung an zu schluchzen und bleibt danach wieder tagelang stumm. Renshu weiß nicht, wie er sie trösten kann. Sie sieht nicht mehr aus wie seine Ma, sondern wie ein verlorenes Kind. Ihr Haar hängt in fettigen Strähnen herab, ihre Bluse ist zerrissen und schmutzig, und ihr sonst hellwacher, aufmerksamer Blick stellt auf nichts mehr scharf. Renshu packt die Bildrolle aus und öffnet sie bis zu der Stelle mit den Berggipfeln, um Li Chi und den Heldenmut heraufzubeschwören, mit dem sie die Riesenschlange getötet hat. Dann entdeckt er einen einsamen Fischer auf einem Fluss. Das muss der alte Zhu auf dem Weg zum Pfirsichblütenquell sein. Sofort versucht Renshu, die Geschichte von dem Mann zu erzählen, der sein Pferd verloren hat, aber weil ihm kein Segen einfällt, der das Unglück aufwiegt, bricht er wieder ab. Meilin scheint von all dem keine Notiz zu nehmen.

Eines Morgens jedoch erwacht Renshu von Münz-Geklimper. Meilin untersucht den Inhalt ihrer Dose und zählt kopfschüttelnd immer wieder von Neuem die Münzen. Sie hat sich das Gesicht gewaschen und die Haare zu einem Knoten hochgebunden.

»Was ist los, Ma?«, fragt er.

»Es fehlen zwei Goldstücke.« Sie spricht mit klarer, wütender Stimme.

»Ma«, erinnert er sie. »Die brauchte ich doch für die Fahrscheine.«

»Zwei? Zwei Goldstücke? Ach, du lieber Himmel! Das ist viel zu viel!«, kreischt sie.

Renshu dreht sich der Magen um. Er wollte nur helfen. Er hat einen Weg gesucht, den Onkel wiederzufinden.

»Man hat dich reingelegt! Kein Wunder, dass dieser ekelhafte Dieb es so eilig hatte, uns auf das Schiff zu bugsieren. Ein Goldstück wäre mehr als genug für uns beide gewesen.«

»Du hast gesagt, es wäre in Ordnung, Ma«, stammelt Renshu.

»Ich habe gesagt, es wäre in Ordnung? Nein, niemals hätte ich so einer Betrügerei zugestimmt.«

»Aber ich hatte keine andere Wahl. Du warst zu traurig, und wir mussten auf dieses Schiff, damit wir den Onkel wiederfinden können.«

Meilin zählt noch einmal nach. *Klimper, klimper.*

»Es tut mir leid, Ma«, flüstert Renshu.

Meilin schluckt ihren nächsten Satz herunter und lässt die restlichen Münzen zurück in die Dose fallen. »Meine kleine Aubergine aus Jade ist auch weg«, knurrt sie.

Eigentlich hasst er es, wenn sie wütend auf ihn ist, doch jetzt fällt ihm ein Stein vom Herzen. Wenn sie sauer ist, muss sie aus ihrer Traurigkeit erwacht sein. Seine Ma ist zurück.

9

Schanghai, China, Januar 1947

Beim Einlaufen in Schanghai betrachten sie staunend die europäischen Gebäude entlang der Küste. Das ist *Der Bund*, erklärt ihnen einer der anderen Passagiere. Selbst nach zehn Jahren Krieg und Okkupation, und während des derzeitigen mühsamen Wiederaufbaus, ist der Umfang und die Eleganz dieser Promenade beeindruckend. Auf einmal versteht Meilin, warum Wenling diese Stadt so sehr liebt.

Straßenbahnen, glänzende Automobile, Rikschas und Jeeps sorgen hier für dichten Verkehr, und zum ersten Mal sehen Meilin und Renshu Menschen aus aller Welt: Europäer mit hellen Haaren und Augen, Sikh-Polizisten mit roten Turbanen, Amerikaner, Russen. Fremde Sprachen begegnen ihnen hier in großer Zahl. Der schanghaier Dialekt unterscheidet sich so stark vom Hochchinesischen und dem Sichuan-Dialekt, dass Meilin zuerst gar nichts versteht. Doch weil sich genügend Menschen aus allen Teilen Chinas in der Stadt aufhalten, kommt Meilin mit einer Mischung aus Hochchinesisch, Sichuan-Dialekt und vorsichtigen Gesten zurecht.

Sie geben ein kostbares Goldstück aus, um eine Woche in einem Gasthaus zu wohnen, während sie nach Longwei suchen. Die Stadt ist überwältigend. Longweis Erwähnung, dass er jetzt Beamter sei, ist Meilins einziger Anhaltspunkt. Also fragen sie in einigen Behörden nach ihm. Weiß sie, in welchem Bereich er tätig ist? Weiß sie, wer sein Vorgesetzter ist? Hat sie weitere Informationen? Die wenigen Fakten, die sie liefern kann, reichen nicht aus. Meilin hat nie gewusst, was Longwei genau machte. Und sie wollte es auch nicht wissen. Klar war nur, dass er für den Generalissimus arbeitete und ihn verehrte.

Während Dao Longwei früher überall Beziehungen hatte, scheint jetzt niemand je von ihm gehört zu haben. Gute Ratschläge bekommt Meilin viele, konkrete Antworten jedoch nicht: Wenn er für die Regierung arbeitet, wird er sich dann nicht in der wiederhergestellten Hauptstadt in Nanking aufhalten? Oder ist er vielleicht nach Chengdu gegangen? Oder nach Taiwan, um nach der Rückgabe der Insel durch die Japaner in einer der Regierungsstellen zu arbeiten?

Schließlich ändert Meilin ihre Strategie. Sie ist sich sicher, dass Longwei den Verlockungen des Glücksspiels und des Alkohols nicht lange widerstehen könnte, und wendet sich daher den zwielichtigeren Ecken Schanghais zu. Eines Abends folgt sie einigen Regierungsangestellten und Offizieren der Nationalisten nach Dienstschluss bis zu Madame Zis Emporium.

Dieses glamouröse und elegante Etablissement hat für jeden etwas zu bieten: Tagsüber ist es ein Teehaus, in dem Geschäfte aller Art getätigt werden; abends ein Shulou, in dem Geschichtenerzähler und Opernkünstler auftreten, Grammophone spielen und junge Frauen tanzen; und nachts stehen im oberen Stockwerk Räume für Vergnügungen mit den Changsan-Mädchen bereit.

Meilin lässt sich nicht mehr blenden von der glitzernden Welt der reichen Ausländer und den Chauffeuren vor dem Palace Hotel mit ihren schicken Anzügen und Kappen, die Damen in Pelzmänteln die Türen öffnen. Sie lässt sich nicht mehr täuschen von den Neonlichtern des Cathay Theaters und selbst von den lebenssprühenden, verlockenden Klängen der Jazzmusik nicht, die aus den Tanzklubs auf die Straße dringen. Viele Menschen hier kämpfen immer noch ums Überleben. Die Güter des täglichen Bedarfs sind teuer und knapp. Wenn sie sich hier über Wasser halten wollen, muss sie dringend eine Arbeit finden.

Am nächsten Nachmittag kehrt Meilin zu Madame Zis Emporium zurück. Die Frau, die an der Tür steht, ist älter als sie, vielleicht Anfang fünfzig, und makellos gekleidet. Ihr Kostüm aus kostbarem, kastanienbraunem Brokat zeigt den für Schanghai typischen Mix aus asiatischen und westlichen Modestilen. Die gefärbte Dauerwelle und die zarten goldenen Ohrringe bilden einen seltsamen Kontrast zu ihrem aufgedunsenen Gesicht, und an ihren kräftigen Handgelenken reihen sich Jadearmbänder aneinander.

»Was wollen Sie? Hier haben nur Männer Zutritt«, herrscht sie Meilin an.

Meilin errötet, bleibt aber stehen.

»Suchen Sie jemanden?«, fragt die Frau. Meilins Schweigen weckt ihren Argwohn.

»Sind Sie Madame Zi?«, erwidert Meilin stammelnd. »Ich suche Arbeit.«

Der Blick der Frau gleitet prüfend über Meilin, die sich kerzengerade aufrichtet und die Lippen aufeinanderpresst.

Madame Zi schüttelt den Kopf. »Sie sind zu alt. Für Sie gibt's hier nichts zu holen.«

In diesem Moment kommt eines der Mädchen an die Tür und beklagt sich darüber, dass ihr Kostüm nicht richtig passe. Meilin fällt überdies sofort ins Auge, dass einige Pailletten abgefallen sind und sich der Saum gelöst hat.

Madame Zi blickt die junge Frau finster an und verwünscht sie für ihre Unachtsamkeit.

»Ich kann nähen«, sagt Meilin. »Ich kann Ihre Kostüme ausbessern und sie in Ordnung halten.« Schnell zieht sie eine Handarbeit aus der Tasche, ein kleines quadratisches Seidentuch, das sie auf der wochenlangen Schiffsreise nach Schanghai bestickt hat, ganz ohne Plan oder Vorlage. Sie hat sich einfach der Weisheit ihrer Finger überlassen, und dabei ist beinahe wie von selbst dieses Motiv entstanden: ein üppig blühender Pfirsichbaum mit Blättern in zahlreichen Grüntönen. Jetzt präsentiert sie ihn

Madame Zi. Die nimmt die Stickerei, betrachtet sie mit zusammengekniffenen Augen und streicht mit ihren dicken Fingern darüber. Dann gibt sie sie Meilin zurück.

»Und was können Sie sonst noch?«

Meilin späht an Madame Zi vorbei ins Innere des Etablissements. Um die Raummitte herum stehen kreisförmig angeordnete Tische, an denen Männer vor ihren Drinks sitzen; manche der Gäste essen auch Kleinigkeiten. Mehrere Tische müssten dringend abgeräumt werden. »Ich kann Speisen zubereiten, die Gäste bedienen und Kleider ausbessern. Ich könnte Ihnen auf vielerlei Art helfen, Ihr« – sie stockt, weil sie nicht sicher ist, wie sie dieses Haus nennen soll, und erinnert sich dann an das Schild draußen – »Emporium reibungslos am Laufen zu halten.«

Madame Zi taxiert Meilin erneut, und Meilin reckt das Kinn hoch. Ihre Miene ist respektvoll, aber nicht unterwürfig. Sie hat Madame Zi etwas angeboten, was sie gut gebrauchen kann.

»Kommen Sie morgen wieder. Ich denke darüber nach«, sagt Madame Zi kurz angebunden, doch ihr Ton hat sich verändert; sie klingt nicht mehr ablehnend, sondern interessiert.

Die beiden Frauen treffen schließlich eine Abmachung: Meilin wird Kleider ausbessern, sich mit um die Gäste kümmern und ein Auge auf die Mädchen haben. Zahlen kann Madame Zi ihr nur wenig, dafür können Meilin und Renshu eine Wohnung in einem Shikumen-Haus am Ende der Straße beziehen, welches ebenfalls ihr gehört. Die Wohnung ist klein: Sie hat ein Zimmer und ein Tingzijian, eine winzige nach Norden gehende Kammer über einer kalten, beengten Küche. Aber immerhin gibt es Wasser und Strom. Außerdem kann Meilin Stofffetzen von den Kostümen aus dem Emporium verwenden, um Hausschlappen herzustellen, Renshus Jacke und Hosen auszubessern und gelegentlich, wenn sie genügend Stoff beisammen hat, neue Kleider zu nähen.

Meilin und Renshu sitzen in ihrer neuen Bleibe und teilen sich die Reste eines Festessens, das es früher am Abend im Emporium gab. Draußen entzünden Leute Papierlaternen und lassen sie in den Himmel aufsteigen, um das Ende des Neujahrsfestes zu begehen. Es ist das Jahr des Schweins, das für Reichtum und Überfluss steht. Sie gehen hinaus, um zuzuschauen. Als Überraschung zaubert Meilin zwei Laternen hervor, die sie anzünden können. Ein kleiner Luxus, um das neue Jahr willkommen zu heißen, denn die Hoffnung ist inzwischen zu einer Gewohnheit geworden.

»Was erhoffst du dir von diesem Jahr?«, fragt Meilin Renshu.

Der Junge schweigt, und Meilin betrachtet ihn. Er sieht dünn aus, zu dünn. Trotz der von Hunger und Ruhelosigkeit geprägten Tage ist er gewachsen. In Chongqing hatte sie ihm eine gefütterte Jacke genäht, von der sie sicher war, dass sie eine Weile halten würde. Die Ärmel waren so lang gewesen, dass er sie aufkrempeln musste. Jetzt spannt sie bereits an den Schultern, und die einst weiche, üppige Polsterung ist flachgedrückt. Da, wo der Satin zerrissen ist, quillt die Baumwollfüllung heraus, und die Stoffränder sind schmutzig und voller Ölflecken.

»Bücher«, sagt Renshu.

»Bücher?« Seine Antwort überrascht und erfreut sie. »Was für Bücher?«

»Bücher über alles Mögliche. Ich möchte mehr lernen. Ich möchte einen Schulabschluss machen und auf die Uni gehen. Ein Gelehrter werden.«

Sein Wunsch lässt ihre Trauer über den Verlust Xiaowens und ihrer Familie wieder aufleben. Sie alle würden sich unbändig freuen, wenn sie den jungen Mann sehen könnten, der aus ihm geworden ist.

»Dann suchen wir eine Schule für dich«, sagt sie. Ihre Rücklagen sind zwar begrenzt, aber etwas Geld hat sie noch. Bildung ist eine Art von Investition, findet sie, und noch dazu etwas, was sie sich immer für ihn gewünscht hat.

»Was ist mit dir, Ma? Was wünschst du dir?«

Meilin betrachtet eine Laterne, die in den Himmel aufsteigt, und überlegt, was sie antworten soll. Jede dieser Laternen ist eine trotzige Antwort auf all die Bomben, die gefallen sind. Sie können die Verluste zwar nicht ungeschehen machen, doch sie sind so etwas wie eine Demonstration von Hoffnung, von Widerstandskraft. Auch wenn die Kommunisten und die Kuomintang im Nordosten wieder gegeneinander kämpfen, fühlt Schanghai sich, zumindest heute Abend, friedlich an.

Was wünschst du dir? Seine Frage hallt in ihrem Kopf wider. Wann hat sie das zuletzt jemand gefragt, falls sie es überhaupt je gefragt wurde? Wann hat sie sich das selbst zuletzt gefragt? Sehr, sehr lange Zeit konnte die Antwort auf diese Frage nur eine von der Not diktierte sein: Obdach, Essen, Geld, Sicherheit, Kleidung, Holz, Wärme.

All das braucht sie und wünscht sie sich auch jetzt. Doch zum Jahreswechsel wünscht man sich etwas, was über das rein Praktische hinausgeht. Da wären natürlich die unmöglichen Dinge: eine Welt, in der Xiaowen zurückkehrt, in der sie ihre Familie wiederfindet, in der es nie einen Krieg gegeben hat. Aber welcher Wunsch könnte tatsächlich auch in Erfüllung gehen? Wie könnten sie mehr als bloß überleben? Wie könnten sie aus dem Vollen schöpfen?

»Einen Obstgarten«, sagt sie.

»Einen Obstgarten?«

»Komm, lass uns reingehen«, sagt sie.

Als sie wieder in ihrem Zimmer sind, holt Meilin die Bildrolle aus ihrem Korb. Sie ist die letzte Verbindung zu der Zukunft, die sie und Xiaowen sich einst erträumt haben. Ganz vorsichtig, so als vollführte sie ein Ritual, bewegt sie die seidene Bahn vom einen Ende zum anderen, bis sie zur letzten Szene gelangt, in der sich der Reisende unter den blühenden Bäumen ausruht.

Sie zeigt auf die Bäume. »Das hier wünsche ich mir.«

Renshu lächelt. Vielleicht ist jetzt der richtige Zeitpunkt, um ihr von dem uralten Obstgarten zu erzählen, den er in Yichang entdeckt hat, und von den Birnenkernen, die er dort eingepflanzt hat.

»Habe ich dir je die Geschichte von dem magischen Birnbaum erzählt?«, fragt Meilin in seine Gedanken hinein.

»Dem magischen Birnbaum?« Er schüttelt den Kopf. Und bevor er noch ein Wort sagen kann, beginnt sie zu erzählen.

»Es war einmal ein Bauer in einem Ort namens Bailizhou, unweit von dem Dorf, in dem ich aufgewachsen bin. Eines Herbstes fiel die Birnenernte des Bauern besonders üppig aus. Da befüllte er seinen Karren mit den Früchten und machte sich auf den Weg zum Markt.«

Die Geschichte, die seine Ma erzählt, klingt für Renshu wie Musik, die sein Herz wärmt. Die kalte Nacht verschwindet, und er wird in die Welt entführt, die Meilin mit ihren Worten heraufbeschwört. Ausnahmsweise wirkt sie einmal glücklich. Er wird ihr später von den ausgesäten Birnenkernen erzählen.

»Auf dem Markt machte der Bauer gute Geschäfte. Den ganzen Morgen tauschte er goldgelbe Birnen gegen silberne Münzen, und nach jedem Handel stellte er sich vor, was er sich von dem Geld kaufen würde: robuste schwarze Stiefel, einen Pelzmantel für den Winter, vielleicht sogar einen weiteren Esel oder einen neuen Karren. Im Laufe des Tages wurde sein Geldbeutel immer dicker und seine Träume wurden stetig größer.

Da kam ein Mönch vorbei. Der Saum seiner Robe war staubig und ausgefranst. Auf seinem Weg über den Berg zu einem heiligen Tempel hatte er eine weite Strecke zurückgelegt. Und auch wenn der Mönch den meisten irdischen Gütern und Begierden entsagt hatte, sahen die Birnen so gut aus und rochen so süß, dass er Appetit auf eine bekam.

Also ging er zu dem Bauern und sagte: ›Bitte, guter Herr, würden Sie einem einfachen Mönch in Ihrer Güte und Großherzigkeit wohl eine Ihrer süßen Birnen schenken?‹

Der Bauer zögerte. Wenn er dem Mönch einfach so eine Birne schenkte, dachten die Leute vielleicht, er würde seine Früchte umsonst hergeben. Da er aber wusste, dass er einem Mönch keinen Wunsch abschlagen sollte, tat er so, als hätte er ihn nicht gehört, in der Hoffnung, der Mönche würde weiterziehen.

Aber der Mönch blieb beharrlich. ›Werter Bruder‹, sagte er, ›du würdest dem Namen deiner Familie Ehre machen, wenn du mir eine Birne abgeben würdest. Du hast sehr viele davon. Könntest du nicht wenigstens eine erübrigen?‹

In diesem Moment verkaufte der Bauer gerade Birnen an eine reiche Familie. Nachdem die Mutter dem Bauern Münzen in die Hand gezählt hatte, überreichte sie jedem ihrer Kinder eine Birne. Der Bauer wandte dem Mönch den Rücken zu und wedelte mit der Hand herum, so als wollte er eine Mücke vertreiben.

Eine alte Teehändlerin in der Nähe hatte zugesehen. Weil sie sich mit Mönchen auskannte, warf sie dem Bauern eine Münze zu. ›Gib dem alten Mann eine Birne! Schämst du dich denn gar nicht?‹ Der Bauer fing die Münze aus der Luft auf und steckte sie in seinen seidenen Geldbeutel. ›Nun gut‹, sagte der Bauer zu dem Mönch, ›dann nimm dir eine Birne.‹

Der Mönch verbeugte sich in Richtung der Teehändlerin. ›Danke für Ihre Güte.‹ Danach wandte er sich dem Karren des Bauern zu und suchte sich eine Birne aus. Anschließend setzte er sich mitten auf den Marktplatz, biss mit geschlossenen Augen in seine Frucht und summte vor Zufriedenheit. So aß er die ganze Birne mit Stumpf und Stiel auf, nur einen der Kerne behielt er zurück. Dann schlug er die Augen wieder auf, erhob sich und sagte: ›Du hast viele Birnen, aber ich brauchte nur einen Kern.‹

Darauf holte er eine kleine Schaufel aus seinem Beutel und grub ein Loch. Da legte er den Kern hinein und bedeckte ihn vorsichtig. Danach nahm er seine Bettelschale, ging zu der Teehändlerin und hielt sie ihr hin, woraufhin die Teehändlerin sie mit Wasser füllte.

Der Mönch goss das Wasser auf die Stelle, wo der Kern vergraben war. Inzwischen hatte sich eine neugierige Menschenmenge versammelt, um zuzuschauen. Und siehe da: An der feuchten Stelle schoss ein Trieb aus der Erde, wuchs vor aller Augen heran und verdickte sich zu einem Stamm. Innerhalb von Minuten teilte sich der Stamm; Äste sprossen heraus und streckten sich empor wie Arme, die sich dem Himmel entgegenrecken. Als schließlich Knospen daraus hervorbrachen und zu voller Pracht erblühten, erhoben sich erstaunte Rufe. Verwundert sahen die Leute zu, wie sich Blätter entrollten und Früchte bildeten und zu reifen begannen. Als der Baum schließlich lauter schwere Früchte trug, kitzelte ein starker, lieblicher Duft die Nasen der Umstehenden, und die eben erst entsprungenen Äste bogen sich unter dem Gewicht der dicken Birnen. Da wandte sich der Mönch der Menge zu, breitete die Arme aus und lud alle mit einer tiefen Verbeugung ein, sich zu bedienen.

Nachdem jeder ein oder zwei Birnen gegessen hatte«, fährt Meilin fort, »klatschte der Mönch zweimal in die Hände. Darauf wechselten die Blätter des Birnbaums langsam die Farbe, welkten und fielen herab. Und wie sie alle am Boden lagen und die Äste kahl geworden waren, nahm der Mönch eine kleine Axt aus seinem Beutel und fällte den Baum. Anschließend legte er sich den Stamm über die Schulter und verließ den Marktplatz; seine Robe schleifte hinter ihm durch den Staub.

Während dieses Spektakels hatte der Bauer mit dem Rücken zu seinem Karren gestanden und zugeschaut. Sprachlos vor Entsetzen hatte er verfolgt, wie alle vorgeprescht waren, um die Wunderbirnen des Mönchs auf seine Einladung hin zu essen. Kaum war der Mönch verschwunden, kehrte der übliche Trubel auf den Markt zurück. Die Hühner, die in ihren Weidenkörben verstummt waren, gackerten wieder, die geizigen alten Frauen feilschten mit den Gemüsehändlern, und die Hunde tollten herum. Auch der Bauer wollte weiter seine Birnen verkaufen, doch plötzlich traf ihn eine Erkenntnis wie ein Schlag in die Magengrube.

Er wirbelte herum. Tatsächlich: Sein Karren war leer. Und als er ihn untersuchte, bemerkte er, dass die Deichsel abgehackt worden war. Laut schreiend und mit hochrotem Kopf lief der Bauer dem Mönch hinterher, wobei Münzen aus seinem übervollen Geldbeutel fielen. Eine ganze Schar von Kindern folgte ihm, um die Reichtümer aufzusammeln, die er hinter sich zurückließ. Aber als der Bauer um die Kurve bog, hinter der der Mönch verschwunden war, erblickte er nichts als seine Deichsel, die in der Mitte der leeren Straße lag.«

Renshu lacht. Im selben Moment zerreißt krachender Donner die Luft.

»Sieh nur, Renshu!«

Feuerwerk! Hoch oben am Himmel, über den Laternen, erscheint ein buntes Spiel aus Funken und Lichtspiralen. Dann noch eins und noch eins. Immer wieder ertönt erst ein lauter Knall beim Start, dann das Zischen der durch die Luft schnellenden Raketen und schließlich folgt eine Explosion bunter Farben, die den Himmel erhellen.

Sie schauen zu, bis der letzte Lichtblitz aufschimmert und von der flüchtigen funkelnden Pracht nichts übrigbleibt als geisterhafte Rauchschwaden.

Jeden Tag macht Meilin sich, sobald Renshu zur Schule gegangen ist, auf den Weg zum Emporium. Morgens hilft sie bei der Zubereitung der Speisen, nachmittags serviert sie den Kunden Tee, und wenn die abendlichen Gäste eintrudeln, geht sie nach Hause zu Renshu. Die Ausbesserungsarbeiten erledigt sie so schnell, dass Madame Zi keinen Grund zur Klage hat. Das Etablissement ist zwar zweifelhaft, doch es erfüllt für Meilin einen Zweck. Sie muss strategisch denken. Wenn sie Longwei überhaupt jemals findet, dann hier.

Nach und nach prägt sie sich die Gesichter der Stammkunden ein. Literaten, Intellektuelle und Kunsthändler gehören ebenso dazu wie Regierungsbeamte und Offiziere außer Dienst. Ganz gleich, welche politischen Ansichten sie vertreten, sie kommen alle hierher, um Tee zu trinken, eine Kleinigkeit zu essen und zu diskutieren. Die Kunsthändler bringen häufig kleine Kostbarkeiten mit in der Hoffnung, einen Käufer dafür zu finden. Meilin hat hier bereits prächtigen Schmuck, handgeschnitzte Schatullen, bunten Tand und Jadeamulette den Besitzer wechseln sehen. Einer der Händler, Herr Li, bietet häufig Bildrollen an. Er hat eine Goldrandbrille und trägt seine pomadisierten Haare zu einem Mittelscheitel frisiert. Auch wenn er wortgewandt und kultiviert ist, handelt er nicht immer redlich. Wenn er seine Waren vor einem Kaufinteressenten entrollt, drückt Meilin sich häufig in der Nähe herum, um die Verhandlungen zu belauschen. Nach dem, was sie bislang von einer Sammlung gesehen hat, weiß sie, dass ihre eigene Bildrolle viel schöner und wertvoller ist.

Dann gibt es noch Herrn Xu, einen dicken Mann mit breiter Nase, graumelierten Haaren und Raucherhusten. Sie ist sich nicht sicher, welchen Beruf er hat, aber er hat ein herzliches Lachen und ist zu allen freundlich. Die meisten Männer sehen Meilin gar nicht, doch Herr Xu scherzt immer mit ihr, wenn sie ihm mehr heißes Wasser für den Tee bringt oder das Geschirr abräumt. Manchmal zwinkert er ihr auch zu, und sie muss zugeben, dass sie seine Aufmerksamkeit genießt.

Heute streitet Herr Xu sich mit Herrn Li. Meilin hört aufmerksam zu, weil sie hofft, dass einer von ihnen Longweis Namen erwähnt.

»Jetzt, wo die Kuomintang Yan'an eingenommen hat, wird sie ohne Zweifel die Oberhand gewinnen. Wie sollen die Kommunisten ohne ihre Hauptstadt weitermachen?«, sagt Herr Li.

»Innerhalb der Landbevölkerung gibt es noch immer viele Anhänger der Kommunistischen Partei. Viele haben den Nationalisten ihre Bestechlichkeit während des Krieges immer noch nicht vergeben«, entgegnet Herr Xu.

»Aber die Kuomintang hat die Staatskasse, die Städte und sogar die Armee! Selbst wenn die Kommunisten noch Unterstützung genießen, verfügen sie einfach nicht über die nötigen Ressourcen. Undenkbar, dass sie die Kuomintang besiegen könnten.«

»Unwahrscheinlich«, stimmt Herr Xu zu, »aber nicht unmöglich.«

Herr Li zieht ein spöttisches Gesicht und trinkt seinen Tee in einem Zug aus. Dann sucht er Meilins Blick und bedeutet ihr, dass er mehr heißes Wasser haben möchte. Sie geht in die Küche und überlässt die beiden ihrem Streitgespräch.

Monate vergehen, doch Longwei taucht nicht auf. Obwohl Meilin nicht müde wird, Ausschau nach ihm zu halten, verblasst die Hoffnung darauf, dass die Familie wieder zusammenfindet, zunehmend. Immerhin gelingt es Meilin und Renshu, sich ihr Leben erträglich einzurichten. Madame Zi schätzt und vertraut Meilin immer mehr. »Tänzerinnen kommen und gehen wie das Laub, das im Herbst über die Straßen wirbelt«, sagt Madame Zi. »Aber eine gute Näherin wie Meilin ist momentan schwer zu finden.« Madame ist zufrieden, solange Meilin dafür sorgt, dass die Kostüme verführerisch glänzen. Alles, was funkelt, zieht die Männer mit den dicken Brieftaschen an und lenkt sie von den Sorgen der Welt draußen ab.

Schanghai, China, April 1948

Als das Jahr des Schweins in das Jahr der Ratte übergeht, schwindet nach und nach erneut jedwedes Gefühl von Sicherheit. Die Inflation ist außer Kontrolle geraten. Der Schwarzmarkt blüht, und es macht sich Frust über die schlechte Wirtschaftspolitik der Regierung breit. Immer häufiger kommt es zu Straßenprotesten. Die verunsicherten Ausländer verlieren das Vertrauen in die Nationalisten und kehren vermehrt in ihre Heimatländer zurück.

Die Geschäfte im Emporium laufen zunehmend schlechter. Anfangs stellt Madame Zi noch ein schnoddriges Selbstvertrauen zur Schau: »Egal, welche Politik gemacht wird, alle Männer haben die gleichen Gelüste«, sagt sie.

Doch als die Kommunisten im Frühjahr Yan'an und große Teile des Nordens zurückerobern, kommen immer weniger Kunden durch die Tür. Die Stammgäste statten dem Emporium nur noch sporadisch einen Besuch ab, und wenn sie es tun, trinken sie häufig zu viel.

Herr Li wedelt bei jedem Bericht über weitere verlorene Gebiete und gefallene Soldaten ungläubig mit den Händen. »Die Kuomintang hatte die größere Armee und die besseren Ressourcen. Wie kann es sein, dass sie ihre Vorteile so verspielt?«

»Ha!«, ereifert sich Herr Xu und signalisiert Meilin, dass sie noch eine Flasche Weinbrand bringen soll. »Das kommt davon, dass die Kuomintang auf ihrem Weg so viel Zerstörung und Unzufriedenheit hinterlassen hat. Sie hat das Vertrauen der Bevölkerung verspielt.«

»Auf dem Land vielleicht, aber Sie können doch nicht ernsthaft glauben, die Kommunisten könnten die Städte für sich gewinnen«, beharrt Li und leert sein Glas.

»Unmöglich, unmöglich«, murmelt Herr Guo, ein anderer Stammkunde.

Meilin bleibt in der Nähe, um weiter mithören zu können, wird jedoch bald zu anderen Gästen gerufen.

Ein paar Wochen später sind Meilin und Renshu auf dem Heimweg zum Shikumen-Haus, als sie an einem Stoffgeschäft vorbeikommen. Meilin fällt auf, dass der Preis für einen Ballen roter Seide, der ihr am Morgen ins Auge gefallen war, mehrmals durchgestrichen und neugeschrieben wurde; er hat sich über den Tag fast vervierfacht. Renshu erzählt von seiner Schule.

Letztes Jahr war der Ort eine Zuflucht für ihn. Täglich konnte er sich dort ein paar Stunden ins Lernen vertiefen und mit seinen Freunden zusammen sein. Aber jetzt verschwinden immer mehr seiner Klassenkameraden. An einem Tag sind sie noch da, am nächsten tauchen sie nicht mehr auf. Gerüchten zufolge werden die Kinder aus wohlhabenderen Familien eilig zu Verwandten in Hongkong, Taiwan oder gar Amerika geschickt.

Ein Konvoi von Militär-Jeeps zieht vorbei, und die Fahrer hupen, damit man ihnen Platz macht. Renshu schaut ihnen gedankenverloren nach.

»Vielleicht sollte ich Soldat werden«, sagt er. »Einige aus meiner Klasse haben die Schule verlassen, um in die Armee einzutreten.«

»Auf keinen Fall!« ruft Meilin aus. »Du bist erst vierzehn. Was denkst du dir bloß?«

»Aber Ma, du arbeitest so hart. Wenn ich zur Armee gehen würde, könnte ich dich mit dem Geld, was ich dort verdiene, unterstützen. Außerdem bekäme ich eine gute Uniform.«

»Renshu, nach allem, was wir durchgemacht haben, kann ich dich nicht auch noch verlieren. Uns geht es hier doch ganz gut. Wir haben genug zu essen und wir haben eine Wohnung. Das ist nicht so schlecht, oder?« Sie greift nach seiner Hand.

Er zuckt mit den Schultern und macht sich los.

Vor ihnen liegt ein belebter Platz. Meilin beobachtet, dass dort Leute Flugblätter verteilen. Sie weiß nicht, welcher Seite sie angehören – der Kommunistischen Partei, der KPCh, oder der Kuomintang, der KMT. Aber egal, wer sie sind, Renshu soll sie nicht sehen. Um ihn in eine andere Richtung zu lenken, biegt sie in eine Seitengasse ab. Dort gibt es überraschenderweise einen Antiquitätenladen, in dem Meilin Herrn Li stehen sieht. Als sie an der nächsten Straßenecke ankommen, blickt sie hoch, um sich die Adresse einzuprägen, dann gehen sie weiter nach Hause.

Im Herbst ergeht an das Volk die Aufforderung, zur Stabilisierung der Währung alles Gold und Silber und sämtliche ausländischen Münzen an die Regierung auszuhändigen. Obwohl es jetzt illegal ist, Gold zu besitzen, halten die Leute sich natürlich erst recht an dem fest, was sie noch haben. Die wirtschaftliche Lage verschlechtert sich immer mehr, und die nationalistische Regierung ist dabei, noch den letzten Rest von Kontrolle zu verlieren. Meilin hört, dass die KPCh, ungeachtet der Tatsache, dass mutmaßliche Kommunisten neuerdings auf offener Straße erschossen werden, neue Mitglieder anwirbt.

Sie kann sich nicht erinnern, jemals eine derart aufgeladene Atmosphäre erlebt zu haben. Die Stimmung ist noch vergifteter als in ihrer Zeit in Chongqing. Damals war wenigstens noch klar, wer der Feind war: Er kam in Flugzeugen, die weiße Flaggen mit roten Sonnen trugen. Jetzt ist deutlich schwerer zu erkennen, wer Freund ist und wer Feind. Letzte Woche ist Meilin ein Mann von der KMT aufgefallen, der in ihrer Straße an alle Türen klopfte und sich die Namen, Berufe und sonstigen Gewohnheiten der Bewohner notierte. Als er an ihre Tür kam, hat sie nicht aufgemacht. Inzwischen werden viele dieser Nachbarn vermisst. Dabei waren einige von ihnen sogar Anhänger der Regierung! Wer weiß schon, wer dieser Uniformierte wirklich war? Wenn es überall von Spionen beider Parteien wimmelt, ist es die beste Strategie, unsichtbar zu sein.

Eines Morgens Ende November herrscht im Emporium ein Riesenchaos, als Meilin dort eintrifft. Die Tische liegen kreuz und quer im Raum verteilt, und die Tänzerinnen weinen. Meilin lässt die Kostüme fallen, die sie ausgebessert hat, und eilt zu der laut zeternden Madame Zi.

»Was ist passiert?«, ruft sie aus.

»Ein Überfall! Ein Überfall! Oh, mein schönes Emporium!«

»Wann?«

Madame Zi läuft fluchend umher. Nach zahlreichen Fragen, auf die sie nur halbe Antworten bekommt, reimt Meilin sich zusammen, dass am Vorabend eine Gruppe von Mitgliedern der KPCh den Laden gestürmt und viele der Stammkunden verschleppt hat; auch einige Offiziere der KMT waren darunter. Welches Schicksal ihnen wohl bevorsteht? Wahrscheinlich werden sie verhört, gefoltert und umgebracht.

»Aber wie kann das sein?«, stammelt Meilin.

»Herr Xu, dieser faulig stinkende Hurensohn, ist einer von den Kommunisten!« Madame Zi spuckt aus vor lauter Abscheu. »Er hat uns die ganze Zeit ausspioniert.«

Meilin wird übel. Herr Xu?

Bislang war Madame Zi immer zuversichtlich, doch jetzt ist sie hysterisch. Sie will ihr geliebtes Schanghai verlassen und ist schon dabei, ihre Sachen zu packen.

»Aber wo wollen Sie denn hin?«

Madame hält ihre nackten Hände hoch, alle Ringe und Armbänder sind verschwunden. »Amerika. Ich habe meinen Schmuck für einen Fahrschein verkauft.«

Meilin hat kein Gold, das sie zu Geld machen kann, wie Madame. Was wird jetzt aus ihnen? »Können Sie uns helfen, Madame, bitte?«, bettelt sie.

»Nein, ich kann nicht, ich hab nichts, was ich erübrigen kann.« Dann stockt sie. »Aber als ich heute Morgen mein Ticket gekauft habe, gab es noch welche für die *Taiping*, die nächste Woche nach Taiwan fährt. Vielleicht können Sie ja davon zwei erstehen? Sie müssen Schanghai auf jeden Fall verlassen, Meilin. Herr Xu« – es folgt ein neuer Schwall obszöner Flüche – »hat ganz bestimmt jeden aus dem Emporium ans Messer geliefert, auch die, die in den Shikumen-Häusern wohnen. Verlieren Sie keine Zeit. Fliehen Sie von hier!«

Als Renshu nach der Schule auf dem Heimweg ist, ruft jemand nach ihm und winkt ihm zu. »Hey! Du bist doch Meilins Sohn, oder?«

Es handelt sich um einen dicken Mann mit kurzen graumelierten Haaren, einer breiten Nase und Raucherhusten. Renshu sagt nichts.

»Ah, du bist vorsichtig. Das gefällt mir. Das ist eine gute Eigenschaft«, sagt der Mann. »Es bedeutet, dass du eine gute Menschenkenntnis besitzt. Aber du brauchst nicht misstrauisch zu sein, ich kenne deine Mutter aus Madame Zis Emporium. Vielleicht hat sie mich mal erwähnt? Ich bin Xu Deming. Herr Xu.«

Renshu blinzelt Herrn Xu an. Ist das nicht der Mann, von dem seine Mutter erwähnt hat, dass er ihr immer ein Trinkgeld zusteckt?

»Siehst du, ich wusste, du weißt, wer ich bin«, sagt Herr Xu, Renshus Unsicherheit hinwegwischend. »Ich möchte dir ein Angebot machen.« Herr Xu schaut sich um, und Renshu folgt seinem Beispiel. Es sind nur wenige Leute auf der Straße unterwegs. Herr Xu kommt einen Schritt näher. »Du weißt, dieser Bürgerkrieg ist eine sehr ernste Angelegenheit. Wir kämpfen für die Seele unseres Landes. Die Rote Armee nähert sich Schanghai. Manche sagen, es ist nur noch eine Frage von Tagen, bis die Kommunisten hier sind und die Macht übernehmen.«

Renshu nickt.

»Ich kann dir eine Arbeit besorgen, die dir und deiner Ma Sicherheit verschafft.«

Seine Ma macht sich schon seit Wochen Sorgen, weil die Geschäfte im Emporium schlecht laufen. »Was für eine Arbeit denn?«, fragt Renshu.

»Du wirst mein Assistent und hilfst, China wieder stark zu machen. Die Zusammenarbeit mit mir wäre eine tolle Art, deinen Patriotismus unter Beweis zu stellen. Du bist jetzt fast ein Mann, du musst auf deine Mutter aufpassen.« Herr Xu lächelt breit und streckt ihm seine fleischigen Hände entgegen. »Also? Willst du den Job?«

Zu Hause in dem Shikumen-Haus versucht Meilin, sich zu beruhigen und einen Plan zu fassen. Taiwan? Ernsthaft? Eine kleine Insel, über die sie nichts weiß? Es muss andere Möglichkeiten geben. Hongkong? Zugfahrkarten wären einfacher und günstiger zu bekommen, vielleicht könnten sie sogar zu Fuß gehen, zumindest einen Teil der Strecke. Aber nein, nein, Hongkong wäre zu riskant. Die Reise würde zu lange dauern, und die Eisenbahnstrecke ist zu ungeschützt. Außerdem läge in Hongkong nicht das Meer zwischen ihnen und den Kommunisten. Dann also Taiwan. Wer weiß? Vielleicht ist Longwei auch dort, wenn er noch lebt. Aber wie soll sie an Fahrscheine für die Überfahrt kommen?

Sie geht in die kleine Kammer, holt den Korb aus seinem Versteck und öffnet die Dose. Nur ein einzelnes Goldstück liegt noch darin. Das reicht bei Weitem nicht. Sie nimmt die Bildrolle heraus.

»Ma? Ma, wo steckst du?«

Renshu ist nach Hause gekommen. Seufzend legt sie die Rolle zurück in den Korb. Dann schließ sie kurz die Augen und wappnet sich dafür, Renshu eröffnen zu müssen, dass sie erneut flüchten müssen.

»Ma! Ma! Ich hab eine gute Nachricht! Jemand hat mir Arbeit angeboten!«

In Meilins Kopf schrillen die Alarmglocken. Das klingt ganz und gar nicht nach einer guten Nachricht. Die Selbstbeherrschung, die sie sich wenige Augenblicke zuvor noch abgerungen hat, ist im Nu dahin.

»Was? Mit wem hast du gesprochen? Du weißt doch, dass du Fremden nicht trauen sollst?«

»Das war kein Fremder, Ma. Es war dein Freund, Herr Xu. Du hast mir erzählt, er wäre der freundlichste und lustigste von allen Gästen.«

Meilin erstarrt. »Was hast du ihm gesagt?«

»Er meinte, dass ich dich natürlich zuerst fragen muss. Wir haben vereinbart, uns morgen wieder zu treffen.«

»Hast du ihm gesagt, wo wir wohnen?«, fragt Meilin; sie wagt kaum noch zu flüstern. Das Herz schlägt ihr bis zum Hals.

»Er hat nicht gefragt.«

»Ist dir jemand nach Hause gefolgt?«

Renshu blickt über seine Schulter. »Ich weiß es nicht. Aber ich glaube nicht. Was ist denn los, Ma? Ich dachte, du magst ihn. So kann ich auch ein bisschen Geld für uns verdienen.«

»Er ist ein Spion!« Meilin ist außer sich; sie kann sich nicht länger zurückhalten. »Er spioniert für die Kommunisten! Gestern Abend gab es einen Überfall auf Madame Zis Emporium, und er steckte dahinter.«

Renshu schnappt nach Luft.

»Du bist zu vertrauensselig, Renshu. Wir müssen Schanghai verlassen, und zwar so schnell wie möglich.«

»Meinetwegen?«

»Nein, nicht deinetwegen«, versichert sie ihm. »Weil es hier nicht mehr sicher ist. Weil es Zeit wird, zu verschwinden.«

An diesem Abend zieht Meilin einen seidenen Qipao an, den sie sich aus dem Fundus von Madames Kostümen geliehen hat. Er ist pflaumenfarben und mit Päonien bedruckt. Um ihr zartes Profil besser zur Geltung zu bringen, bindet sie ihre Haare oben auf dem Kopf zu einem Knoten zusammen. In ihrem Korb trägt sie die Bildrolle bei sich.

»Renshu, bleib zu Hause und geh in die Kammer. Öffne niemandem die Tür. Mach kein Licht im großen Zimmer – dieses Fenster ist von der Straße aus sichtbar.«

»Wo gehst du hin?«

»Ich muss schnell was erledigen. Versprich mir, dass du niemanden reinlässt. Ja?«

Er nickt feierlich. Ihr Ausbruch vorhin hat ihn verängstigt.

Draußen auf den Straßen herrscht reges Treiben. Nachtverkäufer braten Eier in heißen Eisenpfannen, Rikschas ziehen im Eiltempo vorbei, hin und wieder rollt auch ein Auto über die Straße. Weiter entfernt hört Meilin militärische Befehle. Lichter blitzen auf. Sie macht sich auf den Weg zu Herrn Li.

Sein Laden ist klein, aber luxuriös. Die Vitrinen sind mit feinen Schnupftabakgefäßen, Servierplatten, Cloisonné-Vasen und geschnitzten hölzernen Ruyi-Zeptern gefüllt. In der Nähe des Tresens hat er Jadeamulette ausgestellt, die Meilin nun in Augenschein nimmt. Sie ist sich sicher, dass er sie in dieser Aufmachung nicht erkennen wird. Einige andere Kunden schauen sich die Sancai-Keramiken und Porzellanfiguren näher an. Einer nach dem anderen verlässt den Laden. Als sie die einzige noch verbliebene Kundin ist, fragt Meilin Herrn Li, ob er auch Bildrollen oder Landschaftsbilder anbiete.

Er schaut aus dem Fenster. Es ist dunkel, und es ist kaum noch potenzielle Kundschaft unterwegs. »In meinem Büro«, sagt er und bedeutet ihr, ihm ins Hinterzimmer zu folgen.

Der Raum ist mit eleganten Bodenfliesen ausgestattet, in der Mitte steht ein niedriger Tisch aus Rosenholz und an der Seite eine schwarzlackierte hohe Vitrine mit Messingbeschlägen. An den Wänden hängen mehrere Bilder, auf denen Landschaften dargestellt sind. In einer Ecke steht ein Korb mit vielen weiteren aufgewickelten Bildrollen, in der anderen knistert ein Feuer im Kaminofen.

»Bitte«, sagt er, auf die Wände zeigend.

Meilin geht einmal an den Wänden entlang und betrachtet jedes einzelne Bild. Da es warm in dem Zimmer ist, zieht sie ihre Jacke und den Umhang aus und legt sich beides so über den Arm, dass ihr Korb verdeckt ist. Sie studiert ein Bild, das Kiefern an einem Fluss zeigt, hinter dem Berge aufragen. Im Vordergrund überquert ein Bauer mit seinem Esel die Brücke. Die Illustration ist gut, aber nicht so gut wie die, die ihre Rolle enthält. »Was kostet diese hier?«

»Ich halte es einfach«, sagt er. »Bezahlen Sie mich mit Gold, die Währung ist egal, Hauptsache, es wiegt zwei Liang.«

Sie nickt und geht zum nächsten Gemälde; es zeigt einen Kranich, der in hohem Gras steht. »Und dieses?«

»Ebenfalls zwei *Liang*. Haben Sie denn Gold?« Seine Fassade der Kultiviertheit bröckelt, Ungeduld wird spürbar.

»Ich bin gekommen, um zu verkaufen, nicht um zu kaufen.« Mit klopfendem Herzen nimmt sie ihre Rolle aus dem Korb und reicht sie ihm, damit er sie begutachten kann. Er entrollt sie begierig, bis ihr Ende von dem niedrigen Tisch herabhängt und den kalten Fußboden berührt. Meilin hat sie noch nie vollständig entrollt gesehen. All ihre Geschichten und Bilder in Gänze enthüllt, all ihre Geheimnisse offengelegt zu sehen, kommt ihr wie ein Verrat vor. Sie verspürt den Impuls, sie vor seinen Augen und Händen zu schützen, hält sich aber zurück. Bei all seiner zur Schau gestellten Gleichgültigkeit kann er seine Bewunderung doch nicht verbergen.

»Zwei Liang« bietet er.

Sie schnaubt verächtlich. Das ist nicht annähernd genug. Aber dies ist erst der Beginn der Verhandlung. Das wissen sie beide.

»Pah! Sie ist mindestens acht wert! Betrachten Sie doch nur die feinen Details, die Qualität der Seide, die exzellente Kalligraphie. Sind Sie verrückt? Acht Liang sind noch ein Schnäppchen – ich sollte zehn verlangen.«

Er grinst, ihr Temperament amüsiert ihn. »Drei Liang, und nicht mehr.«

So geht es zwischen ihnen hin und her. Sie handelt ihn auf vier hoch, doch sie weiß, dass sie mehr braucht.

»Wie können Sie sagen, vier Liang wären ein fairer Preis, wenn Sie für diese da zwei verlangen?« Sie wedelt mit der Hand in Richtung der Werke an der Wand. »Sie wissen genau, dass sie nicht annähernd an die Qualität meiner Bildrolle heranreichen. Meine Rolle ist weitaus kunstvoller gestaltet. Einen fairen Handel. Ich verlange nichts weiter als einen fairen Handel.«

Er legt den Kopf schief, nun erkennt er sie. »Ich kenne Sie. Sie sind doch aus Madame Zis Emporium!«

Seine Miene hat sich verändert; er ist nun nicht mehr der hart feilschende Kunsthändler, sondern steckt in einer anderen Rolle. Sie kennt diesen Ausdruck von den Männern, die wegen der Changsan-Mädchen ins Emporium kommen. Er leckt sich die Lippen, und sie erschaudert, als sie spürt, dass sein Blick über ihr Kleid gleitet.

»Sie wollen also Gold für Ihre Rolle, die, wie ich zugeben muss, sehr, sehr schön ist.« Er kommt um den Tisch herum und stellt sich neben sie; er riecht nach Tabak und Schweiß. »Aber wir können uns nicht auf einen Preis einigen. Hmm …« Plötzlich wendet er sich ihr zu und fährt mit einem Finger über ihre Wange und ihren Kieferknochen. »Können Sie mir für die acht *Liang* nicht noch etwas anderes anbieten?« Trotz der Wärme in dem Raum richten sich die Härchen auf ihren Armen auf.

Sie weiß, was er will. Natürlich weiß sie das. Irgendwie hat sie es schon gewusst, als sie den Laden betreten, als sie den Qipao mit dem langen Reißverschluss und den Beinschlitzen angezogen, sogar schon, als sie vor Wochen sein Geschäft entdeckt hat.

»Ich schließe gleich. Ich hole Ihnen Ihr Geld, denn ich habe das sichere Gefühl, dass wir bald zu einer Einigung kommen«, sagt er. Sie hört, wie er vorn im Laden die Jalousien herunterlässt. Schlüssel klimpern, als er die Tür abschließt.

Verschwinde von hier. Jetzt sofort. Es muss einen anderen Weg geben, um zu bekommen, was sie braucht. Sie kniet sich hin und wickelt die Bildrolle schnell, aber vorsichtig wieder auf; sie möchte sie nicht beschädigen. Die Tür behält sie dabei genau im Blick; sie wird sich so schnell wie möglich an ihm vorbeiquetschen müssen. Als sie die Rolle zubindet, legt sich plötzlich von hinten eine Hand um ihre Schulter. Meilin erschrickt so sehr, dass ihr die Rolle aus der Hand gleitet; sie fällt auf den Boden und öffnet sich wieder. Er hat das Zimmer durch eine andere Tür betreten.

Jetzt packt er ihr Handgelenk, dreht ihren Arm nach hinten und sagt in einem ruhigen, leutseligen Ton: »Ich glaube, wir haben einen fairen Preis gefunden.« Dann schiebt er ihr Kleid hoch und zieht ihre Unterwäsche nach unten.

Durch ihre Schulter schießt ein Schmerz, und sie konzentriert sich ganz auf dieses Gefühl, um sich nicht eingestehen zu müssen, was sonst noch passiert. Als sie schon glaubt, dass er ihr den Arm brechen wird, lässt er sie los. Doch sie hat kaum Zeit, so etwas wie Erleichterung zu verspüren, denn nun wird ihre Wange unsanft auf das Rosenholz gepresst, das sie eben noch bewundert hat. Eine starke Hand drückt sie nach unten, während die andere den Reißverschluss ihres Kleides öffnet und es ihr vom Körper zerrt. Er begrapscht ihre Brüste und ihren Hintern, schiebt ihre Schenkel auseinander. Sie möchte ihn treten, sie möchte schreien und ihn wegstoßen. Aber sie kann es nicht. Sie ist in ihrem eigenen Körper gefangen. Erstarrt.

Panische Angst drängt ihren Schmerz in den Hintergrund.

Als ihr Kopf auf den Tisch schlug, raste ihr Puls noch, doch jetzt verlangsamt sich alles. Ihre Glieder sind wie die Glieder einer Puppe. Er dreht sie um, dann ist er auf ihr. Sie wendet das Gesicht ab und starrt auf die reglosen Lamellen eines Deckenventilators.

Als er in sie eindringt, verspürt sie einen starken, stechenden Schmerz, danach eine schreckliche schleichende Kälte.

Sie ist nicht hier. Sie ist nicht hier.

Er stößt grunzende Laute aus. Ihr Rücken scheuert über die Tischplatte, während die Tischbeine rhythmisch über die Bodenfliesen schrammen. Noch immer ist sie zu keiner Bewegung imstande.

Nach einem kräftigen, harten Stoß erschaudert er und stöhnt auf.

Jetzt liegt er kraftlos auf ihr, sie ist unter ihm gefangen.

Ihr Blick fährt wieder und wieder über die Lamellen des Ventilators.

Endlich löst er sich von ihr.

Sie kehrt in ihren Körper zurück. Ihr Rücken brennt, durch Oberschenkel und Arme ziehen Schmerzen, ihr Schoß ist taub. Sie zittert am ganzen Leib.

Sie hört ihn keuchen, spürt, wo im Zimmer er sich aufhält, doch sie kann und wird ihn nicht anschauen.

»Da hast du deinen fairen Handel«, sagt er, und sie sieht seine Hände, als er die Bildrolle vom Boden aufhebt. Sie setzt sich auf und legt die Hände vors Gesicht, dann betastet sie ihren Mund, die Wangenknochen, ihr Stirnbein, als wollte sie überprüfen, ob noch alles da ist. Weiterhin bebend faltet sie die Hände und bläst auf ihre Finger. Es hilft nicht. Ihre Schuhe hat sie noch an. Sie zerrt ihre Unterhose wieder hoch und hebt ihr Kleid auf. Das Feuer knackt und zischt. Irgendwie schafft sie es, sich anzuziehen, dann schlüpft sie in ihre Jacke und greift nach dem Korb.

Er setzt einen seidenen Geldbeutel mit klimpernden Münzen auf den Tisch, und sie nimmt ihn an sich; er ist ekelhaft schwer.

»Geh jetzt«, sagt er.

Sie schaut auf ihre Füße, zwingt sie, sich zu bewegen. Ein Schritt. Noch ein Schritt. Ganz auf das Muster der Bodenfliesen konzentriert, durchquert sie den Laden. Die Tür öffnet sich quietschend. Draußen huschen Ratten durch die Gasse, es ist kalt. Sie übergibt sich an einer Hauswand, schüttelt sich, schaudert. Dann geht sie langsam zurück zu Renshu.

10

Hafen von Schanghai, China, Dezember 1948

Sie stehen an Deck der *Taiping*. Vor und hinter ihnen drängen sich Menschen zusammen, um Platz zu machen, wo keiner ist. Renshu, inzwischen einen ganzen Kopf größer als Meilin, bleibt dicht bei seiner Mutter, schützt sie, verteidigt ihren Raum. Hier können Finger leicht in fremde Taschen wandern, Gepäckstücke, von einem Händepaar abgestellt, unbemerkt von einem anderen gegriffen und mitgenommen werden.

Hinter den vorbeiziehenden Silhouetten der Sampanen und Fischerboote schimmern Lichter an der Küste. Vom Ende der Kaimauern bis zurück zum Bund zieht sich eine endlose Menschenmenge. Die Leute betteln schreiend und weinend um ein Boot, das sie zu dem großen Passagierschiff übersetzt. Der Führer des kleinen Boots, das Meilin und Renshu vorhin ergattert hatten, war erst bereit gewesen abzulegen, nachdem alle etwas aus ihren Koffern hergegeben hatten. Verzweifelt hatten alle überlegt, wovon sie sich denn noch trennen könnten, und nach und nach waren Kleider, Bücher und Andenken zusammengekommen. Meilin war für solche Situationen gewappnet und warf einen roten Satinbeutel mit Modeschmuck aus dem Emporium auf den Haufen. Ein Mann, der wahrscheinlich gemeinsame Sache mit dem Bootseigentümer machte, sammelte die ausrangierten Gegenstände ein. Obwohl die Fracht auf diese Weise leichter geworden war, drohte das Boot in den Fluten zu kentern; eisiges Salzwasser war über ihre Schuhe geschwappt, doch schließlich gelangten sie über eine wackelige Rampe an Bord der *Taiping*. Meilins Gold hatte nur für Plätze an Deck gereicht; Kabinenkarten waren unerschwinglich.

Die meisten anderen Passagiere hier draußen sind männlich. Die wenigen Familien, die Meilin zuvor gesehen hat, sind verschwunden; vielleicht konnten sie sich Kabinenplätze leisten. Sie fühlt sich ungeschützt und lässt ihren Blick suchend über die Menge schweifen. Als sie an der Seite des Schiffes eine junge Mutter mit vier Kindern entdeckt, lenkt sie Renshu in ihre Richtung. Jedes der größeren Kinder trägt eine Tasche, die Mutter hält noch ein Baby im Arm. Der seidige Flaum des Säuglings steht büschelweise hoch wie dichtes Wildgras. Die Kinder drängen sich um ihre Mutter: ein Junge von etwa fünf Jahren und zwei Mädchen mit glänzenden Zöpfen und gefütterten Jacken, eineiige Zwillinge, vielleicht etwas älter als ihr Bruder. Sie beäugen Meilin und Renshu verstohlen und tuscheln dann miteinander. Meilin erhascht den Blick der Mutter und nickt ihr zu. Sie lächelt zurück.

Doch dieser Moment der Ruhe währt nicht lange. Das Baby windet sich in den Armen seiner Mutter. Dann biegt es den Rücken durch, tritt sie und stemmt sich gegen seine Mutter. Der kleine Junge versucht, die Zwillinge für ein Spiel zu gewinnen, weil sie ihn jedoch ignorieren, stößt er seine Ma an und kneift das Baby, das laut zu schreien beginnt. Als Nächstes zieht der Junge einem der Zwillingsmädchen fest an den Zöpfen und kassiert dafür eine Ohrfeige. Die andere Schwester stürzt sich ebenfalls auf ihn, woraufhin die Mutter sie energisch zurechtweist. Jetzt brechen alle Kinder in Tränen aus, und der Säugling schreit noch lauter. Der zweite Zwilling schubst den Bruder so kräftig, dass er gegen Renshu fällt. Die Leute in der Umgebung protestieren laut und schubsen zurück. Daraufhin verliert ein stark nach Alkohol riechender Mann in dem allgemeinen Durcheinander das Gleichgewicht und fällt auf sein Hinterteil. Er kann sich kaum wehgetan haben, aber weil ihm die Situation peinlich ist, richtet er sich schwankend wieder auf und brüllt die junge Mutter an. Sie entschuldigt sich, das Baby schreit wieder, die Kinder zanken, und der Mann brüllt weiter in einem fremd klingenden Dialekt auf sie ein. Mit angewiderter Miene fügt er noch etwas hinzu, dann dreht er sich um und bahnt sich unsanft einen Weg durch die Schaulustigen.

»Was für ein Mistkerl!«, sagt Meilin zu der Mutter. »Kann ich irgendwie helfen?«

Die Frau schaut sie so erleichtert an, dass Meilin selbst Tränen in die Augen treten. Sie nimmt ihr das Baby ab und drückt das zappelnde Bündel an sich, während sie es hin und her wiegt und leise zu singen beginnt. Das alles beruhigt auch ihre eigenen überreizten Nerven. Die Mutter schimpft und tröstet ihre anderen Kinder im Wechsel, bis auch sie still werden.

Nun kommen Meilin und die fremde Frau ins Gespräch. Die junge Mutter heißt Zhao Peiwen und stammt aus einem kleinen Dorf nahe Wuhan. Ihr Mann ist bei der Armee. Er konnte ihnen zwar Karten für die Überfahrt besorgen, doch für Kabinenplätze fehlte es ihm an Einfluss und Geld. Dennoch sind sie dankbar, entkommen zu sein. Sie wissen schon, wo sie in Taiwan vorübergehend unterschlüpfen können, und der Ehemann wird sobald wie möglich nachkommen.

Das Baby hat sich beruhigt. Peiwen nimmt es zurück und dankt Meilin für ihre Freundlichkeit. »Und Sie?«, fragt sie. »Was ist Ihre Geschichte?«

Nachdem sie sich vorgestellt hat, erzählt Meilin ihr, dass sie und Renshu nach dem Krieg von ihrer Familie getrennt wurden. Aber bevor sie noch mehr sagen kann, werden sie durch einen erneuten Aufruhr unterbrochen. Aufgeschreckt versuchen Meilin und Peiwen herauszufinden, was los ist. Ein Militärpolizist und ein Besatzungsmitglied arbeiten sich langsam durch die Menge und kontrollieren die Fahrkarten.

»Für eine sichere Überfahrt sind zu viele Passagiere an Bord. Militärangehörige und ihre Familien haben Priorität. Alle, die keine gültigen Papiere vorweisen können, müssen das Schiff verlassen!«, ruft der Polizist.

»Aber ich habe doch einen Fahrschein gekauft!«, protestiert jemand.

»Das spielt keine Rolle, wenn sie keine gültigen Papiere haben.« Der Beamte bedeutet einem Kollegen, den Mann wegzuführen.

Meilin atmet langsam aus, um ihre aufflammende Panik zu unterdrücken. Der Polizist kommt näher. Die Leute schwenken ihre Papiere und Pässe und fangen an zu diskutieren, wenn er bei ihnen ankommt. In den meisten Fällen schüttelt er jedoch den Kopf, und sie werden weggezerrt. Ein Mann versucht verstohlen, in der Menge unterzutauchen, lenkt damit aber erst recht Aufmerksamkeit auf sich. Ein zweiter Polizist stellt ihn kurze Zeit später auf der anderen Seite des Decks.

Meilin schlägt das Herz bis zum Hals. Sie hat nichts. Kein Gold, keinen Schmuck, kein Geld. Sollen Renshu und sie sich ducken und wegkriechen?

»Ihre Papiere!«, fordert eine männliche Stimme neben ihr.

Meilin zuckt zusammen. Sie war so auf den ersten Beamten fixiert, dass sie den in ihrer Nähe gar nicht bemerkt hat.

Sie wühlt in ihrem Korb nach Unterlagen, die gar nicht existieren.

»Hier!« Peiwen drückt dem Beamten einen Stapel Papiere in die Hand.

Meilin blickt sie erstaunt an.

Während der Mann die Ausweise kontrolliert, schiebt Peiwen das Baby von einer Hüfte auf die andere und gibt Meilin mit einer angedeuteten Kopfbewegung zu verstehen, dass sie schweigen soll. Sie nimmt Meilins Hand, um auch ihr hektisches Kramen in dem Korb zu unterbinden.

Der Mann schaut Peiwen an und nennt ihren Namen. Sie nickt.

Dann blickt er auf die nächsten Papiere und nennt zwei weitere Namen: »Zhu Huifang und Zhu Huiqing?«

Die Frau zeigt auf ihre Zwillinge.

»Zhu Huifei?«

Sie weist mit dem Kinn auf ihren Sohn. Und als der Mann schließlich »Zhu Huibao?« sagt, hält sie das Baby hoch.

Der Kontrolleur blättert in den Ausweisen, und Peiwen deutet auf Meilin und Renshu.

Er schaut Meilin an und fragt: »Zhu Yuming?«

Sie nickt.

Dann »Deng Jinwei?«

Renshu folgt Meilins Beispiel und nickt ebenfalls.

Schließlich reicht der Kontrolleur Peiwen die Unterlagen zurück und geht weiter zum nächsten Fahrgast.

»Was war das denn?«, flüstert Meilin.

Doch Peiwen bringt sie zum Schweigen. »Später«, flüstert sie. Meilin beobachtet die unglücklichen Passagiere, die von Bord gehen müssen, und erschaudert bei dem Gedanken, wie knapp sie und Renshu diesem Schicksal entronnen sind.

Ein langes Tuten ertönt. Endlich fährt das Schiff los. Die Passagiere halten ihre Hüte fest; Schals flattern im Wind. Viele schluchzen, als sie ihre Familie und Freunde an Land aus den Augen verlieren. Die Luft ist erfüllt von Ausrufen in den unterschiedlichsten Dialekten, aber den Klang von Fassungslosigkeit und Trauer erkennt man in jeder Sprache.

Meilin wendet sich Peiwen zu. »Danke! Sie haben uns gerettet. Woher wussten Sie – ?«

Peiwen fällt ihr ins Wort. »Wir sollten meine Schwägerin und ihren Mann in Schanghai treffen. Eigentlich war es so gedacht, dass wir gemeinsam nach Taiwan reisen, aber die beiden sind nicht aufgetaucht. Ich konnte nicht riskieren, auf sie zu warten. Wir mussten ohne sie abfahren.« Ihr Stimme schwankt, und sie wischt sich über die Augen.

»In schweren Zeiten gibt es keine leichten Entscheidungen«, sagt Meilin leise.

»Sie beide brauchten Ausreisegenehmigungen der Armee. Ich hatte zwei zu viel. Das war keine schwere Entscheidung.«

Renshu hält Peiwens Kinder bei Laune. Er zeigt ihnen das Fingerbomben-Spiel, an das Meilin sich noch aus Chongqing erinnert. Dabei legt er seine Hände zusammen, verschränkt die Finger und fordert die Kinder auf, einen Finger nach dem anderen anzuheben. Jedes Mal, wenn der Finger sich dann aufrichtet, ohne dass die übrigen sich bewegen, kichern sie vor Erleichterung. Wenn es ihnen gelingt, alle seine Finger bis auf den Auslöser anzuheben, haben sie gewonnen. Aber wenn sie den falschen Finger erwischen, ruft er laut: »Krawumm!«

Peiwen nimmt das Gespräch wieder auf. Seit Monaten ist sie schon mit den Kindern allein. Sie erzählt Meilin, dass sie alle während des Krieges geboren sind. Jedes Mal, wenn ihr Mann Heimaturlaub hatte, haben sie ein großes Freudenfest gefeiert. Und natürlich kam dann immer neun Monate später ein Baby. Meilin ist froh, einmal von ihren eigenen Sorgen abgelenkt zu werden, und spürt, wie sie Peiwen allmählich ins Herz schließt.

Ihr Schiff fährt langsam den Huangpu-Fluss hinunter und versucht dabei, auf dem Grund liegenden Wracks und scharfen Minen ausweichen, die im Flussbett lauern. Am Ufer sind zu beiden Seiten Trümmer ausgebrannter Gebäude, Stacheldrahtgewirr und Schutt zu sehen –Hinterlassenschaften des jahrzehntelangen Kampfs um die Macht. Von schwelenden Bränden aus den letzten Scharmützeln steigt noch immer Rauch auf. Auch wenn diese vielbefahrene Wasserstraße sich von den tückischen Gewässern der Xiling-Schlucht gar nicht stärker unterscheiden könnte, ertappt Meilin sich bei dem Gedanken, dass auch diese Schiffspassage eine Fahrt durchs Tor zur Hölle ist.

Schließlich erreichen sie die Mündung, und das Schiff steuert aufs Meer hinaus. Nun liegt die weite, offene See vor ihnen. Meilin beobachtet, wie die Küste in der Ferne verschwindet.

»Wohin gehen Sie, wenn wir in Taiwan ankommen?«, fragt Peiwen.

Meilin schreckt vor einer Antwort zurück. Sie weiß nicht, was sie auf eine Frage erwidern soll, die sie sich selbst nicht zu stellen wagt, und ist erleichtert, als eines der Mädchen ankommt, weil es Hunger hat. Bald darauf scharen sich auch die anderen Kinder um die Frauen. Nachdem Peiwen sie durch einen fragenden Blick um ihre Einwilligung gebeten hat, reicht sie Meilin den schläfrigen Säugling. Dann öffnet sie ihren Beutel und gibt jedem eine Teigtasche mit roter Bohnenpaste. Anschließend hält sie Renshu und Meilin den Beutel hin. Renshu liebt diese Teigtaschen, und Meilin kann sich gar nicht mehr erinnern, wann sie zuletzt etwas gegessen haben. Da ihr Magen knurrt, ist sie sich sicher, dass es ihm ähnlich ergeht, dennoch schüttelt sie den Kopf: Nein, danke. Sie haben nichts, was sie den anderen im Gegenzug anbieten könnten.

»Los, greif zu!«, beharrt Peiwen und hält Renshu den Beutel geradewegs unter die Nase. »Ihr habt uns auch geholfen. Bitte!«

Meilin gibt nach und nickt Renshu zu. Er nimmt eine Teigtasche heraus und bedankt sich bei Peiwen. Meilin bleibt bei ihrer Ablehnung und behauptet, nicht hungrig zu sein, Peiwen solle das Essen für die Kinder aufheben. »Und schau mal: Das Baby ist endlich eingeschlafen.« Als Peiwen ihr den schlummernden Jungen abnimmt, verspürt Meilin auf einmal eine Leere, wo das Kind sie gewärmt hat. Sie ruft Renshu zu sich.

Peiwens Kinder haben sich auf dem Boden niedergelassen. Die Zwillinge sitzen Rücken an Rücken, um sich gegenseitig zu stützen. Ihr kleiner Bruder schmiegt sich an seine Mutter und das Baby. Überall um sie herum verstummen allmählich die Gespräche. Meilin und Renshu haben sich an die Seitenwand des Schiffes gesetzt und die Arme um ihre Sachen gelegt. Jetzt, wo sie endlich in Sicherheit sind und einen Moment Ruhe herrscht, holt die ganze Ungeheuerlichkeit der letzten Woche Meilin wieder ein. Ihr Arm schmerzt noch immer an der Stelle, wo Herr Li ihn verdreht hat. Alles ist wund, und das Sitzen fällt ihr schwer, denn sowohl ihre Beine als auch ihr Hintern sind mit blauen Flecken übersät. Ein dumpfer Schmerz nagt an ihr und hält sie vom Schlafen ab.

»Ma?«

»Ja?«

»Es tut mir leid, Ma«, sagt Renshu in die Dunkelheit.

»Leid? Was tut dir leid?«, fragt sie, ebenfalls in die Finsternis starrend, zurück.

»Dass ich mit Herrn Xu gesprochen habe. Es ist alles meine Schuld.«

Meilin schließt die Augen und atmet tief ein. Sie wartet, bis sie sich sicher ist, dass sie nicht in Tränen ausbricht, sobald sie den Mund aufmacht. »Das ist nicht deine Schuld, Renshu.« Sie legt den Arm um ihn. Ihre Schulter schmerzt, aber sie möchte ihren Jungen festhalten.

»Wir sind zusammen«, sagt sie. »Wir entkommen den Kämpfen; vielleicht finden wir in Taiwan sogar die Tante und den Onkel wieder. Also … was macht dich so sicher, dass das hier nicht ein Segen für uns ist?«

»Deine Geschichten …«, beginnt er, bricht dann jedoch ab, als wüsste er nicht, was er sagen soll.

»Wie wäre es, wenn ich dir eine erzähle?«

»Von der Bildrolle?«

Meilin stockt. »Jetzt wäre es zu dunkel, um irgendetwas erkennen zu können. Du wirst also deine Phantasie bemühen müssen.« Sie spricht ruhig und gefasst und hofft, dass er nicht merkt, wie aufgewühlt sie immer noch ist. Dies ist ihre letzte Geschichte; sie hat sie sich für den passenden Moment aufgehoben.

»Eines Frühlingstages wanderten zwei Mönche übers Land.« Sie spürt, wie sich Renshus Schultern entspannen.

»Tief in ein Gespräch darüber versunken, was es bedeutet, den Zustand der wahren Erleuchtung zu erlangen, kamen sie an einen reißenden Fluss. An dessen Ufer saß eine Bäuerin, die sie zu sich rief.

›Bitte, werte Brüder, könntet ihr mir auf die andere Seite helfen? Ich kann nicht schwimmen und fürchte mich vor den Stromschnellen.‹

Ohne auch nur einen Moment zu zögern, bückte der ältere Mönch sich, hob die Frau in seine Arme und ging in den Fluss. Das Wasser wirbelte um seine Robe und zerrte an ihr, aber er brachte die Frau sicher ans andere Ufer. Dort setzte er sie ab und verneigte sich.

›Danke, werter Bruder!‹, sagte sie und verneigte sich ebenfalls. Dann nahm sie ihr Bündel, das nur leicht feucht geworden war, und setzte ihren Weg fort.

Der jüngere Mönch war dem anderen die ganze Zeit wortlos gefolgt.

Nun setzten auch sie ihren Weg fort, diesmal jedoch schweigend. Nach einiger Zeit seufzte der jüngere Mönch und zog die Nase kraus. Er wurde immer aufgeregter, bis er seinen Ärger schließlich nicht mehr zurückhalten konnte.

›Wie konntest du das bloß tun, Bruder?‹

›Was tun?‹

›Diese Frau tragen! Du weißt doch, dass es gegen die Regeln unseres Ordens verstößt, Frauen zu berühren. Warum hast du gegen diese Regel verstoßen?‹

Der ältere Mönch blieb stehen und schaute den jüngeren Mönch direkt an.

So verharrten sie lange Zeit, ohne ein Wort zu sprechen.

Schließlich sagte der ältere Mönch: ›Bruder, ich habe die Frau auf der anderen Seite des Flusses abgesetzt. Warum trägst du sie weiter mit dir herum?‹«

Meilin nimmt ihren Arm von Renshus Schulter und wendet sich ihm zu. »Lass uns nichts mit uns herumtragen, was wir bereits hinter uns gelassen haben, Renshu.«

Obwohl er kein Kind mehr ist, sind seine Augen voll von ernstem, schlichtem Vertrauen. Seit jener Nacht, in der sie aus Changsha fliehen mussten, sind zehn Jahre vergangen, dennoch ist ihre Zukunft ungewisser denn je. Doch ganz gleich, was vor ihnen liegt, schwört sie sich, dieses Vertrauen wird sie nicht enttäuschen.

Die See ist ruhig. Das Schiff hat seine Lichter ausgeschaltet, damit es unbemerkt bleibt, während es die in Kriegszeiten herrschende Ausgangssperre umgeht. Sie verstummen, und bald ist Renshu eingeschlafen.

Meilin schaut zurück, aber sie sieht nur dunkles Wasser. In all den Jahren ihrer Flucht und Entwurzelung hatten sie immerhin noch chinesischen Boden unter den Füßen. Doch während dieses Schiff nun seine Fahrt fortsetzt, verschwindet alles, was sie je gekannt und erlebt hat, von der hellsten Freude bis zum bittersten Verlust, lautlos hinter dem Horizont. Wellen schlagen gegen die Seitenwände des Schiffs, und über das Dröhnen der Motoren hinweg hört man leise Stimmen an Deck. China liegt hinter ihnen.

TEIL DREI

1948–1960

II

Hafen von Keelung, Taiwan, Dezember 1948

Sie stolpern in die stickigen, überfüllten Behördenräume am Hafen. Eine Schlange von Menschen schiebt sich, auf ramponierten Koffern oder aufgerollten Decken sitzend, zentimeterweise vorwärts, während alle ihre Ankunft registrieren lassen. Als sie schließlich dran sind, fällt Meilin das ausgefranste Zierband an der Schirmmütze des Beamten ins Auge; die Knöpfe seiner Uniformjacke wurden schon so oft poliert, dass die glänzende Beschichtung abgeblättert ist und das stumpfe Metall darunter zum Vorschein kommt.

»Nennen Sie Ihren Namen, Ihren Herkunftsort und die Provinz«, fordert der Mann; sein Stift schwebt über dem Formular, und er schaut nicht auf.

Meilin antwortet ohne zu zögern: »Zhu, Yuming und Deng, Jinwei. Wuhan, Provinz Hubei.« Sie hat die Namen im Stillen geübt, seit Peiwen darauf bestanden hat, dass Renshu und sie sich ihnen anschließen. *Ihr wisst nicht, wo ihr hinsollt, und ich habe niemanden, der mir hilft. Verwendet einfach die Namen meiner Schwägerin und meines Schwagers und benutzt auch ihre Lebensmittelkarten. Wir müssen uns in diesen schwierigen Zeiten gegenseitig beistehen. Wo wollt ihr denn sonst hin?*

»Ausweispapiere?«

Meilin reicht ihm die Dokumente von Peiwen und schaut dem Beamten beim Abschreiben der Daten zu. Jetzt schaut er kurz auf und fragt sie nach ihrem letzten Wohnort. Meilin nennt ihm die

Anschrift von Madame Zis Shikumen-Haus. Der Mann wischt sich mit einem schmutzigen Taschentuch über die glänzende Stirn. Nachdem er verschiedene Papiere unterzeichnet und abgestempelt hat, überreicht er sie ihr. Dabei erklärt er ihr etwas, doch Meilin ist so erleichtert, dass sie nichts davon aufnehmen kann. Er schickt sie weg. Renshu nimmt ihren Korb und den gemeinsamen Koffer, und sie treten in die klare, kalte Luft hinaus.

Draußen laufen Menschen herum, die auf Freunde und Verwandte warten. Andere sehen unsicher aus: Was nun, wo sie in Taiwan eingetroffen sind? Ein Armee-Lkw mit einem Planverdeck kommt an, und Leute steigen auf die Ladefläche. Als der Bereich voll ist, fährt er wieder los.

»Meilin!«, ruf Peiwen. Sie und die Kinder kommen gerade von den Büroräumen der Behörde.

Beim Eintreffen des nächsten Lkws zeigen sie dem Fahrer ihre Papiere, klettern auf die Ladefläche und fahren nach Taipeh hinein.

Die Stadt ist klein. Zwischen den Fußgängern, Menschen auf Fahrrädern, den Fahrradtaxis und Rikschas sind nur wenige Autos unterwegs. Der Verkehr bewegt sich über kleine Straßen und durch Gassen, die von den Hauptrouten abzweigen. Nach dem dichten Gewimmel, das sie aus Schanghai gewöhnt ist, begrüßt Meilin die relative Ruhe, die hier herrscht. Ihr Blick wandert über die fremde Architektur aus roten und grauen Backsteinen; die Häuser sind niedriger hier, nur wenige haben mehr als zwei Stockwerke. Die meisten Leute kleiden sich in einem Stil, den Meilin noch nie gesehen hat, außerdem versteht sie die Sprache nicht. Ist das Japanisch? Peiwen schüttelt den Kopf. Nein, irgendwas anderes. Von der Ladefläche aus sehen sie am Straßenrand Menschen mit ihrer gesamten Habe umherziehen und nach Unterkünften suchen. Einheimische schimpfen über den vorbeifahrenden Lkw. Schließlich halten sie vor einem schulähnlichen Gebäude. Durch eine offene Tür sieht Meilin, dass es jetzt bereits überfüllt ist. Ein kleiner Mann in einer khakifarbenen Uniform kommt herausgelaufen. Er ruft »Kein Platz, kein Platz!« und fordert sie auf, weiterzufahren. Als Nächstes stoppt ihr Lkw vor einer großen, etwas maroden Lagerhalle am Stadtrand, deren Seitenwände aus Wellblech bestehen. Aus dem rissigen Betonpflaster vor der Halle sprießen Unkraut und vergilbtes Gras. Ein dicker Mann, ebenfalls in Khakiuniform, kommt näher. Nachdem er sich mit dem Fahrer unterhalten hat, gibt er schließlich ein Zeichen, dass alle von der Ladefläche absteigen sollen. Unten bleiben sie wie benommen zwischen ihren wenigen Gepäckstücken stehen. Dann zieht der Uniformierte die Türen der Lagerhalle auf und ruft sie herein.

Im Inneren ist es finster wie in einer Höhle. Als Meilins Augen sich an die Dunkelheit gewöhnt haben, erkennt sie, dass die Halle mithilfe von schlecht zusammengenagelten Brettern aus Bagasse in einzelne Behelfsunterkünfte unterteilt wurde. Jede bildet den Wohnraum für eine Familie; als Eingang dient jeweils eine über ein Seil geworfene Plane. Als sie dem Uniformierten folgen, kommen sie an einigen Bereichen vorbei, bei denen dieser Vorhang aufgezogen ist. Die Menschen darin scharen sich um umgedrehte Holzkisten, hier und da brennen Petroleumlampen. Dieses große Gebäude beherbergt ein kleines Dorf.

Am anderen Ende der Halle hat sich eine Warteschlange vor Wasserbehältern aus Zink gebildet, die zum Wäschewaschen dienen. Der Uniformierte zeigt auf einen Gemeinschafts-Wassertank, an dem man sich eine täglich zugeteilte Wassermenge abholen kann. Als Küche dient ein langer Tresen mit kleinen, mit Kohlebriketts betriebenen Herden. Die Toilette, die sie gezeigt bekommen, besteht aus einer einfachen Bretterbude auf einer nahegelegenen Wiese. Drinnen hockt man sich auf groben Brettern über eine tiefe Grube. Der Gestank ist überwältigend. Überall schwirren Fliegen herum.

Nach Abschluss der Führung bekommt jede neue Familie eine Fläche von zwei Ping zugewiesen, egal, wie viele Mitglieder sie zählt. Dann eilt der Mann davon, um anderen Pflichten nachzukommen.

Sobald Meilin und Peiwen ihre Sachen drinnen abgestellt haben, schicken sie die Kinder zum Wasserholen los. Peiwen dreht sich mit dem Baby im Arm langsam einmal im Kreis und betrachtet leise seufzend den schmutzigen Vorhang aus Abdeckplane, die dünnen Wände und den Betonboden.

»Ist ja nur vorübergehend«, sagt Meilin.

»Wir haben ein Dach über dem Kopf und festen Boden unter den Füßen«, fügt Peiwen hinzu.

Aus ihren Decken errichten sie möglichst gemütliche Schlafplätze. Als die Kinder zurückkommen, kochen sie etwas aus Peiwens schwindendem Reisvorrat und bleiben nach dem Essen dicht beisammen, um sich gegenseitig zu wärmen. Alle sind immer noch hungrig und müde, aber froh, nicht mehr das unruhige Meer unter sich zu spüren. Irgendwie sind der erste Nachmittag und Abend mit Kramen und Sorgenwälzen vorübergegangen; nun bricht die Nacht herein.

Die nackten Glühbirnen über ihnen werden ausgeschaltet, und das bisschen Licht, das sie boten, verschwindet. Überall in der Halle flackern Petroleumlampen und werfen Schatten hoch oben an die Wände. Meilin hört viele verschiedene Akzente und Dialekte. Jeder hier kommt von woanders. Schließlich erlischt eine Lampe nach der anderen und die Gespräche verstummen.

In ihrer neuen Unterkunft, in diesem muffigen, feuchten Gebäude auf einer Insel weit weg von zu Hause, dringt die Kälte aus dem Boden durch das Bettzeug hindurch und sickert direkt in ihre Haut.

»Ist ja nur vorübergehend«, wiederholt Peiwen Meilins Worte.

Überall in der Halle hört man es rascheln. Wühlen sich etwa Mäuse durch die Getreidevorräte? Von draußen wabern Gesprächsfetzen und Zigarettenrauch herein. Meilin starrt in die Dachsparren hoch, und es kommt ihr vor, wie in einen Nachthimmel zu schauen, in dem alle Sterne ausgelöscht wurden.

Während des ersten Winters feilschen sie täglich um frisches Gemüse auf dem Markt und sammeln Bambusreste und weggeworfenes Holz für kleine Feuer. Weil Peiwens Mann im Militärdienst ist, stellt die Regierung ihnen regelmäßig Mehl-, Öl- und Salzrationen zur Verfügung. Das reicht zwar nicht, aber es ist wenigstens etwas. Andere Familien aus der Halle helfen ihnen, die Kinder an den Schulen für die Familien von Militärangehörigen anzumelden, und machen sie auf die Heimatverbände aufmerksam, die sich gegründet haben. Nach und nach basteln sie sich ein Leben zusammen.

Eines Tages findet Meilin eine Zeitung, eine Ausgabe der *Zhongyang Ribao*, die jemand auf dem Markt liegen gelassen hat. Auf der Titelseite stehen in dicken Lettern Parolen über den Generalissimus, aber Meilin dreht die Zeitung um und entdeckt die Rubrik »Vermisste Personen« in den Kleinanzeigen. Dort suchen Leute nach Verwandten, die zuletzt auf dem Festland gesehen wurden. Manche Anzeigen enthalten den Namen und die Kontaktdaten der Suchenden. Andere umfassen die Namen verschollener Familienmitglieder und Beschreibungen. Meilin bleibt die ganz nächste Stunde im kalten Regen stehen und liest. Jeder Einzelne dieser kurzen Texte erzählt die Geschichte eines riesigen Verlusts und ungebrochener Hoffnung. Vielleicht sucht Longwei sie und Renshu ja auch auf diese Weise, wenn er hier in Taiwan ist? Am Ende der letzten Spalte seufzt sie. Leider nein.

Während der Winter langsam in den Frühling übergeht, besorgt Meilin sich, wann immer sie kann, eine Zeitung und studiert jede einzelne Vermisstenanzeige. Sie gibt sogar selbst eine auf, in der sie Longwei, Wenling und Lifen namentlich aufführt. Wenn es eine Chance gibt, muss sie sie nutzen. Doch sie erhält nie eine Rückmeldung.

Im März ist die Lagerhalle voll. Mit Neuankömmlingen beladene Lkws werden weitergeschickt. Der Wind lässt die Wände wackeln, und Hagel prasselt aufs Dach, aber das Einzige, was ihnen auf den Kopf fällt, sind Regentropfen – wegen der undichten

Stellen – keine Granatsplitter. Und wenn ein Summen in der Luft liegt, heißt das, dass Mücken da sind, keine Bomber. Im April verkünden die Schlagzeilen, dass die kommunistische Armee den Jangtsekiang überquert und Nanking eingenommen habe. Als im Mai auch Schanghai fällt, nimmt die Anzahl an Kleinanzeigen sprunghaft zu, doch von Longwei gibt es nach wie vor keine Spur.

Im Oktober ruft Mao Zedong die Volksrepublik China aus. Als Chiang Kai-shek sich im Dezember mit seinen letzten Truppen nach Taipeh zurückzieht und verkündet, die Republik China werde von Taiwan aus die Rückeroberung des Festlands betreiben, gibt Meilin das Zeitungstudieren auf. Sie ist jetzt zu müde dazu, weil sie die Abende mit Handarbeiten verbringt. Obwohl das schwache Licht in der Halle ihre Augen anstrengt, bestickt sie kleine Täschchen mit Fledermäusen und Päonien und verkauft sie auf dem Markt. Trotz allem arbeitet sie beharrlich daran, die Welt ein bisschen schöner und freundlicher zu machen.

Inzwischen ist es fast ein Jahr her, dass sie nach Taiwan gekommen sind.

Zu Beginn des Winters schickt Peiwens Ehemann Yuping die Nachricht, dass sie endlich einen Platz in einem Juancun bekommen, einem Dorf für die Familien von Militärangehörigen. Sie können die Lagerhalle verlassen und ziehen in ein winziges Haus mit zwei Zimmern: eines für Peiwen und ihre Kinder, das andere für Meilin und Renshu – und das Essen und den kleinen Herd, den sie auf dem Schwarzmarkt gekauft haben. Die neue Behausung bietet zwar nicht viel Platz, aber sie hat wenigstens stabile Wände. Es ist ein Ort, an den sie abends zurückkehren können. Ein Ort, der ein Zuhause werden kann.

Taipeh, Taiwan, September 1950

In der Zeit im Militärdorf wird Meilins Freundschaft mit Peiwen enger. Sie teilen sich weiterhin die Kinderbetreuung, das Kochen und das Einkaufen. Meilin ist froh, dass die Kinder zur Schule gehen können. Die Regierung versorgt sie weiterhin mit Grundnahrungsmitteln und anderen Dingen, und sie leben in annähernd stabilen Verhältnissen.

Natürlich ist überall Militär; das ist nicht anders zu erwarten. Alle bereiten sich auf die Zeit in ein paar Jahren vor, wenn die KMT das Mutterland von der Kommunistenbande zurückerobern wird. In Taipeh sieht man auch amerikanische Matrosen. Seit Ausbruch des Koreakriegs patrouilliert die Siebte Flotte der US Navy in der Meerenge vor Taiwan.

Abends und nachmittags, wenn es drinnen zu heiß ist, ziehen die Leute Rattanstühle in die schmalen Gassen zwischen den Häusern, um zu plaudern, in Erinnerungen zu schwelgen und sich abzukühlen. Ständig hallt die Luft von Geschichten und Liedern in unterschiedlichen Dialekten wider, und die Familien bereiten für ihre Heimat typische Speisen zu, um sie mit der Nachbarschaft zu teilen. Meilin wird immer ganz still, wenn die anderen von der Rückkehr aufs Festland sprechen. Sie sehnen sich nach ihren Angehörigen, Häusern, Freunden und Lieblingsorten. Aber wenn Meilin zurückblickt, sieht sie nur Verluste, nichts als Geister.

Die Kinder können sich auf dem Gelände frei bewegen; sie gehen bei sich und anderen ein und aus und tauschen Spielzeug, Essen und Schimpfwörter aus. Klatsch verbreitet sich schneller über die Gassen und durch die Straßen, als die, über die getratscht wird, nach Hause gelangen können, um die Dinge richtigzustellen. All dies gibt Meilin das Gefühl, Teil einer großen Familie zu sein.

Trotzdem muss man auf der Hut sein. Überall sind Augen und Ohren. Wenn Meilin aus dem Fenster blickt, schaut meistens auch jemand herein. Geräusche, Gerüche und Gespräche dringen ohne Weiteres durch die dünnen Wände. Alle haben Herrn Chen in jener Nacht gehört, als er betrunken durch die Gassen taumelte und dabei die KMT und den Generalissimus verfluchte; sogar über Madame Chiang hat er geschimpft. Und als der Standortkommandant ihn zwei Tage später abführen ließ, war niemand überrascht.

Aus Meilins Sicht kann man hier einigermaßen gut leben, solange man nicht die Regierung kritisiert oder bei den Mitmenschen Zorn oder Neid erregt, so dass sie einen verleumden. Seit dem Verrat, den sie in Schanghai miterlebt hat, ist ihr ohnehin jede Lust auf Politik vergangen. Stattdessen konzentriert sie sich auf Renshu. Sie versucht, jedem Tag etwas Gutes abzuringen – indem sie Speisen kocht, die die Kinder gern essen, ihre Handarbeiten auf dem Markt verkauft oder um frisches Gemüse feilscht – und baut so auf kleinen, aber sicheren Freuden ein neues Leben auf.

Heute ist Renshus erster Tag in der Jianguo High School. Seine neuen Schuhe fühlen sich noch steif an. Es fällt ihm schwer, sich zu konzentrieren, weil er die ganze Zeit über die sauberen, scharfen Kanten der Manschetten streicht und verstohlene Blicke auf die Bügelfalten in seinen Hosenbeinen wirft. So kratzig seine neue Uniform auch ist, er ist stolz, sie zu tragen. Letztes Jahr war er noch froh, im Unterricht sitzen zu können, ohne sich ständig vor Luftangriffen und Notevakuierungen fürchten zu müssen. Er hat gute Leistungen gezeigt, und am Ende haben seine Lehrer ihn ermutigt, auf die Jianguo zu wechseln.

Gerade hat der Lehrer eine Rechenaufgabe gestellt und dabei Formeln und Symbole verwendet, die Renshu nicht kennt. Alle seine Klassenkameraden rechnen fleißig und zeichnen Graphen, während Renshu nur an die Tafel starrt. Er ist es gewöhnt, zu den Besten zu gehören. Wie bruchstückhaft sein Schulunterricht in Chongqing, Schanghai oder im letzten Jahr auch immer war, er hat stets brilliert. Doch jetzt versteht er nicht einmal die ihm gestellte Aufgaben, geschweige denn, dass er sie lösen könnte. Er wird stumm vor Scham.

Als er am Nachmittag nach Hause kommt, nimmt seine Mutter ihn mit hoffnungsvoller Miene in Empfang.

»Na, wie war's?«

»Gut.« Er macht sich an der Schnalle seiner Schultasche zu schaffen.

»Das ist alles? Sonst gibt's nichts zu erzählen?«

Er schaut sie an und schüttelt den Kopf. Dann sagt er, er müsse lernen. Es ist still im Haus. Peiwen und das Baby werden draußen sein, und die anderen Kinder sind glücklicherweise noch nicht aus der Schule zurück. Er lässt sich auf der Sitzbank nieder und holt Papier und ein kleines, zerlesenes Schulbuch heraus. Als Nächstes zieht er eine umgedrehte Holzkiste heran und legt sein Blatt und einen Stift darauf. Dann nimmt er das Buch auf die Knie, schlägt die Seite mit den Hausaufgaben auf und hält sie mit dem Ellenbogen offen. Während er mit einer Hand die Kiste stabil hält, versucht er mit der anderen, die Matheaufgabe zu lösen. Dabei hört er, wie seine Mutter im Nebenzimmer etwas auf einem Schneidebrett zerkleinert.

Einen Augenblick später kommt sie mit einem Teller voller Wassermelonenscheiben herein. Er behauptet, nicht hungrig zu sein, und schaut wieder auf sein Blatt. Irgendwo muss er sich verrechnet haben, aber er findet den Fehler nicht. Sie stellt den Teller ab und setzt sich neben ihn. Dabei stößt sie versehentlich gegen das Buch, und es fällt zu Boden. Sie hebt es auf und reicht es ihm. Er blättert darin, bis er die richtige Seite wiedergefunden hat und knickt den Rücken, damit das Buch nicht von selbst zuklappt.

»Was ist los, Renshu?«

Renshu legt den Stift zwischen die Seiten und schlägt das Buch zu. »Ich hinke komplett hinterher. Das werde ich niemals aufholen. Außerdem« – er schaut zur Tür, seine Stimme bebt vor Verzweiflung – »außerdem kommt Peiwen in jeden Moment mit den Kindern zurück. Wann soll ich denn lernen? Wie soll das gehen? Nachts gibt's nicht genug Licht, und tagsüber ist es zu laut. Und Platz haben wir hier auch nicht.«

Er zieht ein missmutiges Gesicht und tritt gegen die Kiste, wodurch der Teller mit den Melonenscheiben zu Boden fällt. Erst fängt er an, sie wieder aufzusammeln, aber dann geht er entnervt hinaus und knallt die Holztür hinter sich zu.

So wütend hat Meilin ihn schon lange nicht mehr erlebt. Seit Wochen hat er sich auf seinen ersten Tag an der Jianguo gefreut. Wie frustrierend muss es da für ihn sein, direkt zum Einstieg mit seinen Wissenslücken konfrontiert zu werden. Meilin schaut sich in dem beengten Raum um. Was kann sie tun?

Die Stimmen von Peiwens Kindern hallen durch die Gasse. Meilin räumt schnell das Zimmer auf und stellt Renshus Tasche auf die Seite. Sie hat die Melonenscheiben gerade wieder auf den Teller gelegt, als die Familie zur Tür hereinplatzt.

Die Zwillinge streiten sich und ihr Bruder weint. Als sie die Melone sehen, lassen sie alle ihre Schultaschen fallen und stürzen sich darauf. Sie fangen sofort an zu essen und machen sich kaum die Mühe, Meilin zu begrüßen, bevor sie wieder hinauslaufen und die Kerne auf den Schotterweg spucken.

Ein paar Tage später führt Meilin Renshu, als er nach Hause kommt, in das hintere Zimmer.

»Hier, schau mal«, sagt sie und zeigt ihm einen kleinen Tisch, den sie aus einem langen Bagasse-Brett und zwei Holzkisten gebaut hat. Sie zeigt ihm, wie er sich davor auf den Boden setzen und seine Schulsachen darauf ausbreiten kann. »Ich kümmere mich nach der Schule um die Kinder. Die Mädchen können zusammen zum Markt gehen, und Huifei kann mir helfen.«

Renshu kniet sich vor das Brett und streicht mit der Hand darüber. Ein Tisch, ein Sitzplatz und Zeit zum Lernen.

Sie erklärt ihm, dass sie ein Paar bestickte Schlappen und eine ausgebesserte seidene Jacke, aus der er ohnehin inzwischen herausgewachsen sei, gegen die Kisten und das Brett getauscht habe. Dann zeigt sie ihm das Bettzeug, das sie in die beiden Kisten gestopft hat, damit das Zimmer ordentlicher und geräumiger wirkt, obwohl jetzt mehr Sachen darin stehen.

»Du wirst stolz auf mich sein, Ma. Ich werde alles geben.« Seine Augen füllen sich mit Tränen, doch er ist zu alt zum Weinen.

»Ich bin jetzt schon stolz auf dich. Oh, sieh nur!« Sie zeigt aus dem Fenster. Draußen stolziert ein Hahn vorbei und wackelt mit seinem Kehllappen.

»Ein Hahn! Das ist bestimmt ein gutes Zeichen, meinst du nicht?« Er lacht.

»Ja, hier kannst du ab jetzt lernen. Deine Schriftzeichen und deine Rechenaufgaben. Sei fleißig!«

»Wo ist sie, Ma?«

»Wo ist was?«

»Die Bildrolle, wo ist sie?«

Diese Frage beschäftigt ihn schon lange. Seit sie nach Taiwan gekommen sind, hat er die Rolle nie wieder gesehen.

Das erste Mal hat Renshu seine Ma nach der Rolle gefragt, als sie noch in der Lagerhalle untergebracht waren. Damals hat sie ihm geantwortet, durch das Auspacken der Rolle nur unerwünschte Aufmerksamkeit zu erregen, und sich trotz seines Versprechens, sehr leise und vorsichtig zu sein, strikt geweigert, es zuzulassen. Danach hat er noch ein paarmal gefragt, aber sie hat immer Nein gesagt. Sobald sie in die Siedlung umgezogen waren und ein eigenes Zimmer hatten, hat er sie wieder gefragt. Aber seine Mutter schaute ihn nur missbilligend an, schüttelte den Kopf und setzte ihre Handarbeit fort. Da er bemerkt hat, wie sehr seine Bitte ihr zu schaffen machte, hat er seither von weiteren Fragen abgesehen. Aber jetzt, wo der Hahn sie beide an die Bildrolle erinnert hat, dachte er, es wäre in Ordnung, danach zu fragen.

Über Meilins Gesicht huscht ein Schatten und sie senkt den

Blick. Ihre Miene ist ihm Antwort genug, obschon sie kein Wort sagt.

Der Verdacht, die Rolle könnte womöglich gar nicht mehr da sein, ist ihm schon früher gekommen, dennoch trifft ihn ihre winzige Geste wie ein harter Schlag. Ihm war nicht klar, wie sehr er darauf gehofft hat, dass es nicht wahr ist. »Was ist passiert?«

»Ich hab sie verkauft.« Sie klingt heiser.

»Verkauft?« Renshu erhebt die Stimme. »Wie konntest du nur? Das war unsere einzige Verbindung zu Ba. Warum hast du sie verkauft?« Er schäumt vor Wut und ist selbst erstaunt über seine heftige Reaktion.

Seine Ma schnappt schwer getroffen nach Luft. »Ich hatte keine andere Wahl. Wir mussten weg aus Schanghai.« Über ihre Wangen laufen Tränen. Er hat sie schon lange nicht mehr weinen sehen; wütend auf sich selbst, versucht er, sich zu zügeln.

»Es tut mir leid, Ma. Aber ich hab die Rolle so sehr geliebt, und wir hatten sie doch immer bei uns.«

Sie weint, und er weiß nicht, was er tun soll. Das war so ein glücklicher Moment, und er hat ihn verdorben. *Was ist in Schanghai passiert?* Die letzten Tage dort waren so chaotisch.

Schließlich fasst sie sich so weit wieder, dass sie sprechen kann. »Die Rolle war nur ein Gegenstand, Renshu. Vielleicht waren wir nie dazu bestimmt, sie zu behalten. Das Wichtigste ist doch, dass wir ihre Geschichten bei uns haben.«

Die Haustür geht mit einem Schlag auf, und der Lärm von Peiwens Kindern erfüllt das Haus.

Meilin wischt sich die Augen trocken, steht auf und schiebt Renshu seine Schultasche zu. »Geh jetzt lernen.«

Die Zeit und der Raum, die Meilin ihm schenkt, sind eine Zuflucht für Renshu. Zum ersten Mal kann er sich voll und ganz konzentrieren. Nun kann er lernen, ohne mit einem Ohr immer nach außen gerichtet und darauf gefasst sein zu müssen, jeden Moment vertrieben zu werden. Er verliebt sich in die Eleganz von

Gleichungen, die Eigenschaften von Bewegung. Es verblüfft ihn, vorhersagen zu können, wohin ein Objekt sich bewegt und wann es dort ankommt, wenn er nur die Anfangsbedingungen kennt. Die Mathematik geht mit einer unbestreitbaren Verlässlichkeit einher, wie auch die Physik. Renshu gelangt zu der Überzeugung, dass vielleicht alles einen Sinn ergibt, wenn er nur genug lernt. Für ihn hat die Erkenntnis, dass nichts und niemand ihm sein Wissen wegnehmen kann, etwas Tröstliches. Anders als Land, Gold, Schätze, Essen oder gar Menschen kann er alles, was er einmal verstanden hat, für immer behalten.

Taipeh, Taiwan, Mai 1955

Es war ein guter Tag für Meilin. Luo hat ihr aus Freude über die Geburt seines Enkels ein Bündel Zuckererbsen gratis gegeben. Seit der Bombardierung der Kinmen- und Dachen-Inseln durch die Volksrepublik im letzten Herbst sind noch mehr Amerikaner in Taipeh stationiert. Und da sie ihre Freundinnen und Ehefrauen vermissen, haben sie Meilins bestickte Seidentäschchen komplett aufgekauft. Sie fragt nie, für wen sie die kostbaren Stücke erstehen. Ein bisschen Diskretion kurbelt den Umsatz an; eine Lektion, die andere Verkäuferinnen mit ihrem flottem Mundwerk erst noch lernen müssen.

Nun geht Meilin mit einem vollen Korb nach Hause: Kohl und Möhren liegen darin, Zwiebeln, Mangos, eine Ananas und die Zuckererbsen. Und über das alles hinaus hat sie noch ein paar gefaltete Neue Taiwan-Dollars in ihrer Geldbörse.

Eine Gruppe von Schülern kommt wie eine khakifarbene Welle auf der Suche nach Snacks und Comicheftchen die Straße hinunter. Die Jüngsten sind am lautesten; die Haare zerzaust und die Hemden über der Hose hängend, haben sie ihre Schultaschen locker über die Schulter geworfen und schwenken ihre leeren Brotbeutel. Meilin sucht in der Gruppe der Älteren nach Renshu; sie machen größere Schritte, unterhalten sich leiser und tragen die Bücher, die nicht mehr in ihre Taschen passten, im Arm. Da ist er. Er lacht mit seinen Freunden und sieht glücklich aus. So eine alltägliche Zufriedenheit an ihrem Sohn zu sehen, erfüllt Meilin mit Freude. Nach allem, was sie durchgemacht haben, fühlen sich solche kleinen Momente für sie an wie große Triumphe.

Er bemerkt sie und nickt ihr zu. Dann verabschiedet er sich von seinen Freunden und kommt zu ihr.

»Na, hattest du einen guten Tag?«, fragt er mit Blick auf den überquellenden Korb, dann hängt er seine Tasche über die andere Schulter und nimmt ihn ihr ab.

»Ja, alles ausverkauft.« Sie hält ihren prall gefüllten Geldbeutel hoch. »Und wie war's bei dir?«

Er nickt. »Lehrer Liang hat uns bestätigt, dass wir am Ende des Sommers an der Aufnahmeprüfung für die Uni teilnehmen dürfen. Es gibt so viel zu lernen.« Er klopft auf seine randvolle Tasche mit Unterrichtsmaterialien und ausgeliehenen Büchern.

Sie lächelt zu ihm hoch.

Als sie das Militärdorf betreten haben, biegen sie in eine schmale Gasse ab, die auf beiden Seiten von langen Reihen mit einfachen, miteinander verbundenen einstöckigen Häusern gesäumt ist. An einem Ende der Gasse sind Handwerker gerade dabei, Wellblech- und Glasfaserwände zu reparieren oder zu erneuern. Jedes Jahr werden die Häuser von Neuem geflickt und ausgebessert, damit sie noch ein bisschen länger halten, und jedes Jahr behauptet die Regierung, dass sie das Mutterland bald siegreich zurückerobern wird, aber stattdessen reißen die Taifune jedes Jahr mehr Wände um. Meilin hofft, dass ihr Haus noch eine Zeit lang heil bleiben wird.

Da in dem Block mit den Gemeinschaftstoiletten gerade nicht viel los ist, reicht Renshu Meilin den Korb zurück und verschwindet.

Meilin setzt ihren Weg fort. Händler auf Fahrrädern fahren

schwankend die Straße entlang und bieten ihre Snacks an. Leute plaudern durch offene Türen und Fenster mit ihren Nachbarn. Als Meilin sich Peiwens Haus schon ein gutes Stück genähert hat, kommt sie an einigen Frauen vorbei, die vor großen Weidekörben mit Wäsche stehen, Unterwäsche, Hemden und Hosen auswringen und sie zum Trocknen über Bambusstangen werfen. Mit der Flagge der Republik China versehene Kindershorts hängen dort neben Hosen, die aus Mehlsäcken amerikanischer Hilfslieferungen genäht wurden. Aber auch Uniformen von US-Soldaten sind dabei, denn die zu waschen, ist ein einträgliches Geschäft für die Frauen.

Gleich nachdem sie die Haustür geöffnet hat, spürt Meilin, dass etwas anders ist. In der Ecke stehen Koffer, Taschen und anderes Gepäck, und sie hört fremde Stimmen.

Als sie die Silhouetten dreier Personen sieht, die sich auf der Sitzbank zusammendrängen, ist die unbeschwerte Leichtigkeit dieses Nachmittags sofort wie weggewischt. Die drei sitzen mit dem Rücken zu ihr und unterhalten sich mit einer vierten Person, die auf einer umgedrehten Kiste sitzt. Dieser Mann trägt die Uniform eines KMT-Offiziers mittleren Rangs, und in seinem Gesicht erkennt Meilin die Züge von Peiwens älterem Sohn wieder.

»Hallo?«

Sie drehen sich um und verstummen. Der Mann auf der Kiste ruft: »Peiwen!«

Sofort kommt Peiwen durch den Bambusvorhang und trocknet sich die nassen Hände an ihrer Schürze ab, im Gesicht eine Mischung aus Freude und Nervosität.

»Meilin! Meilin! Es gibt ganz wunderbare Neuigkeiten: Meine Familie ist da! Das ist mein Mann, Zhu Yuping.« Der Mann auf der Kiste macht ein finsteres Gesicht. Peiwen fährt angespannt fort: »Und das sind meine Schwiegermutter, meine Schwägerin Zhu Yuming und ihr Mann Deng Jinwei.« *Zhu Yuming* und *Deng Jinwei* – das sind die Namen auf den Lebensmittelkarten, die Meilin und Renshu benutzen. Yuming dreht sich um. Sie ist jünger als Peiwen und erwartet ein Baby, aus ihrer Miene spricht eine Reisemüdigkeit, die Meilin schon fast vergessen hat. Jinwei sitzt krumm in der Mitte, er wirft Meilin aus wässrigen Augen einen Blick zu und nuschelt eine Begrüßung. Die ältere Frau mit dem silberweißen Haar am anderen Ende der Bank ist die Matriarchin; sie hat ihre Lippen nach innen gezogen und presst sie fest gegen ihre Zähne.

In Meilin kommen widerstreitende Gefühle auf: Freude für Peiwen, Trauer um ihre eigene, nicht mehr vorhandene Familie und Sorge darüber, was das Auftauchen dieser Menschen nun für sie bedeutet. Sie versteckt ihren inneren Zwiespalt hinter einem Lächeln und breitet zur Begrüßung ihre Arme aus.

»Ich habe … ich habe heute extra viel Obst und Gemüse, damit können wir feiern«, stammelt sie und hebt den Korb hoch.

»Komm«, sagt Peiwen und winkt sie zu sich. »Hilf mir beim Kochen, ich erzähl dir alles.« Sie zieht Meilin in die Küche. »Yuming, der Tee ist gleich fertig. Bring du ihn rein und setz dich dann wieder zu den anderen. Die ältere Schwester und ich übernehmen das Kochen.«

Als Yuming den Tee ausgeschenkt hat, ist auch Renshu hereingekommen. Nach einer erneuten Vorstellungsrunde kommt Renshu zu den Frauen in der Küche.

»Ma?«

»Ist in Ordnung, Renshu. Geh die Kinder von der Schule abholen.«

»Ma, bleiben die hier?«, flüstert er.

»Natürlich. Das ist Peiwens Familie.« Sie sieht, dass er überlegt, was das für das bescheidene Haus bedeutet, das ihnen in den letzten fünf Jahren Schutz geboten hat. Meilin und Renshu haben sich daran gewöhnt, im hinteren Zimmer auf dem Boden zu schlafen, wenn alle Küchensachen wieder verräumt sind, während Peiwen und ihre Kinder sich im vorderen Zimmer jeden Abend aus Decken und Kissen dicht an dicht ihre Schlafplätze bauen, die sie morgens wieder zusammenrollen. Jetzt werden vier weitere Personen hinzukommen – und obendrein bald noch ein Baby. Meilin schiebt Renshu zur Tür. »Lauf bitte los und hol heute die Kinder für mich ab. Geh mit ihnen auf den Markt.«

Er schaut sie skeptisch an, aber sie nimmt einen Schein aus ihrem Geldbeutel und drückt ihn ihm in die Hand. »Hier, kauft euch ein paar Melonenkerne oder Zuckerstangen und feiert die Ankunft ihrer Familie.«

Sie schaut ihm nach, während er durch die Gasse davongeht. Als sie sich wieder Peiwen zuwendet, hat ihre Freundin Tränen in den Augen.

»Du musst so froh sein, Peiwen! Das ist ein riesengroßes Glück!«

»Ja, sicher, natürlich. Ich hab schon gedacht, ich würde keinen von ihnen je wiedersehen. Aber mein Mann hat sie alle gefunden. Und auch Deng Jinwei hat er mitgebracht. Ist das nicht wunderbar?«

»Ja, das ist es«, stimmt Meilin ihr zu.

»Irgendwer muss ihnen erklärt haben, wie sie mich hier finden. Ich bin ja so froh …« Peiwen verstummt, als ihr Blick auf Meilins und Renshus aufgerollte Decken fällt.

Peiwen kniet sich hin, öffnet einen Sack Reis und misst ein paar Becher daraus ab, die sie anschließend noch durchsehen und waschen muss. Es klingt wie Regen, als die Reiskörner aus dem Becher in die Emailleschüssel fallen.

Meilin schaut durch die Hintertür nach draußen, wo Renshu und die Kinder aus gesammeltem Bambusstangen und Drahtstücken einen Zaun gebaut haben. Ob sie den Zaun zu Wänden verstärken, ein Dach darauf setzen und auf diese Weise noch ein neues Zimmer anbauen könnten? Viele andere Familien haben solche Anbauten errichtet. Also könnten sie es auch tun. Meilin versucht sich vorzustellen, wie sie hier mit mehr Leuten wohnen könnten. Wie sollen sie alle essen? Woher können sie mehr Schüsseln, Decken und Bettzeug bekommen? Es ist zu schwer, all diese Gedanken auf einmal zu verfolgen. Meilin wirft einen Blick in den Wasserkessel; er ist fast leer. Also nimmt sie ihn und geht hinaus, um mehr Wasser zu holen.

Als sie zum Haus zurückkommt, bleibt sie kurz an der Hintertür stehen. Peiwen und Yuping streiten miteinander.

»Sie sind wie Familie für uns. Wir helfen uns gegenseitig. So läuft das hier nun mal.«

»Aber *wir* sind die Familie«, zischt er. »Außerdem können wir nicht riskieren, zwei Leute dieselben Lebensmittelkarten benutzen zu lassen. Du hast ihnen schon mehr als genug gegeben!«

»Aber wo sollen sie denn hin? Außerdem hat Meilin ihre Einkünfte mit uns geteilt, und Renshu hat mir mit den Kindern geholfen. Ohne die beiden hätten wir nicht überlebt.«

»Ihr hättet ohne *mich* nicht überlebt! Nur weil ich in der Armee diene, haben wir das hier alles überhaupt.«

Man hört ein Geräusch, das so klingt, als wäre etwas über die Arbeitsfläche geschoben worden.

»Eine Woche. Dann verschwinden sie. Das ist Reis für die *Familie*, nicht für Leute, die *so wie* Familie sind.«

Der Bambusvorhang wird aufgeschoben. Meilin hört Peiwen schluchzen.

Schon wieder. Schon wieder werden sie umziehen müssen. Nur wohin? Sie kennen niemanden außerhalb dieser Siedlung. Meilin schluckt ihre Tränen herunter und schiebt all ihre Fragen beiseite. Es ist trotzdem auch ein Freudentag, ein Tag des Wiedersehens.

Als Meilin um die Ecke schaut, hat ihre Freundin rotgeweinte Augen; sie hebt Schüsseln vom Boden auf und reibt über die angeschlagenen Ränder.

»Tut mir leid«, flüstert Peiwen. »Es tut mir so leid.«

»Schon in Ordnung.« Meilin stellt den Kessel ab und umarmt ihre Freundin. »Wir werden einen Weg finden. Schau nur, was es heute bei Luo gab.« Sie bückt sich und zieht die Ananas aus ihrem Korb. »Lass uns die Rückkehr deiner Familie feiern!«

Peiwen wischt sich über die Augen und nimmt den Kessel. Sie

gießt das Wasser vorsichtig über die Reiskörner und stellt die Schüssel dann beiseite, damit der Reis einweichen kann. Meilin holt das Gemüse aus dem Korb, schält die Zwiebel und inspiziert die Kohlblätter. Und kurze Zeit später erfüllen das Hacken von Messern und das Scheppern von Geschirr die Küche.

12

Taipeh, Taiwan, Juni 1955

Meilin lehnt mit einer Ausgabe der *Zhongyang Ribao* an einem Pfeiler vor dem Zeitungsladen in der Einkaufspassage. Sie und Renshu brauchen eine neue Bleibe. Und zwar bald. Sie überblättert die Schlagzeilen mit ihren leeren Versprechungen über die Rückeroberung des Mutterlandes und muss daran denken, dass dieser vorübergehende Aufenthalt in Taiwan ihnen ihr konstantestes Zuhause seit Changsha beschert hatte. Ihr Blick fliegt über die Kleinanzeigen und verharrt auf der Rubrik »Hilfe gesucht«.

Ihr ist wieder eingefallen, dass sie beim letzten Fest des Heimatverbands der Provinz Hubei gehört hat, wie zwei Frauen sich lauthals darüber beklagten, dass in Taiwan keine guten Haushaltshilfen zu bekommen seien. Meilin hatte schweigend danebengestanden, während die beiden über eine andere Familie tratschten, die angeblich ihre Kinderfrauen, andere Hausangestellte und Köche aus Wuhan mitgebracht hatte, wodurch deren Kinder in der Schule einen besseren Stand hätten. Eine der Frauen hatte lamentiert, hier seien nur einheimische Mädchen zu finden, die bereit seien, im Haushalt zu helfen. *Aber diese jungen Dinger haben keine Ahnung, wie man geschmorte Auberginen richtig zubereitet, und außerdem bringen sie den Kindern schlechte Angewohnheiten bei. Nicht mal Hochchinesisch sprechen sie.* Die andere hatte hinzugefügt, eigentlich habe sie ja erwartet, dass ein taiwanisches Mädchen auf dem Markt bessere Preise aushandeln könne, aber wie es aussehe, kaufe ihre Angestellte einfach Produkte zweiter

Wahl bei ihren Cousins und stecke sich das übrige Geld in die eigene Tasche. *Diese Insel ist ein Albtraum. Wann können wir endlich nach Hause?* Die Klagen der beiden hatten gar kein Ende gefunden, und Meilin hatte im Stillen gedacht, dass diese Frauen sich, wenn sie keinen Grund zur Beschwerde gehabt hätten, auf dieser Feier wahrscheinlich auch nur halb so wohlgefühlt hätten.

Meilin studiert die Annoncen: »Suche Hausangestellte aus Hunan«; »Babysitter vom Festland dringend gesucht«; »Suche Haushaltshilfe – vorzugsweise gebürtig aus Sichuan«. So viele Angebote! Da findet sie sicher eine Anstellung. Vorsichtig trennt sie die Seite heraus und steckt sie in ihre Tasche. Den Rest der Zeitung lässt sie liegen; vielleicht bringt sie ja dem Nächsten, der sie findet, Glück.

Am folgenden Tag bürstet Meilin sorgfältig ihr Haar und schlüpft in das Sommerkleid, das sie sich aus einem hübschen gelben und grünen Stoff mit Blumenmuster genäht hat. Es ist ein schlichtes Kleid, aber es passt wie angegossen und sie liebt es. Sie möchte etwas Besonderes anhaben und nicht ihre übliche Bluse und Hose. In dem Zeitungsausschnitt hat sie vier Annoncen eingekreist: Drei der Adressen sind im Bezirk Da'an und eine an der Qidong Street in Zhongzheng. Alle drei liegen günstig für Renshus Schule.

Sie beginnt in Da'an. Bei der ersten Option macht ihr niemand auf. Bei der zweiten öffnet ihr zwar jemand die Tür, aber als sie die Seite mit der Anzeige hochhält, sagt die Frau: »Zu spät, wir sind bereits komplett!« Also macht sie sich auf den Weg zu dem dritten Haus. Dort stößt sie auf Interesse, und in Meilin keimt schon Hoffnung auf, aber als die Frau erklärt, dass Meilin nicht bei ihr wohnen könne, ist auch dieses Gespräch beendet.

Also geht Meilin zur Qidong Street. Es ist heiß. Ihre Stirn fühlt sich klebrig an, und ihr Kleid ist schon verknittert von der ganzen Lauferei. Einen Versuch hat sie noch, und wenn sie auch dort kein Glück hat, kann Peiwen sie ja vielleicht doch noch ein paar Tage beherbergen.

Alle Häuser in der Qidong Street sind im japanischen Stil erbaut. Meilin geht langsam, um die gepflegten Gärten bewundern zu können, bis sie schließlich zu der Hausnummer kommt, die sie sich notiert hat. Sie zupft ihr Kleid zurecht, klopft den Staub des Tages ab und achtet auf eine aufrechte Haltung. Dann öffnet sie das Gartentor und folgt dem von steinernen Laternen gesäumten Kiesweg bis zur Haustür. Ein Weidenbaum wirft seinen Schatten auf den Hauseingang, darunter wächst ein kleiner Ahorn. Meilin hört Wasser plätschern. Nachdem sie geklingelt hat, bewundert sie ein achteckiges, teilweise aus Milchglas bestehendes Fenster.

Die Tür geht auf, und eine korpulente ältere Dame mit nassen Händen und weichen Gesichtszügen begrüßt sie. Ihre Haare sind mit einem Kopftuch zurückgebunden, ihre freundlichen Augen und ihr breites Lächeln nehmen Meilin die Befangenheit. Als sie erklärt, dass sie wegen der Anzeige komme, nickt die Frau, führt sie in eine kleine Diele und deutet auf ein Paar Schlappen.

»Bitte warten Sie hier, ich gebe Madame Huang Bescheid«, sagt sie und verschwindet hinter einer Schiebetür aus Holz und Papier. Meilin kann riechen, dass in der Küche Fleisch und Reis auf dem Herd stehen. Sie tauscht ihre Schuhe gegen die Schlappen aus und lässt ihren Blick schweifen.

Ein Landschaftsgemälde mit wolkenverhangenen Bergen ziert den Eingang; schwarze Tinte auf vergilbter Seide. Höchstwahrscheinlich Tang-Dynastie. Auf einem Huanghuali-Tisch befinden sich ein Räuchergefäß, ein geschnitztes Schmuckkästchen und ein filigraner Fächer aus Sandelholz. Zu gern würde sie den Fächer an ihre Nase halten, um den Duft einzusaugen. Der Anblick solcher Kostbarkeiten ist aufwühlend für Meilin, denn es werden zu viele Erinnerungen geweckt. Sie unterdrückt ein Schluchzen und schaut hoch. Die Schiebetür geht auf, und die ältere Dame winkt Meilin durch einen langen Flur mit knarzenden Holzdielen. Auf der einen Seite öffnen sich bodentiefe Fenster auf einen Steingarten. Auf der anderen verbergen schwarzgerahmte weiße Schiebetüren die dahinterliegenden Räume. Am Ende des Flurs schiebt die Frau eine weitere Tür auf, und bedeutet Meilin, einzutreten.

Die Sitzecke in der Mitte des Raums liegt etwas tiefer als der Rest. Meilin fällt auf, dass die Tatami-Matten auf dem Boden von luxuriösen weichen Teppichen verdeckt werden. Auf einem Sofa mit roten und gelben Seidenkissen und guter Polsterung sitzt Madame Huang. Die von ihr ausgehende Mischung aus Eleganz und Geringschätzigkeit erinnert Meilin an Wenling. Madame zeigt ein ähnliches Verhalten wie ihre Schwägerin, während sie Meilin ebenso betont desinteressiert wie kritisch beäugt.

Dann erhebt Madame ihre schneidende Stimme und feuert mit einem starken Sichuan-Akzent lauter Fragen ab, die nur jemand verstehen und beantworten kann, der aus Sichuan stammt. Meilin ist froh, dass sie lange genug in Chongqing war, um diesen Dialekt zu lernen. Tatsächlich freut es sie sogar, aus dem Mund von Madame Huang einige vertraute umgangssprachliche Ausdrücke zu hören. Meilin vermutet, dass Madame sie mit diesem Verhalten in erster Linie auf die Probe stellen will. Also bewahrt sie Contenance und liefert Antworten.

Ja, ich weiß, wie man diese Speise zubereitet.

Ja, mir ist bekannt, wo man dieses Gemüse bekommt.

Ja, ich kann waschen und Kleider ausbessern.

Ja, ich verstehe mich auf Handarbeiten. Bei dieser Frage zeigt Meilin ihr ihr schönstes besticktes Täschchen, und Madame Huang bekommt leuchtende Augen.

»Nun«, sagt Madame schließlich, »dann probieren wir es mit Ihnen. Besser als diese Einheimischen sind Sie bestimmt.«

Meilin hält die Hand hoch.

»Was ist denn?«, fragt Madame gereizt.

»Ich habe einen Sohn. Einen braven Jungen, ein fleißiger Schüler. Er ist still und höflich. Kann er auch hier wohnen?«

Madame spitzt, neugierig geworden, die Lippen. »Ein Junge?

Der soll dann bei der Gartenpflege helfen. Wie, sagten Sie, ist sein Name?«

»Dao Renshu. Renshu«, haucht Meilin.

»Renshu«, sagt Madame nachdenklich. »Wie alt?«

»Er macht bald seinen Abschluss an der Jianguo High School und lernt für die Aufnahmeprüfung an der Uni.«

»Also gut.« Madame signalisiert mit einem Nicken ihre Einwilligung. »Unterhalten Sie sich jetzt mit unserer Köchin Chin, damit Sie Ihnen sagen kann, was sie vom Markt benötigt. Außerdem muss dringend Wäsche gewaschen und gebügelt werden, damit ich am Dienstag für das Dinner bei General Fan meine besten Qipaos zur Verfügung habe. Und können Sie diese Vorhänge abändern? Mir gefällt nicht, wie sie fallen. Sie sind zu lang und erdrücken den Raum.« Sie steht auf, zieht eine Schublade an einer Kommode auf und nimmt einen Ballen mit blau-grüner Seide heraus. »Und machen Sie irgendwas aus diesem Stoff. Ich bewahre ihn schon seit unserer Ankunft auf. Mein letztes Hausmädchen war heillos überfordert. Ihr hätte ich nicht mal meine billigste Seide anvertraut, geschweige denn meine beste.«

Als Madame mit ihrer Auftragsliste fertig ist, kommt die ältere Frau mit einem Teetablett in den Raum. Meilin verbeugt sich und zieht sich zurück.

Während sie ihre Straßenschuhe wieder anzieht, tritt die ältere Frau zu ihr und legt einen Arm um Meilin.

»Nennen Sie mich Tante Chin. Madame ist begeistert von Ihnen. Machen Sie sich nichts aus ihrer forschen Art. Sie meint es gut. Der General bleibt die meiste Zeit für sich und konzentriert sich auf seine Arbeit. Halten Sie sich an mich, dann werden Sie gut zurechtkommen.«

Müde, aber erleichtert macht Meilin sich auf den Weg zurück zum Militärdorf.

Meilin braucht mehr Zeit für ihren Abschied von Peiwen als für das Packen ihrer wenigen Habseligkeiten. Alles, was Peiwen von

Nutzen sein könnte, lässt sie zurück und nimmt nur die Kleider, Renshus Bücher und ihren Nähkorb mit.

»Kommt uns oft besuchen«, sagt Peiwen, sie ergreift Meilins Hand und möchte sie gar nicht mehr loslassen. »Ihr seid hier immer willkommen«, fügt sie hinzu, obwohl sie beide wissen, dass das nun nicht mehr stimmt.

»Danke«, sagt Meilin und drückt Peiwens Hand.

Tante Chin zeigt Meilin im Haus der Huangs ein kleines Zimmer neben der Küche, das für sie und Renshu bestimmt ist. Drei Tatami-Matten bedecken den Fußboden. Ein großes Fenster mit einer niedrigen, breiten Fensterbank geht zur Straße raus. In der Ecke steht ein kleiner Tisch mit einer Lampe und einem elektrischen Ventilator; Meilin schaltet beides ein. In die Luft in dem Zimmer kommt sanfte Bewegung, das Licht wirkt einladend. Als Nächstes stellt Meilin Renshus Bücher auf die Fensterbank, auf den Tisch legt sie seinen Reibstein, seine Pinsel, Papier und einen neuen Tuschestab.

Währenddessen denkt sie darüber nach, wie schnell sich ihre Lebensumstände, wieder einmal, verändert haben. Obwohl sie die Madame und den General noch gar nicht richtig kennengelernt hat, hat sie das Gefühl, sich auf vertrautem Terrain zu bewegen. Die Düfte aus der Küche, das Geplänkel zwischen Tante Chin und dem Gärtner und auch Madames Belange erinnern sie an die Daos.

Auf Renshus Gesicht breitet sich ein Lächeln aus, als er das Zimmer betritt.

»Schau mal«, sagt Meilin und zeigt auf zwei dicke weiche Bettdecken. »Hier haben wir feste Betten, und einen Tisch, der den ganzen Tag stehen bleiben kann. Und außerdem Wände, die nicht im Wind schwanken oder Regen und Kälte durchlassen.«

»Ist es nur vorübergehend?«, fragt er.

»Das weiß ich nicht, aber es ist nur für uns.«

Das Zimmer bei den Huangs wird in den letzten Monaten vor der Aufnahmeprüfung zu Renshus Refugium. Während Meilin ihre Tage damit verbringt, sich mit ihren neuen Aufgaben vertraut zu machen, nutzt Renshu den ruhigen Ort zum Lernen. Der Ventilator kühlt die Luft, und die zugezogenen Jalousien schützen ihn sowohl vor dem grellen Sonnenlicht als auch vor Ablenkungen. Am Tag der Prüfung stellt er zufrieden fest, dass er auf alle Fragen eine Antwort weiß. Als er seine Arbeit abgibt, weiß er, dass er seine absolute Bestleistung gezeigt hat.

Und er schneidet tatsächlich so gut ab, dass er einen Studienplatz für Maschinenbau an der Nationaluniversität Taiwan angeboten bekommt. Er läuft nach Hause, um es seiner Ma zu berichten. Atemlos und außer sich vor Freude, hebt er sie hoch und dreht sich mit ihr einmal um sich selbst.

Sobald Meilin wieder steht, ruft sie: »Ich bin so stolz auf dich! Weißt du noch? Damals beim Laternenfest in Schanghai hast du gesagt, genau das würdest du dir wünschen. Und jetzt hast du es wahrgemacht!«

Renshu nickt und bemerkt, dass seine Ma den Tränen nah ist. »Bist du traurig, Ma?«

»Nein. Ja. Nein, natürlich nicht. Es ist nur« – sie wischt sich über die Augen – »ich wünschte, dein Vater könnte es erfahren. Und ich wünschte, *mein* Vater könnte es erfahren.«

Renshu umarmt sie zärtlich. »Ich auch«, sagt er.

»Wenn ich bedenke, was wir in all den Jahren, in denen ich kaum gewagt habe, an die Zukunft zu denken, durchgemacht haben. Es ist …« Sie schnieft und schüttelt den Kopf. Was immer sie gerade sagen möchte, sie findet keine Worte dafür. Schließlich zieht sie Renshu einfach an sich und umarmt ihn erneut.

Später an diesem Abend denkt Renshu über die Reaktion seiner Mutter nach, und ihm wird bewusst, dass sie, wenn er an die Uni geht, zum ersten Mal in seinem Leben getrennt sein werden.

Renshu bekommt ein kleines Stipendium und einen Job in der Bücherei, um für die Studiengebühren aufkommen zu können. Er findet einen Platz in einem Studentenwohnheim für Männer unweit des Campus, wo er sich ein Zimmer mit drei anderen Studenten teilt. Die Nationaluniversität Taiwan liegt fern vom Stadtgetümmel, umgeben von Reisfeldern und schmalen Wegen, südöstlich von Zhongzheng. Auch wenn ihn zu Fuß nur eine Stunde von der Qidong Street trennt, lebt er hier in einer anderen Welt.

In der ersten Nacht im Wohnheim kommt Renshu nicht zur Ruhe. Es ist ungewohnt für ihn, nicht die leisen Atemgeräusche seiner Ma zu hören. Er kämpft mit seiner Decke und hofft, seine Zimmergenossen nicht zu stören. Die abwechselnden Schnarchgeräusche aus den Betten auf der andern Zimmerseite lassen darauf schließen, dass Pao Dafei und Liu Zhaohui schlafen. Über Renshu liegt Li Hotan. Pao, den Renshu von der Jianguo High School kennt, studiert Physik. Li und Liu sind, wie Renshu, für Maschinenbau eingeschrieben. Sie kannten sich schon, bevor sie an die Uni gekommen sind, weil sie in Hsinchu im selben Militärdorf gewohnt haben. Renshu wendet seufzend sein Kissen.

»Schläfst du?«, flüstert Li Hotan.

»Nein, nicht so richtig«, flüstert Renshu zurück.

»Ich auch nicht.«

»Es ist einfach seltsam, einzuschlafen, wenn ...« Renshu unterbricht sich, da er nicht zugeben will, dass er seine Mutter vermisst. »Wenn man in einer fremden Umgebung ist«, beendet er den Satz.

»Ich weiß, was du meinst. Ich bin es gewöhnt, umgeben von meinen Geschwistern zu schlafen.«

»Woher kommst du, Li Hotan? Ich meine ursprünglich, vor Hsinchu?«

»Wir haben in Kunming gewohnt.«

»Und davor?«

»Unsere Heimatstadt liegt in der Nähe von Wuhan. Und deine?«

»Wir sind aus Changsha. Von da sind wir nach Chongqing gezogen und dann nach Schanghai. Und schließlich hierher.«

»Hmm«, macht Li und, dieses kleine Geräusch reicht aus, um Renshu zu zeigen, dass sie ein ähnliches Schicksal verbindet.

Renshu gähnt.

»Dao Renshu?«

»Ja?«

»Pao hat erzählt, dass es in der Nähe vom Haupteingang der Uni einen guten Nudelladen gibt. Lass uns da morgen hingehen.«

Renshu lächelt in der Dunkelheit. »Klar, gern.«

Am ersten Vorlesungstag schließt Renshu sich einer Schar von Studenten und Studentinnen an, die über den Royal Palm Boulevard ziehen. Alle starten mit frisch gebügelten weißen Hemden, Khakihosen oder knielangen Röcken und frisch geputzten Schuhen in das neue Hochschuljahr. Er ist begeistert, sich in Gesellschaft von so vielen jungen Leuten wiederzufinden, die alle auf die Wiederherstellung der Republik hoffen. Am Ende dieses ersten Tages ist ihm ganz schwindelig vor Aufregung, und so ist er froh, als die Zeit des gemeinsamen Abendessens mit Pao und Li gekommen ist.

Die beiden fanden den Tag ebenso inspirierend wie überwältigend, und es tut Renshu gut zu sehen, dass nicht nur er dieses neue Leben als einschüchternd empfindet. Sie verbringen den Abend damit, darüber zu spekulieren, welche Seminare wohl die schwierigsten sein werden, sich über die Eigenheiten eines ihrer Matheprofessoren lustig zu machen, und zu den hübschen jungen Frauen an einem Tisch in der Nähe hinzuschielen. Nach vielen Nudel-Bowls und etwas zu viel Alkohol wanken sie schließlich singend zurück ins Wohnheim.

Während das Jahr voranschreitet, blüht Renshu regelrecht auf. Physik, Maschinenbau und das Lösen wissenschaftlicher Probleme begeistern ihn, und dazu belegt er, wie die meisten anderen, weiterhin Englisch-Sprachkurse. Angesichts der stetig wachsenden Beziehungen zwischen den Vereinigten Staaten und der Republik China verbessern Englischkenntnisse seine Chancen für fast alles.

Li Hotan und Pao Dafei werden seine engsten Freunde. Sie alle haben Erinnerungen an den Krieg gegen die Japaner und den Bürgerkrieg. Und auch wenn sie nicht viel darüber sprechen, fühlen sie sich durch diese gemeinsame Vergangenheit verbunden. Alle drei wissen, was für ein Glück sie haben, hier zu sein.

Pao hat, obwohl er auf den ersten Blick ernst wirkt, einen ziemlich schrägen Humor. Seine Familie ist schon 1945, kurz nach der Rückgabe Taiwans durch die Japaner, aus Guilin auf die Insel gekommen, daher kennt er Taipeh am besten. Wenn die drei zusammen ausgehen, übernimmt Pao den größten Teil der Kommunikation. Er weiß immer, wo die besten Essensstände zu finden sind. Li Hotan ist ein auf Anhieb sympathischer, gutaussehender Typ. Ständig werden ihm von jungen Mädchen gefüllte Teigtaschen gebracht oder eine bittet ihn, ihr bei ihrer Hausarbeit zu helfen.

Zusammen mit Pao und Li verbringt Renshu lange Abende, an denen sie gemeinsam lernen und zwischendurch schnell irgendwo entlang der Liugongjun-Kanäle Nudeln oder Eis essen gehen. Manchmal schauen sie sich auch amerikanische Filme im Kino an und flirten mit Kommilitoninnen. Renshu ist zu schüchtern, um viel mit ihnen zu reden, aber er genießt die Gesellschaft der Frauen.

An den Wochenenden kehrt er in das Haus in der Qidong Street zurück. Seine Mutter und Tante Chin freuen sich immer, ihn zu sehen, und selbst Madame und General Huang begrüßen ihn gelegentlich. Aber jedes Mal, wenn sein Besuch sich dem Ende entgegen neigt, fühlt er, wie es ihn zurück zu seinem neuen Leben an der Uni zieht.

Seit Renshu mit dem Studium begonnen hat, ruft Meilin sich immer wieder in Erinnerung, dass er nicht weit weg ist. Das ist die Zukunft, die sie sich beide für ihn gewünscht haben. Sie ist stolz auf das, was er erreicht hat, und darauf, dass er eines Tages zu den Gelehrten gehören wird. Aber sie hat nicht damit gerechnet, dass es ihr Kummer bereiten würde, wenn er anfängt, eigene Wege zu gehen. Die gemeinsam durchgestandenen Brände, Bombardements und Erfahrungen von Vertrauensbruch haben sie fest zusammengeschweißt, aber so sehr sie auch dagegen ankämpft, wird sie das Gefühl nicht los, dass ihre Bindung allmählich schwächer wird.

Meilin schiebt beiseite, was sie ohnehin nicht ändern kann, und konzentriert sich auf ihre Arbeit. Im Laufe der Zeit stellt sie fest, dass die Huangs über sämtliche Luxusgüter verfügen, die man sich wünschen kann: Tees, Weine, Brandies, Tabak, Kosmetikartikel, Seide. Sie fragt sich zwar, woher all diese Dinge kommen, hütet sich jedoch davor, Fragen zu stellen. Sie erkundigt sich lediglich danach, was die Madame und der General zu speisen wünschen, welche Blumen sie in die Porzellanvasen stellen soll und wann Madame ihre Qipaos für glamouröse Soireen benötigt.

Doch so reichlich sie auch mit Luxusgütern versorgt sind, ihre Reisvorräte gehen langsam zur Neige. Die Huangs wollen nicht auf Weizen-Zuteilungen der Amerikaner angewiesen sein wie die niederen Chargen bei der Armee. Das letzte Hausmädchen, eine Einheimische, hat eine große Menge Reis beschafft. Dass sie damit angegeben hatte, an Reis heranzukommen, war sogar der Grund gewesen, warum Madame Huang sie eingestellt hatte. Und je kleiner die Reisbestände nun werden, desto größer werden die Sorgen, die Meilin plagen. Werden die Huangs sie entlassen, wenn sie es nicht schafft, neuen Reis zu besorgen? Das möchte sie lieber gar nicht herausfinden.

Tante Chin hat gehört, dass Herr Tsai auf dem Markt Reis anbietet, aber sein Produkt ist überteuert und verunreinigt und manchmal sogar voller Ungeziefer. Irgendwie ist es dem einheimischen Hausmädchen gelungen, guten Reis von ihm zu bekommen, aber wie sie das angestellt hat, weiß Tante Chin nicht.

»Diese Benshengren.« Tante Chin schüttelt verächtlich den Kopf. »Sie sollten dankbar sein, dass wir sie vor den Japanern gerettet haben. Aber stattdessen betrügen sie uns und weigern sich, richtiges Chinesisch zu sprechen.«

Meilin dankt Tante Chin und macht sich auf den Weg zum Markt.

Unterwegs denkt sie darüber nach, wie anders es ist, in der Stadt, inmitten von Taiwanern, zu leben. Im Militärdorf waren sich die meisten Bewohner so sicher, dass sie eines Tages nach China zurückkehren würden, dass sie sich nie die Mühe machten, die Siedlung zu verlassen. Wie Tante Chin blickten viele von ihnen auf die Taiwaner herab und betrachteten sie als eine japanisierte Rasse, die wieder mit dem Mutterland verbunden werden müsse. Und die wenigen Benshengren, die Meilin dort kennengelernt hatte, schienen die Festlandchinesen auch nicht besonders zu mögen. Waishengren, Leute von außerhalb der Provinz, nannten sie sie. Außerhalb des Militärdorfs spürt sie das nun umso mehr.

Meilin weiß, dass sie, da sie für Herrn Tsai ein neues Gesicht ist, nur eine einzige Chance hat, einen guten Eindruck zu machen. Aus diesem Grund hält sie sich erst einmal eine Weile in der Nähe seines Standes auf und beobachtet, wie es dort zugeht. Immer, wenn jemand kommt, der Hochchinesisch spricht, tut er so, als würde er nichts verstehen. Was verblüffend ist. Denn Hochchinesisch ist die Amtssprache. Herr Tsai muss also wissen, was die Leute von ihm wollen. Aber er gibt sich trotzdem ahnungslos. Und wenn die Leute dann wütend herumschreien, die Schriftzeichen auf Zettel schreiben und sie ihm vor die Nase halten, erklärt Herr Tsai ihnen, dass er keinen Reis mehr habe oder sein Stand geschlossen sei. Er weigert sich schlicht, ihnen etwas zu verkaufen. Oder er bietet ihnen eine kleine Schaufel verunreinigten Bruchreis zu einem überteuerten Preis an.

Aber spricht jemand Taiwanisch, hellt Herrn Tsais Miene sich auf, und es wird erst einmal ausführlich geplaudert. Nach einer Weile halten die Kunden ihm dann ihre Beutel hin, und er füllt sie mit Reis von der neuesten Ernte.

Nachdem Meilin eine Zeit lang zugesehen hat, entfernt sie sich unauffällig wieder. Vorerst wird sie nicht versuchen, bei Herrn Tsai einzukaufen. Während sie ihre anderen Erledigungen macht, denkt sie nach. Meilin hatte schon immer ein gutes Ohr für Sprachen. In Schanghai hat sie sich den örtlichen Dialekt gründlich genug angeeignet, um dort nicht weiter aufzufallen. Und in Chongqing hat sie auf dem Markt stets bessere Preise bekommen, wenn sie in den Sichuan-Dialekt wechselte. Sie weiß noch sehr gut, wie Tante Deng und Onkel Liang bei ihren ersten Versuchen im Sichuan-Dialekt das Gesicht verzogen haben. Trotzdem sind sie ihre Freunde geworden, ihr Rettungsanker. Meilin muss bei der Erinnerung an die beiden lächeln, doch dann fällt ihr die große Tunnelkatastrophe wieder ein. Vierzehn Jahre sind seitdem vergangen. Wenn das nicht passiert wäre, wäre die Familie vielleicht nie zersplittert. Vielleicht wären sie dann alle zusammen hier in Taiwan. Liling wäre inzwischen dreiundzwanzig und vielleicht sogar selbst schon Mutter. Meilin seufzt und schüttelt ihren Tagtraum ab. Davon, dass sie sich traurigen Erinnerungen hingibt, kommt sie auch nicht an Reis. Eins ist klar: Jetzt, wo sie außerhalb des Militärdorfs lebt, muss sie Taiwanisch lernen.

Ihre Besorgungen führen sie zum Yongle-Stoffmarkt in Dadaocheng. Hier sucht Meilin nach Knöpfen und Borten für Madames neuestes Kleid. Ein Highlight ihrer Arbeit für die Huangs ist, dass Madame eine Nähmaschine besitzt und Meilin nicht nur erlaubt, sie zu benutzen, sondern es sogar erwartet. Nachdem sie gefunden hat, was sie braucht, schlendert sie noch eine Weile an den Ständen vorbei, um nach Schnäppchen Ausschau zu halten. Dabei fällt ihr Blick auf einen hellgrünen Baumwollstoff, der mit rosafarbenen Blumen bedruckt ist. Spontan kauft sie ein paar Meter und macht sich auf den Heimweg.

Unterwegs fallen ihr zwei Frauen auf, die mit Bettwäsche gefüllte Rattankörbe tragen und in der Gegenrichtung unterwegs sind. Neugierig heftet Meilin sich ihnen an die Fersen. Wo könnten sie hinwollen?

Zum Fluss. Sie sind auf dem Weg zum Tamsui. Und sobald sie dort sind, gesellen sie sich zu anderen Frauen, die am Ufer Wäsche waschen. Sie scheinen sich alle zu kennen und zeigen einen Kameradschaftsgeist, den Meilin in ihrem Leben vermisst. Einige von ihnen haben Kinder, die ihnen helfen oder im Wasser spielen. Meilin fühlt sich daran erinnert, wie die Frauen im Militärdorf sich zum Wäschewaschen getroffen haben, um sich die schwere Arbeit mit Witzen und Plaudereien zu erleichtern. Sie hört aufmerksam zu und versucht herauszufinden, worüber die Frauen am Ufer sprechen. Es sind Einheimische, denn sie unterhalten sich fröhlich auf Taiwanisch. Zuerst ist Meilin überrascht. Die Bevölkerung der Insel ist angehalten, ausschließlich Hochchinesisch zu sprechen, und für gewöhnlich kontrolliert die omnipräsente Militärpolizei die Einhaltung dieser Regierungsanweisung so übereifrig, dass sie jede Person verhaftet, die sie Taiwanisch sprechen hört. Aber das Plätschern und Gluckern des Flusswassers überdeckt offenbar die Stimmen der Frauen und verschafft ihnen so ein bisschen Freiheit.

Vielleicht, so denkt Meilin, sollte sie, wenn die wöchentliche Plackerei des Waschens das nächste Mal ansteht, mit ihrem Korb ebenfalls zum Tamsui gehen und sehen, was sie dort lernen kann.

Das Flusswasser kräuselt sich über einem flachen Kiesbett. Meilin taucht die Kleider hinein und beobachtet, wie sie sich dunkler färben. Nach und nach verliert der Stoff seine Steifheit und wird schwer. Meilin lässt ihre Schultern kreisen, die vom langen Tragen des Korbes schmerzen. Dann hockt sie sich hin und reibt Seife in den Stoff ein, bis die Lauge zu schäumen beginnt. In der Nähe sind noch andere Frauen damit beschäftigt, ihre mitgebrachte Wäsche zu waschen und auszuspülen. Wenn sie damit fertig sind, schlagen sie auf den großen Steinen am Ufer das Wasser aus den Kleidern, rollen sie fest zusammen, wringen sie aus und legen sie zurück in ihre Körbe. An diesem ersten Tag beäugen sie Meilin misstrauisch, und keine von ihnen spricht sie an. Aber immerhin sagt ihr auch keine, dass sie weggehen solle.

Die Wäsche ist feucht – selbst im ausgewrungenen Zustand – so viel schwerer, dass Meilin sich auf dem Heimweg zu den Huangs ein Fahrradtaxi gönnt.

Woche für Woche kehrt sie zurück und gewöhnt sich allmählich an die Arbeit. Das Waschen entwickelt sich von der meistgefürchteten Aufgabe zu einem angenehmen Teil ihrer wöchentlichen Routine. Nach einer Weile erkennen manche Frauen am Fluss sie wieder, fragen sie nach ihrem Namen und geben sich ihr gegenüber freundlich. Meilin schnappt neue taiwanische Ausdrücke auf, die sie auch sofort anwendet, und als Anerkennung für ihre Bemühungen bringen die Frauen ihr gleich noch mehr bei. Als Meilin sie fragt, warum die Benshengren die Waishengren nicht mögen, schauen die Frauen weg und wechseln das Thema. Sie versichern ihr, dass sie sie mögen; sie sei anders. Und irgendwann erzählen sie ihr im Schutz des rauschenden Wassers im Flüsterton von den Ereignissen des 28. Februars 1947, zwei Jahre, bevor Meilin und Renshu nach Taiwan kamen. So erfährt Meilin Stück für Stück die ganze Geschichte des 228-Massakers. Die Frauen berichten ihr, eine taiwanische Witwe habe trotz des staatlichen Monopols Zigaretten verkauft und sich, als ein Polizist sie darauf ansprach, von einer Schar Menschen unterstützt, geweigert, es zu unterlassen. Mit Abscheu in der Stimme erzählen sie, dass der feige Polizist einen Schuss in die Menge abgegeben und dabei versehentlich einen Menschen getötet habe. Anschließend seien zahllose weitere Zivilisten nicht mehr ganz so zufällig getötet worden. Tausende Menschen seien seither der Verfolgung durch die KMT ausgesetzt; sie verschwänden einfach, würden entführt und ermordet. *Das ist ein Tabu, niemand darf darüber sprechen,* sagen sie. Aber doch täten es alle: denn sie wollten sich von der Seele reden, dass jemand, den sie kannten oder liebten, ein Opfer brutaler Gewalt geworden sei. Meilin hört, wie immer, aufmerksam zu. Sie wusste davon nichts und würde am liebsten mit ihnen dieses Leid und diese Verluste beweinen. Langsam versteht sie, warum ihnen so viel Feindseligkeit entgegenschlug, als sie in Taiwan ankamen.

Durch die heimlichen Gespräche und die Gemeinschaft am Fluss entwickelt sich eine Freundschaft zwischen Meilin und einer jüngeren Frau namens Lin-Na, die bei dem 228-Massaker ihre Mutter verloren hat. Meilin erzählt ihr, sie wisse aus eigener Erfahrung, was es heiße, Familienmitglieder durch die Kämpfe anderer zu verlieren. Mit der Zeit entwickelt sich ein enges Verhältnis zwischen den beiden, und Meilin bringt hin und wieder Essensreste für Lin-Na und ihre Cousins mit. Als Lin-Na die Kleider von Madame Huang bewundert und erfährt, dass Meilin sie selbst genäht hat, bittet sie Meilin darum, ein paar Sachen für sie umzuändern. Lin-Na hat einen Stand auf dem Stoffmarkt und bietet Meilin im Gegenzug einige der schönsten Stoffe zu einem günstigen Preis an.

Als nur noch Reis für wenige Tage übrig ist, vertraut Meilin Lin-Na an, dass sie Reis kaufen müsse, aber fürchte, wegen ihres Akzents nur die schlechteste Sorte zu bekommen. Daraufhin stellt Lin-Na sie Herrn Tsai vor, und am Ende hat Meilin nicht nur einen neuen Reisvorrat, sondern in Herrn Tsai auch noch einen neuen Freund gefunden.

13

Taipeh, Taiwan, Januar 1960

Renshu ist auf dem Weg zu seinen Freunden; sie treffen sich, um bei einem Nudelgericht die guten Nachrichten zu feiern. Sein Gang ist beschwingt, federnd, denn vor ihm liegt ein Leben voller Möglichkeiten. Er greift in seine Tasche, streicht über die Kante des Umschlags darin und zeichnet mit dem Finger die gezackten Ränder der Briefmarken nach.

Als Renshu im letzten Jahr seine Abschlussprüfung gemacht und sich auf den Militärdienst vorbereitet hat, hat er sich erstmals ausgemalt, wie es wäre, ein Leben außerhalb der Nationaluniversität und außerhalb von Taiwan zu führen. Die Verleihung des Nobelpreises für Physik an Li Zhengdao und Yang Zhenning im Jahr 1957 haben ihn und seine Kommilitonen beflügelt, und seither träumen sie von einem Graduiertenstudium an einer amerikanischen Uni.

Renshu hat hervorragende Leistungen gezeigt, und seine Professoren haben ihn ermutigt, sein Studium nach Ableistung des vorgeschriebenen Wehrdienstes fortzusetzen. Um den Kampf gegen den Kommunismus zu stärken, vergibt die Regierung USA-Stipendien an vielversprechende Studierende technischer und naturwissenschaftlicher Fächer. Renshu weiß, dass seine Ma begeistert wäre, wenn er es bis zum Professor bringen würde. Sie denkt wahrscheinlich nicht darüber nach, dass er nach Amerika gehen könnte, aber für Renshu ist klar, dass das die Zukunft ist.

Er informiert sich über die Voraussetzungen. Auf dem Weg

zu einem Graduiertenstudium in den Vereinigten Staaten warten viele Hürden: Er muss einen vierjährigen Studiengang abgeschlossen haben, seinen Militärdienst absolvieren, einen Englischsprachtest bestehen, seine politische Eignung unter Beweis stellen, zu einem Graduierten-Studiengang an einer amerikanischen Uni zugelassen werden, einen Sponsor finden, der die Finanzierung seines Vorhabens sicherstellt, und ein Visum bekommen.

Schritt für Schritt arbeitet er daran, dieses Problem zu lösen. Sein Studium an der Nationaluniversität hat er mit höchsten Auszeichnungen abgeschlossen, den Wehrdienst wird er bald abgeleistet haben. Und seit heute hält Renshu ein weiteres Puzzleteil in der Hand: ein Angebot des Graduiertenprogramms am Fachbereich Maschinenbau der Northwestern University, Evanston, Illinois, USA.

Seine Freunde haben bereits angefangen zu feiern. Pao hat eine Zulassung für Physik an der NYU bekommen, Liu wird an der University of Wisconsin Elektrotechnik studieren und sein Freund und akademischer Rivale Li Hotan hat einen Bescheid von der Columbia University in der Tasche.

»Wohin gehst du, Dao Renshu?«

Renshu schwenkt den Brief von der Northwestern und stößt mit ihnen an.

Renshu richtet sein Augenmerk auf die nächste Wegetappe. Um ein Visum zu bekommen, muss er nachweisen, dass er Zugang zu einem Bankkonto in den Vereinigten Staaten mit einem Guthaben von Zweitausendvierhundert US-Dollar hat. Seine Freunde haben Beziehungen. Väter in der Regierung, reiche Verwandte in Hongkong. Einige haben bereits Familie in Amerika. Sie alle werden kein Problem haben, an diese Geldmittel zu gelangen. Zweitausendvierhundert Dollar? Renshu besitzt nicht einmal vierundzwanzig Cents! Aber es muss einen Weg geben. Sonst wäre er nicht schon so weit gekommen.

Er geht mit dem Brief zu Meilin.

»Ich hab Neuigkeiten, Ma«, beginnt er.

Meilin legt die Hose weg, die sie gerade ausbessert, und schaut hoch. In ihrem Haarknoten schimmern silberne Strähnen.

Er reicht ihr den Umschlag.

Auch sie fährt mit dem Finger über die Briefmarken, dann dreht sie den Umschlag um, öffnet ihn und nimmt den Brief heraus. Er ist auf Englisch geschrieben; sie reicht ihn an Renshu zurück. »Was ist das?«

»Das ist eine Zulassung zum Graduiertenprogramm an der Northwestern University, in Maschinenbau.«

Sie schaut ihn lächelnd an, versteht aber noch nicht, was er ihr sagen will.

»In Amerika.«

»Amerika!« Über Meilins Gesicht zieht eine ganze Parade von Emotionen: Ungläubigkeit, Stolz, Unsicherheit, Traurigkeit. Renshu hat viele Monate von dieser Chance geträumt, aber jetzt erst wird ihm klar, dass er ihr damit das Herz brechen könnte. Sie blinzelt und schüttelt verwundert den Kopf.

»Und was passiert als Nächstes? Wie wird das ablaufen?«, fragt sie.

Er erzählt ihr von dem Bankkonto.

Sie nickt. Er möchte weggehen. Und sie möchte, dass er die Chance nutzt. Aber sie haben das Geld nicht.

Es ist das Jahr der Ratte, und die Lis feiern anlässlich des chinesischen Neujahrsfests eine Party in ihrer Villa. Sie haben bei den Huangs angefragt, ob Meilin dazukommen und bei der Bewirtung der Gäste helfen könnte.

Auf der Party sind sowohl Regierungsbeamte und hochrangige Militärs als auch einflussreiche Leute und Vertreter der reichen Oberschicht – zumindest die, die es geschafft haben, bei der Flucht vom Festland ihr Vermögen zu retten. Die Frauen schwärmen von Ohrringen und Ketten und sprechen sich gegenseitig Komplimente für ihre Kleider aus. Die Männer begrüßen sich per Händedruck und wechseln freundliche Worte. Meilin genießt es, abseits zu stehen und das lockere Geplauder zu belauschen. Offenbar ist es jetzt modern, die Qipaos kürzer zu tragen. Das freut Meilin, denn dann wird Madame ihre Kleider ändern lassen wollen, und sie kann die Stoffreste für sich behalten, um daraus Geldbeutel, Schläppchen und vielleicht sogar seidene Unterwäsche zu nähen. Inzwischen kreisen die Gespräche darum, wer heute Abend noch erwartet wird. Einer der Gäste, ein pensionierter Staatsbeamter, sorgt unter den Gästen für aufgeregtes Getuschel. Er war in seiner Jugend offenbar ein unerschrockener Draufgänger, und sein Wagemut hat sich ausgezahlt, denn der Generalissimus hat ihm einen Orden verliehen.

Aber ganz gleich wie viel Glamour in der Luft liegt, Meilin hört die Sehnsucht, die in diesen Stimmen mitschwingt. Alle haben gelitten. Niemand hat China unbeschadet verlassen, egal, wie viel Gold und Jade er oder sie mit herausschmuggeln konnte. Nichts in Taipeh reicht jemals auch nur annähernd an das heran, was sie aufgeben mussten.

Ein neuer Schwung von Gästen ist eingetroffen. Die Party ist lauter und ausgelassener geworden. Meilin eilt zwischen Küche und Salon hin und her und füllt die Servierplatten immer wieder von Neuem mit frisch zubereiteten warmen Speisen auf. Der Wein hat die Zungen gelöst, und es sind Bemerkungen darüber zu hören, dass der Fünfjahresplan des Generalissimus zur Rückeroberung des Festlands sich nun zum elften Mal jährt. Im Salon sitzen Grüppchen von Männern auf kostbaren Kissen um niedrige Zitan-Tische herum und spielen Mah-Jongg, Schach und Go. *Wie kann es sein, dass sie diese Strategiespiele so meisterhaft beherrschen und trotzdem das Mutterland verloren haben?,* scherzt jemand.

Nach mehreren Stunden tun Meilin die Füße weh; der Großteil der Speisen ist aufgegessen, der Wein ausgetrunken. Sie ist gerade dabei, ein Tablett mit schmutzigem Geschirr und leeren Gläsern in die Küche zu tragen, als sie im Salon seine Stimme hört.

Sie bleibt stehen und lauscht angestrengt, hört sie aber nicht mehr. Das muss ein Irrtum gewesen sein.

Nein. Da ist sie wieder. Sie würde diese Stimme überall erkennen. Diesen Tenor, dieses Timbre kennt sie genau. Sie stellt das Tablett ab und wirft einen Blick in den Raum.

Sie erstarrt. Das muss ein Geist sein. Schnell zieht sie sich in die Küche zurück.

Sie halluziniert ganz bestimmt nur. Die in der Luft liegende Nostalgie und der Opiumrauch vernebeln ihren Verstand.

»Suimei, geh in den Salon und finde heraus, wie der Mann in dem eleganten Anzug heißt, der gerade Mah-Jongg spielt.«

»Ist der nicht ein bisschen alt für dich?«

Meilin ignoriert ihre Neckerei und schiebt die junge Frau aus der Küche. »Geh und frag jemanden nach seinem Namen.«

Eine völlig unnötige Geste. Natürlich ist er es.

Suimei kommt bald darauf zurück und spricht seinen Namen aus.

Meilin sinkt auf einen Stuhl.

»Kennst du ihn? Du kennst ihn! Oh, er ist so weltgewandt. Sag schon, woher kennst du ihn?«

Meilin muss vorsichtig sein. »Nein.« Sie schüttelt den Kopf. »Er ist nicht der, für den ich ihn hielt.« Sie hofft, Suimei damit abschütteln zu können. Sie muss nachdenken.

Von einer Nische in der Ecke aus beobachtet sie ihn. Er muss jetzt Ende fünfzig sein. Er hinkt leicht beim Gehen, und seine Anzugjacke sitzt locker. Seine Wangenknochen wirken prominenter als früher, da seine Wangen aber leicht eingesunkenen sind, wirkt er weicher und härter zugleich. Er erinnert Meilin an Hongtse.

Wo sind Wenling und Lifen? Sie schaut sich um. Wenling kann nicht hier sein, denn wenn sie es wäre, würde sie den ganzen Raum dominieren.

Der restliche Abend vergeht mit oberflächlichem Geplauder. Die Gäste wünschen einander ein glückliches neues Jahr und stoßen auf die glorreiche Rückkehr aufs Festland an, aber die Trinksprüche sind ebenso hohl wie die Luftblasen im Champagner.

Erst als die Gäste allmählich aufbrechen, kommt er auf Meilin zu.

Er berührt sie am Arm.

Sie zuckt zurück und reibt über ihre Haut, als hätte sie sich verbrannt. Ihr Magen macht einen Purzelbaum.

»Du bist also echt. Du bist es wirklich«, beginnt er.

Sie nickt, bringt aber kein Wort heraus.

»Du kannst kein Geist sein«, sagt er, »Geister wären nicht überrascht, mich zu sehen. Aber du bist genauso schockiert wie ich.«

Meilin sagt immer noch nichts. Sie ist mehr als sprachlos; sie kann nicht einmal mehr denken.

»Irgendwie habe ich mir gedacht, dass ich dich noch mal wiedersehe«, sagt er.

»Ich … muss beim Aufräumen helfen«, stammelt sie schließlich.

»Und Renshu?«, fragt er, seine Stimme wird sanft.

»Er hat sein Studium an der Nationaluniversität abgeschlossen«, sagt sie. Ihr Mund ist trocken.

Longweis Miene hellt sich auf. »Ist er noch hier in Taipeh?«

Meilin nickt. Ihr rauscht das Blut in den Ohren.

Aus der Küche ruft jemand ihren Namen. Sie wendet den Kopf und sieht, dass Suimei ihr grinsend zuwinkt.

»Herr Dao, Ihr Wagen ist da, Sir.« Ein Diener steht mit seinem Mantel und seinem Filzhut da und wartet darauf, Longwei aus dem Haus zu geleiten.

»Danke«, sagt er und setzt seinen Hut auf. »Meilin, meine auf- und abtauchende Schwägerin, wollen wir uns morgen treffen? Café Astoria, vier Uhr?«

Und damit ist er weg.

Kurz nachdem Meilin bei den Huangs angefangen hatte, hatte sie von Madame zum Dank für ihre gute Arbeit den blau-grünen Seidenstoff geschenkt bekommen, den sie ihr am ersten Tag gezeigt hatte. Und als Renshu ins Wohnheim umzogen war, hatte Meilin Madames Nähmaschine auf dem Tisch aufgebaut, der sein Schreibtisch gewesen war, und sich – begleitet von den Klängen einer Oper, die auf Tante Chins Radio in der Küche gespielt wurde – bei laufendem Ventilator und besten Lichtverhältnissen das schönste Kleid seit langem genäht. Seither hat sie es ein paar Mal getragen, einmal zu einem Fest des Hubei-Heimatverbandes und hin und wieder auf einer Party, aber meistens hängt es im Schrank. Von Zeit zu Zeit fährt sie mit der kühlen, glatten Seide an ihrer Wange entlang und bewundert das Schimmern des Stoffs.

Am Morgen nach dem Neujahrsfest zieht sie das Kleid an. Hier und da könnte es noch optimiert werden, denkt sie, während sie an den Ärmeln und an der Taille herumzupft. Also schlüpft sie wieder in Bluse und Hose und trennt hier eine Naht auf und fügt dort einen Abnäher hinzu. Danach probiert sie das Kleid erneut an, dreht sich vor dem Spiegel hin und her, um auch die Rückseite zu überprüfen, und fragt sich, ob sie es ein wenig kürzen soll.

»Du siehst hübsch aus, meine Liebe«, sagt Tante Chin an der Tür.

»Hmm. Ich möchte aber stark aussehen«, sagt Meilin.

»Stark?«

»Ja, wie jemand, der gut auf sich und seine Familie Acht gegeben hat. Wie jemand, der sich nicht herumkommandieren lässt.«

»Diese Art von Stärke kann man einem Menschen nicht ansehen, die besitzt man einfach. Und du besitzt sie auf jeden Fall, Meilin. Wo gehst du hin?«

Das Kleid ist gut so, entscheidet Meilin und macht sich daran, ihre Haare zu bürsten. »Ich treffe –«, sie hält inne. *Wer ist Longwei für sie?*

»Einen Freund?«

»Jemanden, den ich von früher kenne«, sagt Meilin, während sie die Haare hochsteckt.

»Dann hoffe ich, es wird ein nettes Wiedersehen«, erwidert Tante Chin freundlich und geht zurück in die Küche.

Ja, ich auch, denkt Meilin.

Auch wenn Meilin zu Tante Chin gesagt hat, sie wolle stark sein, ist sie nervös. Auf dem Weg zum Café rechnet sie nach: Seit Yichang sind fast dreizehn Jahre vergangen. Dreizehn Jahre. Wo soll man da anfangen? Wird sie sagen: *Tut mir leid, dass ich abgehauen bin?* Nein, wird sie nicht. Denn es tut ihr kein bisschen leid. Sie musste ihre Eltern suchen, musste es zumindest versuchen. Was wäre gewesen, wenn sie und Renshu geblieben wären? Das kann niemand wissen. Wird sie sagen: *Ich freue mich, dich zu wiederzusehen?* Freut sie sich denn? Sie war geschockt, als sie ihn auf der Party entdeckt hat. Und sie ist es immer noch. Vielleicht gibt es gar nichts zu sagen. Vielleicht sollte sie einfach wieder umkehren. Was könnte sich Gutes aus diesem Treffen ergeben? Nein, sie wird hingehen. Sie blickt hoch. Sie ist in der Wuchang Street, nur noch wenige Meter entfernt.

Da ist es: Café Astoria. Sie schaut durch die abgerundeten Fenster auf die verlockenden Leckereien in der Auslage, bewundert ein Tablett mit fluffigem weißem Mandelkonfekt. Beim Eintreten begrüßt sie ein wunderbarer süßer Duft. Zu den Tischen gelangt man über eine Treppe. Sie streicht über ihre Haare und geht hinauf.

Er sitzt allein, seine Finger bearbeiten eine Ecke der Speisekarte. Ihr fällt eine kahle Stelle auf seinem Kopf ins Auge. Als er aufschaut, lächelt er, und Meilin lächelt unwillkürlich zurück. In ihr erwacht ein Gefühl, das sie bereits vergessen hatte; hier ist jemand, der sie von früher kennt, jemand, der sich an ihr Leben mit Xiaowen erinnert. Jemand, der weiß, was sie verloren hat und was sie hätte sein können. Egal, was das Ergebnis ihres heutigen Gesprächs sein wird, sie ist dankbar für diesen Moment tiefen

Verstehens. Er steht auf und rückt einen Stuhl für sie zurecht. Seine Hand zittert leicht, als er sich wieder setzt.

»Ich hatte schon Sorge, du kommst nicht.«

»Ich auch«, sagt sie.

Er schmunzelt. Seine Stimme klingt sonorer, als sie sie in Erinnerung hat. Sie entspannt sich ein wenig.

Longwei besteht darauf, Schokoladentorte und schwarzen Kaffee zu bestellen. Seine Brieftasche ist prallgefüllt mit Scheinen, aber schäbig und an den Kanten abgewetzt.

Zu ihrem Erstaunen fragt er sie wenig über all die Zeit seit Yichang. Und von sich aus gibt sie auch nichts preis.

Aber er erkundigt sich nach Renshu.

Damit hat sie gerechnet. Sie zeigt ihm ein Wehrdienstfoto von Renshu. Sein Blick ist ernst, seine Kadettenuniform frischgebügelt, die Haare unter der etwas zu großen Kappe kurzgeschoren. Longwei betrachtet es lange. Als er den Blick hebt, bemerkt sie, dass seine Augen glasig sind.

»Er sieht aus wie Xiaowen.«

»Ich weiß«, sagt sie.

Er reicht ihr das Bild zurück und erzählt ihr dann in groben Zügen seine Geschichte.

Wo ist er gewesen? In Schanghai, Nanking, Chongqing, Chengdu und Taipeh.

Wie hat er sich von einem Ort zum anderen bewegt? Mit Zügen, Militärjeeps, Passagierschiffen, Motorrädern, Privatwagen und schließlich per Flugzeug.

Und seine Karriere? Einige Jahre lief alles gut. Aber man musste kein militärisches Genie sein, um zu erkennen, dass der Generalissimus sich nicht mit Beratern oder Strategen umgab, sondern nur mit Ja-Sagern. Chiang zu widersprechen, war, wie seinen eigenen Nachruf zu schreiben. Nachdem der Fünfjahresplan des Generalissimus auf sechs Jahre verlängert worden war, wusste Longwei, dass es Zeit war, sich abzusetzen. Um ein guter Spieler zu sein, muss man einiges draufhaben, aber das Wichtigste ist, den richtigen Zeitpunkt für den Absprung zu erkennen. Als sich eine Gelegenheit auftat, wechselte er auf einen Posten mit hoher Dotierung und wenig Machtbefugnis und ließ sich pensionieren, sobald das ohne Schaden für sein Ansehen und seine Ehre möglich war.

Während er all das erzählt, erwähnt er das, was Meilin am meisten interessiert, nicht ein einziges Mal.

»Und was ist mit Wenling und Lifen?«

Da ist ein Hauch von Zögern, bevor er antwortet. »Wir waren nur kurz in Schanghai, bevor ich nach Nanking versetzt wurde. Dort haben wir ihre Familie gesucht, aber das Haus war verlassen. Wir haben niemanden wiedergefunden.«

Meilin schließt die Augen.

»Als ich zurück nach Chongqing musste, wollte sie natürlich nicht mit. ›Lass mich diesmal mit Lifen zurück nach Schanghai gehen‹, sagte sie. Ich konnte nicht nein sagen. Mein Plan war, nach dem Krieg wieder zu ihnen zu ziehen.«

Obwohl Meilins Erinnerungen an Schanghai schmerzvoll sind, versteht sie, warum Wenling so begeistert von dieser Stadt ist. Sie fragt sich, ob Lifen ihren Missmut abgelegt hat und ein bisschen gelassener geworden ist. Aber Longweis Tonfall deutet darauf hin, dass etwas Schlimmes geschehen ist.

»Was ist passiert?«, fragt sie.

»Als Schanghai nicht mehr sicher war, habe ich alles für ihre Überfahrt hierher organisiert. Sie sollten auf der *Taiping* sein, als …« Er stockt.

Meilin schnappt nach Luft, als sie sich an den Schreck erinnert, den sie bei der Nachricht befiel, dass zwei Schiffe in einer dunklen Januarnacht kollidiert seien, nachdem alle Lichter ausgeschaltet worden waren, um nicht vom Feind aufgespürt zu werden. »Sie sind ertrunken?«

»Vielleicht, vielleicht auch nicht. Ihre Namen standen nicht auf der Passagierliste. Ich weiß es nicht.« Er rührt mit einem kleinen Löffel in seinem Kaffee, als könnte er damit etwas Neues zutage fördern. »Ich habe Wenling Geld für die Fahrscheine geschickt, aber vielleicht hat sie ja auch beschlossen, stattdessen nach Hongkong zu gehen? Oder sie sind in Schanghai geblieben? Ich weiß es nicht. Ihre Spur hat sich verloren.«

»Hast du Vermisstenanzeigen aufgegeben? Hast du sie gesucht?«

»Natürlich hab ich sie gesucht! In Taipeh, in Hongkong, und bis die Kommunikation gekappt wurde, habe ich auch Anzeigen in den Zeitungen in Schanghai aufgegeben. Aber nichts.«

»Tut mir leid. Das tut mir so leid«, haucht Meilin. Angesichts der Trauer Longweis fühlen sich Wunden, die vernarbt waren, wieder frisch an. Sie drückt Longweis Arm. Er macht sich sanft los, um ein Taschentuch herauszuholen, putzt sich die Nase und schüttelt den Kopf.

»Hast du je daran gedacht, nach uns zu suchen?«

Er trinkt von seinem Kaffee und schaut sie über den Rand seiner Tasse hinweg an. »Ich konnte nicht davon ausgehen, dass ihr gefunden werden wollt.«

Sie spürt, dass ihre Wangen rot anlaufen. Longwei setzt die Tasse wieder ab und holt eine Handvoll Sonnenblumenkerne aus seiner Jackentasche. Er knackt sie mit seinen Zähnen, und Meilin hört, wie er das Salz aus den Schalen saugt. Seine Zähne wirken riesig. Sie berührt ihre Kaffeetasse. Sie ist kalt.

»Warum bist du damals nicht zurückgekommen?«, fragt er schließlich. »Ich hätte mich um dich und Renshu gekümmert. Das muss dir doch klargewesen sein, nach allem, was war.«

Sie sagt nichts.

»Hab ich dir nicht immer wichtige Güter gebracht? Hattest du nicht immer genug für Renshus Bücher und Uniformen, für deine Stoffe und dein Nähzeug? Hatte es seit Xiaowens Tod je eine Zeit gegeben, in der ich nicht für euch gesorgt habe?«

Es sind zu viele Fragen. Sie kann keine von ihnen beantworten, kann ihm nicht in die Augen sehen.

In den langen Sekunden, die nun folgen, erwacht etwas in Meilin. In ihr meldet sich eine leise Stimme, die diesem, auf seine Rechtschaffenheit pochenden Drachen widersprechen möchte. Vielleicht wollte sie ja gar nicht versorgt werden. Vielleicht brauchte sie seinen anmaßenden Schutz gar nicht so sehr, wie er gern glauben möchte. Nach mehr als einem Jahrzehnt kann er leicht seine guten Absichten beteuern. Aber sie traut ihm nicht ganz. *Vielleicht blufft er nur,* sagt die Stimme.

Meilin murmelt leise vor sich hin.

»Was? Sieh mich an, wenn du mir was zu sagen hast«, befiehlt er ihr. Aber dann fügt er »Meilin« hinzu, und seine Stimme bricht, als er ihren Namen sagt.

»Ich hab gesagt«, sie schaut langsam hoch. »Dann hilf uns eben jetzt, hab ich gesagt.«

Er starrt sie an.

Obwohl ihre Knie unter dem Tisch zittern, schafft sie es, seinem Blick nicht auszuweichen und das Beben ihrer Lippen zu unterdrücken.

Er stößt einen leisen Pfiff aus und schüttelt dann leicht den Kopf.

»Komm, lass uns gehen.« Er schiebt seinen Stuhl zurück.

Sie spazieren über den Nachtmarkt. Straßenhändler bieten frische Nudelgerichte und heißen Tee an. Longwei bleibt an einem Stand mit Büchern, Landkarten, Vasen und Schmuck stehen. Er hebt eine Bronzevase mit Lapislazuli-Intarsien eines Phoenix hoch, dreht sie hin und her, stellt sie dann aber wieder weg und geht weiter.

»Suchst du was Bestimmtes?«, fragt Meilin.

»Nein, ich schaue mich nur um. Manchmal entdecke ich ein besonderes Stück. Vasen, Jade, Kalligraphiewerke. Langsam verstehe ich, warum mein Vater solche Kostbarkeiten gesammelt hat.«

»Wieso? Was glaubst du denn, worauf der alte Hongtse aus war?« Sie hatte immer gedacht, es würde ihm nur ums Geld gehen, um weitere Investitionsmöglichkeiten.

»Vielleicht wollte er schöne Dinge besitzen, die Art, die uns törichte Menschen überdauert. Die Kunstfertigkeit, die in Dinge wie diese fließt« – er öffnet ein rotlackiertes Schmuckkästchen mit aufwendigen Schnitzereien, die einen Weidenbaum und einen Fluss darstellen – »ändert sich nicht durch politische Machenschaften oder Intrigen. Auch wenn wir längst Geschichte sind, wird dieses Teil hier immer noch schön sein.«

»Es steht für mehr als nur für Schönheit«, sagt Meilin

»Aha?«

»Auch für Stärke. Und Beständigkeit. So ein Objekt kann Erinnerungen und Geschichten auf eine Art bewahren, wie Menschen, wie ganze Generationen es nicht vermögen.« Wo ist ihre Bildrolle wohl jetzt? Sie hofft, dass sie an einem sicheren Ort gelandet ist.

Longwei schüttelt den Kopf, als er die hochgezogenen Brauen des Händlers sieht, und legt den Deckel wieder auf das Kästchen.

Meilin läuft weiter die Straße entlang, die sie nach Hause führt.

Er geht an ihrer Seite und bietet ihr schützend seinen Arm an.

»Machst du mir den Hof, alter Mann?«, neckt sie ihn, als sie sich unterhakt.

»Erst seit den letzten fünfundzwanzig Jahren.«

In der Dunkelheit hört sie das Lächeln in seiner Stimme. Und zu ihrem Erstaunen lächelt auch sie.

»Da wären wir«, sagt sie fröhlich, als sie am Haus der Huangs ankommen. Sie legt eine Hand auf die Gartenpforte und eine auf seinen Arm. »Komm doch zum Abendessen vorbei. Renshu kommt dann auch, und er wird sich freuen, dich zu sehen. Nächsten Samstag?«

Sie drückt zum Abschied seinen Arm und schließt die Pforte hinter sich.

14

Taipeh, Taiwan, Februar 1960

Nachdem er auf dem Markt den Fisch eingekauft hat, den er für seine Mutter besorgen soll, macht Renshu sich auf den Weg zur Qidong Street. Da die Huangs nach Hsinchu gereist sind, hat Tante Chi am Wochenende frei, und nun möchte Meilin, dass er ihr bei der Zubereitung des Abendessens für einen Gast hilft. Sie hat ihm auch aufgetragen, seine Unterlagen für Amerika mitzubringen. Was hat sie vor?

Sie öffnet ihm die Tür, bevor er anklopfen konnte.

Renshu überreicht ihr den Fisch und eine Schale frische Erdbeeren. Sie strahlt über die Erdbeeren und bringt das Essen in die Küche, während er in seine Hausschuhe schlüpft.

»Hast du auch die Unterlagen mitgebracht?«, ruft sie.

»Ja, Ma. Wer ist denn dein geheimnisvoller Gast?«

Meilin kommt aus der Küche und trocknet sich die Hände an der Schürze ab.

»Onkel Longwei ist hier in Taipeh, Renshu«, sagt sie.

»Der Onkel? Hier?«, ruft Renshu ungläubig aus. Er hat seit Jahren nicht mehr an ihn gedacht. »Wie das? Wie habt ihr euch gefunden?«

Meilin erzählt ihm von der Party.

Renshu kann sich nicht mehr erinnern, wann sie aufgehört haben, Longwei und den Rest der Familie zu suchen, aber er hat nie die Hoffnung aufgegeben, dass sie sie eines Tages wiederfinden werden. Er schüttelt verwundert den Kopf. »Wer weiß, vielleicht haben sich unsere Wege ja schon früher gekreuzt, ohne dass wir es wussten. Kommen Tante Wenling und Lifen denn heute Abend auch?«

»Renshu«, beginnt sie, und als er ihren veränderten Tonfall hört, weiß er sofort Bescheid.

»Was ist passiert?«, fragt er.

»Sie waren wahrscheinlich auf der *Taiping*, als sie gesunken ist.«

Renshu lässt sich traurig auf einen Stuhl fallen; innerhalb von nur einer Minute hat er seine Tante und seine Cousine zurückgewonnen und gleich wieder verloren. Dann muss er an Liling denken und an den tiefen, langwährenden Schmerz, den ihr Tod ausgelöst hat.

»Wir können ihn bitten, uns zu helfen, Renshu.«

»Aber wir sind in Yichang nicht zum Schiff zurückgegangen«, erwidert er zögerlich. »Ist er nicht wütend?«

»Das weiß ich nicht. Vielleicht nicht mehr. Aber vielleicht hilft er uns trotzdem, auch wenn er noch wütend ist. Komm, lass uns kochen!«

Longwei trifft ein. Er trägt einen dunkelgrauen Anzug im westlichen Stil sowie einen dunkelbraunen Filzhut und hat Tüten voller Geschenke mitgebracht, die er abstellt, sobald er Renshu erblickt. Auch wenn Renshu nicht mehr dreizehn, sondern inzwischen fünfundzwanzig ist, ist er überrascht, dass er dem Onkel nun auf gleicher Augenhöhe begegnet. Longwei lacht laut auf vor lauter Freude und drückt ihn, zu Meilins und Renshus Schreck, ungestüm an sich.

»Du bist ja ein richtiger Prachtkerl«, ruft er aus und lässt seinen Blick lange an Renshu auf- und abwandern, so als könnte gar nicht genug von ihm kriegen. »Ein großartiger junger Mann! Herzlichen Glückwunsch zu deinem tollen Abschluss an der Nationaluniversität, dein Vater und mein Vater wären so stolz auf dich. Ich bin stolz, dein Onkel zu sein.« Renshu wird gleich noch ein Stück größer.

Dann wendet Longwei sich Meilin zu. »Er sieht noch besser und strahlender aus als auf dem Foto.«

»Komm jetzt, komm an den Tisch, hast du schon gegessen?«, sagt sie. Ihr Ton ist energisch, aber herzlich.

»Das hier ist für dich«, sagt Longwei und überreicht Meilin seine Tüten. Eine Flasche Weinbrand und eine Schachtel vom Astoria Café. Renshu schaut seiner Mutter über die Schulter, als sie den Deckel der Schachtel anhebt: Sie ist mit weichem weißem Mandelkonfekt gefüllt. »Russisches Teegebäck«, sagt Longwei.

Der Abend vergeht wie im Flug, während sie Meilins Speisen verputzen und Geschichten austauschen. Meilin und Renshu trinken zwar selten Alkohol, aber Longwei gießt trotzdem allen Weinbrand ein, und sie unterhalten sich lebhaft. Einige Themen meiden sie allerdings sorgsam. Meilin lässt die Zerstörung ihres Elternhauses unter den Tisch fallen und beschönigt die Zeit in Schanghai, aber Longwei dringt auch nicht auf Details. Als alle satt sind, räumt Renshu das Geschirr ab. Aus der Küche hört er, wie seine Ma und Longwei die Unterhaltung lachend fortsetzen. Für ihn ist es, als würde eine ganz neue Meilin zum Vorschein kommen; er erlebt sie von einer Seite, von der er gar nicht wusste, dass sie verlorengegangen war. Er bringt die Erdbeeren, Longweis besonderes Gebäck und frische Teller ins Zimmer.

Als er sich wieder hinsetzt, wird die Stimmung plötzlich ernst.

Longwei räuspert sich. Er hat immer noch seinen Raucherhusten. »Renshu, deine Mutter sagt, dass du dein Studium gern in den Vereinigten Staaten fortsetzen würdest. Was für eine tolle Chance! Erzähl mir mehr darüber.«

Renshu nickt, plötzlich nervös. Er holt seine Unterlagen heraus und fängt an, die zahlreichen Voraussetzungen zu erklären.

Longwei hält Renshu die ganze Zeit genau im Blick, die vielen Dokumente, die sich nach und nach vor ihm aufstapeln, beachtet er gar nicht.

Meilin hält die Hände im Schoß gefaltet und beobachtet Longwei reglos.

Erst als Renshu zum Ende kommt, blättert Longwei die Unterlagen durch: den Zulassungsbescheid der Uni, die Bescheinigung der Sicherheitsbehörde, dass die politische Überprüfung ohne Beanstandung abgeschlossen wurde, die Urkunde des Bildungsministeriums für hervorragende Englischkenntnisse, der fast vollständig ausgefüllte Visumsantrag und schließlich und endlich ein leeres Formular. Renshu braucht eine Bestätigung über ein amerikanisches Bankkonto mit einem Guthaben von rund 2400 US-Dollar, das seine Lebenshaltungskosten und die Studiengebühren abdeckt.

Renshu kann seine Unruhe kaum verbergen. Alle wissen, dass Longwei der Einzige ist, der ihnen zu Geld und Visum verhelfen kann. Was denkt sein Onkel? Wird er ihn unterstützen?

Die Uhr im Flur schlägt zehn.

»Tut mir leid, Onkel«, sagt Renshu und erhebt sich, »aber ich muss jetzt los. Ich muss zurück in die Kaserne.«

Longwei schiebt die Unterlagen zusammen und stapelt sie ordentlich vor sich auf. »Überlass die Unterlagen mir«, sagt er. »Was für eine glückliche Fügung, dass unsere Familie wieder vereint ist.«

»Danke, dass du uns immer auf so vielfältige Weise unterstützt hast«, sagt Renshu betont unaufgeregt und ernst zu Longwei, dann verbeugt er sich und geht.

Nachdem die Tür sich hinter ihm geschlossen hat, sitzen Meilin und Longwei schweigend da. Die Huangs werden morgen aus Hsinchu zurückkommen, und Meilin muss noch Vorbereitungen treffen. Aber sie ist trotzdem noch nicht bereit, den Abend für beendet zu erklären. Heute kann sie sich einmal der Phantasie hingeben, das Haus hier wäre ihr eigenes. Meilin greift nach der Weinbrandflasche, um die Gläser aufzufüllen.

Longwei hält ihren Arm fest. »Heirate mich, Meilin.«

»Was?« Sie starrt ihn an, dann macht sie sich los und stellt die Flasche wieder hin.

»Ich mein's ernst. Heirate mich.«

Sie lacht, aber dann bemerkt sie, dass er es wirklich so meint.

»Wir haben so viele Verluste, so viel Leid geteilt. Wer sonst könnte nachvollziehen, was wir durchgemacht haben?«

Meilin führt ihre Hand an den Mund, um einen ganzen Schwall von Fragen zurückzuhalten. Ist er verrückt geworden? Was denkt er bloß? Ist das ein Trick?

»Sag was!« Ist das Angst, was sie da in seinen Augen sieht?

Selbst wenn ihm ihre Interessen am Herzen lagen, hatte er immer Hintergedanken bei allem, was er tat.

»Sag was!«, wiederholt er.

Es ist nie klug, einem Spieler gleich beim ersten Versuch zu geben, was er will.

»Gewähre zuerst Renshu deine Unterstützung.« Sie betrachtet forschend seine Miene. Sie weiß, dass sie eine alte Wunde aufreißt. An der Art, wie Longwei Renshu heute Abend angesehen hat, hat sie erkannt, dass er seinen Neffen immer noch liebt und dass er sich noch immer nach einem Sohn sehnt.

»Heirate mich!«, sagt er erneut. »Dann wird alles so viel einfacher werden.«

Einfacher? Wann wäre *Einfachheit* je der Maßstab seines Handelns gewesen? Oder ihres Handelns? All die Jahre, in denen sie sich krummlegen musste, hat es Meilin nie gereizt, noch einmal zu heiraten. Ihre Unabhängigkeit war zu hart erkämpft, um sie für irgendwen wieder aufzugeben. Aber dieser Mann ist nicht irgendwer: Das ist Longwei, der sie in vielerlei Hinsicht besser kennt als jeder andere.

»Bitte hilf ihm, Longwei. Das ist seine Chance.«

Longwei hält weiter Blickkontakt, während er aufsteht und nach seinem Blazer und seinem Hut greift. Er lässt sich Zeit beim Anziehen. Schließlich nimmt er Renshus Unterlagen, rollt sie zusammen und hält sie in einer Hand. »Das war ein sehr schöner Abend. Ich danke dir.«

Meilin schlägt das Herz bis zum Hals. Sie erhebt sich ebenfalls und fragt sich, ob sie und Renshu zu viel von ihm verlangen, ob sie seinen Antrag hätte annehmen sollen. Sie bringt ihn zur Tür und knetet, während Longwei seine Straßenschuhe wieder anzieht, unsicher ihre Finger, weil sie nicht weiß, was sie sagen soll.

Er steht im Gegenlicht der Laterne im Türrahmen, beugt sich vor und schiebt ihr eine Locke, die sich gelöst hat, hinters Ohr. Dann verbeugt er sich leicht und geht in die Nacht hinaus.

Sie warten. Aus Tagen werden Wochen, und der März verstreicht. Dann ist es April, und die Luftfeuchtigkeit steigt, während ihre Hoffnung schwindet. Als der Mai gekommen ist, stellt Meilin alles in Frage. Hat sie Renshus Zukunft in die Hände eines Mannes gelegt, der sie verspielt? Würde Longwei die Dokumente – und sein Geld – einem anderen überlassen? Hätte sie Longweis Heiratsantrag annehmen sollen?

Und von Longweis Antwort abgesehen gibt es noch so viele andere Punkte, an denen die Sache scheitern könnte: Das Visum könnte verweigert werden, es könnte nicht genügend Plätze für die Überfahrt geben, die Regierung könnte ihre Meinung ändern, das Geld könnte zu spät kommen. Ein Sommertaifun könnte die zuständige Behörde und alle Dokumente mit sich reißen. Sie ertappt sich dabei, wie sie sich ein Katastrophenszenario nach dem nächsten ausmalt.

Renshu hat gerade eine anstrengende Übung beendet und schwitzt in der Junihitze. Er ist froh, dass er seinen Wehrdienst bald abgeleistet hat. Ihm ist zwar klar, dass es seine Pflicht ist, bereit zu sein, die Republik zu verteidigen, doch der Gedanke, in den Kampf ziehen zu müssen, ist ihm ein Graus. Er ist kein schlechter Schütze, aber nach den Übungen hat er immer Pudding in den Beinen, auch wenn sie nur auf Pappkameraden schießen. Als sie den Einsatz von Handgranaten trainiert haben, ist ihm schlecht geworden, und er musste das Übungsgelände verlassen, aber weil er auf allen anderen Gebieten hervorragende

Leistungen gezeigt hatte, hat der befehlshabende Offizier ihn widerwillig davonkommen lassen. Seitdem steht für Renshu fest, dass er nicht beim Militär bleiben wird, ganz egal, wie es mit seinem Visum weitergeht.

Als er sich der Kaserne nähert, erblickt er Longwei, der rauchend an einem Auto lehnt. Longweis Haltung zeigt, dass es Jahre her ist, dass er vor jemandem strammstehen musste. Renshu eilt zu ihm hin, sein Puls beschleunigt sich. Gute Nachrichten? Schlechte Nachrichten? Warum ist sein Onkel gekommen?

Longwei nimmt einen letzten Zug, dann lässt er die Zigarette fallen und tritt sie mit dem Absatz aus. »Lass uns ein paar Schritte gehen, Renshu.«

Renshu verhält sich betont korrekt, während Longwei ihn zu seinem Dienst und zu seiner Mutter und deren Gesundheit befragt. Er gibt kurze, präzise Antworten. Sein aufrechter Gang zeugt von Disziplin.

»Entspann dich«, sagt Longwei schließlich. »Das hier ist ein Freundschaftsbesuch, keine Prüfung.« Er schaut Renshu an. »Du bist deinem Vater wirklich wie aus dem Gesicht geschnitten.«

Renshu weiß nicht, was er sagen soll.

Longwei seufzt traurig und schüttelt den Kopf. »Und bist du auch ein Patriot? Möchtest du ein so ein großartiger Soldat werden, wie er einer war?«

»Onkel, wenn es nötig ist, stelle ich mich gern in den Dienst der Republik, aber –«

»Aber was?«

»Ich strebe keine militärische Laufbahn an.«

Longwei presst die Lippen aufeinander und zieht die Stirn kraus.

Renshu macht sich Sorgen, dass es falsch war, so offen zu sprechen. Vielleicht hätte er diplomatischer sein sollen.

»Ich war lange Jahre bei der Armee.« Longwei holt seine Zigaretten und ein Feuerzeug heraus. »Aber ich verstehe deine Haltung. Nach meiner aktiven Zeit im Gefecht habe ich andere, bessere Arten zu kämpfen kennengelernt. Schließlich gibt es immer einen Feind und immer einen Krieg, aber man muss nicht immer ein Soldat sein.«

Er bietet Renshu eine Zigarette an.

Renshu schüttelt den Kopf.

Longwei steckt sich achselzuckend selbst eine an, nimmt einen langen Zug und bläst den Rauch aus. »Und was hältst du davon, für die Regierung zu arbeiten? Träumst du davon, nach deinem Studium in Amerika zurückzukommen und in den Staatsdienst einzutreten?«

Bedeutet das, dass Longwei sich dazu entschlossen hat, ihn zu unterstützen? Renshu ist unsicher, was er antworten soll. Er ist nicht unpatriotisch, aber für die KMT zu arbeiten, widerstrebt ihm. Er hat zu viele Geschichten darüber gehört, dass Leute, die dort unpopuläre Meinungen vertreten, gezüchtigt werden und auf mysteriöse Weise verschwinden oder anderweitig in Schwierigkeiten geraten, selbst wenn sie aus den eigenen Reihen sind. Für die Regierung zu arbeiten, hätte zwar Vorteile, aber auch seinen Preis. Seine Mutter hat ihm beigebracht, dass es besser ist, sich rauszuhalten.

»Cleveres Kerlchen«, murmelt Longwei. »Du gibst keine vorschnellen Antworten, nur um zu gefallen. Du siehst zwar aus wie dein Vater, aber du denkst wie deine Mutter.«

Renshu starrt Longwei an.

»Meilin ist durch und durch pragmatisch.«

Ist das ein Kompliment oder eine Verurteilung?

»Und wie war mein Vater?« Renshu beschließt, der Frage nach seiner Zukunft auszuweichen, wenn er nicht ehrlich sein kann.

»Xiaowen? Xiaowen war …« Longwei geht ein paar Schritte weiter, denkt nach und sagt dann: »Er war auch clever. Er verstand etwas von Büchern und von Kunst und hatte ein gutes Auge für Qualität.« Dann fügt er in einem bittersüßen Ton hinzu: »Er war ein guter Mann.«

Renshu freut sich, das zu hören, und lächelt.

Sie gehen weiter. Renshu schaut verstohlen zu Longwei hin. Als Kind hat er seinen Onkel vergöttert, sogar geliebt. Aber während Longwei früher immer voller Selbstvertrauen und Arroganz war, sieht er jetzt abgespannt aus. Unter seine kurzen Haare mischt sich Grau, und seine Haut an Hals und Kinn ist faltig. Longwei wendet sich ihm zu und erwidert seinen Blick.

»Deine Ma«, beginnt er zögerlich.

Renshu zieht seine Augenbrauen hoch und ermuntert Longwei mit einem Nicken dazu fortzufahren.

»Hat sie je –« Er unterbricht sich, schreckt vor seiner eigenen Frage zurück.

»Hat sie je was?« Renshu betrachtet das Gesicht seines älteren Gegenübers. Doch dessen Miene ist unergründlich.

»Hat sie mich je erwähnt in all den Jahren, die wir getrennt waren?«

»Natürlich, Onkel. Wir haben in Schanghai überall nach dir gesucht. Und auch als wir hier ankamen, hat sie in der ersten Zeit nach dir gesucht; sie hat die Zeitungen durchgesehen und überall gefragt. Wir wollten dich finden, aber irgendwann mussten wir …« Er beendet seinen Satz nicht. Aufgeben? Die Vergangenheit hinter uns lassen? Er möchte weder das eine noch das andere aussprechen, obwohl beides stimmt.

Longwei schüttelt den Kopf und macht eine Geste, als wollte er das Thema wegwischen. Renshu hat seinem Onkel zwar geantwortet, aber er hat das Gefühl, dass Longwei nicht wirklich das gefragt hat, was er wissen wollte.

Sie gehen zu anderen Themen über, und bald haben die beiden Männer das Gelände umrundet und nähern sich wieder der Kaserne. Als sie an dem Auto ankommen, schaut Longwei Renshu mit zusammengekniffenen Augen an, als wollte er sich sein Gesicht noch einmal genau einprägen. »Kümmere dich um den Fahrschein für deine Überfahrt in die Staaten«, weist er ihn an, dann steigt er ein und fährt weg.

Renshu bleibt geschockt stehen und schaut Longwei hinterher.

Es wird wirklich passieren. Er wird nach Amerika gehen, nach all den Jahren, in denen er gehofft, gekämpft und hart gearbeitet hat, in denen er die Teile des Puzzles in mühevoller Kleinarbeit zusammengefügt hat. Sprachlos blickt er um sich. Von der Kaserne dringt Lachen herüber, die Soldaten freuen sich über ihren freien Abend. Angesteckt von ihrem Übermut bricht er in lautes Triumphgeheul aus. Er kann es gar nicht erwarten, seiner Ma davon zu berichten.

Renshu hat einen Platz auf dem nächsten Frachter bekommen und freut sich, dass viele von seinen Kommilitonen mit demselben Schiff reisen werden. Die Überfahrt nach Amerika wird Monate dauern. Doch eine Woche vor dem Abfahrtstag hat Longwei ihm noch immer keine Papiere überreicht, obwohl er ihn aufgefordert hat, alles für seine Abreise vorzubereiten.

Die letzten Tage vergehen in nervöser Hektik. Meilin vermeidet es, mit den Nachbarn zu sprechen, da sie das Schicksal nicht herausfordern will. Es gibt so viel zu tun – sie müssen noch Kleidung besorgen, Koffer auftreiben und packen.

Wo steckt Longwei?

Erst am Abend bevor das Schiff ablegen soll und das Warten längst unerträglich geworden ist, taucht Longwei schließlich mit einem verschlossenen Umschlag auf.

»Hier drin sind Renshus Pass, sein Visum, die Bescheinigung über die Finanzierung und die Bankverbindung. Alle notwendigen Unterlagen sind vorhanden. Am besten machst du ihn nicht auf, dann kann auch nichts verlorengehen.« Er dreht sich zu Renshu hin. »Wenn du zur Einwanderungsbehörde kommst, händige den Beamten alle Papiere aus. Aber sieh zu, dass du sie auch vollständig zurückbekommst. Ich hab dir die Kontaktdaten von Chen Yuming beigelegt, dem Sohn eines alten Freundes von mir. Er studiert auch an der Northwestern und wird dir helfen, dich zurechtzufinden. Bewahre die Unterlagen an einem sicheren Ort auf.«

Er überreicht Meilin den Umschlag; er ist leichter, als sie erwartet hat. Reicht dieses bisschen Papier aus, um ihren Jungen übers Meer zu bringen? Meilin gibt den Umschlag an Renshu weiter, der ihn nimmt und seinem Onkel um den Hals fällt. Longwei gerät kurz ins Taumeln, weil er nicht mit so einer überschwänglichen Geste gerechnet hat, aber er erwidert die Umarmung und murmelt Renshu ins Ohr: »Studiere fleißig und lass dich nicht in politische Debatten reinziehen.«

Renshu nickt. Dann nimmt Longwei Meilins Hand.

»Für die Familie«, sagt er.

»Für die Familie«, erwidert sie.

Hafen von Keelung, Taiwan, Juli 1960

Er steht winkend zwischen seinen Kommilitonen auf dem Schiff. Sie sind die besten Studenten der besten Universitäten des Landes. Die Glücklichsten der Glücklichen. Die Begabtesten der Begabten. Und ihr Sohn ist einer von ihnen.

Meilin denkt an die Nacht vor zweiundzwanzig Jahren zurück, in der sie Changsha, von Angst und der Feuersbrunst getrieben, verlassen haben. Damals war sie jünger, als er jetzt ist, und hatte keine Ahnung, was vor ihnen lag. Heute schaut er hoffnungsvoll in die Zukunft. Der Wind strafft die Fahnen an Bord.

Er war die einzige Konstante in ihrem Leben und sie in seinem. Auch wenn alles andere unsicher war, haben sie einander Halt gegeben. Sie hat immer daran geglaubt, dass Renshu es schaffen würde. Er war ein guter Junge, und er ist ein guter Mann geworden. Sie hofft, dass er glücklich sein wird. Dass er ein gutes Leben haben wird. Dass er sich sicher und geliebt fühlen wird.

Sie hebt die Hand und winkt.

Er winkt zurück. Triumphierend, überglücklich. Ein Freund, der neben ihm steht, legt seinen Arm um ihn. Renshu zeigt auf

Meilin, und sein Freund schaut zu ihr hin. Auch er schenkt ihr ein breites Grinsen, und sie winkt erneut. Die Jungs winken noch ein letztes Mal, dann verschwinden sie in der Menge.

Die Schiffscrew holt die Landungsstege ein, ein lautes Tuten erklingt. Alle Menschen ringsum schwenken jubelnd die Arme, nur Meilin steht ganz still da. Er geht nach Amerika, in das schöne Land. Das war sein Wunsch, sein Traum. Wenn sie Renshu wiedersieht, falls sie ihn wiedersieht, wird er ein Zuhause haben, das sie nicht kennt. Er wird eine Sprache sprechen, die sie nicht versteht, Speisen gegessen haben, die sie nie probiert hat, und Dinge gesehen haben, die sie sich nicht einmal vorstellen kann. Er wird so weit weg sein, weiter denn je.

Sie hat das Gefühl, dass es sie zerreißt – ob aus Freude oder vor Kummer, vermag sie nicht zu sagen. Eine freundliche Frau neben ihr sagt: *Wir sind so stolz auf unsere Jungs, nicht wahr?* Meilin nickt, und Tränen rinnen ihre Nase hinab. Noch nie hat sie sich so verlassen gefühlt.

TEIL VIER

1960 – 1968

15

New York City, New York, August 1960

»Wir müssen los. Dao Renshu fängt gleich an zu heulen.« Li Hotan streckt ihm seine Hand entgegen.

Ein langer, silbriger Greyhound-Bus ist soeben in die Haltebucht auf dem Port-Authority-Busbahnhof eingefahren, und die Fahrgäste steigen ein. Zu Renshus Füßen stehen sein Koffer und seine Umhängetasche. Er muss sich von seinen Freunden Li, Pao und Guo verabschieden.

Die Reise hat fast zwei Monate gedauert, mit Zwischenstopps auf den Philippinen und Hawaii, gefolgt von einer Fahrt durch den Panamakanal, bis sie endlich in New York angelegt haben. Auf dem Schiff sind rund dreißig Studenten mitgefahren, jeder begleitet von seinem eigenen Traum von Amerika. Renshu hat zahllose Stunden mit Li Hotan, Pao Dafei und Guo Yao verbracht. Sie haben Karten gespielt, Geschichten erzählt, und sich darüber ausgetauscht, was sie sich von Amerika erhoffen. Jetzt trennen sich ihre Wege. Li und Pao bleiben hier in New York, um an der Columbia University und der New York University zu studieren. Guo nimmt in Kürze einen Bus nach Boston. Renshu ist der Einzige aus der Gruppe, für den es in den Mittleren Westen geht.

Renshu ergreift Lis Hand, zwinkert heftig und schluckt. Er ist Li und Pao unendlich dankbar. »Ich heule überhaupt nicht«, protestiert er.

Li legt auch seine andere Hand auf die Renshus. »Natürlich

nicht. Ich auch nicht«, sagt er und seine Augenlider flattern ebenfalls. »Zaijan.«

»Zaijan«, antwortet Renshu. Dann sagt er: »Auf Wiedersehen«, um den Klang der Worte auf Englisch zu testen.

Der Bus rumpelt durch die Purpur- und Orangetöne eines sommerlichen Sonnenuntergangs in die Nacht hinein. Während der Fahrt durch Pennsylvania döst Renshu unruhig vor sich hin. Als sich der Bus einen Hügel hinaufquält, lassen ihn der hochdrehende Motor und die krachende Gangschaltung hochschrecken. Auf der anschließenden Bergabfahrt wird er in den Serpentinen hin- und hergeworfen. Egal, wie er sich auf seinem Sitz einrichtet, er fühlt sich immer steif und beengt. Irgendwann schläft er unbequem in sich zusammengesunken doch noch ein.

Als Renshu aufwacht, schmerzt sein Nacken und sein Magen knurrt heftig. Mit getrübten Augen blickt er auf die Landschaft, die an seinem Fenster vorbeizieht. Die Hügel und Täler der vergangenen Nacht sind Ackerland gewichen, das sich meilenweit erstreckt. Manche Felder sind schon abgeerntet und kahl gemäht. Auf anderen wiegt sich Reihe um Reihe Zuckermais im Wind, dessen Stängelspitzen golden geworden sind. Kein Mensch arbeitet auf den Feldern, man sieht keine Bambushüte, Sensen und Körbe. An ihrer Stelle kriechen riesige Traktoren mit rätselhaften Maschinen über die Äcker und ziehen gleich mehrere Furchen auf einmal. Wo sind die ganzen Menschen?

Um ihn herum wachen andere Mitfahrende auf, husten und strecken sich. Er kennt hier niemanden. Als sie fürs Frühstück und zum Tanken anhalten, verteilen sich alle in unterschiedliche Richtungen. Aus Angst, verlorenzugehen, lässt Renshu den Busfahrer nicht aus den Augen; er bestellt dasselbe Frühstück wie er und setzt sich an einen Tisch, von dem aus er die grüne Uniform im Blick hat. Als der Fahrer zur Toilette geht, folgt Renshu ihm eilig, damit er nicht zurückgelassen wird. Er darf hier nicht stranden, wo auch immer »hier« ist.

Wieder im Bus, verrinnen die Stunden. In der Sitzreihe hinter ihm nörgelt eine Frau: »Joshua, lass deinen Bruder in Ruhe. Nein, Evan, es gibt jetzt keine Süßigkeiten mehr.« Auf der anderen Seite des Gangs blättern zwei Frauen durch ein Fotoalbum. »Das ist Charlie, hinter dem Nancy bei dem Picknick her war. Oh, ja, und das ist mein Cousin Darren.« So viele neue Namen. Auch Renshu hat für sein Leben in Amerika einen neuen Namen angenommen.

Es passierte eines Abends, kurz nachdem sie in Taiwan abgelegt hatten. Im Gespräch beim Abendessen ging es immer wieder um westliche Vornamen, gefolgt von Gelächter und Applaus. Peter, Stephen, Benjamin, Alexander, Jerry.

»Und was ist mit dir? Wie willst du heißen, Dao Renshu?«

Er verstand nicht, wovon sie redeten.

»Du musst dir einen neuen Namen aussuchen, einen westlichen Vornamen«, erklärte ihm Li Hotan. »Ich zum Beispiel« – er wartete, bis alle ihn ansahen – »werde Andrew Li heißen.« Er streckte seinen Arm genießerisch und sehr schwungvoll aus.

»Warum soll ich mir denn einen anderen Namen zulegen?«

»So ist es einfacher. Für die Papiere, oder wenn du ein Bankkonto eröffnest, ein Mädchen kennenlernst – vielleicht ein amerikanisches Mädchen –, dann ist es für sie leichter, sich einen westlichen Namen zu merken und auszusprechen.

Renshu blinzelte, sagte aber nichts.

»Wenn man in Amerika jemanden kennenlernt, dann sagt man nicht seinen Familiennamen zuerst, sondern nur diesen Vornamen«, erläuterte Gao.

»Dein Name ist deine Visitenkarte. Er ist wie ein Handschlag. Wie wenn man eine Bühne betritt«, fügte jemand hinzu.

»So stellt man sich vor: ›Freut mich, Sie kennenzulernen, ich bin Andrew.‹« Li Hotan streckte Renshu die Hand hin.

Weitere Namen, mehr Gelächter. Sie kratzten mit ihren Essstäbchen die leeren Schalen aus und plauderten noch lange weiter, nachdem das Essen beendet war.

Ein paar Wochen nach seiner Abreise hatte Renshu sich in

einer Nacht unruhig herumgewälzt und keinen Schlaf gefunden. Irgendwann war er aufgestanden und hatte die kleine Lampe über dem Kabinentisch eingeschaltet. Die drei anderen, mit denen er sich die Kabine teilte, rührten sich, wachten aber nicht auf. Sein Blick fiel auf das Buch, das Li gerade las. *Walden* von Henry David Thoreau. Renshu blätterte darin, bis er einen Satz fand, den er auch ohne Englischwörterbuch verstehen konnte: *Heaven is under our feet as well as over our heads.* Die See unter ihm war unstet, der Himmel über ihm endlos. Diese Feststellung erschien ihm so wahr wie nur irgendwas. Also: Henry.

Er holte aus seiner Umhängetasche ein Blatt, einen Reibstein, einen Tuschestab, einen Pinsel und seinen Füllfederhalter. Dann goss er die letzten Tropfen Tee aus einem Becher in die Vertiefung des Reibsteins und rieb so lange, bis er eine dunkle Tuschepfütze erzeugt hatte. Mit sorgfältigen Pinselstrichen schrieb er vertikal *Dao Renshu* auf die rechte Seite des Blattes, legte den Pinsel beiseite und wartete. Als die Tusche getrocknet war, nahm er die Kappe von dem Füllfederhalter ab und schrieb auf die linke Seite horizontal *Henry Dao*. Schließlich faltete er das Blatt und steckte es in seine Tasche.

Immer noch hellwach ging er an Deck und stand auf die Reling gelehnt da. Der Kapitän in der Nachtschicht nickte ihm zu, stellte aber keine Fragen. Egal in welche Richtung Renshu blickte, nirgends war Land in Sicht. Er befand sich irgendwo zwischen China, Taiwan und Amerika. Die Sterne leuchteten, als wären sie nie von qualmenden Gebäuden oder schwerem, feuchtem Nebel verdunkelt worden. Das Meer lag ruhig da. Kein Wind, kein Mond am Himmel; nur das leise Tuckern der Schiffsmotoren war zu hören.

Er war nicht mehr Dao Renshu, und er war noch nicht Henry Dao. Irgendwo im Ungewissen zwischen diesen beiden Namen stand er an Deck und behielt den Horizont im Blick, bis sich der Himmel im Osten rosa färbte.

»Evanston? Ah, dann nehmen Sie am besten den El.«

Renshu zuckt zurück. Hell? Hat der Busfahrer ihm gerade wirklich gesagt, dass er zur Hölle fahren soll?

»Aber ich muss nach Evanston, Northwestern University.« Renshu zeigt ihm seinen Fahrschein.

Der Fahrer mustert den Fahrschein, während er geräuschvoll Kaugummi kaut. »Die haben dir den falschen Fahrschein verkauft, Kumpel. Schau mal.« Er zeigt mit seinem dicken Zeigefinger, unter dessen Nagel sich Schmutz abgesetzt hat, auf das Papier. »Port-Authority-Bus-Terminal, New York, nach Chicago Busbahnhof, Illinois.« Um seinen Worten Nachdruck zu verleihen, tippt er mit dem Finger auf das Wort *Chicago*, wo er einen fettigen Schmutzfleck hinterlässt. »Ich fahre hier nicht weiter. Wie ich schon sagte, nimm den El.« Damit wendet er sich ab und verschwindet durch eine Tür, auf der »Zutritt verboten« steht.

Fahr doch selbst zur Hölle. Renshu blickt finster auf die verschlossene Tür.

Und was nun? Er hängt irgendwo zwischen seinen Freunden in New York und seinem Ziel in Evanston fest, wo er keine Menschenseele kennt. Nachdem er seine Frage ein paarmal leise geprobt hat, nimmt er all seinen Mut zusammen und stellt sie am Fahrkartenschalter. Doch als die Frau ihn versteht, ist er so erleichtert, dass er von ihrer schnellen Antwort nur die Hälfte mitbekommt, und sie zu bitten, ihre Worte noch einmal zu wiederholen, ist ihm unangenehm. »Okay«, sagt er und geht zurück in den Wartebereich. Es ist heiß. Er zieht seinen dicken Mantel aus, der für die spätsommerliche Hitze viel zu warm ist, aber zu sperrig, um in den Koffer zu passen.

Er starrt seinen Koffer und seine Umhängetasche an. Ob er laufen sollte? Doch er weiß weder in welche Richtung noch, wie weit es ist. Ist er schon fast am Ziel oder noch weit entfernt?

Er studiert die Fahrplan-Anzeigetafel. Darauf stehen Abfahrten nach New York, Philadelphia, Indianapolis, Milwaukee. Aber nichts von Evanston.

»Kann ich Ihnen helfen? Kennen Sie sich hier nicht aus?«, fragt ein junger Mann mit Brille und hellbraunen Haaren. Er trägt einen beigen Pullover mit V-Ausschnitt über einem rot karierten Hemd und einer dunkelbraunen Hose. Genau wie Renshu hat der Mann einen einzelnen Koffer und eine Umhängetasche bei sich. Seine offene Art ist vertrauenerweckend.

»Ja, genau«, bestätigt Renshu. Nervös blickt er auf seinen Fahrschein und sieht dann wieder den Mann an.

»Wo wollen Sie denn hin?«

»Evanston, Northwestern University«, bringt Renshu hervor.

»Das dachte ich mir schon«, erwidert der Mann und nickt. »Ich auch. Kommen Sie, wir nehmen den El.« Er gibt Renshu zu verstehen, dass er ihm nach draußen folgen soll.

Renshu schaut sich auf der Straße um. Keine Rikschas oder Karren, keine fröhlichen Fahrradklingeln. Die Straße ist voller Autos. Leute hupen und schreien. Überall sind Straßenschilder, Ladenschilder und Zeitungskioske, aber Renshu hat keine Zeit, so lange stehen zu bleiben, bis er sie versteht. Er muss dem Mann folgen. Plötzlich ist über ihm ein lautes Rumpeln zu hören. Renshu schaut hoch und erkennt zwischen dunkelgrünen Stahlbögen verblüfft einen Zug. Ein Zug! In der Luft?

»Kommen Sie, hier entlang. Haben Sie Kleingeld?«

Der Mann wirft Münzen in ein Drehkreuz. Renshu ist erleichtert, dass der Fahrpreis in Münzen und nicht in Scheinen bemessen ist. Er greift in seine Tasche, zählt die Summe ab und schiebt sich durch die Schleuse. Sie eilen eine Treppe hinauf zu einem höher gelegenen Bahnsteig, als gerade ein Zug einfährt. Er ist überfüllt. Sie zwängen sich trotzdem hinein und greifen im Stehen nach von der Decke hängenden Handschlaufen, damit sie in dem weit oberhalb der Straße anfahrenden Zug nicht ins Stolpern kommen.

Der Mann streckt ihm seine freie Hand hin. »Ich bin Richard. Richard Addison, und das hier ist der ›El‹, so nennt man hier die Hochbahn. ›El‹ ist die Abkürzung für ›elevated train‹.«

»Henry«, flüstert Renshu.

»Wie bitte?« Richard beugt sich vor. Er hat ihn in dem kreischenden und rumpelnden Zug nicht verstanden.

Da sie gerade um eine Kurve fahren, verliert Renshu beinahe das Gleichgewicht. Er hält sich fest und holt Luft, dann schlägt er in Richards Hand ein und sagt etwas lauter: »Henry. Ich bin Henry Dao.«

Evanston, Illinois, September 1960

Longweis Kontakt, Chen Yuming, oder, wie er sich in Amerika nennt, Charles Chen, ist ein wenig älter als Henry, hat ein freundliches Lächeln und eine ungezwungene Art. Er studiert schon seit ungefähr einem Jahr Wirtschaftswissenschaften an der Northwestern und kommt ihm irgendwie bekannt vor. Hat er vielleicht an der Nationaluniversität Taiwan seinen Abschluss gemacht, als Henry gerade dort anfing? Chen stimmt ihm zu, dass das möglich ist, aber er ist jetzt schon seit ein paar Jahren in den USA. Bevor er hier sein Graduiertenstudium begonnen hat, hat er in der Firma seines Onkels in Chicago gearbeitet. Er besucht ihn immer noch ziemlich häufig. In der Pension, in der Chen wohnt, ist ein Zimmer frei, und nachdem Chen bei der Vermieterin, Mrs. Patterson, ein gutes Wort für ihn eingelegt hat, zieht Henry erleichtert ein. Henry und Chen sind die einzigen Chinesen im Haus, die meisten anderen Bewohner sind Amerikaner. Sie sind freundlich, bleiben aber meist höflich distanziert – auch untereinander. Jeder konzentriert sich auf seine Arbeit oder das Studium.

In der Pension hat Henry ein ganzes Zimmer für sich allein, er muss es mit niemandem teilen. Seine Bücher liegen auf dem Tisch, seine Kleidungsstücke hat er gefaltet und in der Kommode verstaut. Ein paar Schubladen sind sogar noch leer. Im Schrank hängen sein Mantel, ein paar Oberhemden und ein Blazer für besondere Gelegenheiten, ganz unten steht ein zweites Paar Schuhe. Nach seiner Ankunft macht er das Licht ein paar Mal an und wieder aus, nur weil er es kann.

Die Straße ist von großen Bäumen gesäumt – Eichen, Ulmen und Ahorn. Die Formen ihrer Blätter faszinieren Henry. Hier gibt es weder üppige Banyan-Feigen, die sich überall ausbreiten, noch zarte, fächerförmige Gingko-Blätter, welche die Luft filtern. Ab und an fährt ein Auto vorbei, eine Mutter schiebt einen Kinderwagen über den Bürgersteig. Es ist so still hier, so anders als die gleißende Hitze von Taipeh, als die Palmen und Azaleen auf dem Boulevard vor der Nationaluniversität oder die ausgelassenen Nachtmärkte. Dieses Gefühl von Hitze, ohne dass ein Meer in der Nähe ist, und die Luft ohne den Geruch von Salz und Fisch sind ungewohnt.

Chen zeigt Henry die Nachbarschaft, erklärt ihm, wo er gebrauchte Lehrbücher kaufen kann, und berät ihm beim Ausfüllen der Formulare für ausländische Studenten. Chen hilft ihm auch, einen Job als Hilfskellner in der Cafeteria zu bekommen, so dass er kostenlos essen und dabei auch noch ein wenig Geld verdienen kann. Durch den Job und das Geld von Onkel Longwei kann Henry die Miete, Bücher, sein Essen und die blauen Luftpostbriefe bezahlen, die er einmal monatlich an seine Mutter schickt. Solange er sparsam wirtschaftet und hart arbeitet, wird er keine Geldprobleme bekommen.

Henrys Studium verlangt fast seine gesamte Aufmerksamkeit und Energie. Die Monate verstreichen in einer Routine aus Vorlesungen, dem Beackern von Fachliteratur und der Arbeit in der Cafeteria. In seinen Briefen an Meilin versucht Henry American Football, Donuts und Pizza zu beschreiben, und wie die Bäume ein Dach aus Blättern über die Straße spannen, das im Herbst wie ein goldener Tunnel aussieht. Als es kalt wird, trägt Henry seinen dicken Mantel und neue Stiefel, mit denen er durch das raschelnde Herbstlaub geht.

Erst als der Winter kommt, verspürt er zum ersten Mal Heimweh. Irgendwie hat ihn die Aufregung wegen all dem Neuen durch das erste Semester getragen. Doch in den ersten Monaten des neuen Jahres ziehen beißend kalte Winde vom Lake Michigan herüber, und die kurzen Tage bieten nur so wenig Sonne, so dass die Sehnsucht nach seiner Ma und der Vertrautheit Taiwans stärker wird.

Am chinesischen Neujahrstag sitzt Henry abends vor einem halbfertigen Brief an seine Ma am Schreibtisch. Seit Monaten hat er sich mit schwerer Zunge bemüht, die Laute seiner neuen Sprache zu formen. Er greift nach seinem chinesisch-englischen Wörterbuch, das so dick und so schwer ist wie ein Ziegelstein. Die dünnen Seiten klingen beim Blättern wie die Flügel einer Motte, als er nach Worten sucht, um die hiesige Kälte zu beschreiben.

Immer, wenn er an seine Ma schreibt, strömen die chinesischen Schriftzeichen wie ein Fluss auf das Blatt und tauen seine Sprache gleichsam auf: *Ma, der Schnee im Winter ist heftig und eisig. Ich kann mich nicht erinnern, in Taiwan jemals Schnee gesehen zu haben. Hier sind die Stürme wie kreischende Dämonen, die die Bäume schütteln. Ihre nackten Äste schaben wild über meine Fenster. An manchen Tagen trage ich zwei Paar Socken übereinander und zwei Pullover, und mir ist trotzdem noch kalt! Heute ist das chinesische Neujahrsfest, und ich frage mich, was Du machst. Backst Du Rettichkuchen für die Huangs? Isst du mit Tante Chin Fisch und plauderst mit ihr? Weißt du noch, wie wir in den Straßen von Schanghai Laternen angezündet und uns etwas gewünscht haben? Du fehlst mir, Ma.*

Henry legt seinen Stift beiseite, steht auf, reckt sich und geht zum Fenster herüber. Er zieht den Vorhang zur Seite und spürt, wie kalte Luft ins Zimmer dringt. Die gelben Straßenlaternen sind verschwommen. Alles ist ruhig bis auf die gelegentlich herannahenden Autoscheinwerfer und die sich entfernenden Rücklichter.

In Taipeh werden heute Nacht Feuerwerkskörper gezündet, und Drachentänzer schlängeln sich zu Trommelschlägen durch die Straßen, die so laut und tief sind, dass man sie im Magen spürt. Glück bringende rote Umschläge wechseln in Massen ihre Besitzer. Aus offenen Ladengeschäften quellen Pyramiden aus Orangen und Granatäpfeln hervor; Kumquats, Nüsse und Bonbons werden sorgfältig auf Schachteln verteilt und mit roter Kordel verschnürt. Vor den Tempeln kaufen die Leute bündelweise Höllengeld und Räucherstäbchen sowie dicke rote Kerzen. Überall in den Straßen hängen rote Papierlaternen mit goldenen Quasten. Gespräche werden lauter und es wird gelacht – so klingen Familien, die Freunde und Verwandte wiedersehen. Hier in Evanston wischt er über die beschlagene Fensterscheibe und verrenkt sich auf der Suche nach ein paar Sternen am Himmel den Hals. Aber da ist nichts außer einer dichten Wolkendecke.

Doch schon bald naht der Frühling. Der Campus ist mit kleinen Blüten übersät und überall bilden sich winzige Blätter. Die Studenten werfen ihre Hüllen aus Mänteln, Mützen und Schals ab. Statt durch die eisige Luft von der Pension zur Universität und wieder zurück zu hetzen, schlendert Henry nun. Er genießt die Wärme und die längeren Tage. Unter schmelzenden Schneehaufen kommen grüne Rasenflächen zum Vorschein, und Tulpen und Krokusse verschönern seinen Weg.

Als es Sommer wird, nimmt er einen Job als Spüler in einem Chemielabor an und lernt für seine bevorstehende Zulassungsprüfung. Ehe er sich's versieht, bricht ein weiterer Herbst an, und mit ihm kommen neue Studenten und Mitbewohner. Es treffen auch weitere chinesische Studenten ein, und obwohl in der Pension kein Zimmer frei ist, freundet sich Chen auch mit ihnen an. Inzwischen sind an der Universität genug chinesische Studenten, um kleine Treffen abzuhalten, so dass eine Chinesische Studentenvereinigung gegründet wird. Henry verbringt das zweite chinesische Neujahrsfest, seit er Taiwan verlassen hat, in der Gesellschaft neuer Freunde.

In diesem Jahr macht Henry seinen Master. Da er hart gearbeitet und hervorragende akademische Leistungen gezeigt hat, bietet man ihm ein Promotionsstipendium an. Wenn er es annimmt, braucht er keine Studiengebühren zu bezahlen und er wird als wissenschaftliche Hilfskraft bezahlt. Er hatte immer geplant, nach seinem Master nach Taiwan zurückzukehren. Das war das ursprüngliche Angebot gewesen, für das Longwei finanziell aufkam. Doch eine Chance, den Doktor zu machen, die er sich zudem selbst erarbeitet hat? Und vielleicht wird er sogar so viel Geld verdienen, dass er seiner Ma etwas davon schicken kann. Wie kann er da nein sagen?

Andererseits – wie kann er ja sagen? Wenn er bleibt, werden mindestens vier oder fünf weitere Jahre vergehen, ehe er seine Ma und seinen Onkel wiedersieht. Wer soll sich um sie kümmern? Werden sie sich umeinander kümmern?

In letzter Zeit beschreiben die Briefe seiner Ma eine Welt, an die Henry sich immer schlechter erinnern kann. Sie berichtet ihm von Peiwens Zwillingen, die neue Stellen haben, und dass der kleine Baobao an der Jianguo High School angenommen worden ist. Doch vor seinem geistigen Auge verschwimmt Taipeh immer mehr. Er weiß nicht mehr, wie die verschiedenen Straßen und Gassen miteinander verbunden sind. Meilins Schilderungen, die einst die Gerüche des Marktes, die Geräusche der Straßen und die Stimmen der Nachbarn vor seinen Sinnen heraufbeschworen hatten, sind nur noch Schriftzeichen auf einem dünnen Blatt Luftpostpapier. Dao Renshu verblasst. Und wenn er in Amerika bleibt, wird er noch schemenhafter werden.

Plötzlich flackert eine Erinnerung in ihm auf. Eine Geschichte – eine der Geschichten seiner Ma, an die er seit Jahren nicht mehr gedacht hat. Es ist die von dem alten Mann an der Grenze mit seinem Hengst. *Dieses Stipendium,* denkt er: ganz gleich, wie er sich entscheidet, es wird ein Fluch und ein Segen zugleich sein.

16

Evanston, Illinois, November 1963

Es ist Freitagmorgen, Ende November. Henry arbeitet in seinem Büro als wissenschaftliche Hilfskraft an einer Berechnung, die ihn schon die ganze Woche beschäftigt. Beim Aufwachen hatte er eine Idee für einen neuen Ansatz, und jetzt, voll konzentriert, hat er den Eindruck, dass es sich um einen vielversprechenden Weg handelt. Henry liebt es, wissenschaftliche Rätsel zu knacken: Wenn sich Türen öffnen, Zahnräder ineinandergreifen, Gleichungen das Blatt füllen und er ganz plötzlich alles versteht.

Henry schreibt eine Doktorarbeit in Luft- und Raumfahrttechnik. Wenn Henry in China irgendetwas verstanden hat, dann, dass wer den Himmel beherrscht, die Welt beherrscht. Wann immer er an seine frühen Jahre in Chongqing zurückdenkt, überkommt ihn wieder ein Gefühl größter Hilflosigkeit. Ganz egal, wie groß die Wut der Chinesen am Boden war und wie entschlossen sie ihre Kanonen einsetzen mochten, sie hatten kaum oder gar keine Chance, wenn die Japaner ihre Bomben abwarfen. Die Schwerkraft war auf ihrer Seite. Am Ende war Japan mit Hilfe von Wissenschaft gestoppt worden – besserer Wissenschaft, amerikanischer Wissenschaft. Und jetzt ist schon wieder Krieg, ein kalter diesmal, und es gibt einen Wettlauf nicht nur um die Beherrschung des Himmels, sondern auch um die Herrschaft über die Sterne und den Mond. Doch wo Angst existiert, gibt es auch Chancen. Und Henry lässt keine Chance an sich vorbeiziehen.

Sein Magen knurrt, denn es ist fast Mittag. Zufrieden mit seinem Fortschritt am Morgen, packt Henry seine Sachen ein und kehrt zum Mittagessen in seine Pension zurück.

Als er die Stufen zur Veranda hinaufsteigt, sieht er durch die großen Fenster, dass der Gemeinschaftsraum voller Menschen ist. Mitten am Tag ist da sonst niemand. Normalerweise schaut dort nur Mrs. Patterson ihre Seifenopern, bis eine Handvoll Studenten zum Mittagessen eintreffen. Doch heute hat sich eine große Gruppe um den Fernseher versammelt. Mrs. Patterson schluchzt, ihr Blick klebt am Bildschirm.

»Es wurde auf Präsident Kennedy geschossen«, sagt jemand.

Im Fernsehen schwenkt die Kamera über einen Konferenzraum, in dem die Tische für ein Bankett gedeckt sind. Doch niemand sitzt dort. Männer in eleganten Anzügen und Frauen mit modischen Hüten schwirren herum. *Es kommen jede Menge Nachrichten über den Zustand des Präsidenten herein. Eine davon lautet, dass Kennedy tot ist. Dafür gibt es keine Bestätigung.* Die Kamera zoomt auf einen Kellner mit weißem Frack und schwarzer Fliege, der sich mit einem Handtuch übers Gesicht wischt. Dann wechselt die Kamera zu einem Nachrichtensprecher, der ohne Jackett in einem Studio sitzt. Hinter ihm rennen Leute umher und Telefone läuten. Dann beginnt er zu sprechen: *Soweit es bekannt ist, ist der Präsident tot. Es gibt dafür jedoch noch keine offizielle Bestätigung.*

Mrs. Patterson schüttelt den Kopf. »Furchtbar, furchtbar. Das kann nicht sein!«

Henry sieht die anderen im Raum an, die alle wie gelähmt dastehen.

Der Nachrichtensprecher sagt etwas von einem Priester und letzter Ölung, und dass die Polizei einen Verdächtigen in Gewahrsam habe. Dann unterbricht er sich selbst: »Unser Korrespondent in Dallas, Dan Rather, bestätigt, dass Präsident Kennedy tot ist. Von offizieller Seite gibt es allerdings immer noch keine Bestätigung.«

Niemand weiß, was Fakt ist und was nur ein Gerücht.

Der Sprecher sagt etwas über einen Botschafter, bricht dann mitten im Satz ab und schaut zur Seite. Er setzt seine Brille auf und nimmt ein Blatt Papier zur Hand. »Aus Dallas, Texas. Die Eilmeldung, offenbar offiziell: Präsident Kennedy« – er nimmt die Brille während des Sprechens wieder ab – »ist um zwei Uhr mittags Ostküstenzeit verstorben, ungefähr vor achtunddreißig Minuten.« Er senkt den Blick, setzt seine Brille wieder auf und sortiert seine Papiere.

Mrs. Patterson weint. Der ganze Raum füllt sich mit bangem Gemurmel. Ist das Teil eines größeren Angriffs? Ist es der Beginn eines neuen Krieges? Wer steckt dahinter? Warum? Dann klingelt das Telefon. Der Fernsehbericht geht weiter. Jemand stellt das Radio an. Neue Nachrichten. Das Telefon klingelt erneut. Die Menschen verteilen sich, in andere Zimmer, in die Küche, auf die Veranda oder die Straße, egal wohin, es zieht sie nur weg von diesem Horror.

Wie kann so etwas passieren? Henry hatte gedacht, diese Art von Tragödien in China zurückgelassen zu haben. So etwas hätte hier in diesem schönen Land nicht passieren dürfen. Was soll Henry jetzt tun? Wieder in sein Büro gehen? Seine Ma anrufen? Chen ist gerade wieder in Chicago, deshalb kann er ihn nicht fragen. Henry hat keinen Schaden genommen, aber die Welt an sich scheint zerbrochen zu sein: Sie ist nicht mehr so, wie sie nur ein paar Stunden vorher war. Jemand bringt ein Tablett mit Tassen voll heißem Kaffee in den Raum und reicht sie herum. Henry trinkt zu schnell und verbrennt sich den Gaumen.

Während der nächsten Tage laufen rund um die Uhr Nachrichten. Die Menschen sind vor Trauer und Schock wie benommen. Der Mordverdächtige wird verhaftet und bei der Überführung ins Staatsgefängnis erschossen. Lehrveranstaltungen werden abgesagt, Flaggen wehen auf Halbmast. Das Land, die Welt, sind wie vor den Kopf geschlagen. Als Henry in Amerika ankam, hatte er sich gefragt, wo all die Menschen waren. Aber jetzt sieht er sie im

Fernsehen – die Tragödie hat sie aus ihren Wohnungen getrieben; es ist, als würde sich Amerika auf die Straßen ergießen.

Ein paar Nächte danach erwacht Henry und riecht Rauch. Alarmglocken schrillen, er hört Rufe und Schreie.

Er keucht, sein Herz beginnt zu rasen. Noch mehr Rauch, dazu heulende Sirenen.

Er springt aus dem Bett und schnappt sich seine Leder-Brieftasche, in der er seinen Pass und Bargeld für den Notfall aufbewahrt, zieht sich einen Pullover und seinen warmen Wintermantel an, und dazu Wollsocken und Stiefel. Auf der Straße nähern sich weitere Sirenen.

»Wach auf! Wach auf!« Er hämmert mit der Faust an die Tür seines Nachbarn. »Du musst hier raus!«

Keine Antwort.

Er hämmert wieder. »Wir müssen in den Schutzraum! Wo ist eigentlich unser Schutzraum?«

Das Prasseln des Feuers bedrängt ihn – keine Zeit, zu warten.

Er eilt die Treppen hinunter. Warum ist keiner unterwegs? Er hustet und hofft, dass der Rauch ihn nicht zum Würgen bringt. Er rennt die Stufen zum Vorgarten hinunter. Wo sind denn alle?

Er sucht den Himmel ab. Es ist dunkel, aber die fernen Silhouetten der Flieger sind unverwechselbar. Dröhnend nähern sie sich durch die Luft. Am Ende der Straße wird der Himmel von Flammen erleuchtet. Häuser brechen in sich zusammen und Klagelaute hallen durch die Nacht. Anscheinend sind schon Bomben abgeworfen worden. Er späht wieder nach oben. Die Flieger kommen bestimmt für eine zweite Angriffswelle zurück. Wo ist der Schutzraum?

»Mr. Dao?«

Er dreht sich um. Mrs. Patterson steht in ihren Pantoffeln auf der Veranda und hat sich einen Hausmantel über ihr Nachthemd geworfen.

»Wo ist der Schutzraum? Wir müssen uns beeilen, wir müssen

alle nach draußen bringen, bevor die Flieger zurückkommen!«, schreit er.

»Mr. Dao.« Sie kommt die Stufen herab und späht in den Himmel. »Da sind keine Flieger.«

Er schaut wieder nach oben. Er ist sich sicher. »Aber die Sirenen, das Feuer …« Er gestikuliert in Richtung der Flammen. Adrenalin pulsiert durch seine Adern.

Sie blickt die Straße entlang. »Wovon reden Sie?«

Er schaut sich wieder um. Alles ist dunkel und ruhig; nur das Summen und Flackern der Straßenlaternen ist zu hören. Er schnuppert. »Riechen Sie denn den Rauch nicht, Mrs. Patterson? Wo kommt das her?«

Sie schnuppert ebenfalls und schüttelt missbilligend den Kopf. Dann bemerkt sie seine Stiefel, Hose und Mantel. »Was dachten Sie denn, was gerade passiert?«

»Ich dachte …«

»Was ist denn hier für ein Tumult?« Der Mann aus dem Zimmer neben Henrys tritt zu ihnen. Er kommt nicht aus dem Haus, sondern aus dem Garten auf der Rückseite.

»Sie auch?«, ruft Mrs. Patterson genervt.

»Ich konnte nicht schlafen.« Er zuckt mit den Schultern. »Hab draußen eine geraucht.«

»Sehen Sie?«, wendet sich Mrs. Patterson an Henry. »Es war nur Mr. Wetherall, der zu einer unchristlichen Stunde aufgestanden ist, um eine Zigarette zu rauchen. Mr. Dao scheint eine Art Erscheinung gehabt zu haben«, fährt sie fort.

Ihre herablassende Bemerkung lässt Henry zusammenzucken. Aber er hat die Flieger doch gesehen, das Feuer gehört. Wirklich.

Eine Zigarette? Er begreift es nicht.

Seit dem Attentat hat Mr. Wetherall immer wieder dieselbe Schallplatte gespielt. Klassische Klaviertöne sickern in Henrys Zimmer und durchdringen die allumfassende Atmosphäre von Trauer, aber auch Henrys Verwirrung. *Was ist das für eine Musik?*

Obwohl sie einander schon seit zwei Monaten auf dem Flur zum Gruß zunicken, war Henry zu schüchtern, um seinen Nachbarn anzusprechen. Und die Nacht im Vorgarten ist ihm besonders peinlich. Außerdem fürchtet er selbst nach drei Jahren in Amerika immer noch, missverstanden zu werden. Jedes Mal, wenn er mit Amerikanern spricht und sie beim Zuhören beobachtet, krampft sich Henrys Magen zusammen, und er entspannt sich erst, wenn ihre Reaktion erkennen lässt, dass sie ihn verstanden haben. Aber da ist schon wieder diese Musik. *Was ist das?* Er beschließt zu fragen und klopft schnell an die Tür, bevor ihn der Mut wieder verlässt.

Der junge Mann öffnet sofort. Er muss über 1,80 Meter groß sein, seine entspannte Haltung signalisiert eine unerschütterliche Ruhe.

Henry beginnt: »Die Musik ...«

Noch bevor er seinen Satz beenden kann, entschuldigt sich der Mann bereits. »Es tut mir leid, habe ich Sie mit meiner Musik gestört?«

Henry denkt über die Frage nach. Die Musik hat seine Arbeit unterbrochen und ihn zu einer Pause gezwungen, dazu, ihr wieder und wieder zu lauschen, und mit jedem neuen Durchgang mit mehr Konzentration.

»Ja, das haben Sie. Sie gefällt mir sehr.«

Der Mitbewohner lacht erleichtert auf. »Ja, Chopin kann gleichzeitig verstörend und einnehmend sein. Das ist das Einzige, was ich im Moment ertrage. Die Nachrichten machen mich ganz krank.« Er streckt die Hand aus, und Henry bemerkt, dass der Mann sehr lange Finger hat, an denen sich die Gelenke und Knöchel deutlich abzeichnen. Sein Händedruck ist kräftig. »Guy Wetherall. Ich bin im Graduiertenprogramm für Komposition am musikwissenschaftlichen Institut. Und Sie?«

»Henry. Ich promoviere in Maschinenbau.«

Guy nickt.

»Was ist das für Musik?«, fragt Henry.

Guy sagt ganz schnell etwas, das nicht Englisch klingende Worte enthält. Und da Henry ihn nicht bitten mag, sich zu wiederholen, fragt er stattdessen, wie man den Namen buchstabiert. Guy macht die Tür weiter auf und lädt ihn mit einer Geste in sein Zimmer ein.

Auf einer hochkant aufgestellten Milchkiste steht ein Schallplattenspieler, und in der Kiste befinden sich verschiedene Schallplatten. Der offene Schrank ist mit Hemden, Hosen und Jacketts vollgestopft. Vom ungemachten Bett sind Kissen auf den Boden gefallen. Der Schreibtisch ist mit Notenblättern übersät, die kreuz und quer durcheinanderliegen.

Guy nimmt eine Schallplattenhülle von seinem Bett und reicht sie Henry. Darauf ist das gemalte Porträt eines jungen Mannes mit dunkler Jacke, roter Weste, weißem Hemd und Fliege abgebildet. Henry fragt sich, ob das der Komponist oder der Klavierspieler ist. Auf dem Cover steht »The Chopin Ballades« in heller, wässrig-blauer Schrift, und darunter »RUBINSTEIN« in leuchtendem Orange.

»Ich kann sie Ihnen leihen, wenn Sie wollen. Haben Sie einen Plattenspieler?«

Henry schüttelt den Kopf.

»Oh. Sie wissen, dass Sie in der Musikbibliothek Schallplatten hören können, ja?«

Das hat Henry nicht gewusst. Er bittet Guy zu warten und eilt in sein Zimmer, um Stift und Papier zu holen. Sorgfältig schreibt er die Worte »Chopin Ballades« und »Rubinstein« ab und bedankt sich bei Guy.

»Keine Ursache«, sagt Guy und schließt die Tür.

Schon bald beginnt die Platte von Neuem, und Henry hört, wie Guy mitsummt.

In der nächsten Woche geht Henry in die Musikbibliothek. Hinter dem Empfangstresen sitzt eine lesende junge Frau mit kurzgeschnittenen braunen Haaren und einer dunkelgrünen Strickjacke. Sie ist derart in ihr Buch vertieft, dass sie Henry gar nicht bemerkt.

»Dürfte ich mir bitte diese Schallplatte anhören?«, fragt er und hält ihr den Zettel mit dem Albumnamen hin.

Sie schreckt auf und sieht ihn alarmiert an. »Bitte?«

Henry errötet. War seine Frage unklar? Er stellt sie noch einmal.

»Oh.« Sie entspannt sich. »Sie haben mich nur überrascht, das ist alles. Schauen wir mal.« Sie schiebt sich eine lose Haarsträhne hinters Ohr und greift nach dem Zettel.

Er tastet nach seiner Wange. Sie ist immer noch heiß.

Sie sieht auf den Zettel, dann zu ihm hin, und steht schließlich von ihrem Stuhl auf. Sie ist fast so groß wie er. »Ich zeige es Ihnen«, sagt sie und tritt an einen Holzschrank mit vielen winzigen Schubladen. Dann zieht sie eine lange Schublade heraus, die mit dem Buchstaben »C« markiert ist und blättert durch die Karteikarten. Als sie gefunden hat, wonach sie sucht, nimmt sie einen kleinen Bleistift aus einem Kästchen und schreibt eine Reihe von Buchstaben und Zahlen auf.

»Wenn Sie eine Schallplatte möchten, müssen Sie sie zuerst im Zettelkatalog suchen und sich die Signatur aufschreiben«, erklärt sie und zeigt ihm den Zettel. »*Dann* kommen Sie zu mir, und ich bringe Ihnen Ihre Platte.« Ein leichtes Grinsen umspielt ihre Mundwinkel.

Henry, der sich ein wenig abgestraft vorkommt, folgt ihr zum Empfangstresen zurück. Sie blickt über ihre Schulter. »Einen Augenblick.«

Sie verschwindet durch eine offene Tür. Er stellt sich auf die Zehenspitzen und versucht, dahinter einen Blick auf sie zu erhaschen.

Schon bald kehrt sie mit dem Album zurück. Den Kopf zur Seite geneigt, fragt sie: »Die hier?«

Er nickt und greift danach, doch sie zieht die Platte ein Stück zurück.

»Bibliotheksausweis?«

Er fummelt in seiner Brieftasche herum und hält ihr seinen Studentenausweis hin. Sie nimmt ihn und wirft Henry dann lächelnd einen Blick zu.

»Bitteschön, Mr. Dao.« Sie reicht ihm die Platte und zeigt auf eine unbesetzte Kabine, in der ein Schallplattenspieler mit Kopfhörern steht. »Wir behalten Ihren Ausweis, bis Sie die Platte zurückgeben.«

Während er der Musik lauscht, bleibt er still sitzen. Mit geschlossenen Augen nimmt er die Klänge in sich auf. Es ist, als würde Arthur Rubinstein nur für Henry spielen. Als die erste Seite zu Ende ist, fasst er die Schallplatte am Rand an, dreht sie um und legt sie wieder auf den Plattenteller. Er senkt die Nadel auf die glänzende schwarze Rille und wartet, dass die Musik weitergeht. Der Nachmittag löst sich auf, während er die Aufnahme ein zweites und dann ein drittes Mal anhört. Die Musik vertreibt den Kummer, den er in den letzten zwei Wochen verspürt hat. Aber mehr noch, sie dämpft eine Sehnsucht, die er in der Bauchgegend, in seinen Armen und den Fußsohlen verspürt. Diese Töne haben nichts Patriotisches oder Militaristisches an sich. Niemand kann Treue von ihnen einfordern. Sie gehören nur sich selbst. Ihre Noten strömen in seine Ohren wie ein Wasserfall und erfüllen ihn mit ihrer drängenden Schönheit. Die Balladen erzählen Geschichten von großem Kummer und Verlust, von Beharrlichkeit und Leidenschaft. Sie sprechen von all dem, was er weder auf Englisch, noch auf Chinesisch oder in irgendeiner anderen Sprache ausdrücken kann.

Als er die Bibliothek betreten hatte, war es noch ein sonniger Herbstnachmittag gewesen. Mittlerweile hat sich der Himmel mit der Abenddämmerung scharlachrot und violett verfärbt. Als er nach Hause eilt, werden Henrys Hände und Gesicht kalt, aber er bemerkt es nicht einmal. Er denkt an Chopins Balladen und sieht ein freundliches Paar dunkelgrüner Augen vor sich.

Ab jetzt geht Henry jeden Sonntag in die Musikbibliothek. Er wendet sich stets an dieselbe Mitarbeiterin und fragt nach Chopin.

»Bitteschön, Mr. Dao«, sagt sie und übergibt ihm die Aufnahme.

»Danke.« Er fragt sich, wie sie heißt.

Irgendwann holt sie die Schallplatte schon aus dem Regal, wenn er sich ihrem Tresen nur nähert.

Nachdem er Weihnachten und Neujahr alleine in der Pension verbracht hat, ist Henry froh, dass das Semester weitergeht. Und als er am ersten Sonntag wieder die Bibliothek betritt und die Mitarbeiterin erblickt, macht sein Herz einen Satz.

»Frohes neues Jahr, Mr. Dao.«

»Frohes neues Jahr … wie heißen Sie denn?«

»Rachel Howard.« Sie hält ihm ihre Hand hin.

»Henry«, antwortet er und nimmt ihre Hand.

»Ich weiß«, sagt sie mit einem Funkeln in den Augen.

Rachel. Rachel, würden Sie einen Spaziergang mit mir machen? Rachel, mögen Sie Donuts? Rachel, gehen Sie gern ins Kino? Er hat die Sätze während der ganzen Weihnachtsferien geprobt, aber als es drauf ankommt, kriegt er die Zähne nicht auseinander und fragt stattdessen lediglich ein weiteres Mal nach der Chopin-Platte.

17

Evanston, Illinois, Februar 1964

Es klopft an seiner Tür. Als Henry öffnet, steht Chen mit Schneestiefeln davor. Er hat seinen Mantel aufgeknöpft, ein Schal hängt lose um seinen Hals.

»Bist du sicher, dass du nicht mit nach Chicago kommen willst? Meine Cousins würden sich sehr freuen, dich kennenzulernen sehen und es gibt immer jede Menge zu essen.«

»Klingt verlockend, aber nein, danke. Ich muss dieses Wochenende hierbleiben.«

»Okay, okay, ich hab's wenigstens versucht«, sagt Chen mit zur Decke gerichtetem Blick und hebt kapitulierend die Hände. »Aber wenn du das nächste Mal meiner Tante begegnest, wirst du dich rechtfertigen müssen.« Chen betritt das Zimmer und blickt sich um. »Und was hast du stattdessen heute Abend vor? Bitte sag mir nicht, dass du das Jahr des Drachen in Begleitung dieses Typen da begrüßen willst.« Chen nimmt *Klassische Elektrodynamik* von J. D. Jackson in die Hand und wedelt damit herum. »Glaub mir, das macht ganz und gar keinen Spaß.«

»Nein, heute Abend nicht«, lacht Henry. »Ich dachte, ich gehe vielleicht auf eine Party.«

»Die Party von der Chinesischen Studentenvereinigung? Die war aber letzte Woche.«

»Nein, bloß ein lockeres Treffen. Viele Studenten aus Taiwan.«

Chen schließt die Tür. »Wer gibt denn die Party?« Seine Stimme ist plötzlich ernst.

Henry beißt sich auf die Lippe, während er versucht, sich an den Namen zu erinnern. Er weiß nicht, wer der Gastgeber ist. Arthur Lai, ebenfalls ein Absolvent der Nationaluniversität, den er aber damals noch nicht kannte, hatte ihm die Einladung überbracht. »Irgendjemand namens Hu. Ja, Joseph Hu, glaube ich.«

Chen runzelt die Stirn. »Ich glaube nicht, dass du dort hingehen solltest.«

»Wie bitte?«

»Ich sagte, geh besser nicht hin. Du kennst diesen Joseph Hu nicht. Vielleicht ist das einer, der Ärger macht.«

Henry lacht. Chen meint es bestimmt lustig. »Ärger? Was für Ärger? Kennst du ihn?«

Chen beantwortet seine Frage nicht. »Dein Studium wird doch von der Regierung unterstützt, nicht wahr?«

»Ja, wie bei uns allen.«

»Genau. Also geh auch nur zu den offiziellen Veranstaltungen der Chinesischen Studentenvereinigung. Das ist sicherer.«

Henry sieht Chen ungläubig an. Irgendetwas hat die Stimmung zwischen ihnen getrübt.

»Du weißt nicht, wer das organisiert, wer zuhört. Wenn die falschen Leute erfahren, dass du dort warst, könntest du Probleme bekommen – auch, wenn du gar nichts gesagt oder getan hast. Geh nicht hin.« Chens Jovialität ist verpufft.

»Es ist nur eine Party«, sträubt sich Henry.

»Eine Party ist niemals nur eine Party.« Chen knöpft seinen Mantel zu und geht.

Henry starrt auf die Tür und wünscht sich, er hätte eine gute Antwort parat gehabt. Jetzt hallen Chens Worte von den Wänden wider. Obwohl die Vorhänge zugezogen sind und zusammengerollte Handtücher vor den Spalten zwischen Fensterbank und Scheibe liegen, kriecht ein kalter Luftzug herein und weht über den Holzfußboden, um sich dann wie unsichtbarer Schnee in den Ecken zu sammeln. Henry schlägt in seinem Kalender noch einmal die Adresse nach, klappt seine Bücher zu und räumt seine Unterlagen weg.

Dann zieht er seine Stiefel an, Handschuhe, Schal und Mütze. Er hat sich immer noch nicht daran gewöhnt, dass er so viele Schichten übereinander tragen muss. Schließlich verlässt er sein Zimmer, verschließt die Tür und tritt in den klaren, kalten Abend hinaus. Die eisige Luft bleibt ihm im Hals stecken; er hustet und wickelt sich seinen Schal enger um. Henry macht sich Sorgen. Warum ist Chen so misstrauisch? Longweis Abschiedsworte fallen ihm wieder ein: *Lass dich nicht in politische Debatten reinziehen.* Seit seiner Ankunft in Amerika ist Henry immer vorsichtig gewesen, aber das hier hat nichts mit Politik zu tun – es ist nur eine Neujahrsfeier. Seine Schritte knirschen auf dem alten Schnee, Henry zieht sich die Mütze tiefer ins Gesicht, damit seine Ohren ganz bedeckt sind, und geht schneller. Sicher, Chen ist ein Freund, aber auch er weiß nicht alles über Henry. Die Kälte dringt in seine Stiefel ein, und seine Zehen werden taub. An einer Kreuzung hebt Henry den Kopf, um die Straßenschilder zu lesen. Es beginnt zu schneien. Die von den Autoscheinwerfern erleuchteten Schneeflocken sehen aus wie Tausende winzige Laternen.

Als er die kalte, hellerleuchtete Eingangshalle des Apartmentkomplexes betritt, stampft er mit den Stiefeln fest auf und hinterlässt Abdrücke auf dem feuchten Türvorleger. Am Fuß der Treppe hat sich ein matschiger Haufen aus nassem Laub gesammelt. Während er nach oben geht, schmilzt der Schnee, der an seinem Mantel klebt, und Stimmengewirr dringt herab. Im vierten Stock erreicht er einen Flur, in dem die Tür zu einer Wohnung offen steht. Schuhe und Stiefel verteilen sich bis in den Flur. Drinnen ist es rappelvoll mit fröhlichen Menschen.

»Henry! Henry – Frohes neues Jahr!«, ruft eine vertraute Stimme. In der warmen Luft der Wohnung beschlägt Henrys Brille. Einen Moment lang wird er von den Aromen von Knoblauch, Sojasoße, Ingwer, Frühlingszwiebeln und brutzelndem Schweinefleisch eingehüllt. Ihn umgibt ein Meer aus Hochchinesisch, mit der einen oder anderen Welle Taiwanisch. Er versteht zwar ein wenig Taiwanisch, hat es aber nie gut genug gelernt, um es fließend sprechen zu können. Alle Vorlesungen an der Nationaluniversität waren auf Hochchinesisch, und obwohl an seinen Seminaren auch taiwanische Studenten teilgenommen hatten, hatte er keinen von ihnen persönlich gekannt. Taiwaner und Festlandschinesen hielten sich meist voneinander fern.

Während er seine Kleidungsschichten ablegt und die Brille abtrocknet, genießt Henry den wohltuenden Klang von Worten, nach deren Bedeutung er nicht erst suchen muss und deren Betonung er sofort erfasst. Die Person von eben ruft ein weiteres Mal nach ihm, und er blinzelt in die Menge, wo Arthur Lai ihn zu einem Tisch voller Essen lotst. Henrys Finger schmerzen, als sie langsam wieder warm werden.

Er lässt sich mit einem Teller mit gefüllten Teigtaschen, langen Nudeln, Fisch und Brokkoli, Klebreiskuchen, Wassermelonenkernen und Erdnüssen nieder. So zufrieden und entspannt war er seit dem Abendessen vor seiner Abfahrt mit dem Bus aus New York nicht mehr. Jemand bietet ihm einen Becher Jasmintee an. Er pustet auf die Oberfläche und umschließt den Becher mit beiden Händen.

Während er an seinem Tee nippt, schaut sich Henry im Raum um. Überall stehen Gruppen von Studenten beisammen, manche von seinem Studiengang, andere, die er bei Veranstaltungen im Studentenzentrum schon mal getroffen hat. Viele der Anwesenden hat er aber noch nie zuvor gesehen. Seit seinem ersten Winter, als es schien, als seien er und Chen die einzigen chinesischen Studenten, hat sich eine Menge verändert. Gerade als Henry bewusst wird, dass niemand aus Chens Freundeskreis gekommen ist, gesellt sich jemand zum Plaudern zu ihm. Es ist der Gastgeber höchstpersönlich, Joseph Hu. Anfangs klingen Josephs Fragen nach harmlosem Smalltalk: Was studiert Henry? Seit wann ist er hier? Wie findet er Amerika? Es wirkt so, als würde Joseph halb Henry zuhören und halb den Raum im Blick behalten; er nickt

Leuten zu, die an ihnen vorbeikommen, winkt anderen zur Begrüßung, und versichert Henry gleichzeitig *Sprich weiter, sprich weiter, ich höre zu.* Henry hat seinen Tee fast ausgetrunken; in seinem Becher ist nur noch die starke und ein wenig zu bittere Neige. Henry fragt, ob Joseph nicht auch mit seinen anderen Gästen sprechen möchte, doch der winkt ab: »Du bist einer meiner Gäste. Abgesehen davon, sehe ich die anderen die ganze Zeit.« Stattdessen stellt er noch mehr Fragen. Auf welcher Universität hat Henry in Taiwan studiert? Wann hat er seinen Wehrdienst geleistet? Die Fragen entwickeln sich von neugierig zu tückisch. Wo war er stationiert? Kennt er diese Person, kennt er jene Person? Henry kommen Chens Worte wieder in den Sinn: *Geh nicht hin … eine Party ist niemals nur eine Party.* Der Teebecher in Henrys Händen ist kalt geworden.

Um diesen letzten Fragen Josephs zu entgehen, deutet Henry auf seinen leeren Teller. Er dankt Joseph für seine Gastfreundschaft und fragt, ob er sich vielleicht noch eine kleine Portion Frühlingszwiebel-Pfannkuchen holen kann.

»Aber natürlich, iss so viel du magst! Wir unterhalten uns später weiter.« Joseph klopft Henry mit der Hand auf den Rücken.

Henry antwortet nicht, sondern geht zum Buffet.

Der Raum, der noch vor einer Stunde einladend wirkte, ist plötzlich erdrückend. Die Kristallschüsseln, die festlich geglitzert hatten, erscheinen nun billig und protzig. Das Gelächter in der Wohnung klingt scheppernd.

Der Teller, auf dem die Frühlingszwiebel-Pfannkuchen gestapelt gewesen waren, ist leer. Auf dem Teller daneben liegen noch ein paar kalte, matschige gefüllte Teigtaschen. Ihre Hüllen sind fettdurchtränkt. Eigentlich hat Henry auch gar keinen Hunger mehr.

Trotz mancher Annehmlichkeiten hat diese Party beunruhigende Untertöne. Henry ist in eine Höhle getappt, in der es von unklaren Loyalitäten wimmelt. Vielleicht liegt es an Chens mahnenden Worten, vielleicht an Henrys vorsichtiger Art, oder an einer Kombination aus beidem, aber er ist sich sicher, dass er besser gehen sollte. Und zwar sofort.

Er arbeitet sich zu Lai vor, der sich gerade eine fröhliche Neckerei mit zwei Mädchen darüber liefert, ob sie heute Abend Papierlaternen steigen lassen sollen; die eine sagt, es sei zu früh und sie müssten den Vollmond abwarten; die andere findet, sie sollten es jetzt machen, weil sie gerade alle zusammen seien. Lai klatscht in die Hände und ruft: »Machen wir doch beides!« Für einen Moment will auch Henry sich darauf einlassen, auch er hat Lust auf Späße und Flirtereien. Doch im Augenwinkel sieht er Joseph, so dass sein Unbehagen stärker wird als der Wunsch zu bleiben. Henry tippt Lai auf die Schulter.

»Ich gehe.«

Lai bricht mitten im Satz ab. »Aber willst du nicht …?« Er deutet auf den mit halb geleerten Tellern, Stapeln von schmutzigem Geschirr und Getränkeflaschen aller Art und Größe vollgestellten Tisch.

»Nein, ich muss lernen. Wir sehen uns! Frohes neues Jahr!«

»Okay. Frohes Jahr des Drachens, mein Freund«, sagt Lai mit theatralischer Stimme, welche die Mädchen zum Kichern bringt. Eine der beiden sieht Henry an. Sie tut es heimlich, doch Henry merkt es trotzdem. Ihr Blick schwenkt durch den Raum und sendet Joseph ein Zeichen.

Während Henry seine Stiefel zubindet, eilt Joseph zu ihm. Der Gastgeber drückt ihm einen Sesamkeks und einen roten Umschlag in die Hand. »Frohes neues Jahr, Dao. Sehen wir uns bald mal wieder?«

Henry überhört die Frage, wünscht Joseph ein Frohes neues Jahr und geht.

Während er die Treppen hinuntereilt, knöpft er seinen Mantel zu, wickelt sich den Schal um den Hals und schlüpft in die Handschuhe. Dann zieht er sich die Mütze über die Ohren und tritt ins Freie. Es schneit dicke, schwere Flocken, und alle Spuren des frühen Abends sind bereits wieder von Schnee bedeckt.

Ein paar Blocks weiter fragt sich Henry, ob er überreagiert hat. Er holt den Umschlag und den Keks aus seiner Tasche, knabbert an dem Gebäck und reißt den Umschlag im Licht einer Straßenlaterne auf. Darin liegt die Ankündigung eines Treffens, mit Datum und Adresse. »Bitte komm!« hat jemand in drängenden, schwarzen Tintenbuchstaben an den oberen Rand geschrieben.

Du weißt nicht, wer zuhört.

Schneeflocken weichen das Papier auf, und die Tinte zerläuft.

Lass dich nicht in politische Debatten reinziehen.

Henry schaut über seine Schulter, reißt die Einladung in kleine Stücke. Die Fetzen flattern in den nassen Schnee.

Der Sesamkeks schmeckt streng; er hat eine metallische Süße, an der man sich die Zähne ausbeißen könnte. Er spuckt in den Schnee aus.

Als Chen von dem Besuch bei seinem Cousin in Chicago zurückkommt, fragt er: »Und – bist du noch zu dieser Neujahrsparty gegangen?«

»Nur für eine Stunde oder so. Ich bin früh wieder gegangen.«

Chen nickt zustimmend.

»Wieso fragst du?«

Chen erklärt seine Gründe nicht. Stattdessen sagt er: »Weißt du, ich gehe nach Taipeh zurück, wenn ich meinen Abschluss gemacht habe. Dann kann ich hier nicht mehr auf dich aufpassen. Du solltest nirgendwo hingehen und dich mit niemandem anfreunden, der dich auf irgendeine schwarze Liste der Regierung bringen könnte.«

»Schwarze Liste?«

»Ja, schwarze Liste. Ich meine das ernst. Diese Typen geben dir nicht einmal die Chance, dich herauszureden. Kein Zögern, keine Gnade.«

»Aber wir sind in den USA!«

»Das stimmt, aber wir sind hier dank des Wohlwollens der KMT. Und unsere Familien sind noch in Taiwan.«

18

Evanston, Illinois, Februar 1964

»Musikologie«, sagt Rachel. »Die Wissenschaft von der Musik in verschiedenen Kontexten – historisch, kulturell, philosophisch. Wie sie prägt, wer wir sind. Wie wir leben und wie wir lieben.«

Nachdem er wochenlang entschlossen war, sie ins Kino oder zum Essen einzuladen, aber dann immer nur nach dem Chopin gefragt hat, hat Henry es schließlich doch noch geschafft, sie auf einen Kaffee und ein Stück Kuchen einzuladen. Und sie hatte so schnell zugestimmt, dass er in seinem Glückstaumel keine Idee hatte, wohin sie gehen könnten. Also hatte sie einen beliebten Studenten-Diner ein paar Blocks vom Campus entfernt vorgeschlagen.

Jetzt sitzen sie über dampfenden Kaffeebechern und riesigen Stücken Pecan Pie, und sie redet wie ein Wasserfall über ihr Studium und ihre Liebe zur Musik. Obwohl sie schnell spricht, versteht Henry jedes Wort. Ihre lebhafte Art und wie sie neue Ideen und Namen von Sängern und Sängerinnen abspult, von denen er noch nie gehört hat, bezaubert ihn.

»Klar, ich weiß die Klassiker zu schätzen – Beethoven, Chopin, Mozart –, aber am liebsten mag ich Folkmusik. Amerikanische Folkmusik. Woody Guthrie, Peter, Paul and Mary, The Weavers, all so was. Darum mache ich hier meinen Master zu amerikanischen Folkmusik-Traditionen während und nach der Weltwirtschaftskrise. Was sind denn deine Lieblingslieder aus China?«

Er schließt die Augen und summt die ersten Takte von

漁光曲, dem Schlaflied, das seine Mutter ihm immer vorgesungen hat.

»Oh, wie schön! So poetisch und beseelt! Wovon handelt es?«

»Draußen auf dem Meer blicken die Fischer auf die Wolken und die Wellen. Sie versuchen von einem alten Boot aus mit einem alten Netz Fische zu fangen. Sie arbeiten hart, Jahr für Jahr. Es ist ein hartes Leben.«

»Wie heißt es?«

»Das Lied der Fischer.«

»Ich suche mal nach einer Aufnahme«, erklärt sie. »Vielleicht haben wir ja eine. Man weiß nie, es ist eine riesige Sammlung.«

Henry nimmt einen Bissen von dem Kuchen. Die Süße haut ihn um, aber er genießt die gerösteten Pekannüsse.

»Wenn ich ehrlich bin …« Rachel lehnt sich zu ihm hin und flüstert. »… bin ich an die Northwestern geflüchtet.«

Henry schreckt alarmiert zurück.

»Meine Eltern sind wahnsinnig gute, aufrechte Bürger von St Louis, aber so altmodisch! Wenn ich gleich nach meinem Abschluss an der University of Missouri zurück nach Hause gegangen wäre, wäre der Rest meines Lebens vorgezeichnet gewesen: Ich hätte einen Jungen aus geeigneter Familie heiraten, ein paar Kinder bekommen und in den Country Club eintreten müssen, und dann hätte ich bis zum Ende meines Lebens Sommerfeste und im Winter Benefizveranstaltungen besucht. Was für eine schrecklich langweilige Vorstellung!«

Sie lässt sich in ihren Stuhl zurückfallen und starrt an die Decke. Dann richtet sie sich wieder auf. »Ich will kein derart behütetes und vorhersehbares Leben. Da draußen gibt es eine ganze Welt zu erobern, findest du nicht auch?«

Henry nickt, aber tatsächlich kann er sich nicht vorstellen, warum jemand aus geordneten Verhältnissen flüchten sollte.

»Nach dem Krieg wollten sich meine Eltern in St Louis eine Existenz aufbauen. Mein Vater hat sich in seiner Firma hochgearbeitet, und meine Mutter genoss den neuen Lebensstil: zwei Autos, ein großes Haus, Sommerurlaub in Branson. Der Höhepunkt des Jahres ist für sie die Weihnachts-Schaufensterdekoration bei Famous-Barr. Die gefällt mir auch, aber das Leben hält ja wohl noch mehr bereit als in der Luft schwebende Weihnachtsmänner und Verlobungsanzeigen. Also bin ich jetzt hier – für mindestens zwei Jahre.«

Henry hat seinen Kuchen fast aufgegessen.

»Aber egal, jetzt hab ich genug über mich geredet. Erzähl mir was von dir«, sagt sie.

So einfach wie möglich berichtet er ihr von seinen Kinder- und Jugendtagen und erwähnt dabei nur die nackten Fakten. »Schließlich haben wir es nach Taiwan geschafft. Ich habe hart gearbeitet, hatte Glück, bin hierhergekommen, und hab dich getroffen«, schließt er.

»Du musst so viel erlebt haben und so tapfer gewesen sein. Das finde ich bewundernswert.«

Henry weiß nicht recht, was er sagen soll. Schließlich hat er es sich nicht ausgesucht, in solch turbulenten Zeiten aufzuwachsen. So war sein Leben nun mal; sie hatten getan, was sie tun mussten, um durchzukommen. Das ist alles.

»Deine Mutter muss eine tolle Frau sein, wenn sie dich unter diesen Umständen immer beschützt hat.«

Ja, denkt Henry, *das ist sie.*

»Erzähl mir mehr«, drängt Rachel mit glänzenden Augen.

»Beim nächsten Mal«, sagt er und trinkt seinen Kaffee aus. »Wir sind mit unserem Kuchen fertig, und es ist schon spät. Darf ich dich nach Hause bringen?«

Auf Kaffee und Kuchen folgt schon bald ein Kinobesuch und dann, eine Woche später, ein Abendessen. Mit Rachel lernt Henry die Freude des Händchen-Haltens kennen, er erlebt, wie schön es ist, gemeinsam Eisessen zu gehen und spontan ein Picknick zu unternehmen. Sie strahlt eine hinreißende Zuversicht aus, die er noch nie zuvor erlebt hat. In Rachels Augen ist das Leben nichts, was einen vor schwere Aufgaben stellt, sondern ein Abenteuer voller Wunder und Schönheit. Wenn Henry mit ihr zusammen ist, vergisst er, dass Englisch nicht seine Muttersprache ist. Sein Magen krampft sich gar nicht mehr zusammen. Stattdessen kann er wieder lachen.

Er mag es, wie Rachel seinen Namen ausspricht: »Henry Dao, Henry Dao, komm, sing mit mir!«

Zum Singen ist er zu schüchtern, aber als sie ihm die Hand hinstreckt, ergreift er sie. Sie singt ihm Lieder aus Broadway-Musicals vor, von Ella Fitzgerald und Duke Ellington, die Songs von Joan Baez. Er freut sich, dass Rachel in ihm Henry Dao, den Doktoranden der Luft- und Raumfahrttechnik sieht, einen Mann mit einer goldenen Zukunft. Dao Renshu ist jemand anders, ganz weit weg.

Für ihn ist es wohltuend, dass Rachel nicht weiß, nicht wissen kann, was er am liebsten vergessen möchte. Mit ihr kann er entspannt sein und sich sicher fühlen – gerade weil sie seine Erfahrungen nicht teilt und eine große Unschuld ausstrahlt.

Für ihn bedeutet das Sich-Verlieben in Rachel auf mehr als eine Art auch, sich in Amerika zu verlieben.

Evanston, Illinois, Mai 1964

Er steht vor dem schwarzen Brett im Gebäude des Studentenwerks. Ihm ist ein Aushang mit Werbung für ein Symphoniekonzert ins Auge gefallen: Chopins Klavierkonzert Nr. 2. Chopin! Obwohl Rachel ihn in so viel neue Musik eingeführt hat, ist Chopin immer noch sein Lieblingskomponist. Wie es wohl wäre, fragt Henry sich nun, im Zuschauerraum zu sitzen und leibhaftig dabei zu sein, wenn die Musik zum Leben erwacht?

»Henry, lange nicht gesehen! Wie geht es dir?« Henry schaut auf. Es ist Arthur Lai.

Arthur kommt mit ausgestreckter Hand auf ihn zu. Nachdem

sie sich kurz unterhalten haben, wird Henry klar, dass ihm die Herzlichkeit seines Freundes gefehlt hat.

»Ach, und Joseph organisiert am Wochenende ein Treffen. Du solltest kommen. Das ist ganz locker, nur ein Nachmittag mit Softball und Picknick. Das macht immer Spaß!«

Sofort kommt Henry Chens Warnung wieder in den Sinn, doch er wischt sie beiseite. Letztes Mal hat er überreagiert. Es war alles in Ordnung. Und ein Softball-Spiel ist ja nun wirklich harmlos.

Arthur blickt auf seine Armbanduhr. »Oh, ich muss los.« Er zieht einen Stift aus der Tasche und schreibt etwas auf einen Zettel. »Hier.« Er reicht ihn Henry. »Das ist die Adresse, wir sehen uns dort!«

Henry liest, was Arthur geschrieben hat. Der Termin deckt sich mit dem Konzertdatum. Er schaut wieder auf den Aushang. Außer Chopin spielen sie auch noch *Appalachian Spring* von Aaron Copland und Dvoraks 9. Symphonie »Aus der neuen Welt«. Er ist sich ziemlich sicher, dass Rachel diese beiden Werke auch schon erwähnt hat. Gelegenheiten zu Softball-Spielen wird es noch öfter geben, aber wie stehen die Chancen für ein weiteres Konzert mit diesen drei Stücken? Er entscheidet sich dafür, die Eintrittskarten zu kaufen.

In der Woche nach dem Konzert klopft Chen bei Henry an, tritt ein und schließt die Tür hinter sich. Er zeigt ihm ein Foto von einem Softball-Spiel und fragt Henry, ob er jemanden auf dem Bild identifizieren kann.

Es geht um das Spiel, zu dem Arthur ihn eingeladen hat.

»Warum willst du das wissen?« Henry bemüht sich um einen neutralen Tonfall.

»Ich frage wegen meinem Onkel in Chicago. Wir möchten die chinesische Gemeinde hier nur besser kennenzulernen.« Auch Chen bemüht sich bewusst um einen leichten Ton.

Henry betrachtet das Foto eingehend. An einem Picknicktisch

sitzt Joseph Hu und spricht mit einigen Studenten, die der Kamera den Rücken zugewandt haben. Arthur Lai steht, bereit zum Batten, in der Ecke des Spielfelds auf dem Schlagmal. Auf der Tribüne sieht er die Mädchen, die Lai auf der Party geneckt hat, aber er weiß nicht, wie sie heißen. Henry sitzt in der Falle. Chen weiß, dass er in der Lage sein muss, Joseph Hu zu identifizieren. Henry zeigt auf ihn und sagt, dass er der Gastgeber der Neujahrsparty gewesen sei.

»Sonst noch jemand?«

Henry mustert den Mann auf dem Schlagmal. Das könnte Arthur sein, aber vielleicht auch jemand anders. Er trägt eine Kappe und die Aufnahme ist verwackelt. Es könnte jeder sein.

Henry schüttelt den Kopf und gibt Chen das Foto zurück.

Als Chen wieder gegangen ist, stellt Henry fest, dass seine Hände zittern. Wenn das Konzert an einem anderen Tag stattgefunden hätte, wäre er vielleicht selbst auf diesem Foto gewesen.

War es ein Fehler gewesen, Chen derart zu vertrauen? In China hatte seine Ma ihn immer für seine zu große Vertrauensseligkeit gescholten. Doch Chen hat sich als guter Freund erwiesen. Ohne Chen hätte er anfangs Probleme gehabt, durchzukommen. Kann er den guten Teil ihrer Freundschaft erhalten und die Ereignisse der letzten paar Monate hinter sich lassen?

Henry versucht, sich auf seine Promotion zu konzentrieren. Chen erwähnt das Foto nie wieder. Er ist mit seinen häufigen Besuchen bei seinem Onkel und dem Abschluss seines Studiums beschäftigt. Die Angelegenheit scheint in Vergessenheit geraten zu sein.

Später in diesem Sommer trifft Henry Arthur im Buchladen.

»Hast du schon gehört?« Lai senkt die Stimme. »Joseph Hu ist in Schwierigkeiten geraten. Ein Abgesandter der Regierung hat seiner Familie in Taipeh einen Besuch abgestattet und seinem Vater gesagt, dass Joseph sich hier drüben besser etwas patriotischer zeigen soll.«

»Warum?« Henry denkt an Chens Foto. »Was haben sie ihm denn vorgeworfen?«

»Anscheinend stand sein Name auf einer Liste von Studenten, die in den Vereinigten Staaten Veranstaltungen zur Unterstützung der Demokratiebewegung in Taiwan organisiert haben.«

»Wann war das?« Henry hofft, dass Arthur nicht mitbekommt, wie heftig sein Herz pocht.

»Das weiß ich nicht. Aber ich kann mich erinnern, dass Hu bei seinen Partys zu später Stunde ein paar Mal deutlich Stellung bezogen hat. Und zwar nicht unbedingt im Sinne der KMT«, sinniert Arthur. »Nachdem Joseph die Verwarnung bekommen hat, hat er wohl gesagt, er lebe in einem Land, in dem Meinungsfreiheit herrscht. Wahrscheinlich dachte er, dass die KMT ihm nichts anhaben kann, aber ich habe gehört, dass sein Vater zu weiteren Verhören abgeholt wurde.«

Henry erschauert. Er kennt keinen einzigen Fall, in dem Verhöre durch die KMT gut ausgegangen sind.

»Warum behelligen sie seinen Vater? Er ist doch nicht der mit der großen Klappe.«

»Der Vater muss seinen Sohn disziplinieren«, antwortet Lai.

Henry schluckt nervös.

»Es kommt noch schlimmer«, fährt Lai fort. »Joseph musste sein Visum verlängern, weil er hier seinen Doktor machen will. Er hat seinen Pass beim Konsulat in Chicago abgegeben, und jetzt ist der Pass anscheinend ›verloren gegangen‹.«

»Ach, es dauert bestimmt nur eine Weile, bis die Unterlagen bearbeitet werden.« Henry versucht sein Missbehagen zu überspielen.

Lai runzelt die Stirn. »Es dauert jetzt schon zwei Monate. Ohne seinen Pass kann er sich nächstes Semester nicht an der Uni zurückmelden. Aber er kann auch weder das Land verlassen noch legal einer Arbeit nachgehen. Er steckt in der Klemme. Bis sie ihm den Pass zurückgeben, ist er ihnen ausgeliefert.«

»Wow … der Arme«, murmelt Henry. Seine Gedanken rasen.

Er denkt an das Foto. Henry hat Lai zwar nicht verraten, aber vielleicht hat es jemand anders getan. Gibt es eine Möglichkeit, seinen Freund zu warnen, ohne sich selbst zu belasten? »Wir müssen sehr vorsichtig sein mit dem, was wir sagen oder tun.«

»Ich weiß«, sagt Lai kopfschüttelnd. »Das war mir nicht klar.«

Henry gibt vor, sich zu einem Treffen zu verspäten, und eilt aus der Buchhandlung.

In dieser Nacht findet Henry keinen Schlaf. Sein Magen kribbelt nervös. Hat er etwas damit zu tun, dass Joseph Hu in Schwierigkeiten geraten ist? Was ist mit Lai? Ist er auch in Gefahr? Und schlimmer noch, was, wenn Chen herausfindet, dass er Lai nicht identifiziert hat, obwohl er es gekonnt hätte? Würde sich Chen gegen Henry wenden? Was, wenn seine Ma von alldem etwas mitbekommt? Oder Longwei? Sein Kopf dröhnt vor lauter Sorge. Wie naiv von ihm, sich sicher zu wähnen, nur weil er in Amerika ist.

Während der restlichen Zeit, in der Chen sich in Evanston aufhält, kann Henry seinem Freund nicht mehr richtig in die Augen sehen. Er bringt Ausflüchte vor, um nicht nach Chicago mitzukommen, essen oder ins Kino zu gehen. Damit er ihm nicht zufällig in der Pension über den Weg läuft, horcht er immer darauf, wann Chen sein Zimmer verlässt und wartet dann mit seinen eigenen Erledigungen, bis er ihn die Straße davongehen sieht. Bei den seltenen Gelegenheiten, wenn sie sich doch begegnen, zwingt er sich zu Herzlichkeit, bemüht sich aber, nichts über seine Pläne zu verraten. Ein oder zwei Mal hat Chen bei ihm angeklopft und gefragt, wie es ihm gehe. Henry versicherte ihm, dass es ihm gut gehe, er aber tief in seiner Forschungsarbeit stecke. Jedes Mal nickte Chen wissend und zustimmend, und Henry rätselte, was das zu bedeuten hatte. Henry weiß, dass er nichts Falsches getan hat, aber er ist auf der Hut. Man kann sich zu leicht versehentlich in etwas verheddern.

Nach Chens Abreise hält sich Henry von den verschiedenen

chinesischen Studentengruppen fern. Im Sinne der Anonymität verkneift er sich die Behaglichkeit der vertrauten Sprache und der geliebten Speisen. Er wird immer seltener eingeladen, und irgendwann gar nicht mehr.

Anfang August schlägt Rachel einen Tagesausflug nach Chicago vor, und Henry stimmt begeistert zu.

»Was wollen wir dort unternehmen?«, fragt er.

»Du hast mich mit dem Chopin-Konzert überrascht. Jetzt bin ich an der Reihe, dich zu überraschen«, sagt sie und lässt seine Fragen unbeantwortet.

Sie nehmen den El in die Stadt und machen ein Picknick im Grant Park. Danach führt Rachel ihn zum Art Institute. Dort gibt es gerade eine Ausstellung: Schätze aus den Ming- und Qing-Dynastien. Sie sagt, dass sie hoffe, ihm damit eine Freude bereiten zu können, und selbst auch neugierig sei, mehr über China zu erfahren. Henry greift, von ihrer Aufmerksamkeit berührt, nach ihrer Hand, und sie betreten das Museum.

Ist das ein Traum? Wie gebannt geht er von Vitrine zu Vitrine. Darin sind aufwändig geschnitzte, zinnoberrot lackierte Präsentkästchen ausgestellt, zeremonielle Kelche mit Intarsien aus Perlmutt-Kranichen und Päonien, eine achtzehnarmige Guanyin-Porzellanfigur, die auf einem blühenden Lotos sitzt, ein Trio von leuchtend-weißen Jadevasen, ein aufwändig besticktes Priestergewand mit Phönixen, Fledermäusen und Wolken in tausend verschiedenen Farben. Ist das China? Ist das das Land, wo er herkommt? Die ganze Ausstellung erscheint ihm wie ein Traum. Die chinesischen Wörter für die Gegenstände liegen ihm auf der Zunge, doch er kann keins davon aussprechen, ganz gleich, wie deutlich sie in seinem Kopf widerhallen. Der Anblick der Tische von Gelehrten, ihrer Stühle mit querverstrebten Fußstützen und der Cloisonné-Gartenstühle in Glasvitrinen verwirrt ihn. Auch die leeren Reisschüsseln, die sauberen, kalten Servierteller und die unter den Lichtern der Galerie aufgereihten unbenutzten

Löffel wirken befremdlich auf ihn. Wann wurden diese Objekte zuletzt von einer menschlichen Berührung erwärmt?

Nichts davon fühlt sich wie das China an, an das er sich erinnert. Er kennt ein China des rastlosen Umherziehens, einen mit feindlichen Fliegern gespickten Himmel, eine Welt mit kreischenden Sirenen, singenden Mönchen, einstürzenden Gebäuden und Rauch – überall Rauch. Sein China taumelt vor Hunger, Zerstörung und Verzweiflung, und die Bürger in seinem China schluchzen auf den Straßen. Was ist das für ein Land voll kultivierter Eleganz, das ihn durch diese Glasscheiben hindurch anstarrt?

Als er eine Bildrolle erblickt, die vollständig abgewickelt ist, bekommt er Gänsehaut an den Armen. Es ist still, er hört nur sein Herz laut in den Ohren pochen. In seinem Bauch regt sich ein merkwürdiger alter Schmerz. Er setzt sich auf eine Bank, und Erinnerungen an die Stimme seiner Mutter stürzen auf ihn ein. Einen Augenblick lang befindet er sich wieder an ihrer Seite, im Licht eines Spätnachmittags im Antiquitätengeschäft von Dao Hongtse.

Er schließt die Augen und versucht sich zu erinnern, wann er ihre Bildrolle zuletzt gesehen hat. War es in Schanghai? Sie hatte gesagt, sie hätte sie verkauft. Ihm fällt wieder ein, wie sie mit den Fahrkarten für die *Taiping* vor ihm stand. Damals stellte er ihr keine Fragen, denn er war noch ein kleiner Junge. Da berührt jemand seine Schulter. Es ist Rachel.

Sie setzt sich und lehnt sich an ihn. Er legt den Arm um sie. Es war ein langer, erfüllter Tag; er reibt sich die Augen, schüttelt sich und schaut sich noch einmal die Bildrolle in der Vitrine an. Dann beugt er sich vor, damit er ihren Titel lesen kann: »*Der Pfirsichblütenquell,* zugeschrieben Qiu-Ying (ca. 1492–ca. 1552), Gedicht von Tao Qian (365–427).«

»Rachel! Ich kenne diese Geschichte!« Er springt auf und führt sie zum Anfang der Bildrolle am äußersten rechten Ende der Vitrine. Während er sich langsam nach links bewegt, erzählt er ihr

Meilins Version von dem schlafenden Fischer, der inmitten von Pfirsichblüten erwacht. Henry betrachtet blinzelnd die Details, erfreut sich an den winzigen Enten auf dem Wasser, dem Pinselstrich jeder einzelnen Piniennadel, den Blau- und Grüntönen der Berge im Hintergrund. Auf die Rückenansicht einer kleinen Figur deutend, die gerade eine Höhle betritt, erzählt er dann weiter, wie die Blüten den Fischer zu einem Spalt im Felsen führen, über den er in ein wunderbares Land gelangt. Jahrhundertelang war es vor Kriegen geschützt, und seine Einwohner heißen den Fischer in ihrer Welt des Friedens und des Überflusses willkommen.

Dann hält er inne. Sie haben sich erst die halbe Rolle angesehen, die Geschichte geht also noch weiter. Er geht noch einmal zurück und liest die Beschreibung am Anfang der Vitrine. Verwirrt betrachtet er die Kalligraphie, deren alter, künstlerischer Stil schwer zu entziffern ist. Doch die Geschichte hat noch mehr Zeilen:

> *Schließlich begann der Fischer sich nach seiner Familie zu sehnen. Als er sich auf seine Rückreise vorbereitete, erklärten ihm seine Gastgeber:* Erzähle den anderen besser nichts von uns und versuche nicht wiederzukommen. Eine Rückkehr ist unmöglich. *Der Fischer dankte ihnen für ihre Freundlichkeit und ging. Unterwegs markierte er sorgfältig seinen Weg. Nach einiger Zeit traf er in seinem Heimatdorf ein. Alle fragten ihn, wo er gewesen sei, und natürlich erzählte er ihnen alles über seine Entdeckung. Doch als sie loszogen, um dieses wunderbare Land aufzusuchen, waren die Bäume, die Höhle und das Land verschwunden – obwohl man die Wegmarkierungen des Fischers deutlich sehen konnte. Jahr um Jahr suchten viele nach dem Pfirsichblütenquell, darunter die weisesten und ältesten Gelehrten, doch niemand fand ihn jemals wieder.*

Ungläubig liest Henry diese Zeilen ein weiteres Mal. Seine Ma hat ihm nicht die ganze Geschichte erzählt. Henry hatte gedacht, der Fischer sei für immer am Pfirsichblütenquell geblieben. Aber nein, er war wieder von dort fortgegangen und hatte sein Paradies verloren. Sie hatte ihm nur die halbe Geschichte erzählt. Warum hatte sie das Ende weggelassen?

All die vielen Jahre hatte er die Geschichte als eine Fabel über Hoffnung und Neuanfang verstanden. Die Entdeckung der vollständigen Version löst bei ihm eine wahre Flut der Erinnerungen aus. Jetzt strömen schlimme Bilder auf ihn ein – genau die, die er zu vergessen versucht hatte: die Verräter-Fratze von Herrn Xu, die vom Graben in den Trümmern schrundigen und blutigen Hände seiner Ma, das Schiff, das in Yichang ohne sie ablegt. Diese Erinnerungen reißen ihn immer tiefer zurück in eine Vergangenheit voller Sorgen, in der ihm der Boden unter den Füßen weggerissen wird. Die Gedanken an laute Schreie, an das Schieben und Schubsen machen ihn ganz wirr. Er ist wieder im Großen Tunnel und mit der Luft stimmt etwas nicht, die Lichter gehen ständig aus. Menschen strecken schreiend die Hände aus, aber er hört nichts. *Liling! Liling!* Er versucht, nach ihr zu rufen, doch er ist wie geknebelt und von einer unheimlichen, erstickenden Stille umgeben. Er kann sie nicht sehen, nicht hören, nicht retten.

»Henry, alles in Ordnung?«

Wackelig und zitternd setzt er sich wieder hin und hält sich am Rand der Holzbank fest, deren Festigkeit ihn daran erinnert, wo er sich gerade befindet. Sein Puls verlangsamt sich wieder. Er lässt los, schließt die Augen und versucht, seinen Puls zu beruhigen. »Alles gut, alles okay«, sagt er. *Warum hat sie mir nur die halbe Geschichte erzählt?*

Rachel sieht ihn prüfend an. »Komm«, sagt sie, »lass uns gehen und ein bisschen frische Luft schnappen.«

Draußen gehen sie durch den Grant Park. Nach ein paar Minuten dreht Rachel sich zu Henry um und blickt ihn neugierig an.

»Weißt du, dass du mir gerade in der Ausstellung zum ersten Mal etwas von deiner Mutter erzählt hast? Wir unterhalten uns immer nur über das Hier und Jetzt, aber ich möchte immer noch gern etwas über deine Kindheit erfahren. Kannst du mir was von früher erzählen?«

Durch irgendetwas wird der Deckel gelüftet, mit dem er seine Vergangenheit normalerweise fest verschlossen hält. Als er erst einmal angefangen hat, sprudeln die Worte aus ihm hervor. Er hofft, dass ihm das Reden dabei hilft, wieder zusammenzubauen, was eben im Museum in Scherben gegangen ist. Es fühlt sich merkwürdig an, die Namen der Menschen und Orte in China auszusprechen. Es ist, als würde er das Leben von jemand anderen beschreiben. Während er seine Geschichten erzählt, hört Rachel schweigend zu, und ein Teil von ihm vergisst, dass sie da ist.

Sie setzen sich in die Nähe des Springbrunnens. »Meine Ma hatte diese Bildrolle, so eine wie die im Museum. Sie hat sie immer bei sich gehabt, wo wir auch hingingen, und mir die Geschichten davon erzählt.«

»Solche wie ›Der Pfirsichblütenquell‹?«

»Ja, solche Geschichten.«

»Was ist mit der Bildrolle passiert?«

Er schüttelt den Kopf. Der Verlust der Bildrolle schmerzt ihn tief. »Sie musste sie verkaufen«, flüstert er mit schwacher Stimme. Er verdrängt die Erinnerungen, denn wenn er sie zulässt, wird er begreifen, wie tief seine Trauer ist. In China hatten sie überlebt, solange sie in Bewegung blieben. Und solange sie in Bewegung blieben, mussten sie nicht daran denken, was sie zurückgelassen hatten. Zurückzuschauen versetzt ihn in Angst.

»Wir sind durchgekommen. Wir sind rausgekommen. Wir hatten Glück.«

»Henry?« Rachel schaut ihn voll Liebe und Zärtlichkeit an. Hinter ihr plätschert und glitzert der Springbrunnen im Licht des Spätnachmittags.

»Ja?«

»Hast du nicht manchmal Heimweh?«

Heimweh? Er weiß nicht einmal, auf welchen Ort sich dieses Heimweh beziehen soll. »Mir fehlt meine Ma, und mir fehlt das Essen.«

»Auf dem Campus sehe ich häufig Aushänge von verschiedenen chinesischen Studentenvereinigungen. Gehst du jemals zu diesen Veranstaltungen?«

Er schüttelt den Kopf. Er fühlt sich der Aufgabe nicht gewachsen, seine innere Zerrissenheit erklären zu wollen. »Ich bin vielleicht ein paar Mal irgendwo gewesen. Aber dann musste ich mich um mein Studium kümmern«, sagt er. Als er sein Studium erwähnt, gewinnt er seine Fassung wieder. Er ist gut darin, sich Wissen anzueignen. Ein Student, ein Gelehrter zu sein, schafft eine Identität, die er anstrebt und mit der er sich wohlfühlt. Wieder ruhiger atmend, steht er auf, und sie gehen auf das Seeufer zu.

»Und was hast du in Zukunft vor?«, fragt sie. »Willst du hierbleiben oder gehst du zurück?«

Henry schweigt lange. Dann beginnt er: »Meine Ma …«

»Du fehlst ihr bestimmt schrecklich. Hofft sie, dass du zurückkommst?«

Nach jeder Frage eine lange Pause.

»Hier habe ich Möglichkeiten, die mir dort nicht offenstehen.«

Es ist windig geworden. Über dem Lake Michigan segelt ein Rotschwanzbussard.

»Ich glaube …«, sagt Henry, während er dem Vogel nachsieht, der sich immer höher und höher in die Luft hinaufschraubt, »… ich glaube, jetzt ist mein Leben hier.«

Er schaut sie wieder an. Ihr Blick ist frei von dem Gewicht so vieler Meilen, von so viel Trauer und Verlust. In ihrer Miene liegt etwas, das ihm Auftrieb geben kann. Er sieht einen Durchgang, der sich nur ein einziges Mal öffnet. Und er tritt hindurch.

»Schau mal, da drüben ist ein Eisverkäufer. Möchtest du eins?« Henry greift nach Rachels Hand. »Schluss mit den alten Erinnerungen. Wir machen uns neue.«

Sie drückt seine Hand und hält sie fest, dann gehen sie zurück in Richtung Museum. Nach ein paar Schritten bleibt er stehen.

»Ich habe dir heute eine Menge erzählt«, sagt er. »Aber das hier ist alles, was du wirklich wissen musst.«

Er hebt seinen Zeigefinger und bedeutet ihr, dass sie es ihm nachmachen soll. Dann tippt er an ihren Finger und sagt: »*Yi.* Eins.«

»*Yi*«, wiederholt Rachel.

Er hebt seinen Mittelfinger, und sie tut das Gleiche, Fingerspitze an Fingerspitze. »*Er.* Zwei.«

»*Er.*«

Ringfinger an Ringfinger. »*San.* Drei.«

»*San*«, flüstert sie.

Dann legt er seine ganze Hand an Rachels und sie verschränken ihre Finger. »*Wanwu.* Alles.«

»*Wanwu.*«

Er zieht sie an sich. Seine Lippen berühren ihren Hals. Ihre andere Hand streicht über sein Schulterblatt, und sie klopft einen gleichmäßigen, zärtlichen Rhythmus: *Yi, Er, San, Wanwu.*

19

Taipeh, Taiwan, Februar 1965

Tante Chin klopft an Meilins Tür. »Ein Brief von Renshu!«, ruft sie und wedelt mit einem hellblauen Luftpostbrief.

Meilin springt auf.

»Und er kommt pünktlich zum Neujahrsfest an, was für ein gutes Omen!«, fügt Tante Chin hinzu und überreicht ihr den Brief.

Meilin nickt zustimmend. Voller Vorfreude darauf, die Neuigkeiten von Renshu zu lesen, dreht sie den Brief um.

»Meilin?« Tante Chin hat sie etwas gefragt, das sie gar nicht wahrgenommen hat.

»Bitte?«

»Ich sagte: ›Was hast du heute Abend vor?‹ Wie willst du das Jahr der Schlange feiern?«

»Oh, ja. Ich gehe mit Longwei zu den Lis.«

Tante Chin schüttelt amüsiert den Kopf. »Man sollte nicht meinen, dass du das erste Mal als Haushaltshilfe und nicht als Gast auf dieser Party warst. Wie sich die Dinge doch geändert haben!« Sie kehrt in ihre Küche zurück.

Jedes Mal, wenn einer von Renshus Luftpostbriefen eintrifft, macht Meilins Herz einen Satz. Mit der Klinge einer ihrer Nähscheren fährt sie unter eine Ecke des Umschlags und schlitzt ihn sauber an der Kante entlang auf. Beim Lesen des Briefes treten Wochen der Sorge in den Hintergrund. An den nächsten Tagen liest sie den Brief noch mehrmals, kostet mit jedem Durchgang neue Details aus, so wie beim zweiten und dritten Aufguss von Teeblättern. Im heutigen Brief erwähnt Renshu eine neue Freundin, ein amerikanisches Mädchen namens Rachel. Es ist das erste Mal, dass er von einer Frau berichtet. Meilin verspürt wieder das eigentümliche Herzklopfen, das sie nun schon kennt, und das damit zu tun hat, dass sie ihren Sohn aus der Ferne zu einem Mann heranwachsen sieht. Sie verstaut den Brief in ihrer Handtasche, um ihn später Longwei zu zeigen.

Seit sie sich vor fünf Jahren wiedergetroffen haben, ist die Freundschaft zwischen Meilin und Longwei immer enger geworden. Nach einiger Zeit hat sie ihn den Huangs als ihren Schwager vorgestellt; er war bereits Teil ihres Bekanntenkreises. Als Peiwen ihn kennenlernte, fand sie ihn sehr beeindruckend. Nachher sagte Meilin zu ihm, er solle sich nicht so wichtig nehmen, und er hat gelacht. Auch er hat Meilin einigen seiner Bekannten vorgestellt. Oft geht sie als seine Begleitung zu Partys und genießt die festlichen Anlässe. Aber jedes Mal ist sie auch froh, wenn der Abend endet und sie sich wieder in ihr vertrautes Zimmer bei den Huangs zurückziehen kann.

Kurz nachdem Renshu nach Amerika gegangen war, hatte Longwei noch einmal versucht, Meilin davon zu überzeugen, ihn zu heiraten. Sie waren in einem Park spazieren gegangen, und Meilin hatte ihm Renshus ersten Brief vorgelesen. Irgendetwas an ihrer gemeinsamen Freude daran, Zeugen von Renshus neuem Leben zu werden, hatte ihn wohl ermutigt.

»Meilin, was ich an dem Abend damals gesagt habe, war ernst gemeint. Willst du mich heiraten?«

»Hör auf, Longwei.« Sie legt ihre Hand auf seinen Arm. »Du hast Renshu unglaublich unterstützt, und dafür werde ich dir immer dankbar sein. Aber wir sind nicht … Ich kann nicht …«

»Warum arbeitest du immer noch als Hausangestellte?«, unterbricht er sie. »Du könntest bei mir wohnen und müsstest nie wieder arbeiten gehen.«

Meilin weiß, dass sie, von außen betrachtet, eine Witwe in

mittleren Jahren ist, die ihre Existenz als Haushaltshilfe fristet. Doch innerlich hat sie eine enorme Freiheit gewonnen. Sobald sie die – eher überschaubare – Hausarbeit erledigt hat, kann sie ihre Zeit verbringen, wie sie es will. Das kann sie nicht aufgeben.

»Longwei, du hast schon genug für uns getan. Eine solche Freundlichkeit könnte ich nicht annehmen.«

»Es geht nicht um Freundlichkeit, Meilin.« Seine Stimme klingt bitter vor Enttäuschung. »Außer uns ist niemand mehr übrig. Warum sollen wir also nicht füreinander da sein?«

»Wir *sind* doch füreinander da. Warum willst du noch mehr?«

Mit finsterer Miene hatte er etwas von Sturheit gemurmelt und das Thema dann fallengelassen.

Trotzdem schätzt Meilin das Zusammensein mit Longwei. Wenn sie Neuigkeiten von Renshu hat, ist er der Erste, dem sie davon berichten will. Seine Reaktionen, ob erfreut oder besorgt, sind wie ein Kompass, an dem sich ihre unzähligen eigenen Gefühle ausrichten. Wenn sie sich mit ihm zum Ausgehen verabredet hat, verstreichen die Tage davor mit einer erwartungsfreudigen Leichtigkeit, und die Tage danach sind mit dem behaglichen Gefühl erfüllt, dass sie beisammen waren.

Als Longwei bei den Huangs eintrifft, um Meilin zu einer Party abzuholen, überreicht er ihr eine kleine, recht schwere Tüte.

Sie schaut hinein: Reis, Salz und Öl.

»Ein wenig sentimental, findest du nicht?«, lacht sie.

Longwei, der seinen Filzhut trägt, zuckt mit den Schultern.

»Danke«, sagt Meilin. »Ich werde kein Korn und keinen Tropfen verschwenden.« Dann umarmt sie ihn schnell. Seine Wange ist glatt und riecht nach Rasierwasser. Meilin wird rot und wendet sich ab, damit er ihr Gesicht nicht sehen kann. »Ich stelle das nur kurz weg, und dann können wir zu den Lis gehen. Es ist eine herrliche Nacht für einen Spaziergang durch die Stadt.«

Heute sind eine Menge Leute bei den Lis erschienen. Und den ganzen Abend über kommen Fragen nach Renshu. Meilin fällt auf, mit wie viel Stolz Longwei über seinen Neffen spricht. Die Gespräche springen von Thema zu Thema – welche Geschäfte dieses Jahr gut gelaufen sind und welche eher nicht, welche Fernsehermarke man, jetzt, wo Taiwan seinen eigenen Fernsehsender hat, kaufen sollte, und was man von dem neuen Museum oben in Shilin halten soll. Dort werden die Kunstschätze der kaiserlichen Sammlung ausgestellt, die die Nationalisten vom Festland nach Taiwan gebracht haben, um sie vor den Japanern und den Kommunisten zu retten. Manche finden, dass es richtig ist, ihre Pracht zu feiern und sie zu zeigen, denn immerhin handelt es sich um die kulturelle Seele Chinas. Andere empfinden das Museum als einen Beleg für Chiangs stillschweigendes Eingeständnis, dass sie nicht wieder aufs Festland zurückkehren werden.

Auf dem Heimweg plaudern Longwei und Meilin freundschaftlich miteinander, und als sie sich Longweis Wohnung nähern, lädt er sie noch auf ein weiteres Glas ein. Es war ein schöner Abend, und Meilin willigt ein, denn sie möchte noch nicht nach Hause.

An der Tür begrüßt sie ein Diener. Longwei erteilt ihm ein paar Anweisungen und führt Meilin dann in ein elegantes Wohnzimmer.

»Setz dich, setz dich.« Er deutet auf ein Paar Gelehrtenstühle auf den gegenüberliegenden Seiten eines niedrigen, rechteckigen Kang-Tischs.

Kurz darauf trägt der Diener ein Tablett mit einer Flasche Baijiu und zwei kleinen, mit Pflaumenblüten bemalten Weinbechern aus Porzellan herein.

Meilin zieht ihren Mantel aus, hängt ihn über die Rückenlehne ihres Stuhls und lässt sich mit einem zufriedenen Seufzen nieder.

Longwei füllt die beiden Becher und schiebt einen zu ihr hin.

»Frohes neues Jahr!«, sagt er und erhebt seinen Wein.

»Frohes neues Jahr!«, erwidert sie. Sie stoßen an und trinken.

»Longwei, heute ist ein Brief von Renshu gekommen«, erzählt Meilin und holt den Umschlag aus ihrer Handtasche.

Auf Longweis Miene breitet sich ein Lächeln aus. Für einen Sekundenbruchteil erkennt sie in seinen Zügen einen Hauch von Xiaowen wieder. »Darf ich mal sehen?«

»Natürlich.« Sie reicht ihm den Brief und beobachtet ihn dann. Während er die Spalten mit den Schriftzeichen überfliegt und Renshus Neuigkeiten verarbeitet, weiten sich seine Augen.

»Aha, er hat ein Mädchen kennengelernt. Gut für ihn!«, kommentiert er.

Meilin nippt wieder an ihrem Baijiu. Sie fühlt sich ein bisschen beschwipst.

»Meilin?«

»Ja?«

»Darf ich … Ich weiß, dass du mich nicht heiraten willst, also höre ich auf, zu fragen. Aber kannst du mir sagen, weshalb? Warum fällt es dir so schwer, dich mit dem Gedanken anzufreunden?«

Schon wieder? »Xiaowen war mein Ehemann. Xiaowen –«

»Wie viele Jahre ist das nun her? Und ich konkurriere noch immer mit einem gefallenen Helden«, murmelt er.

»Das ist es nicht, Longwei«, sagt sie. »Xiaowen und ich waren so jung. Ich bin jetzt ein anderer Mensch. Du hast mehr für mich getan als ein Bruder und bedeutest mir viel, aber … «

»Was?«, fragt er und legt seine Hand auf ihren Unterarm.

Überrascht von der Intensität der Geste hebt sie den Blick.

In all den Jahren hat sie oft gesehen, wie seine Miene von hochmütig zu ärgerlich oder stolz wechselte, er war unbeschwert im Umgang mit den Kindern gewesen und voller Schmerz, als Liling starb. Jetzt erblickt sie etwas Neues, etwas Weicheres an ihm, das weder flehend noch fordernd ist: ein tiefes, von Trauer gezeichnetes Verständnis. Seine dunklen Augen scheinen zum ersten Mal weder Forderungen noch Begierde oder Dominanz auszustrahlen, sondern eine Verbindung zu suchen.

Sanft nimmt sie seine Hand von ihrem Arm und hält sie fest.

Sie öffnet den Mund, als wollte sie etwas sagen. Um ihm so zu antworten, dass er sie versteht, müsste Meilin ihm die Vergangenheit in Schanghai erklären, den Antiquitätenhändler, die Bildrolle. Doch als sie über das nachdenkt, was passiert ist, fängt ihr Herz an zu rasen und ihr Magen krampft sich zusammen, noch ehe sie ein Wort über die Lippen bringen kann. Was, wenn Longwei am Ende sagt, was passiert ist, sei ihr Fehler gewesen? Was, wenn er ärgerlich wird, weil sie die Bildrolle vor ihm verheimlicht hat? Er könnte sagen, dass nichts davon passiert wäre, wenn sie nicht in Yichang zurückgeblieben wäre. Würde diese Geschichte sie seinen Respekt und seine Freundschaft kosten? Das könnte sie nicht ertragen. Lieber lebt sie in diesem Schwebezustand weiter, als solche Fragen zu riskieren.

Sie senkt den Blick und schüttelt den Kopf, dann drückt sie seine Hand und lässt sie los.

Longwei beugt sich zu ihr und küsst sie einmal ganz sanft auf die Wange.

Meilin erhebt sich und sagt, dass es Zeit sei zu gehen. Longwei springt auf, um ihr in den Mantel zu helfen.

Als sie sich zu ihm umdreht, umarmt er sie zum Abschied. Dann zieht er sie an sich. Sein Atem riecht scharf nach Alkohol. Seine Lippen suchen ihre. Sie wendet ihm ihr Gesicht zu, um seinen Kuss zu erwidern. Einen Augenblick lang erfüllt sie heftige, zärtliche Leidenschaft. Doch dann verwandelt sich Longweis Miene plötzlich in das anzüglich grinsende Gesicht, das sie in ihren Träumen verfolgt, und Galle steigt in ihr auf. Meilin sitzt wieder in der Falle, ist Herrn Lis gierigem Grapschen und Stöhnen ausgeliefert.

Meilin drückt gegen Longweis Brust. Der Mantel schränkt ihre Bewegungen ein, doch sie schafft es, ihre freie Hand auf seinen Unterarm zu legen. Der Wulst seiner langen Narbe fühlt sich unter ihrer Handfläche frisch an. Meilin krampft die Finger zusammen und gräbt ihre Nägel so fest in die Narbe, wie sie nur kann. »Nein!«, ruft sie.

Longwei stößt einen Schmerzensschrei aus und lässt los.

Meilin stolpert rückwärts und reißt dabei einen Stuhl um.

Sie behält ihn fest im Auge. Er ringt nach Luft, die unerfüllte Begierde hat sein Gesicht erröten lassen. Wie konnte das so schnell außer Kontrolle geraten? Meilins Knie sind weich, das Herz pocht heftig in ihrer Brust, und der Puls dröhnt in ihren Ohren. Sie unterdrückt den Impuls, sich abzuwenden, und bleibt reglos stehen.

Sie starren einander schweigend an. *Nicht den Blickkontakt abbrechen,* befiehlt sie sich selbst.

»Meilin.« Seine Stimme bebt vor Qual.

Sie hebt warnend ihre Hand, macht einen Schritt rückwärts und schüttelt den Kopf. »Älterer Bruder.«

Er verzieht das Gesicht angesichts ihrer Förmlichkeit.

»Ich werde dich immer als deine Schwester lieben, als deine Freundin. Aber nicht, nicht …«

»Sprich nicht weiter«, bring er hervor, und das, was er an Intensität ausstrahlte, verwandelt sich in Niedergeschlagenheit. Er lässt sich auf seinen Stuhl fallen, kehrt ihr den Rücken zu und starrt in seinen leeren Weinbecher.

Meilin atmet auf. Sie reibt sich die Seite ihres Armes, wo er sie zu fest angefasst hat, und wischt dann den Schweiß ab, der sich auf ihrer Oberlippe gesammelt hat. Ihr Blick verweilt auf Longweis Rücken. Er wirkt jetzt schmaler als früher am Abend. Seine hängenden Schultern geben seinem Kummer einen Ausdruck. Sie geht auf ihn zu und streckt eine Hand nach ihm aus. *Könnte es irgendwie gehen?*, fragt sie sich. Doch dann zieht sie die Hand zurück, knöpft ihren Mantel zu und verlässt die Wohnung.

20

St Louis, Missouri, Juli 1967

Henry starrt die Handtücher im Badezimmer von Rachels Eltern an. Es sind so viele, in allen möglichen Farben und Formaten, sie hängen schichtweise auf Haltern oder sind gestapelt. Er weiß nicht, welches er nehmen soll, ist sich jedoch sicher, dass es auf diese Frage eine richtige Antwort gibt. Er will weder Rachel noch sich selbst dadurch blamieren, dass er das falsche benutzt. Alles an diesem schönen Haus macht ihn nervös.

Es ist sein erstes Zusammentreffen mit den Howards. Obwohl er und Rachel schon seit mehr als drei Jahren zusammen sind, hat sie stets darauf bestanden, dass sie sich beide sicher sein müssen, was sie wollen, bevor sie Henry nach Hause mitnehmen kann.

Nach ihrem Abschluss hat Rachel eine Stelle an der Northwestern angetreten, wo sie beim weiteren Ausbau der Musikbibliothek hilft. Henry war begeistert gewesen, als sie sich trotz anderer Angebote zum Bleiben entschied, denn er wollte sie nicht verlieren. Ab und zu hatten sie übers Heiraten gesprochen, doch es schien so viele Hindernisse zu geben. Er war sich über seine Aussichten nach dem Abschluss seiner Doktorarbeit unsicher, wollte ihr aber unbedingt stabile Lebensverhältnisse bieten können. Hin und wieder war sie von ihren Eltern nach St Louis zurückbestellt worden, um »den einen oder anderen jungen Mann« kennenzulernen. Doch jedes Mal kam sie zurück und versicherte Henry, dass ihr Herz nur ihm allein gehöre und es ihr lediglich darum gehe, dass ihre Eltern nach und nach all ihre Optionen fallenließen. Am Schlimmsten war vielleicht, dass »gemischte Ehen« in Missouri verboten waren. So wenig Rachel die Kuppelversuche ihrer Eltern ausstehen konnte, hoffte sie dennoch auf ihren Segen – und das bedeutete eine Hochzeit in St Louis.

Doch dann war das Glück ihnen hold.

In diesem Frühling hatte Henrys Doktorvater sich schon nach seinen beruflichen Plänen erkundigt und ihn ermutigt, in den Vereinigten Staaten zu bleiben. Die kürzlich geänderten Einwanderungsgesetze, erklärte er, erlaubten es hochqualifizierten Ausländern mit Abschlüssen in Natur- und Ingenieurswissenschaften, eine unbefristete Aufenthaltsgenehmigung mit der Aussicht auf Einbürgerung zu beantragen. *Denken Sie darüber nach. Wir sind darauf angewiesen, dass vielversprechende Talente wie Sie hierbleiben und mit uns gemeinsam gegen die Rote Gefahr arbeiten. Es gibt hier jede Menge gute Stellen für Sie.* Das Gespräch war bald zu technischen Fragen über Henrys Forschungsarbeiten übergeschwenkt, doch Henry hatte sich die Worte seines Doktorvaters sehr wohl eingeprägt. Ihm ist bewusst, dass ihn die Regierung Chiang Kai-sheks jederzeit zurückbeordern kann, ganz gleich, wie angenehm oder aussichtsreich sein Leben in Amerika gerade sein mag. Als amerikanischer Staatsbürger wäre er außerhalb der Reichweite des langen Arms der KMT.

Im Juni hob der Oberste Gerichtshof der Vereinigten Staaten dann die Gesetze gegen »gemischte Ehen« auf. Rachel war nach der Arbeit mit der Zeitung wedelnd auf Henry zu gerannt. »Wir dürfen heiraten!«, hatte sie gerufen. »Wir dürfen im ganzen Land heiraten, egal wo!« Im Kielwasser des Falles »Loving gegen Virginia« verlobten sie sich schon bald und bereiteten die Reise nach St Louis vor, um Rachels Eltern zu besuchen und deren Segen einzuholen.

Sie waren am frühen Nachmittag eingetroffen. Als Deborah und Simon ihnen zur Begrüßung entgegenkamen, bemerkte Henry ein leichtes Zögern, bevor Simon ihm die Hand hinstreckte. Auf Deborahs Miene zeichnete sich Entsetzen ab, dann lächelte sie vielleicht ein wenig *zu* verbindlich, nur um schließlich darauf zu bestehen, ihn mit »Mr. Dao« anzureden.

»Rachel hat uns gar nicht gesagt, dass Sie ein Orientale sind. Als sie sagte, Ihr Name sei ›Dow‹, dachte ich, sie meint Dow von Dow Chemical. Aber das macht ja nichts. Wie gutaussehend Sie sind, und wie charmant!«

Auch das Abendessen verlief schleppend. Nachdem sie fertig waren, wandte sich das Gespräch Klatschthemen zu: Wer hatte sich verlobt, wer geheiratet, wer erwartete Kinder, und so weiter.

»Wo wir gerade von Hochzeiten sprechen«, sagte Rachel und stieß Henry an.

Der wischte sich sorgfältig den Mund ab und legte seine Stoff-Serviette auf den Tisch. Dann erhob er sich und trat auf Simon und Deborah zu. In respektvoller Haltung, die Hände auf dem Rücken verschränkt, wandte er sich an Rachels Eltern: »Mr. und Mrs. Howard, Rachel und ich würden gern heiraten, und heute möchte ich Sie um Ihre Zustimmung bitten.«

Schweigen.

Deborahs ohnehin ein wenig sprödes Lächeln verwandelte sich zu etwas, was zwar noch nach einem Lächeln aussah, nur noch weniger herzlich wirkte. Simons Miene war undurchdringlich; mit einem leichten Nicken musterte er Henry von Kopf bis Fuß.

»Oh«, machte Deborah. »Oh«, wiederholte sie und schüttelte sich. »Wo sind nur meine Manieren? Das ist … das sind überraschende Neuigkeiten, mein Liebling.«

»Hmm hmm«, machte Simon und hustete. »Ich habe mich verschluckt«, murmelte er, griff nach seinem Wasserglas und trank es leer.

»Wie wäre es mit Nachtisch?«, schlug Deborah vor, stand auf und machte sich daran, die Teller abzuräumen.

Henry schaute Rachel in der Hoffnung an, dass sie ihm einen Wink gab, was er nun tun sollte.

»Alles in Ordnung«, formte sie mit den Lippen. »Ich liebe dich.«

Von der unklaren Reaktion der Eltern verwirrt, hatte Henry sich entschuldigt und war zur Toilette gegangen. Vielleicht brauchten sie ja einen Moment, um die Neuigkeit zu verdauen.

Jetzt schüttelt er, immer noch von der großen Handtuchauswahl überfordert, so gut er kann das Wasser von seinen Händen ab und trocknet sie an der Rückseite seiner Hose ab. Anschließend überprüft er seinen Anblick im Spiegel, zupft seinen Kragen zurecht, und geht zurück ins Erdgeschoss.

An der Esszimmertür hält er inne. Stimmen dringen heraus.

»Willst du auf irgendetwas Bestimmtes hinaus, Rachel?« Simons Stimme ist am Rande der Verzweiflung. »Gut, wir haben verstanden. Du weißt, dass du den Jungen von den Ebers nicht heiraten musst. Natürlich hätte uns das sehr glücklich gemacht, und Mr. und Mrs. Ebers wären auch begeistert gewesen. Außerdem ist William Ebers verrückt nach dir. Aber das ist in Ordnung, wirklich. Wir hören auf, dich zu drängen. Aber wirf nicht dein ganzes Leben weg, nur um deinen Kopf durchzusetzen.«

»Daddy! Das hier hat mit William Ebers nicht das Geringste zu tun. Ich möchte Henry heiraten. Wir lieben uns und wollen uns gemeinsam ein Leben aufbauen.«

»Aber Schatz«, wirft Deborah ein. »Wir haben ja keine Vorurteile oder irgendetwas, und ich bin sicher, dass dein Mr. Dao ein sehr netter Mann ist, aber da draußen gibt es jede Menge netter Männer, die mehr unser Typ sind.«

»Unser Typ?«, zischt Rachel. »Und was in Gottes Namen meinst du damit genau?«

»Jetzt stell dich nicht so an, Rachel. Du weißt sehr wohl, was deine Mutter meint. Abgesehen davon glaube ich nicht, dass diese Art von Ehe hier überhaupt zulässig ist.«

»Doch das ist sie sehr wohl! Lest ihr keine Zeitung? Erst letzten Monat hat der Oberste Gerichtshof einstimmig – einstimmig! – entschieden, Gesetze gegen gemischte Ehen aufzuheben.«

»Das bedeutet nicht, dass solche Ehen auch moralisch unbedenklich sind«, sagt Simon grollend.

»Seit Jahren drängt ihr mich, zu heiraten. Und ich habe euch gesagt, dass ich auf den richtigen Menschen und den richtigen Zeitpunkt warten will. Dieser Mensch ist Henry, und der Zeitpunkt ist jetzt.«

»Ja, es ist wirklich Zeit«, stichelt Deborah. »Aber warum er?«

»Weil er mehr in mir sieht als nur eine geeignete Ehefrau, wenn er mich anschaut. Weil ich die Art liebe, wie er die Welt betrachtet. Er hält nichts für selbstverständlich, sondern weiß alles zu schätzen. Und er lässt sich durch nichts beirren, nicht einmal dadurch, dass er eine schwierige Kindheit mitten im Krieg in China hatte. Im Gegenteil, ich glaube, das macht ihn nur umso entschlossener, sein Bestes zu geben, und umso dankbarer für jede kleine Freude zu sein. Ich liebe es, wie sehr er sich in etwas vertieft, wofür er eine Passion entwickelt hat. Und er versteht, wie viel mir die Musik bedeutet. Er erwartet nicht von mir, dass ich sie nach unserer Hochzeit aufgebe. Und wenn wir Kinder haben, bin ich mir sicher, dass er ein wunderbarer Vater sein wird. Er versteht mich, und er macht mich glücklich. Denn ich liebe ihn.«

Drinnen gibt es Bewegung, und Schritte nähern sich der Tür.

Henry springt zurück, als Rachel herausstürmt.

Sie erschrickt, als sie ihn sieht, und knallt die Tür hinter sich zu. »O Gott! Wie lange stehst du schon da? Was hast du gehört?«

Henry kann nicht antworten und schüttelt nur den Kopf.

»Es tut mir so leid. Mach dir keine Gedanken wegen meiner Eltern. Sie begreifen es noch nicht, aber das werden sie. Sie benehmen sich furchtbar, aber sie glauben, dass sie mich schützen müssen. Sie haben Angst, dass ich einen Fehler mache, aber ich habe ihnen erklärt, dass das nicht der Fall ist. Ich liebe dich. Das weißt du doch, oder?«

Henry ist verwirrt: »Ich … ich wusste nicht, welches Handtuch ich da oben benutzen sollte«, ist das Einzige, was er hervorbringt.

»Oh«, sagt Rachel. »Ich zeige es dir.«

Später präsentieren Simon und Deborah wieder eine freundliche Fassade und sagen, dass sie sich für das Paar freuen. Deborah möchte wissen, ob sie schon ein Datum im Auge haben. Wenn es Juni sein soll – und wer würde nicht im Juni heiraten wollen? –, dann muss sie sich sofort um einen Veranstaltungsort und die Einladungen kümmern. Und hat sich Rachel schon über ihr Kleid Gedanken gemacht? Natürlich werden sie den Empfang im Country Club abhalten. Und die Gästeliste! Oh, es gibt so viel zu erledigen, plappert Deborah aufgeregt.

Für den Rest ihres Aufenthalts sind alle nett zueinander, doch Henry wird den unangenehmen Beigeschmack nicht los. Einerseits schockiert es ihn, dass Rachel ihren Eltern so offen widerspricht, doch andererseits liebt er sie um so mehr dafür, dass sie sich um seinetwillen gegen sie durchsetzt. Auf dem Rückweg nach Evanston kommt er auf den Streit zu sprechen, den er mitgehört hat.

»Ich bin nicht meine Eltern«, versichert Rachel. »Mir war's schon immer gleichgültig, welche Pläne sie für mich gemacht haben. Ich entscheide für mich selbst, und das müssen sie akzeptieren.«

»Aber ich möchte nicht, dass wir im Streit mit ihnen in unsere Ehe gehen.«

»Sie kriegen sich schon wieder ein. Sie hätten sich bei jedem so verhalten, den sie nicht selbst ausgesucht haben. Wenn sie dich erst besser kennenlernen, schließen sie dich ganz bestimmt in ihr Herz. Ich glaube, meine Mutter hat sich schon ein wenig in dich verguckt.«

Henry errötet. Beim Abschied hat Deborah ihn auf die Wange geküsst und ihm einen Teller mit selbstgebackenen Keksen für die Reise in die Hand gedrückt.

»Und was meinen Vater angeht: Hunde, die bellen, beißen

nicht. Die Redewendung kennst du doch, oder? Er wird einlenken, da bin ich mir sicher.«

Henry schaut sie an. Anscheinend macht ihr das alles nicht viel aus. Vielleicht verhalten sich die Howards ja immer so? Da er ohnehin keine andere Wahl hat, glaubt er ihr einfach.

Taipeh, Taiwan, April 1968

Meilin verlässt ihre Wohnung und geht zu Peiwen. Als die Huangs im vergangenen Jahr wegen der Versetzung des Generals nach Hsinchu umziehen mussten, ist Meilin geblieben. So sehr sie die Huangs auch mochte, sie wollte nicht aus Taipeh fort. Die Huangs haben ihr zu einer kleinen Wohnung im Da'an-Bezirk verholfen, wo sie im Stockwerk über dem ihren bei einer Familie als Haushaltshilfe arbeitet – bei den Hsus, die mit Madame verwandt sind. Mit ihrem Lohn, ihren Ersparnissen und den gelegentlichen Schecks von Renshu kommt sie über die Runden. Ein weiterer Vorteil: Sie hat es jetzt näher zu Peiwen. Wenn Meilin Neuigkeiten hat, kann sie innerhalb von Minuten bei ihrer alten Freundin sein.

Peiwen und ihre Familie wohnen noch immer in der Militärsiedlung. Doch der ursprüngliche Bambus und die Lehmwände sind inzwischen durch Ziegelsteine ersetzt worden; außerdem haben sie ein weiteres Stockwerk und einen Anbau auf der Rückseite errichtet. Ferner haben sie jetzt Strom, Wasser und eine eigene Toilette. Wie stets freut Peiwen sich, sie zu sehen. Auf dem Tisch vor ihr steht eine Schachtel mit durchsichtigen Plastikblumen, kleinen, farbigen Glühbirnen und langen Stücken grünem Draht. Mit geschickten Handgriffen befestigt sie eine Birne und eine Blume an dem Draht und fährt dann mit einer weiteren Birne und Blume fort. Während sie plaudern, wird der Weihnachtsschmuck immer länger.

»Meilin! Was für Neuigkeiten! Herzlichen Glückwunsch! Fährst du zur Hochzeit?«

Meilin schüttelt den Kopf. Es ist zu weit und zu teuer. Renshu hat geschrieben, dass er ihr ein Ticket schickt, aber sie hat ihm geantwortet, dass sie doch ohnehin niemanden kenne und die Sprache nicht spreche. Sie hat ihm geraten, sein Geld zu sparen und sich auf sein Leben dort zu konzentrieren.

»Du musst so stolz und glücklich sein!«

»Natürlich! Er wünscht es sich so, und sie macht einen sehr netten Eindruck.« Meilins Stimme schwankt. »Warte, ich zeige dir das Foto, das er geschickt hat.« Sie kramt in ihrem Korb.

»Da. Da ist es!« Meilin zieht ein Schwarzweißfoto hervor, das Renshu mit Rachel zeigt.

»Schön, wie schön!«, kommentiert Peiwen und betrachtet eingehend das Bild. »Was für ein toller Junge. Diese Rachel hat wirklich Glück.«

Während Peiwen die letzten Neuigkeiten von ihren eigenen Kindern erzählt, nimmt Meilin einen Teil der Lichterkette, um ihr zur Hand zu gehen. Sie will sich ablenken. Beiden Frauen ist klar, was Renshus Nachricht bedeutet. Jetzt wird er wirklich nicht mehr nach Taiwan zurückkehren, nicht einmal, um eine chinesische Braut nach Amerika zu holen, wie manche angedeutet hatten. Peiwen zeigt ihr, wie sie die Lämpchen und Blumen verbinden und dann an der richtigen Stelle festklemmen soll. Sie hat heute Morgen schon zehn Schachteln hergestellt, sagt sie und deutet in eine Ecke, wo sich die Schachteln mit fertigen Lichterketten stapeln. Huifang wird sie später auf dem Weg zu ihrer Schicht als Krankenschwester beim Lagerhaus abliefern. Sie hoffen, dass sie genug zusätzliches Geld verdienen, um Baobao ein gebrauchtes Fahrrad kaufen zu können.

Jetzt erzählt Peiwen den neuesten Klatsch über die anderen Bewohner der Militärsiedlung. Sie erzählt Meilin, dass sich der alte Lin im vergangenen März erschossen hat. Einerseits schien es wie aus heiterem Himmel geschehen zu sein, doch andererseits war er hier nie glücklich gewesen, da er in den letzten Tagen des Krieges von der KMT noch zwangsrekrutiert worden war. Er hat einen Abschiedsbrief hinterlassen, in dem stand, dass er keine Familie, keine Frau, kein Land und keinen Grund zu leben hatte. Obwohl die Geschichte von Lin nicht ungewöhnlich ist, macht sie Meilin trotzdem traurig. Sie hält die Lichterkette locker in den Händen und fragt sich, wie es ihr und Renshu wohl ergangen wäre, wenn sie am Ende doch in der Militärsiedlung geblieben wären. Segen und Fluch, denkt sie.

»Wo wir gerade vom Heiraten sprechen«, fährt Peiwen fort, »hast du schon gehört, dass Hou und Yang taiwanische Frauen geheiratet haben?«

»Geheiratet? In ihrem Alter?«, ruft Meilin.

»Das musst du verstehen, die Kerle sind so einsam. Das von der Regierung erlassene Heiratsverbot für Soldaten hat ihnen ihre besten Jahre und Aussichten gestohlen. Und jetzt, wo das Verbot endlich aufgehoben worden ist, haben sie die Gelegenheit, ein neues Leben anzufangen. Diejenigen, die Familien auf dem Festland zurückgelassen haben, wissen nicht, ob ihre Angehörigen noch leben und ob sie sie jemals wiedersehen werden. Da kann man ihnen doch nicht vorwerfen, dass sie sich hier etwas Neues aufbauen. Natürlich gibt es hier fast keine unverheirateten Frauen, die vom Festland stammen.« Bei diesem letzten Kommentar wirft Peiwen Meilin einen bedeutungsvollen Blick zu. »Weißt du, Meilin – wenn du wolltest, könntest du innerhalb von zwei Minuten Anträge haben.«

Meilin legt ihre erste fertige Lichterkette in die Schachtel und befasst sich schnell mit der nächsten.

»Willst du denn gar keinen Gefährten? Vor allem seit Renshu in Amerika ist? Was ist zum Beispiel mit Longwei?«

Meilin zögert. Obwohl Peiwen eine enge Freundin ist, hat Meilin ihr nie von dieser Nacht bei Longwei erzählt, dem sie seit ihrem Umzug aus dem Weg geht. Peiwen spürt ihr Unbehagen und steht auf.

»Lass uns Tee trinken«, schlägt sie vor.

Meilin folgt ihrer Freundin in die Küche, wo sie am Wasserhahn den Kessel füllt und den kleinen Herd entzündet. Es gibt eine neue, breite, weißgekachelte Arbeitsfläche, und Peiwen hat für das große Fenster freundlich-gelbe Gardinen genäht. Während sich Peiwen mit Tassen und Teeblättern beschäftigt, fängt Meilin an, ihr von Longweis jüngstem Heiratsantrag zu erzählen. Aber gegen Ende verliert sie den Mut und verschweigt die Einzelheiten. Sie erwähnt lediglich, dass er versucht hat, sie zu küssen.

Peiwen hört die ganze Zeit schweigend zu. Sie stellt die Teekanne und die Tassen sorgfältig auf ein Tablett und trägt es ins Wohnzimmer.

»Warum hast du dich nicht von ihm küssen lassen? Er betet dich an«, sagt sie schließlich und reicht Meilin ihren Tee. »Das sieht doch jeder. Warum erlaubt ihr euch nicht einfach eine kleine Romanze?«

Meilin starrt in ihren Tee. Die Blätter öffnen sich, die Flüssigkeit nimmt einen goldenen Ton an, und ihr nussiges Aroma ist wohltuend. Sie denkt darüber nach, was sie antworten soll. Nach einem langen Schweigen entscheidet sie, dass sie es nicht erklären kann, nicht einmal Peiwen. Sie kann sich ihren Ängsten und ihrer Scham nicht stellen. Sie nimmt einen Schluck Tee. »Ich bin für so etwas zu alt.«

Peiwen sieht sie mit gerunzelter Stirn an und öffnet den Mund, um dagegenzuhalten, überlegt es sich dann aber anders. »Hast du ihm schon erzählt, dass Renshu sich verlobt hat?«

Meilin seufzt und macht die Augen weiter auf; sie ist den Tränen nahe. »Noch nicht. Kannst du mitkommen?« Sie weiß, dass sie Peiwen um diesen Gefallen bitten kann.

»Lass mich meine Sachen holen. Wir gehen zusammen hin.«

Kurz nach jener Neujahrsfeier hat Longwei begonnen, sich intensiv um das neue Nationale Palastmuseum zu kümmern und sich kaum noch bei Meilin gemeldet. Vielleicht brauchte auch er ein wenig Distanz. Sie hat ihm hin und wieder das Neueste von Renshu berichtet, aber meistens bei einer Veranstaltung oder einem Treffen mit anderen Freunden. Manchmal lud er sie zu einer Ausstellungseröffnung oder einer Party ein. Sie nahm immer an, verabschiedete sich jedoch stets, sobald der offizielle Teil vorüber war. Ihre Beziehung befindet sich in einem Schwebezustand. Die alten Wunden bleiben empfindlich. Und doch haben sie beide zu viel und zu viele verloren, um noch mehr loszulassen.

Jetzt begrüßt Longwei Meilin und Peiwen in seinem Haus. Meilin ist überrascht, wie sehr er gealtert ist, seit sie ihn zuletzt gesehen hat. Sein Haar ist ganz weiß geworden und an den Ohren sehr kurz; oben ist er kahl. Auf seinen Handrücken zeichnen sich die Adern ab. Er bewegt sich mit so viel Würde wie eh und je, doch langsamer und mit Hilfe eines Gehstocks mit silberner Spitze. Als sie ihm von Renshus Verlobung berichten, verzieht sich sein Mund zu einem schiefen Lächeln. »Na, wenigstens einer in dieser Familie will heiraten«, ist sein einziger Kommentar.

St Louis, Missouri, June 1968

Trotz der Vorbehalte ihrer Eltern ist Rachel fest entschlossen, bestens gelaunt und verliebt. Genau wie sie es vorhergesagt hat, gewöhnen Simon und Deborah sich langsam an die Vorstellung von Henry als ihrem Schwiegersohn. Als er promoviert und zu Dr. Dao wird, sind sie merklich beeindruckt, und nachdem er ein prestigeträchtiges Stellenangebot von einer der besten Forschungseinrichtungen des Landes erhalten hat, schicken sie Champagner und Blumen. Dann sind schließlich die Hochzeitseinladungen in der Post und Deborah platzt förmlich vor tränenreichem Stolz auf ihren gutaussehenden, brillanten und talentierten Schwiegersohn. Selbst Simon gibt zu, seine Tochter noch nie so glücklich erlebt zu haben.

Am Vorabend der Hochzeit treffen sich Henry und Rachel mit Henrys Freunden Pao Dafei, Li Hotan und Lis Frau Jingyuan zum Abendessen. Pao hat sich das Auto eines Kollegen ausgeliehen, um sie alle von New York aus zu der kleinen Feier zu fahren. Jingyuan, die ebenfalls an der Nationaluniversität studiert hat, ist erst kürzlich nach Amerika gekommen, um an der Columbia University den Doktor in Chemie zu machen. Während sie sich im Laufe des Abends gegenseitig auf den neuesten Stand darüber bringen, was seit der Aufnahme des Graduiertenstudiums passiert ist, wechseln sie zwischen Chinesisch und Englisch hin und her. Wenn Henry für Rachel übersetzt, mischen seine Freunde sich immer wieder einmal ein, korrigieren und necken ihn, dass er all die guten Stellen auslässt.

»Hast du das von Liu gehört?«, fragt Pao Henry gegen Ende des Essens.

»Liu Zhaohui, unser Kommilitone von der Nationaluniversität? Ist der nicht nach Wisconsin gegangen, um Elektrotechnik zu studieren?«

Pao nickt.

»Es ist keine schöne Geschichte.« Li spricht jetzt wieder Chinesisch. »Anscheinend hat er sich sehr eng mit taiwanischen Studentenvereinigungen eingelassen.«

Henrys Nackenhaare stellen sich auf.

»Als er zu einer Beerdigung nach Taipeh zurückgekehrt ist, wurde er verhaftet. Sie haben ihm schon am Flughafen seinen Pass abgenommen, so dass er nicht wieder ausreisen konnte.«

»Weil er sich mit einer Studentenvereinigung eingelassen hat?«, fragt Henry nervös. Rachel sieht ihn fragend an, denn sie bemerkt seine veränderte Haltung.

»Angeblich hat er auch an einem Treffen zum Thema der taiwanischen Unabhängigkeit in Chicago teilgenommen, und sein Name wurde der Regierung zugetragen. Ich dachte, du hättest davon gehört, weil Evanston ja nicht weit weg von Chicago ist«, fügt Li hinzu, immer noch auf Chinesisch.

Henry fragt sich, ob der Onkel von Chen noch immer in Chicago lebt und überlegt, ob er etwas von Joseph Hu erzählen soll. Li und Pao sind seine ältesten Freunde, und er vertraut ihnen völlig. Aber das heißt nicht, dass er ihnen erzählen sollte, was Leuten passiert ist, die er ohnehin nicht wirklich kannte. Er schüttelt den Kopf. »Nein, das wusste ich noch nicht.«

Pao erwähnt, dass er von ein paar anderen Studenten in New York gehört hat, deren politische Aktivitäten ihre Familien zu Hause in Taiwan in Schwierigkeiten gebracht haben.

Alle schweigen einen Moment betroffen. Besser, man hält sich aus der Politik heraus, finden sie alle.

»Alles in Ordnung?«, fragt Rachel mit besorgter Miene.

»Ja, nur Neuigkeiten von einem Kommilitonen«, antwortet Henry, aber ohne das Gespräch im Detail zu übersetzen.

Beim Nachtisch plaudern sie auf Englisch. Henrys Freunde amüsieren sich köstlich, als Rachel erzählt, wie sie sich kennengelernt haben und er immer wieder nach derselben Chopin-Schallplatte gefragt hat. So kennen sie ihn. Irgendwann beginnt die Runde in Erinnerungen zu schwelgen – an die Nationaluniversität, das Essen in Taipeh, und an weitere Kommilitonen, die sie aus den Augen verloren haben. Es tut so gut, unter Freunden zu sein, die verstehen, wie es ist, zwischen zwei Kulturen zu stecken. Irgendwann erzählt Henry sogar einen Witz.

In dem anschließenden Gelächter zupft Rachel an seinem Arm. »Was ist denn so komisch?«, fragt sie.

Es war ihm gar nicht aufgefallen, dass sie wieder ins Chinesische verfallen sind. Er versucht, zu übersetzen, aber der Witz funktioniert auf Englisch nicht.

Rachel bringt ein vages Lächeln zustande. »Mit deinen Freunden bist du so gesprächig, so witzig«, bemerkt sie. »Wer hätte das gedacht?«

Er läuft rot an. Ist sie sauer?

»Es gibt immer noch so viel, was ich nicht über dich weiß. Henry Dao, du bist ein ewiges Rätsel. Ich bin froh, dass wir noch unser ganzes Leben vor uns haben, damit ich mehr erfahren kann.«

In der Kirche steht Li Hotan als Trauzeuge neben ihm, während Pao Dafei zusammen mit Rachels Bruder Robert als Platzanweiser fungiert. Henry ist froh, dass seine Freunde hier sind, zusammen mit ein paar Wissenschaftskollegen von der Northwestern. Anfangs war er zu schüchtern gewesen, um Kollegen einzuladen, doch Rachel hatte darauf bestanden. Es berührt ihn, dass sie die lange Fahrt auf sich genommen haben, um an der Zeremonie teilzunehmen, und es tut gut, auf den Kirchenbänken voller Gäste in festlicher Kleidung ein paar vertraute Gesichter zu sehen. Doch als die Musik einsetzt und Rachel an Simons Arm auf ihn zuschreitet, blendet er alles andere aus. Es ist eine einfache Zeremonie, auf die ein gefühlt stundenlanger Fototermin folgt, dann eine endlose Schlange von Gratulierenden und am Nachmittag der Empfang im Country Club.

Nach dem Festmahl klopft Robert mit einem Löffel an sein Weinglas und erhebt sich, um einen Toast auszubringen.

»Lasst uns auf meine kleine Schwester Rachel und ihren frischgebackenen Ehemann Henry trinken.« Im Raum breitet sich Stille aus. »Meine Eltern haben eine Weile gebraucht, um sich mit dieser Ehe anzufreunden. Aber ich mochte Henry vom ersten Tag an. Ich sagte zu meinen Eltern: ›Na, wenigstens heiratet sie keinen Farbigen.‹« Robert macht eine Pause und hofft auf einen Lacher. Ein paar Gäste kichern. Seine Frau Wendy ruft: »Robert, komm endlich zum Ende!«

»Als wir Henry kennenlernten, haben wir erkannt, dass er freundlich, geduldig und weise ist. Und er ist brillant. Habe ich schon erwähnt, wie brillant er ist? Er ist Dr. Dao, ein Ingenieur. Er hilft uns, die Roten zu besiegen. Er ist kein Kommunist, falls irgendwer hier sich Sorgen macht. Er kommt aus dem Freien

China, nicht dem Roten China. Er ist einer von den Guten.« Robert nickt erst Henry beifällig zu, dann Pao und Li.

»Wir sind froh, dass ihr euch gefunden habt. Ich habe, ehrlich gesagt, schon gedacht, Rachel würde nie unter die Haube kommen, aber ihr habt mir das Gegenteil bewiesen. Also, erheben wir an diesem glücklichen Tag alle unsere Gläser auf Mr. und Mrs. Henry Dao.«

»Hört, hört!«, ruft einer der lauteren, bereits leicht angetrunkenen Gäste. Robert leert sein Glas und setzt sich wieder.

Rachel ist knallrot angelaufen. Man weiß nicht genau, ob aus Wut, vor Scham oder wegen zu viel Champagner.

Li Hotan erhebt sich, um ebenfalls einen Toast auszubringen. »Henry und Rachel«, wendet er sich an die beiden, »mögt ihr viele Kinder und wenig Ärger haben! Herzlichen Glückwunsch!«

Er erhebt sein Glas, und alle trinken.

Nachdem die Tafel aufgehoben worden ist, taucht Deborah an Henrys Seite auf und nimmt seinen Arm. Sie stolziert mit ihm herum und prahlt vor ihren Freunden mit ihm.

»Dr. Dao, das ist meine liebe Freundin Mary Ellen Carter.« Deborah deutet auf eine große, blonde Frau in einem bodenlangen, beigen Kleid, das mit Perlen besetzt ist.

»Na, Sie *sind* aber auch gutaussehend!«, sagt Mrs. Carter und mustert ihn über den Rand ihrer Brille hinweg.

»Ich bin Ethel Stonebridge.« Eine knochige Brünette in einem eleganten, grünen Kostüm reicht ihm die Hand. »Und ich finde, unsere Rachel hat wirklich einen guten Fang gemacht, einen sehr guten sogar.«

»Ach, Ethel. Natürlich möchte Ethel dich auch kennenlernen«, wirft Deborah leicht genervt ein.

»Mr. ähm, Dr. Dao, ich fand es ja sehr bedauerlich, als die Hop Alley und die alte Chinatown für das neue Stadion abgerissen wurden«, sagt Ethel, so als würde sie ein Gespräch weiterführen, das schon den ganzen Abend andauert. »All die chinesischen Familien und Geschäfte da unten.« Sie schüttelt den Kopf. »Wo sind die bloß alle hin? Haben Sie eine Ahnung?«

»Ethel! Nur weil Rachels frischgebackener Ehemann Chinese ist, muss er doch nicht sämtliche Chinesen aus St Louis kennen«, schimpft Mary Ellen.

»Natürlich nicht, Mary Allen«, erwidert Ethel gereizt. »Aber ein paar doch wohl schon.« Sie wendet sich wieder an Henry. »Was ist mit den Wangs? Kennen Sie die? Mein Richard würde keinem anderem seine Anzüge und Hemden anvertrauen. Niemand, den ich kenne, hat jemals schlechte Erfahrungen mit Mr. Wang gemacht. Und übrigens genauso wenig mit Mrs. Wang. Das sind gute, hart arbeitende Menschen. Nicht wie einige dieser Familien da unten.«

Im Augenwinkel nimmt Henry Pao, Li und Jingyuan wahr, die lachend an einem Tisch sitzen.

»Ich kenne die Wangs nicht, aber sie scheinen ja nett zu sein«, erwidert Henry gutmütig. »Es war mir eine Freude, Sie beide kennenzulernen. Bitte entschuldigen Sie mich jetzt.« Er deutet auf die gegenüberliegende Seite des Ballsaals und geht zu seinen Freunden.

»Dao Renshu! Glückwunsch zu einer wunderbaren Feier und einer hübschen Braut!« Li springt auf.

»Setz dich, setz dich«, sagt Henry beschwichtigend und nimmt ebenfalls an dem Tisch Platz.

Nach einigen Geschichten und Witzen greift Li nach seiner Jacke. »Ich fürchte, wir müssen uns schon verabschieden. Wir haben eine lange Fahrt vor uns, und Paos Kollege braucht morgen früh sein Auto.«

Rachel, die mit Schulfreundinnen geplaudert hat, gesellt sich zu Henry, und er legt einen Arm um sie.

»Es war wunderbar, euch kennenzulernen«, sagt sie zu Henrys Freunden. »Danke, dass ihr gekommen seid.«

»Nochmals herzlichen Glückwunsch, Mrs. Dao«, sagt Li Hotan.

Rachel grinst, und Henry gibt ihr einen Kuss auf die Wange.

»Ich bringe euch noch raus«, sagt Henry, drückt Rachel und lässt sie dann los.

Nach einem letzten Händeschütteln steigen seine Freunde ins Auto. Während Henry ihnen dabei zusieht, will ein Teil von ihm rufen: *Wartet! Ich komme mit!* – mit nach New York City, in eine Vertrautheit, von der er erst jetzt gemerkt hat, wie sehr sie ihm fehlt. Aber diese Sehnsucht ist nicht rational, nicht real. Sein Leben und seine Ehefrau sind hier. Auf ihn warten ein Beruf und eine Zukunft. Doch als der Wagen davonfährt und Li Hotan ihm durch die Heckscheibe zuwinkt, entschwindet mit ihm ein weiterer Teil seiner Vergangenheit – diesmal ein glücklicher.

TEIL FÜNF

1968 – 1989

21

Los Alamos, New Mexico, September 1968

Im Herbst nach ihrer Hochzeit ziehen Henry und Rachel wegen seiner Stelle im Los Alamos Scientific Laboratory in den Norden New Mexicos. Als sie von Osten kommend dort hinfahren, staunen sie über die dramatische Landschaft. Aus ausgedörrten Ebenen erheben sich Kliffe, Tafelberge und zu Skulpturen geformte Vulkanasche. Während der letzten Etappe ihrer Reise überwinden sie auf einer Serpentinen beschreibenden, eng an einen Berghang geschmiegten Straße eine Höhendifferenz von rund dreihundert Metern. Ehrfürchtig erreichen sie die Stadt, deren Existenz während des Zweiten Weltkriegs geheim gehalten wurde, die Geburtsstätte der Atombombe. Der Gedanke, dass er genau an dem Ort arbeiten wird, der maßgeblich zum Ende des Zweiten Japanisch-Chinesischen Kriegs beigetragen hat, fasziniert Henry.

Das auf Plateaus gleich unterhalb der Jemez Mountains gelegene Los Alamos hat ungefähr fünfzehntausend Einwohner, und die meisten Familien stehen in irgendeiner Verbindung zu der berühmten Forschungseinrichtung, die sie nur *The Lab* nennen. Einige der besten Wissenschaftler der westlichen Welt haben sich dort eingefunden, um die Verteidigungs- und Energieforschung voranzutreiben, und setzen alles daran, dass Amerika den Sowjets im Kalten Krieg immer einen Schritt voraus ist. Die Stellen sind gut bezahlt, die Stadt ist sicher, und die Schulen sind gut.

Henry findet Gefallen an seiner Arbeit. Aber da seine Forschung, wie die der meisten seiner Kollegen, der Geheimhaltungspflicht unterliegt, darf er außerhalb der Einrichtung nicht über sie sprechen. Ihn stört das nicht weiter, obwohl es nach dem liberalen Geist, der an der Northwestern wehte, schon eine Umstellung für ihn bedeutet. Er und Rachel hoffen, zeitnah eine Familie gründen zu können, und später, wenn die Kinder älter sind, wird Rachel eruieren, wie sie ihre eigene Karriere wieder anschieben kann. Im eine knappe Autostunde entfernt liegenden Sante Fe gibt es ein pulsierendes Kulturleben, und Rachel freut sich darauf, mehr über die Traditionen der Hispanoamerikaner und der amerikanischen Ureinwohner zu lernen, die viel zu der besonderen Atmosphäre dieser Stadt beitragen. Die Stadt ist ganz anders als jeder andere Ort, an dem sie je gewesen ist.

Während sie schwanger zu werden versucht, schaut Rachel sich in Los Alamos nach einer Stelle um. Doch sie stellt schnell fest, dass Frauen, die nicht in der Wissenschaft arbeiten, hier nur sehr begrenzte Möglichkeiten haben. Neben Schulen, einigen Läden, einem Krankenhaus und einer Bibliothek ist das Forschungsinstitut der Hauptarbeitgeber. Die Mehrheit der Belegschaft dort ist männlich. Viele der Wissenschaftler sind jung und frisch verheiratet, und ein Großteil ihrer Ehefrauen sucht, egal ob sie Kinder haben oder nicht, ebenfalls nach einer sinnstiftenden Arbeit. Kurz: In der Stadt gibt es intelligente, gut ausgebildete Frauen im Überfluss, die alle um eine kleine Zahl von Stellen konkurrieren. Und wenn die Krankenpflege-, Lehrerinnen- und Bibliotheksstellen einmal vergeben sind, bleibt nicht viel mehr als Sekretariatsarbeit. Rachel versucht es ein paar Monate damit, langweilt sich jedoch fast zu Tode.

Das erste Jahr vergeht, und Rachel wird nicht schwanger. Sie ist jetzt fast dreißig. Früher hat sie immer gedacht, dass sie in diesem Alter schon Kinder haben würde. Stattdessen ist sie nun aber nicht nur weit von einer eigenen Familie und einer Anstellung entfernt, die ihrer beruflichen Qualifikation entspricht, sondern auch von dem, was sie sich für sich und ihr Leben erträumt hat.

Henry bemerkt Rachels Frustration, weiß aber nicht, wie er ihr helfen kann.

Und als Rachel dann im zweiten Winter endlich schwanger wird, sind sie beide überglücklich. Nun kann ihr Leben als Familie beginnen.

Los Alamos, New Mexico, Oktober 1970

Henry sitzt an seinem alten Schreibtisch in seinem neuen Zuhause und füllt den Einbürgerungsantrag aus. Rachel ist mit einer Freundin einkaufen gefahren; sie wollte noch ein paar Sachen besorgen, bevor das Baby kommt. »Ich weiß, wir haben eigentlich schon fast alles«, hatte sie gesagt, »aber ich bin einfach nervös.« Das ist Henry auch. Vor allem nachdem sie es so lange vergeblich versucht haben. Der Gedanke, Vater zu werden, ist für ihn gleichermaßen aufregend wie beängstigend. Wie *ist* man ein Vater? Wie soll er das lernen? Die Tatsache, dass er keine Erinnerungen an seinen eigenen Vater hat, schmerzt ihn, und er fragt sich, wie er wohl war. Dann denkt er über Longwei nach. Longwei schien immer zu wissen, was zu tun war, selbst wenn die Welt aus den Fugen geriet. In Henrys Erinnerung hat Longwei nur ein einziges Mal die Balance verloren, und zwar als Liling starb. Die Erinnerung daran lässt Henry erstarren. *Was, wenn seinem Baby etwas zustößt?* Dieser Gedanke ist ihm unerträglich. Er schwört sich, es zu beschützen, komme, was wolle. Er wird alles daransetzen, um seinem Kind die Erfahrung von Verlust zu ersparen.

Er schaut wieder auf seinen Antrag und stellt fest, dass er Angaben aus seinem Einreisevisum benötigt, also holt er den Umschlag, den Longwei ihm vor seiner Abreise aus Taipeh gegeben hat, aus der hintersten Ecke seiner untersten Schreibtischschublade. Als er seinen Pass der Republik China herausnimmt, fällt ihm Joseph Hu wieder ein. Henry hat beschlossen, Taiwan ohne den Schutz eines amerikanischen Passes nicht mehr zu betreten. Obwohl er nie irgendetwas gegen die KMT gesagt oder getan hat, befürchtet er, dass ihn eines Tages jemand ins Visier nehmen könnte. Charles Chen muss, auch wenn er ein guter Freund war, irgendeine Verbindung zur KMT gehabt haben. Henry möchte nie wieder in eine Lage geraten, in der man ihn über andere Chinesen ausfragen könnte. Mit der amerikanischen Staatsbürgerschaft im Rücken wird er freier atmen können – und mit der Zeit hofft er, auch seine Ma an dieser Sicherheit teilhaben zu lassen.

Als er auf der Suche nach den benötigten Informationen die alten Unterlagen durchblättert, fällt ihm ein unerwarteter Name ins Auge. Er breitet alle Dokumente auf dem Tisch aus und überprüft sie nacheinander. Alle enthalten dieselbe falsche Angabe. Das muss ein Irrtum sein.

Er denkt an seine Ankunft in Amerika zurück. Damals an der Passkontrolle hatte er dem Beamten diesen Umschlag überreicht. Der Mann ging die Unterlagen durch und übertrug einige Angaben in ein offiziell aussehendes Verzeichnis. Als er mit den Formularen fertig war, glich er das Schwarzweißfoto mit Renshus Gesicht ab, setzte einen Stempel in den Pass und das Visum, steckte die Unterlagen zurück in den Umschlag und gab ihn Renshu zurück.

»Willkommen in den Vereinigten Staaten von Amerika, Mr. Dao«, hatte der Beamte gesagt. Renshu hatte nur schnell nachgesehen, ob die Bankverbindung und die Einladung der Universität noch bei den Unterlagen lagen, dann hatte er den Umschlag wieder eingesteckt.

In jenen ersten Monaten hat er, wann immer Nachweise verlangt wurden, einfach den gesamten Umschlag ausgehändigt. Weder in der Univerwaltung noch in der Bank hat jemals jemand die darin enthaltenen Informationen hinterfragt. Alles schien in Ordnung zu sein. Und danach hat er die Papiere nie mehr gebraucht. Bei den Umzügen in seiner Studentenzeit und später dann quer durchs Land hat er den Umschlag immer sicher aufbewahrt. Warum hat er nicht schon vor langer Zeit einen gründlicheren Blick darauf geworfen?

Er denkt an die Hektik und das Durcheinander vor seiner Abreise aus Taiwan zurück. Longwei war absichtlich im letztmöglichen Moment aufgetaucht und hatte seiner Ma und ihm die Unterlagen in einer Art imperialen Geste überreicht. Er hatte ihn sogar ausdrücklich dazu angehalten, den Umschlag nicht zu öffnen, und Renshu war im Vertrauen darauf, dass schon alles in Ordnung war, losgezogen.

Und es war ja auch alles in Ordnung gewesen. Mehr als das. Die Überfahrt und die Einreise waren ohne jede Beanstandung geglückt. Er hatte sein neues Leben in Amerika begonnen, Arbeit und ein Stipendium bekommen, hatte Rachel gefunden und war in seinen Beruf eingestiegen. Mehr hätte er sich gar nicht wünschen können.

Doch wer ist er laut diesen Papieren?

Er muss mit seiner Ma sprechen. Er wählt die Nummer der Hsus in Taipeh. Während es klingelt und klingelt, schaut er wieder ungläubig auf die Unterlagen, streicht die Seiten glatt und fährt mit dem Finger unter den Namen entlang.

»Wer ist denn da?«, fragt eine verärgerte Stimme am anderen Ende der Leitung.

Die Zeitverschiebung. Daran hat er nicht gedacht. Er schaut auf seine Armbanduhr. Hier ist es fast Mittag … Und dort ungefähr drei Uhr in der Nacht. Er entschuldigt sich und merkt erst dann, dass er Englisch gesprochen hat. Er wechselt ins Chinesische und erklärt, dass er Renshu ist.

»Renshu!« Weitere Ausrufe dringen durch den Hörer.

»Warten Sie!«, ruft er, um Frau Hsu davon abzuhalten, zu Meilin zu laufen und sie zu wecken.

»Könnten Sie meiner Ma bitte etwas ausrichten?«

»Ihre Ma? Ich gehe sie holen.«

»Nein, nein! Richten Sie ihr bitte aus, dass ich später noch mal anrufe. Gleich morgen früh um zehn?«

»Ja, in Ordnung! Morgen früh um zehn!«
»Ich muss auflegen. Telefonieren ist teuer.«
»Ja! Teuer!«
Dann wird es still in der Leitung.
Henry legt auf. Er betrachtet sein Foto von damals. Dao Renshu. Er war so jung, so unbedarft. Doch schon bald wird sein Schwelgen in Nostalgie von Wut über die Naivität dieses jungen Mannes verdrängt. Renshu war vielen Menschen gegenüber zu vertrauensselig. Henry hat gelernt, wie wertvoll Vorsicht sein kann.

Taipeh, Taiwan, Oktober 1970

Meilin sitzt wartend vor dem Telefon der Hsus. Alle anderen sind unterwegs, in der Schule, auf dem Markt, auf dem Weg zur Arbeit. Es ist still in der Wohnung. Seit sechs Uhr ist sie auf den Beinen, und seit Mrs. Hsu ihr von Renshus nächtlichem Anruf erzählt hat, macht sie sich Sorgen. Sie zupft an dem Tischtuch herum und streicht es glatt. Warum hat er angerufen? Ist etwas passiert? Ist jemand krank? Den ganzen Morgen schaut sie den Zeigern der Uhr schon dabei zu, wie sie auf zehn Uhr zu kriechen.

Draußen sind Rufe und das Lärmen von Bohrern und Presslufthämmern zu hören. Überall in der Stadt werden die alten Militärdörfer mit ihren überfüllten, maroden Häusern abgerissen, um Platz zu schaffen für moderne Apartmentgebäude mit zuverlässiger Stromversorgung, großen Fenstern, Wasseranschlüssen und Innentoiletten. Die Gassen, über die sich früher bunte Banner aus Wäsche spannten, sind asphaltiert und zu vielbefahrenen zweispurigen Straßen ausgebaut worden. Am späteren Morgen wetteifert der Baulärm mit einem Konzert aus Motoren, Hupen und Fahrradklingeln. Wo einst wackelige Zäune Hühner und Kinder am Weglaufen hinderten, stehen heute Bambusgerüste, hinter denen Betongebäude immer weiter in die Höhe wachsen. Taipeh scheint sich vor Meilins Augen auszuradieren und neu zu schreiben.

Als das Telefon klingelt, greift sie so hektisch nach dem Hörer, dass er ihr aus der Hand rutscht, auf den Tisch knallt und kurze Zeit am Kabel baumelt. Sie nimmt ihn. »Renshu?«

»Ma.«

Sie sprechen sich so selten. Meilin schließt jedes Mal die Augen, um sich ganz auf Renshus Stimme zu konzentrieren und auch all das herauszuhören, das unter seinen Worten liegt. Über die Jahre hat sie auf diese Weise erspürt, dass er kräftiger und stärker geworden ist. Aus dem volleren Klang seiner Stimme hat sie auf breitere Schultern geschlossen, bei seinen stolzen Berichten über seine Promotion und die Stipendien ein kräftigeres Kinn vor sich gesehen und, als er ihr von Rachels Schwangerschaft erzählte, schließlich eine breitere Brust. Doch heute liegen Zaudern und Traurigkeit in dieser einen Silbe, so als wäre er wieder zu einem Kind zusammengeschrumpft.

»Seid ihr gesund? Geht es Rachel gut? Und dem Baby?«

»Ja, ja, es geht ihr gut. Sie ist nur müde. Jetzt dauert es nicht mehr lange.«

Meilin schlägt die Augen auf und lächelt voller Vorfreude auf ihr Enkelkind.

»Ma?« Da ist er wieder, dieser bekümmerte Unterton.

»Ja?«

»Es geht um das Visum, das der Onkel mir besorgt hat, als ich aus Taiwan weggegangen bin.« Seine Stimme verklingt.

»Ja, was ist damit?« Sie umklammert den Hörer fester, so als würde sie dann besser hören.

»Ich habe gerade ein paar Angaben überprüft, die ich für meinen Einbürgerungsantrag brauche. Und Ma –« Renshu macht eine Pause. Nach einer Weile fügt er dann schnell hinzu: »Ma, er hat sich als meinen Vater angegeben und Wenling als meine Mutter.«

Sie fährt zurück, als hätte man ihr einen Stoß versetzt.

Heirate mich. Dann wird alles so viel einfacher sein. Die Erkenntnis trifft Meilin wie eine kalte Welle, die sie verschlingt.

»Ma, bist du noch da? Hast du gehört, was ich gesagt habe?«

»Ja, ich bin dran«, sagt sie mit schwacher Stimme. »Ist das wahr?«

»Ja, hier steht: ›Vater: Dao Longwei, Mutter: Xue Wenling.‹«

Oh, was hast du getan, alter Mann, was hast du getan?

»Dein Name taucht in meinen Unterlagen nirgends auf.«

Sie kneift die Augen zu und macht eine ruckartige Bewegung, so als wollte sie diesen schlechten Traum abschütteln. Das kann nicht sein. Warum sollte Longwei so etwas tun?

»Können wir das korrigieren?«, fragt Renshu.

Wie denn? Das ist mehr als zehn Jahre her. Wie kann es sein, dass es so lange unbemerkt blieb?

»Longwei muss gedacht haben, dass es mit seinem Namen dort leichter für dich ist.« Sie möchte sich selbst ebenso überzeugen wie Renshu. »Und er hatte recht, oder?«

»Aber dein Name steht hier nirgends«, wiederholt er, kaum hörbar.

Es knistert und rauscht in der Leitung.

»Das ist bestimmt bloß eine Formalität«, sagt Meilin. »Es stand so viel auf dem Spiel. Er wollte, dass deine Überfahrt so reibungslos wie möglich verlaufen kann und du die besten Startchancen hast. Außerdem« – sie spricht schnell, um diese schreckliche Stille zu füllen – »außerdem liebt er dich. Er hat dich immer geliebt. Und in vielerlei Hinsicht betrachtet er dich als seinen Sohn. So eine große Lüge ist es also gar nicht«, sagt sie und spürt Übelkeit in sich aufsteigen.

»Aber warum hat er nicht deinen Namen eingetragen?«

Heirate mich, Meilin. Sie kann sich nicht überwinden, Renshu von Longweis Anträgen zu erzählen, von der Nacht, in der er sie geküsst hat, davon, wie sie ihn seitdem auf Distanz hält. Was würde es ihm bringen, wenn er es wüsste?

»Ich weiß es nicht.« Sie ist froh, dass ihr Sohn ihre Tränen nicht sehen kann.

»Was sollen wir jetzt tun, Ma?«

Was können sie jetzt tun?

»Füll den Antrag aus. Schreib die Namen der beiden rein und schick ihn sofort ab. Die Unterlagen müssen übereinstimmen. Du brauchst diese Staatsbürgerschaft. Dein Baby braucht einen amerikanischen Vater.« Sie holt tief Luft und nimmt all ihre Kraft zusammen: »Ich bin deine Ma. Longwei weiß das, du weißt das und ich weiß das. Der Rest ist nur Papierkram.«

Renshu räuspert sich. »In Ordnung, Ma. Aber fragst du ihn nach dem Grund?«

»Das Telefonat wird zu teuer.« Sie kann nicht mehr sprechen.

»Ma, bitte! Fragst du ihn?«

»Pass gut auf Rachel auf. Und ruf an, wenn das Baby da ist.«

»Natürlich. Ma, bitte?«

Es entsteht eine Pause.

»In Ordnung«, verspricht sie schließlich.

»Zaijian.«

»Zaijian.«

Meilin legt auf, bleibt wie betäubt sitzen und blinzelt in den hellen Tag. In den Glasscheiben, die auf der anderen Straßenseite gerade in eine Hausfassade eingesetzt werden, spiegelt sich das Sonnenlicht.

Unten in ihrer eigenen Wohnung versucht sie sich zu beruhigen. Niemandem ist etwas passiert. Niemand ist krank. Trotzdem, sie fühlt sich beraubt. Sie hat Renshu versprochen, mit Longwei zu sprechen, doch sie fürchtet sich davor. Ihr ohnehin angeschlagenes Verhältnis zu ihm scheint nun zerrüttet.

Sie versucht sich zu erinnern, wann sie ihn zuletzt gesehen hat. Am Neujahrsfest? Nein, dieses Jahr hat sie mit Peiwens Familie gefeiert und war deshalb nicht bei der Party des Heimatverbandes gewesen, wo sie für gewöhnlich auf ihn traf. War es davor? Wahrscheinlich beim Mondfest vor ungefähr einem Jahr, aber eigentlich erinnert sie sich nicht, ihn dort gesehen zu haben. Sie muss zu ihm. Jetzt sofort.

Meilin steht draußen vor Longweis Wohnung. Jetzt ist entschiedenes Auftreten gefordert. Sie wird sich nicht beirren lassen und dem Mann, der ihnen so viel geschenkt, aber auch so viel genommen hat, die Stirn bieten. Entschlossen strafft sie die Schultern, stählt sich innerlich. Sie wird verlangen, dass Longwei Renshus Papiere korrigieren lässt. Sie wird weder bitten noch drohen, aber eine Weigerung wird sie nicht akzeptieren. Sie wird zurückfordern, was ihnen gehört.

Meilin klopft an und wartet.

Yang, Longweis gebückter, ergrauter Diener, öffnet die Tür. Seine Augen weiten sich vor Staunen, als er sie sieht. Er verneigt sich und nickt, dann eilt er fort, um Longwei Bescheid zu geben.

Meilin tritt ein und schließt die Tür leise hinter sich. Drinnen riecht es stark nach schmutzigem Geschirr und Böden voller Staub. Die geschlossenen Vorhänge sperren das Tageslicht aus. Sämtliche Furcht und Entschlossenheit, die sie auf der anderen Seite dieser Tür empfunden hat, schlägt in Sorge um. Irgendetwas stimmt nicht. Es ist zu still in der Wohnung.

Yang kommt zurück. Er weist auf die Schläppchen am Eingang und wartet schweigend, während Meilin sie gegen ihre Straßenschuhe tauscht. Dann folgt sie ihm durch den Flur. Die Dielen knarzen bei jedem Schritt. Als sie vor Longweis Schlafzimmer stehen, öffnet Yang die Tür, weicht zurück und lässt Meilin eintreten.

Auf einem Tisch neben dem Bett steht noch ein Tablett mit dem Frühstücksgeschirr: eine Schale für Haferbrei, eine Teetasse, ein Löffel. Longwei ist nur noch ein Schatten seiner selbst. Wo ist der Mann der Leinenanzüge und der eleganten silbernen Zigarettenetuis geblieben? Der Schönredner, der immer alles möglich machte? Zahlreiche Kissen stützen ihn, seine einst stolz geschwellte Brust verschwindet fast in dem weichen Bettzeug. Die hervortretenden Wangenknochen lassen die Konturen seines Schädels erkennen.

Meilin tritt dicht an das Bett heran. Seine Augen, die geschlossen waren, fliegen auf.

»Wer ist da?« Seine Augen sind wässrig, seine Stimme schwach.

»Ich bin's, Meilin.«

»Hmpf«, macht Longwei. Mit zittriger Hand nimmt er eine Brille mit dicken Gläsern, setzt sie auf und späht zu ihr hin.

»Nein«, sagt er schließlich, mit den Lippen schmatzend. Die Falten in seinen Mundwinkeln sehen trocken und schuppig aus. Sie nimmt das Wasserglas und hält es ihm hin, doch er macht eine abweisende Geste und schlägt es ihr dabei fast aus der Hand.

»Nein?«

»Nein, Sie sind nicht Meilin. Sie ist viel jünger als Sie.«

Meilin beißt sich auf die Lippen.

»Sie hat einen Sohn. Der Junge ist ganz versessen auf Sesamkrokant und versucht immer, Grillen zu fangen. Wo ist der Junge?«, fragt er keuchend und röchelnd.

Sie weiß nicht, wo sie anfangen soll. Sie schaut auf ihre Hände, und ihre Entschlossenheit schwindet. Wie kann Longwei so abgebaut haben?

Als sie wieder aufblickt, ist er eingeschlafen.

Kaum ist Meilin wieder auf der Straße, überkommen sie heftige Reuegefühle. Wie konnte sie zulassen, dass ihre Ängste sie blind für seinen Alterungsprozess gemacht haben, für all das, was sie noch zu verlieren hatten? War es falsch, dass sie sich von ihm ferngehalten hat? Jahrelang erschien ihr das nicht nur als richtig, sondern als das Einzige, was sie tun konnte. Und jetzt ist der furchterregende Drache, vor dem sie davongelaufen ist, kaum mehr als eine kleine Erhebung unter seiner Decke. Wie lange versteckt sie sich schon vor jemandem, der gar nicht mehr existiert?

Während der folgenden Monate besucht sie ihn mehrfach. Jedes Mal fragt er sie, wer sie sei. Er glaubt ihr nicht. Er hält sie für

Wenling. Für ein Dienstmädchen. Für eine Pflegerin. Er fragt sie wieder und wieder: *Sind Sie meine Frau?* Nur ein einziges Mal erkennt er sie. »Meilin, Meilin«, seufzt er. »Du warst immer so stur. Warum warst du so stur?« Sie überlegt, was sie ihm antworten soll. Und während sie noch mit sich ringt, ist sein kurzer Moment der Klarheit schon wieder vorbei. Was hätte sie ihm sagen sollen?

Als sie Renshu berichtet, dass Longwei zu alt und zu krank ist, um ihn wegen der Papiere zu behelligen, will Renshu das nicht akzeptieren. Er besteht darauf, dass Longwei ihnen eine Erklärung schulde, dass er diesen Fehler korrigieren müsse. »Lass gut sein«, sagt Meilin. »Warum trägst du das weiter mit dir herum?«

Ihr geht ständig im Kopf herum, dass es vielleicht anders gekommen wäre, wenn sie Longwei doch geheiratet hätte. Hätte er ihr dann erzählt, warum er das gemacht hatte? Hätte er die Papiere korrigieren lassen? Vielleicht ist ihm nie in den Sinn gekommen, dass daraus Probleme erwachsen könnten. Damals änderten die Leute andauernd ihre Namen und Verwandtschaftsverhältnisse. Wäre sie, wenn sie Longwei geheiratet hätte, heute in irgendeinem obskuren Verzeichnis oder offiziellen Dokument namentlich als die Mutter ihres Sohnes aufgeführt?

Die Fragen sind unerschöpflich und nicht zu beantworten.

Aber nach weiterem uferlosem Grübeln erkennt Meilin irgendwann, dass Antworten auch nichts ändern würden. Was geschehen ist, ist geschehen. Sie hat Renshu immer gesagt, dass Reue zu schwer sei, um sich lange damit zu belasten. Aber man kann auch nie völlig davon überzeugt sein, immer die richtigen Entscheidungen getroffen zu haben. So viel Glück oder so viel Naivität besitzt niemand. Vielleicht, denkt Meilin, geht es darum, die Reuegefühle so lange mit sich herumzutragen, bis man Frieden damit geschlossen hat. Erst dann kann man sie ablegen.

Renshu schreibt ihr mit anderen, erfreulicheren Nachrichten: ihm wurde die amerikanische Staatsbürgerschaft verliehen, er bekommt viel Anerkennung für seine Arbeit, und seine Tochter ist zur Welt gekommen. Es war eine schwierige Geburt, und sie werden keine weiteren Kinder bekommen, aber deswegen ist die Tochter für Renshu nur umso kostbarer. Meilin schwillt das Herz vor Freude, als sie den Namen des Kindes liest: Lily. Auch wenn Renshu weit weg von ihr lebt und ihre Tage von der Sehnsucht nach ihrem Jungen bestimmt sind, erkennt sie, dass er ein guter Mann, ein glücklicher Mann geworden ist. Als sie das Foto von Renshu, Rachel und Lily betrachtet, lernt Meilin eine ganz neue Art der Mutterliebe kennen, nämlich die, die daraus erwächst, zu sehen, dass ihr Sohn Vater geworden ist. Während sie sein Gesicht auf dem Foto berührt, erinnert sie sich an die Nachmittage in Hongtses Geschäft, an die Atmosphäre der Angst und des Triumphs in Chongqing. Über all die Meilen und die Jahre hinweg hätte sie ihn viele Male beinahe verloren, doch es ist nie passiert. Amtliche Papiere können nicht auslöschen, was sie zusammen erlebt haben.

Kurz nach Neujahr nimmt Meilin das Foto von Renshus Familie mit zu Longwei und zeigt es ihm. Auf irgendeine Art wird er bestimmt verstehen, wer sie sind, hofft sie.

»Frohes Jahr des Schweins, Longwei«, sagt sie, als sie sein Zimmer betritt.

Er schlägt erschrocken die Augen auf. Ausnahmsweise schaut er Meilin einmal direkt an, mit einer geradezu beängstigenden Klarheit. »Xiaowen. Du muss Xiaowen schreiben«, sagt Longwei.

Meilin bekommt Herzflattern, als er den Namen ihres Mannes erwähnt.

Longwei umschließt Meilins Hand mit seinen Händen. Sie sind kalt und leicht, zerbrechlich wie Ästchen. Er keucht schwer, atemlos von der Anstrengung. Dann fährt er mit bebender Stimme fort: »Schreib ihm, schreib ihm, dass ich mich um sie gekümmert habe, als er nicht zurückgekommen ist. Um sie beide. Schreib ihm, dass ich mein Versprechen gehalten habe.«

Longweis Griff ist trotz seiner Hinfälligkeit fest. Meilin schluckt schwer und nach kurzem Zögern nickt sie.

»Ich habe sie auch geliebt.« Seine Stimme klingt jetzt kraftvoller.

Meilin ist sprachlos. Er lässt ihre Hände los, sinkt in seine Kissen zurück und schließt erschöpft die Augen.

»Ich habe sie auch geliebt.« Longwei fängt an zu weinen.

Sie sitzen still da. Das einzige Geräusch im Zimmer sind seine Schluchzer und der leichte Regen, der draußen fällt.

Meilin legt eine Hand auf Longweis Oberschenkel. Er fühlt sich dünn und knochig an unter der Bettdecke. Sie massiert ihn sanft. »Ich weiß«, murmelt sie.

Und so ist es auch. Ihre Verbundenheit ist allmählich gewachsen, widerstrebend, doch sie war, wie sie jetzt erkennt, immens. Es gibt kein anderes Wort für all das, was sie miteinander geteilt haben.

In den folgenden Tagen isst er immer weniger. Er murmelt etwas von Schiffen und Zügen, fragt nach Hongtses Geschäft. Er ist nicht mehr bei sich. Ein Geist, der sich in der Dunkelheit verliert. Ein Körper, der Ruhe sucht. Er driftet zwischen Schlaf und Wachheit hin und her. Meilin weicht ihm nicht mehr von der Seite, Stunde um Stunde sitzt sie an seinem Bett. Bald gleitet er in einen Stupor, und nicht lange danach in die endgültige Stille.

22

Los Alamos, New Mexico, Dezember 1978

In Lilys ersten Lebensjahren erfährt Henry eine bis dahin ungekannte Zufriedenheit. Mit ihr erlebt er eine Kindheit, die so ganz anders ist als die, die er selbst gehabt hat. Diese Kindheit ist beständig, behütet, sicher. Lily wächst ohne Angst und Hunger und ohne die Gefahr, vertrieben zu werden auf. Tränen gibt es nur, wenn sie vom Rad gefallen ist oder sich das Knie aufgeschlagen hat.

Seit Longweis Tod überlegt Henry, Meilin in die Vereinigten Staaten zu holen, doch die Angst, dass die gefälschten Papiere des Onkels seine eigene Staatsbürgerschaft gefährden könnten, hält ihn zurück. Er versucht, sich selbst zu beruhigen: Er ist US-Bürger und arbeitet seit vielen Jahren erfolgreich in seinem Beruf. Dennoch ist Vorsicht geboten. Seine Arbeit ist als geheim eingestuft, und seine Sicherheitsüberprüfung muss so unauffällig wie möglich vonstatten gehen. Je weniger Fragen aufkommen, desto besser. Er behält die Ereignisse in Taiwan weiterhin mit einem Auge im Blick. Chiang Kai-sheks Tod im Jahr 1975 und die Machtübergabe an dessen Sohn Chiang Ching-kuo drei Jahre später machen Henry nervös. Er weiß nicht, was jetzt zu erwarten ist. Einerseits hatte Chiang Ching-kuo als junger Mann Verbindungen zu den Kommunisten, andererseits verspricht er, Taiwan zu demokratisieren. Diese Ambivalenz vergrößert Henrys Besorgnis noch.

Er weiß, dass es besser ist, praktisch zu denken, als patriotisch zu sein, und er ist dankbar für seine Stelle. Regierungen brauchen immer Militär- und Sicherheitsstrategen. Und es gibt immer irgendwo einen Krieg. Anders kennt er es gar nicht.

In diesem sogenannten Kalten Krieg erschießt Henry niemanden. Er wirft auch keine Bomben ab. Er arbeitet an den theoretischen Grundlagen sowie der Konstruktion von Waffen und Verteidigungssystemen, über die er nur in Gesellschaft von anderen Wissenschaftlern und Ingenieuren spricht, und diese Unsichtbarkeit ist ihm angenehm.

Er ist nicht verantwortlich für die Existenz dieses Wissens. Stattdessen betrachtet er sich und seine Kollegen als Hüter großer Macht. Er hofft, dass seine Forschung ausreicht, um jedem Feind zu demonstrieren, dass der tatsächliche Einsatz dieser Waffen unnötig ist, dass er zur Mutual Assured Destruction (MAD), der sicheren gegenseitigen Zerstörung führen würde.

Natürlich erlebt er auch immer wieder Situationen, die ihm zu denken geben. Ihm ist aufgefallen, dass es Leute gibt, die ihre Fragen generell immer nur an seinen Kollegen Tom Benson richten, wenn er und Benson gemeinsame Forschungsergebnisse vorstellen. Anfangs erleichterte ihn das, aber nach acht Jahren in diesem Job braucht er keinen Dolmetscher mehr, erst recht nicht, wenn er das Projekt geleitet hat. Einmal glaubte er mitbekommen zu haben, wie ein neuer Mitarbeiter sich über Henrys Akzent beklagte, aber das könnte auch ein Missverständnis gewesen sein – es gibt viele Vertreter unterschiedlicher Nationalitäten in seiner Gruppe, auch wenn er der einzige Chinese ist. Manchmal hört er auch Bemerkungen in Richtung von, in seinem Land müsse er ja »einiges anders machen«. *Das* hier *ist mein Land,* denkt er dann.

Nach und nach hat Henry einen sechsten Sinn dafür entwickelt, wie er mit seinen Schwiegereltern reden muss. Wenn er zu wenig sagt, machen sie Rachel gegenüber im Flüsterton Bemerkungen über seine Englischkenntnisse. Wenn er aber zu lange auf sie eingeht, erwarten sie über kurz oder lang von ihm, dass er ihnen jede x-beliebige Frage über China, Korea, Vietnam oder alles beantwortet, was auch nur entfernt mit Asien zu tun hat. *Henry, du verstehst diese Leute doch sicher, oder?* Rachel tut sein Unbehagen ab und versucht diese Angewohnheit ihrer Eltern als einen Versuch darzustellen, etwas Persönliches über Henry zu erfahren. »Sie versuchen doch nur, auf dich zuzugehen«, sagt sie, »kannst du ihnen nicht auf halbem Weg entgegenkommen?« Solange die Unterhaltung um Lily, Baseball oder das Wetter kreist, hört er zu und wirft sogar hin und wieder eine scherzhafte Bemerkung ein. Doch sobald der Austausch von höflichen Floskeln beendet ist und das Gespräch erlahmt, findet er eine Ausrede, um sich zurückzuziehen.

Im Laufe der Jahre schiebt er diese kleineren Irritationen beiseite und konzentriert sich stattdessen auf die erfreulichen Dinge in seinem Leben: dass er in Rachel eine tolle Ehefrau hat, die klug und gesellig und damit das perfekte Pendant zu seiner zurückhaltenden Art ist; dass er mit Lily eine gesunde Tochter hat, die voller Neugier und Unschuld ist; dass er genug Geld verdient, um den Lebensunterhalt finanzieren und seiner Ma darüber hinaus jeden Monat ein bisschen Geld schicken zu können; dass er in stabilen Verhältnissen lebt und ein Haus, ein Auto und sogar ein Klavier besitzt. Er genießt das fröhliche Chaos von Geburtstagspartys, den Besuch von Schulkonzerten, die Möglichkeit, Lily zu Weihnachten Rollerskates schenken zu können. Er hat seiner Tochter das Radfahren und das Schwimmen beigebracht.

Ist nicht jedes dieser Dinge für sich genommen schon ein Sieg?

Es ist Freitagabend, eine Woche vor den Weihnachtsferien. Lily ist in der Küche und singt Weihnachtslieder vor sich hin, während sie bunte Tonpapierstreifen zu einer Girlande für den Baum zusammenklebt. Am Nachmittag hat sie, als sie den Baum schmückten, einen Blick auf die Beschriftung des Pappkartons geworfen, in dem sie die Lichterkette aufbewahren. »Da steht ›Made in Taiwan‹ drauf, Daddy! Genau wie du, was?«, hat sie ausgerufen.

»Ja«, hat er geantwortet und weiter an der Lichterkette herumgezupft, um auch die oberen Zweige zu erreichen. Nun sitzen er und Rachel auf dem Sofa und schauen die Nachrichten, während sie sich an dem funkelnden Baumschmuck erfreuen. Nach der Hälfte der Sendung wird das übliche Programm unterbrochen und zu einem Sonderbericht ins Weiße Haus geschaltet. Präsident Jimmy Carter sitzt mit ernster Miene an einem Schreibtisch.

»Guten Abend, ich möchte eine gemeinsame Erklärung verlesen, die jetzt zeitgleich auch in Peking von der politischen Führung der Volksrepublik China herausgegeben wird …«

Lily schmettert in der Küche laut »Up on the Housetop«. Henry steht auf und dreht den Ton lauter.

»Die Vereinigten Staaten von Amerika und die Volksrepublik China haben vereinbart, sich gegenseitig anzuerkennen und ab dem 1. Januar 1979 diplomatische Beziehungen aufzunehmen. Die Vereinigten Staaten erkennen die Regierung der Volksrepublik China als die alleinige legale Regierung Chinas an.«

Henry verfolgt die Ansprache mit zunehmender Fassungslosigkeit.

»Die Regierung der Vereinigten Staaten von Amerika bekennt sich zu der chinesischen Position, wonach es nur ein China gibt und Taiwan zu China gehört.«

Henry wäre es nie in den Sinn gekommen, dass die Vereinigten Staaten die Republik China eines Tages nicht mehr offiziell anerkennen könnten. Wie kann es angehen, dass Amerika sich von der Republik abwendet, nachdem sie sie jahrzehntelang unterstützt hat? Was wird die Kommunisten jetzt davon abhalten, über die Taiwanstraße zu stürmen und sich die Insel einzuverleiben? Was wird nun aus Taiwan?

Und schlimmer noch: Was wird aus seiner Ma? Wird man sie wegen ihrer nationalistischen Kontakte zu Longwei bestrafen? Oder zu ihrem Sohn im Westen?

Er dreht sich Rachel zu. Sie ist blass im Gesicht.

»Und was ist jetzt mit deiner Mutter?«, flüstert sie.

»Ich weiß es nicht. Ich muss sie anrufen.« Er schaut auf seine Uhr. In Taipeh ist es morgens.

Meilin geht sofort dran und versichert ihm, dass es ihr gut gehe. Allerdings berichtet sie von einem wütenden Mob in der Nähe der amerikanischen Botschaft. Die Polizei hat versucht, die Leute zurückzudrängen, doch die Protestierenden waren in der Überzahl, und die Beamten hatten wahrscheinlich auch Verständnis für den Zorn der Menge. Alle fühlen sich von den Vereinigten Staaten verraten. Seit dreißig Jahren hat sie nicht mehr so eine Angst gehabt.

Los Alamos, New Mexico, Januar 1979

»Möchtest du sie herholen?«, fragt Rachel.

Henry nickt. »Die Leute gehen weg aus Taiwan. Wer weiß, was Peking macht, wenn die Botschaft schließt? Sie hat dort niemanden. Seit Jahren denken wir darüber nach, jetzt wird es Zeit, dass wir es tun.«

»Wo würde sie denn wohnen?«

»Na, hier bei uns natürlich!«

»Aber sie spricht kein Englisch.«

»Das kann sie ja lernen. Und sie kann helfen, auf Lily aufzupassen; dann kannst du wieder arbeiten gehen. Du hast doch gesagt, dass du dich zur Bibliothekarin umschulen lassen möchtest. Es könnte also auch für dich eine Chance sein.«

»Mein Studium liegt schon so viele Jahre zurück.«

Rachels Widerstreben überrascht ihn. »Aber du würdest es ganz toll hinkriegen«, sagt Henry. »Da bin ich sicher. Was ist das Problem?«

»Sie kennt hier niemanden. Was soll sie denn tun? Wie wird sie ihre Tage verbringen? Würde sie das nicht aus allem rausreißen?«

Aus allem rausreißen.

Henry denkt an all die dunklen Nächte, in denen seine Ma ihn geweckt hat; daran, dass er irgendwann aufgehört hat, Fragen zu stellen, weil ihm einfach klar war: Wenn sie ihn aus dem Schlaf riss, bedeutete das, dass es Zeit war zu gehen. Für Meilin war es keine unvertraute Situation, aus allem herausgerissen zu werden.

»Ich glaube, sie wäre froh, bei ihrer Familie zu sein. Sie ist in Taipeh nicht mehr sicher, Rachel.«

»Hör zu, ich muss jetzt Lily abholen«, sagt Rachel, nach ihrer Handtasche greifend. »Warum erkundigst du dich nicht schon mal, was wir dafür tun müssen. Wir finden schon eine Lösung.«

Als das Auto weg ist, schaut Henry sich in der Küche um: Die Kühlschranktür ist voll mit Lilys lustigen Hundebildern; an der Wand hängen Familien-Schnappschüsse, die über die Jahre entstanden sind; auf dem Tisch steht Rachels Kristallvase mit einem Strauß weißer Narzissen. Sein amerikanisches Leben. Henry weiß, dass Rachel in dieser kleinen Stadt nicht glücklich ist, auch wenn Lily ihnen beiden viel Freude bereitet. Ihr Strahlen hat nachgelassen. Er vermisst die alte Rachel. Wenn Meilin käme, hätte Rachel wieder mehr Gelegenheit, das zu tun, was sie liebt, wie früher, als sie sich kennenlernten.

Henry hat Meilins Namen oben in das Formular eingetragen. In das Feld für den Bürgen schreibt er seinen eigenen. Und da, wo nach dem Verwandtschaftsverhältnis zum Bürgen gefragt wird, trägt er »MUTTER« ein.

Als Nächstes wird nach dem Datum und Ort ihrer Geburt gefragt. Henry lässt diese Felder leer.

Dann die Namen ihrer Eltern. Henry lässt auch diese Felder leer.

Danach wird nach seiner eigenen Staatsbürgerschaft gefragt, nach seiner Adresse und nach ihrer. Diese Angaben trägt er ein. Das Formular umfasst viele Seiten. Ganz hinten wird ein Identitätsnachweis und ein Nachweis für das Verwandtschaftsverhältnis verlangt. Sein Blick ruht auf der Liste von Dokumenten, die dafür anerkannt werden:

1. Geburtsurkunde mit den Namen von Mutter und Kind, Geburtsort und -datum.
2. Amtliche Lichtbildausweise wie Pässe oder Meldescheine, aus denen das Verwandtschaftsverhältnis hervorgeht.
3. Andere notariell beglaubigte amtliche Dokumente, die die Namen und das Verwandtschaftsverhältnis enthalten.

Er hat nichts davon. Vielleicht hat seine Ma irgendetwas in Taipeh? Er fängt einen Brief an Meilin an. Darin erklärt er ihr, dass sie aufgrund der gesetzlichen Bestimmungen zur Familienzusammenführung zu ihnen kommen könne, dass er dafür aber einige Papiere brauche. Er schreibt die Liste aus dem Antragsformular ab. Dann berichtet er noch von Lilys neuesten Fortschritten in der Schule und beim Klavierunterricht und legt einen Scheck über 200 Dollar bei. Er unterschreibt den Brief mit *Renshu*.

Los Alamos, New Mexico, Februar 1979

»Daddy, ein Brief von Nainai für dich!« Lily wedelt mit einem großen Umschlag.

In Henry keimt Hoffnung auf.

Lily hüpft von einem Fuß auf den anderen. »Ist auch was für mich dabei?«, fragt sie. Noch im Stehen schüttet er den Inhalt des Umschlags auf den Tisch. Zusammen mit einem Brief fällt ein gehäkeltes Spitzendeckchen in Blumenform und ein Bogen mit Hundeaufklebern heraus. Er gibt beides an Lily weiter.

»Sind die schön!«, ruft sie.

Er entfaltet den Brief. Als er die Schriftzeichen sieht, bildet sich sofort ein Kloß in seinem Hals. Tränen der Frustration steigen in ihm auf. Nachdem er den Brief überflogen hat, legt er ihn gleich wieder weg.

»Was steht da? Was schreibt sie? Ist sonst noch was für mich dabei?«

Henry schüttelt den Kopf. Dann holt er einen Stapel ungenutzter Lochkarten aus seiner Aktentasche und reicht sie Lily.

»Ooh, Karten! Ich male ein Bild für Nainai, das du ihr dann zurückschicken kannst.«

»Ja, gute Idee.« Er hält sich kurz fest, damit sie nicht merkt, wie aufgewühlt er ist.

Der Brief. Henry setzt sich und greift danach, doch seine Hände zittern so stark, dass er ihn wieder auf den Tisch legt. Er stützt sich auf seine Ellenbogen und beugt sich vor, um zu lesen, was seine Ma schreibt.

> *Renshu, ich habe keine Geburtskurkunde von dir. Alle Familiendokumente sind in Changsha zurückgeblieben, und was nicht mit dem Haus verbrannt ist, wurde wahrscheinlich während der Kämpfe zerstört. Selbst wenn sie überdauert haben, haben wir keinerlei Möglichkeit an die Dokumente heranzukommen. Es gibt in Taiwan auch keine Meldescheine mit unseren Namen. Wir haben damals die Namen von Peiwens Familie benutzt, erinnerst du dich? Bitte verzeih mir. Es war damals die beste, die einzig mögliche Entscheidung. Du brauchst mir nicht so viel Geld zu schicken. Es geht mir gut. Du musst für Lilys Schule und für deinen Haushalt sparen. Wir sind weit voneinander entfernt, aber ich bin glücklich zu wissen, dass du und deine Familie gesund und in Sicherheit seid. Mehr will ich gar nicht. – Ma*

Henry flucht. Wie kann es sein, dass es kein Dokument gibt, das beweist, dass seine Mutter seine Mutter ist? Und warum braucht er überhaupt Papiere und Formulare, um es zu beweisen? Frustriert schlägt er so fest mit der Faust auf den Tisch, dass die Kristallvase mit dem Flieder neben ihm umkippt.

Auf der Tischplatte breitet sich eine Wasserlache aus. Er springt auf, greift hastig nach dem Brief und stößt dabei die Vase zu Boden. Sie zerspringt, und die Einzelteile verteilen sich über den Boden. Er schaut auf den nassen Flieder und die Scherben herab. Es war Rachels Lieblingsvase.

»Daddy?« Lily steht in der Tür.

»Die Vase ist umgefallen«, sagt Henry, sein Herz rast. »Es war ein Versehen.«

»Geht es dir gut, Daddy?«

Er will nicht, dass sie ihn so ängstlich anschaut. »Ja«, sagt er behutsam. »Es geht mir gut. Aber ich bin wütend.«

Dann kniet er sich auf den Boden, um die Scherben aufzusammeln.

»Auf mich?«

»Nein, nicht auf dich, meine Kleine.«

»Auf wen denn? Auf Nainai? Oder Mommy?«

Er schüttelt den Kopf. »Einfach nur wütend.«

Am Ende schreibt er, dass Meilin Shui seine Tante sei, und erklärt in einem Begleitbrief, dass sie bei ihnen wohnen und er für sie sorgen werde. Dass seine Familie und sie aufeinander angewiesen seien.

»Vielleicht kannst du ja schreiben, ›eine Tante, die mir nahesteht und die mich aufgezogen hat wie eine Mutter‹, schlägt Rachel vor.

Er fügt es hinzu und hofft, dass »nahestehende Tante« ausreichen wird. Dann schickt er den Antrag los.

Sonst durchsucht Henry die Post immer nach einem blauen Luftpostumschlag mit der Handschrift seiner Mutter, durch den sich Striche der chinesischen Schriftzeichen durchdrücken, doch nun wartet er angespannt auf einen offiziell aussehenden Umschlag von der zuständigen staatlichen Behörde.

Der Frühling geht in den Sommer über, und Meilin schreibt, dass immer mehr Menschen Taiwan verlassen. Peiwens Tochter Huifang zieht mit ihrer Familie zu ihrer Schwester Huiqing nach Australien. Peiwen und Yuping ist es gelungen, an Visa für die Vereinigten Staaten zu kommen; sie werden zu Huibao nach Pennsylvania gehen. Die Hsus sind nach Kanada emigriert, wo ihre Tochter jetzt lebt. Frau Hsu hat sich mit der Empfehlung von Meilin verabschiedet, wenn sie nicht in die USA gehen könne, solle sie versuchen, innerhalb von Taipeh umzuziehen. Falls die Kommunisten kämen, dann mit Sicherheit in diese Wohnungen. Zumindest solle sie alle Briefe und Unterlagen zerstören, die sie mit Renshu in Verbindung bringen.

Als die offizielle Antwort der Behörde eintrifft, ist es nicht der große braune, mit weiteren Formularen gefüllte Umschlag, den Henry erwartet hat; stattdessen überreicht Rachel ihm einen ganz normalen dünnen Brief. Ihn beschleicht sofort ein ungutes Gefühl, und er zögert.

»Was immer in diesem Brief steht«, sagt Rachel, »sie ist deine Mutter. Nichts wird daran etwas ändern.

Das Rascheln von Papier ist zu hören, als Rachel den Brief aufhebt und glattstreicht, den Henry zusammengeknüllt und weggeschleudert hat. Sie liest laut vor: »Tanten, Onkel, Cousinen oder Schwiegereltern werden nicht als nächste Angehörige eingestuft. Daher können wir Mrs. Meilin Shui auf Basis der Bestimmungen zur Familienzusammenführung kein Einwanderungsvisum erteilen. Selbstverständlich ist es möglich, ein zeitlich befristetes Visum zu beantragen, damit Mrs. Meilin Shui ihre Familie besuchen kann, oder einen allgemeinen Antrag zu stellen, um über das Jahreskontingent für chinesische Zuwanderer in die Vereinigten Staaten Berücksichtigung zu finden.«

Er bleibt mit dem Rücken zu Rachel stehen. Diese Worte laut vorgelesen zu bekommen, macht sie noch realer.

»Henry«, beginnt Rachel und legt einen Arm um seine Schulter. Er verkrampft und macht sich los. Sie lässt ihren Arm sinken, bleibt aber neben ihm stehen.

»Was jetzt?«, fragt sie, mit ihm aus dem Fenster schauend.

»Ich weiß es nicht.« Henry starrt auf die kahlen Beete in ihrem Garten.

»Wir versuchen es noch mal«, sagt Rachel in einem entschiedenen Ton. »Es muss einen Weg geben. Wir könnten mit einem Anwalt sprechen, der auf Einwanderung spezialisiert ist. Oder ein zeitlich befristetes Visum beantragen und es dann in ein unbefristetes umwandeln. Vielleicht gibt es noch andere Arten von Visa. Irgendwer wird schon eine Idee haben.«

Während der nächsten Wochen erkunden sie andere Möglichkeiten. Können sie darlegen, dass Meilin über naturwissenschaftliches Fachwissen verfügt, über besonderes Expertenwissen in Mathematik oder Ingenieurswesen? Nein. Hat sie das Kapital und die Erfahrung, um ein Unternehmen zu gründen, das sich selbst trägt? Nein. Ist sie ein politischer Flüchtling? Nicht mehr – zumindest nicht in den Augen der amerikanischen Regierung. Würde sie als Investorin ins Land kommen? Nein. Würde sie eine offene Stelle besetzen, für die es nicht genügend qualifizierte Amerikaner gibt? Mit fast siebenundsechzig Jahren wohl kaum.

Man rät ihnen, sich um eines der direkten Einwanderungsvisa zu bewerben, wenn Meilin in keine der genannten Kategorien fällt. Ungefähr zweihundert dieser Visa werden jedes Jahr vergeben. Allerdings gibt es derzeit einen Antragsüberhang; die Wartezeit für eine Bewilligung kann beträchtlich sein, in manchen Fällen dauert es Jahre.

»Wir haben alles versucht, was wir konnten, wirklich alles.« Rachel legt das letzte Benachrichtigungsschreiben auf den Stapel mit Absagen, der sich bereits gebildet hat.

Henry weiß, dass sie recht hat. Aber dieses Wissen tröstet nicht.

Keine nächste Angehörige. Die Worte verschwimmen, als sich seine Augen mit Tränen füllen. Meilin ist seine Ma. *Keine nächste Angehörige.* Henry fragt sich, wie es soweit kommen konnte.

Taipeh, Taiwan, August 1979

Meilin wartet. Exakt um zehn Uhr klingelt das Telefon.

»Renshu?«

»Ma.« Seine Stimme klingt wie eine Flagge, die nach einem Windzug erschlafft ist. Keine seiner Neuigkeiten überrascht sie, aber sie hat nicht geahnt, dass eine Entfernung, die sie vor sich selbst über so lange Zeit kleingeredet hat, sich plötzlich derart vergrößern kann. Was vor beinahe zwanzig Jahren am Hafen von Keelung als wachsendes Gefühl der Trennung begonnen hat, ist zu einem Ozean angeschwollen, den sie nicht überqueren kann.

»Was hältst du von einem Touristenvisum? Du könntest uns für ein paar Monate besuchen und schauen, wie es dir gefällt.«

Eine Begrüßung, in die der Abschied schon eingeschrieben ist? Eine derart weite Flugreise, nur um dann wieder zurückzugehen?

»Mal sehen«, sagt Meilin.

Renshu redet weiter; er versucht einen Raum zu füllen, aus dem alle Hoffnung gewichen ist. Er sagt, dass die Visumsvorschriften und die Kontingente sich irgendwann ändern können.

Möchte sie noch einmal das Land wechseln? Noch einmal in einer anderen Sprache von vorn anfangen? Mit neuen Essgewohnheiten, neuen Leuten? Mit fast siebzig ganz von vorn beginnen, wie ein Kind?

Das Leben in Taipeh kennt Meilin dagegen gut. Sie kann sich eine neue Wohnung in einem anderen Teil der Stadt suchen. Wer sollte eine alte Frau ohne persönliche Verstrickungen behelligen?

Sie hat ihre Ersparnisse; Renshu hat ihr über die Jahre Geld für alles geschickt, was sie sich wünschen konnte. Sie verbringt seit Jahren jeden Morgen im Park und trifft dort immer dieselben Freunde zum Tai-Chi und zum Plaudern. Auch wenn die Stadt so stark gewachsen ist, dass man sie nicht mehr wiedererkennt, findet sie auf dem Markt immer noch alles, was sie haben will. Ihr Leben hier gehört ihr, und es ist genug.

»Renshu«, unterbricht Meilin ihn, »erinnerst du dich noch an die Bildrolle?«

Er verstummt. Sein Traum verschwindet, bevor er ganz ausformuliert ist. »Ja, sicher. Die Bildrolle war unser Ein und Alles.« Ein warmer Klang verdrängt den sorgenvollen Ton aus seiner Stimme.

»Erinnerst du dich an das Ende?«

»Mmm …«

In der Stille, die nun folgt, hofft Meilin, dass ihm die letzte Szene vor Augen steht, in der die reisenden Gelehrten im Schatten von Kirschblüten Rast machen und Gedichte schreiben und rezitieren, während oben in den Zweigen zwitschernde kleine Vögel herumschwirren.

»Renshu, mir geht es gut hier. Dein Leben ist jetzt dort, mit Rachel, mit Lily. Mach dir keine Gedanken wegen der Papiere und des Visums. Ich sag dir, was ich mir stattdessen wünsche.« Sie macht eine Pause.

»Was?« Er klingt zaghaft und neugierig zugleich.

»Einen Obstgarten. Leg einen Obstgarten an, Renshu. Versprichst du mir das?«

Es herrscht lange Stille.

»In Ordnung, Ma. Versprochen.«

In dieser Nacht träumt Henry auf Chinesisch.

Er ist hoch oben in den Bergen. Er hat eine lange Wanderung hinter sich und ist müde, ach, so müde. Während des Aufstiegs war er voller Hoffnung, doch jetzt, bei der Ankunft am Ziel, nimmt er überall nur das Echo von Verlust wahr. Die Terrassen sind von Unkraut überwuchert. Wo einst Gebäude standen, liegen nur noch Steinhaufen. Hier war schon lange niemand mehr. Zwischen den Ruinen wachsen Obstbäume. Woher kamen die Samen? Hat jemand im Vorübergehen eine Frucht fallen lassen? Ein Geschenk der Vögel?

Henry träumt von einem Obstgarten. Er träumt von zarten Blütenwolken, Zweigen voller Weiß und Rosa, die sich, reiche Gaben verheißend, in den blauen Himmel recken. Der Blütenduft wird wie ein Glückselixier sein, ein Balsam, der seine Traurigkeit lindert. Er sieht vor sich, wie die Früchte unter dem Einfluss von Regen und Sonne gedeihen, von warmen Brisen liebkost werden. Am Ende des Sommers möchte er in reifes Obst beißen, direkt vom Baum, prallvoll mit süßsäuerlichen Säften. Er möchte sich den Ertrag eines ganzen Jahres mit einigen wenigen glücklichen Bissen einverleiben.

Kirschen, Pfirsiche, Pflaumen. Er wird die Obstbäume hegen und pflegen, und dieses Stück Land in seine eigene chinesische Bildrolle verwandeln. Ein Refugium. Einen Obstgarten.

Nach dem Aufwachen blättert er durch den Katalog einer Baumschule. Bei den Bildern von schön belaubten Obstbäumen hält er inne und legt seine Hand auf die Fotos der dunklen, glänzenden Früchte. Ihm läuft das Wasser im Mund zusammen, während er das Bestellformular ausfüllt, einen Scheck ausstellt, den Umschlag adressiert und eine Briefmarke anleckt.

Henry hat zwei junge Kirschbäume bestellt.

Henry flucht, als der Spaten schon wieder auf einen Stein trifft.

»Was für eine Plackerei«, sagt er kopfschüttelnd und wischt sich mit einem Zipfel seines durchgeschwitzten T-Shirts übers Gesicht.

»Was machst du?«

Er schaut sie an: lose Zöpfe, ungleichmäßiger Pony. Sie hat Dreck in den Kniefalten, unter ihrem roten Sommerkleid ragen die braunen Beine hervor. Er wuschelt ihr durchs Haar und gräbt weiter. Stößt auf den nächsten Stein.

»Buddelst du dich bis nach China durch?«

Der Boden ist mit Kies durchsetzt; er spendet wenig Feuchtigkeit und gibt noch weniger Anlass zu Hoffnung auf Ertrag. Henry entfernt große Tuffsteinklumpen und stapelt sie neben dem Erdloch auf, in das er einen seiner Kirschbäume pflanzen will.

»Bei Miss Stanford haben wir letztes Jahr eine Geschichte über jemanden gelesen, der ein so tiefes Loch gegraben hat, dass er in China wieder rauskam. Sie hat gesagt, das wäre eine *Fabel*. Das bedeutet, dass die Geschichte nicht ganz wahr ist, aber auch nicht ganz falsch. Ich frage mich, welcher Teil wahr und welcher falsch war.«

Im Land des Überflusses ist die Erde trocken, sandig und karg. Hier, wo es nur selten regnet und der Boden im Sommer Risse bekommt, wo Gewitterwolken jeden Nachmittag falsche Hoffnung wecken. Die Feuchtigkeit wird von der durstigen Luft schon aufgesogen, bevor sie die ausgedörrte Erde erreicht.

Trotzdem träumt Henry von einem Obstgarten: Kirsche, Pfirsich, Aprikose, Pflaume; Steinobst mit seinen leuchtenden Farben und dem Geschmack nach Sonne. Er gräbt weiter. Vielleicht wird die Erde fruchtbar und nährstoffreich, wenn er durch die oberste Schicht und das Vulkangestein durch ist. Als er stattdessen auf Lehm stößt, flucht er laut.

»Also, machst du's? Gräbst du dich bis nach China durch?« Sie ist noch da, sitzt auf dem Boden und inspiziert die Steine, die er zu Tage gefördert hat.

»Vielleicht, meine Kleine. Vielleicht.« Er wirft den Spaten in das Loch und geht ins Haus.

Die Bäume werden per Eilzustellung geliefert. Einsame dünne Stängel, die aus kleinen Leinensäcken aufragen. Sie sehen aus wie Waisenkinder aus einem freundlicheren, grüneren Land, die sich an die einzigen ihnen verbliebenen Habseligkeiten klammern.

Henry schluckt seine Enttäuschung herunter und konzentriert sich auf die Schildchen an den Zweigen. Blinzelnd liest er den Text unter den Fotos.

»Sollen das Kirschbäume sein?«, fragt Lily.

»Ja.« Ihm fällt nichts ein, was er dem noch hinzufügen könnte.

»Die sehen ja aus wie Gerippe.«

Henry sagt nichts. Nachdem Lily ins Haus gegangen ist, senkt er einen der Bäume vorsichtig in das Loch hinab. Das Loch ist beinahe tiefer, als der Baum hoch ist.

»Du brauchst nährstoffreiche Pflanzerde und Komposterde. Der Boden hier ist nicht gut genug für Obstbäume.« Rachel taucht im Garten auf.

Er schaut sie finster an. Wer kauft denn Erde?

»Du solltest den Boden wenigstens mit Torf und Holzspänen auflockern. Dann bleibt er länger feucht.«

Er ignoriert sie.

»Diese Bäume brauchen Nährstoffe, Dünger, Nahrung. Sonst wachsen sie nicht.«

Aber Henry traut Erde aus Plastiksäcken nicht. Er ist sich sicher, dass er auf gute Erde stoßen wird, wenn er nur tief genug gräbt. Er schaufelt Erde und Geröll in das Loch, versucht, den Stamm abzustützen, tritt das lockere Erdreich fest und gießt den Baum mit dem Gartenschlauch.

Den zweiten Baum trägt er zu einem Loch im Vorgarten, das er nahe dem Ende der Auffahrt gegraben hat. An dieser Stelle stehen bereits zwei hoch aufragende Schwarzpappeln, aber er möchte dort auch einen Kirschbaum haben. Das Loch ist gerade so tief, dass der Wurzelballen des Bäumchens hineinpasst, und nicht allzu weit von der betonierten Einfahrt entfernt, aber er pflanzt ihn trotzdem ein.

»Das ist der schlechteste Ort, den du dir für einen Kirschbaum aussuchen konntest«, kritisiert Rachel, die ihm gefolgt ist. »Hier hat er viel zu wenig Licht, und außerdem steht er direkt am Rand der Einfahrt.«

Henry drückt sich mit dem Schlauch an ihr vorbei.

Am nächsten Tag setzt sie das Auto zweimal gegen den Baum; einmal, als sie auf dem Weg zum Einkaufen zu eilig rückfährts fährt, und später noch einmal, als sie Lily von einer Freundin abholen will.

»Kannst du nicht besser aufpassen?«, klagt er.

»Kannst du den Baum nicht an eine vernünftige Stelle setzen?«

Der Kirschbaum am Ende der Einfahrt schlägt nie Wurzeln. Nachdem er zu häufig gerammt und wieder eingepflanzt wurde, verkümmern seine wenigen Knospen und gehen nicht auf. Im September sieht er wieder aus wie ein Gerippe. Den Winter überlebt er nicht.

23

Los Alamos, New Mexico, März 1980

Lily geht jetzt in die vierte Klasse und sie hat die beste Lehrerin von allen. In Miss Gibsons Klassenzimmer hängen interessante Landkarten von anderen Kontinenten wie Asien, Afrika und Südamerika an der Wand, sogar mit Fotos von Menschen, die dort leben. Auch Poster von Bergen, Wüsten, Dschungeln und Flüssen gibt es dort zu sehen. Jeden Montag schreibt Miss Gibson auf eine Anschlagtafel mit der Überschrift »Was mir letzte Woche aufgefallen ist« Sätze wie »Emily hat sich ihren Platz mit Joanne geteilt« oder »Daniel hat Freddie beim Kickball-Spielen mitmachen lassen«. Ihre Handschrift ist perfekt. Auf den Namensschildern auf jedem Tisch finden alle Buchstaben in der richtigen Reihenfolge und Größe Platz. Kein Name ist zu lang oder zu kurz für das Schild, und jeder Name scheint zu leuchten, wenn sie ihn schreibt.

Letztes Jahr, als Danny Henderson Lily gehänselt hat, und sagte, sie hätte schrägstehende Augen, und sie in der Pause verfolgt hat, während er ihr »Reisfresser!« und »Ching, chang, chong!« nachgerufen hat, hat der Lehrer ihn ermahnt, dass es jetzt aber reichen würde, es sei schließlich nicht Lilys Schuld sei, dass sie anders sei. Und obwohl der Lehrer Danny zur Ordnung gerufen hat, fühlte Lily sich danach schlimmer denn je. Miss Gibson ist nicht so. Sie sorgt dafür, dass die Kinder sich gar nicht erst gegenseitig hänseln. Danny hat in diesem Schuljahr noch nichts Beleidigendes gesagt und nicht einmal fiese Grimassen geschnitten.

An diesem Freitagnachmittag empfängt Miss Gibson die Klasse nach der Mittagspause mit einer neuen speziellen Aktion. Sie hat mit weißer Kreide einen Baumstamm mit einigen Ästen an die Tafel gemalt.

In den Stamm schreibt sie »Ellie Gibson«. Darüber teilt sich der Stamm in zwei Teile. Sie nimmt grünes Tonpapier, das in Blattform zugeschnitten ist. Darauf schreibt Miss Gibson »Anna (Mom)« und klebt es auf den rechten Ast. Dann nimmt sie ein zweites Blatt, schreibt »Charles (Dad)« darauf und klebt es auf den linken Ast.

»Habt ihr eine Idee, wie das funktioniert?«

»Sind das Ihre Eltern?«

Sie nickt. »Wir erstellen heute Stammbäume. Jeder aus eurer Familie ist ein Blatt an dem Baum. Auf die eine Seite kommen die Blätter der Familie eurer Mutter, und auf die andere die Blätter der Familie eures Vaters. Jede Familie sieht anders aus, so wie sich jeder Baum vom anderen unterscheidet. Aber Blätter haben sie alle.«

Miss Gibson geht zu dem Tisch mit den Bastelmaterialien und hält ein Blatt von einem Stapel mit braunem Papier hoch. »Hierauf könnt ihr euren Stamm und die Äste malen, und daraus« – sie zeigt auf kleinere Stapel mit hellgrünem und dunkelgrünem Papier – »könnt ihr eure Blätter ausschneiden. Wollen wir loslegen?«

Lily nimmt sich, eifrig wie immer, einige Blätter von dem Bastelpapier und fängt an, den Stamm und die Äste zu malen. Dann schneidet sie sorgfältig einige Blätter aus und fängt an, sie zu beschriften. Sie beginnt mit ihrer Mom, fährt dann mit dieser Seite der Familie fort und klebt Blätter für ihre Großeltern, Onkel, Tanten und Cousins und Cousinen auf.

Dann betrachtet sie die andere Baumhälfte, nimmt ein Blatt und schreibt *Henry Dao* darauf. Sie denkt an die blauen Luftpostbriefumschläge von ihrer Nainai in Taiwan. Aber wie heißt Nainai richtig? Sie hält inne. Sie weiß es nicht. Überall um sie herum sieht Lily, wie sich andere Bäume mit großen und kleinen Blättern füllen. Die Kinder fragen Miss Gibson, wo sie ihre Onkel, Cousins und Cousinen, Tanten, Urgroßeltern und Verwandte zweiten Grades hinkleben sollen. Aber Lily steckt in der Klemme. Ihr Dad hat nie irgendwen aus seiner Familie erwähnt. Gibt es da überhaupt noch andere?

»Das ist doch blöd!«, sagt jemand von hinten. Lily schaut sich um. Es ist Danny.

Miss Gibson geht zu ihm hin und spricht leise mit ihm.

»Nein, das ist langweilig«, sagt er und zerknüllt sein braunes Blatt.

Nur Lily bekommt etwas davon mit. Die meisten anderen Kinder sind fertig, und im Klassenzimmer wird es allmählich lauter. Kleine Blätter segeln durch die Luft. Miss Gibson sagt noch etwas zu Danny und geht dann nach vorn. »So, Zeit aufzuräumen. In fünf Minuten klingelt es.« Sie macht wieder ihre Runde, lobt und stellt Fragen, zeigt auf Papierschnipsel, die noch aufgehoben werden müssen, und wirft wild kippelnden Jungs mahnende Blicke zu.

Lily starrt auf ihr Blatt.

»Wie kommst du mit deinem Baum voran, Lily?«

Lily verdeckt die Baumseite ihres Vaters mit dem Arm und setzt zu einer ausführlichen Erläuterung der mütterlichen Seite an. Wenn sie lange genug redet, wird Miss Gibson keine Zeit mehr haben, ihr Fragen zu der leeren anderen Hälfte zu stellen. Sie erzählt Miss Gibson von Grandma Deborah, die immer findet, dass sie häufiger Kleider anziehen sollte, und von Grandpa Simon, der sie »Schlitzauge« nennt. Und gerade will sie zu Onkel Robert überleiten, als Miss Gibson sie bremst.

»Er nennt dich *Schlitzauge*?« Miss Gibson klingt entsetzt.

»Ja, das ist ein Spitzname. Er nennt mich schon immer so. Ist das nicht gut?«

»Ähm … erzähl mir von der anderen Seite deines Baums«, sagt Miss Gibson.

Mit gesenktem Blick deckt Lily langsam die fast kahlen Äste mit den zwei Blättern daran auf. »Von denen kenne ich niemanden«, murmelt sie.

»Ist in Ordnung, Lily. Das war ein langer Tag.« Als Lily hochschaut, bemerkt sie, dass Miss Gibsons Lächeln etwas angestrengt aussieht und ihre Augen ein bisschen glasig sind.

Lily nickt und blinzelt ihre Tränen weg. Dann steckt sie das Blatt in ihre Tasche und läuft hinaus, wo die Busse abfahren.

Zu Hause nimmt Lily das verknitterte Blatt heraus, streicht es auf dem Küchentisch glatt und betrachtet den Baum. Sie weiß, dass ihr Dad in China geboren wurde und in Taiwan gelebt hat, bevor er in die Vereinigten Staaten kam. Und sie weiß, dass seine Mom noch in Taiwan ist. Mehr weiß sie nicht. Sie hat sie nie kennengelernt. Ihr Dad spricht kein Chinesisch mit ihrer Mom, und eigentlich auch mit sonst niemandem.

Manchmal hat Lily das Gefühl, dass sie etwas wissen sollte, was sie nicht weiß, oder dass sie etwas sein sollte, was sie nicht ist. Wenn sie ihren Dad nach seiner Vergangenheit fragt, behauptet er, sich nicht zu erinnern. Und ihre Mom hat ihr gesagt, dass sie ihn nicht mehr danach fragen soll; es mache ihn nur traurig, weil es hart gewesen sei, im Krieg aufzuwachsen. Deshalb sollten sie sich auf die Familie konzentrieren, die sie jetzt sind, betont ihre Mom immer.

Sie hört, wie die Haustür aufgeht. Ihre Mom kommt nach Hause. Sollte sie das Blatt wegräumen? Lilys Mom summt leise, während sie ihren Mantel aufhängt. Jetzt kommt sie durch den Flur. Lily bleibt reglos sitzen.

»Oh! Lily, hast du mich erschreckt! Ich dachte, du wärst mit deinen Freundinnen im Park. Es ist wunderschön draußen, der Frühling ist endlich da.«

Über Lilys Wangen rollen Tränen.

»Was ist denn? Was ist passiert?« Rachel nimmt ihre Tochter in den Arm. Lily vergräbt ihr Gesicht an Rachels Schulter und erzählt schluchzend von diesem Nachmittag und davon, wie frustriert sie war.

»Oh, mein Schatz.« Rachel drückt Lily an sich und murmelt leise Beschwichtigungen, doch sie beantwortet Lilys Fragen über Henry nicht.

Auf einen Ellenbogen gelehnt und das Kinn in die Hand gestützt, betrachtet Rachel den Baum.

»Das mit meiner Familie hast du ganz toll gemacht. Vor allem, dass du jedem Blatt eine andere Form gegeben hast gefällt mir.«

»Was ist ein *Schlitzauge*, Mom?«

»Was? Hat dich in der Schule jemand so genannt?« Rachel klingt sofort wütend.

»Nein, aber Grandpa Simon nennt mich so. Ist das nicht gut?«

»Grandpa.« Rachel tippt sich mit der Faust an den Mund und überlegt, was sie sagen soll. »Grandpa meint es nicht böse, wenn er das sagt, aber er sollte es nicht tun. Es ist nicht nett, jemanden so zu nennen. Die Leute sagen es manchmal, um sich über andere lustig zu machen, die aus Asien kommen oder asiatisch aussehen.«

Lily bricht erneut in Tränen aus.

»Ach, Lily, oh, Lily …« Rachel streicht ihr über den Rücken und schaut weiter auf das Blatt. Nach einer Weile sagt sie: »Wie schön du die kleinen Blättchen für Onkel Robert und Tante Wendys Kinder ausgeschnitten hast. Und die Zwillinge an denselben Stängel zu kleben, war sehr klug von dir.« Ihre Finger liegen auf den Namen von Lilys jüngsten Cousinen.

»Aber …« Lily zeigt auf die väterliche Seite des Baums.

Rachel nickt. »Ich weiß, Süße. Lass mich mit deinem Dad reden.«

Nachdem Lily an diesem Abend eingeschlafen ist, kommt Rachel ins Wohnzimmer. Sie hält Henry Lilys Bastelarbeit vors Gesicht wie ein Spruchbanner. Er legt sein Buch weg.

»Lilys Schulaufgaben? Sehr schön«, sagt er, unsicher, was von ihm erwartet wird.

»Nein, das ist es nicht.« Sie tippt mit dem Finger auf die Seite mit nur zwei Blättern.

Henry kommt näher heran und sieht, dass auf einem Blatt sein Name und auf dem anderen »Nainai« steht.

Rachel legt den Stammbaum auf den Tisch und verschränkt die Arme. »Als ich nach Hause kam, war sie am Boden zerstört, weil sie keine anderen Blätter auf diese Seite kleben konnte und nicht mal den Namen ihrer eigenen Großmutter kennt. Sie möchte mehr wissen, Henry. Es ist auch ihre Familie.«

Henry lehnt sich in seinem Sessel zurück. »Manche Familien sind eben klein«, sagt er achselzuckend.

»Darum geht es nicht. Es geht darum, dass sie nichts über deine Herkunft weiß, aber mehr wissen möchte. Ich verstehe ja, dass du nicht über deine Vergangenheit sprechen möchtest, aber ihre eigene Großmutter sollte Lily schon kennen. Ich würde sie auch gern kennenlernen. Außerdem ist es, wenn die Familie klein ist, umso wichtiger, in engem Kontakt zu bleiben. Möchtest du nicht, dass deine Mutter ihr Enkelkind kennenlernt? Möchtest du uns nicht einmal alle zusammenbringen, und sei es nur für einen Besuch?«

Taipeh, Taiwan, April 1980

Meilin liest, im Innenhof von Lin-Nas Haus sitzend, Renshus neuesten Brief. Er wünscht sich, dass sie den Sommer bei ihnen in New Mexico verbringt. Rachel muss in der Zeit ein paar Wochen zu einem Lehrgang für Bibliothekarinnen und Bibliothekare und Lily möchte ihre Nainai kennenlernen. Könnte Meilin kommen und ihn während Rachels Abwesenheit unterstützen?

Sie denkt noch darüber nach, als Lin-Na herauskommt und

sich zu ihr in den Schatten setzt. Meilin erzählt ihrer Freundin von Renshus Neuigkeiten.

»Oh! Und? Fährst du hin?«

»Ich bin mir noch nicht sicher.«

»Wirklich nicht? Aber warum nicht? Wie lange ist es her, dass du ihn gesehen hast? Möchtest du deine Enkelin und deine Schwiegertochter nicht endlich kennenlernen?«

»Doch, natürlich, aber es ist so eine weite Reise. Ich …« Meilin zögert, sie weiß selbst nicht genau, was sie zurückhält. Sie denkt an die erforderlichen Schritte: Pass, Planung, Flugreise; daran, wieder einmal, in ein Land zu reisen, dessen Sprache sie nicht kennt. Aber es ist nicht bloß der Aufwand; es sind all die Jahre, die sie so weit voneinander entfernt gelebt haben. Was, wenn sie einander nicht mehr wiedererkennen? Was, wenn sie nach diesem Wiedersehen das Gefühl haben, sich noch weniger nah zu sein?

»Wenn ich du wäre, würde ich in ein Flugzeug springen und sie besuchen.«

»Hmm?«

»Mach's! Dann weißt du, wie es da ist, wo sie wohnen. Dann kannst du dir ein Bild von ihrem Zuhause, ihrem Essen, den Bäumen und den Straßen dort machen. Wenn ich Familie in Amerika hätte, würde ich hinfliegen und mir die Golden Gate Bridge und die Freiheitsstatue ansehen. Warum nicht?«

»Vielleicht hast du recht.« Bedenken hin oder her, Meilin muss zugeben, dass die Alternative – Renshu und seine Familie nicht zu besuchen – noch weitaus schlimmer erscheint. »Es ist ja nur für den Sommer. Er schreibt, wenn es mir dort gefällt, findet sich vielleicht doch noch irgendwie eine Möglichkeit, dass ich dableiben kann.«

»Würdest du das denn wollen?«

»Ich weiß es nicht.« Meilin schaut sich um. Lin-Nas Mann hat einen kleinen Goldfischteich mit Springbrunnen in dem kühlen, schattigen Hof angelegt. »Ich bin gerne hier.«

Nachdem ihre Pläne zur Familienzusammenführung gescheitert waren und die Hsus und auch Peiwens Familie Taiwan verlassen hatten, hatte Meilin ihre alte Freundin auf dem Yongle-Stoffmarkt aufgesucht. Die Benshengren-Frauen waren immer nett zu ihr gewesen, doch Meilin hatte sie seit ihrem Umzug nach Da'an kaum einmal gesehen. Nun hoffte sie, Lin-Na einige der Seiden- und Baumwollstoffe verkaufen zu können, die Mrs. Hsu zurückgelassen hatte.

Lin-Na freute sich über die Stoffe und interessierte sich dafür, wie es Meilin in der Zwischenzeit ergangen war.

Als Meilin ihr erzählte, dass sie wieder einmal eine neue Bleibe suche, bot Lin-Na ihr an, vorerst bei ihnen unterzuschlüpfen. Aber dann schloss Lin-Nas Familie Meilin so schnell ins Herz, dass alle darauf bestanden, dass sie blieb. Nun wohnt sie schon seit sechs Monaten hier in Dadaocheng und gehört praktisch zur Familie.

Trotz der vorherrschenden Befürchtungen war die Volksrepublik China nicht sofort in Taiwan eingefallen. Und obwohl in der Innenstadt nicht länger stolz die amerikanische Flagge weht, gibt es in einer trostlosen Seitengasse eine neue Einrichtung: das American Institute in Taiwan. Auch wenn die Vereinigten Staaten Peking mit einer Hand hofieren, halten sie die andere offenbar weiterhin schützend über Taiwan.

In Taiwan ist es nicht das Militär, sondern die Industrie, die voranschreitet. Überall auf der Insel sind Betriebe aus dem Boden geschossen, die Computerzubehör und elektronische Geräte wie Kameras herstellen. Handel und Investitionen zwischen den Vereinigten Staaten und der Republik China boomen, und während der letzten Jahrzehnte ist die Wirtschaft gewachsen und die Infrastruktur der Insel ausgebaut worden. Viele, die Taiwan verlassen haben, um in den Staaten zu studieren, kehren jetzt wieder zurück und bringen Geschäftsverbindungen und technisches Fachwissen mit. Und manch einer, der in Amerika geblieben ist, arbeitet noch mit Firmen in der Heimat zusammen. Die kleine

Insel wird zu einem mächtigen Tiger, einem Wirtschaftswunderland. Und Taipeh wächst und wächst.

Angesichts der boomenden Wirtschaft muss Meilin häufig daran denken, dass der alte Dao Hongtse das gutgeheißen hätte. Geld, Handel und Gewerbe sind mächtiger als Ideologie und vernichtender als Waffen. *Petroleum ist ein gutes Geschäft: Jeder Mensch braucht Wärme, und jeder Mensch braucht Licht.* Jetzt braucht jeder Computer und andere Elektrogeräte.

In der nächsten Woche antwortet Meilin Renshu: *Ich komme.*

Als das Flugzeug vom Boden abhebt, klammert Meilin sich an die Armlehnen.

Das Land weit unter sich zu sehen, erfüllt sie mit Unbehagen, die Häuser werden kleiner und kleiner, die Straßen sind nur noch Schnörkel. Zum ersten Mal seit Jahren denkt sie an die Bomben, die auf Chongqing gefallen sind. Sie erinnert sich daran, dass sie immer zu den Flugzeugen hochgeschaut hat. Jetzt schaut sie nach unten. Wie leicht es für die japanischen Piloten gewesen ist, wo sie niemandem in die Augen blicken, ja, die Menschen unter sich nicht einmal sehen mussten! So leicht, wie eine Handvoll Kieselsteine auf den Boden zu werfen.

Der Flug kommt ihr endlos vor, und Meilin findet keine Ruhe auf ihrem Sitz. Die umgewälzte Luft hat einen kühlen, sterilen Geschmack. Mit jeder Minute kommt sie Renshu näher, doch zugleich bringt jede Minute sie auch weiter von allem weg, was sie kennt.

Los Alamos, New Mexico, Juni 1980

Natürlich erkennt er sie sofort, als sie aus dem Gate kommt. Aber sie hat sich verändert; wirkt kleiner, grauer. Sie ist jetzt achtundsechzig, und die zwanzig Jahre, seit sie ihm am Hafen von Keelung zum Abschied gewinkt hat, haben ihre Schultern, ihre Wangen und die Haut um ihre Augen weicher gemacht. Ihr Haar ist wie eh und je im Nacken zu einem einfachen Knoten zusammengebunden. Sie trägt eine braune Häkelweste über einer hellblauen Seidenbluse und eine schlichte Hose. Er ist sich sicher, dass sie alle diese Kleidungsstücke selbstgemacht hat. Aus ihren Augen spricht die alte sanfte Liebenswürdigkeit und Klugheit. Sie reckt sich, um Rachel zu begrüßen, ihre Umarmung ist unbeholfen, aber herzlich. Als sie Lily sieht, wird ihr Lächeln noch breiter.

Dann stürzt eine Flut von Empfindungen auf ihn ein: ihre weiche Wange an seiner, die grobe Wolle ihrer Weste unter seiner Hand, der Geruch von Kampfer in ihrer Umarmung. Er spürt die kühle Seide ihrer Ärmel, den Druck ihrer Finger auf seinem Rücken, ihre Stimme in seinem Ohr – ganz direkt, nicht durch einen Telefonhörer aus Hartplastik, sondern *genau hier*, wo er die Vibration in der Luft fühlen kann, wenn sie seinen Namen sagt. Fast zwei Jahrzehnte lang war er weit weg von den Texturen, Düften und Klängen der Heimat. Das alles ist so intensiv, so großartig, dass es ihm Tränen in die Augen treibt.

»Willkommen, Ma«, flüstert er.

»Mmm, Renshu«, sagt sie mit einem Nicken an seiner Brust.

Nainai ist in Lilys Zimmer untergebracht. Solange sie da ist, wird Lily auf einer Matratze im Arbeitszimmer ihres Vaters schlafen. Er hat ein Regal für sie freigeräumt, und sie hat einen Stapel Bücher aus der Bücherei, ein paar Stofftiere, ein Hello-Kitty-Notizbuch, Buntstifte und Aufkleber hineingelegt.

Nainai hat Geschenke aus Taiwan mitgebracht: glitzernde Haarspangen mit Schmetterlingen und Perlen; eine Blechdose voll mit Mondkuchen; ein kleines Satintäschchen, verschließbar mit einem Druckknopf, das einen Elefanten aus Jade und ein goldenes Glöckchen enthält; eine Plastikbox mit chinesischen Vokabelkarten; die Mini-Zahnpasta und die Schlafmaske von ihrem Flug. Lily liebt jedes einzelne Teil.

Für ihre Mom hat Nainai einen Jadeanhänger in der Form zweier Pflaumen mitgebracht. Durch die kleine goldene Öse ist ein roter Faden gezogen. Rachel betrachtet die Kette staunend, dann sagt sie: »Oh!« und geht in ihr Schlafzimmer. Als sie zurückkommt, hängt der Jadeschmuck an dem Goldkettchen, das Henry ihr zum zehnten Hochzeitstag geschenkt hat. Henry drückt ihr einen Kuss auf die Wange. Nainai nickt anerkennend.

Dann packt Nainai eine Porzellan-Teekanne mit Bambushenkeln und zwei blau-weiße Teetassen für ihren Dad aus. Jede Tasse hat einen gewölbten Deckel und steht auf einem kleinen Unterteller; ihr Muster erinnert an gleichmäßig darauf verteilte Reiskörner. Sie haben keine Henkel. Ihr Dad strahlt übers ganze Gesicht, nimmt die Tassen einzeln in die Hand und bewundert sie. Zum Schluss überreicht Nainai ihm eine zylinderförmige Teedose. Er nimmt den Deckel ab und saugt glücklich den Duft ein.

»Hast du Hunger? Bist du müde? Möchtest du jetzt schlafen?«, fragt Rachel.

Renshu übersetzt, und Meilin nickt: ein bisschen Hunger und ja, schlafen wäre auch gut. Nachdem sie ein wenig Reis gegessen hat, geht Meilin in ihr Zimmer, um sich hinzulegen. Sie hört noch, wie Rachel Lily ins Bett bringt und Renshu in der Küche das Geschirr spült, dann schläft sie ein.

Sie wacht früh auf und ist im Dämmerlicht erst einmal desorientiert. Als sie die Vorhänge aufzieht, erblickt sie Kiefern und in der Ferne Berge. Die Luft fühlt sich trocken an, und ihr ist ein wenig schwindlig. Da sie Geräusche hört, zieht sie ihre Schläppchen und einen Morgenmantel an und geht nach unten, um etwas zu trinken.

Renshu ist wach. Als sie in die Küche kommt, füllt er den Wasserkessel und stellt ihn auf den Herd. Während das Wasser heiß wird, gibt er ein paar Teeblätter in die Tassen. Der Kessel pfeift. Er gießt so viel Wasser in die Tassen, dass es gerade so überläuft, dann legt er die Deckel auf. Meilin setzt sich an den Tisch.

»Ich mag Rachel«, sagt sie, als er sich dazusetzt.

Er lächelt und lupft den Deckel, um zu sehen, ob der Tee fertig ist.

»Und Lily erinnert mich an Liling. Nicht nur im Gesicht, sondern in ihrer ganzen Art.«

Sie hebt den Unterteller an und nippt an ihrem Tee. Der Geschmack beruhigt ihre ausgetrocknete Kehle. Er ist heiß, stark und wohltuend.

Sie schweigen eine Zeit lang.

»Sie ist jetzt ungefähr so alt, wie Liling war, als wir sie verloren haben«, sagt Meilin.

»Ja, du hast recht. Daran hab ich gar nicht gedacht.« Er beugt sich vor, stützt das Kinn in die Hand und schüttelt den Kopf.

»Was für eine Frau wohl aus ihr geworden wäre«, sinniert Meilin. »Garantiert eine temperamentvolle. Und phantastisch aussehen würde sie auch. Wenling hat ihre Schönheit an Liling weitergeben, das konnte man damals schon erahnen.«

»In meiner Anfangszeit an der Northwestern war ich manchmal mit Chen in Chicagos Chinatown«, sagt Renshu. »Und hin und wieder habe ich mir eingebildet, ich hätte Liling in einem Restaurant oder auf einer vollen Straße gesehen. Ich wusste ja, dass es unmöglich war, trotzdem hab ich dann den ganzen restlichen Nachmittag sämtliche Gesichter abgesucht, weil ich dachte, ich finde sie vielleicht wieder.«

»Stell dir mal vor, was Wenling sagen würde, wenn sie wüsste, wie toll ihr gutaussehender Neffe sich in Amerika schlägt!«, ruft Meilin aus. »Sie wäre bestimmt total neidisch, oder sehr stolz.«

»Wahrscheinlich beides«, erwidert Renshu lachend.

Meilin drückt seine Hand. »Ich vermisse sie alle«, sagt sie.

»Ich auch.«

Dann schweigen sie wieder ein paar Minuten.

»Ma?«

»Hmm?«

»Die Geschichte von dem Pfirsichblütenquell –«

»Erinnerst du dich noch daran? Das ist eine meiner Lieblingsgeschichten!«

»Natürlich erinnere ich mich. Aber Ma, damals hast du mir nicht die ganze Geschichte erzählt. Warum?«

»Hab ich nicht?«

»Du hast ausgelassen, dass der Fischer nach Hause zurückgekehrt ist und danach nie mehr wieder zum Pfirsichblütenquell zurückgefunden hat, und auch niemand sonst.«

»Oh«, sagt sie, sie klingt überrascht. »Warum hab ich das wohl getan? Ich weiß es nicht.« Sie legt ihre Stirn in Falten, als wollte sie die Meilin und den Renshu von damals mit all ihren Ängsten und Hoffnungen vor ihrem geistigen Auge heraufbeschwören. Dann schüttelt sie den Kopf und wiederholt: »Ich weiß es nicht.« Sie streicht mit dem Zeigefinger an der Kante ihres Untertellers entlang. Nach einer Weile sagt sie: »Ich schätze, das mit dem Pfirsichblütenquell ist so: Wenn du das Glück hattest, ihn zu finden, hast du gleichzeitig auch Pech, denn dann musst du entscheiden, was du tun willst. Bleibst du und verzichtest auf alles andere? Oder kehrst du in dem Wissen, dass du ihn niemals wiederfinden wirst, nach Hause zurück? Ist es ein Segen? Oder ein Fluch?«

Renshu antwortet nicht. Bald darauf hören sie Schritte; jemand läuft im Stockwerk über ihnen herum und kommt die Treppe herunter.

»Guten Morgen, Nainai!«, ruft Lily beim Hereinstürmen und schließt Meilin fest in die Arme. »Was machen wir heute?«

Als Meilin sich einmal vom Jetlag erholt und an die trockene Luft gewöhnt hat, verläuft ihr Besuch angenehm. Sie besuchen einige Sehenswürdigkeiten in Los Alamos. Im Bradbury Science Museum besichtigen sie Modelle von Little Boy und Fat Man, den Bomben, die über Hiroshima und Nagasaki abgeworfen wurden. Beide sind kaum länger als drei Meter. Mit einer Höhe von knapp einem Meter dreiundfünfzig ist Fat Man nur wenig größer als Meilin, und Little Boy ist sogar noch kleiner. Meilin legt ihre Hand auf das kalte, weißlackierte Metallgehäuse. Während sie und Renshu weit weg in China gelebt hatten, während sie auf der Flucht gewesen waren, Verluste erlitten, getrauert und sich gefürchtet hatten, hatten Wissenschaftler genau hier, in dieser Stadt mit zu viel Licht und zu wenig Luft an der Erschaffung dieser Vernichtungswaffen gearbeitet. Sie hat damals zwar das Ende des Krieges herbeigesehnt, doch es muss bessere Möglichkeiten geben, Frieden zu finden.

Sie fahren auch zum Bandelier National Monument und zeigen Meilin die Höhlen und historischen Siedlungsorte der Pueblo-Völker. Danach besuchen sie die Plaza in Santa Fe. Meilin hat es besonders der Schmuck angetan, den Angehörige der indigenen Bevölkerung vor dem Gouverneurspalast anbieten. Vor allem die silbernen Perlenketten mit Bärenanhängern gefallen ihr, aber auch die Vögel und Schildkröten aus Türkis, Koralle und Lapislazuli. Sie kauft ein paar Mitbringsel für Lin-Na. Rachel und Lily zeigen ihr außerdem ein Textilgeschäft in Santa Fe, dessen Sortiment Meilin beeindruckt. Sie deckt sich mit Stoff und Wolle ein, damit sie Pyjamas nähen und Schals für den Winter stricken kann.

Ungefähr eine Woche nach Meilins Ankunft bricht Rachel zu ihrem Lehrgang auf. Eine Woche wird sie zudem bei ihren Eltern in St Louis verbringen. Meilin ist voller Anerkennung für Rachels berufliche Pläne und stolz darauf, dass Henry sie dabei unterstützen will. Außerdem gefällt es ihr, dass sie einen kleinen Beitrag zu Rachels Besuch bei ihren Eltern leisten kann.

Nachdem sie Rachel zum Flughafen gebracht haben, fahren Henry, Lily und Meilin zu einem chinesischen Lebensmittelladen in Albuquerque. Auch wenn es dort nicht annähernd so schön ist wie auf den Märkten in Taipeh, füllen sie ihren Einkaufswagen mit Gemüsekonserven, getrockneten Pilzen und Nudeln, Gewürzen, Tofu, dunkler Sojasauce, Sesamöl, Austernsauce, Chiliflocken und einem großen Beutel Reis.

Nainai übernimmt die Herrschaft über die Küche. Sie ist nun permanent dort anzutreffen; entweder schneidet und putzt sie Gemüse am Tisch und kocht, oder sie strickt und trinkt Tee. Der Herd ist nie aus, der Backofen wird nie kalt. Lily findet es toll, dass ständig etwas vor sich hin brutzelt und blubbert, das nur darauf wartet, verspeist zu werden.

Klack, klack, klack. Nainai zerkleinert mit ihrem großen Messer einen Berg Pilze und Schweinefleisch. Schrapp, schrapp. Jetzt bereitet sie die Füllung vor. Wieder macht es klack, klack, klack, bis alle Zutaten zu einer blassrosa Paste mit hellen Knoblauch-, grünen Frühlingszwiebel- und gelben Ingwerstückchen vermengt sind. Nun gibt sie noch etwas Salz hinzu, knetet die Masse und schiebt sie mit einem Messer zusammen. Klack, klack, klack.

»Jiaozi«, sagt Nainai.

»Jiaozi?«, wiederholt Lily.

Nainai nickt und rollt eine Kugel Teil dünn aus. Dann sticht sie mit einem Wasserglas, dessen Rand sie kurz in Mehl getaucht hat, einen perfekten Kreis aus, nimmt ihn vorsichtig von dem Brett und legt ihn zur Seite.

»Lily«, sagt sie und drückt ihr das Glas in die Hand. Lily mag, wie Nainai ihren Namen ausspricht; es klingt so hübsch, wenn sie ihn sagt. Nainai rollt mehr Teig aus, und Lily sticht weitere Kreise aus, die Nainai mit Mehl bestäubt, damit sie nicht zusammenkleben.

Als alle Teigkreise fertig sind, gibt Nainai jeweils einen Löffel Füllung darauf. Anschließend tunkt sie ihren Zeigefinger in eine flache, mit Wasser gefüllte Schale und fährt anschließend mit der Fingerspitze über die Teigränder. Dann faltet sie die Kreise so, dass sich ein Deckel über der Fleischfüllung bildet, passt auf, dass die Ränder genau übereinanderliegen, und drückt sie so zusammen, dass sie eine gezackte Naht bilden. Zum Schluss legt sie die Jiaozi in einen mit Kohlblättern ausgelegten Dämpfkorb. »Jetzt du«, sagt sie auf Englisch und überlässt Lily einen Teil der Teigkreise.

Lilys Nähte sind nicht gleichmäßig und ihr Deckel geht immer wieder auf. Einige ihrer Teigtaschen enthalten zu viel Füllung, während andere zu wenig davon haben. Aber das macht nichts, scheint Nainai zu sagen, drückt sie trotzdem sanft zusammen und legt sie zu den anderen in den Bambuskorb.

Henry hört Lily und Meilin in der Küche. Lily redet Englisch mit Meilin, und Meilin antwortet auf Chinesisch. Obwohl sie verschiedene Sprachen sprechen, scheinen sie sich viel zu sagen zu haben.

»Essen ist fertig!«, ruft Meilin aus der Küche.

»Daddy, komm!«, ruft Lily.

In der Küche stehen dampfende Reisschüsseln mit Essstäbchen, und für Lily gibt es eine kleine Gabel. Der Tisch ist voll mit Speisen, die Henry seit Jahren nicht gegessen hat. Es gibt geschmorte Lotuswurzel, gebratene Erbsensprossen, Seegurke, einen ganzen Fisch, Schweinefleisch mit Wasserkastanien und Pilzen, Nudelsuppe mit Rindfleisch und jede Menge Teigtaschen.

Sie essen.

Während Henry Lily ins Bett bringt, macht Meilin sich daran, das Geschirr im warmen Schaum des Seifenwassers zu spülen. Trotz der weiten Reise ist sie froh, hier zu sein und Renshus amerikanisches Leben kennenzulernen. Als er zurück in die Küche kommt, nimmt er ein Geschirrtuch und hilft ihr.

»Es ist schön, dass du hier bist, Ma.«

»Mmm.« Sie reicht ihm einen tropfenden Teller an.

»Tut mir leid, dass wir keine Möglichkeit gefunden haben, dich dauerhaft herzuholen.«

»Shh.« Sie hält ihm einen großen Topf zum Abtrocknen hin. »Ich konnte Lily kennenlernen und sehen, wie sehr Rachel dich liebt. Du hast sehr viel Glück. Wir haben alle Glück.« Sie spült die Essstäbchen. »Fast fertig«, sagt sie.

Er räumt das Geschirr wieder in die Schränke. »Es hätte alles anders werden können, wenn der Onkel deinen Namen nicht aus meinen Papieren herausgehalten hätte«, merkt er an.

Sie stellt den Wasserkessel auf den Herd und wendet Renshu ihren Rücken zu.

Es hätte alles anders werden können. Alles hätte auf so viele verschiedene Arten anders werden können, an so vielen Stellen. Aber am Ende ist durch diese Denkweise nichts zu gewinnen. »Longwei hat getan, was er für notwendig hielt«, sagt sie.

»Er hätte ehrlich sein sollen.«

»Renshu! Damals konnte man selten den direkten Weg gehen. Wir mussten alle schwierige Entscheidungen treffen, und das weißt du auch.«

»Nein!«, hält Renshu dagegen. »Er hat uns etwas gestohlen, was ihm nicht zustand. Er hat unser Band zerrissen.«

»Sprich leiser, sonst weckst du Lily auf!« Ihre Hände zittern leicht, als sie die Teetassen vorbereitet. Als sie heißes Wasser in die erste gießt, läuft sie so sehr über, dass das Wasser über den Unterteller auf die Arbeitsplatte spritzt. »Das ist doch nur Papierkram, Renshu. Du hast deine Staatsbürgerschaft, deine Familie, dein Leben in Amerika. Lass es gut sein. Wir haben ihn gebeten, uns zu helfen, und das hat er getan. Wenn er einen Fehler gemacht hat, dann verzeih ihm.«

»Warum verteidigst du ihn?«

Meilin antwortet nicht.

»Ich kann ihm nicht verzeihen, dass er deinen Namen nicht eingetragen hat. Und ich werde nie verstehen, warum er das getan hat.«

Meilin ist sehr lange still. Sie reibt sich die Wangen und die Augen.

Renshu war es schon immer wichtig, alles verstehen zu können. Erklärungen bieten Trost. Aber hier gibt es keine. »Wir können anderen auch verzeihen, ohne sie zu verstehen. Und manchmal müssen wir das. Vielleicht bedeutet Verzeihen auch genau das – zu akzeptieren, was jemand getan hat, auch wenn es keine gute Erklärung dafür gibt.«

Meilin nimmt ihre Teetasse und bringt sie zur Spüle. »Es ist schon spät, Renshu. Ich gehe jetzt schlafen.« Sie lässt ihn am Küchentisch zurück.

»Erzähl mir eine Geschichte, Nainai.«

Meilin versteht zwar, worum das Mädchen sie bittet, doch sie weiß nicht, ob sie ihm seinen Wunsch auch erfüllen kann.

»Bitte, ja?«

Meilin legt ihr Strickzeug weg und steht auf. Lily folgt ihr ins Arbeitszimmer, wo Meilin die Box mit den chinesischen Vokabelkarten aus dem Regal nimmt. Sie wird es versuchen.

Nach einer Weile findet sie »Pferd« und »alter Mann«. Sie legt die beiden Karten vor Lily hin.

»Ist das eine Geschichte über einen alten Mann und ein Pferd?«

Meilin nickt und sucht nach einer Karte, die für Verlust steht. Sie findet keine.

Lily schaut sie erwartungsvoll an.

Meilin findet eine Karte für Glück, aber keine für Unheil.

Lily versucht, die Geschichte zu erraten. »Reitet der Mann auf seinem Pferd? Zieht er in eine Schlacht? Oder war er früher Soldat und verbringt seine Tage jetzt, wo er alt ist, friedlich? Ist das Pferd sein bester Freund?«

Meilin fühlt sich Lilys vielen Fragen nicht gewachsen. Sie kann die Sprache nicht gut genug. »Wir fragen Daddy«, sagt sie schließlich.

Meilin und Lily kommen in die Küche, wo er sitzt und Zeitung liest. Lily ist aufgeregt und ungeduldig. Seine Ma hat diese halb hilflose, halb gebieterische Miene aufgesetzt, die bedeutet, dass sie ihn zu etwas auffordert.

»Erzähl ihr die Geschichten aus deiner Kindheit«, sagt sie auf Chinesisch.

Nein.

Er stößt ein unverbindliches Schnauben aus und wendet sich wieder seiner Lektüre zu.

»Renshu.« Sie legt eine Hand auf die Zeitung. »Das ist wichtig. Wie soll sie lernen, worauf es im Leben ankommt, wenn du ihr nichts erzählst?«

»Sie muss das nicht wissen.« Er zieht die Zeitung unter ihrer Hand weg.

»Was soll das denn heißen?«, erwidert Meilin. »Natürlich muss sie das!« Sie schaut Lily an, deren Lächeln allmählich einer besorgten Miene weicht.

»Nein, muss sie nicht!«, sagt er gereizt und steht auf. »Wozu soll es gut sein, ihr all diese traurigen Geschichten zu erzählen? Ich wünschte, ich würde sie selbst nicht kennen.«

Meilin macht einen Schritt zurück. »Ich meinte nicht *unsere* Geschichten«, sagt sie. »Obwohl sie die bestimmt eines Tages auch hören will«, fügt sie leise hinzu. Sie legt einen Arm um Lily. »Ich meine die, die ich dir als Kind erzählt habe: von dem Hahn, dem Birnbaum und von dem alten Mann, dem sein Pferd abhanden gekommen ist …«

»Ach so.« Seine Miene entspannt sich. Aber er bleibt vage: »Vielleicht später.«

Rachel kehrt von ihrem Lehrgang zurück und freut sich über ihre neuen Möglichkeiten, als Bibliothekarin zu arbeiten. Als sie erstaunt auf all die ungewohnten Produkte im Kühlschrank reagiert, fragt Meilin sich, ob sie zu weit gegangen ist. Aber egal, es dauert ohnehin nicht mehr lange, bis sie zurückfliegt. Meilin ist froh, dass sie die Reise angetreten hat, aber jetzt möchte sie auch wieder zurück nach Taipeh. Sie vermisst den Springbrunnen und die Goldfische in Lin-Nas Hof, das frische Gemüse vom Markt und die warme, schwüle Luft.

Renshu fragt, ob sie noch bleiben möchte. Ob er sich weiter um ein unbefristetes Visum bemühen soll. Er klingt hoffnungsvoll, aber Meilin weiß, dass ihr Zuhause Taipeh ist.

»Das hier ist dein Pfirsichblütenquell, nicht meiner, Renshu.«

Seine Miene wird ernst, er ist enttäuscht.

»Wir haben gefeiert und es uns gutgehen lassen. Jetzt wird es Zeit, dass ich nach Hause zurückkehre.«

»In Ordnung, Ma«, sagt er schließlich, seine Stimme ist nur noch ein heiseres Flüstern. »In Ordnung.« Meilins Besuch hat den Abstand zwischen seiner Vergangenheit und seiner Gegenwart noch vergrößert. Er hatte gehofft, dass die Begegnung wie ein Brückenschlag wirken, eine Annäherung bedeuten würde, doch der Graben ist nur noch tiefer geworden. Ein Teil von ihm ist erleichtert, dass sie nach Taipeh zurückkehren will, und dieser Teil wird sich immer schuldig fühlen.

Am Tag vor Meilins Abreise nach Taiwan gehen Lily und Meilin mit Lilys rotem Bollerwagen zu der Baumschule am Ende der Straße. Dort kaufen sie große Säcke mit Mulch und Pflanzerde und ziehen den Wagen wieder nach Hause. Als sie die Säcke aufschneiden, dringt ein schwerer, erdiger Geruch heraus, und sie wühlen mit ihren nackten Händen darin. Die dunkle, feuchte Erde zerbröselt zwischen ihren Fingern. Sie füllen mit der Erde die Hohlräume rund um den Kirschbaum im Garten aus, der um sein Überleben kämpft, und klopfen die Stelle mit einer Schaufel fest. Dann verteilen sie den Mulch rundherum und gießen den Baum großzügig. Ein paar Wochen später fängt der Baum wieder an zu wachsen.

24

Los Alamos, New Mexico, September 1980

Rachel und Lily räumen Lilys Sachen zurück in ihr Zimmer. Lily legt einen Arm voller Bücher ab, ihre Mutter bezieht die Matratze mit einem frischen Spannbettlaken.

»Warum konnte Nainai nicht länger bleiben?«

Rachel entfaltet ein zweites Laken und breitet es über das Bett.

»Ich glaube nicht, dass sie alleine in Taipeh sein will«, fährt Lily fort. »Warum kann sie nicht hierbleiben?«

Jetzt steckt Rachel das zweite Laken und die Ränder einer hellblauen Decke ringsherum fest. Lily schaut zu, während ihre Mutter die Kissen in ihren sauberen Bezügen aufschüttelt und die Tagesdecke auflegt.

»Mom? Hast du gehört? Ob ich Daddy mal fragen soll?«

»Oh, nein, nein«, sagt Rachel eilig. »Lass ihn damit in Ruhe. Ihm geht das alles viel zu sehr an die Nieren.«

»Aber warum?«

Rachel setzt sich auf das Bett und klopft auf die Decke, um Lily zu signalisieren, dass sie zu ihr kommen soll. »Als dein Daddy als Kind in China war, herrschte dort Krieg. Er und Nainai mussten lange Zeit von einem Ort zum anderen ziehen. Und dann sind sie irgendwann nach Taiwan gegangen, weil es dort sicherer war.«

Das weiß Lily schon. Aber sie sagt nichts. Vielleicht erzählt ihre Mom ja noch mehr.

»In Taiwan war es besser. Dein Daddy hat sehr fleißig gelernt und ein Stipendium für Amerika bekommen.«

»Wie war er, als du ihn kennengelernt hast?«

»Er sah sehr gut aus. Und er war sehr schüchtern.« Rachel lacht.

»Wie hast du ihn kennengelernt?«

Lily mag es, wie sich die Gesichtszüge ihrer Mom verändern und ganz weich werden, wenn sie die Geschichte erzählt. »Ich mochte ihn auf Anhieb, als er damals auftauchte und nach dieser Chopin-Aufnahme gefragt hat. Er hatte so eine besondere Art, die Welt zu betrachten. So als ob alles wichtig wäre. Als ich ihn dann besser kennenlernte und erfuhr, was er durchgemacht hatte, habe ich begriffen, dass er eine alte Seele hat. Eine alte Seele mit einem frischen Blick. Und er war sah verdammt gut aus. Wer würde sich nicht in so jemanden verlieben?«

»Eine echte Liebesgeschichte!«

»Ja«, sagt Rachel versonnen. »Das war es.«

»Aber warum will er nicht darüber reden? Es ist doch eine gute Geschichte mit einem guten Ende. Außerdem verstehe ich immer noch nicht, warum Nainai nicht hierbleiben kann.«

»Bei all dem Umherziehen in China sind irgendwann einige Papiere durcheinandergeraten. Darum glauben die Behörden, Nainai wäre nicht seine Mutter, sondern seine Tante, und darum darf sie nicht bleiben.«

»Warum sagen sie denn nicht einfach, dass ein Fehler passiert ist? Kann man das nicht rückgängig machen?«

Rachel seufzt. »Wir haben es versucht, aber es ging nicht. Darum ist er so traurig.«

»Oh.« Lily hat ihm diese Traurigkeit angesehen, und das Letzte, was sie möchte, ist, dass er noch trauriger wird.

»Jedenfalls bin ich froh, dass Nainai uns besucht hat.«

»Ja, ich auch.«

Lily drängt Rachel, ihr mehr über China und Taiwan zu erzählen. Aber Rachel weiß selbst nicht viel. Sie bittet in der Bücherei um Empfehlungen, und die Bibliothekarin zeigt ihr ein Informationsblatt. Im Gemeindezentrum beginnt bald ein Kurs zur Sprache und Kultur Chinas. Diese Möglichkeit scheint der perfekte Kompromiss zu sein. Rachel berichtet Henry von dem Kurs und sagt ihm, sie verstehe zwar, dass er die Vergangenheit ruhen lassen wolle, dass Lily aber den Wunsch und das Recht habe, mehr über ihr Erbe zu erfahren. Anfangs ist Henry dagegen, aber Rachel setzt sich durch.

Lily liebt diesen Kurs. Sie kann ihr Glück nicht fassen. Die meisten anderen Kinder sind Chinesen, einige wenige Halb-Chinesen. Sie freut sich sehr, Freunde zu finden, die wenigstens entfernt so aussehen wie sie selbst, auch wenn sie auf andere Schulen gehen. Kursleiterin Li, deren Kinder schon an der Uni sind, ist sanft und wohlwollend. Keiner fühlt sich hier als Außenseiter.

Auch Rachel mag den Kurs. Manchmal bleibt sie, während Lily im Unterricht ist, draußen sitzen und plaudert mit den anderen Müttern. Rachel genießt deren Verständnis und Solidarität, vor allem wenn die Frauen wie sie auch keine Chinesinnen sind. Sie kennen ebenfalls die langen Fahrten zum chinesischen Lebensmittelladen in Albuquerque, wo ihre Ehemänner sich Ewigkeiten in den Gängen aufhalten können und jedes einzelne Gemüse und jede Teedose genauestens inspizieren. Und auch die anderen Frauen rätseln manchmal, was es wohl mit den mysteriösen Gläsern und Dosen mit scharf riechenden, verschrumpelten Lebensmitteln auf sich hat, die ihre Schränke und Kühlschränke füllen. Es tut Rachel gut, sich mit ihnen über Missverständnisse, teure Ferngespräche und die gemischten Erfahrungen mit den hellblauen Luftpostbriefen zu unterhalten, die mal große Freude und mal Beklemmung auslösen.

Los Alamos, New Mexico, Juni 1981

Henry steht vor seinem Kirschbaum, der inzwischen so groß ist wie er selbst. Zu seinen Füßen liegt eine Rolle Baumschutznetz aus dem Gartencenter.

Im Frühjahr hatten Henry und Lily aufgeregt beobachtet, wie der Baum zum ersten Mal Blüten bekam. Ihre Freude wuchs, als Blätter hinzukamen und sich winzige kleine Früchte bildeten. Von Zeit zu Zeit hat Lily sich in ihrer Ungeduld hinreißen lassen, eine davon zu probieren. Aber jedes Mal hat sie das Gesicht verzogen und angewidert und entzückt zugleich: »Sauer!« ausgerufen. Dann haben die Kirschen endlich angefangen zu wachsen und zu reifen.

Doch sie waren nicht die Einzigen, die lauerten und warteten. Irgendwann haben sich Vögel darüber hergemacht. Eines Tages sind sie in der Baumkrone gelandet und haben die besten Kirschen geraubt.

Henry überlegt, wie er die restlichen Früchte schützen kann.

»*Laoshu* – Maus. *Xiongmao* – Panda. *Shizi* – Löwe.« Lily kommt angerannt. Sie muss die neuen Vokabeln, die sie in ihrem Chinesischkurs gelernt hat, förmlich herausschreien. Er kann nicht genau sagen warum, aber ihn erfüllt es mit Unbehagen, dass sie diesen Kurs besucht.

»*Laoshu, xiongmao, shizi!* Maus, Panda, Löwe!« Sie tanzt um ihn herum.

Das sind keine Wörter, mit denen man einen Satz bilden kann, denkt Henry. Wörter wie Kieselsteine.

Doch Lily kümmert das nicht. Für sie ist jedes einzelne Wort eine Kostbarkeit.

Er wirft das Netz über die Zweige. Es strammzuziehen, ohne die zarten Triebe und Blätter zu beschädigen, kostet viel Geduld.

»Daddy! Ich hab heute das Schriftzeichen für Baum gelernt: *mu*. Es sieht sogar aus wie ein Baum!« Sie malt das Schriftzeichen 木 mit dem Finger auf ihre Handfläche. »Wenn man zwei davon nebeneinandersetzt, wird daraus das Zeichen für kleines Wäldchen: *lin*, 木木. Und wenn man drei Bäume in das Kästchen für das Schriftzeichen quetscht, einen oben und zwei unten drunter, hat man *sen*, 森, einen Wald. Aber Mensch und Baum zusammen ergibt ausruhen: *xiu*, 休. Ausruhen ist ein Mensch neben einem Baum.«

Sie betont die Wörter nicht richtig, sie klingen falsch aus ihrem Mund.

»Und ich weiß noch ein anderes Wort! *Niao*! *Niao* bedeutet Vogel. Das hat Nainai mir beigebracht, als sie hier war.«

»Hol mal den Schlauch«, sagt er zu ihr. »Der Baum braucht Wasser.«

Sie geht weg. *»Laoshu, xiongmao, shizi, niao …«*

Er zupft das Netz zurecht.

»Was heißt Kirsche?«, fragt sie, als sie, den langen grünen Gartenschlauch hinter sich herziehend, zurückkommt.

»*Yiantao*«, sagt er, sorgsam auf die richtige Aussprache achtend.

»*Yiantao*«, spricht sie perfekt nach.

Er hält den Schlauch und schaut zu, wie das Wasser in einem Bogen unten gegen den Baum spritzt.

»Und weißt du, was ich noch gelernt habe?«, fragt sie. »Das Schriftzeichen für Sonne, *ri* sieht aus wie ein Kästchen mit einem Strich in der Mitte. Ein bisschen wie eine Sonne. Und das für Mond, *yue*, sieht aus wie das für Sonne, nur mit längeren Linien unten.« Sie malt die Schriftzeichen für Sonne, 日, und für Mond, 月, auf ihre Handfläche. Und wenn man das für Sonne und für Mond zusammenfügt, hat man *ming*, hell, 明.«

»Lauf und dreh wieder zu.«

Als der Hahn zugedreht und der Baum gegossen ist, rollt Henry den Schlauch auf.

Lily folgt ihm ins Haus.

»Ich liebe diese Sprache, Daddy.«

Los Alamos, New Mexico, Januar 1982

»Rate mal, was wir gemacht haben!« Lily platzt in die Küche hinein und redet weiter, bevor Henry antworten kann: »Wir haben Banner für das chinesische Neujahrfest gemacht!« Sie entrollt eine rote Papierrolle, auf die sie mit schwarzer Tusche auf Englisch: *1982 – Jahr des Hundes* geschrieben hat. Die Schriftzeichen 恭禧發財 hat sie ausgeschnitten und daneben geklebt, ebenso wie Laternen und Feuerwerkskörper. Die Ränder sind mit handgemalten Hunden, großzügig aufgesprühtem Glitzerspray und goldenen Bändern verziert.

»Da steht *gong xi fa cai.*« Sie tippt mit dem Finger auf die einzelnen Schriftzeichen. »Das heißt: ›Wir wünschen dir Freude und Wohlstand.‹«

»Sehr schön, meine Kleine«, sagt er. Die etwas schief aufgeklebten violetten Schriftzeichen sehen in seiner amerikanischen Küche wie Fremdkörper aus.

»Können wir da hingehen?«

»Wohin?«

Lily hat weitergeplappert, und er hat ihre Frage nicht mitbekommen.

»Zu der Party! Es gibt eine Party zum chinesischen Neujahrsfest, und alle sind mit ihren Familien eingeladen. Ich möchte da hin! Bitte, bitte!«

Henry blickt zu Rachel, die ihm die Fotokopie einer handgemalten Einladung reicht. Rechts und links stehen in senkrechten Bannern Neujahrsverse in chinesischen Schriftzeichen. Beide Banner sind mit rotem Buntstift ausgemalt. Darüber prangt ein diamantenförmiger roter Aufkleber mit dem goldenen Schriftzeichen für »Segenswünsche«.

Und unten steht in englischer Sprache: »Wir laden Dich und Deine Familie herzlich dazu ein, mit uns gemeinsam das Jahr des Hundes zu begrüßen, das wir mit einer Feier der chinesischen Sprache und Kultur und des chinesischen Essens einleiten wollen.

Wir freuen uns über einen Beitrag zum Buffet und auf eine gute Zeit mit Euch.« Das Datum ist ein Samstag in einigen Wochen.

»Vielleicht«, sagt er, faltet den Zettel und steckt ihn ein.

»Oh, ich hoffe so sehr, dass wir hingehen!« Lily wirbelt herum und schwenkt das Banner hin und her. Dabei lösen sich kleine Glitzerpartikel ab und landen auf dem Fußboden. »Darf ich das an meine Tür hängen?«

»Ja, gute Idee.« Henry zieht eine Schublade auf und kramt zwischen Scheren, Stiften und Briefmarken eine Rolle Klebeband hervor, die er ihr in die Hand drückt. Sie rennt nach oben.

Er füllt den Wasserkessel auf und stellt ihn auf den Herd.

Rachel legt im Flur ihre Schlüssel, ihre Jacke und ihre Handtasche ab.

»Und? Was meinst du?«, ruft sie. »Sollen wir hingehen?«

Henry schaut in die Dose mit seinem Oolong-Tee; sie ist schon fast leer. Er gibt eine kleine Handvoll Teeblätter in seinen Becher.

Rachel kommt zurück in die Küche. »Könnte doch nett sein, die anderen Familien kennenzulernen. Ein paar von ihnen sind wie wir.«

»Wie wir?« Henry schaut hoch.

»Chinesischer Daddy und weiße Mommy.«

»Oh.«

Das Wasser im Kessel fängt an zu brodeln.

»Lass uns da hingehen, Henry.«

Von oben hört man, wie Lily lange Klebestreifen von der Rolle abreißt. Henry schaut an die Decke.

»Das reicht jetzt, Lily! Geh nicht zu verschwenderisch damit um«, ruft Rachel.

»Ich *verschwende* es nicht!«

Der Kessel pfeift. Henry dreht das Gas aus und gießt das kochende Wasser direkt auf die Blätter, dann bedeckt er seinen Becher mit dem Deckel eines Erdnussbutter-Glases, damit nicht zu viel Hitze entweicht.

»Okay, okay, wir gehen hin. Dann sehen wir, was uns da erwartet.«

Als der Samstag kommt, zieht Rachel in der Küche Frischhaltefolie über einen Servierteller. Darauf liegt eine helle, mit Walnussstückchen gespickte Masse, um die sie Ritz-Cracker angeordnet hat.

»Was ist das?«

»Eine Käsekugel.«

»Eine Käsekugel?«

»Ja, eine Vorspeise für die Party. Man bestreicht die Cracker mit dem Käse und ta-ta! Superlecker! Als ich klein war, haben wir das jedes Jahr an Silvester gegessen.«

Henry sagt nichts. Als er nach oben geht, um sich umzuziehen, schüttelt er den Kopf; er würde viel lieber zu Hause bleiben. Er hört, wie Rachel Lily unten den Auftrag gibt, schon mal ihre Schuhe anzuziehen. Es ist nur eine Party, sagt er sich.

»恭禧發財! Frohes neues Jahr!« Am Eingang begrüßt sie ein breitschultriger Mann in einem ordentlichen Anzug. Sein schwarzes Haar ist grau meliert, sein hübsches, stolzes Gesicht faltig. Henry hört einen leichten nördlichen Akzent heraus. Peking? »Edwin Huang«, sagt der Mann und reicht Henry die Hand. »Ich glaube, wir kennen uns noch nicht.«

Huangs Händedruck ist fest, aufdringlich. Sein Blick scheint etwas in Henrys Miene zu suchen. Henry hat die Schwelle noch nicht überschritten, doch fragt er sich bereits, ob es eine gute Idee war, hierherzukommen.

»Henry Dao«, sagt er.

Edwin heftet seinen Blick auf Rachel. »Ihre Frau?«, fragt er auf Chinesisch.

»Ja, das ist meine Frau Rachel«, antwortet Henry auf Englisch. Er macht seine Hand los und legt seinen Arm um Rachel.

»Freut mich, Sie kennenzulernen«, sagt sie, und Edwin nickt.

»Lily ist ja so begeistert von dem Chinesisch-Unterricht«, beginnt Rachel.

Edwin wendet sich Lily zu und wiederholt seine Begrüßung: »恭禧發財!«

Frau Li, die Kursleiterin, steht in der Nähe der Eingangstür. Sie ist darauf bedacht, dass ihre Schülerinnen zeigen, was sie gelernt haben. *»Hong bao ...* «, flüstert sie Lily zu.

»Hong bao na lai«, stammelt Lily, und Edwin strahlt.

Er holt einen roten Umschlag aus seiner Brusttasche und reicht ihn ihr. Sie nimmt ihn feierlich mit beiden Händen entgegen, wie die Lehrerin es ihr beigebracht hat.

Rachel hält noch immer ihren Teller mit dem Käsesnack in der Hand. Jetzt kommt eine Chinesin in einem dunkelbraunen Qipao auf sie zu. »Oh, da ist Patricia, eine der Mütter aus dem Kurs«, flüstert Rachel. Henry hört, wie erleichtert sie ist, ein bekanntes Gesicht zu sehen. Patricia nimmt ihr den Teller ab.

»Willkommen! Schön, dass ihr da seid. Komm, wir bringen das mal in die Küche.«

Rachel gibt Henry ihre Jacke und folgt der anderen Frau in die Küche. Im Gehen schaut Patricia auf den Teller. »Was ist das?«, fragt sie.

»Eine Käsekugel.«

»Eine Käsekugel?«

Henry hängt die Jacken an die Garderobe, dann lässt er seinen Blick durch den Raum schweifen. Rote und gelbe Bänder sowie Papierlaternen mit Troddeln und Hunde-Ornamenten schmücken die Wände. Die Tische sind mit roten und gelben Nelken und Knallbonbons dekoriert. Wie viele Leute sind hier? Vielleicht vierzig? Obwohl ihm einige Gesichter vage bekannt vorkommen, kennt er niemanden richtig. Er hatte keine Ahnung, dass es in der Stadt so viele Chinesen gibt. Henry weiß nicht recht, zu wem er sich gesellen und was er sagen soll.

Einige der chinesischen Frauen tragen Qipaos, andere modische Outfits im westlichen Stil. Aber alle zeigen heute ihren Jade- und Goldschmuck. Rachel hat ein kariertes Kleid mit einem großen weißen Kragen angezogen, der den Jadeanhänger von Meilin besonders gut zur Geltung bringt. Die Frauen kümmern sich um das Essen und tragen Schüsseln herein. Die sonst so unbefangene Rachel scheint nicht recht zu wissen, wie sie helfen kann. Sie unterhält sich mit einer der weißen Frauen.

Lily ist an einem Tisch gelandet, an dem Kinder Papierlaternen verzieren. Mädchen mit glänzenden roten Bändern in den Zöpfen und Jungen mit kurzgeschnittenen Haaren scharen sich einander schubsend um den Tisch.

Ein Mann kommt zu Henry, der sich als David Tian vorstellt. Er berichtet, ein Nachbar von Henrys Kollege Tom Benson zu sein und sagt, dass er sich freue, Henry endlich persönlich kennenzulernen. Tians lockere Art wirkt entspannend auf Henry, und über einem Bier plaudern sie darüber, seit wann sie in den Vereinigten Staaten sind, wo sie studiert haben und wie sie nach Los Alamos kamen. Irgendwann wechseln sie, ohne es bewusst zu merken, ins Chinesische und Henry entdeckt Tians Sichuan-Akzent.

»Bist du aus Chongqing?«, fragt Henry.

»Ich bin dort geboren, nachdem meine Familie während des Zweiten Japanisch-Chinesischen Kriegs dort hingezogen ist. Das waren harte Zeiten.« Er schüttelt den Kopf.

Sie schweigen einen Moment lang.

»Ist deine Familie denn noch dort?«

»Nur zum Teil. Die meisten von uns sind nach Taiwan gegangen.«

Henry nickt. Er tippt, dass Tian ein bisschen jünger ist als er selbst, vielleicht im Alter von Peiwens jüngstem Sohn. Tian schlägt sich aufs Knie, als sie herausfinden, dass sie beide an der Nationaluniversität Taiwan waren.

»Ich wusste es! Noch ein Taida-Absolvent. Wir sind heute Abend nicht alleine. Huo! Lin!« Tian ruft zwei andere Männer herbei.

Nachdem sie sich einander gutgelaunt vorgestellt haben, tauschen sie Geschichten über ihre ersten Studienjahre aus. Weder Greg Huo noch Steve Lin waren in Henrys Jahrgang. Sie sind jünger, aber sie hatten teilweise dieselben Professoren und Lieblingsrestaurants, und schon bald schwelgen sie in glücklichen Erinnerungen an Danzai-Nudeln. Henry schmeckt die pikante Fleischsauce mit dunklem Reisessig förmlich auf der Zunge.

»Diese Nudeln sind ursprünglich aus meiner Heimatstadt. Aus Tainan kommen einfach tolle Sachen«, schwärmt Lin.

»Frohes neues Jahr, alte Kommilitonen!« Huo hält sein Bierglas hoch und auch die anderen erheben ihre Gläser.

Ihre Fröhlichkeit hat Edwin Huangs Aufmerksamkeit erregt.

»Ist es nicht toll, alte Kommilitonen wiederzusehen und neue Bekannte zu finden? Das macht mir Hoffnung, dass ich eines Tages auch ein Wiedersehen mit meinen Studienkollegen von der Lianda feiern kann«, sagt Huang. »Kommen Sie, jetzt wird gegessen. Es ist alles bereit.«

Lilys Teller ist in ordentliche Drittel unterteilt: einmal Obst, einmal Gurken und einmal gebratener Reis mit Ei. Rachel hat sich grünen Salat, Brot, gefüllte Eier, Hackbraten und eine großzügige Portion von ihrer Käsekugel genommen. Henrys Teller hingegen quillt über von Bambussprossen und Bittermelone, kalten Sesamnudeln mit Schweinefleisch, Frühlingszwiebel-Pfannkuchen und scharf gewürztem Fisch mit Tofu und Erdnüssen. Zusätzlich hat er noch eine Schale Rindfleisch-Nudel-Suppe neben sich stehen.

Im Raum ist es lauter geworden, über das Geklapper von Essstäbchen und Suppenlöffeln hinweg tauschen sich alle ausführlich über die Gerichte aus. Die Gespräche werden in einer Mischung aus Englisch und Chinesisch geführt und sind gespickt mit unterschiedlichen Akzenten und regionalen Dialekten. Lily schlingt ihr Essen herunter und steht dann auf, um spielen zu gehen. Rachel stochert auf ihrem Teller herum.

Henry berührt ihre Hand. »Hast du keinen Appetit?«

»Doch, alles gut. Ich genieße die Atmosphäre.«

Er schaut auf seinen leeren Teller.

»Toll, dass du hier all die Sachen bekommst, von denen ich nicht weiß, wie man sie zubereitet«, sagt sie.

»Ja, das Essen ist ganz okay«, sagt er, während sein Magen knurrend nach mehr verlangt. »Da sind viele ungewöhnliche Zutaten drin; viel zu aufwändig, um sie zuhause zu kochen. Aber ab und zu ist das ganz nett.«

Rachel steht auf, ihre Augen leuchten. »Ich gehe mal schauen, ob ich mit dem Nachtisch helfen kann.«

Jemand tippt Henry auf die Schulter. »Kommst du mit raus, eine rauchen?« Es ist Tian.

Als Henry seine Jacke holt, steckt er den Kopf in die Küche und sieht, dass die Frauen sich in Gruppen aufgeteilt haben; die einen sprechen Chinesisch, die anderen Englisch. Rachel führt ein angeregtes Gespräch. Er fängt einen Blick von ihr auf und signalisiert ihr, dass er nach draußen geht.

Auf dem Weg bekommt er mit, dass sich zwei chinesische Frauen über die Kurse unterhalten, und bleibt stehen. Zuerst klingt es, als würden sie über Lehrerin Li diskutieren. Aber bei genauerem Hinhören wird klar, dass sie beide der Meinung sind, dass der Unterricht strenger sein sollte. Da ist wahrscheinlich was dran, denkt er. Eine der Frauen findet, dass der Spaßfaktor zu hoch gehängt wird – so als wäre Chinesisch einfach nur eine Kuriosität. Die Kinder hätten keinen echten Bezug zu ihrer Geschichte und ihrem kulturellen Erbe. Die andere pflichtet ihr bei: Es sei höchste Zeit für ordentlichen Chinesischunterricht; diese Kinder aus Mischehen verwässerten die ganze Sache nur. Es sei unverzichtbar, dass die Eltern zu Hause Chinesisch sprechen, was aber ja nicht möglich sei, wenn nur ein Elternteil die Sprache beherrsche.

Henry läuft rot an. Er hat genug gehört.

Die kalte Nachtluft ist eine Wohltat. Henry schließt einen Moment die Augen und atmet tief durch. Tian, Huo und Lin stehen beisammen, von ihren Zigaretten steigt Rauch auf. Einige andere Männer, die Henry nicht kennt, haben sich zu ihnen gesellt.

Tian winkt ihn heran und bietet ihm eine Zigarette an. Henry lehnt ab; Longweis lebenslanger hartnäckiger Husten ist ihm Abschreckung genug. Sie reden über den bevorstehenden Besuch einer Forscherdelegation aus der Volksrepublik China.

»China verändert sich«, sagt einer der Männer. »Das könnte eine Gelegenheit sein, wieder einen Kontakt aufzubauen. Es gibt jede Menge Leute, die damals nicht rausgekommen sind, als unsere Familien es geschafft haben. Kollegen, Freunde, Lehrer sind immer noch dort. Jetzt könnten wir ihnen helfen.« Der Mann hält inne und räuspert sich. Es ist Edwin Huang. »Deng ist ein anderer Typ Mensch als der Vorsitzende Mao und auch als Ministerpräsident Zhou. Er weiß um die Bedeutung von Forschung und Technologie.«

»Mag sein, aber Kommunist ist er trotzdem«, wirft jemand ein.

»Sie sind einfach schon sehr lange hier, Huang«, entgegnet Tian. »Viele von uns sind mit Unterstützung der Nationalisten hergekommen. Wenn die hören, dass wir eine Delegation aus der Volksrepublik in Empfang nehmen, setzen sie uns womöglich auf die schwarze Liste. Und ich möchte weder meine Familie gefährden noch irgendwelche Kollegen in Taiwan verraten.«

»Nicht alle von uns sind mit dem Segen der Nationalisten hierhergekommen«, murmelt Lin.

»Aber wird man uns nicht als unkooperativ betrachten, wenn wir die Delegation nicht offiziell begrüßen? Die US-Regierung versucht darauf aufzubauen, dass es zum Bruch zwischen dem chinesischen Festland und den Sowjets gekommen ist. Das ist unsere Chance zu helfen, dem Wandel Gestalt zu verleihen.«

Henry schaut blinzelnd hoch, um zu sehen, wer da spricht. Er kennt den Mann nicht, und weil er Englisch redet, kann er auch nicht sagen, wo derjenige ursprünglich herkommt. Tatsächlich sind alle ins Englische gewechselt, wodurch Akzente und Dialekte, die sie verraten könnten, verschleiert werden.

»Sie statten uns doch bloß einen Besuch ab. Es ist ja nicht so, als hätten sie hier überall Zugang«, kommentiert Huo. Aus ihrem vorangegangenen Gespräch weiß Henry, dass Huo größtenteils theoretische Forschung betreibt, die nicht der Geheimhaltung unterliegt. »Es gab schon einen erfolgreichen Austausch auf dem Gebiet der Astronomie und der Ozeanographie. Wenn man ideologische Betrachtungen außen vor lässt, ist eine Zusammenarbeit in vielerlei Hinsicht möglich. Und ist wissenschaftliche Forschung nicht ohnehin von der geistigen Haltung her über Politik erhaben?«

Der Gedanke des wissenschaftlichen Internationalismus ist verführerisch, doch Henry ist sich nicht sicher, ob es wirklich etwas gibt, das über Politik erhaben ist. Er reibt sich die Hände, um sie aufzuwärmen, und will wieder hineingehen. Im Grunde ist der Abend damit für ihn auch beendet. Hier herrscht zwar ein freundlicher Ton, aber die Männer vertreten unterschiedliche Standpunkte.

»Warum laden sie nicht eine Delegation aus der Republik China ein?«, fragt Tian und tritt seine Zigarette aus. »Wenn Deng sagt: ›Ein Land, zwei Systeme‹, sage ich: Okay, ein Land: die Republik China.«

Vom Eingang her dringt eine weibliche Stimme zu ihnen: »Die Herren, die Raucherpause ist vorbei. Wir beginnen jetzt mit den Darbietungen.«

Während sie darauf warten, dass die Kinder sich in einer Reihe aufstellen, geht Henry durch den Kopf, dass er sich durch diesen Abend in die Zeit vor dem Graduiertenstudium zurückversetzt fühlt. Die Familien, der Lärm, die gemeinsamen Speisen, all das ist wie ein Echo ihrer Anfangszeit in Taipeh, als sie noch in dem Militärdorf wohnten. Allerdings blickten damals noch alle in dieselbe Richtung. Heute Abend fühlt es sich so an, als würde, sich in eine Richtung zu wenden, immer bedeuten, einer anderen den Rücken zuzukehren.

Rachel kommt und setzt sich neben Henry.

»Ein paar Leute hier sind wirklich sehr nett« sagte sie, »andere weniger. Ich hatte ein richtig gutes Gespräch mit den Müttern von Maisy und Darren, aber meinetwegen kann der Abend jetzt auch vorbeigehen.« Sie gähnt.

Die Lichter werden gedimmt, und die Kinder treten auf eine behelfsmäßige Bühne an der Frontseite des Saals.

Sie singen chinesische Volkslieder, die ganz anders klingen, als Henry sie in Erinnerung hat.

Henrys Gedanken schweifen ab. Er lässt das Gespräch von vorhin noch einmal Revue passieren. Als die Gesangseinlage endet, unterbricht höflicher Applaus seine Überlegungen. Als Nächstes kündigt Lehrerin Li kurze Wortbeiträge zu den Tieren des chinesischen Tierkreises an.

»Zu *allen* Tieren des Tierkreises?«, flüstert Rachel.

»Das geht bestimmt schnell«, sagt er, »Und danach gehen wir sofort.«

Während es auf der Bühne der Reihe nach um Schwein, Ratte und Ochse geht, nimmt sich Henry im Stillen die Argumente noch einmal vor, die für oder gegen eine Begrüßung der Delegation sprechen: Soll man sich den Besuchern – und damit indirekt auch der Volksrepublik – zuwenden? Oder soll man sich gegen sie positionieren und damit offen Stellung für die Nationalisten beziehen? Beides ablehnen? Nein, sich mit allen anzulegen, ergibt auch keinen Sinn. Oder sollte man die Besucher mit offenen Armen, aber kritischem Blick begrüßen?

Tiger, Kaninchen.

Drache.

Durch diesen Abend wurde Henrys Vergangenheit heraufbeschworen, und er muss an das Gespräch zurückdenken, das er mit Onkel Longwei geführt hat, als sie vor langer Zeit zusammen um die Kaserne herumspaziert sind.

»Gib gut acht, wenn du in der Welt unterwegs bist, Renshu. Es ist immer irgendein Spiel im Gange. Und irgendwann kommt immer der Punkt« – an der Stelle hatte er sich vorgebeugt und war Renshu so nahe gekommen, dass er den Knoblauch in seinem Atem riechen konnte –, »an dem sich das Spiel von den Steinen auf dem Brett zu den Leuten im Raum verschiebt. Behalte immer das Umfeld im Blick. Lässt du dich zu sehr reinziehen, bekommst du es vielleicht nicht mit, wenn sich die Einsätze ändern.«

»Verstehe«, hatte Renshu gesagt. »Man soll aufhören, solange man vorne liegt, nicht zu gierig sein.«

»Nein. Es geht nicht um Gier. Es kommt darauf an auszusteigen, solange alle noch dasselbe Spiel spielen.«

Schlange. Pferd.

Henry kann spüren, dass sich zwischen Tian und Huang eine weitaus größere Meinungsverschiedenheit anbahnt. Schon bald wird das Gespräch von vorhin wieder aufgenommen werden, aber dann mit mehr Alkohol, einer größeren Enthemmtheit und mit nostalgischen Gefühlen aufgeladen.

Ziege.

Und beide Männer haben Mutmaßungen darüber angestellt, welcher Seite Henry sich zugehörig fühlt.

Affe.

Das Spiel ändert sich. Es wird Zeit, auszusteigen.

Hahn.

Für Henry gibt es keinen Zweifel mehr, nach der Darbietung der Kinder fahren sie nach Hause. Er wird auf die späte Stunde verweisen und darauf, dass Lily ins Bett muss oder dass sie morgen einen langen Tag haben. Er hat eine ganze Litanei von guten Ausreden parat. Und er wird sie alle ins Feld führen.

Hund.

»Ich wurde im Jahr des Hundes geboren«, sagt Lily.

Sie steht auf der Bühne.

»Ich möchte euch erzählen, wie Menschen sind, die im Jahr des Hundes geboren wurden«, liest sie von einem Zettel ab.

»Menschen, die im Jahr des Hundes geboren wurden, sind ehrlich und loyal. Sie sind gute Freunde oder Partner. Wer Rat oder Hilfe sucht, wendet sich an einen Hund. Denn Hunde lieben es, anderen zu helfen, aber manchmal können sie auch ein bisschen stur sein.« Sie legt den Zettel weg. Die Leute fangen an zu klatschen.

»Also«, sagt sie, und der Applaus bricht ab. Rachel greift erschrocken nach Henrys Hand.

»Also, ich liebe ja Hunde. Daher bin ich froh, dass ich im Jahr des Hundes geboren bin. Die Leute reden gern über ihre Lieblingshunde, spezielle Rassen und Stammbäume. Und manche halten reinrassige Hunde für die besten. Aber ich mag lieber Mischlinge. Schließlich bin ich selbst einer. Eine chinesisch-amerikanische Promenadenmischung. Und jeder weiß, dass die den besten Charakter haben.«

Lily verstummt, und einen Moment lang sagt niemand etwas. Der gesamte Raum starrt Lily an, dann wenden sich alle Blicke Henry und Rachel zu. Henry spürt, dass er rot angelaufen ist. Rachel sieht blass aus.

Kursleiterin Li eilt auf die Bühne.

»Danke, Lily. Du kannst dich wieder setzen.« Sie weist Lily den Weg zurück zu ihrem Platz. »Nun wollen wir allen Schülerinnen und Schülern für ihre unterhaltsamen und informativen Beiträge danken.«

Vereinzelt gibt es Applaus, um die peinliche Stille zu beenden.

Sobald die Gespräche wieder aufgenommen werden, steht Henry vom Tisch auf. Rachel und Lily eilen ihm nach. Henry wartet gerade so lange, dass sie ihre Jacken von der Garderobe holen können.

Es ist Zeit zu gehen. Sie werden nicht wiederkommen.

25

Los Alamos, New Mexico, Januar 1982

Während der Heimfahrt redet Lily pausenlos über das Essen, die Lieder und die Darbietungen, verkündet, was das Beste war, und ändert ihre Meinung wieder. Ihre Papierlaterne raschelt, als sie auf der Rückbank ans Fenster rutscht und die Scheibe anhaucht, damit sie beschlägt. Mit quietschendem Finger malt sie dann die chinesischen Zeichen für 1982 auf das Glas und murmelt dabei leise *yi jiu ba er* vor sich hin. Irgendwann verstummt das Gemurmel und der ruhige, gleichmäßige Atem des schlafenden Kindes tritt an seine Stelle.

Rachel schaut gedankenverloren aus dem Fenster. Hin und wieder tauchen die Scheinwerfer des Gegenverkehrs das Auto in gleißendes Licht.

Henry ist froh, dass die Party vorbei ist. Von dem Moment an, in dem Edwin Huang ihm die Hand geschüttelt hat, hat er sich an die nervöse Anspannung aus der Zeit seines Graduiertenstudiums erinnert gefühlt. Die Uneinigkeit über den Besuch der Delegationen könnte noch zu großen Differenzen führen, und Henry möchte sich raushalten.

Da sich China normalisiert und die taiwanische Unabhängigkeitsbewegung Auftrieb bekommt, fürchtet er, dass er oder seine Ma auf irgendeine Art zwischen die Fronten geraten könnten. Es ist nicht gut, dass seine Papiere falsche Angaben enthalten. Es ist nicht gut, dass er nie gewusst hat, welcher Art Longweis Verbindungen zur KMT waren. Obwohl das lange her ist, ist die Situation noch immer brisant. Henry hat Angst, dass all sein Glück sich anhäuft wie ein Berg aus Schulden und das Schicksal eines Tages zum Eintreiben kommt.

»Ich finde, Lily sollte mit dem Chinesischkurs aufhören«, sagt Henry.

»Was?«, fragt Rachel deutlich irritiert.

»Ich sagte, wir sollten Lily aus diesem Kurs nehmen.«

»Wegen dem, was sie gesagt hat?«, fragt Rachel lachend. »Ach komm, sie ist doch noch ein Kind, und niemand – «

»Nein. Sie darf da nicht mehr hin.«

»Herrgott noch mal, Henry!« Rachel schlägt auf das Armaturenbrett.

Lily rührt sich. Rachel schaut nach hinten, doch das Kind ist nicht aufgewacht. »Sie liebt diesen Kurs, Henry! Siehst du das denn nicht? Siehst du nicht, wie glücklich sie ist, endlich etwas oder jemanden zu haben, mit dem sie sich identifizieren kann? Warum kannst du ihr diese eine Sache nicht lassen?«

Nicht auffallen. Nichts an ihm darf irgendwie auffällig sein, und Lily sticht in diesem Kurs heraus.

»Du hast doch selbst gesagt, dass einige der Leute dort nicht besonders nett waren«, beginnt er.

»Es gibt *immer* Leute, die nicht besonders nett sind. Aber das hat nichts damit zu tun, welche Sprache man spricht oder welche Feiertage man begeht.«

»Ich habe gehört, worüber sich die Frauen in der Küche auf Chinesisch unterhalten haben«, erklärt er. »Rachel, sie mögen Lily nicht. Ihnen missfällt, dass sie nur zum Teil Chinesin ist. Sie – «

»Ich weiß, ich war auch dort«, unterbricht sie ihn. »Ich muss kein Chinesisch beherrschen, um Verachtung zu erkennen. Henry« – sie beugt sich vor, um sicherzugehen, dass er sie versteht – »es ist mir egal, was sie denken. Ich brauche ihre Anerkennung nicht. Sie sprechen nicht für jeden dort, und es gibt auch eine Menge netter Familien darunter. Lilys Kursleiterin, Patricia, die anderen Mütter. Wir alle finden diesen Kurs großartig.«

Er trommelt auf das Lenkrad und sucht nach einem anderen Weg, ihr zu erklären, warum er fürchtet, sich angreifbar zu machen.

»Die Männer haben sich draußen über die Delegation vom chinesischen Festland unterhalten, die zu Besuch kommt.«

»Was hat das denn jetzt damit zu tun?«

»Es gibt viele unterschiedliche Meinungen darüber«, fährt Henry unbeirrt fort. »Der eine begrüßt das Ganze, der andere nicht, der nächste will über Politik reden und wieder ein anderer Protest einlegen. Und alle halten sich für Experten.«

»Und?«

»Über diese Kurse können sie herausfinden, wer zur chinesischen Gemeinde gehört. Und sie wollen wissen, wer wo steht.«

»Wovon redest du? Wer sind ›sie‹?« Sie erhebt ihre Stimme.

»Schhh«, sagt Henry warnend.

»Du siehst Gespenster.« Sie senkt ihre Stimme zu einem energischen Flüstern. »Die Leute haben sich unterhalten. Na und? Wahrscheinlich erinnern sie sich schon morgen nicht mehr daran, warum es in dem Gespräch ging. Jeder hat das Recht auf eine eigene Meinung.«

»Nicht jeder.«

»Doch, jeder«, entgegnet sie. »Meinungsverschiedenheiten sind erlaubt. Wir leben in einem freien Land, du darfst sagen, was du willst. Um Himmels willen, Henry, hör auf, so ängstlich zu sein! Du bist amerikanischer Staatsbürger.«

»Ja, aber meine Ma nicht!«, zischt er wütend.

»Oh …« Rachels Ton verändert sich mit dieser einzelnen Silbe. »Oh«, wiederholt sie, jetzt leiser.

Er biegt in ihre Einfahrt ab.

»Lily braucht das nicht.« Er stellt den Motor aus und zieht die Handbremse. »Sie braucht keine Sprache, die sie nur von ihrer Mutter wegführt.«

Am Montag bleibt Tom Benson an Henrys Schreibtisch stehen.

»Du hast am Wochenende David Tian kennengelernt, wie ich höre.«

Henrys Puls beschleunigt sich.

»Er ist ein prima Kerl, oder? Ich dachte mir schon, dass ihr euch verstehen würdet. Ich kenne hier nicht allzu viele Chinesen und denke mir, dass es nett ist, jemanden zu haben, mit dem man sich unterhalten kann.« Henry bestätigt Toms Bemerkungen mit knappen Gesten. »Kanntest du viele der Chinesen, die dort waren?«

Worauf will er hinaus?

»Tian hat mich zwei anderen vorgestellt, die in Taiwan an derselben Uni waren wie ich. Allerdings in anderen Jahrgängen. Ansonsten kannte ich niemanden, nein.« Henry zuckt mit den Schultern. »Es blieb ohnehin nicht allzu viel Zeit zum Plaudern. Wir mussten früh gehen. Lily war todmüde, für sie war der Abend sehr aufregend. Süßkram, Böller, Laternen. Sie hat sich völlig verausgabt.«

»Kinder.« Tom lächelt, bevor er fortfährt. »Also, demnächst kommt doch diese chinesische Delegation zu Besuch. Wirst du bei dem Empfangskomitee dabei sein? Wie ich hörte, sucht man Übersetzer.«

Henry schaut seinen Kollegen an. Hinter Toms lockerer Art und seinem großzügigen Lachen verbirgt sich ein brillanter Geist; scharfsinnig und präzise. Er sagt nie ein Wort zu viel.

»Wir fahren im Sommer zu meinen Schwiegereltern und haben auch schon Tickets für die Reise. Und jetzt stellt sich raus, dass die Delegation genau in der Zeit kommt.« Henry ist überrascht, wie leicht ihm diese Ausrede über die Lippen kommt. Es ist auch nicht die Unwahrheit – es ist nur *noch* nicht wahr.

»Verstehe.« Tom nickt. »Ich hab jetzt ein Teammeeting. Wir reden später weiter. Freut mich wirklich, dass du Tian kennengelernt hast.«

»Beeil dich, Mom, wir kommen zu spät!« Lily hat ihre Schuhe und ihre Jacke angezogen und wartet an der Tür. »Ich möchte nichts verpassen. Mrs. Li hat gesagt, wir lernen heute was über die vier Schätze der chinesischen Kalligraphie. Jetzt komm schon!«

»Komm mal her, Lily«, ruft ihre Mom aus der Küche.

Lily bekommt Angst. Rachel sitzt am Tisch. Lily bleibt an der Tür stehen. »Was ist los? Hab ich was ausgefressen?«

»Nein, Liebling, hast du nicht. Aber …« Rachel zögert.

»Aber was?« In Lilys Kopf schrillen Alarmglocken. Irgendetwas stimmt nicht. Ihre Mom wirkt geknickt.

»Wir gehen heute nicht zum Chinesischkurs, Lily.«

»Was?«

»Dein Dad und ich haben entschieden, dass es besser ist, wenn du nicht mehr hingehst.«

»Was? Wieso?« Lily sieht sie bestürzt an. Dann: »Hab ich irgendwas falsch gemacht?«

»Nein, du hast nichts falsch gemacht. Wir finden nur … du, du machst so viele Sachen. Klavier, Fußball, Chor, die Pfadfinderinnen. Das ist zu viel.«

»Dann höre ich mit dem Klavierspielen auf und auch bei den Pfadfinderinnen. Die beiden Sachen sind mir eh nicht wichtig. Ich möchte Chinesisch lernen! Bitte, Mom!« Lilys Stimme bebt. »Ihr könnt mir das nicht einfach so verbieten. Das ist ungerecht!«

»Es tut mir leid, Lily, aber dein Vater findet, dass das keine gute Idee mehr ist.« Rachel steht auf und versucht sie zu trösten.

»War das seine Idee? Wo ist er?« Lily schaut aus dem Küchenfenster und sieht ihren Vater im Garten. »Dad!«, kreischt sie.

»Nicht, Lily –«, beginnt Rachel, doch Lily ist bereits hinausgerannt.

Lily stürmt durch die Hintertür in den Garten. Henry blinzelt. Sein Kirschbaum ist von Zeltraupen befallen.

»Warum muss ich mit dem Chinesischkurs aufhören?«, fragt sie empört.

»Du brauchst diese Sprache nicht zu können«, sagt er, zieht an einem Zweig und betrachtet stirnrunzelnd die wimmelnde Masse von Insekten.

»Ich will sie aber lernen.« Sie steht jetzt direkt neben ihm, atemlos vor Zorn.

»Nein, willst du nicht.«

»Will ich doch! Bitte, Daddy!«

»Nein, es ist besser, wenn du sie nicht lernst. Dann kann dir auch niemand Dinge erzählen, die du nicht wissen willst.« Henry lässt den Zweig los und schaut in den Himmel. Gewitterwolken ziehen auf.

»Ich *möchte* sie aber wissen«, hält sie dagegen. »Ich möchte Chinesisch sprechen. Ich möchte mich mit Nainai unterhalten können. Ich möchte etwas über das Land lernen, aus dem du kommst.«

Das Land, aus dem du kommst. Das existiert nicht mehr. »Hör mir zu.« Er wendet sich ihr zu. »Du solltest Chinesen nicht vertrauen. Ich weiß, wovon ich spreche. Ich habe es auf die harte Tour gelernt. Halt dich von ihnen fern.«

Sie kommt näher und schreit: »Du bist unfair! Die Leute da sind nett. Sie sind meine Freunde!«

»Nein!«, brüllt er zurück. »Sie sind nicht deine Freunde! Schluss mit dem Kurs!«

Sie zuckt zurück, als hätte sie einen Schlag abbekommen, in ihrem Blick steht ein Schmerz, den er noch nie gesehen hat. Statt noch etwas zu sagen, beißt sie sich auf die Lippe und reckt trotzig das Kinn hoch, dann rennt sie ins Haus.

Er schüttelt den Zweig; einige Raupen fallen herab, andere bleiben an den angenagten Blättern hängen. Er bricht den Zweig ab. Die Tür öffnet sich erneut, und Rachel kommt zu ihm.

»Kann ich dich was fragen?«, sagt sie.

Er lässt den Zweig fallen und trampelt auf dem Raupennest herum.

»Was wünschst du dir für deine Tochter?«

»Wie meinst du das?«, fragt er, ohne innezuhalten.

»Du kannst ihr den Kurs verbieten, aber du kannst nicht verhindern, dass sie Fragen stellt. Eines Tages wird sie mehr über ihr Erbe wissen wollen.«

Henry schaut zum Haus, wo Lily die Eröffnung eines Rachmaninow-Präludiums herunterhämmert. Es klingt, als würde sie auf das Klavier einschlagen.

Nach einer Weile sagt er: »Mir ist es lieber, dass sie sauer auf mich ist, als dass sie zu viel erfährt, was ihr wehtun wird. Wenn ich ihr alles erzählen würde, was sie glaubt, wissen zu wollen, könnte sie sich nie mehr von diesem Wissen freimachen.«

Lily ist zu einer schnellen, lauten, aggressiven Stelle gesprungen. Rechte und linke Hand spielen abwechselnd harte Akkord-Kaskaden, an deren Ende sie zusätzliche Töne anschlägt.

»Weißt du noch, wie sie immer alles machen wollte, als sie klein war – auf Bäume mit zu dünnen Ästen klettern, vom Klettergerüst springen? Lauter gefährliche Sachen?«

Rachel nickt leicht.

»Aber wir haben nein gesagt«, fährt Henry fort. »Sie hat Theater gemacht, aber irgendwann war es vorbei. Was es auch war, früher oder später hat sie es vergessen. So wird es auch jetzt sein. Sie braucht das, was sie will – was sie wissen will – nicht. Sie braucht von all dem Leid und der Traurigkeit nichts zu wissen. Und mit der Zeit wird sie vergessen, dass sie gefragt hat.«

»Sie ist kein kleines Kind mehr, Henry. Ich glaube nicht, dass das« – sie zeigt auf das Haus – »vorbei sein wird, wenn sie sich nur mal in den Schlaf geweint hat. Ich an deiner Stelle würde ihr zuhören, solange sie noch mit dir redet.«

Henry untersucht einen anderen Zweig. Wo kommen diese verdammten Schädlinge her?

»Könntest du ihr nicht wenigstens ein Stück entgegenkommen?«, schlägt Rachel vor. »Vielleicht könntest du ihr selbst Chinesisch beibringen. Und mit ihr nach Taiwan fahren und deine Mutter besuchen.«

Henry schüttelt energisch den Kopf. Nein, er will nicht, dass Lily diese Sprache lernt. Und so gern er auch seine Mutter besuchen würde, er möchte keine Aufmerksamkeit auf sie oder auf sich selbst lenken. Er kann nicht dorthin zurück, nicht jetzt.

»Aber es muss doch irgendetwas geben. Du musst einen Kompromiss machen. Das musste ich in dieser Ehe, weiß Gott, auch lernen.«

»Wie meinst du das?«, fragt er in einem giftigen Ton und dreht sich zu ihr um.

Rachel schaut ihn ungläubig an. »Wie ich das meine? Das hier« – sie breitet die Arme aus – »diese Stadt, die voll ist von aufgeblasenen, kleingeistigen Müttern und in der es für mich keinerlei interessante Arbeit gibt, das ist nicht meine Vorstellung von einem erfüllten Leben. Ich habe hart an mir gearbeitet und immer nach Wegen gesucht, um trotzdem zufrieden zu sein. Und du hast das nicht einmal bemerkt?«

Henry zuckt zusammen. *Nein, wenn ich ehrlich bin nicht,* muss er sich eingestehen.

»Mit diesem Kurs hatten wir endlich etwas gefunden, das mir Spaß genauso viel gemacht hat wie Lily. Sie war begeistert, und ich hatte gerade angefangen, mich mit einigen Leuten da richtig anzufreunden, und jetzt schiebst du all dem einen Riegel vor.«

»Lily kann einem anderen Verein beitreten. Und du wirst andere Freunde finden.«

»Darum geht es nicht!«, ruft Rachel. »Hör zu, ich verstehe, dass das eine schwierige Situation ist und du dir Sorgen um deine Mutter machst, aber wir sind auch eine Familie. Ist dir unser Glück denn nicht auch wichtig?«

»Doch, natürlich.« Er tut ihren Ausbruch ab. »Aber die Gefahr, die von diesem Kurs ausgeht, steht in keinem Verhältnis zu der Entscheidung, mit der Mutter von einem der Kinder Kaffee trinken zu gehen oder nicht. Verstehst du denn nicht, wie ernst diese Bedrohung ist?«

»Nein«, sagt Rachel wütend und frustriert. »Nein, Henry, das verstehe ich nicht.«

Sie funkelt ihn an, als er sie anschaut, und geht dann zurück ins Haus. Er blickt nach unten; über seine Stiefel kriechen lauter Raupen.

Das Klavierspiel aus dem Haus klingt noch immer wild, die Form scheint sich aufzulösen. Laute Dissonanzen dringen durch die Luft, als Lily wieder und wieder den ganzen Arm auf die Tasten drückt und hin und her schiebt.

Eines Tages wird sie mehr über ihr Erbe wissen wollen. Erbe. Dieses Wort ist Henry im Gedächtnis haften geblieben. Später geht er in sein Arbeitszimmer und schlägt im Wörterbuch nach. »Etwas auf die Gegenwart Überkommenes, ein (kulturelles) Vermächtnis, eine Tradition.« Was könnte er weitergeben? Ein kaputtes Land? Misstrauen und Verrat? Nicht enden wollendes Leid? Wer würde einem Kind ein solches Erbe hinterlassen wollen?

Warum sollte er Lily nicht stattdessen Freiheit schenken? Statt trauriger Geschichten wird Henry ihr eine leere Seite vermachen. Eine großzügigere Geste kann er sich gar nicht vorstellen. Es ist egal, dass sie sie ablehnt, dass sie ihren Wert im Augenblick nicht ermessen kann. Mit der Zeit wird sie es schon verstehen.

Los Alamos, New Mexico, März 1982

»Darf ich zur Bücherei radeln? Die Frist hierfür läuft morgen ab.« Lily hält ihre Bücher aus der Bücherei hoch. Sie verbringt an den meisten Wochenenden einige Stunden damit, sich durch die Gänge der Kinder- und Jugendbuchabteilung zu wühlen und einen neuen Stapel Geschichten für die kommende Woche herauszusuchen. Sie findet es toll, beim Lesen durch Zeit und Raum zu reisen. So hat sie schon von vielen Orten erfahren, die sie eines Tages auch im wirklichen Leben kennenlernen möchte.

Rachel gähnt und schaut von dem Buch auf, das sie gerade liest. »Hast du deine Hausaufgaben gemacht?«

Lily nickt.

»Und Klavier geübt?«

»Ja, heute Morgen, als du mit Mrs. Bennett spazieren warst.«

Rachel zieht die Stirn kraus. Dann: »Zieh dir eine Jacke an, es ist frisch draußen. Und um vier Uhr bist du zurück!«

Lily schaut auf ihre Uhr: Die Zeit reicht gerade so. Sie radelt so schnell sie kann, schließt ihr Fahrrad draußen vor der Bücherei an und eilt durch die automatische Tür hinein. Drinnen gibt sie ihre ausgeliehenen Bücher zurück und geht dann zur Kinder- und Jugendbuchabteilung. Doch statt wie sonst ausführlich an den Regalen entlangzubummeln, zieht sie einfach wahllos zwei Bücher heraus und geht zur Ausleihe.

Die Bibliothekarin, Mrs. Trujillo, setzt einen Stempel in die Bücher und lächelt. »Das war aber ein kurzer Besuch, Lily«, sagt sie.

»Hmm.« Lily nickt.

»Aber du hast dir was richtig Gutes ausgesucht. Erzähl mir nächstes Mal, wie dir die Bücher gefallen haben.« Sie reicht sie Lily über den Tisch.

»Ja, Mrs. Trujillo.«

Lily rennt ein paar Blocks von der Bücherei zum Gemeindezentrum und setzt sich genau in dem Moment auf ihren Platz, als Lehrerin Li einen Behälter mit Kalligraphie-Pinseln herumgibt. Jeweils zwei Kinder teilen sich einen Reibstein, einen Tuschestab und ein kleines Schälchen Wasser.

»Willkommen zurück, Lily!«, ruft Mrs. Li erfreut. »Wir haben dich schon vermisst! Aber alles gut, du kannst alles nachholen. Richte dich einfach nach dem, was die anderen machen.« Sie erhebt ihre Stimme, um das aufgekommene Kichern abzuwürgen. »So, erinnern wir uns noch einmal, wie wir anfangen, wenn wir chinesische Kalligraphie üben. Setzt euch erst einmal ganz ruhig und gerade hin.«

Sie weist den Kurs an, die Füße flach auf den Boden zu stellen und den Rücken geradezuhalten.

Lily korrigiert ihre Haltung und ballt, wie Mrs. Li es vormacht, eine Faust, um den richtigen Abstand zwischen Tischkante und Bauch abzumessen. Dann sollen die Kinder ihre Arme auf den Tisch legen, die Augen schließen und ein paarmal tief Luft holen, einatmen und laut wieder ausatmen.

Sobald der Unterricht beginnt, ist Lily wie gebannt. Es macht ihr Spaß, mit dem Tuschestab über den Stein zu reiben und die Tusche mit dem Wasser zu vermischen. Fasziniert beobachtet sie, wie der Pinsel die dunkle Flüssigkeit aus der Schale aufsaugt, und als er schließlich mit dem Papier in Berührung kommt und die Tusche ihre Spur hinterlässt, ist das für sie wie Magie. Lehrerin Li hat ihnen ein spezielles Papier mit vorgedruckten Kästchen gegeben, damit sie ihre Zahlzeichen üben können. Lily füllt eine ganze Seite, dann noch eine und noch eine.

Einige Kinder fangen an, Smileys aufs Papier zu bringen. Andere malen sich mit den Pinseln die Fingernägel schwarz an oder zeichnen die Erhebungen der Knochen zwischen ihren Fingerknöcheln und Handgelenken nach. Als Wasserschälchen umgestoßen werden, kreischen ein paar Mädchen auf und geben den Jungen die Schuld. Lily ignoriert sie alle.

Der Unterricht geht viel zu schnell zu Ende, und die Lehrerin sammelt die Materialien ein. Widerstrebend stellt Lily ihren Pinsel zum Reinigen in das Wasserglas, und steht auf. Es ist halb vier. Reichlich Zeit, um zurück zur Bücherei zu laufen und nach Hause zu radeln.

Sie kniet sich vor ihr Fahrrad, um das Schloss aufzuschließen, als ihr jemand auf die Schulter tippt.

»Wo hast du die letzten Male gesteckt?« Sie dreht sich um. Es ist Thomas Lu, einer von den Jungs, die während der Stunde Unsinn gemacht haben.

»Ja, wir dachten schon, du kommst nicht mehr«, fügt ein anderer Junge hinzu, an dessen Namen Lily sich nicht erinnern kann. Evan? Eric? Sie ist sich nicht sicher. Ganz sicher sieht sie aber ein böses Funkeln in seinen Augen.

Lily zieht die Augenbrauen hoch und blickt sich nach einem der anderen, netteren Kinder um, doch es ist keins in Sichtweite.

Es gefällt ihr nicht, wie Thomas sich über sie beugt. Sie richtet sich auf.

»Ich hatte zu tun«, antwortet sie achselzuckend.

»Ach so. Ich dachte ja eher, du würdest dich nach der Party zum Neujahrfest nicht mehr zum Kurs trauen«, erwidert Thomas höhnisch.

Was war denn auf der Party zum Neujahrfest?

»Wieso, wie meinst du das?«

»Ich bin eine Promenadenmischung, ein Mischmasch, eine wilde Mixtur«, sagt er mit einer hohen Stimme. »Ich bin Lily, und ich mag das Jahr des Hundes, weil ich selbst einer bin.« Er hält seine Hände wie Pfoten hoch und tapst mit ihnen durch die Luft.

»Halt die Klappe!« ruft Lily und schubst ihn weg.

»Ohh, pass auf, gleich haut sie dich!«, spottet Eric und zieht an den Trägern ihres Rucksacks, so dass Lily ins Stolpern gerät.

Thomas tritt auf sie zu. Seine Miene ist nicht mehr spöttisch, sondern wütend.

An einem anderen Tag hätte sie Angst bekommen, Reißaus genommen oder versucht, sich zu entschuldigen. Aber stattdessen stellt sie sich wieder stabil hin und starrt ihm ins Gesicht.

Er ruft ihr irgendetwas zu, doch sie ist zu wütend, um hinzuhören. Sie war so glücklich, wieder in dem Kurs zu sein. Sie wird nicht zulassen, dass diese blöden Jungs ihr das alles kaputtmachen.

Ohne nachzudenken, holt sie aus und schlägt ihm so fest sie kann mit der Faust auf die Nase. Man hört ein Knacken, und ihre Hand schmerzt von dem harten Aufprall. Sie zieht sie zurück und reibt sich die Fingerknöchel; sie fühlen sich an, als würden sie in Flammen stehen.

Thomas schreit auf. Er hat sich die Hände vors Gesicht geschlagen, und aus seinen Nasenlöchern rinnt Blut.

»Scheiße, Mann!«, kreischt Eric. »Ist alles in Ordnung?«

Lily zittert, sie ist sprachlos. Was hat sie getan? Sie wollte nicht … was wollte sie nicht? Ihn schlagen? Doch das wollte sie. Und es tut ihr auch nicht leid. Nicht ein bisschen.

Thomas heult, sein T-Shirt ist voller Blut.

»Komm, Thomas«, sagt Eric und zieht seinen Freund weg. »Na warte, das wirst du noch bereuen«, sagt er zu Lily, dann ziehen sie ab.

Lily kümmert sich nicht weiter um die beiden. Sie untersucht ihre Faust, die langsam anschwillt; es ist ihre Schreibhand. Dann nimmt sie ihren Rucksack, steigt auf und radelt nach Hause.

»Lily! Es ist gleich halb fünf!«

»Ich weiß, tut mir leid, dass ich zu spät bin. Ich wurde abgelenkt.« Lily versteckt ihre Hand hinter dem Rücken.

»Wir haben uns schon Sorgen gemacht. Du solltest besser auf die Zeit achten, wie sollen wir dir sonst vertrauen?«

»Wird nicht wieder vorkommen«, sagt Lily und geht nach oben.

In ihrem Zimmer blättert sie durch ihre neuen Bücher aus der Bücherei. Sie sind nicht besonders gut. Nächstes Mal muss sie früher losfahren, damit sie sich bessere aussuchen kann. Als das Telefon klingelt, erschrickt sie und versucht zu verstehen, was ihre Mom sagt. Sie bemerkt, wie sich ihr Tonfall während des Gesprächs verändert.

»Oh, hallo, Mrs. Lu! Wie geht es Ihnen?« Zuerst klingt Rachel freudig überrascht.

»Tatsächlich?« Überrascht, aber nicht mehr ganz so freudig.

»Das muss ein Missverständnis sein. Sie ist gar nicht mehr im Kurs.« Nun ist ihr Ton beruhigend, so als wüsste sie genau, dass sie im Recht ist und es nur eine Frage der Zeit ist, bis die andere ihren Fehler einsieht.

»Heute? Nein, sie war zu dem Zeitpunkt in der Bücherei.« Defensiv.

»Oh …« Langsamer. Bestürzt.

»Oh, verstehe.« Beängstigend ruhig.

Lily schließt die Augen.

»Das tut mir leid. Wir werden mit ihr reden.«

Lily stützt den Kopf in die Hände.

»Danke, dass sie uns Bescheid gesagt haben. Auf Wiederhören.«

Lily zählt bis drei, ehe ihre Mom ihren Dad ruft. Dann fängt sie noch einmal an zu zählen und kommt bis zwanzig, bevor sie Schritte oben im Flur hört.

»Lily.«

»Er hat angefangen! Er hat mich geschubst und schlimme Sachen gesagt!«

»Dann hättest du ihn ignorieren sollen«, erwidert ihre Mom.

»Nein! Sie waren zu zweit, das ging nicht. Sie waren gemein zu mir. Sie hatten eine Abreibung verdient!«

»Mag sein, dass sie sich falsch verhalten haben, aber Gewalt ist keine Lösung«, sagt Rachel.

»Wir sollen uns wehren, wenn uns jemand mobbt!«, verteidigt Lily sich.

»Du hast ihm die *Nase* gebrochen, Lily!«

Lily muss kichern, sie kann es nicht rechtzeitig unterdrücken.

»Außerdem solltest du überhaupt gar nicht da sein!«, schimpft Rachel. »Egal, wie die Jungs sich verhalten haben, du hast uns angelogen. Wir haben dir vertraut, und du hast uns hintergangen. Das ist sogar noch schlimmer.«

»Aber ich wollte unbedingt zu dem Kurs«, jammert Lily.

»Du wirst dich entschuldigen, und du hast für den Rest des Schuljahrs Hausarrest. Keine Partys, keine Treffen mit Freundinnen und die Bücherei ist auch gestrichen«, sagt Rachel in einem Ton, der keinen Widerspruch duldet.

Lily schaut ihren Dad an, der die ganze Zeit nichts gesagt hat. Er schüttelt nur enttäuscht den Kopf und geht aus dem Zimmer. Jetzt fühlt Lily sich noch mieser.

»Ich wollte doch nur etwas lernen. Ich wollte nur irgendwo dazugehören«, wimmert sie.

Henry ist zwar alles andere als begeistert, dass Lily gelogen und heimlich den Kurs besucht hat, aber insgeheim freut es ihn, dass sie dem kleinen Scheißkerl die Nase gebrochen hat. Denn wie es klingt, hatte er es verdient.

26

Taipeh, Taiwan, Dezember 1983

Meilin zensiert ihre Briefe an Renshu. Sie berichtet ihm nicht, was sie über die Kulturrevolution auf dem Festland oder den Weißen Terror in Taiwan weiß. Sie schreibt nichts über die erstarkende Demokratiebewegung in Taiwan. Sie spart alles aus, was einen von ihnen in Schwierigkeiten bringen könnte. Es gibt zu viele böse Zungen, missgünstige Blicke, grapschende Finger. Sie berichtet ihm auch nicht von den Leuten, die heimlich aufs Festland zurückgereist sind, um nach Freunden oder Familienangehörigen zu suchen. Sobald die Bürger der Republik China sich Pässe ausstellen lassen konnten, haben Leute angefangen, Reisen nach Hongkong, Singapur oder Europa zu buchen, um von dort aus heimlich nach China zu fahren. Sie alle haben den Wunsch, das wiederzufinden, was sie vor so langer Zeit zurücklassen mussten.

Sie erzählt ihm nicht, dass der alte Wu, Peiwens Nachbar aus dem Militärdorf, nach Xi'an zurückgekehrt ist und dort nur Trauriges vorgefunden hat. Ortsnamen waren ausgetauscht, ganze Dörfer ausradiert oder überflutet und Grabmäler von Vorfahren verwüstet worden. Der alte Wu weinte über all die Gewalt, die den Lebenden und den Toten angetan worden war; unter all den Menschen dort hatte er nicht ein einziges Gesicht wiedererkannt. Und was hätte es für einen Sinn, Renshu davon zu berichten, wie denen, die aufs Festland zurückkehrten und ihre geliebten Angehörigen tatsächlich wiederfanden, auf tausenderlei andere Arten das Herz gebrochen wurde. Familien waren zersplittert und übers ganze Land verteilt worden. Viele fanden heraus, dass ihre Eltern grausame Kampf- und Kritiksitzungen hatten über sich ergehen lassen müssen oder dass ihre Geschwister im Schnellverfahren hingerichtet worden waren, weil sie Verbindungen zu den Nationalisten oder zu Verwandten im Ausland hatten. Andere erzählten von Züchtigungen, Mangelernährung, unbehandelten Krankheiten. Und die brillantesten Intellektuellen und Künstler hatten allzu oft entweder den Freitod gewählt oder waren dem Wahnsinn anheimgefallen.

Selbst eigentlich glückliche Wiedersehen waren vergiftet. So gab es etwa die Geschichte von Madame Zhao, die einen Goldbarren und ein Jadearmband verkauft hatte, um sich Fahrkarten nach Schanghai besorgen zu können. Sie wollte zu ihren Schwestern, und sie fand sie auch, aber nach der freudigen Heimkehr und einem gemeinsamen Essen zur Feier des Wiedersehens, hatten sich schleichend Misstrauen und Neid breitgemacht. Die Schwestern erwarteten materielle Unterstützung und glaubten ihr nicht, als sie erzählte, dass die Zeiten auch in Taipeh hart gewesen waren. Die Familie sei bedroht worden, wegen einer der Töchter mit dunklen Verbindungen, berichteten Madame Zhaos Schwestern, und es sei ja wohl keine Frage, wer diese Tochter sei; schließlich hätte nur eine von ihnen China jemals verlassen. Am Ende kürzte Madame Zhao ihre Reise ab und kehrte zwei Wochen früher als geplant nach Taipeh zurück.

Trotz dieser Berichte träumen die Leute auf der Insel weiter vom Festland. Sie hatten die Hoffnung, dass ihre persönliche Situation eine Ausnahme sein könnte. Aber wenn sie dann einer nach dem anderen zurückkommen, merkt Meilin ihnen an, dass es in China nicht so war, wie sie es sich vorgestellt hatten; ganz gleich, was die Leute erzählen.

Obwohl ihr solche Geschichten ständig begegnen, bei Plaudereien auf dem Markt ebenso wie bei tiefergehendem Austausch beim Tee, erwähnt Meilin Renshu gegenüber nie ein Wort davon. Sie berichtet ihm nur das, was er wissen muss.

Und was muss er wissen?

Dass es ihr gut geht (selbst, wenn es nicht so ist; ihre Augen bereiten ihr Probleme, und die Arthritis erschwert das Nähen).

Dass sie in Sicherheit ist.

Dass sie gut versorgt ist.

Dass sie ihn vermisst und oft an seine Familie denkt.

Dass sie froh ist, wenn sie alle gesund und glücklich sind.

Los Alamos, New Mexico, März 1984

Am Montagvormittag bemerkt er ihn.

Rachel und Lily waren gestern mit seinem Auto in Sante Fe, um einen Ölwechsel vornehmen zu lassen. Danach wollten sie noch einen Einkaufsbummel machen und essen gehen und sind spät nach Hause gekommen. Er hatte bereits im Bett gelegen, als er erst die Tür gehört hatte, dann das Rascheln von Tüten und Getuschel, und irgendwann war Ruhe eingekehrt.

Als Rachel ins Schlafzimmer kam, hatte er so getan, als schliefe er.

Seit Lily den Chinesischkurs nicht mehr besucht, ist Rachel reservierter ihm gegenüber geworden. An die Stelle von Lilys erster heftiger Reaktion sind Signale wie Augenrollen und Schulterzucken getreten. Rachel versichert ihm zwar, das es einfach nur mit der Pubertät zusammenhinge, doch er wird das Gefühl nicht los, dass etwas zwischen ihnen dreien zerbrochen ist. Dennoch akzeptiert er Rachels Distanziertheit und Lilys Schmollen, denn wenn sie weiter zu dem Kurs gegangen wäre, hätte das noch größere Probleme bedeutet.

Am Morgen hatte er gar nicht auf das Heck des Wagens geachtet. In letzter Zeit verlässt er das Haus schon, bevor Rachel und Lily aufstehen, bevor der Verkehr außer Kontrolle gerät. Genaugenommen hat Henry seinen gesamten Tagesablauf so nach vorne verschoben, dass er immer eine halbe Stunde früher dran ist als alle anderen; beim Start in den Arbeitstag, beim Mittagessen und bei der Heimfahrt. Auf diese Weise geht er spontanen Gesprächen im Büro aus dem Weg. Im Zuge der normalisierten Beziehungen zu China kommen seit einiger Zeit mehr und mehr Delegationen ins National Laboratory. Und mit jedem Besuch wird Henry nervöser. Je weniger Gelegenheiten es zu spontanem Meinungsaustausch gibt, desto besser.

Doch während er nun den Parkplatz überquert, fällt ihm etwas Weißes am Heck seines Autos ins Auge. Hat sich jemand daran zu schaffen gemacht? Er fragt sich, ob am Vortag in Santa Fe jemand mutwillig seinen Wagen beschädigt hat. Viele haben inzwischen Autokennzeichen beantragt, auf denen die Angabe »Los Alamos County« fehlt, um sich in Santa Fe nicht zur Zielscheibe zu machen, wo es deutlich freigeistiger zugeht. Vielleicht sollte er sich auch solche Kennzeichen besorgen. Er beschleunigt seine Schritte; das Gefühl, dass er etwas Falsches getan haben könnte, verursacht ihm Übelkeit.

Aber nein, es ist ein Aufkleber. Rachel muss Lily erlaubt haben, ihn dort anzubringen. Henry lacht erleichtert auf. Es ist nur eine Reihe von Teddys, die sich an den Händen halten, und irgendein Spruch darunter. Lily ist immer noch ein großer Teddy-Fan, obwohl sie eigentlich schon zu alt für Kuscheltiere ist. Im Näherkommen entziffert er den Text: »TEDDYBÄREN ALLER LÄNDER VEREINIGT EUCH!«

Henry erstarrt. Ein Kommunistenspruch. Er ist mit einem nicht zu übersehenden Kommunistenspruch am Heck durch die Stadt, auf das Betriebsgelände, hinter die Absperrung und in einen militärischen Sicherheitsbereich gefahren. Dieser Aufkleber kennzeichnet ihn als Landesverräter und bekundet eine Verbundenheit mit einem System, an dessen Bekämpfung er schon sein ganzes Leben arbeitet.

»TEDDYBÄREN ALLER LÄNDER VEREINIGT EUCH!«

Wie lange klebt das schon dort? Wer hat es gesehen? Da er

früh hier war, möglicherweise sämtliche Kollegen. Wird man ihm deswegen Fragen stellen? Am liebsten würde er den Aufkleber auf der Stelle abreißen, aber er darf auf keinen Fall dabei gesehen werden, wie er auf diesem Parkplatz Propagandamaterial von seinem Auto entfernt. Das würde ihn nur noch verdächtiger machen.

Er schließt auf und setzt sich hinters Steuer. Beim Ausparken fragt er sich, ob er besser über die leeren, kurvenreichen Nebenstraßen nach Hause fährt oder über die Hauptstraße, damit es schneller geht. Er entscheidet sich für die kürzere Strecke; es ist noch nicht ganz Mittagszeit, da wird nicht viel los sein. Die drei Meilen kommen ihm vor wie dreihundert. Als er zu Hause ist, setzt er rückwärts in die Einfahrt. Dann macht er den Motor aus, springt aus dem Wagen und zieht den Aufkleber von der Heckklappe ab.

Doch wenn er ihn einfach in den Müll schmeißt, kann der Aufkleber ihn immer noch belasten. Er rennt in sein Arbeitszimmer und holt eine Schere. Damit schneidet er den Aufkleber in schmale Streifen und diese schließlich in winzige Stücke. Bärenohren und -tatzen und die cartoon-artigen Großbuchstaben sammeln sich auf einem Haufen. Das Ausrufezeichen zertrennt er in drei Teile. Er atmet auf, doch dann fällt ihm auf, dass er Ablenkungsmaterial braucht für den Fall, dass jemand genügend Stücke des Aufklebers zusammensetzt, um herauszubekommen, was draufstand. Tiefkühlerbsen! Er holt einen großen Beutel aus dem Gefrierschrank und schüttet den Inhalt in eine Metallschüssel; die Erbsen erzeugen einen Riesenlärm, als sie auf die Aluminiumoberfläche treffen. Dann macht Henry sich daran, den Plastikbeutel zu zerschneiden.

Anschließend fährt er mit der Hand durch das Konfettigemisch, das einmal ein Aufkleber und ein Beutel mit Tiefkühlerbsen gewesen war. Kein Mensch wäre je in der Lage, die Schnipsel des Beutels von denen des kommunistischen Aufklebers zu unterscheiden. Den Rest seiner Mittagspause verbringt er damit, verschiedene öffentliche Mülleimer in der Stadt anzusteuern und jeweils ein paar der winzigen Plastikteile hineinrieseln zu lassen. Anschließend bleibt ihm gerade noch genug Zeit, um pünktlich wieder im Büro zu sein.

Als er wieder an seinem Schreibtisch sitzt, knurrt ihm der Magen. Er hat vollkommen vergessen, etwas zu essen.

»Wo ist mein Aufkleber?«

Rachel macht gerade den Abwasch. Sie stellt das Wasser ab und dreht sich zu Lily um.

»Was?«

»Mein Aufkleber. Den wir in Santa Fe gekauft haben. Er klebt nicht mehr am Auto.«

Rachel trocknet sich die Hände ab und geht zur Haustür, Lily folgt ihr.

Zusammen starren sie auf den roten Honda Civic. Da, wo die bunte Teddybär-Reihe klebte, ist nur noch ein rechteckiger Umriss im Staub zu erkennen.

Als Rachel den Blick abwendet, begreift Lily sofort, dass ihre Mutter es schon bemerkt hatte.

»Du wusstest es, hab ich recht? Warum hast du es mir nicht gesagt? Wo ist er?«

»Daddy mochte ihn nicht.«

»Verdammt!«, ruft Lily aus. »Wieso denn nicht?«

»Er hat gesagt, das ist ein Kommunistenspruch und die Leute halten ihn für einen Kommunisten, wenn er damit herumfährt.«

»Kommu-was?«

»Kommunisten. Wie Russland oder China.«

»Aber er *kommt* doch aus China. Außerdem waren es nur Teddybären.«

»Er kommt aus Taiwan, nicht aus China.«

»*Du* hast mir gesagt, er wäre in China geboren und in Taiwan aufgewachsen.«

»Ja, aber wir sagen immer nur, dass er aus Taiwan kommt.«

»Warum reagiert er so komisch auf alles?«

»Sei vorsichtig, mit dem, was du sagst«, warnt Rachel sie. »Er ist in einer sehr schwierigen Zeit großgeworden.«

»Aber jetzt ist eine andere Zeit. Das ist lange her und war Tausende Meilen weit weg in einem Land, von dem er immer so tut, als würde es gar nicht existieren. Außerdem: Was hat das mit einem Aufkleber zu tun?«

»Schluss jetzt, Lily.« Rachels Ton wird strenger. »Du kannst dir das Ding noch mal kaufen und irgendwo anderes hinkleben. Lass es jetzt gut sein.«

»Ach, was soll's«, murmelt Lily. »War ja bloß ein Aufkleber.«

Ein paar Tage später klingelt das Telefon, und Lily läuft hin.

»Hallo? Hallo … Oh! *Hen hao, hen hao. Ni hao ma*?«

Henry springt auf, als er Lily Chinesisch sprechen hört.

»Dad, Telefon!«

Wer könnte das sein? Henry erwartet keinen Anruf von seiner Ma. Als er Lily den Hörer aus der Hand nimmt, fragt er stumm: »Nainai?« Sie schüttelt den Kopf.

»Hallo?«, fragt er auf Englisch.

Jemand, dessen Stimme er nicht kennt, fängt an, Hochchinesisch zu sprechen. Henry schickt Lily weg und verpasst dabei den Namen des Mannes. Der Anrufer gibt an, an der Nationaluniversität in Taipeh gewesen zu sein und jetzt in Amerika zu studieren.

»Wer sind Sie?«, fragt Henry, weiterhin auf Englisch.

Der Mann nennt den Nachnamen Yang und fährt fort. Er sagt, dass er an einem Gruppenaustausch interessiert sei. Henry geht im Kopf alle seine Freunde von der Uni durch. An einen Yang kann er sich nicht erinnern. Es fällt ihm schwer, sich auf die Worte des Mannes zu konzentrieren. Dann schießt ihm ein Gedanke durch den Kopf: Könnte dieser Anruf etwas mit Lilys Autoaufkleber zu tun haben?

»Woher haben Sie meine Nummer?«, unterbricht Henry ihn.

Der Fremde sagt irgendetwas Vages über chinesische Nachnamen im Telefonbuch. Henry fällt auf, dass er nicht gesagt hat, woher er anruft. Jetzt fragt er Henry, ob er von der Demokratiebewegung in Taiwan gehört habe und ob er mit dem Telefonservice »Voice of Taiwan« vertraut sei, der über die aktuellen Verhältnisse in Taiwan informiere. Henry weiß weder, was dieser Mann will, noch, in wessen Namen er anruft. *Lass dir nicht in die Karten schauen, wenn du nicht weißt, welches Spiel gespielt wird.*

Seine Hände zittern. »Kein Interesse!«, schreit er in den Hörer und legt auf.

Als das Telefon erneut klingelt, nimmt er nicht ab.

Lily kommt um die Ecke.

Er schüttelt den Kopf und lässt es klingen.

Am nächsten Samstagnachmittag sitzt Henry in seinem Arbeitszimmer über einer schwierigen Berechnung für die Arbeit. Rachel hat Lily zu einer Freundin gebracht, und kommt gerade zurück. Er hört das Klimpern ihrer Hausschlüssel an der Tür, das Rascheln von Papiertüten und schließlich ihre Schritte im Flur. Rachel klopft an und öffnet die Tür.

»Ich habe die Bank und die Schule informiert und meiner Familie Bescheid gesagt, dass wir jetzt eine Geheimnummer haben«, sagt sie. »Lily weiß, dass sie sie nur Freunden geben darf, die wir kennen. Deine Mutter weiß auch Bescheid, oder?«

Henry bestätigt es ihr durch lautes Grummeln.

»Den meisten Freunden von uns in der Ferne habe ich es auch gesagt. Haben wir noch irgendwen vergessen?«

»Nein.«

»Was ist mit deinen Freunden? Li und Pao? Die rufst du selbst noch an, um es ihnen mitzuteilen, oder?

»Nein, sie haben jetzt wichtige Posten an der Uni und haben mich vergessen.«

»Das sind deine ältesten Freunde, Henry. Willst du nicht Kontakt zu ihnen halten?«

Henry zuckt mit den Schultern.

»Ich verstehe dich nicht«, seufzt Rachel entnervt. »Früher haben wir gern was unternommen. Wir haben viel gelacht und viel geredet. Aber jetzt versteckst du dich dauernd in deinem Arbeitszimmer. Was ist los mit dir?«

»Ich verstehe das Problem nicht«, sagt er gereizt. »Du hast ein Haus, genug zu essen und ein eigenes Auto. Ich habe eine gute Stelle. Lily ist gesund und gut in der Schule. Warum beklagst du dich?«

»Weil du dich verändert hast. Es kommt mir vor, als hättest du dich in dein Schneckenhaus zurückgezogen und ich stehe hilflos davor.«

Henry starrt sie an.

»Hör zu. Eine Ehe besteht aus zwei Menschen. Aber in letzter Zeit habe ich das Gefühl, dass du gar nicht wirklich da bist. Es ist, als wolltest du dich unsichtbar machen. Wir sind jetzt fast sechzehn Jahr verheiratet, Henry, und anstatt dich immer besser zu kennen, kenne ich dich immer weniger. Das Problem ist«, ihre Stimme zittert jetzt: »Ich habe verdammt viel aufgegeben, um dich zu unterstützen und dir den Rücken freizuhalten. Aber im Grunde ist dir das vollkommen egal, hab ich recht?«

Henry ist vor Schreck wie gelähmt. Selbst wenn er sie ausschließt, wie sie behauptet, dann doch nur, um sie und Lily zu schützen. Er schaut wieder auf seine Berechnung. *Aha!* Da ist ein Fehler in seiner algebraischen Gleichung. Er nimmt den Bleistift und kümmert sich um die Korrektur.

»Henry! Verdammt! Ach, vergiss es, vergiss es einfach.«

Sie verlässt wütend das Arbeitszimmer. Er hört, wie Rachel ihre Handtasche und die Schlüssel nimmt und die Tür hinter sich zuschlägt. Das Auto fährt weg.

Er flucht. Sie übertreibt doch. Den restlichen Nachmittag sitzt er weiter an seiner Berechnung.

»Wo ist Mom?«

Lily steht in der Tür zum Arbeitszimmer. Die Sonne geht gerade unter, und das goldene Licht umrahmt sie wie ein Heiligenschein. Er muss überhört haben, wie sie ins Haus gekommen ist. Es ist fast sechs Uhr.

»Ich weiß es nicht. Vielleicht ist sie einkaufen?«, schlägt er vor.

Es wird sieben, dann acht, und Rachel ist immer noch nicht zu Hause.

Gegen halb neun macht Henry gebratenen Reis mit Rührei und Tomaten. Lily steht in der Küche neben ihm, wäscht Salat und schneidet Möhren klein.

Als sie sich zusammen an den Tisch setzen, fragt Lily: »Habt ihr euch gestritten oder so?«

Henry kann Lily nicht in die Augen schauen. »Sie ist bloß sauer«, sagt er zu seinem Teller.

Sie essen schweigend.

Am Morgen ist Rachel immer noch nicht zurück.

»Sie kommt schon wieder«, sagt Henry.

Lily schaut ihn traurig über ihre Müslischale hinweg an und liest dann weiter in ihrem Buch. Rachel kann es nicht ausstehen, wenn Lily bei Tisch liest. Sie beenden ihr Frühstück, ohne dass ein weiteres Wort fällt.

»Ich muss zum Bus«, sagt Lily irgendwann, steckt das Buch in ihren Rucksack und holt ihre Jacke.

Bei der Arbeit ist Henry den ganzen Tag unkonzentriert. Wo ist Rachel? Wann kommt sie zurück? Was, wenn sie es nicht tut? Er hat nie in Betracht gezogen, dass sie ihn wirklich verlassen könnte. Sie kommt schon wieder, beruhigt er sich erneut. Aber vielleicht sollte er früher nach Hause fahren für den Fall, dass Rachel nicht da ist und Lily irgendetwas braucht. Dann fällt ihm ein, dass Lily einen Schlüssel hat. Sie kommt schon seit Jahren alleine nach der Schule nach Hause. Trotzdem geht er etwas früher und kauft zur Sicherheit auch für das Abendessen ein.

Rachels Auto steht in der Einfahrt. Er eilt ins Haus und findet sie am Esstisch. Sie schaut auf, lächelt aber nicht.

»Wo ist Lily?«, fragt er, während er die Lebensmittel abstellt.

»Bei Connie. Montags geht sie immer nach der Schule zu ihr.«

»Oh.« Wusste er von dieser Abmachung?

»Henry.«

»Es tut mir leid, Rachel, ich –«

»Nein. Hör mir zu.« Rachel hält die Hand hoch und spricht dann weiter: »Ich bin gestern und heute stundenlang durch Santa Fe gelaufen und habe darüber nachgedacht, wie wir dieses Problem lösen können, wie wir *unsere Ehe* retten können. Und heute Nachmittag ist mir plötzlich klargeworden, dass ich dich nicht ändern kann. Ich wüsste jedenfalls nicht wie. Ich kann dich nicht beschützen, wenn ich nicht einmal weiß, wovor du Angst hast.

Aber so kann ich nicht weitermachen, Henry. Ich bin es leid, ständig zu versuchen dir zu geben, was du brauchst, und dann doch nur auf Abstand gehalten zu werden.«

Henry hält den Atem an. Was will sie ihm sagen?

In ihren Augen stehen Tränen. Sie wischt sie weg und versucht, ruhig zu sprechen: »Als wir hierherkamen, dachte ich anfangs, ich könnte mich mit Los Alamos arrangieren, aber jetzt fühle ich mich eingesperrt hier. Ich wäre lieber in einer größeren Stadt und brauche mehr als eine Halbtagsstelle. Das reicht nicht mehr. Ich will mehr, was anderes.

Lily kommt bald in die High School und dann geht sie aufs College. Und was bleibt mir dann noch? Ich bin liebend gern ihre Mom, aber ich kann nicht nur ihre Mom und deine Frau sein. Es ist für niemanden fair, wenn ich weiter versuche, so zu tun, als gäbe es für mich nichts anderes als dich und Lily. Ich brauche auch ein eigenes Leben, und hier gibt es nichts für mich.«

Will sie ihn verlassen? Henrys Herz schlägt schneller. Was wäre er ohne Rachel?

»Ich werde mir eine Vollzeitstelle als Bibliothekarin in Santa Fe suchen. Ich bewerbe mich so lange, bis ich was Gutes gefunden habe. Eine Arbeit, die mich fordert, an der ich wachsen kann, die für mich ein Beruf ist und nicht nur ein Job. Ich hab darüber nachgedacht«, fährt sie fort, »Lily ist alt genug, um nach der Schule allein klarzukommen, und an Tagen, an denen sie noch irgendwo anders hin muss, kann sie ihr Rad nehmen. Kann sein, dass sie hier ein bisschen mehr mit anfassen muss, aber das wird ihr guttun.«

Henry betrachtet Rachels Miene. Er sieht, wie viel ihr das bedeutet. Sie strahlt eine Stärke und Entschlossenheit aus, die er lange nicht an ihr gesehen hat.

»Wir haben gesagt ›in guten und in schlechten Zeiten‹, und ich werde diesen Schwur nicht brechen, aber ich werde mich auch nicht für dich aufgeben. Ich brauche das. Für mich.«

Henry ist so erleichtert, dass Rachel ihn nicht verlässt, dass er gar nicht mehr aufhören kann zu nicken. Er weint fast. »Gut, wenn du in Santa Fe arbeiten willst, dann mach das. Wir kriegen das schon geregelt. Ich bin froh, dass du wieder da bist.« Er breitet die Arme aus und zieht sie an sich. »Und es tut mir leid.«

Als das nächste Schuljahr beginnt, muss Rachel an den meisten Abenden lange in Santa Fe arbeiten.

Anfangs fühlt Lily sich etwas verloren. Es ist merkwürdig für sie, morgens zur Schule zu gehen, nachdem ihre Mom schon zur Arbeit aufgebrochen ist, und es ist seltsam, in ein stilles Haus zurückzukommen. Bis jetzt war ihre Mom immer da, hat sich ums Essen gekümmert, eingekauft und saubergemacht. Es gibt so vieles, um das sie sich ganz selbstverständlich gekümmert hat.

Aber irgendwann findet Lily Gefallen daran, mehr Verantwortung zu haben und unabhängiger zu sein. Sie kocht für sich und ihren Dad, erledigt einen Teil der Einkäufe und bewegt sich mit dem Rad durch die Stadt. Wenn sie ihre Hausaufgaben gemacht und Klavier geübt hat, liest sie in ihrer Freizeit. Inzwischen ist sie der Kinder- und Jugendbuch-Abteilung entwachsen, und die Bibliothekarin hat sie mit Jane Austen und den Brontë-Schwestern bekannt gemacht. Sie stellt sich vor, dass sie, wenn sie groß ist, einmal den Witz von Elizabeth Bennet, die Zähigkeit von Jane Eyre und die feurige Leidenschaft von Catherine Earnshaw besitzen wird.

Ihre Mom ist jetzt glücklicher, aber wahnsinnig beschäftigt. Ihr Dad scheint ein bisschen entspannter zu sein, aber er zieht sich auch noch mehr zurück. An den Wochenenden umgibt er sich mit seinen Büchern und hört Musik. Lily liest auch viel. Es ist, als ob die drei um ihr gemeinsames Zuhause kreisen, aber selten alle dort zusammentreffen.

Lily hat aufgehört, Henry nach seiner Vergangenheit zu fragen. Nicht dass es ihr egal wäre – aber sie hat aufgegeben. Es ist leichter, nicht mit ihm herumzustreiten. Außerdem hat sie ihr eigenes Leben. Die High School ist eine willkommene Abwechslung zu der peinlichen, linkischen ersten Pubertätszeit in der Middle School. Sie genießt die Nachmittagsangebote dort in vollen Zügen und die Kurse, die ihren Ehrgeiz anstacheln, und auch, dass dort so viel Trubel herrscht. Sie findet lauter neue Freunde im Chor und arbeitet außerdem am Literaturmagazin mit. Solange sie weiter gute Noten hat, scheinen ihre Eltern nichts gegen ihre zusätzlichen Hobbys einzuwenden zu haben.

In der neuen Schule hat sie einige der Teilnehmer aus dem Chinesischkurs wiedergetroffen, aber das ist alles zu lange her; niemand scheint sich mehr daran zu erinnern. Sie hat noch die Box mit den chinesischen Vokabelkarten, die Nainai ihr mitgebracht hat. Auch wenn sie unsicher ist, was die Aussprache der Wörter angeht, und ohnehin nicht weiß, mit wem sie Chinesisch sprechen sollte, fühlen sich diese Karten für sie wie eine Verbindung zu etwas Wichtigem an. Wenn ihr Dad einen blauen Luftpostbrief aus Taiwan bekommt, fährt sie manchmal mit den Fingern über das dünne Papier und wünscht sich, sie könnte lesen, was darin steht. Und wenn sie fragt, wie es Nainai geht, bleiben seine Antworten stets vage und vorhersehbar. Er sagt dann etwas wie: »Es geht ihr gut und sie hofft, dass du fleißig lernst.« Eines

Tages, denkt Lily, wird sie einen Weg finden, Nainai wiederzusehen.

Je länger sie an der High School ist, desto mehr erfüllt Lilys Lerneifer einen doppelten Zweck. Sie ist fleißig und schlägt sich gut, weil es ihr einfach entspricht; so war sie schon immer. Aber darüber hinaus kann sie über ihre schulischen Leistungen auf einer anderen Ebene mit ihrem Vater in Kontakt treten. Sie wählt naturwissenschaftliche Leistungskurse und bittet ihn, wann immer sie nicht weiterkommt, um Hilfe. Solche Fragen beantwortet er gern.

Gegen Ende ihres letzten Schuljahres erhält sie eine Zusage für die Rice University in Houston. Lily ist begeistert. Sie will sich ganz neu erfinden, in einer neuen Stadt, einem neuen Bundesstaat. Sie ist diese Stadt leid, in der sie ihr ganzes bisheriges Leben verbracht hat, und kann es kaum erwarten, neue Erfahrungen zu sammeln. Sie will die Welt sehen. Rachel freut sich ebenfalls, denn obwohl Lily den Bundesstaat wechselt, wird sie nicht zu weit sein: in Texas, das direkt an New Mexico grenzt.

»Sehr schön, meine Kleine, das ist eine gute Uni für angehende Ingenieurinnen«, sagt Henry.

Und Rachel fügt hinzu: »Ja, und weil du eine Begabung dafür hast, solltest du dich auch wirklich in diese Richtung orientieren. Wenn ich noch mal von vorn anfangen könnte, würde ich auch einen technischen Studiengang wählen.«

»Nimm Elektrotechnik; Elektroingenieure werden immer gesucht. Das bietet eine sichere Zukunft«, sagt ihr Dad.

Aber Lily denkt gar nicht an Abschlüsse und zukunftsträchtige Berufe. Sie freut sich vor allem auf das Abenteuer eines Neuanfangs. Den ganzen restlichen Sommer ermutigen ihre Eltern sie zu einem ingenieurwissenschaftlichen Abschluss. Das ist ein Thema, bei dem beide sich ausnahmsweise einmal einig sind. Und weil Lily die meisten Inhalte dieses Studiengangs zusagen und sie ihre Eltern nur sehr ungern enttäuscht, fällt ihr die Wahl nicht schwer.

Los Alamos, New Mexico, Juni 1989

Ein Samstagnachmittag eine Woche nach Beginn der Sommerferien. Ein letzter langer Sommer zu Hause in Los Alamos, bevor Lily an die Uni wechselt.

Lily kommt ins Wohnzimmer. Ihr Dad sitzt auf dem Fußboden, spielt Solitär und schaut mit einem halben Auge Fernsehen. Sein Haar wird langsam schütter, ganz oben auf dem Kopf hat er schon eine kahle Stelle. Sie setzt sich aufs Sofa und schaut mit.

Plötzlich wird die Sendung unterbrochen. Henry blickt hoch.

Auf dem Bildschirm sind Menschenmassen zu sehen, Leute, die durch die Nacht eilen, im Hintergrund flackert Feuer. Ein Mann liegt mit dem Gesicht nach unten auf einem Karren, sein T-Shirt ist voller Blutflecken. Ein Panzer steht zwischen zertrümmerten Barrikaden, dann schwenkt die Kamera zu Nahaufnahmen von Menschen auf Fahrrädern um. Über den Lärm von Schreien, Sirenen und wiederholten Schüssen hinweg liest der Sprecher vor: *»Die Welt blickt voller Entsetzen nach China, wo die chinesischen Streitkräfte der friedlichen Demokratiebewegung in China ein gewaltsames und blutiges Ende bereiten. Hunderte unbewaffneter Zivilisten, die sich nach Freiheit sehnen, werden in Peking von scharf schießenden Soldaten getötet.«*

Dann wird »Sonderbericht – CBS News« eingeblendet.

Henry schaut schockiert auf den Bildschirm, die Spielkarten hält er noch in der Hand. Lily verspürt ein Brennen in der Lunge, weil sie den Atem anhält.

Mitten in der Nacht, fährt der Sprecher fort, seien Panzer auf den Tian'anmenplatz in Peking gerollt und hätten wahllos in die zu Tausenden dort versammelten Studenten und Studentinnen gefeuert, die friedlich demonstrierten. Die Aufnahmen zeigen scharenweise Soldaten in voller Uniform und mit grünen Metallhelmen, die auf Zivilisten schießen. Voller Trotz und Verzweiflung bewerfen die Demonstrierenden sie mit Steinen oder schwenken Stöcke und Viehtreiber. *»Tausende Kampftruppen der*

Volksbefreiungsarmee halten nun den Tian'anmenplatz in Peking besetzt. Die Studierenden sind verschwunden. Schießpulvergeruch liegt in der Luft.«

Der Bericht geht noch weiter, doch vor Henrys Gesicht fällt ein Vorhang herab. Er feuert die Karten auf den Teppich, steht auf und schaltet den Fernseher aus.

»Ich wollte das sehen!«

Er wirft ihr einen Blick zu, von dem sie weiß, dass er *Keine Diskussion* bedeutet. Doch sie steht so kurz davor, ihr eigenes Leben zu beginnen, dass sie ihn trotzdem herausfordert.

»Willst du das einfach ausschalten und ignorieren? So tun, als wären dort nicht gerade Panzer in die Menge gefahren, um Menschen zu töten?«

»Du hast ja keine Ahnung«, sagt er. »Du weißt nichts darüber, was da los ist. Du weißt nichts über die Menschen dort und darüber, wer was sieht und wer –«

»Aber was könnte rechtfertigen, friedliche Demonstranten einfach niederzumähen? Dass Panzer und Truppen auf Studenten losgehen? Studenten! Das ist so falsch! Welche Art von Regierung macht denn so was? Ist dir das egal?«

Lilys Fragen hängen in der Luft. Keiner sagt mehr etwas.

»Wie kannst du einfach den Fernseher ausschalten?«, fragt sie schließlich noch mal. »Willst du nicht irgendwas tun?«

»Was kann ich denn tun?« Er reißt verzweifelt die Hände hoch. »Ich kann den Leuten da nicht helfen. Ich kann nicht mal meiner eigenen Mutter helfen. Halt dich da raus. Du kennst nicht die ganze Geschichte.«

»Ja, und genau das ist das Problem. Ich kenne nicht die ganze Geschichte. Ich kenne deine ganze Geschichte nicht; ich kenne *meine* ganze Geschichte nicht. Woher soll ich wissen, wer ich bin, wenn es so viele Tabus gibt?«

Henry schaut sie schockiert an. Lily bemerkt das Erstaunen ihres Vaters zwar, redet aber weiter; ihr Temperament geht mit ihr durch. Sie kann sich nicht mehr bremsen und schreit ihn an.

»Warum schiebst du immer alles, was mit China zu tun hat, beiseite? Warum willst du mir nicht mehr über deine Vergangenheit erzählen? Wovor hast du solche Angst?«

Er schaut sie lange an, ohne ein Wort zu sagen.

»Du weißt es nicht mal, oder? Du hast schon so viele Jahre Angst vor allem und jedem und kannst mir nicht mal einen guten Grund dafür nennen.«

»In Ordnung, ich erzähl's dir. Was willst du wissen?« In seinem Blick liegt tiefe Resignation, und einen Moment lang wünscht Lily sich, sie hätte ihn nicht gefragt; sie bekommt Angst vor dem, was sie da losgetreten hat. Aber sie darf jetzt nicht aufgeben, denn vielleicht bekommt sie nun endlich die Chance, ihn zu verstehen.

»Alles. Erzähl mir alles über China. Dein China.«

»Mein China?« Seine Augen weiten sich ungläubig, als hätte sie etwas Unmögliches gesagt. »Mein – ich –«, fängt er an, aber er kann nicht weiterreden.

Er schwankt und flieht aus dem Zimmer.

Henry setzt sich zitternd an seinen Schreibtisch. Wenn er die Augen zumacht, stürmen Bilder von seinen letzten Tagen in Schanghai auf ihn ein, von Menschen, die verdächtigt wurden, mit den Kommunisten zu sympathisieren und auf offener Straße erschossen wurden, von dem Gerangel um Plätze auf dem Schiff, das sie von dort wegbringen sollte.

Als Lilly ihn vorhin angeschaut hat, hat er, vielleicht zum ersten Mal, nicht das Kind gesehen, dessen Schutz er so große Teile seines Lebens gewidmet hat, sondern eine junge, von Wut wie von Liebe erfüllte Frau. In diesem Moment hat ihr Auftreten ihn an das ungestüme Temperament seiner Ma erinnert. *Wovor hast du solche Angst?*, hallt Lillys Stimme in seinem Kopf wider.

Vor allem. Vor allem, möchte er sagen.

Er hat Angst um seine Ma. Jede Zurschaustellung militärischer Stärke von Seiten Chinas ist eine Bedrohung für Taiwan. Die Ungeheuerlichkeiten auf dem Tian'anmenplatz rufen, wieder einmal,

Erinnerungen an die Verwundbarkeit seiner Ma und an seine eigene Hilflosigkeit wach. Ein Sohn sollte seiner Mutter beistehen, aber er kann es nicht. Trotz seiner hochtrabenden Studienabschlüsse, der amerikanischen Staatsbürgerschaft, seiner Stelle und des ganzen Erfolgs kann er seiner Ma nicht helfen, und das ist, wie er tief im Innersten weiß, ein unverzeihliches Versagen.

Das Bild der Panzer geht ihm nicht aus dem Kopf. Lily hat recht, das ist nicht fair, aber er will es trotzdem nicht sehen. Er will nicht, dass seine Tochter sich da reinziehen lässt, auch nicht aus der Ferne. Er will nicht einmal, dass sie weiß, dass Studenten so etwas angetan werden kann.

Wovor hast du solche Angst?

Er hat Angst um sein Leben hier. Er ruft sich in Erinnerung, dass er einen sicheren Job hat, dass seine Papiere in Ordnung sind. Doch Longweis Name verfolgt ihn bis heute. Er kann nie wissen, ob er sich auf sicherem Boden bewegt oder nicht. Wenn in China oder Taiwan Unruhen herrschen, hat er schreckliche Sorge, dass irgendetwas aus der Vergangenheit die gefährdet, die er liebt.

Und er hat nicht nur Angst: Er schrumpft förmlich in sich zusammen. Er hat seine Welt vor langer Zeit in zwei Teile getrennt – in Renshus Welt und in Henrys. Seit Jahren zerreißt diese Teilung ihn innerlich und fordert ihn bis zum Äußersten. Es ist zu schwer, zwei Länder, zwei Träume in sich zu vereinen. Er hat schon so vieles von seinem Leben als Renshu hinter sich lassen müssen. Er kann nicht riskieren, die Familie, das Leben, das er sich als Henry aufgebaut hat, zu verlieren.

Er schließt die Augen und stützt den Kopf in die Hände.

Während der nächsten Wochen lässt Lily ihren Streit dutzende Male vor ihrem geistigen Auge Revue passieren und kehrt immer wieder zu dem Moment zurück, in dem ihr Vater das Zimmer verlassen hat. *Immer dasselbe, er läuft weg, anstatt sich den Dingen zu stellen.* Anfangs führt sie ihr Zorn, ihre Empörung immer wieder zu diesem Augenblick zurück. Für sie steht außer Frage, dass sie ein Recht darauf hat, mehr zu erfahren, und sie ist wütend und frustriert, dass er immer noch – *immer noch* – derart verschlossen ist. Sie ist kein Kind mehr. Was kann denn so schlimm sein?

Doch irgendwann schwindet ihre Wut und sie bleibt mit dem Bild zurück, wie er schwankend dastand, den Kopf schüttelte und aus dem Raum ging. Und als ihr Zorn verraucht, sieht sie allmählich seinen Schmerz. Er schafft es wirklich nicht, sich diesen Erinnerungen zu stellen. Eine Welle von Schuldgefühlen bricht über sie herein. All die Jahre, in denen sie ihn gedrängt, in denen sie immer wieder nachgebohrt und insistiert hat, ist ihr nicht ein einziges Mal in den Sinn gekommen, dass er ihr seine Geschichten nicht erzählt hat, weil er es nicht konnte.

TEIL SECHS

1989 – 2000

27

Houston, Texas, August 1989

Aus dem klimatisierten Foyer nach draußen zu treten, ist, wie gegen eine Wand aus glühend heißer Feuchtigkeit zu laufen.

»Bis wir bei den Infoständen sind, bin ich geschmolzen«, sagt Lily und wischt sich den Schweiß ab, während sie auf die Nachzügler ihrer Erstsemestertruppe wartet.

Als alle da sind, gehen sie zusammen zum Studentenzentrum der Rice University. Bislang haben sie in der Orientierungswoche, oder »O-Woche«, alles in der Gruppe unternommen. Sie haben einen Campusrundgang gemacht und sich zu Mitternachts-Snacks im *House of Pies* am Kirby Drive getroffen; sie haben sich in einen Bus zum Vergnügungspark gequetscht und sind die Regeln aus dem Ehrenkodex zusammen durchgegangen. Lily hat so viele neue Leute kennengelernt, dass sie sich die Namen und Gesichter nicht mehr alle merken kann.

So erschlagend das alles ist, so aufregend ist es auch. Lily ist völlig euphorisiert. Auch wenn sie ihre Freunde zu Hause sehr schätzt, am Ende der High-School-Zeit waren die Cliquen teilweise auch einengend. Man war sich sicher, sich bereits in- und auswendig zu kennen. Jetzt hat sie eine Chance, sich selbst zu definieren, statt von Leuten definiert zu werden, die sie seit der Middle School oder sogar noch länger kennen.

Im Hof des Studentenzentrums wimmelt es von jungen Leuten in T-Shirts und Shorts. Studenten aus höheren Semestern haben Tische mit Infomaterial zu verschiedenen Clubs aufgestellt und bieten Snacks, Gratisstifte und Aufkleber an. Powderpuff-Football, das Studentenorchester, die Studentenzeitung, das Missionswerk, der Jonglier-Club. Lily schlendert von Tisch zu Tisch. So viele Gruppen gibt es! Dann fällt ihr das rote Banner mit der goldenen Aufschrift »Chinesische Studentenvereinigung« ins Auge. Neugierig bleibt sie stehen. Eine junge Frau reicht ihr ein Informationsblatt und ein Bonbon in rotem Stanniolpapier. »In ein paar Wochen veranstalten wir ein Begrüßungs-Picknick – komm doch auch!«, sagt sie. Lily nutzt den Zettel als Fächer, doch sie bewegt die heiße Luft nur hin und her.

Sie erblickt ein schattiges Plätzchen auf einer Treppe und setzt sich hin. Der kühle Beton ist eine Wohltat, es tut gut, aus der prallen Sonne zu kommen. Sie packt das Bonbon aus und steckt es sich in den Mund. Erdbeere mit einer weichen Füllung. Ihr Blick verharrt auf dem Infoblatt, und sie beschließt, an diesem Picknick teilzunehmen. Hier kann sie niemand daran hindern.

Das Beste an ihrem Leben an der Rice ist ihre Zimmergenossin Anne Lin, die in Houston geboren ist.

»Meinst du, sie haben uns zusammengesteckt, weil wir beide Chinesinnen sind?«, hatte Lily sie an ihrem ersten Tag gefragt.

»Bist du Chinesin?«, fragte Anne zurück und setzte eine verwunderte Miene auf, die Lily nur allzu vertraut war.

»Na ja, halb. Mein Dad ist Chinese.«

»Ah, okay, ich sehe es«, sagte sie nickend. »Meine Familie ist aus Taiwan hierhergekommen, nicht aus China. Aus welchem Teil Chinas kommt dein Vater denn?«

»Äh, das weiß ich gar nicht so genau.« Lily wird rot vor Scham. »Aber ich weiß, dass er in Taipeh gewohnt hat, bevor er in die Staaten kam. Und meine Großmutter lebt immer noch da.«

»Cool. Meine auch.«

Auch wenn Anne einen Abschluss in Medizin mit Schwerpunkt Biomedizin anstrebt, haben sie viele gemeinsame Lehrveranstaltungen. Wie die anderen Erstsemester mit natur- und ingenieurwissenschaftlichen Hauptfächern besuchen sie die drei großen Basiskurse: Mathematik, Chemie und Physik. Lily und Anne lernen häufig zusammen, vergleichen Notizen und machen zusammen Hausaufgaben. An einem Abend zu Beginn des Semesters bleiben sie lange auf, weil ihnen ein paar der Physikfragen Probleme bereiten.

»Wenn ich nicht müsste, würde ich dieses Seminar ja gar nicht machen. Warum zum Teufel soll mich das Wissen über die Flugbahn von Kanonenkugeln zu einer besseren Ärztin machen?«, schimpft Anne.

»Warum willst du eigentlich Ärztin werden?«, fragt Lily aus echter Neugierde.

Anne zuckt mit den Schultern. »Keine Ahnung. Ich mag Bio; das ist interessant. Ich möchte gern Hausärztin werden, anderen helfen, alles über den Körper lernen. Ich habe ein Ziel vor Augen, das hilft mir, die schwierigen Teile – wie Physik – durchzustehen. Und du? Warum willst du Ingenieurin werden?«

Lily denkt nach. Sie hat sich diese Frage selbst nie gestellt. »Eigentlich weiß ich nicht mal genau, was eine Ingenieurin macht.«

Anne lacht laut auf. »Was?«

»Na ja, ist einfach so. Dieses Jahr geht es ja vor allem um die Grundlagen, aber wenn nächstes Jahr die spezielleren ingenieurwissenschaftlichen Kurse anstehen, wird es sicher klarer.«

»Ja, das klingt nachvollziehbar«, sagt Anne und gähnt.

Im Laufe des Semesters entwickelt sich das geisteswissenschaftliche Pflichtseminar zu Lilys Lieblingskurs. Der Dozent ist witzig und inspirierend und schafft es, interessante Einsichten zu vermitteln. Viele der Studierenden, die einen technischen Schwerpunkt haben, beklagen sich über das Lesepensum, aber Lily findet es toll, dass jede Woche ein neues Buch besprochen wird. Die Diskussionen in kleinen Gruppen sind für sie eine willkommene Abwechslung zu den ewigen Versuchsberichten und Aufgaben in ihren proppenvollen Lehrveranstaltungen in Mathe und anderen naturwissenschaftlichen Fächern.

Beim Picknick der Chinesischen Studentenvereinigung versammeln sich ungefähr zwanzig Studentinnen und Studenten im Schatten, wo es allerdings nur wenig kühler ist als in der Sonne. Die meisten sehen asiatisch aus, aber Lily bemerkt auch ein blondes Mädchen in einem Sommerkleid. Ein paar der Hacky Sack spielenden Jungs sehen aus, als könnten sie Hispanoamerikaner oder indischer Herkunft sein. Es ist zwar schwer zu sagen, aber auf den ersten Blick fällt Lily niemand auf, der wie sie Halb-Chinese oder -Chinesin sein könnte.

Der Picknicktisch ist übervoll. Irgendwer hat den gleichen Reiskocher von Tatung mitgebracht, den auch ihr Vater zu Hause hat. Die meisten Speisen kennt sie nicht vom Sehen, doch als sie sie probiert, kehren erste Eindrücke in ihr Gedächtnis zurück. An einige der Düfte erinnert Lily sich von den spätabendlichen Kochaktionen ihres Dads, und die Aromen kommen ihr von gelegentlichen Mittagessen am Wochenende bekannt vor: scharf eingelegte Pflaumen und merkwürdig aussehende weiche braune Pilze; glibberiger, fast gummiartiger Seetang, den sie kaut und kaut und sich dann zwingt, auch herunterzuschlucken, wobei sie unsicher ist, ob sie die Masse richtig gegessen hat. Diese mürben runden Gebäckstücke mit kunstvollen Verzierungen und aufgestempelten chinesischen Schriftzeichen, die mit einer leicht süßlichen, etwas körnigen rötlichen Paste gefüllt sind. Salate aus gedämpften Gemüsesorten, angemacht mit Sojasauce, schwarzen Sesamkörnern und Frühlingszwiebeln. Vor allem aber erinnern diese Gerichte sie an den lange zurückliegenden Sommer mit Nainai.

Lily steht bei einer Gruppe, in der Geschichten über den samstäglichen Chinesischunterricht ausgetauscht werden. Einer erzählt von einem Kalligraphie-Lehrer, der sich immer von hinten angeschlichen und seinen Schülern den Pinsel aus der Hand gerissen hat, wenn sie ihn nicht korrekt hielten, woraufhin ein verräterischer schwarzer Strich auf dem Papier zurückblieb. Ein anderer klagt darüber, wie schrecklich langweilig es gewesen sei, zu Übungszwecken jede Woche Seite um Seite mit chinesischen Schriftzeichen zu füllen, und alle stöhnen auf, weil sie diese Erfahrung offenbar teilen. Dann gesellt sich eine Frau zu der Gruppe, die sich als Verbandssekretärin der Chinesischen Studentenvereinigung vorstellt. Sie heißt Elizabeth und berichtet, sie studiere im dritten Semester Medizin und Asienwissenschaften. Sie sei gekommen, um die Neuankömmlinge zu begrüßen. Als sie Lily sieht, stutzt sie kurz und sagt dann: »Schön, dich kennenzulernen. Nicht-Chinesen sind bei unseren Treffen ebenfalls willkommen.«

»Aber ich bin Chinesin«, stammelt Lily.

Elizabeth zieht die Augenbrauen hoch. »Ach, wirklich?«

Lily schrumpft in sich zusammen. Jetzt schauen auch alle anderen sie an.

»Na ja, Halb-Chinesin. Mein Vater ist Chinese«, sagt Lily, ihre Stimme ist nur noch ein Flüstern.

Elizabeth mustert sie kritisch und nickt langsam, dann wendet sie sich mit einem breiten Lächeln an alle dort Versammelten. »Wie ich schon sagte: Bei uns ist jeder willkommen.« Elizabeths zuckersüßer Tonfall lässt Lily erschauern. In diesem Moment ruft jemand Elizabeths Namen. »Ah, mein Typ wird verlangt. Der Vorsitzende möchte jetzt ein paar Worte an euch richten.«

Ein sportlich aussehender Typ mit Igelfrisur und einem Houston-Rockets-T-Shirt steigt auf eine Bank, um sich die Aufmerksamkeit der Anwesenden zu sichern, und Elizabeth eilt an seine Seite. Er stellt sich als Chris Gee, Verbandsvorsitzender, vor und preist dann die vielen geplanten Aktivitäten an. Zum Schluss macht er einen Witz, der mit hochchinesischen Ausdrücken gespickt ist. Alle brechen in Gelächter aus. Lily nickt lächelnd und hofft, dass niemand merkt, dass sie nichts versteht.

»Und? Wie war's?«, fragt Anne, als Lily zurückkommt. Auf Lilys Frage, ob sie sie nicht begleiten wolle, hatte sie vorher nur die Nase gerümpft und den Kopf geschüttelt.

Lily weiß nicht recht, was sie sagen soll. »Gut, glaube ich.«

»Glaubst du? Hat es dir denn gefallen?«

»Ja, es war nett. Es gab jede Menge gutes Essen und viele interessante Leute.«

Anne reckt sich über ihrem aufgeschlagenen Mathebuch. »Schön, dass du Spaß hattest. Für mich ist so was ja nichts.«

»Warum nicht?«

»Ich hatte als Kind mehr als genug von solchem Kram. Meine Eltern haben mich andauernd zum Sprachunterricht, zu Partys und zum Softball geschleift. Aber egal, wohin, es endete immer im Streit. Irgendwann hab ich kapiert, dass es den Müttern bei all dem nur darum ging, sich gegenseitig auszustechen. Sie wollten mit ihren Kindern angeben, sich über ihre Männer beklagen und den neuesten Klatsch aus Taiwan aufwärmen.«

»Hmm.« Lily nickt und versucht sich vorzustellen, wie das wohl war.

»Hey, ein paar von uns gehen morgen Abend ins Chinese Café. Komm doch mit. Das Picknick war ja offenbar schon ganz nett, aber das Chinese Café ist super.«

»Ich war noch nie in einem chinesischen Restaurant.«

»Noch nie? Im Ernst?«

»Ja. Mom mag kein chinesisches Essen. In Los Alamos gab's nur ein chinesisches Restaurant, und das fand Dad gruselig. Und später, als wir keinen Kontakt mehr zu anderen Chinesen hatten, wollte er da erst recht nicht mehr hin.«

»Huch, warum hattet ihr denn keinen Kontakt mehr zu anderen Chinesen?«

»Frag mich nicht, er wollte einfach nicht mehr. Das war ungefähr zur selben Zeit, als er darauf bestanden hat, dass ich den Chinesischkurs abbreche.«

»Dein *Dad* hat darauf bestanden, dass du aufhörst, Chinesisch zu lernen?«

Lily nickt.

»Ich wünschte, mein Dad hätte mir erlaubt, dass ich aufhöre. Diese Kurse waren totlangweilig.«

»Mag sein, aber ich hätte halt gern die Sprache gelernt.«
»Hat er denn kein Chinesisch zu Hause gesprochen?«
»Er meinte, es wäre besser, wenn ich es nicht lerne.«
Anne betrachtet sie nachdenklich. »Kann deine Mom kein Chinesisch?«
Lily schüttelt den Kopf.
»Dann hat er es vielleicht aus Respekt ihr gegenüber nicht gemacht oder so.«
Lily lacht, und es klingt ein bisschen bitterer als beabsichtigt. »Eher oder so.«
»Du könntest es ja jetzt lernen, wenn du willst. Was hindert dich daran?«
»Ich weiß auch nicht«, seufzt Lily. »Es käme mir merkwürdig vor, fast wie ein Verrat. Er war strikt dagegen. Und was hätte es für einen Sinn, dass ich es lerne, wenn ich es ihm nicht mal erzählen könnte? Wenn ich nicht mit ihm Chinesisch sprechen könnte?«
»Das ist alles irgendwie ziemlich verkorkst«, sagt Anne, aber dann grinst sie Lily an. »Wenn das Chinese Café dein erstes chinesisches Restaurant ist, dann steigst du ganz oben ein. Ich wette, es würde sogar deinem Dad gefallen.«

Nachdem ihre anfängliche Scheu verflogen ist, hat Lily Lust, zu weiteren Veranstaltungen der Chinesischen Studentenvereinigung zu gehen. Sie hofft, dass die anderen inzwischen vergessen haben, was Elizabeth gesagt hat. Außerdem war ihre Bemerkung eigentlich auch nicht unhöflich, sondern lediglich Ausdruck einer persönlichen Beobachtung. Doch statt neue Freundschaften zu schließen und mehr über ihre Herkunft zu lernen, fühlt Lily sich bei den gemeinsamen Unternehmungen zunehmend fehl am Platz, egal ob bei Kinobesuchen, wenn ein chinesischer Feiertag gefeiert wird oder ein Essen im Restaurant ansteht.
Zur Halbzeit der Prüfungen am Semesterende schmeißt die Chinesische Studentenvereinigung eine Party. Die Gäste scharen sich um runde Tische, stopfen sich mit gefüllten Teigtaschen voll

und stöhnen über die Prüfungen und Semesterarbeiten. Als dann anstößige Geschichten über »Love Boat«-Sommer in Taiwan ausgetauscht werden – Reisen, auf denen es eigentlich darum geht, Hochchinesisch zu lernen und an die chinesische Kultur herangeführt zu werden, die aber in erster Linie als Weiterbildung in Sachen Sex und Alkohol genutzt wurden –, weiß Lily nicht, wie sie reagieren soll. Und als die anderen sich lachend darüber unterhalten, wie sie ihre Eltern damit zur Weißglut treiben, auf Chinesisch gestellte Fragen auf Englisch zu beantworten, hat Lily nichts beizutragen.

Doch dann dreht sich das Gespräch um die Zubereitung von Jiaozi, und Lily steigt mit ein. Sie weiß noch genau, wie sie die köstlichen Teigtaschen zusammen mit ihrer Nainai gemacht hat. Im Laufe der Unterhaltung erfährt sie jedoch, dass die meisten anderen an jedem chinesischen Neujahrsfest mit ihren Familien Jiaozi essen, und sofort wird sie wieder unsicher: In ihrer Familie wurde das Neujahrsfest schon ewig nicht mehr begangen.

Wie kann es sein, dass etwas, bei dem sie sicher war, dass es sie ausfüllen und ihr ein Gefühl der Zugehörigkeit vermitteln würde, damit endet, dass sie sich mehr denn je als Außenseiterin fühlt?

Ihre Unmöglichkeit, eine Beziehung zu den anderen aufzubauen, beschämt sie und sie verabschiedet sich früh.

Zurück im Studentenwohnheim lässt sie sich aufs Bett fallen und starrt an die Decke. »Ich gehe andauernd zu diesen Veranstaltungen, weil ich hoffe, dass es irgendwann mal Klick macht und ich das Gefühl habe, dass ich da hinpasse. Aber es passiert einfach nicht. Die anderen haben offenbar alle mehr oder weniger die gleichen Erfahrungen gemacht, und die fehlen mir. Meistens weiß ich nicht mal, worüber sie reden. Sagt dir Love Boat etwas?«

»O Gott!« Anne schüttelt den Kopf. »Das war so peinlich! Immer wenn wir im Sommer unsere Verwandten in Taipeh besucht haben, haben wir junge Amerikaner mit chinesischen Wurzeln gesehen, die auf den Nachtmärkten und an anderen Touriorten rumgerannt sind und sich wie Idioten aufgeführt haben. Meine

Tanten haben uns eingebläut, uns nur ja von denen fernzuhalten und nicht auch so verzogen und amerikanisiert zu werden.«

»Siehst du, ich wusste nicht mal, worum es da geht. Und alle anderen haben eine Meinung dazu.«

»Hast du nicht erzählt, dass es in der Chinesischen Studentenvereinigung nicht nur Chinesen gibt? Was ist denn mit den anderen?«

»Denen scheint das alles egal zu sein.« Lily stützt sich auf einen Ellenbogen. »Vielleicht weil es nicht Teil ihres Erbes ist. Viele von denen haben Chinesisch als Wahlfach oder studieren chinesische Geschichte. Sie suchen gar nicht nach Gemeinsamkeiten; sie kommen einfach nur so zum Spaß.«

»Lily, das ist eine Gruppe. Wenn es dir nicht gefällt oder es dir keinen Spaß macht, geh einfach nicht mehr hin.«

Lily legt sich wieder flach auf den Rücken und schaut an die Decke.

»Lily, Lily, Lily. Chinesin oder Halb-Chinesin zu sein, ist doch nichts, was man sich verdienen kann. Das klingt, als wolltest du etwas beweisen, was nicht beweisbar ist. Ob du nun fließend Hochchinesisch sprichst oder nicht, ob du jeden Sommer Verwandte in Taiwan oder Hongkong besucht hast, seitdem du drei warst, oder nicht, macht dich nicht mehr und nicht weniger chinesisch. Das ist dir doch klar, oder?«

Lily antwortet nicht. Sie weiß, dass Anne recht hat, aber es so klipp und klar zu hören, tut weh.

»Warum willst du unbedingt zu einer Gruppe gehören, in der du dich dermaßen schlecht fühlst? Wenn du mehr über chinesische Kultur wissen willst, mach einen Kurs oder lies Bücher darüber oder so was. Du musst kein hundertfünfzigprozentiges Mitglied in diesem Verein sein.«

Lily spürt einen Kloß im Hals und schluckt. Sie kommt sich dumm vor.

»Hey, wenn du Lust auf echte einheimische Kultur hast, komm heute Abend mit Twostep tanzen. Wir wollen mit ein paar Leuten nach Pearland. Wie viele Monate bist du jetzt schon hier in Texas, ohne es auch nur ein einziges Mal gemacht zu haben? Drei? Das ist doch hier die eigentliche Schande!«

»Uhh …«

»Oh, nein, Naserümpfen gilt nicht! Nicht bevor du es nicht wenigstens einmal probiert hast. Komm schon.« Sie beugt sich über Lily und zieht sie mit beiden Händen hoch. »Cowboystiefel hast du nicht, nehme ich an? Egal, spielt auch keine Rolle. Was ziehst du an?« Anne öffnet den Schrank.

»Kann ich in Jeans gehen?«

»Jeans sind prima«, sagt Anne, während sie die Bügel durchgeht.

Anne hat recht. Twostep-Tanzen macht Spaß. Und auch, was die Chinesische Studentenvereinigung angeht, stimmt Lily ihr zu.

Als sie zu Beginn des zweiten Semesters zurückkommt, versucht Lily nicht länger, Chinesisch zu sein; stattdessen möchte sie herausfinden, wie sie einfach sie selbst sein kann. Mit »leicht exotischem« Aussehen fällt man unter den anderen Studenten nicht weiter auf, denn in einer Stadt wie Houston ist das nichts Ungewöhnliches. Lily geht innerlich auf Distanz zu ihrem chinesischen Erbe, und irgendwann verwandelt sich diese Distanz in Gleichgültigkeit, so dass sie, nach ihrer Herkunft gefragt, nur leichthin antwortet: »Hm ja, stimmt, mein Dad ist Chinese«, so als wäre es eine Angelegenheit, die nur ihn betrifft und nicht sie.

28

Houston, Texas, August 1990

Im zweiten Jahr am College sind die Seminare anspruchsvoller. Lilys neues Themen: Grundlagen der Informatik, Differenzialrechnung, Grundlagen der Elektrotechnik, Materialien und Geräte, Technisches Labor. Die vergnüglichen geisteswissenschaftlichen Veranstaltungen des letzten Jahres erscheinen unendlich weit weg. Auf einmal fühlt sich alles schrecklich ernst an.

Als das Semester ungefähr zur Hälfte vorbei ist, sitzt Lily noch spätabends im Computerraum, um einen Versuchsbericht fertigzustellen, den sie am nächsten Morgen abgeben muss. Sie musste warten, bis ein Computer freiwurde, und jetzt, um fast zwei Uhr nachts, ist es endlich soweit. Sie braucht nur noch ein paar Daten in den Bericht einzufügen, die Graphiken zu erstellen und alles auszudrucken, dann ist sie fertig. Sie schiebt die Diskette in den Computer und wartet. Und wartet. Sie hat gleich ein flaues Gefühl, als das Icon für ihre Diskette nicht auf dem Bildschirm angezeigt wird, dann erscheint eine Fehlermeldung, die besagt, dass die Diskette nicht lesbar sei.

»Verdammt!«, stöhnt sie. »O nein, das darf nicht wahr sein!«

»Was ist los?«, fragt die junge Frau an dem Computer neben ihr.

»Das blöde Ding lässt mich hängen. Ich komme nicht an meine Datei ran und muss morgen früh einen Bericht abgeben.« Lily schaut auf die Uhr. »In genau sieben Stunden.«

Die Frau nickt verständnisvoll. »Frag doch mal Tony«, sagt sie und zeigt auf den Informationsschalter. »Er ist echt gut darin, Dateien von defekten Disketten zu retten. Ich weiß zwar nicht, wie er das macht, aber er hat auch mir schon mal geholfen.«

»Oh, gut.« Lily drückt die Spitze einer geradegebogenen Büroklammer in das Loch neben dem Diskettenlaufwerk, um das Medium auszuwerfen, dann nimmt sie es und eilt zur Information, wo ein braungelockter Typ mit einem Lehrbuch sitzt.

»Kannst du mir vielleicht helfen? Mein Versuchsbericht muss morgen früh fertig sein, und meine Dateien sind alle hier drauf, aber mir wird angezeigt, dass sie beschädigt ist. Das ist meine einzige Kopie, und alle meine Laborpartner sind schon im Bett und –«

»Hey, ganz ruhig! Lass mich mal sehen, was ich tun kann«, sagt er und greift nach der Diskette.

Er schiebt sie in seinen Computer. Lily fällt auf, dass er die hochaufgeschossene, schlanke Figur eines Basketballspielers hat.

»Wie ist denn der Dateiname?«

»Ähm … Schaltungstechnik? Oder Labor vier? Ich weiß es nicht, ich weiß nur, dass ich sie heute Nachmittag noch öffnen konnte.«

Er gibt etwas in den Computer ein und schüttelt dann den Kopf. »Hmm …« Er wirft die Diskette aus, steckt sie in einen anderen Computer, tippt wieder etwas auf der Tastatur und lehnt sich zurück.

»Kannst du irgendwas sehen?« Lily hopst von einer Seite auf die andere.

»Das kann eine Weile dauern. Warum kommst du nicht einfach in zehn Minuten noch mal wieder?«, sagt er, den Blick auf den Bildschirm gerichtet. Dann schaut er hoch. Er hat riesige haselnussbraune Augen. »Wie heißt du?«

»Lily. Lily Dao.«

»Gut, Lily Dao, dann bis gleich«, sagt er und wendet sich wieder dem Monitor zu.

»Ja, gut, klar.« Sie geht nach draußen, wartet ein paar Minuten, zieht sich einen Beutel M&Ms, dreht ein paar Runden im Innenhof, schaut auf die Uhr und geht wieder hinein. Er liest wieder in seinem Buch.

»Hast du's geschafft?«

Er nickt und greift nach einer neuen Diskette.

»Ich hab deine Dateien auf eine neue Diskette kopiert. Das kostet allerdings was.« Er zeigt auf ein Schild mit der Aufschrift *Disketten, 1 Dollar 50 pro Stück.*

Sie bricht vor Erleichterung in Tränen aus und legt ihm das abgezählte Kleingeld auf den Tresen. »O Gott, ich hasse elektronische Schaltungen und all den Kram!«

Tony legt das Geld in eine Schublade. »Was ist denn dein Hauptfach?«, fragt er.

»Elektrotechnik.«

»Oh, logisch.

Lily wischt sich schniefend die Tränen aus dem Gesicht. Er sieht echt gut aus. »Und du?«, fragt sie.

»Ich? Ich hab nichts gegen Schaltungstechnik.«

»Nein.« Lily lacht. »Ich meinte, was ist dein Hauptfach?«

Er schaut im Computerraum umher. »Informatik.«

»Oh, klar. Und? Gefällt es dir?«

»Warum sollte ich es studieren, wenn es mir nicht gefällt? Bitte sehr.« Er überreicht ihr die Diskette.

»Danke! Du hast mir das Leben gerettet!« Lily schaut auf die Uhr: fast drei. Gerade genug Zeit, um den Bericht fertigzustellen und dann, hoffentlich, noch ein bisschen Schlaf zu bekommen.

Am Nachmittag des nächsten Tages geht sie noch mal zurück, um Tony zu suchen. Eigentlich wollte sie nach der Abgabe des Berichts wieder ins Bett gehen und den restlichen Tag verschlafen, aber dann hatte sie die ganze Zeit wach da gelegen, an Tony gedacht und ihr kurzes Gespräch noch einmal durchgespielt. Sie fand ihn witzig und nett, und sie möchte ihn wiedersehen, auch wenn er sie nach der Aktion wahrscheinlich für total unfähig hält.

»Lily Dao«, sagt er, als sie zum Schalter kommt. »Hast du noch mehr kränkelnde Disketten?«

»Nein, aber ich wollte dir für deine Hilfe danken.«

»Ich mache nur meine Arbeit.« Er grinst sie breit an.

»Hast du Lust auf, äh, keine Ahnung, einen Spaziergang oder so, wenn du hier fertig bist?«, platzt sie heraus. So offensiv war sie einem Jungen gegenüber noch nie. Er zieht überrascht die Augenbrauen hoch. Sie spürt, wie ihre Wangen zu glühen beginnen, und versucht zurückzurudern: »Ich meine, ich versteh natürlich, wenn du keine Zeit hast, und ehrlich, ich –«

»Klar.« Er nickt und betrachtet sie amüsiert. »Können wir gerne machen. Um vier im Hof?«

»Super, ja, dann also bis später«, stammelt sie, aber sie lächelt und würde am liebsten aus dem Raum hüpfen.

Sie drehen die drei Meilen lange Runde außen um den Campus. Zweimal.

Während der ersten Runde erzählen sie einander ein bisschen von sich. Er ist in seinem letzten Studienjahr und wird im Herbst ein Graduiertenstudium beginnen. Seine Familie ist aus Pittsburgh. Auch wenn man es an seinem Nachnamen, Camberwell, nicht erkennt, hat er über die mütterliche Linie italienische Wurzeln. Seine Mutter ist Ärztin, sein Vater Informatiker.

»Dann schlägst du also nach deinem Vater, wenn du dich für Computer interessierst?«, fragt Lily.

»Eigentlich sagen viele, dass ich eher nach meinem Großvater mütterlicherseits komme. Meine Eltern haben viel gearbeitet, als ich klein war, darum war ich nach der Schule immer bei meinen Großeltern.«

Sie sieht seine Augen aufleuchten, als er ihr von deren Feinkostladen erzählt, der in Pittsburgh der Treffpunkt der ganzen Nachbarschaft war. Wie es klingt, war er dort Teil einer großzügig erweiterten Familie, die sich auf das halbe Viertel erstreckte. Vielleicht ist er deshalb so unkompliziert und hilfsbereit.

»Und was ist mit dir?«, fragt er.

Sie erzählt ihm ein bisschen davon, wie es war, in New Mexico aufzuwachsen. Als er nach ihrer Familie fragt, gibt sie ihre Standardantwort, dass ihre Mom weiß und ihr Dad Chinese sei. Aber bald sprechen sie über andere Dinge: Musik, Bücher, Orte, an die sie gern reisen würden.

»Ich sollte mich jetzt besser auf den Weg machen«, sagt sie, als sie die zweite Runde beenden. »Ich gehe später noch mit ein paar Freundinnen Twostep tanzen. Willst du mitkommen?«

Er weicht entsetzt zurück. »Auf keinen Fall. Country-Tanz ist nichts für mich.«

Sie bereut sofort, dass sie so impulsiv war.

»Aber hast du Samstagabend Zeit?«, fragt er.

»Wohin fahren wir?«, fragt sie, als sie in sein Auto steigt.

»Wirst du schon sehen!«, sagt er und schiebt eine Kassette ein. Kurze Zeit später lassen sie zu den Klängen von *The Joshua Tree* von U2 die Stadtgrenze Houstons hinter sich.

Nach ungefähr einer halben Stunde halten sie an einem Jahrmarkt. Der Ort ist charmant und kitschig. Bunte Lichterketten erhellen Stände mit Rummelattraktionen und klapprige Karussells. Hier tummeln sich vor allem Leute aus dem nächstgelegenen Ort, auf der Suche nach Feierabend-Vergnügen.

»Ein Jahrmarkt? Oh, wie toll! Ich war noch nie auf einem.«

»Was? Bist du auf dem Mond großgeworden oder so was?«, neckt er sie.

»Ja, so ähnlich«, murmelt Lily und wünscht sich, sie hätte nichts gesagt. »Woher weißt du denn, dass es hier einen gibt?«, fragt sie.

»Wusste ich gar nicht. Eigentlich hatte ich was ganz anderes vor, aber als ich die Lichter sah, bin ich neugierig geworden.«

»Sehr sympathisch«, sagt sie.

»Was?«

»Dass du so spontan deinen Plan änderst und nicht widerstehen kannst, wenn du was siehst, was dir gefällt.«

An dem Blick, den er ihr zuwirft, kann sie ablesen, dass ihm etwas auf der Zunge liegt, aber dann nimmt er ihre Hand, und sie schlendern zum Kassenhäuschen. Sie drückt seine Finger zusammen vor Begeisterung. Während sie über den Jahrmarkt bummeln, Hotdogs essen und die Leute beobachten, beobachtet sie auch ihn. Sie mag, wie er seine Erzählungen mit Gesten untermalt, seine lässige Gangart und dass in seiner Stimme immer ein Lachen liegt. Als er an einem Basketball-Stand um ein Haar einen riesigen Plüschhund gewinnt, behauptet er, er hätte beim letzten Wurf extra nicht getroffen, damit sie nicht den ganzen restlichen Abend ein drittes Rad am Wagen haben würden. »So so«, sagt Lily. Später lässt Lily sich von Madame Esmeralda die Zukunft aus der Hand lesen, und Madame sagt ihr viele Abenteuer, viel Herzschmerz, weite Reisen und am Ende wahre Liebe voraus. Ausgelassen und etwas aufgewühlt von diesen Prophezeiungen, zeigt Lily auf das Riesenrad.

Tony führt sie an der Hand dorthin.

»Was für ein wundervoller Abend«, sagt Lily leise, als sie den höchsten Punkt erreicht haben. Sie blickt zurück zu den Lichtern von Houston und lehnt sich zaghaft an Tony.

»Mmm ...« Er legt seinen Arm um sie.

Was passiert wohl als Nächstes?, fragt sie sich und schaut verstohlen zu ihm hin. Er fängt ihren Blick auf und zwinkert ihr zu.

Es wird allmählich spät, und es sind schon deutlich weniger Leute unterwegs. Der Jahrmarkt wird bald schließen, aber Lily möchte nicht, dass der Abend endet. Vollgestopft mit Zuckerwatte und Schmalzgebäck gehen sie zum Auto.

Tony lässt den Motor an. Die Uhr am Armaturenbrett zeigt halb zwölf an. »Müde?«, fragt er.

»Überhaupt nicht«, sagt sie.

»Wollen wir dann noch weiterziehen? Du weißt ja, ich hatte eigentlich was anderes für heute Abend geplant.«

»Klar, fahren wir weiter ... Ähm, wohin denn?«

Statt zu antworten, summt er zu der Jazzmusik auf dem Tape, das nun läuft.

Es ist fast Mitternacht, als sie an einem menschenleeren Strand in Galveston eintreffen.

»Komm!«, sagt Tony, und sie laufen zum Wasser. Das Mondlicht erhellt die Linie zwischen Wasser und Sand. Die sanfte Brandung zeichnet ein völlig anderes Landschaftsbild als die funkelnden Lichter des Jahrmarkts. Lily zieht ihre Sandalen aus und taucht ihre Zehen in den weichen Sand. Ein Stück weiter unten am Strand flackert ein Lagerfeuer. Meer und Himmel sind so offen und scheinen voller Möglichkeiten zu sein. Plötzlich überglücklich, läuft Lily am Ufer entlang und schlägt ein Rad. Tony versucht es ihr nachzumachen, doch so geschmeidig er sich auch bewegt, wenn er aus dem Stand auf Körbe wirft – jetzt fällt er kopfüber in den Sand und zappelt hilflos mit den Beinen. Atemlos lachend sitzen sie da und schauen auf die Wellen.

Lily bemerkt einen Lichtschimmer auf den Kämmen der Wellen. »Was ist das?«, fragt sie fasziniert.

»Keine Ahnung, vielleicht eine Art Biolumineszenz?«, sagt Tony.

»Biolumi-wie? Ach was, das ist Magie. Ja, ganz sicher ist das Magie.«

Sie schauen weiter schweigend aufs Wasser.

»Du hast recht«, sagt Tony nach einer Weile. Sie spürt, dass er ihr sein Gesicht zuwendet, und schaut ihn ebenfalls an. »Es ist Magie.«

Er neigt sich zu ihr hin.

»Warte.« Lily rutscht weg. »Das ist … Ich hab noch nie …«

»Alles in Ordnung?«

»Ich hab … noch nie jemanden geküsst«, gesteht sie und kommt sich dumm vor.

»Noch nie?« Er klingt erstaunt.

Lily beißt sich auf die Lippen und hofft, dass sie ihre Chancen nicht verspielt hat.

»Ist schon in Ordnung. Wir müssen gar nichts machen, wir können einfach nur hier sitzen«, sagt er.

»Nein. Nein, ich will ja. Ich will dich küssen, wollte ich schon den ganzen Abend. Aber das ist eben jetzt ein großer Moment für mich, ein Moment, über den ich oft nachgedacht habe, und ich möchte einfach, dass es besonders wird, und es *ist* auch besonders, aber was, wenn –« Sie weiß, dass sie zu viel redet, aber sie kann sich nicht bremsen. »Ich wette, du hattest schon eine haufenweise Freundinnen und –«

»Mmm, eigentlich nicht«, sagt er. »Jedenfalls keine, die so war wie du.«

»Wie meinst du das?«

»Ich weiß nicht. Du bist – anders. Auf eine gute Art, meine ich.«

Auf eine gute Art anders. Das gefällt ihr. Sie wendet sich wieder den Wellen zu.

»Wie kann es denn sein, dass eine Frau, die so hübsch und lustig und süß ist wie du, noch nie jemanden geküsst hat?« Die Wärme in seiner Stimme beruhigt sie.

Sie seufzt. »Ich bin einer kleinen Stadt aufgewachsen, in der jeder jeden schon ewig kennt. In der High School waren in allen meinen Kursen immer dieselben Leute. Und ich saß immer zwischen Josh Daniels und Robert Dooley. Klar haben wir uns auch in kleineren Konstellationen getroffen, aber ich hatte nie ein richtiges Date. Und wo ich jetzt so darüber nachdenke: einen von diesen Jungs zu küssen, wäre gewesen, wie einen Brüder zu küssen. Igitt!«

Er lacht. »Tja, Lily Dao, zum Glück bin ich nicht dein Bruder.« Tony nimmt ihre Hand, küsst zärtlich ihre Fingerknöchel und schaut zu ihr hoch.

»Nein, bist du nicht.« Sie kommt näher, und dann küssen sie sich.

Wenn Lily mit Tony zusammen ist, hat sie das Gefühl, sie selbst zu sein. Dann ist sie nicht die Lily, die zu sehr darauf aus ist, sich anzupassen, oder die Lily, die mit ihrem Studienfach ringt, sondern einfach nur Lily. Sie wusste gar nicht, dass das möglich ist: dass jede Faser ihres Körpers vor Lebenslust vibriert. Das Gefühl, vor Freude springen zu wollen, wenn sie ihn sieht; wohlige Wärme, wenn er ihre Hand hält; ein Fluss, der sie davonträgt, wenn sie sich küssen oder seine Finger über ihren Oberkörper und ihre Hüfte wandern. Wenn sie zusammen sind, spürt sie die freudige Gewissheit in ihren Handflächen und Fußsohlen: *das hier funktioniert, es passt, wir passen zusammen.*

Manchmal fahren sie nur wegen des Eiskaffees spontan nach Austin in Captain Quackenbush's Intergalactic Café, sie machen im Bayou State Park lange Spaziergänge, umgeben von Alligatoren, und sie verbringen lange Donnerstagnachmittage im klimatisierten Museum of Fine Arts, wenn der Eintritt dort frei ist. Oder sie machen Radtouren nach Montrose, die regelmäßig im Bess's enden, wo es, wie Tony Lily versichert, die beste Limonade und die besten panierten Hähnchenstreifen von ganz Houston gibt.

Seine Zielstrebigkeit und sein Selbstvertrauen bei allem, was er tut, ziehen sie an, und als sie sich besser kennen, erweckt es ihren Neid, dass es ihm gelingt, immer unbeirrbar und ohne groß Aufhebens darum zu machen an sich selbst zu glauben. Wie kann er sich so sicher darin sein, was er mit seinem Leben anfangen will? Wie kann er so wenige Zweifel in sich haben? Für ihn scheint die bedingungslose Unterstützung seiner Familie selbstverständlich zu sein, die sie von ihrer so gern hätte.

Nicht, dass ihre Eltern sie nicht unterstützen würden. Doch sie haben ganz klare Erwartungen: Sie soll einen Abschluss in Elektrotechnik machen und einen guten Job finden. Aber je anspruchsvoller Lilys Studium wird, desto weniger hat sie das Gefühl, diesen Erwartungen entsprechen zu können. Und sie ist sich auch nicht sicher, ob sie es will.

Das Herbstsemester geht dem Ende entgegen. Lily liegt in ihrem Zimmer auf dem Fußboden und hört ein Mixtape, als Anne von einer Vorlesung zurückkommt und sich auf den Sitzsack fallen lässt. Sie hebt die Kassettenhülle vom Boden auf und studiert sie. »John Coltrane, dann R. E. M., gefolgt von Tori Amos, dann Gregorianische Gesänge, Bob Dylan, die Cowboy Junkies, Miles Davis, Leonard Cohen und Chopin? Das ist das abartigste Mixtape, das ich je gesehen habe.«

»Mach es nicht schlecht, bevor du es gehört hast. Es ist super. Außerdem hat Tony es für mich gemacht.«

»Ah, Tony! Ihr seid echt unzertrennlich, was?« Anne legt die Kassettenhülle wieder auf den Boden und runzelt die Stirn. »Ich möchte ungern wie deine Mom klingen, aber wolltest du heute nicht den ganzen Tag für die Abschlussprüfung lernen?«

»Ja, mach ich ja auch. Bald … später.«

»Wie du meinst, aber lass wegen einem Typen nicht alles andere schleifen, egal, wie toll er auch sein mag.«

»Mmm«, Lily dreht sich auf den Bauch und schlägt lustlos ihr Buch auf.

Im Frühjahr erhält Tony die Zusage für ein Graduiertenstudium am California Institute of Technology. Wenn er seinen Abschluss in der Tasche hat, wird er nach Kalifornien ziehen, um in Informatik zu promovieren.

»Wie toll!«, ruft Lily und fällt ihm um den Hals. »Das ist ja fast zu schön, um wahr zu sein, oder?«

»Ja«, er schmiegt sich an ihren Hals. »Das ist echt super.«

Dann schaut er hoch, seine Miene ist ernst geworden. »Aber was wird aus uns?«, fragt er, erst auf sie und dann auf sich zeigend. »Ich hab dich wirklich gern. Ich möchte nicht, dass das zwischen uns zu Ende geht.«

»Ich auch nicht«, sagt Lily.

»Wir könnten ja eine Fernbeziehung ausprobieren«, sagt er.

»Shh …« Lily legt einen Finger an seine Lippen. »Darüber reden wir später. Jetzt wird erst mal gefeiert!« Sie nimmt den Finger weg und drückt ihre Lippen auf seine.

Aber mit der Zeit beunruhigt Lily die ungewisse Zukunft, die vor ihnen liegt, doch. Sie hat Tony sehr gern. Vielleicht liebt sie ihn sogar, aber sie will nichts überstürzen. Sie war noch nie mit einem anderen zusammen. Tony scheint ihre Ängste nicht vollziehen zu können. Er geht, wie gewohnt, davon aus, dass sich für alles eine Lösung findet und alles so wird, wie er sich das vorstellt. Er hinterfragt sich nicht, zweifelt nicht an sich. Während Lily genau das anfangs wahnsinnig attraktiv fand, wird es nun zu einem wunden Punkt, und langsam, aber sicher, zieht sie sich immer mehr zurück.

Lily ist so abgelenkt, dass sie ihr Studium vernachlässigt. Im Herbst hat sie die Prüfungen schon nur mit Ach und Krach bestanden, und jetzt, im Frühjahr, ist der Lehrstoff noch anspruchsvoller. Es dauert nicht lange, bis sie in den Vorlesungen nicht mehr mitkommt und mit den Semesterarbeiten im Rückstand ist. Ihr graut es vor den Abschlussprüfungen.

Es ein Samstagnachmittag im April. Lily sitzt an ihrem Schreibtisch und starrt über die aufgeschlagenen Lehrbücher hinweg aus dem Fenster. Es kommt ihr so vor, als wären alle anderen draußen, um die Frühlingssonne zu genießen. Dann klopft es an ihrer Tür. Viermal schnell hintereinander. Tony.

»Komm rein, es ist offen.«

»Lernst du oder tust du dir selbst leid?«

Sie zuckt mit den Schultern.

»Komm, lass uns rausgehen. Mach mal Pause. Wie wär's mit einem kleinen Spaziergang?« Er massiert ihre Schultern.

Sie verspannt noch mehr und macht sich los. Er wirft ihr einen fragenden Blick zu. Sie weiß, dass er enttäuscht ist, aber sie hat noch so viel nachzuholen, und die Prüfungen rücken immer näher. In seiner Miene ringen Sorge und Verärgerung miteinander.

Die Sorge scheint die Oberhand zu gewinnen. »Ist alles okay? Du bist total gestresst, oder?«

»Mir geht's gut«, grummelt sie. »Es ist bloß ein schwieriges Semester. Ich muss lernen.«

»Du siehst unglücklich aus.«

»Ich hasse Elektrotechnik«, sagt sie, und ihr treten Tränen in die Augen.

»Ich frage mich schon die ganze Zeit, warum du etwas studierst, was du nicht ausstehen kannst«, sagt er.

Sie rutscht nervös auf ihrem Stuhl hin und her, dann nimmt sie einen Bleistift und kritzelt herum, während sie antwortet: »Na ja, hassen ist vielleicht nicht das richtige Wort, aber viel abgewinnen kann ich diesem Studiengang auch nicht. Aber dadurch kann ich eine Verbindung zu meinem Dad aufbauen. Wir hatten früher so viel Streit über alles Mögliche, und die Schule war endlich etwas, was uns zusammengebracht hat. Ich hatte gute Noten, und ihm gefiel, dass ich gut war. Und als ich dann beschlossen habe, nach Houston zu gehen, haben wir uns geeinigt, dass ich Elektrotechnik studiere.« Sie macht eine Pause und reibt sich mit beiden Händen die Augen. »Na ja, es ist ja nicht für immer und ewig. Sobald ich den Bachelor habe, suche ich mir was anderes. Es ist so eine Art friedenserhaltende Maßnahme. Wenn ich diesen Abschluss habe, kann er stolz auf mich sein. Und dann kann ich machen, was ich will.« Lily schaut zu Tony hin und erwartet, dass er Verständnis zeigt, doch er schaut sie ungläubig an.

»Das ist das Dümmste, das ich je von dir gehört habe.«

»Wie bitte?«

»So ziemlich das Erste, was du zu mir gesagt hast, als wir uns kennenlernten, war: ›Ich hasse elektronische Schaltungen und all den Kram‹, aber jetzt sitzt du immer noch unglücklich hier rum und studierst Elektrotechnik, weil du aus irgendeinem bescheuerten Grund glaubst, die brave Tochter spielen zu müssen.«

Lily zuckt zurück, als hätte er ihr ins Gesicht geschlagen. Ihr rauscht das Blut in den Ohren. »Das verstehst du nicht«, gibt sie zurück. »Du gehst davon aus, nein, du *erwartest* sogar, dass du einfach tun kannst, was du willst.«

Tony wirft verzweifelt die Hände hoch. »Warum denn auch nicht? Ich habe hart gearbeitet. Ich hab's mir verdient. Ich schulde niemandem was.«

»Wirklich nicht? Bist du sicher? Ich schätze, an dem Punkt unterscheiden wir uns. Meine Zukunft gehört nicht nur mir. Sie gehört auch meinem Vater. Das hier ist meine Art, ihm meinen Respekt zu erweisen. Und vielleicht kann ich es nur auf diese Art tun.«

»Das ist doch Quatsch, Lily! Ich glaub dir kein Wort«, entgegnet er mit erhobener Stimme. »Das klingt nicht mal, als würdest du dir selbst glauben. Eher, als würdest du einen Text aufsagen – und zwar einen, von dem du glaubst, dass er von dir erwartet wird.«

Sie starrt ihn an. Sie weiß nicht, wie sie darauf reagieren soll.

»Du hast nur ein Leben. Warum willst du es für jemand anders leben?«

Er schüttelt enttäuscht den Kopf. »Ich möchte nicht mit einer blassen, pflichtbewussten Version von Lily zusammen sein, die alles daran setzt, eine zu sein, die sie nicht ist.«

»Du bist so arrogant!«, explodiert sie. »Durchschaust du mich schon besser als ich mich selbst? Wie lange kennen wir uns jetzt? Ein halbes Jahr vielleicht? Es gibt eine Menge, was du nicht über mich weißt. Nicht jeder sieht das Leben so klar vor sich, wie es dir gegeben ist, Tony Camberwell. Warum glaubst du zu wissen, wer ich bin und was ich will? Du kennst mich ja kaum!«

Tonys Augen funkeln wütend, und sie sieht, wie die Adern an seinem Hals anschwellen. Sie starren sich an. Dann ein kühler Blick. Ein Nicken. »Vielleicht hast du recht. Ich kenne dich kaum. Ich dachte, das mit uns wäre was Besonderes, anders als alles andere, aber ich habe mich geirrt.«

Er geht, bevor sie etwas erwidern kann.

Sie schaut auf ihr Chemiebuch herab. Die Worte verschwimmen, und das Papier wellt sich unter den Tränen, die darauf fallen.

Du hast nur ein Leben. Warum willst du es für jemand anders leben? Lily weiß es nicht. Sie ist so gut darin geworden, die Prioritäten anderer zu ihren eigenen zu machen, dass sie vergessen hat, was sie selbst will. Tonys Worte hallen ihr in den Ohren wider. Jedes Mal, wenn sie ihr Lehrbuch aufschlägt, kommen ihr erneut die Tränen, und es ist ihr unmöglich zu lernen. In den folgenden Wochen hinterlässt Tony ihr einige Nachrichten auf dem Anrufbeantworter; einmal, um sie um ein Treffen zu bitten, dann, weil er hofft, dass sie zu seiner Zeugnisübergabe kommt, und schließlich, um sich vor seinem Umzug verabschieden. Sie ignoriert alles.

29

Houston, Texas, Mai 1991

Die Abschlussprüfungen werden zum Debakel für Lily. Sie fällt in vier der fünf Fächer durch und besteht auch das fünfte nur knapp. Nun droht die Wiederholung eines Semesters, eine Suspendierung oder möglicherweise sogar die Zwangsexmatrikulation. Sie traut sich nicht, es ihren Eltern zu sagen, und weiß nicht, was sie tun soll. Beschämt schleppt sie sich zu dem vorgeschriebenen Gespräch mit einer Studienberaterin.

Das Büro von Dr. Nancy Ashford ist vom Boden bis zur Decke mit Bücherregalen vollgestellt. Sie ist eine sportliche Frau im mittleren Alter mit rötlichen Wangen, einer runden Brille und widerspenstigen Locken. Sie begegnet Lily ernst, aber freundlich. Am Anfang berichtet sie von ihrem Hintergrund als ausgebildete Psychologin und davon, dass sie erst später ein Interesse an der Arbeit als Studienberaterin entwickelt habe. Es gefällt ihr, Studierende dabei zu unterstützen, die Anforderungen an der Uni mit eigenen Zielen in Einklang zu bringen, und sie sagt, dass sie hoffe, Lily mit der heutigen Sitzung dabei zu helfen, herauszufinden, was in diesem Semester falsch gelaufen sei. Während Dr. Ashford redet, schaut Lily die ganze Zeit auf das Bücherregal hinter ihr. Neben vielen psychologischen Fachtiteln und Büchern über das Hochschulwesen fällt ihr ein Brett mit Romanen und Gedichtbänden auf: *Sämtliche Gedichte von Emily Dickinson, Grashalme, Die Glasglocke, Ein Zimmer für sich allein, Hundert Jahre Einsamkeit, Die Brüder Karamasow.*

»Lily?«

»Entschuldigung.«

»Ich habe Sie gefragt, was Ihr Studienschwerpunkt ist.«

»Oh, ähm, Elektrotechnik«, sagt Lily.

»Wirklich?« Die Beraterin ist überrascht. Sie hält das Blatt mit Lilys Noten hoch.

»Ich weiß, ich weiß, ich hatte einfach ein paar schlechte Monate. Ich war abgelenkt. Nächstes Semester wird alles wieder viel besser, und ich werde mich total reinknien.«

»Ich möchte Sie was fragen, Lily.« Dr. Ashford nimmt die Brille ab und massiert ihren Nasenrücken. Ihre Augen sehen jetzt kleiner aus, verletzlich. »Wofür interessieren Sie sich?«

Lily erstarrt. Sie ist sich nicht sicher, was sie auf diese Frage antworten soll.

»Sie sagen, Ihr Schwerpunkt sei Elektrotechnik, aber das sind genau die Kurse, in denen Sie durchgefallen sind. Sie werden mindestens ein Semester, vielleicht aber sogar ein ganzes Jahr aussetzen müssen. Die Bewertungen vom letzten Jahr sind ja gar nicht schlecht.« Sie setzt die Brille wieder auf und schaut auf Lilys Noten. »In den geisteswissenschaftlichen Lehrveranstaltungen haben Sie sogar gute und sehr gute Bewertungen bekommen. Kann es sein, dass es besser für Sie wäre, den Studiengang zu wechseln?«

»Ich soll aber Elektroingenieurin werden«, beginnt Lily. Ihre Stimme ist leise.

»Sie sollen? Möchten Sie es denn auch?«

Lily schweigt.

»Ich weiß, dass die Wahl eines Studiengangs komplexe Gründe haben kann und dabei häufig eine Menge Faktoren eine Rolle spielen. Wenn ich mir Ihre Noten anschaue und Ihnen so zuhöre, habe ich den Eindruck, dass Sie unsicher sind. Vielleicht können Sie die Ferien dazu nutzen, das, was Sie wollen, von dem zu unterscheiden, was Sie nur zu wollen glauben.«

Lily spürt einen dicken Kloß im Hals. Sie ist sich nicht sicher, ob sie kritisiert wird. Ihr kommen die Tränen, und sie kann sie nicht aufhalten. Dr. Ashford schiebt eine Box mit Papiertüchern zu ihr hin. Lily nimmt sich eines, wischt sich das Gesicht ab und zerknüllt das Tuch dann in ihrer Hand. Sie schnieft und versucht mit fester Stimme zu sprechen. »Geht's denn jetzt um ein Semester oder um ein ganzes Jahr?«

»Das gehört zu den Dingen, die wir heute entscheiden müssen. Meistens geht es nur um ein Semester, und dann machen Sie probeweise weiter. In Elektrotechnik werden allerdings nicht alle Lehrveranstaltungen jedes Semester angeboten, und man sollte schon die richtige Reihenfolge einhalten, sonst wird es schwierig. Also, lassen Sie uns das mal durchsprechen. Hat es Vorteile für Sie, wenn Sie ein ganzes Jahr aussetzen?«

»Vielleicht«, sagt Lily. Die Vorstellung, sich eine Auszeit zu nehmen, ist verlockend.

»Und wie würden Sie dieses Jahr verbringen? Würden Sie nach Hause fahren?«

Lily denkt laut nach. »Nein, nicht nach Hause. Ich würde in Houston bleiben. Bevor sich alles so entwickelt hat, gab es schon den Plan, nächstes Jahr mit ein paar Freundinnen in eine Wohnung außerhalb des Campus zu ziehen. Und weil wir einen Mietvertrag für ein Jahr unterschreiben mussten, bleiben ein paar von uns ohnehin schon den Sommer über hier.«

»Und was würden Sie in der Zeit machen?«

Lily schaut wieder auf das Regal mit den Romanen. »Viel lesen? Früher hab ich wahnsinnig gern gelesen. Und arbeiten wahrscheinlich. Ja, ganz bestimmt sogar. Ich hatte vor, mir für den Sommer einen Ferienjob zu suchen, aber vielleicht kann ich den auch das ganze Jahr über behalten. Und ich mache eine Pause vom Studium und vom Lernen.« Ihre Stimme klingt jetzt fester. Vielleicht will sie das wirklich. »Früher waren gute Noten nie ein Problem für mich, aber jetzt …« Sie bricht ab und schaut auf das feuchte Papiertuch in ihrer Hand.

Dr. Ashford blättert wieder durch Lilys Akte und überfliegt

auch ihr Zeugnis von der High School, ihre Uni-Bewerbung und ihre Empfehlungsschreiben. Dann schaut sie Lily lange an. »Wenn Sie meinen, dass Sie das Jahr brauchen, unterstütze ich Ihren Plan. Wir benötigen die Zustimmung Ihrer Eltern, dann kann ich mich um die Modalitäten kümmern. Wenn Sie mit Ihren Eltern gesprochen haben, kommen Sie wieder zu mir und sagen mir, wie Sie sich entschieden haben.«

Lily steht auf. Ihr wird fast schwindlig bei dem Gedanken an all die Möglichkeiten, die sich auftun. Wie wäre es, wenn sie genug Zeit hätte, um herauszufinden, was sie wirklich will?

»Lily, wie auch immer Sie sich entscheiden, sorgen Sie dafür, dass es Ihre eigene Entscheidung ist.«

»Ja, danke, Dr. Ashford.«

Was Dr. Ashford vorschlägt, fühlt sich richtig an. Je mehr Lily darüber nachdenkt, desto klarer wird ihr, dass sie aufhören muss, immer das zu tun, was sie tun *soll*. Die Stimmen ihrer Eltern, Freunde und Dozenten, und auch die von Tony, irritieren sie. Sie braucht genug Ruhe, um auf sich selbst hören zu können.

Also rafft sie all ihren Mut zusammen und ruft ihre Eltern an. Sie will ihnen ihren Plan, das kommende Jahr in Houston zu verbringen, aber nicht an der Uni zu bleiben, als beschlossene Sache präsentieren, nicht als Frage.

Und natürlich sträubt sich Rachel gegen dieses Vorhaben. »Ich weiß nicht, Lily. Vielleicht solltest du über den Herbst nach Hause kommen und dann im neuen Jahr gleich wieder anfangen.«

»Nein, Mom. Ich möchte hier in Houston bleiben; ich ziehe mit meinen Freundinnen zusammen, wir haben auch schon unterschrieben. Meinen Anteil an der Miete verdiene ich selbst, ich gehe arbeiten. Ihr braucht mich nicht zu unterstützen.«

»Lily, es ist wirklich wichtig, dass du deinen Bachelor machst. Ein Uniabschluss ist deine Absicherung. Ich möchte nicht, dass du je in die Situation kommst, finanziell von jemandem abhängig zu sein.«

»Ich schmeiße mein Studium nicht. Ich nehme mir nur ein Jahr frei. Zum Teil, weil ich's im ersten Anlauf vermasselt habe, aber auch, weil ich rausfinden muss, warum das überhaupt passiert ist. Bitte, ich hab gründlich über alles nachgedacht, und ich brauche die Zeit wirklich.« Sie spürt, wie ihre Entschlossenheit ins Wanken gerät. »Nur dieses eine Jahr. Ich verspreche, dass ich danach fertig studiere.« Sie hält die Luft an und wartet.

Dann hört sie, wie ihre Mom tief in den Hörer seufzt. »Wie es klingt, ist es doch ohnehin schon entschieden. Was brauchst du dann noch von mir, von uns?«

»Dass ihr an mich glaubt. Und mir vertraut.«

Los Alamos, New Mexico, Mai 1991

Henry wird wütend, als Rachel ihm von Lilys Neuigkeiten erzählt. Zuerst besteht er darauf, dass sie sobald wie möglich weiterstudiert; er will, dass sie ihre Entscheidung widerruft und die Prüfungen wiederholt, also alles tut, um den eingeschlagenen Weg nicht zu verlassen. Aber Rachel bleibt hart: Er muss Lily ihren eigenen Weg gehen lassen. Ihre Tochter hat einen Plan für das kommende Jahr, und sie müssen ihr eine Chance geben. Als Henry schließlich einsieht, dass er nichts ausrichten kann, ist er am Boden zerstört.

»Ich kann einfach nicht fassen, dass sie durchgefallen ist, dass meine Tochter eine Studienabbrecherin ist«, wiederholt Henry immer wieder.

Rachel korrigiert ihn. »Sie bricht ihr Studium nicht ab. Sie geht ja wieder hin. Sie wird ihr Studium beenden. Wir müssen an sie glauben.«

Doch Henry kommt fast um vor Scham. Er sollte den Namen der Familie Dao weitergeben – er war der einzige Enkel von Dao Hongtse, der der Sohn eines Sohns war, der Einzige, der überlebt hat. Und wie sieht seine Bilanz aus? Er hat als Sohn versagt. Er kann seine Mutter nicht beschützen und ihr in Alter und Krankheit nicht beistehen. Er hat als Vater versagt. Sein Kind, sein einziges Kind hat das Studium geschmissen. Versagt! Soll es für die Dao-Familie nach allem, was sie verloren und geopfert hat, so enden?

Henrys Kirschbaum hat in all den Jahren kaum etwas hervorgebracht. Jedes Frühjahr bekommt er nur wenige, mickrige Blätter, und der Ertrag ist erbärmlich; nichts als saure, harte Früchte, die von diebischen Hähern erst gestohlen und dann fallen gelassen werden.

Nachdem er so lange kaum geblüht und nur wenige Früchte getragen hat, fällt Henry den Baum. Das ist leicht getan, denn der Stamm ist nie dicker geworden als sein Handgelenk. Er sägt ihn zwei Teile und wirft sie in seine Schubkarre. Dann füllt er das Loch mit Erde auf und schert sich nicht weiter darum. In diesem unfruchtbaren Boden wächst nicht einmal Unkraut. Es bleibt nur eine Mulde zurück, ein kümmerliches Andenken an seinen Obstgarten, der nicht gedeihen wollte.

Houston, Texas, August 1991

Der Sommer war berauschend gewesen für Lily, so, als wäre ihr eine Flucht geglückt. Sie jobbte in einem Buchladen, der in einem ehemaligen Theater untergebracht war, und genoss den Teamgeist unter den Kolleginnen. Wenn sie Neuerscheinungen las, mit der Kundschaft plauderte und in die Welt der Geschichten eintauchte, fühlte sie sich an all die Zeit erinnert, die sie als Kind in der Bücherei verbracht hatte. An den Wochenenden radelte sie mit ihren Mitbewohnerinnen durch Montrose, die Bissonet Street auf und ab und hinüber nach River Oaks, um die großen

Villen zu bestaunen. Die Wochen flogen nur so dahin mit spätabendlichen Ausflügen zum Kirby Drive, um Tacos oder Pasteten zu essen, oder zur Waterwall, wo sie zuschauten, wie das Wasser an der hohen halbkreisförmigen Brunnenwand herabfiel, und im Sprühwasser Abkühlung suchten.

Doch nun, wo das Semester wieder angefangen hat, ist es vorbei mit den Gemeinsamkeiten zwischen Lily und ihren Freundinnen. Der Ferienjob im Buchladen ist ausgelaufen, und ihre Tage ziehen sich endlos hin. Sie nimmt mehrere unterschiedliche Teilzeitjobs an, als Kassiererin und als Kellnerin, aber die Arbeitszeiten sind unregelmäßig und kräftezehrend. Zusammen mit dem Trinkgeld reicht der Lohn gerade so, um ihren Anteil an der Miete und den Lebensmitteleinkäufen zu bezahlen. Die Leute scheinen durch sie hindurchzusehen, wenn sie an der Kasse stehen oder ihre Bestellungen aufgeben.

Sie vermisst Tony. Sie vermisst das Lebensgefühl aus ihrer gemeinsamen Zeit. Wenn sie frei hat, hört sie manchmal den ganzen Tag das Mixtape, das er ihr geschenkt hat, als ob die gefühlvollen Songs von Tori Amos oder Leonard Cohen ihre Existenzangst, wenn schon nicht vertreiben, so doch lindern könnten.

Früher oder später kehrt sie in Gedanken jedoch immer zu ihrem letzten Streit zurück. Nicht nur hängt ihr die Trennung immer noch nach, sondern auch, wie sehr dieses Gespräch ihr Selbstverständnis erschüttert hat. In ihrer gesamten High-School-Zeit und auch in ihrem ersten Jahr an der Rice hatte sie sich nie entscheiden müssen zwischen dem, was sie gern tat, und dem, was sie glaubte, tun zu müssen. Es hatte genug Raum für beides gegeben, und sie hatte die Balance immer erhalten können. Aber jetzt kann sie nicht mehr an Elektrotechnik denken, ohne einen Groll zu empfinden und sich erdrückt zu fühlen. Tonys Worte haben ihren Drahtseilakt unsanft beendet, und sie schafft es nicht, sich wieder aufzurappeln und weiterzumachen. Sie hasst es, dass sie sich gestritten haben; sie hasst es, ihre erste Liebe und ihren besten Freund verloren zu haben, aber am meisten hasst sie, dass er recht hatte.

Wenn man sich sein Leben lang fast immer nach anderen gerichtet hat, wie gut sie es auch immer mit einem meinten, dann schwankt man wie ein kleines Kind, wenn man zum ersten Mal auf eigenen Füßen steht. Man muss es erst lernen, und zwar allein. *Woher wissen andere Menschen, was sie wollen? Wie finden andere ihren Weg?*, fragt Lily sich.

Sie denkt an Anne, für die es nie eine Frage zu sein scheint, ob sie irgendwann mal Ärztin wird oder nicht. Klar gibt es auch mal Zeiten, in denen ihr das Lernpensum zu hart ist, und über den Eignungstest für das Medizinstudium schimpft sie genauso wie alle anderen, aber ihr Ziel steht immer außer Zweifel.

»Nehmen Sie sich das Jahr Zeit. Denken Sie darüber nach, was *Sie* wollen«, hatte Dr. Ashford gesagt. »Niemand hindert sie daran zu träumen. Glauben Sie an sich, Lily. Seien Sie selbstbewusst.«

Tony war selbstbewusst. Selbstgefällig sogar. Sie war fasziniert von der Selbstsicherheit, mit der er durchs Leben ging. Er schien immer davon überzeugt zu sein, dass alles, was er sagte, auch gesagt werden sollte, und dass er auch gehört werden würde. Dieses souveräne Auftreten musste irgendwo seinen Ursprung haben. Rührte es von dem Wissen her, dass er sich auf sicherem Terrain bewegte? Oder daher, dass er die Geschichte seiner Familie kannte und auch seinen Platz in ihr? Muss man wissen, woher man kommt, um sich bewusst zu werden, wohin man gehen will?

Im Dezember ist Lily die Unregelmäßigkeit der Kellnerei so leid, dass sie die Kleinanzeigen wieder nach interessanteren Angeboten mit festen Arbeitszeiten durchforstet. Eine ihrer Mitbewohnerinnen, Pam, ist in Houston zu Hause. Sie erwähnt eines Tages, dass die Montessori-Schule, an der ihre Mutter arbeite, ab Januar eine Assistenzlehrkraft suche. Lily schreibt sofort eine Bewerbung und wird zum Vorstellungsgespräch eingeladen.

Sobald sie die Schule betritt, erwacht etwas in Lily. Aufregung, Begeisterung. Sie schaut sich einige der Schülerprojekte an, die an den Wänden hängen. Anders als an ihrer alten Schule sind es nicht Variationen eines einzigen Themas, sondern jedes Projekt hat ein anderes Thema. Pams Mutter erklärt, zur Philosophie der Montessori-Schulen gehöre es, dass die Kinder aus eigenem Ansporn lernen. Die Lehrer leiten sie an und helfen ihnen, ihre Fähigkeiten zu entwickeln, aber die eigenen Interessen der Schüler bilden die Haupttriebfeder des Lernens. Lily bleibt den ganzen Nachmittag dort und spricht mit Lehrern und Schülern. Ihr fällt auf, mit welcher Leidenschaft alle über das Lernen reden und wie wenig konventionell sich diese Schule anfühlt.

Am Ende geht Lily mit einem neuen Job und dem Kopf voller Fragen nach Hause. Was ist die beste Art des Lernens? Worin besteht die Rolle einer Lehrkraft? Der Schüler? Einer Person, die lernt? Wohin führt es einen, wenn man sich von seiner Neugier leiten lässt?

Das ist genau der Job, den Lily braucht. Dadurch erlangt sie das Gefühl, lebendig zu sein.

Der Rest des Jahres vergeht wie im Flug. Wie versprochen kehrt sie im Herbst an die Uni zurück, bleibt dort auch die nächsten Jahre und macht ihren Abschluss, jedoch nicht in Elektrotechnik, sondern in Erziehungswissenschaften.

Mit einem Abschluss in Erziehungswissenschaften kann sie gehen, wohin sie will. Lehrerinnen werden überall gebraucht. Die Lehrtätigkeit bindet sie weder an eine bestimmte Stadt oder Branche noch an einen bestimmten Teil des Landes. Sie könnte sogar ins Ausland gehen und Englisch unterrichten. Warum bei dem bleiben, was man kennt, wenn es eine ganze Welt zu erkunden gibt? So sehr Houston Lily auch ans Herz gewachsen ist, sie ist bereit, diese zersiedelte Gegend und die drückenden Hitze hinter sich zu lassen. Doch sie liebt das Stadtleben. Sie genießt die Energie, die entsteht, wenn so viele Menschen mit unterschiedlichen Anschauungen und Biographien auf engem Raum leben. Beim Nachdenken darüber, wie es für sie weitergehen soll, fällt ihr ein Gespräch mit Anne ein.

Kurz bevor Anne für ihr Medizinstudium nach Baltimore gezogen war, hatten sie beide auf der Schaukel vor dem College gesessen.

»Du wirst mir fehlen! Ich frage mich ja, wo es mich nächstes Jahr hinziehen wird, wenn ich fertig bin«, sagte Lily.

»Wenn du überall hingehen könntest, für welche Stadt würdest du dich entscheiden?«, fragte Anne.

»New York!«, platzte Lily heraus und war selbst überrascht.

»Was, wirklich?«

»Ja. Findest du nicht, dass die Stadt etwas ganz Besonderes an sich hat? In New York kann man sich ganz neu erfinden. Und ist das Leben nicht letzten Endes ein einziges großes Abenteuer?«

»Gott, klingt das kitschig«, hatte Anne in ihrer ewig pragmatischen und vernünftigen Art erwidert.

Aber ein Jahr später zeigt sich, dass Lily diese kitschige Antwort nicht vergessen kann. Als Lehrerin zu arbeiten und ein Leben in New York zu führen, gehört nicht zu den Plänen, die sie oder ihre Eltern sich für sie ausgemalt haben, aber als diese Idee erst einmal in ihrem Kopf ist, lässt sie Lily nicht mehr los. Und sie will sie auch gar nicht mehr loswerden.

New York City. Dort haben schon so viele Geschichten ihren Anfang genommen. Auch der amerikanische Teil der Lebensgeschichte ihres Vaters. Vielleicht wird ihr nächstes Kapitel ebenfalls dort beginnen.

30

New York City, New York, September 1994

Lily findet eine Stelle an einer kleinen öffentlichen Magnetschule in Lower Manhattan, die in den Räumlichkeiten einer umstrukturierten Middle School untergebracht ist. Jeder Gebäudetrakt umfasst eine eigene kleinere Schule mit einer speziellen Ausrichtung. Lilys hat einen naturwissenschaftlichen Schwerpunkt, aber sie selbst gibt Englisch- und Literaturunterricht.

Das erste Jahr ist hart. Tag für Tag strömen Horden ungestümer New Yorker Schüler zwischen elf und vierzehn Jahren in den Klassenraum rein und raus. An manchen Tagen bricht sie regelrecht an ihrem Schreibtisch zusammen, wenn der Letzte gegangen ist, und blinzelt in die seltsame Stille nach Stunden des ununterbrochenem Lärms. Während ihres knapp einstündigen Heimwegs nach Brooklyn sitzt sie wie betäubt in der U-Bahn und wappnet sich innerlich dafür, den Abend mit dem Korrigieren von Aufgaben und den Vorbereitungen für den nächsten Tag zu verbringen.

Mitunter ist sie von den permanenten Strapazen so erschöpft und entmutigt, dass sie in Versuchung kommt, hinzuschmeißen. Warum ist sie nicht bei der Elektrotechnik geblieben? Schaltkreise geben wenigstens keine Widerworte, und mit Papierkügelchen werfen sie auch nicht.

Aber tief im Inneren weiß Lily, dass sie für diese Arbeit gemacht ist. Sie hat einen Beruf, der sie interessiert und der wichtig ist, einen Beruf, in dem sie eines Tages vielleicht richtig gut sein wird. Auch wenn nicht alles nach Plan läuft, was sogar meistens der Fall ist, fasziniert sie die Frage noch immer, wie die Aneignung von Wissen funktioniert, und anders als in ihrem technischen Studium verspürt sie den Drang, ihre Kenntnisse darüber stetig zu vertiefen.

Ihr Vater hat ihre Entscheidung, die Ingenieurwissenschaften aufzugeben, irgendwann akzeptiert, aber bei ihren Telefonaten drängt er sie weiterhin, Computerkurse zu besuchen. Ihre Mutter war vor allem erleichtert, dass Lily überhaupt einen Abschluss gemacht hat. Dass sie nun einen Beruf hat und unabhängig ist, trug mit dazu bei, dass sie ihren Frieden mit Lilys Wahl geschlossen hat.

An guten Tagen liebt Lily ihre Arbeit. Ihr gefällt, dass ihre Schülerinnen und Schüler, entsprechend der Zusammensetzung der Stadtbevölkerung, aus vielen unterschiedlichen Kulturkreisen kommen und eine große Bandbreite an Hintergründen und Erfahrungen in den Unterricht einbringen. Viele von ihnen sprechen zu Hause eine andere Sprache als Englisch und sind die Ersten in ihrer Familie, die in den Vereinigten Staaten aufwachsen. In der Regel lässt es die Kinder und Jugendlichen kalt, wenn Lily erzählt, dass ihr Vater Chinese sei und ihre Mutter weiß. Viele von ihnen haben ebenfalls Eltern unterschiedlicher ethnischer Herkunft. Lily schließt besonders diejenigen ins Herz, die eher am Rand stehen, und versucht, Mittel und Wege zu mehr Integration zu finden. Jeder Einzelne von ihnen lehrt sie etwas, das sie noch nicht wusste. Jeder und jede ist anders, und Lily nimmt sich die Zeit, alle kennenzulernen, jeden und jede für sich.

Am Ende des Jahres ist sie trotz all der Anstrengung sicher, ihre Berufung gefunden zu haben.

Der Sommer vergeht wie im Flug, und bald ist Lily wieder an der Schule und richtet das Klassenzimmer für das neue Schuljahr her. Sie hat gerade eine Reihe von kurzen Buchbesprechungen aus dem letzten Jahr an einer Anschlagtafel befestigt, als es an der Tür klopft.

Eine asiatische Frau, die sie noch nie zuvor gesehen hat, kommt herein und schwenkt einen Tacker. »Hallo, haben Sie vielleicht noch Klammern? Mir sind meine gerade ausgegangen, und ich hab noch zwei Tafeln vor mir.«

»Natürlich, gern.« Lily geht zu ihrem Schreibtisch. »Sind Sie die neue Lehrerin für Naturwissenschaften?«, fragt sie, während sie ihre Schubladen durchwühlt.

»Ja, ich bin Julie.«

»Julie Zhang?« Als die Frau nickt, fährt Lily fort: »Ich habe Ihren Namen auf der neuen Kollegiumsliste gesehen. Willkommen, ich bin Lily. Ich unterrichte Sprache und Literatur. Ich finde leider keine Klammern, aber hier, nehmen Sie einfach meinen.« Sie gibt Julie ihren Tacker. »Ist das Ihr erster Job als Lehrerin?«

»Zum Glück nicht! Das erste Jahr ist schrecklich. Ich habe schon einige Jahre an einer Middle School unterrichtet und dann ein Jahr Erziehungsurlaub genommen. Als ich wieder anfangen wollte, habe ich nach einer kleineren Schule gesucht, und ich arbeite nur noch in Teilzeit. Isobel wirkte engagiert und flexibel, daher dachte ich, warum nicht? Außerdem mag ich Manhattan. Und was ist mit Ihnen? Wie lange sind Sie schon Lehrerin?«

»Das ist mein zweites Jahr. Ich hab letztes Jahr angefangen. Ja, Isobel ist echt ok. Sie unterstützt einen, aber sie verlangt auch einen hohen Einsatz. Das gehört an einer kleinen Schule wohl dazu; wundern Sie sich nicht, wenn Sie hin und wieder in letzter Minute eine Vertretung übernehmen müssen. Aber alles in allem sind die Kollegen toll. Und die Schüler – nun ja, machen Sie sich auf jede Menge unaufgeforderter Kommentare über die Yankees gefasst. Und auf unanständige Witze.«

Während ihres Gesprächs hatte Julie Lily ein paarmal angeschaut, als würde ihr etwas auf der Zunge liegen. »Sagen Sie, haben Sie chinesische Wurzeln?«

Julies Direktheit ist erfrischend. Normalerweise umkreisen die Leute dieses Thema eine Weile und ergehen sich in Höflichkeitsfloskeln, bis sie schließlich mit ihrer Frage herausrücken.

»Ich bin Halb-Chinesin«, antwortet Lily. »Und Sie?«

»Ich bin eine ganze Chinesin.« erwidert Julie verschmitzt lächelnd. »Mein Sohn Milo ist wie Sie, Halb-Chinese. Die Familie meines Mannes kommt ursprünglich aus Pakistan, aber inzwischen leben sie alle in den USA. Welcher Elternteil von Ihnen ist denn chinesisch?«

»Mein Dad.«

»Verstehe. Und aus welcher Ecke Chinas kommt er?«

»Ehrlich gesagt, bin ich mir nicht sicher.« Lily stellt überrascht fest, dass sie, statt die Frage abzuwehren oder abzutun, Lust hat, mehr zu erzählen. »Er wurde in China geboren, aber er ist nach Taiwan gekommen, als er noch sehr jung war. Irgendwann in den 1940er Jahren? Vielleicht während des Krieges? Ich weiß es nicht. Er redet wenig über seine Vergangenheit. Früher hat mich das wütend gemacht, aber inzwischen nehme ich ihn so, wie er ist. Bei ihm ist alles vage.«

»Ja, ich weiß, was Sie meinen.«

Das ist das erste Mal, dass jemand mit so etwas wie Verständnis auf eine Bemerkung von Lily über ihren Vater reagiert, und sie möchte das Gespräch am Laufen halten, mehr wissen.

»Ist Ihre Familie auch nach Taiwan gegangen, Julie?«

»Nein, meine Verwandten haben das Festland wahrscheinlich ungefähr zur selben Zeit verlassen wie Ihr Vater, aber sie haben sich in Hongkong niedergelassen. Dort bin ich aufgewachsen. Haben Sie denn noch Familie in Taiwan?«

»Meine Nainai lebt dort. Sie hat uns einmal besucht, als ich noch klein war.« Lily wird nachdenklich. »Ich hab mich damals wahnsinnig gefreut. Sie war so toll. Obwohl sie kaum Englisch konnte, hatte ich das Gefühl, dass wir uns verstanden haben. Und sie konnte meinen Dad herumkommandieren wie sonst niemand. Ich würde sie gern wiedersehen, aber aus irgendeinem Grund sind wir nie nach Taiwan gereist, und sie war auch nicht noch mal hier. Wie gesagt, mein Dad hat nie klar Stellung bezogen. Aber was ist mit Ihnen? Wie sind Sie denn nach New York gekommen?«, fragt Lily, teils aus Neugier, aber teilweise auch weil sie die Aufmerksamkeit instinktiv von ihren eigenen Erfahrungen weg zu etwas anderem lenken möchte.

Julie erzählt, dass sie im Teenageralter gewesen ist, als sie mit ihrer Familie von Hongkong nach Toronto zog. Aus Sorge wegen der bevorstehenden Übergabe Hongkongs an die Volksrepublik China habe ihre Familie entschieden, dass es sicherer sei zu emigrieren. Und nach der High School sei Julie dann in New York aufs College gegangen. »Und hier bin ich also«, schließt sie, die Arme ausbreitend.

»Ja, ich freue mich, dass Sie hier sind«, sagt Lily.

»Danke, ich auch. Ich gehe jetzt wohl besser mal und kümmere mich um meine Tafeln.«

Ungefähr eine Stunde später hat Lily ihr Klassenzimmer fast fertig vorbereitet, als Julie wieder hereinkommt und ihr den Tacker zurückbringt.

»Darf ich Sie was fragen?«

»Natürlich.« Lily setzt sich und bietet auch Julie einen Platz an.

»Wie war es für Sie, mit Eltern aus unterschiedlichen Kulturen aufzuwachsen?«

Darauf war Lily nicht gefasst. So eine Frage hat ihr noch nie jemand gestellt; so als wäre eine bikulturelle Abstammung eine besonders interessante Erfahrung. Während sie noch überlegt, was sie darauf antworten soll, fährt Julie fort.

»Mein Mann und ich denken viel darüber nach, was Milo von all den Kulturen mitnehmen wird: von der chinesischen, der pakistanischen, und jetzt auch noch der amerikanischen. Ich spreche mit ihm Kantonesisch und mein Mann Urdu, und untereinander sprechen wir meistens Englisch. Was wird Milo da wohl am Ende als seine Muttersprache betrachten?«

»Ich spreche kein Chinesisch«, sagt Lily leise.

»Oh, ich meine, ich frage mich nur, wie es für meinen Sohn sein wird, mit dieser gemischten Abstammung aufzuwachsen«, erklärt Julie, als befürchte sie, Lily irgendwie verletzt zu haben.

»Werden die anderen Kinder ihn damit aufziehen? Wird er wissen, wo er herkommt? Was wird er über seine Familie sagen? Wie sind Sie damit umgegangen?«

»Ich weiß nicht«, sagt Lily. »Es war nicht immer einfach. Im Grunde ist der chinesische Teil verlorengegangen. Oder übertüncht worden?« Sie lächelt Julie unsicher an. »In gewisser Weise glaube ich, dass mein Vater es zu schwierig fand, gleichzeitig Chinese und Amerikaner zu sein, und es darum aufgegeben hat, Chinese zu sein.«

»Aber wie kann denn jemand aufhören, Chinese zu sein?«, fragt Julie verwundert.

»Es wäre schön gewesen, wenn ich mich als Heranwachsende als ein Ganzes hätte empfinden können, und nicht als eine Person, die aus zwei nicht zusammenpassenden Hälften besteht. Vielleicht hat Milo ja die Möglichkeit, sein chinesisches und sein pakistanisches Erbe als gleichermaßen wertvoll zu erachten. Er braucht sich ja nicht für eine Seite entscheiden, oder?«

»Ja, das stimmt«, sagt Julie.

Für Lily ist es seltsam, nach so vielen Jahren wieder über solche Fragen nachzudenken. Die Bitterkeit und Frustration, die früher mit diesen Gedanken verbunden waren, sind verschwunden. An ihre Stelle ist eine neue Nachdenklichkeit getreten.

Julie schaut auf ihre Uhr. »Oh, ich muss los. Ich muss noch einiges erledigen. Es war wirklich nett, Sie kennenzulernen, Lily. Dann bis Montag!«

Lilys zweites Jahr als Lehrerin gestaltet sich gegenüber der Daueranspannung der Anfangszeit wesentlich angenehmer. Manche Tage sind zwar trotzdem hart, doch Lily unterlaufen nicht mehr so viele Anfängerfehler. An diese Stelle sind andere Fehler gerückt, aber es fällt Lily leichter, Herausforderungen schnell und entschlossen zu begegnen.

Als ihr eines Freitags zu Beginn des Schuljahres zehn Minuten vor dem Ende der letzten Stunde der Lehrstoff ausgeht, weiß

Lily, dass sie sich schnell etwas einfallen lassen muss, bevor Chaos losbricht. Auf ihrem Schreibtisch liegt ein Buch mit Volksmärchen aus aller Welt. Sie schlägt es zufällig irgendwo auf und fängt an, eine jamaikanische Geschichte mit dem Titel »Der Wettlauf zwischen Kröte und Esel« vorzulesen. Das Papierrascheln und das Stühlerücken versiegen. Als die Geschichte zu Ende ist, ist es ganz still im Klassenzimmer, und es bleiben noch drei Minuten, bevor sie die Klasse nach Hause schicken kann. »Lesen Sie uns noch eine vor?«, fragt jemand. Die nächste Geschichte, »Der Königssohn geht auf Bärenjagd«, kommt aus Finnland. Lily liest auch sie vor, und die Geschichte endet kurz vor dem Läuten der Schulglocke.

Das Vorlesen wirkt Wunder. Die Luft im Zimmer scheint sich plötzlich auszudehnen, anstatt sich stickig und verbraucht anzufühlen. In der nächsten Woche beschließt Lily, jeden Schultag mit einer Geschichte zu beginnen und mit einer zweiten ausklingen zu lassen. Selbst die zappeligsten Schülerinnen und Schüler sitzen dann still da und lauschen gebannt den Heldentaten und Schurkenstücken von Betrügern, Gaunern, Zauberern und Narren.

Julie Zhang entwickelt sich schon bald zu einer beliebten Lehrerin und wird eine gute Freundin von Lily. Lily ist dankbar, dass es Julie gibt, besonders, als die alljährlichen Elternsprechtage vor der Tür stehen. In ihrem ersten Jahr hatte Isobel, die Schulleiterin, Lily im Vorfeld gefragt, ob sie nicht für die chinesischen Familien dolmetschen könne. Doch so gerne Lily auch geholfen hätte, hatte sie erklären müssen, nicht dazu in der Lage zu sein. Isobels Erstaunen und auch das der Eltern, die sie bei der ersten Begegnung auf Chinesisch ansprachen, hatten Lily beschämt und sie traurig gemacht. In diesem Jahr ging Isobels Übersetzungsanfrage an Julie.

»Es war toll, dass du ein bisschen dolmetschen konntest«, sagt Lily zu ihr, als der erste Tag vorbei ist und sie ihre Sachen packen.

»Ich bin völlig fertig«, sagt Julie. »Es war ein bisschen zu viel für mein armes Hirn, dass ich zwischen Eltern, Lehrern und Schülern hin und her übersetzen musste, manchmal in drei Sprachen.«

»Drei Sprachen?«, fragt Lily.

»Kantonesisch ist kein Problem, aber mein Hochchinesisch ist nicht so gut. Es kam mehrfach vor, dass mich jemand was auf Hochchinesisch gefragt hat und mir dann die Schriftzeichen aufschreiben musste, weil ich es nicht verstanden habe. Und wenn es dann nicht die traditionellen, sondern die vereinfachten Schriftzeichen waren, wurde es noch verwirrender. Es war also ein lustiges Hin und Her zwischen Hochchinesisch, Kantonesisch, verschiedenen Schriftzeichen und Zeichensprache. Puh!«

»Wahnsinn. Ich hatte ja keine Ahnung.«

»Eigentlich hätte ich mich gar nicht erst darauf einlassen sollen. Solche Aufgaben stehen nicht in meinem Vertrag, und es gibt genügend professionelle Dolmetscherinnen hier in der Gegend. Isobel hat mich in eine schwierige Lage gebracht. Sie wusste ja, was kommt, und hätte vorausplanen können. Aber als ich sie darauf angesprochen habe, hat sie irgendwas von Bürokratie und Wartelisten gesagt und dass es so besser wäre, weil die Schüler mich schon kennen.«

»Warum hast du denn dann zugestimmt?«

Julie zuckt mit den Schultern. »Weil ich weiß, wie man sich als Kind in dieser Situation fühlt.«

»Oh.«

»So, ich bin fertig. Lass uns gehen«, sagt Julie und schlüpft in ihre Jacke.

Als sie zusammen die Straße entlanggehen, erwähnt Lily, dass Isobel im Vorjahr sie um Übersetzungshhilfe gebeten hatte. »Ich war überrascht, wie schlimm es für mich war, nicht helfen zu können.«

»Sie ist also einfach davon ausgegangen, dass du Chinesisch sprichst?«

»Ja, und da ist sie nicht die Einzige. Es kommt vor, dass Schüler, Eltern oder sogar Wildfremde im Park mich einfach auf Chinesisch ansprechen.«

»Hast du denn jemals versucht, es zu lernen?«

»Versucht ja, aber ich bin nicht weit damit gekommen.«

»Und dein Vater hat nie Chinesisch mit dir gesprochen?«

»Nein. Vielleicht hat es ihn zu traurig gemacht. Oder er dachte, er müsste mich schützen, keine Ahnung. Er kann manchmal sehr irrational sein.«

»Hmm.« Julie nickt. Nach ein paar Minuten sagt sie: »Weißt du, die Generation unserer Eltern hat Schlimmes durchgemacht. Fast alle, mit denen ich in Hongkong aufgewachsen bin und deren Eltern vom chinesischen Festland kamen, haben während des Krieges richtig üble Sachen erlebt.«

Die Generation unserer Eltern. Lily hat ihren Vater noch nie als Teil einer bestimmten Generation betrachtet.

»Ich werde nie vergessen, wie mein Dad erzählt hat, dass er vor dem Umzug nach Hongkong in der Zeit der japanischen Besatzung mit seinem Bruder zusammen eine Straße in China entlanggegangen ist und auf der anderen Straßenseite einen Klassenkameraden gesehen hat. Dann kam ihnen ein japanischer Soldat entgegen. Alle wussten, dass man sich verneigen sollte, wenn man einem Japaner begegnete. Aber dieser Junge hat gerade nicht aufgepasst oder nicht schnell genug reagiert und wurde auf der Stelle erschossen. Es konnte so Knall auf Fall gehen, man hatte keine Chance, etwas dagegen zu tun. Mein Dad erzählte, er und sein Bruder hätten sich sofort auf den Boden fallen lassen für den Fall, dass der Soldat auch sie gesehen hatte. Glücklicherweise hat er ihnen nichts getan, aber die Situation war unglaublich bedrohlich. Man konnte wegen des kleinsten Fehlers sein Leben verlieren.«

»Wahnsinn …«, sagt Lily ungläubig, und sie begreift plötzlich: *Es gibt noch mehr Geschichten*.

»Die Überlebenden haben Dinge gesehen, die sie lieber nicht gesehen hätten und am liebsten vergessen möchten. Wahrscheinlich ist es bei deinem Vater genauso.« Julie bleibt stehen, um ihre MetroCard herauszuholen. »Also, dann bis morgen!«

»Ja, bis dann!« Lily winkt zum Abschied und sieht ihrer Freundin nach, die die Treppe zur U-Bahn hinuntereilt.

Auf dem Heimweg wird Lily bewusst, dass sie fast nichts über den Krieg zwischen China und Japan oder den chinesischen Bürgerkrieg weiß. Eigentlich weiß sie gar nicht, warum so viele Menschen China verlassen haben oder wohin sie gegangen sind, wenn nicht nach Taiwan. Verunsichert und genervt von den Ängsten ihres Vaters, hatte sie irgendwann einfach aufgehört, sich dafür zu interessieren. Doch jetzt verändert sich Lilys Sicht auf ihren Vater. Sie macht sich die auf die Suche nach Geschichten aus seiner Generation. Geschichten von denen, die in China geblieben sind, und von denen, die ihr Land verlassen haben.

Mit Büchern fängt sie an. Sie möchte das Schweigen ihres Vaters mit den Stimmen derjenigen aufwiegen, die ihre Geschichte ebenso unbedingt erzählen wollten, wie ihr Vater die seine zu vergessen suchte. Sie liest zuerst *Wilde Schwäne*, danach *Die Schwertkämpferin*, dann *Töchter des Himmels* und schließlich jeden Roman, jede Biographie und alle Lebenserinnerungen, die sie zu der Thematik auftreiben kann. Sie staunt, als sie bei The Strand die autobiographischen Werke von Han Suyin entdeckt, einer belgisch-chinesischen Autorin und Ärztin, die zur selben Zeit in China gelebt hat wie ihr Vater. Jede Geschichte umfasst ein eigenes Spektrum in Sachen Leid und Resilienz, mit jeder Geschichte schließt sich eine weitere Lücke in dem verwirrenden Ganzen.

Mit der Zeit lernt sie, dass es immer weniger gilt, ihre eigene Geschichte genau zu bestimmen, je mehr sie über die Geschichten anderer erfährt. Wie in der letzten Phase beim Legen eines Puzzles braucht sie die fehlenden Teile irgendwann nicht mehr, um sich das Gesamtbild vorstellen zu können.

31

Nationales Palastmuseum, Taipeh, Februar 1997

Ihr Blick ruht auf der Gestalt eines Mönchs auf dem Markt.

Um ihn herum Schreie und Rufe, knarrende Wagenräder, Kreischen und Johlen. Rauch durchdringt die Luft, vermischt mit dem Geruch von verschiedenen Fleischsorten und Gewürzaromen. Sänften mit verhangenen Fenstern und wedelnden Quasten werden geschwind von Dienern vorbeigetragen. Aus einer anderen Richtung verkündet ein feierlicher Zug aus Reitern und Banner schwenkenden Fußsoldaten die Ankunft eines hohen Beamten. Lastenträger nehmen ihre Schultertragen ab, ihre Körbe sind übervoll: auf der einen Seite mit Fisch und auf der anderen mit Gemüse. Marktverkäufer kommen angerannt, um ihnen die frische Ware abzuhandeln und sie zu ihren Ständen zu bringen.

Die Augen des Mönchs sind geschlossen. Er zeigt keinerlei Regung, wenn eine Münze in seine Schale fällt oder ein Hund an seinem Knie schnüffelt. Nichts schützt seinen kahlen Schädel vor Sonne, Regen, Staub oder Wind. Selbst der ungeschickteste Taschendieb könnte ihn ausrauben. Aber keiner tut es. Seine Ruhe versetzt ihn an einen Ort jenseits von Vernunft, Handeln und Sprache. Er vertraut darauf, dass alles, was geschieht, einen Sinn hat, auch wenn er ihn nicht versteht.

Eine Reisegruppe schart sich um Meilin und bedrängt sie, um die Bildrolle betrachten zu können. Der Führer macht mit einem langen schwarzen Zeigestock auf verschiedene Details aufmerksam: die roten Sammlersiegel, die schöne Kalligraphie im Anhang, die zarte Pinselführung und die für diese Periode charakteristischen Farben. Die Touristen machen Fotos, dann strömen sie eilig in den nächsten Saal. Eine Mutter geht mit ihrem Kind auf dem Arm an der ausgebreiteten Bildrolle entlang und singt ihm dabei leise ins Ohr. Eine kleine Gruppe von Kindern flitzt vor der Vitrine hin und her und sucht nach Abbildungen von Tieren: Ochse, Pferd, Hund, Tiger, Reiher, Hirsch. Ein älteres Paar verharrt vor der Rolle, wechselt ab und an leise einige Worte und schweigt dann wieder längere Zeit. Die beiden brauchen sich nicht zu beeilen; sie führen ihre Gespräche mit Unterbrechungen schon seit Jahren immer weiter fort.

Der Saal füllt und leert sich, füllt und leert sich wieder.

Natürlich ist das nicht ihre Bildrolle.

Meilin geht jedes Mal wieder voller Hoffnung ins Palastmuseum, wenn in einer neuen Ausstellung vom Festland gerettete Kunstschätze präsentiert werden. Sie kann gar nicht mehr zählen, wie viele Bildrollen sie schon betrachtet hat. Jede einzelne ist atemberaubend. Jede einzelne ein Wunder des Überlebens. Trotzdem erstaunt es sie, wie deprimiert sie jedes Mal ist, wenn sie wieder nicht auf ihre Rolle stößt. Vielleicht ist Enttäuschung der Preis der Hoffnung. Meilin hat gelernt, die Momente zuzulassen, in denen der alte Schmerz wieder aufflammt. Dann legt sie sich die Trauer um wie ein Schultertuch, damit sie sie ganz fest an sich ziehen kann. Denn diese Traurigkeit, so dünn und fadenscheinig sie auch sein mag, ist das Letzte, was sie nach einem Leben voll des Wartens noch mit einem nun erwachsenen Sohn, einem längst verstorbenen Mann und einer Vergangenheit verbindet, die in der Erinnerung allmählich verblasst.

Taipeh, Taiwan, März 1997

All die Tage, all die Jahre sind in der allgemeinen Unruhe von Arbeit und Geschwätz zerronnen. An Tante Luos Stand auf dem Yongle-Stoffmarkt zieht ein endloser Strom von Bräuten vorbei, die Seide und Satin für exquisite Qipaos aussuchen, und von neureichen Geschäftsleuten, die sich maßgeschneiderte Anzüge gönnen. Sie werden immer eleganter und weltgewandter, kommen aber weiterhin hierher, um sich ihre Kleider auf den Leib schneidern zu lassen. Meilin wird für ihre Fähigkeit geschätzt, genau die richtigen Farbnuancen und Stoffsorten auszuwählen, um das Beste in einem Menschen hervorbringen. Sie weiß nicht mehr, wann sie von einer Kundin zu einer Angestellten bei Tante Luo geworden ist. Wie bei so vielen Dingen in ihrem Leben in Taipeh haben sich die Grenzen mit der Zeit aufgelöst.

Meilin liebt Dadaocheng am Morgen, wenn es noch ruhig ist in diesem Viertel und auf der Dihua Street nur die Gläubigen unterwegs sind, die in aller Frühe zum City God Tempel streben. Die täglichen Rituale der Ladeninhaber folgen einem beruhigenden Rhythmus. Sie entzünden rote Kerzen für die Vorfahren, füttern die Goldfische in den Keramikgefäßen, die ihre Ladenfronten zieren, und gießen das Dickicht aus kleinen Topfpflanzen unter den Dachvorsprüngen. Bevor die Hitze und die Menschenmengen größer werden, bevor schlurfende Schritte und das Quietschen von Fahrradbremsen die Atmosphäre erfüllen, und bevor Säcke mit Hirse, Reis und getrockneten Pilzen auf die Fußgängerwege überquellen, bleibt sie gern dort stehen, um die Arkaden aus rotem Backstein zu betrachten, die sich die Straße entlangziehen. An manchen Tagen glaubt sie an deren äußerstem Ende fast einen Blick auf eine junge Mutter und ihren Sohn erhaschen zu können, die gerade in der Ferne verschwinden.

Heute Morgen ist sie früh aufgewacht. Noch vor dem Gesang

der Vögel. Das Haus liegt friedlich da. Nur ihr eigener Atem ist zu hören und das leise Klappern des Porzellans, wenn sie ihre Teetasse nach dem Trinken zurück auf die Untertasse stellt. Wenn sie ganz still sitzt, spürt sie eine grenzenlose Ruhe, die ihr Haus umhüllt wie eine Decke.

Draußen sitzen Knospen an den Enden der Zweige. Die Zeit rast, verrinnt immer schneller. Alles wächst und gedeiht, sprießt eilig hervor, entfaltet eine überströmende Fülle von Farben und Düften, und beschleunigt so den Wechsel der Jahreszeiten. »Moment!«, möchte sie ausrufen. »Wartet!« Etwas in ihr möchte die Ankunft des Lichts stoppen. Zu gern würde sie sich die Dunkelheit und die Stille noch ein bisschen länger erhalten. Neulich hat sie vom Frost geträumt. Es ist Jahrzehnte her, seit sie zuletzt einen tiefen Winter erlebt hat. Sie sehnt sich nach der Lautlosigkeit von Schnee, nach einer Jahreszeit, in der alles schläft, nach einer Ruhepause.

Los Alamos, New Mexico, März 1997

Henry ist gerade von der Arbeit nach Hause gekommen. Rachel begrüßt ihn an der Tür. Sie wartet, bis sie er seine Tasche abgestellt, seine Schuhe aufgeschnürt und die Hausschuhe angezogen hat. Er geht durch den Flur in die Küche und legt sein Namensschild ab, seine Armbanduhr und den Ring. Sie folgt ihm.

»Hör dir das mal an, Henry!«

Sie drückt auf die Starttaste des Anrufbeantworters. In stockendem Englisch sagt eine Stimme, die weit weg klingt: »Suchen Dao Renshu.« Dann spricht jemand anders im Hintergrund leise Chinesisch. »Für Henry, für Henry. Seine Mutter sehr krank. Kommen.« Der Hörer am anderen Ende stößt irgendwo gegen, und dann wird aufgelegt.

Henry schlägt die Hand vor den Mund. Er setzt sich, kneift die

Augen zu und presst eine Faust gegen seine Lippen. Rachel setzt sich auf den Platz gegenüber.

Bevor die Nachricht gekommen war, hatte Rachel in den Vorbereitungen für die landesweite Bibliothekarstagung gesteckt, auf die sie sich seit Monaten freut. Nun bietet sie Henry an, ihre Pläne zu ändern und mit ihm nach Taiwan zu reisen, doch er lehnt ab. Er möchte, dass sie zu ihrer Fachtagung fährt, denn er weiß, wie viel die Einladung ihr bedeutet. Außerdem kennt sie in Taiwan weder die Sprache noch das Land. Der Aufenthalt dort werde für ihn, auch wenn er nicht den Reiseführer geben muss, schon schwierig genug, sagt er.

Rachel reagiert gereizt. Sie erwarte ja gar nicht, dass er den Reiseführer spiele, sie habe nur gedacht, er würde sich über Unterstützung freuen.

Er bedauert sofort, was er gesagt hat. Aber er beharrt darauf, allein reisen zu müssen.

Nachdem sie ein weiteres Mal versucht hat, ihn zu überzeugen, gibt Rachel schließlich widerstrebend nach. Sie ruft Lily an, um ihr die Neuigkeiten zu erzählen.

»Gib ihn mir mal, Mom«, sagt Lily.

Henry kommt ans Telefon. »Ich muss nach Taiwan, meine Kleine. Nainai ist krank.«

»Ich komme mit, Dad. Ich helfe dir.«

»Nein, nein, du musst doch arbeiten. Konzentrier du dich auf dein Leben.«

»Aber das ist doch eine wichtige Angelegenheit. Ich bin sicher, dass meine Schulleiterin Verständnis haben wird. Sie wird eine Vertretung für mich finden.«

»Nein, du brauchst nicht mitzukommen.«

»Doch. Ich muss mitkommen. Sie ist meine Nainai.«

Er sagt nichts mehr.

»Ich buche mir ein Ticket. Wir treffen uns dort. Sie ist meine Nainai«, wiederholt sie.

Henry zögert.

Der Mann, der seit vielen Jahren bei Verabredungen und Meetings immer zu früh ist, der stets vorausplant, damit er sich nicht hetzen muss, der alle seine Berechnungen nachkontrolliert und noch ein drittes Mal überprüft, verharrt plötzlich in einer Starre. Er muss zurück nach Taiwan, kann sein früheres Leben nicht länger wegschieben, doch er verliert sich in den Details. Er muss Urlaub beantragen, sich um sein Ticket kümmern, seinen Pass verlängern, Geld umtauschen, packen. Was soll er mitbringen? Wie lange wird er bleiben müssen? Wer ist sonst noch da? Die Zeit rinnt ihm durch die Finger. Er weiß, dass sie sehr krank ist, aber seine Ma wird doch sicher nicht sterben, bevor sie sich verabschiedet haben. Er tut sein Bestes, aber es sind zu viele Dinge zu erledigen; er ist noch nicht fertig. Noch nicht bereit.

Henry wird wieder zu Renshu. Erneut überwältigen ihn die Ereignisse und die Zeit. Er steckt in einem Pulk aus lauter verzweifelten Menschen fest, die von einem Schiff hinunter oder in einen Zug oder Luftschutzraum hinein zu gelangen versuchen. »Ma! Ma!« Seine Schreie gehen im Gedränge aus Schultern und Ellenbogen unter, niemand schaut nach unten und sieht den Jungen, der verlorengegangenen ist. Was soll er bloß tun, wenn er seine Ma nicht wiederfindet?

Rachel hilft ihm. Sie hilft ihm dabei, einen Brief an seinen Arbeitgeber aufzusetzen, in dem er die Situation erläutert und Sonderurlaub beantragt. Sie hilft ihm beim Packen, kümmert sich um seinen Pass, stimmt die Ankunftszeit mit Lily ab, bringt ihn zum Flughafen.

Nach dem Einchecken sitzen sie starr nebeneinander am Gate und warten auf die Durchsage, dass das Boarding beginnt.

»Henry.« Rachel wendet sich ihm zu. »Henry, schau mich an.«

Er dreht ihr sein Gesicht zu, und sie legt beide Hände auf seine Schultern, so wie sie es bei Lily gemacht hat, als sie noch klein war. Ihre Miene ist ernst, ihre Stimme fest.

»Henry, was auch immer passiert, du weißt, dass du so viele

Jahre alles für sie getan hast, was du konntest. Ich bin sicher, sie ist stolz auf dich.«

Er rutscht auf seinem Stuhl herum. Das Gate füllt sich mit Fluggästen und deren Begleitungen. Das Boarding beginnt.

»Es geht los. Deine Sitzreihe wurde aufgerufen.« Sie drückt ihn noch einmal fest an sich und küsst ihn in den Nacken.

»Danke, Rachel. Danke.«

Die Maschine beschleunigt auf der Startbahn; erst surren die Triebwerke, dann gibt es Brummen und schließlich Dröhnen. Durch seine Schuhsohlen hindurch spürt Henry, wie die Vibrationen zunehmen, während sich die Räder immer schneller und schneller drehen. Er schließt die Augen und wartet auf den Moment, in dem der Luftdruck unter den Tragflächen stärker wird als der darüber. Das ist der Umschlagspunkt. Der Augenblick, in dem die Auftriebskraft die Schwerkraft überwindet, das Fahrwerk den Kontakt zum Rollfeld verliert und das Flugzeug vom Boden abhebt.

Taipeh, Taiwan, April 1997

Internationaler Flughafen Chiang Kai-shek. Henry steigt vom Nachtflug erschöpft aus der Maschine. Dann schaut er auf den Zettel, auf dem Rachel ihm Lilys Ankunftszeit und Flugnummer notiert hat, und macht sich auf den Weg zu ihr. Als sie durch ihr Gate kommt, verspürt er ein Gefühl von Stolz, das ihn überrascht. Sie ist nun eine erwachsene Frau. Nicht nur ihr modischer Haarschnitt und ihre Kleider zeigen ihm das, sondern die ganze Art ihres Auftretens. Sie hält sich gerade, während sie einen kleinen Koffer hinter sich herzieht und ihr Blick über die Menschenmenge vor ihr gleitet. Als sie ihn entdeckt, verzieht sich ihr Gesicht zu einem breiten Grinsen, und plötzlich sieht er wieder seine Kleine vor sich. Sie kommt angelaufen und umarmt ihn. Auch wenn er versucht hat, sie von ihrem Vorhaben abzubringen, ist er jetzt froh, dass sie gekommen ist.

Während sie in der Schlange vor der Zollkontrolle warten, tauschen sie sich über ihre Flüge aus. Doch bald macht sich die Müdigkeit bemerkbar, und sie werden still. Henry schläft fast ein, aber die Leute, die ihre Taschen und Koffer geräuschvoll nach vorn schieben, machen ihn wieder wach. Ihre Pässe werden abgestempelt, dann holen sie ihre Koffer. Als die beiden aus dem Gebäude treten, schlagen ihnen feuchtwarme Luft und lauter Gerüche entgegen, die er vergessen hatte.

Er winkt ein Taxi heran und gibt dem Fahrer Meilins Adresse. Sie wohnt in einem Teil von Taipeh, in dem er noch nie war. Der Fahrer fädelt sich in den schnell fließenden Verkehr ein, aber als Henry aus dem Fenster schaut, erkennt er nichts wieder. Von dem Schilderwirrwarr an den Ladenfronten entlang der Straßen springen ihn chinesische Schriftzeichen an. Seine Muttersprache umtanzt ihn in einem wilden Durcheinander der Schriftarten und -größen. Von allen Seiten schlägt ihm eine Sprache und ein Leben entgegen, das er zurückgelassen hat.

Taipeh ist ein Gewimmel aus breiten Straßen, einer Hochbahn und glänzenden Wolkenkratzern. Wo Henry sich an Fahrradklingeln und die Rufe von Straßenhändlern erinnert, dröhnen Motoren und lärmen Hupen. In dem Taipeh, das er kannte, waren die Straßen von hölzernen Strommasten gesäumt, die über Drähte die darunterliegenden Häuser mit Licht und Strom versorgten. Jetzt sieht er kaum noch Drähte und Masten, nur Gebäude, die sich in endlos in den Himmel erstrecken.

Lily ist trotz ihres Jetlags und des langen Flugs plötzlich wieder hellwach. All das Neue, das hier auf sie einströmt, begeistert sie, und er sieht wieder das Mädchen vor sich, das ihm durch den Garten nachgelaufen ist und aufs Geratewohl chinesische Vokabeln aufgesagt hat. Sie ist fasziniert von der Stadt, die an ihrem Fenster vorbeizieht und zupft andauernd an seinem Arm, während sie die vielen Motorroller bestaunt, die winzigen, mit Fußgängern überfüllten Gassen, die offenen Ladenfronten und die alten Tempel, welche sich zwischen moderne, mehrstöckigen Häuser drängen.

Als der Taxifahrer sie absetzt, muss er beim Bezahlen unbeholfen die Scheine abzählen; das Wechselgeld lehnt Henry ab. Dann stehen sie nebeneinander mit ihren Koffern da. Henry drückt auf die Klingel und wartet.

Entlang der Dihua Street sieht er Kinder in Schuluniformen, die auf dem Heimweg durch die Arkaden laufen und ihre Taschen herumschleudern; sie versuchen, sie so schnell kreisen zu lassen, dass ihre Stifte und Hefte nicht am höchsten Punkt herausfallen.

»Dao Renshu? Lily?«

Für den Bruchteil einer Sekunde glaubt er, Peiwen vor sich zu haben, doch dann fällt ihm ein, dass sie vor Jahren emigriert ist. Es scheint Lin-Na zu sein, die Freundin seiner Ma vom Stoffmarkt. Sie ist jünger, als er sie sich vorgestellt hat, eher in seinem als im Alter seiner Mutter.

»Ja. Sie müssen Lin-Na sein. Und meine Ma?«

Er kann an ihrer Miene ablesen, was passiert ist.

»Wann?«

»Gestern Nachmittag. Wir haben bei Ihnen zu Hause angerufen, aber es war niemand da. Wir haben eine Nachricht hinterlassen.«

Plötzlich herrscht nur noch Leere in seinem Kopf. Ihm ist, als wäre ihm etwas, das er schon so lange zu erreichen versucht, wie sein Gedächtnis zurückreicht, im letzten Moment entglitten. *Gestern Nachmittag*. Er schließt die Augen und versucht sich zu erinnern, wo er zu dem Zeitpunkt gerade war. Aber er schafft es nicht. Die Erschöpfung und das Adrenalin lassen ihn fast ohnmächtig werden.

»Ach, herrje! Was habe ich mir nur gedacht?«, schimpft Lin-Na mit sich selbst und öffnet die Tür weit. »Kommen Sie herein, kommen Sie! Haben Sie heute schon gegessen?«

Sie treten ein und hieven ihre Koffer über die Schwelle. Der Duft von Kampfer und Weihrauch hängt in der Luft.

Lin-Na zeigt auf zwei Paar weiße Schläppchen neben einer Reihe von Schuhen. Dann schließt sie die Haustür und legt eine Hand auf seinen Unterarm.

»Hier entlang.«

Sie folgen ihr durch einen Innenhof und an der Küche vorbei. Er wirft einen Blick hinein. Alle Töpfe und Pfannen hängen ordentlich an ihren Haken, die Flammen sind aus, die Arbeitsflächen blitzbank. In der Küche seiner Ma herrschte nie Stille, köchelte ständig etwas auf vor sich hin. Immer war das Hacken von Messern, das Scheppern von Töpfen und Pfannen oder das Schlagen von Schranktüren zu hören, und ihr von Rettichen, Kohl, Spargelbohnen und getrockneten Pilzen überquellender Einkaufskorb stand auf dem Tisch.

Lin-Na öffnet eine Tür und gibt ihnen ein Zeichen, hineinzugehen. Neben dem Bett steht ein leerer Stuhl. Er setzt sich darauf, Lily stellt sich hinter ihn.

Meilin wirkt winzig. Ihr Haar ist weiß. Lin-Na und ihre Familie haben sie gewaschen und angekleidet. Sie trägt ein dunkelblaues Seidenkleid mit schwarzen Stickereien und liegt mit auf der Brust gefalteten Händen da. Die Arthritis hat ihre Fingerknöchel vergrößert und ihre Finger verkrümmt. Auf der Höhe ihrer Füße ist ein weißes Schultertuch aus Satin über das Bett gebreitet; es ist mit korallenroten, violetten und goldenen Schmetterlingen bestickt, welche bunte Päonien umflattern – es sieht aus wie eine Handarbeit von ihr.

Was hätte er gesagt, wenn er rechtzeitig gekommen wäre, um sich zu verabschieden? Hätte er seine Versäumnisse gestanden: den Obstgarten, den er nie angelegt hat, die Papiere, die er nie hat korrigieren lassen, die Jahre, in denen er sie nie besucht hat? Er verliert sich für einen Moment in Erinnerungen an ihr quälend langes Umherziehen und die Ungewissheit, an die Bedrohung durch Fliegerangriffe und das kalte Grauen der Bombardements.

Hätten sie beide versucht, sich etwas Gutes aus jenen gemeinsamen Jahren ins Gedächtnis zu rufen? Gab es in all dem schließlich zu einer großen Leere erstarrten Leid, je etwas Schönes? Er lässt seinen Finger über die einzelnen Fäden der Blütenblätter und der Schmetterlingsfühler gleiten und streicht seiner Mutter sanft übers Haar. Er muss an ihre Bildrolle und ihre Geschichten denken. Daran, dass sie immer genau die passende Geschichte erzählen konnte.

Dann spürt er eine leichte Berührung an der Schulter. Lily. Er hat vergessen, dass sie da ist. Sie drückt seinen Arm, und er legt seine Hand auf ihre.

Die Tür öffnet sich. Lin-Na bringt einen zweiten Stuhl, stellt ihn neben Henry und bedeutet Lily, Platz zu nehmen.

»Wir haben Ma Mei auch geliebt. Sie war für mich wie eine zweite Mutter.«

»Eine zweite Mutter?«, wiederholt er.

»Ich habe meine gleich nach dem Krieg verloren.«

Er steht auf und wendet sich Lin-Na zu. »Mein Beileid zu Ihrem Verlust.«

»Ja, ich bedaure auch den Ihren.«

Henry schaut wieder zu seiner Ma. Wie konnte eine so kleine Frau so viel durchstehen?

Lin-Na geht durchs Zimmer und zieht die oberste Schublade der Kommode auf.

»Hier sind einige Unterlagen und persönliche Dinge, die sie für Sie aufgehoben hat.«

Während Henry die Sachen durchsieht, schließt sich die Tür mit einem Klicken wieder.

Auf einer braunen Mappe liegen ein kleines rotes Täschchen aus Satin und ein Umschlag. In der Tasche sind zwei goldene Glöckchen. Der Umschlag ist prall mit Geldscheinen gefüllt. Die ältesten Scheine sind weich und abgenutzt und fühlen sich wie aus Stoff an. Die neueren, größeren Scheine stecken ganz vorn.

Er schlägt die Mappe auf: sein Abschlusszeugnis von der Jianguo High School, sein Diplom von der Nationaluniversität, beide mit einem kleinen schwarzweißen Passbild von ihm. Ein Foto von ihm bei der Armee. Ein gerahmtes Bild von Meilin und Longwei, vielleicht in New Park aufgenommen? Longwei trägt einen seiner cremefarbenen Leinenanzüge, sie dasselbe Kleid, das sie auch heute anhat. Selbst jetzt fällt es ihm noch schwer, Longwei anzuschauen. Er dreht den Rahmen um, öffnet ihn und zieht den Rückwandkarton ab. Das Foto fällt zu Boden. Als er es aufhebt, bemerkt er, dass dahinter noch ein zweites, kleineres Foto klebt: die Aufnahme eines jungen Paares in Schwarzweiß. Die Frau ist eine strahlende Schönheit, sie trägt ein traditionelles Hochzeitskleid und einen einfachen, aber eleganten chinesischen Kopfschmuck. Sie hat Lilys Gesicht und sieht aus wie Lily, wenn sie sich freut. Henry betrachtet das Gesicht des Mannes, das eine unheimliche Ähnlichkeit mit dem Foto auf seinem Diplomzeugnis hat. Aber das ist nicht er, er kann das nicht sein – dazu ist die Aufnahme zu alt und die Kleidung zu formell. Er würde sich erinnern, wenn er so ein Foto von sich hätte machen lassen. Dann begreift er. Mit zitternder Hand dreht er das Foto um. Dort steht in der Handschrift seiner Ma: *Shui Meilin und Dao Xiaowen, im 22. Jahr der Republik*. Er dreht es wieder um und schaut in das Gesicht seines Vaters.

»Sind das deine Eltern?« Lily steht neben ihm.

Er nickt und gibt das Foto an sie weiter.

Sie betrachtet es. »Sie sehen so jung aus.«

»Mein Vater«, murmelt er.

»Hast du Erinnerungen an ihn?«, fragt Lily.

Er schüttelt den Kopf.

»Woran erinnerst du dich denn?«

Er schaut weg, in die Ferne, so als ob er in die Vergangenheit blicken würde. »An einen Innenhof mit Fischen in einem kleinen Teich. An ein Vexierbild mit Affen, das aus einem speziellen Holz gefertigt war. Es zeigte hundert Affen, wenn man es von der einen Seite betrachtete, aber wenn man es auf den Kopf drehte und wieder zählte, waren es nur noch neunundneunzig. Ich habe nie verstanden warum.« Seine Stimme verklingt.

Er geht wieder zu Meilin. Er beugt sich herab, küsst ihre Stirn und streicht ihr über die Wange. Dann richtet er sich wieder auf, legt die kleine Satintasche mit den goldenen Glöckchen auf Lilys Handfläche und schließt ihre Finger darum. Dann verlässt er das Zimmer.

Lily setzt sich an Meilins Bett. Selbst in ihrer stillen Totenblässe kann Lily noch erkennen, wie sanft und schön sie war. Sie wünscht sich, sie hätten häufiger zusammen sein können, Tränen rollen über ihre Wangen. Lily ist dankbar für die Zeit, die sie mit ihrer Großmutter verbracht hat, auch wenn sie noch so kurz war. Sie beugt sich vor und flüstert: »Auf Wiedersehen, Nainai. Ich liebe dich.«

In der Küche bereitet Lin-Na ein einfaches Abendessen aus Reis, Schweinefleisch und Gemüse zu. Ihr Mann Ta-wei ist nach Hause gekommen und unterhält sich mit Henry. Lily setzt sich zu ihnen an den Tisch. Sie ist überrascht, wie ausgehungert sie ist. Nach dem Essen kann sie die Augen kaum noch offenhalten. Lin-Na, Ta-wei und Henry plaudern angeregt. Lin-Na hat einen Stadtplan herausgeholt, sie zeigen auf verschiedene Stellen, nicken, fallen sich gegenseitig ins Wort und reden alle durcheinander. Es ist seltsam, ihren Dad Chinesisch reden zu hören. Er hat es zu Hause nur so selten gesprochen, und derart mitteilsam wie jetzt hat sie ihn noch nie erlebt.

»Geh schlafen«, sagt er, als er sie beim Gähnen ertappt. »Es war eine lange Reise. Morgen wirst du einiges von Taipeh sehen.«

Am Morgen versucht Henry, Meilins Einäscherung zu organisieren, während Lily noch schläft. Aber er weiß nicht recht, wo er anfangen, wen er anrufen und was er tun soll. Nach zu vielen frustrierenden Telefonaten gibt er sich erst einmal geschlagen.

Später gehen sie zusammen in die Stadt.

Durch Taipeh zu laufen, kommt ihm vor, wie unbefugt in die Erinnerungen eines anderen einzutreten. Er kann die Stadt, die er einmal kannte, nirgends mehr finden. Sie ist begraben, doch nicht unter Ruinen wie die chinesischen Städte, an die er sich erinnert, sondern unter Reichtum, was eine ganz eigene Art von Achtlosigkeit ist.

Über die Straßen, von denen er annahm, sie würden ihn zum Militärdorf führen, kommen sie zu einem neuen Park und Hochhäusern. Er dachte, das wäre sein Heimweg von der Jianguo High School gewesen, aber vielleicht irrt er sich ja auch. Die alten rot-weißen Tore, durch die man in kleine Gässchen gelangte, sind spurlos verschwunden. Auf einer anderen Straße sieht er zerbröckelnde graue Betonwände mit Feuchtigkeitsflecken von den Jahrzehnten, die sie schon Taifunen ausgesetzt sind. Hier gibt es verfallene Häuser mit verrosteten Metalldächern. Sie sind seit langem unbewohnt und die Mauern, die noch stehen, mit bereits verblassenden Graffiti besprüht. Viele Grundstücke in dieser Gegend wurden in dem halbherzigen Versuch, mutwillige Beschädigung zu verhindern, mit billigen Zäunen abgesperrt.

Als Nächstes versucht er, eines der Wohnheime zu finden, in denen er als Student gelebt hat. Sie ziehen los, aber als sie die entsprechende Straße bis zum Ende durchgegangen sind, hat er das Gebäude nirgends gesehen. Da er vermutet, dass er einfach nicht gut genug aufgepasst hat, kehren sie um und laufen den ganzen Weg noch mal zurück, finden das Wohnheim jedoch auch diesmal nicht. Beim dritten Mal achtet er auf die Hausnummern. Als er sich der richtigen Nummer nähert, stellt er erstaunt fest, dass an der Stelle, wo sein Studentenwohnheim stand, heute ein Geschäft ist.

»Komm, dann lass uns zur Nationaluniversität gehen«, schlägt er vor.

Sie nehmen den Weg durch eine Grünanlage. Es ist der Da'an Forest Park. *Hier war früher kein Park*, denkt er, als sie an Leuten vorbeigehen, die dort Fitnessübungen machen. Sie kommen an einem Obstverkäufer vorbei, der seine Birnen zu einer Pyramide aufgeschichtet hat.

»Oh, sieh mal, Dad, das erinnert mich an eine Geschichte«, sagt Lily. »Ich lese meinen Schülern jeden Morgen zum Unterrichtsbeginn Volksmärchen aus aller Welt vor, und eine meiner Lieblingsgeschichten ist aus China. Sie handelt von einem Birnbaum.«

»Hmm?« Henry hört nur halb hin, da er sich zu erinnern versucht, wie es in dieser Gegend früher ausgesehen hat.

»Hör zu, ich erzähle sie dir: Es war einmal ein Bauer, der sich über eine besonders üppige Schneebirnen-Ernte freuen konnte …« Bei diesen Worten merkt er auf. Während sie ihm die Geschichte von dem Mönch und der Birne erzählt, reagiert sein ganzer Körper. Seine Augen füllen sich mit Tränen, und er spürt förmlich den Geschmack der Birnen auf der Zunge, die er in den Bergen über Yichang gefunden hat. Als Lily zum letzten Satz kommt: »Und der Mönch verbeugte sich und sagte: ›Ich brauchte nur einen Kern‹«, ist Henry völlig überwältigt. Er holt sein Taschentuch heraus und drückt es auf seine Stirn und seine Augen. »Sehr schön, meine Kleine. Ja, ich kenne die Geschichte, aber ich habe sie sehr lange nicht gehört«, ist alles, was er sagen kann.

»Tatsächlich? Wer hat sie dir denn erzählt?«

»Meine Ma. Sie liebte Geschichten.«

»Erinnerst du dich noch an andere Geschichten, die sie dir erzählt hat?«

»Kann sein«, sagt er. »Ich denke drüber nach.«

Sie biegen in kleinere Straßen ein, in denen der Verkehrslärm durch einen Klangteppich aus Fahrradklingeln und Rufen der Straßenhändler ersetzt wird. Menschen sitzen mit ihren Fächern auf wackeligen Stühlen vor ihren Häusern in der Frühlingsluft. An eisernen Fenstergittern hängt Wäsche. Ein Meer aus Topfpflanzen macht ein unscheinbares Gässchen zu einer grünen Oase. In der Nähe einer kleinen Markthalle kommen sie an einem Metzgerstand vorbei, an dem Schweinehaxen auf Eis angeboten werden. Eine Frau kniet mit einem Hackebeil vor einem Fleischstück auf einem Holzblock, dann zerteilt sie den Knochen mit einem einzigen Hieb.

Diese Bilder kommen der Erinnerung, die Henry an die Stadt hat, schon näher. Kurz darauf erreichen sie das Unigelände. Der Royal Palm Boulevard ist so prachtvoll wie eh und je. Sie gehen an der Bibliothek vorbei, stellen sich unter die Fu-Glocke und beobachten, wie Studenten auf ihren Rädern vorbeifahren. Das Beste von allem ist jedoch, dass die Azaleen in voller Blüte stehen, denn sie vermitteln ihm das beruhigende Gefühl, dass nicht alles, woran er sich erinnert, verschwunden ist.

Lily schwankt im Laufe der Tage zwischen dem Eindruck, an einem ihr vollkommen fremden Ort zu sein, und dem unheimlichen Gefühl etwas Vertrautem wiederzubegegnen. Manche Aromen hier wecken in ihr Erinnerungen an Nainais Besuch: die mürben nussigen Sesamplätzchen; die frische, milde Süße von Grasgelee und roten Bohnen auf Shaved Ice; die sauer eingelegten spitzen kleinen grünen Gemüseteile, deren Namen sie nicht kennt. Ihr ist, als würde sie etwas, das mächtiger ist als Sprache, zu Hause willkommen heißen.

Zugleich bestaunt sie die vielen neuen Szenen, die auf sie einwirken. Eine vierköpfige Familie, die auf einem einzigen Motorroller durch die vielbefahrenen Straßen von Taipeh düst. Das Schauspiel des Feilschens und Handelns auf den Marktplätzen. Die findige Methode der Händler, ihre Pakete an eine Schnur zu binden, um sie leichter ohne Tasche tragen zu können.

Sie empfindet es als verwirrend, nirgendwo die Texte lesen zu können, die ihr begegnen, und die Gesprächsfetzen nicht zu verstehen, die an ihr Ohr dringen. Weil sie die Sprache nicht versteht, versucht sie zu erraten, in welcher Beziehung die Menschen in den Restaurants und Läden zueinander stehen. Noch nie hat sie sich unter so vielen Chinesen und Taiwanern bewegt. Noch nie war sie an einem Ort, wo es so wenige Menschen aus dem

Westen gab. Noch nie war sie derart von ihren gewohnten Bezügen abgekoppelt.

Auf der anderen Seite ist es geradezu befreiend für sie, ihren Vater nun endlich in einem Umfeld zu erleben, in das er sich nahtlos einfügt. In allem hier erkennt sie ihn wieder: in der Art, wie die Leute reden, in ihren Gesten, ihrem Tonfall. Sie beobachtet ihn, wenn sie in einem Restaurant sind und er mit dem Kellner spricht, auf die Speisekarte zeigt, Fragen stellt und sich lachend abstimmt. Dieser Mann ist völlig anders als der unergründliche, unglückliche, häufig uneinsichtige Vater, den sie aus ihrer Kindheit kennt.

Endlich versteht sie es, ihren Vater in all seiner Rätselhaftigkeit zu lesen.

Es ist jetzt fast eine Woche her. Henry muss Meilins Bestattung organisieren. Morgens beim Aufwachen beschließt er, Lin-Na um Hilfe zu bitten.

In der Küche nimmt er beim Warten auf sie einen Unterteller und eine Tasse mit Deckel heraus und sucht die Regale nach Tee ab. Während das Wasser im Kessel heiß wird, öffnet er eine Dose mit Alishan-Oolong und riecht daran. Vielleicht findet er in diesem grünen Duft mit leichten Röstaromen etwas von seiner Ma; er gibt eine kleine Handvoll von den zusammengerollten Blättern in die Tasse und wartet. Er nimmt den Kessel von der Flamme, bevor er pfeift, gießt das kochende Wasser über die Blätter und sieht dabei zu, wie sie sich langsam öffnen und ihre Farbe abgeben. Als er den Deckel wieder auf die Tasse legt und den Tee ziehen lässt, fallen ihm die Worte ein, die er braucht.

Lin-Na hört ihm schweigend zu, als sie in die Küche kommt, sie schnieft nur hin und wieder und tupft sich eine Träne aus dem Augenwinkel.

»Natürlich. Ich werde tun, worum du mich bittest, Renshu. Es ist mir eine Ehre und eine Pflicht, Ma Mei dabei zu helfen, ihre Reise ins Jenseits anzutreten.«

Er nickt dankbar. Ihre Trauer ist unübersehbar, und als Lin-Na ihm sagt, dass seine Ma hier glücklich gewesen sei, glaubt er ihr.

Am Spätnachmittag nimmt Henry Lily mit zum Longshan-Tempel. Dieser Tempel ist für ihn wie eine Wegmarkierung, eine nochmalige Versicherung, dass dies die Stadt ist, in der er und seine Ma Stabilität gefunden haben, in der ihre Irrfahrt endete.

Drinnen kaufen sie zwei große rote Kerzen und sechs Räucherstäbchen. Ihr Weg führt sie an übervollen Tischen mit kunstvollen Blumengebinden und Tellern voller Obst, Süßigkeiten und Keksen vorbei, die verschiedenen Gottheiten dargebracht wurden. Studenten bitten auf Zetteln um Erfolg bei ihren Prüfungen und legen sie mit Obstgaben und Höllengeld im Tempel ab. Die rhythmischen Klänge von Zimbeln und Glocken dringen durch den stetigen Singsang der Betenden.

Lily folgt ihrem Vater – vorbei an einer Gruppe von Leuten, die halbmondförmige rote Orakelhölzchen werfen – in den hinteren Teil des Tempels. Er reicht ihr die Kerzen. Nachdem sie sie an einer brennenden Flamme angezündet hat, stellt er je eine von ihnen in jedes Räuchergefäß. Schweigend beobachten sie, wie glänzendes Wachs herabfließt und sich am Boden der Gefäße sammelt. Sie bleiben, bis eine Tempeldienerin ihre Kerzen zusammen mit denen anderer Gläubiger, die zum Beten hergekommen sind, einsammelt. Die Dienerin geht mit allen Kerzen behutsam um; ohne die Flammen zu löschen, fasst sie sie zu Bündeln zusammen und stellt sie auf einen der Ständer. Weitere Menschen treten ein, um frische Kerzen anzuzünden. Anzünden, brennen lassen, einsammeln und löschen – so geht es endlos immer weiter.

Zusammen setzen Henry und Lily ihren Weg durch den Tempel fort, bis sie wieder zu dem goldenen Weihrauchgefäß in der Eingangshalle kommen. Hier überreicht er Lily drei der Räucherstäbchen. Dann zündet er die anderen drei an, hält sie auf Schulterhöhe mit zusammengelegten Händen vor sich und neigt seinen Kopf. Lily tut es ihm nach.

Dao Renshu gestattet es sich, seinen Erinnerungen nachzuspüren. Sie kommen unsortiert, wie Fotos, die aus einer Schachtel auf den Boden fallen: das Schiff nach Taiwan, Papierbötchen segeln lassen mit seinem Yeye, seine Zeit in der Armee, das brennende Chongqing, Boote auf dem Fluss, Liling, sein Zulassungsbrief von der Northwestern, das Ausharren im Großen Tunnel, die zerstörten Familiengräber seiner Ma.

Lange unterdrückte Trauer drängt an die Oberfläche. Sehnsucht, Reue, Verlust, all das kommt in Wellen. Seiner Kehle entringt sich ein Wehklagen, das mächtiger ist als alles, was er je gekannt hat. Es liegt etwas Rauschhaftes in diesem unartikulierten Laut. Als er verklingt, fühlt Henry sich erschöpft, aber auch irgendwie leichter; er hat eine Last abgelegt, von der er nicht wusste, dass er sie mit sich herumtrug.

Als er die Augen öffnet, ist Lily noch da, an seiner Seite. Ihre Räucherstäbchen sind bis auf wenige Zentimeter heruntergebrannt, und sie lassen die Reste in den Sand und die Asche am Boden des Räuchergefäßes fallen. Im Tempel herrscht jetzt eine andere Atmosphäre. Der nachmittägliche Besucherstrom ist abgeebbt. Zwischen den Gesängen bleibt es jetzt längere Zeit still, und das Echo der Orakelhölzchen verklingt, bevor ihr Klacken beim Aufprall auf den Boden erneut erschallt.

Sie beobachten, wie sich die letzten Weihrauchfahnen in die Luft emporwinden. Hinter den farbenfrohen Drachen und Phönixen des Tempels, die ihre Federn und Schuppen, Krallen und Zungen in den violetten Abendhimmel recken, leuchtet eine Mondsichel.

In dieser Nacht sitzen sie, nachdem die anderen schlafen gegangen sind, noch in Lin-Nas Küche und trinken Tee. Lily hebt ihren Unterteller an, um die zarten blau-weißen Päonien an der Seitenwand ihrer Tasse zu bewundern.

»*Gaiwan*«, sagt er.

»Gaiwan?«

»Ja. Das bedeutet ›Schale mit Deckel‹. Der Unterteller steht für die Erde, die Tasse für den Menschen und der Deckel für den Himmel.«

»Wunderschön.« Sie stellt den Unterteller wieder ab und nimmt den Deckel ab, um die Teeblätter zu betrachten und den grasigen Duft einzusaugen.

Er wendet sich ihr zu und fängt ganz plötzlich an zu sprechen: »Mein Großvater, Dao Hongtse, hatte drei Frauen.«

Sie schaut ihn an und schürzt die Lippen, sagt aber kein Wort. Dann greift sie in ihre Tasche und nimmt Notizblock und Stift heraus. *Dao Hongtse hatte drei Frauen*, schreibt sie.

Lily schweigt in der Hoffnung, dass er weiterredet; sie möchte die Geschichten, auf die sie ihr Leben lang gewartet hat, nicht verscheuchen.

Er schaut nach, was sie geschrieben hat, nimmt einen großen Schluck von seinem Tee und fährt fort.

»Unsere Familie hatte ein Geschäft in Changsha, in der Provinz Hunan«, sagt er und setzt an zu erzählen, woran er sich noch erinnert. Der Raum füllt sich mit Städtenamen, die sie noch nie gehört hat, und den Namen von Verwandten, die sie nie kennenlernen wird. Sie hält alle Erinnerungsfetzen fest, die über seine Lippen kommen: das Petroleumgeschäft, eine über alles geliebte Cousine, ein Park mit einem Pfau, eine Bildrolle, die Geschichten seiner Ma. Er erzählt, dass die Familie in der Nacht floh, als die Japaner kamen. Dass sie endlos lange liefen, durch ganz China, und manchmal auf Lastkarren unterwegs waren; er weiß nicht, wer die Karren zog und warum, und wird es nie erfahren. Er erzählt, dass sie sich in zu volle Züge quetschten und nach Norden fuhren. Er erzählt, dass die Japaner, vielleicht aber auch die Nationalisten, Schienenwege und Brücken sprengten; er weiß nicht, wer es wirklich war; nur dass sie dann ausstiegen und zu Fuß weiterliefen. Er erzählt, dass sie auf Schiffen den Jangtse hinauf- und wieder hinabfuhren. Der Flusslauf war voller gesunkener Kanonenboote und tückischer Stromschnellen.

Sie trafen gutherzige Menschen und hartherzige. Sie zogen von Stadt zu Stadt. Sie hatten alle möglichen Unterkünfte und seine Ma alle möglichen Jobs. Sie lernten, sich unsichtbar zu machen.

Als die Japaner aufhörten, fingen die Kommunisten an, und das Elend begann von vorn.

Als er fertig ist, bleiben sie noch ein paar Minuten still sitzen. Es ist spät. Sie hat das Gefühl, dass sie in seinen Augen die weite Ferne sehen kann, die Erschöpfung. Er stellt die Teetassen aufs Tablett und steht auf.

Er holt tief Luft. »Die chinesische Geschichte ist traurig, meine Kleine«, sagt er kopfschüttelnd. Dann nimmt er das Tablett und verlässt den Raum.

Lily schaut ihre Notizen durch, fährt mit dem Finger über jede Seite und fühlt dabei die Druckspuren des Kugelschreibers. Sie weiß nicht einmal im Ansatz, wie sie das, was gerade passiert ist, verarbeiten und einordnen soll, doch ihr ist klar, dass ihr Vater ihr endlich ein ungeheuer kostbares Geschenk gemacht hat: ihr Erbe.

Nach sieben Tagen folgt die Einäscherung. Es gibt keine Familiengrabstätte. Meilin besaß kein Land. Sie vertrauen die Urne mit Meilins sterblichen Überresten Lin-Na an, die verspricht, sie bei ihren eigenen Vorfahren ein Stück weiter südwestlich in Chiayi zu bestatten.

Am letzten Tag ihres Besuchs fährt Henry mit Lily nach Keelung, zu der Stelle, wo er und Meilin damals auf dieser Insel angekommen sind. Sie gehen in den Zhongzheng Park, vorbei an den Spielplätzen und am Geisterfest-Museum, bis sie den höchsten Punkt des Berges erreicht haben. Dort oben gibt es eine riesige weiße Statue.

»Wer ist das?«, fragt Lily.

»Guanyin, die Göttin der Gnade, Güte und Barmherzigkeit.«

Sie betrachten beide die heiteren Gesichtszüge der Statue, ihre fließenden Gewänder, ihre Aura der Weisheit und Gelassenheit.

Irgendwann sagt Lily: »Das ist eine gute Art, sich von Nainai zu verabschieden, findest du nicht?«

»Hmm«, stimmt Henry ihr zu.

Sie genießen die Aussicht. Unter ihnen erstreckt sich Keelung. Henry blickt auf die Schiffe im Hafen, die Berge – und irgendwo da, wo Wasser und Horizont zusammentreffen, liegt China.

Bevor sie den Weg zurückgehen, schaut Henry noch einmal zu der Statue hoch. Guanyin hält eine aufgerollte Bildrolle in der Hand.

32

Los Alamos, New Mexico, Juni 1997

Der Kalte Krieg ist vorbei. Da es weniger Aufträge für große Rüstungsprojekte gibt, bietet das Laboratory langjährigen Mitarbeitern neuerdings vorzeitige Pensionierungen an. Henry hat zwanzig Jahre lang hart gearbeitet, um mit konstanter Geschwindigkeit auf höchstem Niveau Forschungsergebnisse zu liefern. Hundertprozentig wohlgefühlt hat er sich in Los Alamos nie und in den letzten Jahren sogar zunehmend weniger.

Unlängst ist auch noch sein langjähriger Kollege Tom Benson in Pension gegangen, und Henry fehlt die Intelligenz und Offenheit seines Freundes. Tom kommt zwar hin und wieder noch im Büro vorbei, doch diese Besuche werden immer seltener. Beim letzten Mal hat Tom Henry beim Abschied gefragt, ob es Probleme bei der Aktualisierung seiner Sicherheitsüberprüfung gegeben habe, was Henry überrascht verneint hatte. Darauf erzählte Tom ihm, sein Nachbar David Tian habe erwähnt, bei einigen der anderen chinesischen Wissenschaftler seien kleinere Schwierigkeiten aufgetreten. So hätten sie erheblich mehr Fragen beantworten müssen als in der Vergangenheit. Tom hielt es für möglich, dass diese verlängerten Befragungen mit dem Spionageverdacht gegen Peter Lee zusammenhingen, und fragte Henry nach jenem. Als Henry betonte, dass er weder Lee kenne, noch Kontakt zur chinesischen Gemeinde pflege, hatte der Freund zufrieden genickt.

Als Henry nun über die Konditionen seines Pensionierungsangebots nachdenkt, fällt ihm dieses Gespräch wieder ein. Ohne Tom, der ihm stets einen Wink gegeben hat, wenn er Schwierigkeiten beim Erfassen der unterschwelligen Botschaften in der Kommunikation seiner Forschungsgruppe hatte, ist es für Henry komplizierter geworden. Zudem stehen mehrere von Henrys großen Projekten vor ihrem Abschluss, und die Chancen auf weitere Finanzierung sind schlecht. *Es war ein guter Job*, denkt er bei sich. Und dann: *Es war nur ein Job. Vielleicht ist es an der Zeit, dass ein anderer übernimmt.*

Als er das Thema mit Rachel bespricht, ist er überrascht, wie schnell sie einverstanden ist. Trotz ihrer vielen Freundinnen hier hat sie die Stadt nie gemocht und ist bereit für eine Veränderung. Sie beschließen, ihr Haus zu verkaufen. So unkompliziert ist er sich mit Rachel seit Jahren nicht einig geworden.

Henry macht sich daran, für den Umzug zu packen. Auf dem obersten Regal seines Bücherregals findet er seine Pinsel, den Reibstein und den Stummel eines Tuschestabs wieder. Das Bambusholz der Pinsel ist morsch geworden, die Haare sind trocken und gesplisst, in der Mulde des Reibsteins hat sich Staub gesammelt. Henry reibt über die Oberfläche, damit sie wieder glänzt, doch in den Ritzen hält sich der Staub. Daneben liegt sein chinesisch-englisches Wörterbuch. Er nimmt es und wiegt es in der Hand. Es hat bereits als Türstopper, Briefbeschwerer und improvisierte Buchstütze gedient. Die Seiten sind vergilbt, der Klebstoff des Einbands ist trocken und brüchig, und als er es aufschlägt, fallen ihm Leimflocken in die Hand. Deckel und Buchblock sind nur noch durch spärliche, spröde Fäden verbunden.

Er denkt an all die blauen Luftpostbriefe, die zwischen New Mexico und Taiwan hin- und hergegangen sind. Wie viele Stunden hat er mit dem Versuch zugebracht, sein amerikanisches Leben in akkurate senkrechte Spalten zu bringen und sein Wörterbuch nach Schriftzeichen zu durchsuchen, die diese Welt zwar annähernd, aber nie in Gänze erklärten? Inzwischen benutzt er dieses Wörterbuch nur noch in der umgekehrten Richtung – um ein Zeichen nachzuschlagen, an dessen Bedeutung er sich nicht mehr erinnern kann, oder ein Wort, das er auf Englisch gelernt, aber auf Chinesisch nie gekannt hat.

In all den Jahren, in denen er sein englisches Vokabular erweitert hat, ist sein chinesisches immer löchriger geworden. Manche Ausdrücke benutzt er überhaupt nicht mehr, es gibt Silben, die seine Zunge nicht mehr formt, komplette Idiome, die ihm nicht mehr über die Lippen gehen. Eine Sprache mag unerschöpflich sein in ihren Möglichkeiten, ein Mensch ist es nicht. Henry kann nicht jedes Wort, jeden Gedanken, jede Idee oder Erinnerung behalten. Er wäre so voll, dass er sich nicht mehr rühren könnte.

Er blättert in dem Wörterbuch herum, erst planlos, aber dann immer zielgerichteter, und hält inne, als er zu dem Eintrag für 修 kommt: reparieren, richten, bauen. Er fährt mit dem Finger über die Spalte mit den zugehörigen Zeichenkombinationen. Es gibt so viele Begriffe, die mit dem Zeichen 修 gebildet werden: ein Haus bauen, lernen, Bäume beschneiden, eine alte Freundschaft erneuern, ein Boot reparieren, Brücken bauen, Tugend kultivieren, das Herz kultivieren. Hier stoppt er. 修心, das Herz kultivieren. Er klappt das Wörterbuch zu und malt die Schriftzeichen mit dem Finger auf seine Handfläche. Zum ersten Mal seit Jahren wird ihm leicht ums Herz.

Innerhalb weniger Monate ziehen Henry und Rachel nach Albuquerque. Er lässt die Zeit in New Mexico hinter sich und schaut nie mehr zurück.

Die neue Stadt bietet Lesekreise, Museen, Cafés, Konzerte. Rachel freut sich, neue Freundschaften zu schließen und ihren Bekanntenkreis zu erweitern. Es gibt sogar einen Klub von Leuten, die neu in der Stadt sind, und Rachel tritt bei. Es ist Jahre her, dass sie irgendwo neu angefangen hat. Und das Beste überhaupt: Sie findet eine Stelle in der Bibliothek der örtlichen University of Fine Arts and Design und ist dort für die Musiksammlung zuständig.

Die Bevölkerung von Albuquerque ist so bunt gemischt, dass Anderssein etwas vollkommen Normales ist. Ein Passant könnte Henry, wenn er ihm überhaupt Beachtung schenkt, für einen Hispanoamerikaner, Navajo, Chinesen, Japaner, Peruaner oder möglicherweise auch für einen Tibeter halten. Aber in der Regel fragt niemand, und er braucht nichts zu erklären. Stattdessen geht er, ohne dass irgendwer sich Gedanken über seine Herkunft macht, in der Bibliothek und im chinesischen Lebensmittelladen ein und aus. Er braucht auch nicht mehr ständig die ganze Straße im Blick zu behalten, um notfalls im nächsten Geschäft oder in der Bank zu verschwinden, wenn er die klatschsüchtige Mrs. Riordan kommen sieht.

Zu ihrem neuen Haus gehört auch ein Garten, doch Henry lässt ihn verwildern. Nach und nach übernehmen Salbeisträucher, Yuccapalmen und Steppenläufer die Herrschaft über den sandigen Boden. Nachhaltiges Gärtnern nennt Rachel das. Als sie eines Tages eine kleine Tüte Pfirsiche vom Wochenmarkt mit nach Hause bringt, fühlt Henry sich durch die Süße der Früchte an etwas erinnert, das er nicht in Worte fassen kann. Er isst alle Pfirsiche an einem einzigen Nachmittag auf und lässt die Kerne in den Garten fallen.

Ein herrlicher Indian Summer erstreckt sich bis in den Oktober hinein und trocknet den Boden aus. An den östlichen Hängen der Sandia Mountains schimmern Schwarzpappeln und Espen in leuchtendem Gold. Unmittelbar darauf setzt ein harter Winter ein, und Rachel und Henry können von ihrem Haus aus zusehen, wie die Berge während der Schneestürme verschwinden und wieder zum Vorschein kommen.

Der Garten schläft unter einer Decke aus Schnee. Aber irgendwo tief unten arbeiten sich weiße Ranken langsam durch die Dunkelheit nach oben.

Der Monat März wärmt die Erde auf und erfüllt den Boden mit neuem Leben. Im Garten hinter dem Haus schießen kleine Triebe aus der Erde.

Niemand sieht oder gießt sie. Keine schützenden Hände vertreiben die neugierigen Ameisen, die auf den unentdeckten Sämlingen herumklettern. Als wollten sie einander beistehen, drängen sie sich dicht zusammen und spenden sich im grellen Sonnenlicht gegenseitig Schatten. So trotzen sie den wilden Aprilstürmen, und ihre winzigen Stämme werden kräftiger.

Anfang Mai lädt Henry das trockene Laub, das der Wind in den Garten geweht hat, auf seinen Schubkarren, als er hinter einigen verknäulten Steppenläufern die grünen Pflänzchen bemerkt. Er entfernt die Steppenläufer und bleibt erstaunt stehen.

Bäume! Keine Gerippe, sondern kräftige junge Bäume. Er kniet sich hin und betastet behutsam jeden Zweig. Die klebrigen Knospen benetzen seine Fingerspitzen mit Saft, jedes Blatt ist eine grüne Fahne, die in der hellen Frühlingsluft weht. Es besteht kein Zweifel: Dies ist der Anfang eines Obstgartens.

»Rachel«, sagt er leise. Dann lauter: »Rachel, Rachel!« Er läuft ins Haus.

Zusammen entfernen sie die letzten Reste des Herbstlaubs, trockenes Gras und Unkraut. Sie reden gar nicht groß über dieses Wunder, sondern tun einfach, was nötig ist, um das Wachstum der Bäume zu fördern. Henry holt seinen Spaten und gräbt acht nicht zu tiefe Löcher mit genug Abstand, um der Hoffnung auf Ertrag Raum zu geben. Als Rachel zum Gartencenter fährt und mit Säcken voller Pflanzerde, Komposterde und Mulch zurückkommt, hat Henry keine Einwände. Gemeinsam graben sie die Bäumchen aus und lösen vorsichtig die Erde von den Wurzelballen. Dann setzen sie die Jungpflanzen in die Pflanzlöcher und füllen sie mit Komposterde und dem nahrhaften Substrat auf. Zum Schluss verteilt Rachel Mulch um das untere Ende der Baumstämme, und Henry gießt sie großzügig.

New York City, New York, September 1998

Nach vier Jahren hat Lily in ihrem Beruf endlich Tritt gefasst. Das gegenwärtige ist ihr bislang bestes Jahr. Sie hat eine gute Balance zwischen ihrem Engagement für ihre Schüler und ihren privaten Bedürfnissen gefunden, und sie hat nun genug Routine gewonnen, um nicht mehr so viel Zeit für die Unterrichtsvorbereitung und die Korrektur der Klassenarbeiten zu benötigen.

Bald nach ihrer Rückkehr aus Taipeh hat sich die Unsicherheit verflüchtigt, die sie so lange sie denken kann begleitet hat. Es war keine bewusste Entscheidung von ihr, die Dinge nun ruhen zu lassen; nein, eher hat sich nach und nach eine Wandlung vollzogen, die ihr innere Ruhe und Zufriedenheit brachte. Obwohl ihr Vater seine Geschichten nie wieder erwähnt und auch nicht viel über diese Reise gesprochen hat, wirkt auch er in der Zwischenzeit viel gelöster.

Sie trifft regelmäßig eine Gruppe von befreundeten Kolleginnen, mit denen sie ihre beruflichen Erfolge und Misserfolge teilen kann. Doch Lily hätte auch gern ein Leben außerhalb ihrer Arbeit. Hin und wieder ist sie mit jemandem zusammen, aber es sind nie ernste Beziehungen. Zwar sind es nette Männer, aber nach einer gewissen Zeit ertappt sie sich doch immer wieder bei dem reizvollen Gedanken, wie es wohl sein wird, wenn die Beziehung vorbei ist und sie wieder ihre Ruhe hat.

Aus einer Laune heraus beschließt sie, zu einem Ehemaligen-Treffen ihrer Uni in einer Bar in Midtown zu gehen. Sie hat über die Jahre schon häufiger über Newsletter Einladungen dazu gesehen, doch bislang hatte ein Besuch sich nie ergeben.

Jetzt ist sie nervös. Es ist lange her, dass sie bei einer Veranstaltung war, ohne jemanden zu kennen. Was soll sie anziehen? Keine Lehrerinnen-Gaderobe. Jeans? Das erscheint ihr auch nicht passend. Schließlich entscheidet sie sich für ein marineblaues Tunikakleid und schwarze Leggins. Dazu bequeme flache Schuhe, wie immer.

In der Bar angekommen, lässt sie ihren Blick durch den Raum schweifen. Ein paar Gesichter kommen ihr vage bekannt vor, ohne dass sie die Leute näher einordnen kann. Viele ältere Ehemalige in Anzug und Krawatte sind gekommen; sie sehen aus wie Typen von der Wall Street. An der Rice gab es keine Anzugträger. Damals waren alle in kurzen Hosen und T-Shirts unterwegs, und Lily bezweifelt, dass sie heute jemanden von früher erkennen würde, wenn er plötzlich im Anzug vor ihr stünde.

»Lily Dao?«, hört sie eine freundliche, erstaunte Stimme hinter sich.

Sie dreht sich um. »Tony!« Er hat immer noch dieselbe wilde Lockenmähne. Seine Stirn ist jetzt etwas höher, und er hat ein paar Lachfältchen um die Augen. Sein Kleidungsstil ist lässig elegant. Chino, brauner Pulli und ein Hemd mit einem schönen Kragen. Sie hatte gar nicht damit gerechnet, dass sie ihm hier über den Weg laufen könnte.

Er grinst. »Na, hat es dir die Sprache verschlagen?

»Ich wusste gar nicht, dass du in der Gegend bist.«

Er lächelt. »Ist das nicht der Sinn von diesen Treffen? Dass man erfährt, wer sonst noch so in der Nähe ist?«

Er sieht immer noch echt gut aus, denkt Lily.

»Möchtest du was trinken?«

»Bitte?«

»Kann ich dir was zu trinken mitbringen?«, fragt er.

»Oh, ja, das wäre toll. Ähm … ach, ist egal was.«

Er zieht die Augenbrauen hoch.

»Rotwein«, sagt sie und ist erleichtert, dass er es nicht genauer wissen will.

Während er die Getränke holt, schaut sie sich in der Bar um, sieht aber sonst niemanden, den sie kennt. Tony kommt mit einem Guinness für sich und einem Glas Rotwein für sie zurück.

Sie nimmt einen Schluck. »Sehr gut«, sagt sie und hofft, dass das ausreicht.

»Dann erzähl mal, Lily Dao. Was machst du in New York?«

»Du brauchst nicht immer meinen ganzen Namen zu sagen. Nenn mich doch einfach Lily«, sagt sie.

»Okay. Was machst du in New York, Lily?«

Sie mag es, wie er ihren Namen ausspricht.

»Ich bin Lehrerin. Ich unterrichte Englisch für die Mittelstufe an einer Magnetschule.«

»Du bist Englischlehrerin? Großartig! Das … passt richtig gut zu dir.« Er lächelt. »Und, gefällt es dir auch?«

»Ja, sehr. Das ist kein leichter Job, aber es gibt nichts, was ich lieber täte.« Als sie das ausspricht, wird ihr klar, dass sie es auch wirklich genau so meint. »Und du?«

»Ich hab eine Stelle als Postdoc an der Columbia.«

»Wow. Sehr beeindruckend. Gefällt es dir auch?«

Er nickt.

Sie nickt. Trinkt von ihrem Wein. Schweigen.

»Hey«, seine Stimme wird weich. »Wenn ich es richtig in Erinnerung habe, war unser letztes Gespräch – wie soll ich sagen – nicht gerade …«

Lily schüttelt den Kopf. »Nicht so toll, stimmt. Aber das ist ewig her. Ich hatte noch einiges zu lernen damals.«

»Das mussten wir wohl beide. Ich habe lange bereut, was ich gesagt habe. Es tat mir leid, dass wir so auseinandergegangen sind.« Er macht eine Pause, bis sie ihn anschaut. »Und es tut mir auch jetzt noch leid«, sagt er und betrachtet Lily. In seinem Blick liegt Verletzlichkeit, er schluckt.

»Ja, mir auch«, sagt sie leise.

Er schaut sich um. Die Bar füllt sich allmählich; sicher hält er nach anderen Leuten Ausschau, mit denen er reden kann. Bald wird er sich entschuldigen und weiterziehen.

Sie will ihm zuvorkommen. »Es war schön, dir hier zu begegnen. Du siehst gut aus, und wie es klingt, läuft's ja auch wirklich sehr gut bei dir.« Er sieht aus, als wollte er etwas sagen, und sie redet schneller, damit er sie nicht unterbrechen kann. »Ich hab mich immer gefragt: *Was wohl aus Tony Camberwell geworden ist?* Tja, und jetzt weiß ich's.« Sie hebt ihr Glas und trinkt ein bisschen zu viel und zu schnell.

»Hast du Lust, woanders hinzugehen, Lily? Damit wir uns in Ruhe unterhalten können?«

»Klar. Äh, ich meine, ja, gern.« Nervös und hocherfreut stellt sie ihr Glas ab.

»Super! Warte kurz, ich hole nur schnell meine Sachen.«

Sie sieht ihm nach, während er sich einen Weg durch die Menge bahnt. Dass einige in der Bar seinen Namen rufen und ihm die Hand schütteln, zeigt ihr, dass er beliebt ist. Doch er bleibt bei niemandem lange stehen, sondern bewegt sich zielstrebig in Richtung der Garderobe.

»Gehen wir.« Er ist wieder zurück bei ihr.

Sie nimmt ihre Handtasche und ihre Jacke, und sie treten in die herbstliche Nachtluft hinaus.

Sie verbringen die halbe Nacht in einem Diner ein paar Blocks weiter bei Rührei, Hash Browns und Würstchen. Es ist immer noch schön, mit ihm zu reden, so wie früher. Als sie sich schließlich vor ihrem Apartment in Brooklyn verabschieden, ist es fast drei Uhr. Er umarmt sie, drückt ihr sanft einen Kuss auf die Wange und verspricht, sich zu melden.

Und er ruft tatsächlich an. Sie sehen sich wieder, dann noch mal, und schließlich lassen sie ihren Kontakt wieder aufleben. Auch wenn sie ihre gemeinsame Zeit an der Rice nicht groß thematisieren, empfinden sie es als angenehm, auch zu wissen, wie sie früher waren.

Sie verlieben sich erneut ineinander. Und diesmal ist es für immer.

Albuquerque, New Mexico, August 2000

Lily und Tony besuchen Lilys Eltern. Direkt nach ihrer Ankunft präsentiert Henry ihnen seine Bäume, die nun bereits einige Jahre alt sind; er hat sie zurückgeschnitten und mit Pfählen stabilisiert. Die höchsten Zweige reichen Henry bis zur Brust. Da sie genügend Platz haben und ausreichend Sonne, Wasser und Nährstoffe bekommen, haben sie sich prächtig entwickelt.

»Pfirsiche«, sagt er. »Ich hab einfach die Kerne in den Garten geworfen, und jetzt sieh dir das an: Pfirsichbäume!«

Lily betastet staunend die grünen Blätter, während sie von Baum zu Baum geht.

»Sie tragen dieses Jahr zum ersten Mal.« Strahlend streicht ihr Vater über einen kleinen Pfirsich.

Rachel ruft sie zum Abendessen ins Haus.

Der Abend verläuft so entspannt und angenehm, dass Lily völlig verblüfft ist. Die Ängste und Schuldgefühle ihres Vaters scheinen verflogen zu sein. Auch der ganze unterdrückte Groll und der Frust, die ihre Kindheit überschattet haben, sind verschwunden. Offenbar beginnen die alten Wunden nach all den Jahrzehnten endlich zu heilen.

Am Ende des Abends fragt Tony Lily, ob alles in Ordnung sei. Er wundert sich, dass sie so still ist.

»Mir geht's gut«, versichert sie ihm. »Aber …«

»Was aber?« Er legt seinen Arm um sie.

»Aber ich wusste gar nicht« – ihre Stimme kippt – »ich wusste gar nicht, dass mein Vater so ein schönes Lächeln hat.«

Als Lily am nächsten Morgen in die Küche kommt, steht ein Teller mit Pfirsichen auf dem Tisch. Sie nimmt sich einen, und er liegt schwer und saftig in ihrer Hand. Sein Duft verheißt Süße, seine rot-orange gesprenkelte, pelzige Haut gibt ganz leicht nach, als sie darauf drückt. Der Pfirsich riecht nach Sommer.

Henry steht an der Spüle und wäscht noch mehr Pfirsiche.

Glänzende Wassertropfen perlen von ihrer Haut ab und sammeln sich wie winzige Edelsteine auf der Arbeitsfläche. Das Abtropfsieb quillt über von Früchten. Er nimmt ein Holzbrett aus dem Schrank mit einer vom jahrelangen Gebrauch ganz zerkratzten Oberfläche. Die Messerklinge dringt durch das Fruchtfleisch. Mit einer geübten Drehung des Handgelenks löst Henry die Hälften sauber von dem purpurroten Kern. Dann zieht er mit einer einzigen behutsamen Bewegung die Haut ab, zerteilt den Pfirsich und nimmt sich ein Stück. Der Saft tropft herunter, und er steckt sich die Frucht schnell in den Mund. Mit einem stummen Nicken legt er die restlichen Stücke in ein Glasschälchen und reicht es Lily.

»Willkommen zu Hause, meine Kleine«, sagt er.

EPILOG

Albuquerque, New Mexico, April 2005

Henrys Pfirsichbäume blühen. Eine ganze Pergola aus Blüten ragt in den Himmel auf.

Henry geht hinaus in seinen Obstgarten und setzt sich. Er trägt weder Jacke noch Mütze oder Handschuhe. Seine Augen sind wässrig vom Alter, seine silbergrauen Haare glänzen in der Sonne. Henrys Haut ist weich und faltig.

Er blickt hoch, verliert sich in einem Himmel aus Blüten. Es ist genau so, wie er es sich vor so vielen Jahren vorgestellt hat, als er in seinem Arbeitszimmer saß, Kataloge durchblätterte und jene ersten Kirschbäume bestellte. »Das ist schöner, als es eine Szene auf einer Bildrolle je sein könnte«, murmelt er leise vor sich hin. Das Gras raschelt, kühle Frühlingsluft weht ihm um die Nase, und die Vögel singen.

Die Bildrolle. Erinnert er sich noch an alle Geschichten, die seine Ma ihm erzählt hat? Henry bleibt ganz still sitzen. Während die Sonne über den Himmel zieht und die Schatten wandern, kehren die Figuren und ihre Erlebnisse zu ihm zurück. Er muss lächeln. Jede einzelne Geschichte ist wie ein geschliffener Stein mit geliebten und vertrauten Konturen. Er dachte, er hätte sie verloren, doch das stimmt nicht. Er hat sie immer in sich getragen. Vielleicht teilt er sie beim nächsten Besuch mit seinen Enkelkindern.

Er denkt an die Version vom »Pfirsichblütenquell«, die seine Ma ihm erzählt hat. Lange hat er geglaubt, es wäre nicht die ganze

Geschichte gewesen, seine Ma hätte ihn um einen Teil davon betrogen. Doch heute wird ihm etwas klar. Vielleicht war die Erzählung seiner Ma gar nicht falsch; vielleicht hat sie ihm nur eine andere Geschichte erzählt. Das Original ist eine Tragödie. Der alte Fischer aus Wuling lebt erst seinen Traum und verliert ihn dann; und so verzweifelt er oder andere auch danach suchen, niemand findet ihn je wieder. Es ist eine endlose, fruchtlose Suche: eine ewigwährende Enttäuschung. Doch in Meilins Version bleibt der Fischer, wo er ist, nachdem er am richtigen Ort angekommen ist. Er lernt, das, was hinter ihm liegt, auch wirklich hinter sich zu lassen. Meilin wollte nicht, dass die Geschichte tragisch endet; sie wollte nur ein Ende finden. Die Geschichte hört auf, als es nichts mehr gibt, wonach man streben könnte. Es gibt kein Wünschen mehr. Es gibt nur noch die Blütenpracht, die sanfte Liebkosung einer Brise, einen heiteren blauen Himmel. Diesen Moment. Das Jetzt. Diesen Pfirsichblütenquell.

DANK

Als ich anfing, über die Obstbäume meines Vaters zu schreiben, wusste ich noch nicht, dass das Ganze mit einem Roman enden würde, der siebzig Jahre umspannt und sich einen Reim auf die bewegte Geschichte Chinas im zwanzigsten Jahrhundert zu machen versucht. Mein Wunsch war es, eine Geschichte zu schreiben, die das Glück und die Zufriedenheit feiert, die mein Vater nach einem Leben voller Turbulenzen am Ende gefunden hat.

Der Pfirsichgarten ist eine erfundene Geschichte. Auch wenn die Figuren darin viele Wege beschreiten, auf denen auch meine Familie gegangen ist, ist diese Geschichte in erster Linie ein Werk meiner Fantasie. Als ich klein war, erzählte mein Vater sehr wenig aus seiner Vergangenheit. Ich wusste, dass er in China geboren war, als junger Mann nach Taiwan kam und zum Studieren nach Amerika gegangen war. Mehr bräuchten wir nicht zu wissen, versicherte er uns. Doch an Weihnachten 1998 hat er uns aus Gründen, die ich nie erfahren werde, eine Handvoll seiner Geschichten erzählt. Ich schrieb damals jedes Wort mit, und fast zwanzig Jahre später holte ich diese Notizen wieder hervor, um eine Erzählung daraus zu entwickeln.

Um eine Welt zum Leben zu erwecken, die ich aus eigener Anschauung kaum kannte, habe ich mich bei denen schlaugemacht, die die gleichen Erfahrungen gemacht haben wie mein Vater. Für die folgenden Werke bin ich dankbar: Dominic Yangs *The Great Exodus from China*, Chi Pang-yuans *Der mächtige Strom: Eine Lebensgeschichte von der Mandschurei bis nach Taiwan*, Han Suyins *Zwischen zwei Sonnen. Erinnerungen eines Jahrzehnts*

Madeline Hsus *The Good Immigrants*, Jessica J. Lees *Zwei Bäume machen einen Wald: Über Gedächtnis und Migration in Taiwan*, Q. M. Zhangs *Accomplice to Memory*, Joshua Fans *China's Homeless Generation*, Helen Zias *Last Boat Out of Shanghai*, Danke Lis *Echoes of Chongqing*, Mahlon Meyers *Remembering China from Taiwan*, Rana Mitters *China's War with Japan*, mehreren der Bücher von Diana Lary über China im zwanzigsten Jahrhundert, Pai Hsien-Yungs *Taipei People* und Wu Ming-Yis *The Stolen Bicycle*. Auch den Photographien von Deng Nan-Guang, den Filmen von Hou Hsiao-hsien und Edward Yang sowie den Schöpfer*innen zahlreicher wissenschaftlicher Arbeiten habe ich viel zu verdanken, darunter sind die Forschungsarbeiten von Wendy Cheng, Zuoyue Wang und Pei-Te Lien.

Darüber hinaus bin ich dankbar für aufschlussreiche Gespräche mit Dominic Yang, Danke Li, Phyllis Huang, Dafydd Fell und Biyu Chang. Ein besonderer Dank geht an Clare Chun-yu Liu für Inspiration, Gespräche, Übersetzung und dafür, dass sie mich den richtigen Leuten vorgestellt hat.

Ich danke dem Arts Council England für die Zuerkennung eines Developing-Your-Creative-Pratice-Stipendiums. Die Unterstützung des ACE hat maßgeblich zur Finanzierung meiner Rechercheреise nach China und Taiwan beigetragen, wodurch ich die Chance hatte, die einzelnen Schritte meiner Figuren mit Leben zu füllen.

Ich hatte das große Vergnügen, Blue Lan als meinem Dolmetscher auf der Reise dabei zu haben und die Lehrerin Li an der Blessed Imdelda's School zu besuchen, die mir zahlreiche Fragen über Taipeh im Wechsel der Zeiten beantwortet hat. Zudem durfte ich Zeit mit David Lin und Yowen Tsai verbringen, die mich großzügig mit Familiengeschichten und köstlichen Mahlzeiten versorgten.

Auch durch Anregungen von den Leserinnen und Lesern verschiedener Fassungen und Auszüge hat diese Geschichte gewonnen. Ich danke Jessica J. Lee, Yan Ge, Anne Chen, Linshan Jiang,

Catherine Menon, Catherine Chou und Elisa Tamburo für ihre hilfreichen Anmerkungen.

Ich schätze mich sehr glücklich, dass ich im Zuge meiner Recherchen mit so vielen Menschen sprechen konnte. Dieses Buch hat durch diese Beiträge enorm gewonnen. Etwaige Fehler gehen auf meine Kappe.

Da das Schreiben an sich eine einsame Tätigkeit ist, war es meine Rettung, mit anderen Autorinnen und Autoren vernetzt zu sein. Ich bin unendlich dankbar für die zahlreichen Treffen mit der Angles-Schreibgruppe in Cambridge, danke allen Teilnehmenden meines geliebten Schreibzirkels und auch den Autorenkolleg* innen vom London Lit Lab, die Henry als Erstes in meiner Kurzgeschichte »Henry träumt von einem Obstgarten« kennengelernt haben.

Darüber hinaus danke ich allen bei der Word Factory, vor allem Cathy Galvin und Paul McVeigh, dafür, dass sie mich 2017 als Mentee für ihr Programm ausgewählt haben, und Zoe Gilbert dafür, dass sie mir so eine großzügige und ermutigende Mentorin war.

Ein großer Teil von *Der Pfirsichgarten* entstand während meiner Zeit als David-T.-K.-Wong-Stipendiatin an der University of East Anglia. Professor Jon Cooks kluge Unterstützung hat mir geholfen, viele der Themen, die während der Entwicklung dieser Geschichte auftauchten, einzukreisen und weiterzuverfolgen.

Mit Kate Stephenson, Ella Gordon und Serena Arthur von Wildfire und mit Helen O'Hare von Little, Brown zu arbeiten, war ein großes Privileg. Dank ihrer Vision, Geduld und redaktionellen Brillanz ist es gelungen, mein Manuskript in ein Buch zu verwandeln. Vielen Dank auch an die Lektorin Tara O'Sullivan und den Kartographen Tim Peters.

Meiner großartigen Agentin Clare Alexander werde ich immer dankbar sein; sie hat früher als ich gesehen, was sich aus diesem Projekt entwickeln konnte. Danke für deine Unterstützung bei jedem einzelnen Schritt.

Ich danke auch meinen Freundinnen, die mein Schreiben begleitet und die miterlebt haben, wie diese Geschichte immer weiter gereift ist: Emma Rhind-Tutt, Pia Ghosh Roy, Nette Andres, Daphne Gerling, Bec Sollom, Yin Lim, Karen Littleton, Connie Hui, Rebecca Stevens, Suzanne Koopmans, Anne Clarke und Ophelia Redpath. Eure Zuneigung und Freundschaft bedeuten mir sehr viel.

Eine dicke Umarmung geht an meine Mom, Addie, und meine Brüder Michael und David. Danke, 哥哥, dass du mir geholfen hast, die richtigen Figuren zu finden, und dafür, dass du mir Dads Ausgaben von 三字經 und 百家姓 geschickt hast.

Und schließlich danke ich Nicholas, Juniper und Matthew. Ihr seid meine Welt. Danke. Ich liebe euch.